리처드 F·버턴 (Richard Francis Burton)
김병철 (金秉喆·중앙대학교 명예교수·영미문학) 옮김

아라비안 나이트 4
The Book of the Thousand Nights and a Night

범우사

차   례

■ 이 책을 읽는 분에게 ··3
□ 주요 등장인물 ···8
니아마 빈 알 라비아와 노예 처녀 나오미의 이야기···9
알라딘 아브 알 샤마트의 이야기 ·······························47
타이족의 하팀 ···131
자이다의 아들 마안의 이야기 ···································134
자이다의 아들 마안과 바다위인 ·······························136
라브타이트의 도성 ···139
히샴 교주와 아랍인 젊은이 ·······································142
아브라함 빈 알 마디와 이발외과의 이야기 ·············146
원주가 많은 도시 이람과 아브 카리바의
    아들 압둘라 ··161
모스르의 이사크 ···170

청소부와 귀부인 ……………………………………… 179
가짜 교주 ……………………………………………… 186
페르시아인 알리 ……………………………………… 216
하룬 알 라시드와 노예 처녀와
　도사 아브 유스후의 이야기 …………………… 222
도둑 시늉을 한 애인 이야기 ……………………… 226
바르마키 가의 자파르와 콩장수 ………………… 233
게으름뱅이 아브 모하메드 ………………………… 236
바르마키 가의 야아야 빈 하리드가 만스루를
　관대하게 대접한 이야기 ………………………… 260
가짜 편지를 쓴 사나이에게 하리드의 아들
　야아야가 인정을 베푼 이야기 ………………… 264
알 마아문 교주와 외국 학자 ……………………… 269

알리 샤르와 즈무루드....................................272
쥬바이르 빈 우마일과 부두르 공주의 사랑..............332
알 야만의 사나이와 여섯 명의 노예 처녀 360
하룬 알 라시드 교주와 한 처녀와 아브 노와스 387
개밥 그릇으로 쓴 황금접시를 훔친 사나이.............396
알렉산드리아의 사기꾼과 경비대장 401
알 말리크 알 나시르와 세 명의 경비대장 404
   카이로의 경비대장 이야기...........................405
   브락크의 경비대장 이야기...........................407
   구 카이로의 경비대장 이야기 409
도둑과 환전꾼 410
쿠스의 경비대장과 사기꾼 412
이브라힘 빈 알 마디와 상인의 누이동생 414

가난한 자에게 물건을 베풀고서
　　두 손을 잘린 여자 이야기 ································420
신앙심이 두터운 유태인 ································424
아브 하산 알 자디와 호라산의 사나이 ················427
가난한 사나이와 그 친구 ································432
몰락한 사나이가 꿈을 꾸고서 부자가 된 이야기 ····434
알 무타와킬 교주와 궁녀 마부바 ······················436
와르단이 여자와 곰을 상대로 모험을 한 이야기 ···439
공주와 원숭이 ···446
흑단의 말 ···450

■ 이 책을 읽는 분에게

　이 책의 영역자 리처드 프랜시스 버턴에 관하여 다소 알 필요가 있다. 우리 나라에서는 오로지 《아라비안 나이트》의 영역자(英譯者)라고 알려져 있지만, 구미(歐美)에서는 여러 면에 걸친 공적에 의하여 유명하다는 사실을 알아야 한다. 아프리카의 탐험도 그가 최초이며, 그때의 기록인 《동아프리카에 있어서의 최초의 발자취》도 이 방면의 최초이며, 이미 고전적인 명저라는 정평이 있다. 이슬람교에 관해서는 유럽인의 이슬람교도로서가 아니라, 동양인의 이슬람교도로서 비로소 메카 순례를 완성했다는 점에서도 버턴이 유일한 사람이었다. 그에게는 중동 및 아프리카에 관한 저서가 70종에 이르고, 자유롭게 구사할 수 있었던 언어는 35개국어에 이르러, 언어의 천재라 해도 과언이 아니다.
　다음으로 《아라비안 나이트》가 어느 시대에 완성되었는가 하는 문제를 알 필요가 있다. 여러 이설(異說)이 있기는 하나 대체로 연대는 10세기에서 16세기라고 보고 있는 것이 정설이다.
　그리고 또 알아야 할 것은 이슬람교사상에 대한 칭송이다. 인류의 기원이 거기서 왔고, 양대 종교, 즉 이슬람교와 기독교와의 싸움에서도 결국에 가서는 이슬람교의 승리로 끝난다. 이것은 이 작품의 크나큰 주제 의식이라는 것을 알아야 한다. 이와 병행하여 또하나의 주제 의식은 권선징악(勸善懲惡) 사상이다.

끝으로 특히 독자가 알아두어야 할 점은 이 책의 외설(猥褻) 문제이다. 간단히 말해서 단순하고, 소박하고, 어린애들 같은 유치한 외설로서 이미 아다시피 외설의 자연적인 상태를 솔직하게 묘사하는 표현법을 쓰고 있다. 그것은 마치 짐승들이 백주에 공공연하게 행하는 성행위가 조금도 수치가 아니라 자연스러운 생명력의 표출인 것과 매찬가지로 《아라비안 나이트》가 제작되었을 당시의 아라비아인들의 성관(性觀)은 짐승들의 세계에서 볼 수 있었던 그러한 것이었다 야화에 점잖은 신사나 귀부인이 얼굴을 붉힐 정도로 적나라한 성적 표현이나 지칭(指稱)이 숨김없이 나오는 것은 바로 이러한 아라비아인의 성격 때문이지, 결코 그들은 그것을 외설이라고는 조금도 생각하지 않았으며 조금도 숨길 것이 없는 자연상태였다. 현대소설에서 작가들은 대개가 성행위는 베일로 덮어두는 것이 보통이지만, 야화는 규방(閨房)에까지 독자들을 이끌고 들어가 화려한 둔장으로 성행위 그 자체를 적나라하게 파헤친다.

그러므로 《아라비안 나이트》를 재미있게 읽은 독자라면 야화의 소박한 외설은 호색이라기보다 유희(遊戲)에 가깝다는 버턴의 설명에 찬동할 것이다. 때로 불쾌감을 느끼는 수가 있다하더라도 그 불순한 정서의 시사(示唆)며 암시를 비난할 수는 없다. 말투는 천하거나 기품이 없지만 정신이 천하지 않다는 것만은 인정할 것이다. 외설은 있지만 남을 타락시키는 요소는 없다.

끝으로 이 작품에서 묘사되어 있는 이슬람교군과 기독교군과의 치열한 전투에서는 《일리아드》와 《오딧세이》의 영향을 짙게 받고 있음을 간과해서는 안된다.

옮긴이

아라비안 나이트 4
The Book of the Thousand Nights and a Night

□ 주요 등장인물

샤리야르왕 '천일야화'를 듣는 사람. 아내인 왕비의 불륜을 목격하고는, 여성에 대한 혐오감 때문에 밤마다 한 처녀와 동침한 뒤, 그 다음 날 아침이면 처녀를 처형한다.

샤라자드 '천일야화'를 이야기하는 사람. 대신의 큰 딸로 샤리야르 왕의 신부가 되어 밤마다 이어지는 이야기를 왕에게 들려준다.

니아마 알타 큰 상인의 아들로 어려서부터 함께 자란 나오미를 사랑하였으나 간계로 아내를 잃게 되자 온갖 고초를 겪은후 마침내 아브드 알 마리크 빈 마르완 교주의 여동생 도움으로 정조를 지킨 아내를 되찾게 됨.

알라딘 아브 알 샤마트 대상인의 외아들로 여행을 떠나 갖은 고초를 겪다가 우연히 즈바이다를 아내로 맞게 되지만, 마신에게 아내를 잃자 제사민과 결혼하여 아들 아슬란을 얻게 된다. 대도적 아마드 캄킴의 계략에 빠져 교수형에 처해지나 무사히 탈출하여 제노아에서 이슬람교로 개종한 후은 마리암 공주와 결혼하고 첫 아내 즈바이다와 제사민, 아슬란과도 재회하게 된다.

알리 샤르 대부호의 아들이었으나 가산을 탕진한 후 현명한 노예 처녀 즈무루드를 만나지만 나자레인에게 속아 빼앗긴 아내를 찾아다닌다.

즈무루드 남편 알리 샤르와 헤어진 후 천신만고 끝에 한 나라의 국왕이 되어 현명하게 통치하다가 남편과 다시 만나게 된다.

카마르 알 가크마르 페르시아의 왕자. 현인의 시샘으로 하늘을 나는 흑단으로 만든 말을 타고 여러 가지 모험을 겪은 후 샤무스 알 나하르 공주와의 사랑을 이루게 됨.

니아마 빈 알 라비아와
노예 처녀 나오미의 이야기

 옛날에 쿠파라는 도시에 알 라비아 빈 하팀이라는 사나이가 살고 있었습니다. 이 사나이는 마을의 명사 중의 하나였을 뿐만 아니라 돈도 많고 몸도 아주 튼튼했습니다. 그리고 신이 주신 아들 하나가 있었는데, 그 이름은 니아마라고 했습니다. 어느 날, 노예시장에 나갔더니 아주 어여쁜 여자 애를 안고 있는 여자가 나와 있었으므로 거간꾼을 불러 "저 여자와 딸애는 얼마요?" 하고 물었습니다. "50디나르입니다"라는 대답이었으므로 알 라비아는 말했습니다. "매도증서를 쓰고, 돈을 가지고 가서 주인에게 주시오." 그러고는 대금과 수수료를 거간꾼에게 주고는 딸을 안고 있는 여자를 데리고 집으로 왔습니다. 아내인 사촌 누이동생이 노예 계집을 보고 남편에게 "아니 오빠, 이 여잔 도대체 누구예요?" 하고 묻자, 알 라비아는 "사실은 말이오, 귀여운 아기를 안고 있길래 산 것이오. 이 계집애가 자라면 아랍인 나라에서는 물론 이국인의 나라에서도 비할 데 없는 미인이 될 것이오." "그거 참 좋은 생각이군요." 하고 아내는 대답하고서 여자에게 "이름은?" 하고 묻자, "마님, 다우픽크라고 합니다." 하고 노예 계집은 대답했습니다. "네 딸의 이름은?" "복 많은 자, 사아드라고 합니다." 아내는 "정말이야, 너는 정말 복이 많아. 너를 산 사람도 복이 많고"라고 말하고 나서, 이번에는 남편에게 말했습니다. "저, 여보 이 애를 뭐라고 부르면 좋죠?" "당신 좋은 대로 부르구려." "그럼 '나오미'라고 부르기로 하겠어요." 하고 아내가 대답했으므로 남편은 "그거 좋은 생각이오." 하고 대답했습니다.

　어린 나오미는 알 라비아의 아들 니아마와 함께, 말하자면 한 요람 속에서 자란 셈인데, 마침내 두 아이가 열 살의 봄을 맞이하게 되자, 어느 쪽도 질세라 아름답게 자랐습니다. 평소 니아마는 "애, 누이동생아!" 하고 불렀고, 나오미는 "오빠!" 하고 늘 그렇게 서로 불렀던 것인데, 그 나이가 되자 알 라비아는 자기 아들 니아마에게 말했습니다. "애, 아들아. 나오미는 네 누이동생이 아니라 노예란다. 너가 아직 요람 속에 있을 때, 네 이름으로 사둔 거야. 그러니까 앞으로는 누이동생이라고 불러서는 안된다." 그러자 니아마는 "만일 그렇다면 아내로 삼겠어요.." 하고 대답하고는 어머니에게로 가서 그 일에 관하여 의논했습니다. 어머니는 "그 애는 네 시녀란다." 하고 말했으므로, 니아마는 당장 나오미와 정을 통하여 아내로 삼아, 진정으로 사랑했습니다. 이렇듯 2년이라는 세월이 흘렀는데 온 쿠파를 뒤져봐도 나오미만큼 어여쁜 여자는 하나도 없었습니다. 나오미는 성인으로 자라남에 따라 코란을 배우고, 학예에 관한 책을 가까이 하고, 음악을 익히고, 모든 종류의 악기를 연주하게끔 되었습니다. 또 목소리가 아름다운 점에 있어서도 당대에 나오미를 능가할 사람이라고는 아무도 없었습니다.

　그러던 어느 날의 일입니다. 나오미는 남편과 함께 주연 자리에 앉아 있었는데, 비파를 손에 잡자 줄을 고른 다음, 이런 시구를 노래불렀습니다.

　　　　그대야말로 나의 주인이니
　　　　그 깊은 은혜는 나의 보배
　　　　나의 수많은 고뇌도
　　　　그대의 칼로 끊어버리네.
　　　　아무르도 자이드도(둘 다 막연한 친구 사이)
　　　　믿을 것이 못 되리.

이 세상을 원망하는 신세가 될지언정
그대 외에 그 누구를 의지하리!

그 노랫소리에 넋을 잃은 니아마는 "저 말이야, 나오미. 탬버린과 다른 악기에 맞춰서 노래를 불러줘!" 하고 말하자, 나오미는 경쾌한 가락에 맞춰 이번에는 이런 시구를 노래불렀습니다.

나의 고삐를 잡은 그대에게
내 목숨을 걸고 맹세하나이다.
사랑의 정원에서 무서운
적을 만날지라도 두렵지 않다고.
욕하는 자는 벌 주며
나는 그대를 따르겠나이다.
비록 잠과 헤어지고
기쁨과 헤어지는 한이 있더라도.
그리워서 못 견디게 되면
무덤을 만드리라. 이 가슴 속에
내 무덤에게도 무덤이
거기 있다는 것을 알리지 않고서!

그러자 니아마는 "나오미! 참 잘 불렀소!" 하고 외쳤습니다. 그러나 이렇듯 다시없이 즐거운 나날을 보내고 있는데 뜻밖에도 쿠파의 부왕(副王)인 알 하쟈지가 이렇게 혼잣말을 중얼거렸습니다. '꼭 무슨 수를 써서라도 나오미라는 여자를 손안에 넣어 대교주인 아브드 알 마리크 빈 마르완님에게 바쳐야만 하겠어. 그분 궁전에는 인물이나 아름다운 노랫소리로나 나오미를 능가할 만한 여자라고는 없으니까." 그래서 아내들을 섬기고 있는 시녀들 중에서 노파 하나를 불러 일러두었습니다. "이제부터 알 라비아 집에 가서 나오미라는 여자를 어떤 수를 써서라도 납치해오도록 하라. 이 세상에 그 여자만큼 아름다운 여자는 없기 때문이다." 노파는 분부대로 이행하겠다고 약속하고서 그 다음날 아침, 신앙심이 굳은 사람이 입는 털로 짠 옷을 입고서 목에는 무수히 많은 구슬을 꿴 염주를 걸고, 한쪽 손에는 지팡이를 다른 쪽 손에는 가죽 물부대를 들고 집을 나섰습니다.

—샤라자드는 날이 훤히 밝아오는 것을 깨닫자, 여기서 허락된 이야기를 그쳤다.

• 238일째 밤

샤라자드는 말을 이었다. 오, 인자하신 임금님, 노파는 분부대로 하겠습니다 하고 약속하고, 다음날 아침 신앙심이 굳은 사람이 입는 털로 짠 옷을 입고서 목에는 무수히 많은 구슬을 꿴 염주를 걸고, 한쪽 손에는 지팡이를, 다른 쪽 손에는 가죽 물부대를 들고 가는 도중 내내 "알라에게 영광 있을지어다! 알라를 칭송할지어다! 알라 외에 신 없도다! 알라는 가장 위대하도다! 영광되고 위대한 신 알라 외에 주권 없고 권력 없도다!" 하고 외치면서 걸어갔습니다. 마음 속으로는 계략을 이러저리 궁리했습니다만, 입으로는 끊임없이 알라를 칭송하고, 기도의 문구를 외면서 정오의 예배 시각에 맞춰 니아마 빈 알 라비아의 집에 도착했습니다. 노파가 문을 두드리자, 문지기가 열어주며 물었습니다. "무슨 용무로 오셨소?" "나는 가난한 독신자이온데 때마침 외출중에 기도 시간을 맞이하게 되었군요. 그래서 실은 댁을 좀 빌어서 예배를 드리고 싶어서요." 문지기가 "할머니, 우리집은 사원도 아니고 기도소도 아닙니다. 알 라비아님의 아들 니아마님의 집입니다." 하고 대답하자, 노파는 말했습니다. "알아요. 나는 니아마 빈 알 라비아님의 댁보다 더 좋은 사원도 기도소도 없다는 것을 잘 알고 있습니다. 나는 참된 신자인 임금님의 궁전에 있는 시녀인데 성지 순례를 나온 길입니다." 그러나 문지기는 "그렇다고 해도 당신을 집안에 들일 수는 없어요." 하면서 두 사람은 옥신각신하기 시작했습니다. 끝내는 노파가 문지기에게 매달리다시피 하면서 "태수나 고관대작들의 집에도 자유로이 출입할 수 있는 신분인데 니아마 빈 알 라비아님의 집에 들어갈 수 없다는 겁니까?" 하고 말했습니다. 마침 그때 니아마가 나와 웃으면서 노파에게 자기 뒤를 따라오라고 말했습니다.

 니아마의 뒤를 따라 나오미의 앞에 온 노파는 아주 공손히 인사를 하고 나서 상대방을 바라보자, 너무나도 아름다운 미모에 넋을 잃고 말았습니다. "오, 아씨, 당신이 알라의 가호를 받을 수 있도록 기도를 올려드리겠어요. 신은 당신이나 서방님을 이렇게 아름답게 만들어주셨으니까요!" 그러고 나서 노파는 벽감(壁龕) 앞에 서서, 몸을 구부려 엎드리기도 하고, 기도를 올리기도 하였습니다. 마침내 해가 저물어 캄캄해졌으므로 나오미는 말했습니다. "할머니, 좀 쉬었다 가세요." 그러자 노파는 "아씨, '내세를 바라는 자는 이 세상에서 고생할지어다. 이 세상에서 고생하지 않는 자는 내세에서 올바른 자의 집을 얻지 못할지어다'라고 합니다." 하고 대답했습니다. 이윽고 나오미가 노파에게 먹을 것을 갖다주며 말했습니다. "이것을 잡수시고, 신에게 내 참회를 받아주시어 자비를 베풀어주시도록 기도를 올려주세요." 그러나 노파는 소리쳤습니다. "아뇨, 아씨, 나는 지금 단식중이에요. 하지만 당신은 아직 젊으니까 먹고 마시고 떠들고 할 만도 하지요. 제발 신이시여, 너그럽게 보아주소서. 왜냐하면 전능하신 신은 '회개하고, 신을 믿고, 올바른 일을 하지 않으면 누구나 다 죄를 받으리라' 하고 말씀하고 계시거든요."

 이리하여 나오미는 노파를 상대로 하여 여러 가지 이야기를 하고 있었습니다만 마침내 니아마에게 말하기를 "저, 여보세요. 이 노파더러 당분간 우리집에 있어달라고 부탁 좀 해보세요. 아주 신앙심이 두터운 분처럼 보이니까요." 하고 말하자, 니아마는 "기도할 수 있는 방을 하나 드리구려. 그리고 아무도 그 방에 들어가지 못하도록 하시오. 그 할머니를 우리집에 묵게 한다면 아마 알라

(알라를 칭송할지어다!)께서는 우리들에게 축복을 주시어, 우리 둘의 사이를 갈라놓지는 않으실 테니." 하고 말했습니다. 그래서 노파는 기도와 독경으로 그날 밤을 새웠던 것입니다. 날이 새자, 노파는 니아가와 나오미의 방으로 가서 아침 문안을 드린 다음 말했습니다. "두 분 다 알라의 거룩한 가호를 받으시기를 빕니다!" 나오미가 "할머니 어디로 가시죠? 남편은 할머니를 위하여 방을 하나 따로 너드리라고 그러는데요. 그 방에서 조용히 기도를 올리시면 좋을 텐데." 하고 말하자, 노파는 대답했습니다. "주인 나리의 장수를 빌고 그 외에 두 분 다에게 신의 은총이 있으시기를! 그런데 저 문지기 양반에게 말씀 좀 하시어 내가 댁에 들르는 것을 허용해주도록 일러주세요. 인샬라! 나는 이제부터 성지를 순례하여 밤낮으로 기도를 올린 다음 두 분이 길이 행복하시기를 빌겠어요." 이렇게 말하고서 노파는 떠나(나오미는 왜 노파가 자기 집을 찾아왔는지 그 까닭을 알 길이 없었으므로 이별을 슬퍼했습니다.) 알 하쟈지 궁전으로 돌아갔습니다. 그러자 알 하쟈지는 "한시라도 빨리 내 부탁을 실행해주면 보수를 많이 드리겠소." 하고 말했습니다. "꼭 한 달 동안만 여유를 주십시오." 하고 노파가 대답하자 "좋소, 한 달 간의 여유를 주리다." 하고 알 하쟈지는 대답했습니다. 그래서 노파는 매일같이 니아마의 집을 찾아가서는 나오미의 방을 드나들었습니다.

─샤라자드는 날이 훤히 밝아오는 것을 깨닫자, 여기서 허락된 이야기를 그쳤다.

● 239일째 밤

샤라자드는 말을 이었다. 오, 인자하신 임금님, 노파는 매일같이 니아마 집을 찾아가서는 나오미의 방을 드나들었습니다. 두 부부가 다 노파를 지극히 존경하여 마지않았으므로, 아침저녁으로 빈번히 출입하는 것이 습관이 되어버려, 집안 식구도 모두 노파를 존경하게 되었습니다. 어느 날, 나오미와 단둘이서만 있게 되자, 노파는 이렇게 말했습니다. "아씨! 알라께 맹세코, 내가 성지 순례를 나가게 되면 반드시 당신의 행복을 빌어드리리다. 다만 나는 아씨도 나와 함께 동행하면 어떨까 하고 생각합니다. 그러면 그곳을 출입하시는 신앙심 많은 장로님들도 뵙게 되어, 당신 소원대로 기도도 올려주실 겁니다." 나오미가 "제발 데려다주세요!" 하고 외치자, 노파는 대답했습니다. "시어머님의 허락만 떨어지면 모시고 가고말고요.." 그래서 나오미는 시어머니에게 말했습니다. "어머님, 언젠가 어머님을 모시고 이 할머니를 따라 성소(聖所)에 가서 승려들 앞에서 기도도 올리고 빌기도 하고 싶은데, 남편에게 허락해 주라고 말씀 좀 해주세요."

그런데 니아마가 돌아와 자리에 앉자, 노파는 옆으로 가서 그의 손에 입맞추려고 했지만 니아마는 사양했습니다. 그래서 노파는 축복의 말을 하고는 집을 떠났습니다. 이튿날 니아마가 집에 없을 때 노파는 또다시 와서 나오미에게 말했습니다. "어제도 아씨를 위하여 기도를 올렸습니다. 자, 주인이 돌아오시기 전에 기분전환이라도 하고 돌아옵시다." 그래서 나오미는 시어머니에게 "제발 저 신앙심이 굳은 할머니를 따라갔다 올 테니 용서해주십시오. 성소에 계신 알라의 사도님을 뵙고 애아버지가 돌아오기 전에 곧 돌아올 테니까요." 하고 부탁했더니, 니아마의 어머니는 "네 남편에게 들키면 큰일이다." 하고 대답했습니다. 그러나 노파는 "알라에게 맹세하고라도 아씨를 마루에 앉히는 일은 절대로 하지 않겠습니다. 잠깐 선 채로 기도를 올릴 뿐 절대로 많은 시간이 걸리는 짓은 하지 않겠습니다."라고 말했습니다.

노파는 나오미를 그럴 듯하게 속여서 유인하자, 그 길로 알 하쟈지의 궁전으로 데리고 가서 빈 방에다 가둔 다음, 이 일을 부왕에게 보고했습니다. 보고를 받은 알 하쟈지가 곧 나오미가 감금되어 있는 곳으로 달려가서 보니 그녀는 당대에 다시없는 미인, 태어나서 이제껏 한 번도 보지 못한 미인이었습니다. 나오미는 그를 알아보자 베일로 얼굴을 가렸습니다. 알 하쟈지는 지체없이 시종을 불러, 50명의 기병을 이끌고 발이 빠른 단봉낙타에다 나오미를 태운 다음 다마스커스의 아브드 알 마리크 빈 마르완 대교주에게 바치라고 명령한 다음 대교주에게 보내는 편지 한 통을 주며 덧붙였습니다. "이 편지도 바친 다음 답장을 받아가지고 곧 돌아오너라." 그래서 시종은 곧 나오미를 낙타에 태워(남편과의 이별을 슬피 여겨 눈물에 젖어 있었습니다만), 길을 재촉하여 다마스커스로 갔습니다. 그리고 충성된 자의 임금님에게 배알을 요청하여 허가를 얻자, 여자를 내보이며 자초지종을 말씀드렸습니다. 교주는 나오미를 위하여 별실을 마련해준 다음 후궁으로 가서 왕비에게 말했습니다. "알 하쟈지가 쿠파의 왕녀인 노예 색시를 1만 디나르로 사서 이 편지와 함께 보내왔소."

— 샤라자드는 날이 훤히 밝아오는 것을 깨닫자, 여기서 허락된 이야기를 그쳤다.

• 240일째 밤

샤라자드는 말을 이었다. 오, 인자하신 임금님, 교주가 노예 색시의 이야기를 들려주자 왕비는 말했습니다. "알라의 은총이 날로 더하시기를!" 이윽고 교주의 누이동생이 나오미의 방으로 들어가, 나오미를 보자 말했습니다. "비록 그대의 몸값이 10만 디나르라 할지라도 그대를 얻는 사나이는 복이 있는 사나이야!" 그러자 나오미가 물었습니다. "저, 아름다운 아씨, 여기는 어떤 임금님의 궁전이고, 도성 이름은 뭐라는 곳이지요?" "여기는 다마스커스라는 도성이고, 내 오빠 아브드 알 마리크 빈 마르완 대교주의 궁전입니다." 누이동생은 이렇게 대답하고 나서 물었습니다. "그대는 아무것도 모르세요?" "네, 아씨, 나는 아무것도 몰랐습니다." "그대를 팔아서 그 대가를 받은 사나이가 교주님이 사셨다는 것을 가르쳐 주지 않던가요?" 나오미는 이 말을 듣자 눈물을 흘리면서 마음 속으로 생각했습니다. '나는 감쪽같이 속았구나, 사실을 하소연해 보았자 내 말을 믿어줄 사람은 아무도 없을 거야. 그러니까 나는 참고 가만히 있는 편이 가장 좋아. 알라의 구원이 곧 있을 테니까.' 나오미는 부끄러워서 얼굴을 떨구었지만 두 뺨은 긴 여행과 햇볕에 그을려 있었습니다.

그래서 교주의 누이동생은 그날은 그대로 방을 나왔습니다만, 이튿날 아침 옷과 보석 목걸이를 들고 나오미의 방으로 들어가 이것을 입혔습니다. 잠시 후에 교주가 들어와 나오미의 곁에 앉자, 누이동생은 교주에게 "저것 좀 보세요. 이 색시는 알라의 뜻으로 비할 데 없는 아름다움과 귀여움을 한 몸에 지니고 있어요." 하고 말했습니다. 교주가 "베일을 벗어라." 하고 말했지만, 본인은 베일을 벗으려고 하지 않았으므로 교주는 얼굴을 볼 수가 없었습니다. 그렇지만 나오미의 아름다운 손목을 보고서, 교주는 그만 나오미에게 반해 누이동생에게 "네가 위로해주어라. 기운을 차릴 때까지 사흘 동안은 손도 대지 않겠다"는 말을 남기고서 그 방을 나갔습니다. 그러나 나오미는 자기가 이렇게 된 것을 슬퍼하고, 남편과의 이별을 탄식하는 바람에 그날 밤으로 몸에 열이 나기 시작하고, 음식물이 목구멍을 넘어가지 않았으며 색향(色香)도 사라지고, 수척해져버렸습니다. 이 말이 교주의 귀에 들어가자 몹시 상심한 교주는 용하다는 의사를 데리고 나오미를 찾아왔지만 누구 하나 병을 고칠 수 있는 사람은 없었습니다.

이야기는 바뀌어 니아마는 집으로 돌아와 침대에 드러눕기가 무섭게 "여보, 나오미!" 하고 큰 소리로 불렀습니다. 그러나 대답이 없었습니다. 그래서 급히 일어나 다시 한 번 큰 소리로 불러보았지만, 집안의 여자들은 모두 니아마의 동정을 살피고서 겁이 나서 모습을 감춰버렸기 때문에 아무도 나오지 않았습니다. 니아마가 어머니의 방으로 들어가보니, 어머니는 턱에 손을 고이고 앉아 있었습니다. "어머니, 나오미는?" 하고 묻자 어머니는 "얘, 아들아, 그 애는 나보다 훌륭한 분에게, 즉 그 신앙심이 굳은 노파에게 맡

겼단다. 함께 승려를 찾아갔다가 곧 돌아오겠다고 하고서 집을 나
갔단다." 하고 대답했습니다. "언제부터 그런 일이 있었나요? 그리
고 또 몇 시에 떠난 거죠?" "아침 일찍 떠났다." "어째서 어머니
는 그것을 말리시지 않으셨죠?" "애야, 아들아. 그 할멈이 너무도
구슬리는 바람에 그만……." "영광되고 위대한 신 알라 외에 주권
없고 권력 없도다." 하고 니아마는 외치고는, 마치 미친 사람처럼
자기 집을 뛰쳐나가 경비대장 집으로 달려갔습니다. "당신은 나를
속여 내 집에서 노예 여자를 훔쳐내기요? 충성된 자의 임금님에게
호소하지 않고서는 내 직성이 안 풀리겠소."

경비대장이 "도대체 누가 훔쳤다는 거요?" 하고 묻자, 니아마는
"이러저러하게 생긴 노파요. 모직 옷을 입고, 수없이 많은 구슬을
꿴 염주를 목에 걸고 있는 여자요." 하고 대답했습니다. "그 노파
를 찾아주면 노예 색시를 찾아드리리다." 하고 경비대장이 대답하
자, 니아마는 쏘아붙였습니다. "어디 있는지 누가 안단 말이오." 이
윽고 그 노파가 알 하쟈지의 뚜쟁이 할멈이라는 것을 눈치챈 경비
대장은 "알라(칭송할지어다!) 외에 숨은 곳을 누가 알겠소?" 하고
외쳤습니다. 니아마가 "당신을 믿고서 왔는데, 그렇다면 알 하쟈지
에게 나와 당신의 심판을 받도록 해야겠군." 하고 외치자, 경비대
장은 "마음대로 하시오." 하고 대답했습니다.

그래서 니아마는 부친이 쿠파의 유지 중의 하나였기 때문에 그
길로 알 하쟈지의 궁전으로 갔습니다. 시종은 니아마가 오자, 총독
에게로 가서 그 뜻을 전했습니다. 알 하쟈지는 "이리 오라고 해!"
하고 말했습니다. 니아마가 자기 앞에 오자, "무슨 일로 왔는가?"
하고 물었습니다. "실은 이러저러한 사건이 벌어졌기 때문에……."
하고 니아마가 대답하자, 총독은 "그렇다면 경비대장을 불러서 그
노파를 찾아내라고 하자." 하고 말했습니다. 그런데 총독은 경비대
장이 노파를 잘 알고 있다는 사실을 너무나도 잘 알고 있었으므로
경비대장이 오자 말했습니다. "알 라비아의 아들 니아마의 노예
색시를 찾아내도록 하라." 경비대장이 "전능하신 알라 외에 숨은

곳을 아는 사람은 아무도 없습니다." 하고 대답하자, 총독은 거듭 말했습니다. "어쨌든 기마병을 동원하여 모든 길목을 조사하고, 여러 거리들을 수색하여 색시를 찾아낼 수밖에는 다른 방도가 없다."

—샤라자드는 날이 훤히 밝아오는 것을 깨닫자, 여기서 허락된 이야기를 그쳤다.

• 241일째 밤

샤라자드는 말을 이었다. 오, 인자하신 임금님, 알 하쟈지는 경비대장에게 말했습니다. "어쨌든 기마병을 동원하여 모든 길목을 조사하고, 여러 거리들을 수색하여 색시를 찾아내는 수밖에 다른 방도가 없다." 그 다음 니아마를 뒤돌아다보며, "만일, 그대의 노예 색시가 돌아오지 않을 때에는 우리집 노예 계집 10명을 그대에게 주리다." 그러고 나서 다시 한 번 경비대장에게 "자, 어서 그 색시를 찾아오도록 하라." 하고 명령했습니다. 경비대장이 나가자, 니아마는 몹시 심란하여, 살고 싶은 희망마저 잃고는 자기 집으로 돌아갔습니다. 그도 그럴 것이 이제 겨우 14살의 봄을 맞이한, 뺨에는 수염 하나도 나지 않은 젊은이였기 때문입니다. 니아마는 밤새도록 울기만 하면서 방안에 틀어박혀 있었고, 어머니마저 함께 우는 형편이었는데, 아침이 되자 부친이 와서 말했습니다. "아들아, 실은 말이다, 알 하쟈지가 그 색시를 끌고 간 거야. 그렇지만 실망하지 마라, 알라의 구원도 때로는 오는 수가 있는 법이다."

그러나 니아마의 비탄은 더해가기만 할 뿐, 자기가 무슨 소리를 하고 있는지, 누가 방안에 들어왔는지도 모를 정도가 되어, 석 달 동안이나 병석에 누워 있었습니다. 그 때문에 안색은 파리해질 대로 파리해져서, 부친도 이젠 살아날 가망이 없겠다고 생각했습니다. 의사들의 왕진도 있었습니다만 모두가 이구동성으로 하는 소리가 "그 색시 이외엔 이 병을 고칠 수 있는 약은 없습니다"라는 것이었습니다. 그러던 중 부친이 집에 있던 어느 날, 우연히 어느 페르시아인 명의가 있다는 소문을 듣게 되었습니다. 의술에 점성술에 지점에도 능한 모르는 것이 없는 박학한 의사라는 것이 모든 사람들의 입에 오르내리는 소문이었습니다. 그래서 알 라비아는 이 의사를 초청하여 옆에 앉히고서 정중히 대접하면서 부탁했습니다. "아들의 용태가 어떤지 잘 좀 봐주시오." 의사는 니아마에게 "어디, 손을 좀 봅시다." 하고 말했습니다. 아들이 손을 내밀자 의사는 맥을 짚어도 보고, 관절을 만져도 보고, 얼굴을 들여다보기도 하더니 이윽고 껄껄 웃으며 부친에게 말했습니다. "당신 아들의 병은 마음의 병입니다." 부친이 "선생님, 딴은 지당한 말씀이오나, 어디 선생님의 힘으로 좋은 치료법이 없겠습니까? 감추지 마시고 저 애의 용태를 낱낱이 말씀해주십시오." 하고 말하자, 페르시아 의사는 대답했습니다. "실은 자제분은 어떤 노예 색시를 사랑하고 있습니다. 그런데 그 색시는 이제 바소라가 아닌 다마스커스에 있습니다. 그 색시와 함께 있게 해주는 외에 딴 방도가 없군요." 그래서 알 라비아가 말했습니다. "두 애를 함께 있게 해주시면 일평생 편히 사실 수 있게 해드리겠습니다." 페르시아 의사는 니아마 쪽을 바라보며 "이제 곧 좋은 일이 생길 테니 힘을 내고 마음을 놓고 계시오." 하고 말했습니다. 그러고 나서 알 라비아에게는 "돈을 4000디나르만 내놓으시오." 하길래 그 돈을 주었더니, 의사는 다시 말을 이었습니다. "당신 자제분을 다마스커스까지 데리고 가고 싶습니다. 전능하신 신의 뜻이 그렇다면 반드시 그 색시를 데리고 오게 될 것입니다." 그러고 나서 니아마에게 물었습니다. "당신 이름을 뭐라고 하오?" "니아마라고 합니다." 하고 젊은이가 대답하자, 페르시아 의사는 "그렇다면 니아마님, 일어나보시오. 이제 곧 그 색시를 만나게 될 테니 힘을 내시고." 하고 말하고 나서, 젊은이가 자리에서 일어서자 덧붙였습니다. "자, 내일을 기다릴 것도 없이 오늘 안으로 다마스커스로 떠날 테니, 힘을 내시오. 신을 믿고서 음식물을 충분히 들어 여행길에 지치지 않도록 기운을 차려야 하오."

이렇게 말하고서, 페르시아인 의사는 선물과 진기한 보물 등 필요한 물건들을 준비하기 시작했습니다. 그리고 알 라비아로부터는 말과 낙타와 당나귀, 그 밖의 필요한 물건들과 함께 1만 디나르의 돈도 받았습니다. 니아마는 양친에게 이별을 고하자, 의사와 함께 아레포로 떠났습니다. 그곳에서는 나오미의 소식이라고는 아무것도 입수할 수 없었으므로 다시 두 사람은 다마스커스를 향해 길을 떠났습니다. 다마스커스에서 사흘간 체류한 후에 페르시아인 의사는 가게를 사가지고, 값비싼 도자기, 은식기, 금박이 찍힌 식기, 값비싼 옷감 등을 선반에 늘어놓았습니다. 그 밖에도 가게에다 온갖 종류의 연고와 꿀이 든 유리그릇을 놓았으며, 그 주위에는 수정으로 만든 술잔을 몇 개씩 늘어놓고, 입구 가까이에는 관측의(觀測儀)와 땅점치는 패(牌)를 갖추어놓고, 의사 복장을 한 채 가게 입구 가까이에 자리를 잡고 앉았습니다. 또 니아마에게는 비단 속옷과 겉옷을 입히고, 허리에는 금실로 수놓은 비단 천을 두르게 하고서 가게 입구 가까이에 서 있게 했습니다. 페르시아인 의사가 "이봐요, 니아마님, 오늘부터 내 아들이 되는 겁니다. 그러니까 날 꼭 아버지라고 불러야 하오. 나도 아들이라 부를 테니까." 하고 말하자, 니아마는 "네, 알았습니다." 하고 대답했습니다.

다마스커스의 도성 사람들은 젊은이의 아름다운 모습과 깨끗한 가게, 가게에 진열되어 있는 물건들을 구경하러 이 가게로 모여들었는데, 페르시아인 의사는 페르시아말로 니아마에게 말을 건넸고, 니아마도 같은 말로 대답했습니다. 양가집 자제의 교육을 받은 니아마가 페르시아말도 알고 있었기 때문입니다.

페르시아인 의사의 소문이 온 도성 안으로 퍼지자, 병을 고쳐달라는 사람들이 사방에서 모여들어 약 처방을 해달라고 간청했습니다. 그리고 또 환자의 오줌을 넣은 병을 가지고 오면 페르시아인 의사는 일일이 이것을 조사하여 "이 오줌의 주인은 이러저러한 병에 걸려 있다."고 말하면, 환자 쪽에서는 "과연 그 의사 말이 옳아." 하고 감탄했습니다. 그런 식으로 환자 치료를 하고 있는 동안에 점점 환자들의 출입도 많아졌으며, 명성도 높아져서 신분이 높은 사람들의 귀에까지 그 소문이 들어가게 되었습니다.

어느 날의 일이었습니다. 두 사람이 가게에 앉아 있으려니까 보석을 박은 비단 안장을 얹은 당나귀를 탄 노파 하나가 찾아왔습니다. 그 노파는 페르시아인의 가게 앞에서 당나귀에서 내려 물었습니다. "이라크에서 오신 페르시아인 의사가 당신이십니까?" "네." 하고 페르시아인 의사가 대답하자, 노파는 "실은 딸애가 아파서요." 하고 말하고서, 병을 하나 꺼내 보였습니다. 페르시아인 의사는 그 병 속을 짐짓 들여다보고 나서 말했습니다. "따님 이름을 가르쳐주십시오. 운수표를 만들어 언제 약을 먹으면 좋을지 알고 싶기 때문입니다." 그러자 노파는 "나의 형제분인 페르시아 양반, 딸의 이름은 나오미라고 합니다." 하고 대답하였습니다.

―샤라자드는 날이 훤히 밝아오는 것을 깨닫자, 여기서 허락된 이야기를 그쳤다.

• 242일째 밤

샤라자드는 말을 이었다. 오, 인자하신 임금님, 페르시아인은 나오미라는 이름을 듣자, 곧 계산에 착수하여 한 손에다 무엇인가를 쓰더니 잠시 후에 이렇게 말했습니다. "여보세요. 아주머니, 기후의 차이도 있고 하니 그 색시의 출생국을 몰라서는 약을 조제할 수 없습니다. 어디서 성장했으며, 이제 몇 살인지를 가르쳐주십시오." 노파가 "14세입니다. 자라난 곳은 이라크의 쿠파입니다." 하고 대답하자, 의사는 다시 물었습니다. "여기 온 지 얼마나 됩니까?" "아직 서너 달밖에 안됩니다."

니아마는 옆에서 노파의 말을 듣고, 나오미의 소식을 알게 되자, 가슴이 두근거려 금방이라도 졸도할 것만 같았습니다. 페르시아인 의사가 "이러이러한 약이 따님 병에는 효능이 있을 것입니다." 하고 말하자, 노파는 "그렇다면 전능하신 알라의 축복과 함께 그 약을 조제해주시오." 하고 말하면서 가게의 계산대 위에다 금화 10닢을 놓았습니다. 페르시아인 의사는 니아마 쪽을 바라보고서 필요한 약을 조제하라고 명령했습니다. 그러자 노파도 젊은이를 짐짓 바라보고 있더니, "알라의 가호가 있으시기를! 도련님, 나이며, 생김새며, 우리 딸애를 어쩌면 그렇게 닮았을까요?" 하고 나서 의사에게 물었습니다. "페르시아의 형제 양반, 저 도련님은 당신 아드님이십니까? 아니면, 노예입니까?" "내 아들입니다." 니아마는 약을 싸서 조그마한 상자 속에 넣자, 종이 조각에다 이런 시구를 적었습니다.

　　한 번만이라도 좋으니 만일 나에게
　　나오미가 은혜를 베풀어준다면
　　스아다에겐 구애(求愛)케 하고
　　쥬무르에게는 애무케 하리라.
　　"저런 여잔 얼마든지 있으니
　　잊어버려라"고 해도
　　그 처녀보다 나은 여자는 없으니
　　내 어찌 잊을 수 있으랴!

그리고 이 종이 쪽지를 접어서 상자 속에 틀어넣자, 봉인을 하고는 겉에다가 "나는 쿠파의 알 라비아의 아들 니아마요." 하고 쿠파 글자로 적었습니다. 노파 앞에 이 상자를 내놓자, 노파는 이것을 받아들고, 곧 이별을 고하고서 교주의 궁전으로 돌아갔습니다. 그리고 나서 약을 들고 나오미에게로 가서 구석에 상자를 내려놓고 "아씨, 사실은 이 도성에 최근 페르시아인 의사가 한 분 오셨는데, 그분처럼 의술도 좋고 병에 관해서 밝은 분은 아직 본 일이 없어요. 저 오줌 병을 보시고서 당신 이름을 말씀드렸더니, 아 글쎄, 대번에 병을 알아채시고는 약을 처방해주셨다니까요. 그러고는 아드님에게 약 조제를 명령했는데, 그 아드님이라는 분이 또한 다마스커스에서 하나밖에 없는 미남자가 아니겠어요. 그 가게만큼 깨끗한 가게도 없구요."

　나오미는 상자를 받아들고 겉에 남편과 그의 아버지의 이름이 적혀 있는 것을 보자, 안색이 달라지며 혼잣말을 중얼거렸습니다. '필경 그 가게 주인은 나를 찾고 있는 분이야.' 그래서 나오미는 노파에게 "그 젊은이는 어떻게 생긴 분이죠?" 하고 묻자 노파는 대답했습니다. "이름은 니아마라고 하며, 오른쪽 눈썹 아래에 검은 점이 하나 있었어요. 훌륭한 옷을 입고 있는데, 대단한 미남자입니다." 그러자 나오미는 외쳤습니다. "그럼 약을 주세요. 제발 이 약에 축복과 전능하신 알라의 구원이 있으시기를!" 그러고 나서(웃으면서) 약을 쭉 들이마시고 나서, "정말 좋은 약이네요!" 하고 말했습니다. 이윽고 상자 속을 들여다보자, 종이 쪽지가 눈에 띄었습니다. 뜯어 읽어보고서 역시 그 젊은이가 자기 남편이라는 것을 알게 되니, 마음 속의 시름도 걷히고, 기뻐서 견딜 수가 없었습니다. 노파는 나오미의 웃는 얼굴을 보고서 외쳤습니다. "오늘은 정말 기쁜 날이군요!" 나오미가 "할머니, 먹을 것과 마실 것을 좀 갖다주세요." 하고 말했으므로 노파는 다른 하녀에게 "아씨에게 먹을 것을 갖다드려라." 하고 분부했습니다. 이윽고 식사가 오자, 나오미는 앉아서 먹기 시작했습니다. 그때 갑자기 교주가 들어와, 식사하고 있는 나오미를 보자, 아주 기뻐했습니다. 노파가 교주에게 말했습니다. "오, 충성된 자의 임금님, 시녀 나오미의 완쾌를 축하하옵니다! 왜냐하면, 근자에 이 도성에 의사가 한 분 나타났기 때문입니다. 병에 관한 것, 치료에 관한 것에서 그분을 능가할 의사라고는 이 나이가 될 때까지 본 일이 없기 때문입니다. 그 의사한테 가서 약을 받아가지고 와서 이제 방금 아씨에게 한 모금 먹인 참인데, 아 글쎄, 한번에 완쾌했다니까요." 그러자 교주는 "1000디나르를 놓고 갈 테니 완쾌할 때까지 잘 보살피도록 하라." 하고는 색시의 회복을 기뻐하면서 떠났습니다.

한편 노파는 곧 페르시아인의 가게로 가서 1000디나르를 상인에게 주고서 아씨가 교주님의 시녀가 되었다는 것을 알리고, 나오미가 쓴 편지를 내주었습니다. 페르시아인이 이것을 받아 니아마에게 주자, 니아마는 대번에 그것이 나오미의 필적이라는 것을 알고 기절하고 말았습니다. 마침내 제정신으로 돌아와 편지를 펴보자, 이런 사연이 적혀 있었습니다.

『내 니아마를, 내 기쁨을 빼앗긴 노예로부터. 나는 꼬임에 빠져 나의 마음의 핵인 당신과 헤어지게 되었습니다. 그러나 그후 당신의 편지를 보게 되어 슬픔도 걷히고 마음도 들떠 있습니다. 마침 시인도 이렇게 노래부르고 있습니다.

    임의 편지를 받았네.
    편지를 쓰신 손가락은
    오랫동안 보지 못했던
    탓으로 그립기 한이 없고
    적어나간 글씨의 사이에서
    그리운 향기가 풍기누나.
    어머니의 품안으로 돌아간
    모세도 이랬을까 싶고
    요셉의 옷으로 치유된
    야곱의 눈도 이랬을까 싶구나!』

니아마는 이 노래를 읽고 나서 눈에 가득 눈물을 담았습니다. 노파가 "도련님, 왜 우세요? 제발 눈물을 흘리지 마세요!" 하고 말하자, 페르시아인은 외쳤습니다. "할머니, 무슨 수로 울지 않을 수가 있겠어요? 이 색시는 이 젊은이의 노예 색시이고, 이 젊은이는 그 색시의 남편이거든요. 즉 쿠파의 알 라비아의 아들 니아마라고 하는 분입니다. 그 처녀는 이 젊은이가 그리워 병든 몸이니까 만나기만 하면 병이 나을 것입니다."

― 샤라자드는 날이 훤히 밝아오는 것을 깨닫자, 여기서 허락된 이야기를 그쳤다.

● 243일째 밤

샤라자드는 말을 이었다. 오, 인자하신 임금님, 페르시아인은 노파에게 외쳤습니다. "할머니, 무슨 수로 울지 않을 수가 있겠어요? 이 색시는 이 젊은이의 노예 색시이고, 이 젊은이는 그 색시의 남편이거든요. 즉 쿠파의 알 라비아의 아들 니아마라고 하는 분입니다. 그 처녀는 이 젊은이가 그리워 병든 몸이니까, 만나기만 하면 병은 나을 것입니다. 그러니까 이 1000디나르는 당신에게 드리고, 나도 더 드리겠소. 우리들을 측은하게 생각해주시오. 어쨌든 당신의 수고가 없이는 이 사건을 해결할 방도가 없으니까요." 그러자 노파는 니아마에게 물었습니다. "여봐요, 당신은 정말 그 색시의 남편이오?" "네, 그렇습니다." 하고 상대방이 대답하자, 노파는 다시 말했습니다. "거짓말 같진 않군요. 그 색시는 줄곧 당신 이름만 부르고 있었으니까." 그래서 니아마가 자초지종을 이야기하자, 노파는 "내 힘으로 두 분을 다시 만나게 해드리리다." 하고 나서 당나귀를 타고 곧장 나오미에게로 가서 웃으면서 얼굴을 들여다보며 말했습니다. "당신이 비탄에 젖어 병이 든 것은 남편인 쿠파의 알 라비아의 아드님 니아마와 생이별을 했기 때문이었군요." 나오미가 "마침내 모든 것이 알려지고 말았군요." 하고 말하자, 노파는 "낙심 말고 정신을 바짝 차리세요. 이 늙은이가 목숨을 걸고 꼭 두 분이 만날 수 있도록 해드릴 테니까요." 하고 대답했습니다.

그러고 나서 노파는 니아마에게로 돌아와서 말했습니다. "당신의 아씨께 말씀드렸더니 당신 이상으로 만나고 싶어합디다. 왜냐하면 교주님은 자기 것으로 만들고 싶어하지만, 어디 본인이 말을 들어야 말이죠. 당신 마음만 굳건하다면 이 늙은 것 목숨을 바쳐서라도 당신들 둘을 꼭 만나게 해드리리다. 아씨께서는 도저히 밖에 나올 수 없으니까요." 니아마가 "알라의 축복이 있으시기를!" 하고 대답하자, 노파도 작별을 고하고는 나오미에게로 돌아가 이렇게 말했습니다. "나리께서는 당신이 그리워서, 당신을 만나고 싶어서 죽을 지경이랍니다. 당신은 어떠세요?" 나오미가 "난들 어찌 그렇지 않겠어요. 나도 그분이 만나뵙고 싶어서 죽을 지경이에요." 하고 대답하자, 노파는 여자 옷과 장신구를 넣은 보따리를 들고 니아마에게로 돌아와 "자, 다른 방으로 갑시다." 하고 말했습니다. 니아마가 노파를 데리고 구석방으로 들어가자, 노파는 곧 니아마의 손에 물감칠을 하고, 손목에 팔찌를 끼우고, 머리를 땋아올리고 나서 노예 색시의 복장을 시키고, 더할 나위 없이 화려하게 몸치장을 시키자, 마치 천국의 천사가 아닌가 싶을 정도로 나긋나긋한 처녀가 되고 말았습니다. 노파는 그 모습을 보고 외쳤습니다. "가장 위대한 창조주 알라께 축복 있으라! 정말 당신은 아씨보다도 예쁘구려. 자, 왼쪽 어깨를 앞으로 내밀고, 오른쪽 어깨를 뒤로 젖히고, 엉덩이를 휘두르면서 걸어봐요." 그래서 니아마는 노파가 시키는 대로 노파 앞에서 걸었습니다. 니아마가 여자가 걷는 요령을 습득하자, 노파는 말했습니다. "내일 밤 찾아뵐 테니 그리 알고 계시우. 알라의 뜻이라면 궁전에 데리고 갈 수 있겠죠. 그러나 시종이나 내시를 만나도 주뼛거리지 말고 인사나 할 정도로 하고, 입을 떼면 절대로 안됩니다. 저쪽도 군소릴 못하게 해놓을 테니까요. 성공 여부는 알라의 마음 여하에 달렸어요."

 날이 훤히 밝자, 약속한 대로 노파가 와서 니아마를 데리고 궁전으로 갔습니다. 앞서서 노파가 들어갔으므로 니아마도 점잖게 뒤따라 들어갔습니다. 시종이 니아마의 앞을 막으려고 하자, 노파가 "왜 이러는 거냐, 귀찮은 노예 녀석! 이분은 교주님의 애첩 나오미 아씨의 시종이다. 앞길을 막다니 건방진 놈 같으니라고." 한 다음 "자, 아가씨, 어서 들어오세요!" 하고 말했습니다. 그러고는 두 사람은 성큼성큼 안으로 걸어 들어갔습니다. 마침내 궁전 구석진 광장으로 통하는 문으로 나오게 되었습니다. 그러자 노파는 "이봐요, 니아마 나리, 용기를 내어 왼쪽으로 도는 거예요. 그 다음 다섯을 센 다음 여섯번째 문으로 들어가시오. 그 방은 당신을 위하여 만반의 준비를 갖추고 있으니까. 아무 걱정할 것 없어요. 누가 뭐라고 해도 대꾸할 것도 없고, 머뭇거릴 것도 없어요." 문앞에 이르자, 문지기 시종이 "그 색시는 누구요?" 하고 소리쳤습니다.

— 샤라자드는 날이 훤히 밝아오는 것을 깨닫자, 여기서 허락된 이야기를 그쳤다.

• 244일째 밤

샤라자드는 말을 이었다. 오, 인자하신 임금님, 시종이 노파에게 "이 색시는 누구요?" 하고 소리를 지르자, 노파는 대답했습니다. "우리 마님께서 이 색시를 사시는 거요." "충성된 자의 임금님의 허가가 없이는 아무도 못 들어갑니다. 자, 어서 그 색시를 데리고 물러가시오. 나는 엄명을 받고 있으니까, 통과시킬 수 없소." "잘 되었소. 시종장님, 잘 좀 생각해봐요. 아시다시피 교주님께서는 애첩 나오미님에게 홀딱 빠져 계신데, 그 나오미 아씨가 이제 병이 겨우 나았다고는 하지만, 완쾌 여부는 알 길이 없단 말이에요. 그 나오미 아씨가 시녀 하나를 구하고 계시다니까요. 그러니까 이 색시를 넣어주지 않는다면, 만약에 이 말이 나오미 아씨의 귀에 들어가는 날엔 당신 모양이 어떻게 될지 묻지 않아도 뻔하죠. 나오미 아씨의 병환이 다시 악화될 거란 말이에요." 그 다음 노파는 니아마에게 말했습니다. "자, 아씨 어서 앞서 가세요. 이 양반 말 같은 것은 귓등으로도 듣지 말아요. 나오미 아씨에게는 이 시종장이 방해를 하더라고 절대로 말해선 안돼요."

그래서 니아마는 머리를 숙여 인사를 한 다음 앞으로 나아가, 왼쪽으로 돌 것을 잘못 오른쪽으로 돌고 말았습니다. 그리고 문을 다섯 지나쳐 여섯번째 문으로 들어갈 것을 잘못 일곱번째 문으로 들어가자, 마루에는 금빛 비단이 깔려 있고, 벽에는 금실로 수놓은 비단 천의 벽걸이가 걸려 있었습니다. 또 가라(伽羅), 용연향, 향기가 강한 사향 따위를 넣은 몇 개의 향로가 죽 늘어서 있고, 저 구석에는 금빛 비단으로 덮은 장의자가 하나 놓여 있었습니다. 니아마는 그 위에 걸터앉아 '신비스러운 마음' 속에 간직된 미래의 운명이 무엇을 말하는지 전혀 모르고서, 그저 그 화려한 광경만 넋을 잃고 바라보고 있었습니다. 마침내 자기 신세를 이것저것 생각하고 있으려니까, 그 방으로 난데없이 교주의 누이동생이 시녀를 데리고 들어왔습니다. 니아마를 보자, 노예 색시로 오인하고서 말을 건넸습니다. "너는 누구냐? 어떻게 된 거야? 누가 여기로 데리고 왔지?" 니아마가 대답을 하지 않고 가만히 있자, 다시 물었습니다. "이봐! 네가 오빠의 첩으로 오빠의 역정을 샀다면 내가 중재에 나서 다시 총애를 받도록 해주마."

그래도 니아마는 한 마디도 대답을 하지 않습니다. 그래서 누이동생은 시녀에게 "문을 감시하고 아무도 들어오지 못하도록 하라."고 명령하고는 니아마의 곁으로 가서 물끄러미 상대방의 얼굴을 들여다보다가, 아름다운 맵시에 놀라 이렇게 말했습니다. "자, 말해봐요, 너는 누구냐? 이름은 뭐라고 하냐? 어째서 여길 오게 됐지? 이 궁전에서 너를 보기는 처음인데." 그래도 니아마는 꿀 먹은 벙어리처럼 잠자코만 있자 그만 누이동생은 화를 내면서 상대방 가슴을 만져보았습니다. 그러자 유방이 없었습니다. 누이동생은 상대방의 정체를 알기 위하여 베일을 벗기려고 했는데, 그때 니아마가 입을 열었습니다. "아씨, 저는 당신의 노예입니다. 당신의 힘에 의지하고 싶습니다. 제발 저를 보호해주십시오." "아무것도 걱정할 게 없다. 도대체 너는 누구냐? 누가 내 방으로 데리고 온 거냐?" "저, 공주님, 저는 쿠파의 알 라비아의 아들 니아마라고 하는 사람입니다. 알 하쟈지의 꼬임에 빠져 여기 끌려온 노예 색시 나오미를 만나고 싶어서 목숨을 걸고 온 것입니다." 그러자 교주의 누이동생은 "걱정할 것 없다. 해롭게 하지는 않을 테니까." 하고 말하고 나서, 시녀를 불러 말했습니다. "나오미를 이리로 데리고 오너라."

한편, 노파는 나오미의 침실로 가서 말했습니다. "나리가 오셨던가요?" "아뇨, 전연 보이지 않았어요!" 하고 나오미가 대답하자, 노파는 말했습니다. "필경 길을 잘못 알고 아씨의 방이 아닌 다른 방으로 들어간 것이 틀림없어요. 미아가 됐나 보군요." 그러자 나오미는 외쳤습니다. "영광되고, 위대한 신 알라 외에 주권 없고, 권력 없도다! 이젠 우리들의 끝이 왔구나. 이젠 틀렸어." 둘이 비탄에 젖어 '어떻게 된 것일까?' 하고 궁리하고 있는데, 그곳에 공주의 시녀가 들어와서 나오미에게 인사하고 나서 "공주 아씨가 연회에 나오시라는 분부이십니다." 하고 말했습니다. "알았다." 하고 나오미가 대답하자, 노파가 말했습니다. "필경 당신 나리는 교주님의 누이동생의 방에 있는 것이 틀림없습니다. 일이 모두 탄로났군요." 나오미가 허겁지겁 공주의 방으로 가보니, 공주가 말했습니다. "네 나리는 여기 계시다. 방을 잘못 안 모양이다. 하지만, 너희들 둘 다 걱정할 건 없다." 나오미는 이 말을 듣자, 정신을 가다듬고 니아마의 옆으로 다가갔습니다.

―샤라자드는 날이 훤히 밝아오는 것을 깨닫자, 여기서 허락된 이야기를 그쳤다.

• **245일째 밤**

샤라자드는 말을 이었다. 오, 인자하신 임금님, 니아마는 아내 나오미를 보자, 벌떡 일어서서 맞이하며 꽉 껴안고는 둘 다 정신을 잃고는 마루에 쓰러지고 말았습니다. 마침내 제정신으로 돌아오자, 교주의 누이동생은 말했습니다. "앉아요. 이 위기를 어떻게 뚫고 나가야 하나 모두들 의논합시다." 그러자 두 사람은 "네, 알았습니다. 제발 무엇이든 좋으니 명령만 내려주세요." 하고 말하였고, 교주의 누이동생은 "절대로 해롭게는 하지 않겠어요." 하고 말했습니다.

  한참 있다가 시녀들에게 식사 준비를 시키고 준비가 끝나자, 세 사람은 다같이 마음껏 먹고 마시고 나서, 이번엔 술 잔치를 벌이기 시작했습니다. 빙빙 술잔을 돌리고 있는 두 사람의 마음으로부터 시름의 그림자는 깨끗이 사라지고 말았습니다. 그래도 니아마가 '앞으로 어떻게 될지 알고 싶군.' 하고 혼잣말을 하자, 교주의 누이동생은 물었습니다. "니아마, 당신은 이 노예인 나오미를 사랑하고 있나요?" "이런 위험의 구덩이로 뛰어든 것도 이 여자를 사랑하기 때문입니다." 하고 대답하자, 누이동생은 다시 나오미에게 물었습니다. "저 나오미, 너는 남편인 니아마를 사랑하고 있는가?" "아씨, 이 몸이 수척해지고, 병상에 눕게 된 것도 결국은 남편을 사랑하고 있기 때문이었죠." 하고 나오미가 대답하자, 교주의 누이동생은 말했습니다. "그렇게까지 서로 사랑하고 있다면, 설마 오빠도 두 사람 사이를 갈라놓지는 않겠지. 자, 힘을 내요. 너무 걱정할 건 없어요." 그 말에 두 사람은 아주 기뻐했습니다. 나오미는 비파를 가져오라 하여, 이것을 안고 가락을 고른 다음 듣는 사람도 황홀해할 만한 경쾌한 가락을 타면서, 서곡 다음에 이런 노래를 불렀습니다.

    욕하는 사람들 한결같이
    두 사람 사이를 갈라놓으려 한다.
    노여움을 사는 원한 같은 것은
    이 몸의 기억에 없건만.
    욕하는 사람들의 귀에
    싸움터의 아우성 퍼부으면,
    구원은 고사하고 벗도 없이
    내 편도 없음을 어찌하리.
    나는 이 눈과 눈물로써
    또는 탄식과 나의 칼,

32 아라비안 나이트 4

> 흐르는 물과 불로써
> 힘을 다하여 싸웠노라!

그러고 나서 나오미는 남편인 니아마에게 비파를 주면서 "뭔가 한 곡 들려주세요." 하고 말했습니다. 그래서 니아마는 비파를 손에 들고 흥겨운 가락을 타면서, 이런 노래를 불렀습니다.

> 맑게 가라앉은 보름달은
> 그대의 모습과 흡사하여
> 일식 없는 태양, 눈부시게
> 그대의 모습을 비추노라.
> 알 수 없는 것은 사랑의 길
> (사랑은 신비에 가득차고
> 뜨거운 정과 법열이련가)
> 사랑의 길 가깝지만
> 그대 사라지면 이렇듯
> 먼 길인 줄은 미처 몰랐네.

노래를 끝마친 니아마는 나오미가 건네주는 가득 채운 술잔을 받았습니다. 니아마가 이것을 받아들고 마시자 다시 술을 따라 이번에는 교주의 누이동생에게 주었습니다. 누이동생은 쭉 마시고 나서 이번에는 손수 비파를 손에 들고, 줄을 조이고 가락을 맞추자 이런 시구를 읊었습니다.

> 시름과 괴로움과 슬픔이
> 가슴 속에 깃들어 있습니다.
> 사랑의 불꽃도 이 가슴 속에서
> 활활 타고 꺼지지 않는 애처로움
> 누가 본들 속일 수 없는

여윌대로 여윈 이 몸
뜨거운 정에 몸을 태우며
몸부림치네 사랑 때문에.

그러고 나서 잔을 채워 나오미에게 넘겨주자, 나오미는 쭉 마시고 나서 비파를 집어들고 이런 시구를 읊었습니다.

그대 때문에 병든 영혼을
바쳤건만 그대의 부실을
애처롭게도 피할 길 없구려.
자, 그대의 정 어린 마음으로
병든 나를 고쳐주시오.
죽음의 병상에서 최후의 숨을
거두고서 죽기 전에.

모두들 노래를 부르거나, 그윽한 비파의 가락이 울리는 가운데 술을 주거니받거니하면서 언제까지 흥을 돋우고 있었는데, 난데없이 그 자리에 충성된 자의 임금님이 나타났습니다. 교주의 모습을 보자 모두들 부리나케 자리에서 일어나 마루에 엎드렸습니다. 비파를 손에 들고 있는 나오미를 본 교주는 "이봐, 나오미, 그대의 병을 고쳐주신 알라를 칭송할지어다!" 하고 말했습니다. 그러고 나서 아직 여장을 하고 있는 니아마를 지켜보며 누이동생에게 "이봐라, 누이동생아, 도대체 나오미 옆에 있는 자는 누구인가?" 하고 물었습니다. "오, 충성된 자의 임금님, 여기 있는 것은 시녀입니다. 당신의 첩 중의 하나인데, 나오미의 친한 친구로 나오미가 없으면 먹지도 마시지도 않습니다." 누이동생은 그렇게 대답하고 나서 이런 노래를 불렀습니다.

맛이 다른 두 여자

고움을 다투며 나란히 서 있구나.
견주어보면 서로 기량이 다르니
다르니만큼 그지없이 귀엽구나.

그러자 교주는 말했습니다. "전능하신 알라께 맹세코, 이 여자는 나오미 못지않게 아름답구나. 내일은 친구인 나오미의 방 옆에 방을 하나 따로 마련하여 가구와 피륙 등 그 방에 어울리는 물건을 보내주도록 하겠다. 이것도 모두 다 나오미의 체면을 세워주기 위해서다." 누이동생이 음식을 가져오라고 하여 앞에 차려놓자, 오빠인 교주는 그것을 들며, 모두를 상대로 하여 즐겼습니다. 이윽고 교주는 술잔에 술을 가득히 따르라고 하고 나서 나오미에게 노래를 부르라고 일렀습니다. 그래서 나오미는 비파를 손에 들고 술을 두 잔 마신 다음 이런 노래를 불렀습니다.

술친구들이 찰랑찰랑
넘칠 듯이 술을 따라
연거퍼 석 잔이나 주었습니다.
그후부터는 사양할 것도 없이
가슴도 설레며 밤새도록
옷자락을 하늘하늘 끌었습니다.
흡사 교주인 임금님의
친딸로 태어난 공주와도 같이

충성된 자의 임금님은 크게 기뻐하여 다시 한 잔 술을 따르고는 다시 한 번 노래를 부르라고 명령했습니다. 그래서 나오미는 잔을 비우고 나서, 줄을 타며 이런 노래를 불렀습니다.

아, 당대에 또는 요즘 세상에
비할 데 없이 보기드문 귀공자여

어떠한 사람도 임금님에게
비길 수 있는 자는 없고,
천성도 재주도 아주 뛰어나
세상에 다시 없는 성군일세.
오, 그 이름도 드높은 임금 중의
임금이여, 내 임금이시어
온 세상의 제왕들을 잘 구슬리고
억압도 하지 않고, 커다란
은총을 내리시는 임금님이시어,
신이여, 바라건대 우리 임금님을
수호하시어 우리 임금님의
적을 멸망시키고, 영원한
행복을 우리 임금님에게 내려주옵소서!

이 노래를 듣자, 교주는 외쳤습니다. "오, 정말 훌륭하구나! 참으로 기가 막히구나! 근사하다! 이봐라, 나오미. 신의 은총이 그대에게 풍부하구나! 말씨도 나긋나긋하고, 목소리도 일품이야!" 이렇듯 부어라 마셔라 하고 흥겨운 시간이 흘러가는 사이 어느덧 한밤중이 되었습니다. 그때 교주의 누이동생이 "오, 충성된 자의 임금님, 잠시 드릴 말씀이 있어요. 제가 최근 어떤 책에서 읽은 그 어느 귀한 분의 이야기랍니다." 하고 말했습니다. "그래 무슨 이야기인가?" 하고 교주가 묻자 누이동생은 이렇게 대답했습니다. "그럼, 들어보세요. 충성된 자의 임금님, 옛날에 쿠파라는 도성에 알 라비아의 아들로 니아마라는 한 젊은이가 살고 있었습니다. 그리고 이 젊은이에게는 한 노예 색시가 있었는데, 두 사람 사이의 정은 말할 수 없을 정도의 것이었습니다. 그런데 성장하여 서로 사랑하게 되자, 운명의 장난에 휘말리어, 포악한 세월이 흘러가는 동안 두 사람의 사이에는 금이 생기게 되었습니다. 입이 더러운 엉큼한 사람들이 계략을 써서 처녀를 집에서 유혹해내어 어느 왕에게 1만 디나르를 받고 팔아버렸습니다. 그런데 두 젊은이들은 서로 마음으로부터 사랑하는 사이였기 때문에 젊은이는 고향도 친척도 재산도 모두 다 버리고 처녀를 찾아 길을 떠났던 것입니다. 그리고 처녀를 찾게 되자, 여러 가지로 궁리하여 처녀에게 접근하려고 하였던 것입니다."

―샤라자드는 날이 훤히 밝아오는 것을 깨닫고, 여기서 허락된 이야기를 그쳤다.

• 246일째 밤

샤라자드는 말을 이었다. 오, 인자하신 임금님, 교주의 누이동생은 이야기를 계속했습니다. "니아마는 친척, 친구들은 말할 것도 없이 고향마저 버리고 사랑하는 여자를 찾아서 길을 떠난 것입니다. 그리고 여러 가지 위험에 부딪치고 죽을 고비를 넘기면서 겨우 처녀에게 접근할 수 있게 되었습니다. 그 여자는 여기 있는 노예 색시와 마찬가지로 나오미라는 이름이었습니다. 그러나 상봉의 기쁨도 잠시에 그쳤습니다. 두 사람이 상봉하게 되어 즐기고 있는데, 거지 유괴자로부터 여자를 산 왕이 나타나 두 사람의 목을 베라고 명령한 것입니다. 왕은 자기 양심에다 자기 처사가 옳은지 그른지를 물어보지도 않고, 또 명령을 실행하기 전에 일의 진상을 조사하도록 명령하지도 않았던 것입니다. 자, 충성된 자의 임금님, 당신은 이 왕의 잘못된 행동을 어떻게 생각하십니까?" 그러자 교주는 대답했습니다. "그것은 정말 해괴망측한 사건이로다. 그 왕은 벌줄 권한을 가지고는 있다고 해도 마땅히 용서해 줬어야 하지. 우선 두 사람을 위하여 세 가지 점을 고려했어야 했어. 첫째는 두 사람이 서로 사랑하는 사이였다는 것, 둘째는 두 사람이 왕의 궁중에 있어 왕이 마음대로 할 수 있었다는 것, 셋째는 백성을 다스리고 명령하는 데 있어서는 신중해야만 한다는 것, 특히 자기 자신이 관여되어 있을 경우에는 더욱 그래야만 하지. 그러니까 그

왕은 정말 왕으로서 임금답지 않은 짓을 한 셈이지." 그러자 누이동생은 말했습니다. "저, 오빠 천지신명께 맹세코, 부탁하겠어요. 제발 나오미에게 다시 한 번 노래를 부르라고 하여 잘 듣고 계세요." "그럼, 나오미, 한 번 더 노래를 불러봐라, 어디 들어보자." 하고 교주가 말하자, 나오미는 생기발랄한 가락을 타며 이런 노래를 불렀습니다.

> 간사하기 짝이 없는 운명의
> 속임수에 우리들은 빠져
> 마음은 부서지고, 가슴 속에는
> 미칠 것만 같은 심정이 깃들었네.
> 만날 가망은 전혀 없고
> 운명의 탓으로 서로 헤어진
> 애인의 뺨에 흐르는 그 눈물
> 흘러 마지않네 폭포처럼.
> 운명이 선심을 써 몇 번인가
> 만날 기약을 해주었을 때
> 임도 나도 기뻤었네
> 내 인생도 기뻤었네
> 나는 쏟으리 눈물의 비를
> 나는 흘리리 핏방울을
> 오호라, 밤낮 가릴 것 없이
> 안 계신 님을 탄식하며.

이 노래를 들은 충성된 자의 임금님은 아주 마음이 흔들렸습니다. 누이동생은 교주에게 "오빠, 비록 자기에게 불리한 경우라도 일단 일을 결정한 이상에는 상대가 누구이건 자기가 한 말을 꼭 지켜야 합니다. 그리고 오빠도 실은 그런 결정을 내리셨기 때문에 자신에게는 불리한 판단을 내리신 셈이 되는 거죠." 하고 말하고서 이번에는 두 사람에게 말했습니다. "니아마님, 일어서세요. 그리고 이봐, 나오미. 너도 일어서." 둘이 일어서자, 교주의 누이동생은 말을 이었습니다. "진실을 믿는 임금님, 당신 눈앞에 서 있는 여자는 유괴된 나오미며, 알 하쟈지 빈 유스프 알 사카피가 서면으로는 금화 1만 닢으로 샀다고 속이고서 실은 유괴하여 당신에게 바친 여자입니다. 또 한 사람, 이쪽 분은 나오미의 남편으로 알 라비아의 아들 니아마라고 합니다. 그래서 당신의 경건한 조상님들께 맹세코, 함자와 우카일, 거기다 아바스에게 맹세코 이 두 사람을 용서하시고, 그 허물을 너그러이 보시어 나오미를 니아마에게, 니아마를 나오미에게 내어주시기 바랍니다. 그렇게 하시면 내세에서는 두 사람을 선처하신 탓으로 반드시 훌륭한 보답을 받으시게 될 것이옵니다. 왜냐하면, 두 사람은 당신에게 잡힌 몸, 게다가 당신의 음식을 먹었고, 당신의 음료수를 마셨기 때문입니다. 자, 내가 두 사람을 대신해 빌겠습니다. 제발 목숨을 살려주시기 바랍니다."

이 말을 듣고 교주는 말했습니다. "네 말은 지극히 당연한 말이다. 과연 나는 네가 말한 대로 결정하겠다. 나는 일단 결정한 것을 취소하는 그런 위인은 아니다." 그러고 나서 나오미에게 "이봐라, 나오미, 이 사람이 과연 네 남편인가?" 하고 묻자 나오미는 대답했습니다. "네, 충성된 자의 임금님, 임금님 말씀대로입니다." 그러자 교주는 "아무 걱정할 것 없다. 너를 남편에게, 남편을 너에게 주마." 하고 나서 니아마에게 물었습니다. "나오미의 소재를 알려, 이 궁전으로 들어올 수단을 가르쳐준 자는 누구더냐?" 그래서 니아마는 대답했습니다. "오, 충성된 자의 임금님, 제 신상 이야기를 들어보십시오. 신앙심이 두터운 조상의 유덕에 맹세코 절대로 무엇 하나도 감추진 않겠습니다." 그러고 나서 페르시아인 의사와 노파 사이의 경위에서부터 노파의 안내로 궁전으로 들어왔으나, 문을 잘못 들어가게 된 자초지종을 낱낱이 자세히 일러바쳤습니다. 이 말을 들은 교주는 크게 놀라 "그 페르시아인을 데리고 오라." 하고 말했습니다. 모두들 페르시아인을 데리고 오자, 교주는 그 자리에서 중신의 하나로 임명했습니다. 게다가 어의를 하사하고, 훌륭한 선물을 내리시고는 "이 사람처럼 훌륭한 일을 한 자는 중신으로 발탁하는 것이 당연한 의무이다." 하고 말했습니다. 교주는 또 니아마와 나오미에게도 톡톡히 포상과 명예를 충분히 내리고, 예의 그 노파에게도 포상했습니다. 그후 모두는 7일 동안 환락을 다하고, 현세의 온갖 재미를 맛보면서 교주의 궁전에 그대로 남아 있었으나, 니아마는 나오미를 데리고 쿠파로 돌아가고 싶다고 간청했으므로 교주는 이 소청을 들어주었으며, 두 사람은 얼마 후 쿠파로 돌아왔습니다. 그리고 니아마는 부모 품안으로 돌아와 환락의 파괴자, 즉 죽음이 찾아올 때까지 현세의 갖가지 기쁨을 맛보며 나날을 보냈습니다.

자, 아무쟈드와 아스아드는 바아람의 이야기를 듣고 아주 감탄하여 "거 참 기막힌 이야기로군." 하고 말했습니다.

―샤라자드는 날이 훤히 밝아오는 것을 깨닫고, 여기서 허락된 이야기를 그쳤다.

• 247일째 밤
샤라자드는 말을 이었다. 오, 인자하신 임금님, 아무쟈드와 아스아드는 이슬람교도로 개종한 배화교도인 바아람으로부터 이런 이야기를 듣고 매우 감탄했습니다. 그날 밤은 그런 식으로 보내고, 이튿날 아침이 되자 모두들 말을 몰고 궁정으로 가서 왕의 알현을 구했습니다. 왕은 알현을 허락하고는 아주 정중히 두 사람을 맞아들였습니다. 여러 가지 의논을 하고 있는데, 그때 난데없이 시민들이 아우성을 치며 살려달라고 하는 비명 소리가 들려왔습니다. 그러자 시종이 어전에 엎드려 보고하는 것이었습니다. "정확히는 모르겠으나, 어느 왕이 군대를 이끌고 도성 문전에다 야영을 하고 있습니다. 무장도 대단하고 해서 그 의도가 무엇인지 저희들로서는 도저히 알 길이 없습니다." 왕은 그 즉시로 대신인 아무쟈드와 그 동생인 아스아드에게 자문을 구하니 아무쟈드가 말했습니다. "제가 나가서 왜 왔는지 그 이유를 물어보고 오겠습니다." 그러고는 말에 올라 타 도성을 뒤로 하고서 야영지로 향했습니다. 당도하자 무수히 많은 백인 노예병의 군대를 이끌고, 왕이 주둔해 있었습니다. 위병들이 아무쟈드의 모습을 보자, 도성 내 왕이 파견한 사신으로 알고 자기들의 왕에게로 안내했습니다. 그래서 아무쟈드는 왕의 어전에 부복하고 나서, 얼굴을 쳐들고 보니, 아니 이건! 복면하여 얼굴을 가리고 있는 여왕이 아니겠어요! 여왕은 아무쟈드에게 말했습니다. "나는 이 도성에 야심이 있어서 온 것이 아닙니다. 그저 젊은 남자 노예를 하나 찾으러 온 것입니다. 그러나 당신 측에서 그 사나이를 찾아주면 아무 위해도 가하지 않겠지만, 찾아내지 못할 경우에는 당신 측과의 일전도 불사할 각오입니다." 아무쟈드가 "여왕님, 그것은 어떠한 노예입니까? 그 신분과 이름은?" 하고 묻자, 여왕은 대답했습니다. "노예의 이름은 아스아드, 내 이름은 마르쟈나라고 합니다. 그 노예는 배화교도인 바아람이라는 자에게 납치되어 우리들의 도성에 왔었으나 무슨 소리를 해도 팔지 않았습니다. 그래서 나는 완력으로 그 노예를 약탈했지만, 밤중에 주인인 바아람은 노예를 납치해가지고 몰래 데리고 도망쳐 버린 것입니다. 노예의 인상은 이러이러합니다."

아무쟈드는 그 이야기를 듣고서 여왕이 찾고 있는 노예야말로 다른 사람 아닌 아스아드임을 깨달았기 때문에 이렇게 말했습니다. "오, 현세의 여왕님, 아람도리라!—우리들을 가르쳐주시는 알라를 칭송할지어다!—당신이 찾고 계시는 그 노예라는 사람은 실은 제 동생입니다." 그러고 나서 머나먼 타향의 하늘 밑에서 둘이 당한 일들의 자초지종으로부터 검은 섬나라를 떠난 경위에 이르기까지 전부를 이야기했더니, 여왕은 뜻밖의 이야기에 놀랄 뿐 아니라, 아스아드를 찾아낸 것을 매우 기뻐했습니다. 여왕이 아무쟈드에게 어의를 하사하자, 아무쟈드는 곧 국왕에게로 다시 돌아와서 자초지종을 보고했습니다. 모두들 더할 나위 없이 기뻐했으며, 왕은 그 즉시로 아무쟈드와 아스아드를 데리고 마르쟈나 여왕을 맞으러 떠났습니다. 여왕에게 배알의 윤허를 얻은 일행은 앉아서 옛날 이야기를 하며 흥겹게 지내고 있는데, 갑자기 흙먼지가 새까맣게 공중으로 떠올랐는가 싶더니 순식간에 하늘을 덮고는 시야를 가로막고 말았습니다. 잠시 후에 먼지가 가라앉자 그 아래에서 승리의 무장도 씩씩하게, 머리끝에서부터 발끝까지 무장한 병사들이 조수처럼 도성을 향하여 돌진해 들어오고 있는 것이 아니겠어요. 그리고는 반지가 새끼손가락을 둘러싸고 있듯이 손에 손에 칼을 빼들고 도성 주위를 포위한 것입니다. 아무쟈드와 아스아드는 이 광경을 보고서 외쳤습니다. "진정으로 우리들은 알라의 것이므로 알라의 곁으로 돌아가리! 저 대군은 도대체 어떻게 된 셈이야? 아마도 적군임에 틀림없어. 그렇다면 마르쟈나 여왕에게 부탁하여 그 원조를 받지 않는 한, 도성은 빼앗기고, 우리들은 모두 개죽음을 당할 것이 뻔하다. 어쨌든 앞으로 나아가서 누구인지를 확인할 수밖에 딴 도리가 없어." 그래서 아무쟈드는 말에 올라타, 마르쟈나 여왕의 야영지로 통하는 성문을 빠져나와 접근해오는 군대 쪽을 향하여 말을 몰았습니다. 그런데 당도해 보니, 그것은 어머니 브두르 왕비의 부친이요, 자신의 외조부인 가유르왕의 군사가 아니겠습니까?

─샤라자드는 날이 훤히 밝아오는 것을 깨닫고, 여기서 허락된 이야기를 그쳤다.

• 248일째 밤
샤라자드는 말을 이었다. 오, 인자하신 임금님, 아무쟈드가 접근해오는 군대 쪽을 향하여 말을 몰고 당도해 보니, 그것은 섬들과 바다와 일곱 도서의 군주이신, 자기 외조부의 군대가 아니겠어요. 아무쟈드는 어전으로 나아가, 두 손을 짚고 전갈을 아뢰었습니다. 그러자 왕은 대답했습니다. "내 이름은 가유르왕이라 하며, 운명에 빼앗긴 공주 브두르를 찾으러 온 것이오. 왜냐하면, 이 브두르 공주는 집을 나가 소식이 묘연하고, 카마르 알 자만이라는 남편도 그 행방을 알 길이 없기 때문이오. 그대는 이 두 사람의 소식을 들은 일이 없는가?" 아무쟈드는 이 말을 듣고 잠시 고개를 숙이고 생각에 잠기어서는, 이 왕이야말로 틀림없이 자기 외조부라는 것을 알았습니다. 그래서 머리를 쳐들고, 땅에 엎드려 자기야말로 다름아닌 브두르 공주의 아들이라고 고백했습니다. 이 말을 들은 가유르왕은 아무쟈드에게 몸을 던지고는 둘 다 눈물에 젖었던 것입니다.

이윽고 가유르왕이 "이렇게 서로 만나게 되었으니 그대의 무사를 알라에게 감사하자." 하고 말한즉, 아무쟈드는 어머니 브두르 공주도 아버지 카마르 알 자만도 건강하게 검은 도성이라는 도시에서 살고 있다는 것, 다시 아버지가 자기와 동생에게 화를 내고서 사형에 처하라고 명령했지만, 내무대신이 불쌍히 여겨 목숨을 건져주었다는 것 등을 자세히 말씀드렸습니다. 그러자 가유르왕은 말했습니다. "그렇다면, 그대와 동생을 부친에게로 데리고 가서 화해를 시켜주리라." 아무쟈드는 크게 기뻐하며 부복하니, 왕으로부터 한 벌의 어의를 하사받고, 곧 궁전으로 돌아가 웃으면서 배화교도의 도성의 왕에게 가유르 왕과의 경위를 말씀드렸습니다. 이 말을 듣고 적이 놀란 왕은 양과 말과 낙타와 사료 따위의 선물을 가유르 왕에게 보내는 한편, 마르쟈나 여왕에게도 똑같은 물건들을 보냈습니다. 두 사람으로부터 자초지종을 들은 여왕도 "나도 이 군대를 이끌고 동행하여 화해에 힘써드리기로 하겠소." 하고 말했습니다.

때마침 또 먼지가 자욱이 일어, 차차 사방을 뒤덮고 시야를 가로막아 낮인데도 밤 못지않게 사방이 컴컴해졌습니다. 그 먼지 밑에서 함성과 아우성소리와 말의 울부짖는 소리가 들리고, 그 뒤를 이어 뽑아든 칼의 번쩍이는 모습과 휘둘러치는 창의 섬광이 눈에 띄었습니다. 이 새로운 군대는 도성 가까이로 쳐들어와, 다른 두

패의 군대를 보자, 북을 둥둥 울렸습니다. 배화교도의 왕은 이 광경을 보고 외쳤습니다. "오늘은 참 운이 좋은 날이로다. 저 두 패의 군대와 화해를 맺게 해주신 알라를 칭송할지어다! 알라의 뜻이라면 이 새로 나타난 군대와도 화해를 맺을 수 있을지 몰라." 그 다음 아무쟈드와 아스아드에게 "이제부터 당장 달려가서 저 군대의 상태를 염탐해보라. 아직껏 보지 못한 군세(軍勢)로다." 그래서 두 형제는 적군의 포위를 두려워하며, 굳게 닫힌 성문을 열고 말을 몰아 새로 나타난 군대 쪽을 향하여 말을 달렸습니다. 보니 과연 막대한 수의 대군, 그러나 옆으로 가까이 가니, 아니 이건, 검은 섬의 왕의 군대로 그 가운데 카마르 알 자만왕도 몸소 출진했던 것입니다.

　두 형제는 부왕을 바라보고, 그 앞에 엎드리자, 눈물을 흘리며 울었습니다. 한편, 카마르 알 자만도 두 아들의 얼굴을 보자, 몸을 내던져 몹시 흐느껴 울며 꼬박 얼마 동안 두 아들을 가슴에 꽉 껴안고 있었습니다. 그러고 나서 부왕은 전죄를 뉘우치며 사과하고, 두 아들이 없어진 후 쓸쓸한 생각에 얼마나 괴로워했는지 모른다는 말을 들려주었습니다. 두 형제가 가유르왕이 이 왕국에 와 있다는 것을 알리자, 부왕은 곧 중신과 두 아들을 데리고 가유르왕의 야영지로 달려갔습니다. 가까이 오자 왕자 중의 하나가 먼저 말을 몰고 가서 카마르 알 자만왕의 도착을 전했으므로 가유르왕은 곧 맞이하러 나와 뜻밖의 해후를 이상히 생각하면서도 만나주었습니다. 도성 사람들은 모든 종류의 맛좋은 음식과 과자로 축하연을 베풀었고, 또 말을 위시하여 낙타, 사료 그 밖의 토산물 등 장병들이 필요로 하는 물건들을 바쳤습니다.

　이럭저럭 하고 있는데, 또다시 먼지가 자욱이 떠오르며 사방이 보이지 않게 되었고, 대지는 말들의 말발굽소리에 진동하고, 소고(小鼓)는 폭풍처럼 울려 퍼졌습니다. 잠시 후 사진(砂塵)이 걷히자, 사슬갑옷을 입고, 온몸을 갑옷으로 빈틈없이 싼 기병대가 모습을 나타냈습니다. 전 장병은 검은 군복 차림이었으며, 그 한가운데

가슴까지 수염을 늘어뜨린 아주 나이 많은 노인이 말을 타고 있었는데, 이 사람 또한 마찬가지로 까만 군복 차림이었습니다. 도성의 왕, 백성 할 것 없이 그들을 보자 다른 왕들에게 말했습니다. "고맙게도 전능하신 알라의 뜻에 의하여 오늘 하루 사이에 당신들을 이곳에서 만나게 되었고, 서로 친형제와 다름없는 사이가 되었군요. 그런데 그건 그렇다고 치고, 벽처럼 둘러싸고 있는 저 군대는 저렇게 기세가 당당하니 이 어찌된 셈입니까?" 그러자 모두들 이구동성으로 대답했습니다. "걱정을 거두십시오. 우리들도 세 사람의 왕, 각기 대군을 이끌고 있지 않습니까? 만약 저놈이 적이라면 힘을 합쳐서 싸웁시다. 비록 적세(敵勢)가 우리의 세 배가 된다 하더라도……."

이러고 있는 사이, 도성을 향하여 다가오는 군대 가운데서 사자 하나가 나타났습니다. 모두가 카마르 알 자만왕을 위시하여 가유르왕, 마르쟈나 여왕, 거기다 이 도성의 왕이 있는 곳으로 데리고 가자 사자는 바닥에 부복하고는 "저의 군주는 페르시아의 국왕이신데, 이 기나긴 세월 행방불명이 된 왕자님을 찾아서 사방의 나라들을 두루 돌아다니고 계십니다. 당신들 나라에서 왕자가 발견되면 그건 다행한 일이고, 발견되지 않을 때에는 일전도 불사할 각오입니다." 하고 말했으므로 카마르 알 자만왕은 대답했습니다. "누구 마음대로 그렇게 되겠소. 그런데 그대의 왕은 아쟘의 나라(페르시아를 가리킴)에서는 뭐라고 불리고 있소?" "저의 임금님은 하리단 제도의 군주 샤리만왕이라고 합니다. 왕자의 행방을 찾아서 방랑하시던 여러 나라에서 이만큼의 군대를 모병하시게 된 것입니다."

카마르 알 자만왕은 그 말을 듣자, 한층 더 높이 비명을 지르며, 오랫동안 기절하여 쓰러져 있다가 마침내 정신을 차리자, 주룩주룩 눈물을 흘리면서 아무쟈드와 아스아드에게 말했습니다. "예, 아들들아, 사자를 따라가서 너희들의 조부님이시자, 나의 부친이 되시는 샤리만왕에게 인사를 여쭙고, 내가 여기 있다는 반가운 소식을 전해드리도록 해라. 부친은 내 행방불명을 슬피 여기시고 오늘까지도 나를 위하여 검은 옷을 입고 계신다." 그러고 나서 죽 늘어앉은 왕들에게 젊었을 때의 사건을 전부 이야기했으므로 모두들 매우 놀랐습니다. 그리고 카마르 알 자만은 도성을 나와 샤리만왕의 처소로 갔습니다. 두 사람은 서로 인사를 나누고 껴안자 기쁜 나머지 실신하여 땅 위에 쓰러지고 말았습니다. 한참만에 제정신으로 돌아오자, 카마르 알 자만은 아버지에게 지금까지의 모험담을 낱낱이 털어놓았으며, 다른 왕들도 샤리만 왕과 첫인사를 나누었습니다. 그러고 나서 모두는 마르쟈나 여왕과 아스아드를 결혼시켜, 앞으로 계속 편지를 보내어 안부를 전하라고 분부하고, 여왕의 나라로 떠나게 하자, 둘은 모두에게 작별인사를 고하고는 돌아갔습니다. 또 모두는 아무쟈드에게 바아람의 딸 보스탄을 시집가게 하여, 전부 다 같이 검은 도성을 향하여 출발했습니다. 고향에 당도하자, 카마르 알 자만은 그 길로 장인 아르마누스왕에게로 가서 지금까지의 자초지종과 두 왕자와 만나게 된 경위 등을 자세히 알렸습니다. 이 말을 들은 아르마누스왕은 매우 기뻐하며, 모두의 무사한 귀국을 축하했습니다. 그러고 나서 가유르왕은 딸 브두르 왕비를 찾아가, 인사를 나누고, 오랫만의 대면에 애틋한 부녀의 정을 나누었습니다. 이렇듯 꼬박 한 달 동안 검은 도성에 체류한 후, 부녀는 자기 고국으로 돌아왔습니다.

—샤라자드는 날이 훤히 밝아오는 것을 깨닫고, 여기서 허락된 이야기를 그쳤다.

• 249일째 밤
샤라자드는 말을 이었다. 오, 인자하신 임금님, 가유르왕은 공주와 장병을 거느리고, 아무쟈드도 일행 속에 끼어 고국을 향해 길을 떠나 무사히 고향에 당도했습니다. 가유르왕은 자기 왕국에 돌아오자, 외손자 아무쟈드에게 왕위를 넘겨주었습니다. 또 카마르 알 자만도 장인 아르마누스왕의 승낙을 얻어 아스아드를 왕위에 앉혀, 검은 섬 나라의 도성을 다스리게 했습니다. 그리고 자신은 아버지 샤리만왕과 함께 하리단 제도까지 여행을 했습니다. 백성들은 부자를 축하하며 도성을 장식하고, 한 달 동안이나 북을 치며 온 도성 안으로 반가운 소식을 퍼뜨렸습니다. 카마르 알 자만도 부왕의 궁전에 나아가 정사를 보았습니다. 이윽고 환락을 멸망시키고, 사람들의 교제를 끊는 자의 손에 의하여 세상을 떠나고 말았습니다. 알라야말로 모든 사건을 다 알고 계시는 신이십니다!

　—샤리야르왕은 말했습니다. "샤라자드, 정말 이상한 이야기구나!" 그러자 샤라자드는 "아니요, 임금님. 이 이야기는 다음 이야기만큼 이상하지는 않습니다." 하고 대답했습니다.

알라딘 아브 알 샤마트의 이야기

"그건 어떠한 이야기인가?" 하고 왕이 묻자, 샤라자드는 이야기를 하기 시작했다.

옛날 옛적, 지금부터 꽤 오랜 옛날, 카이로에서 샤무스 알 디인이라는 상인이 살고 있었다고 합니다. 이 사람은 시내 상인들 가운데서도 특히 신용할 수 있는 뛰어나게 훌륭한 인물이었으며, 내시는 말할 것도 없고, 하인과 시녀, 심지어는 백인 노예병까지를 두고 있는 막대한 재산가였습니다. 이 사람은 실제로 카이로 상인의 총수격이었는데, 아내와도 서로 금실 좋기로 이름난 부부였습니다. 흠이라고는 결혼한 지 근 40년이 되는데, 아들은 고사하고 딸 하나 두지 못했다는 것뿐이었습니다. 어느 날의 일이었습니다. 알 디인이 가게에 앉아 있으려니까 어느 상인을 막론하고 모두 하나 둘씩의 아들을 가게에 앉혀 놓고 있는 것이 눈에 띄었습니다. 그 날은 마침 금요일이었기 때문에 샤무스 알 디인은 목욕탕에 들어가서 전신 목욕을 한 다음 나와 이발소에 들어가 거울을 집어들고 얼굴을 들여다보며 "알라 외에 신 없고, 모하메드는 신의 사도임을 증명한다!" 하고 중얼거렸습니다. 유심히 수염을 들여다보고 있던 중 흰 수염이 눈에 띌 정도로 많아진 것을 보고, '이젠 죽을 날도 얼마 남지 않았구나' 하고 생각했습니다.

한편, 아내는 남편이 집에 돌아오는 시각을 잘 알고 있었기 때문에 목욕을 하고 언제나처럼 남편을 맞이할 준비를 하고 있었습니다. 때마침 남편이 돌아왔으므로 아내가 "어서 오세요." 하자 남편은 "어째 세상 살 맛이 없어." 하고 대답했습니다. 아내는 하녀에게 "저녁 준비를 하여라." 하고 분부하고는 준비가 끝나자 남편에게 "자, 어서 드세요." 하고, 말했습니다. 그러나 남편은 "먹고 싶지 않아." 하고 한 발로 상을 걷어차고는 아내에게 등을 돌렸습니다. "어째서 그런 짓을 하세요? 왜 화를 내세요." 하고 아내가 묻자, 상인은 "당신 탓이야." 하고 대답했습니다.

―샤라자드는 날이 훤히 밝아오는 것을 깨닫자, 여기서 허락된 이야기를 그쳤다.

● 250일째 밤

샤라자드는 말을 이었다. 오, 인자하신 임금님, 샤무스 알 디인은 아내에게 "당신 탓이야." 하고 대답했습니다. 아내가 "왜 그래요?" 하고 묻자, "오늘 아침 가게 문을 열고 보니 상인이라는 상인은 모두 아들을 하나 둘, 아니면 셋씩 넷씩 두고 있어 아버지와 함께 가게에 앉아 있는 것을 보고 나도 모르게 혼잣말이 나오더란 말이야. '너의 부친을 저승으로 보내신 신께서는, 언젠가는 너도 용서하지 않으실 것이다' 하고 말이야. 실은 말이야, 당신을 맨 처음 찾아간 날 밤에 당신은 나에게 단단히 약속시켰었지. 당신 이외엔 첩을 두지 않을 것, 또 아비시니아인이건 그리스인이건, 어느 인종이건, 어쨌든 측실을 절대로 두지 않을 것을 말이야. 그리고 또 하룻밤이라도 집을 비우지 않겠다는 것도 나로 하여금 맹세시켰었지. 그런데 당신은 아이를 낳지 못하니 당신을 상대하는 것은 마치 바위를 대하고 있는 것과 조금도 다를 바가 없어." 그러자 아내가 대답했습니다. "신께서 굽어 살피소서. 나쁜 건 바로 당신이에요. 당신 정기가 약하니 그럴 수밖에 없잖아요." 남편이 "정기가 약하다는 것을 당신이 어떻게 아오?" 하고 묻자 아내가 대답했습니다. "여자에게 애를 배게 할 능력도 없고, 아이를 낳게 할 힘도 없으니까요." "어떻게 하면 정기가 세어지는지 가르쳐 줘. 곧 사올 테니. 아마 그걸 먹으면 세어질 테지." 아내가 "약방에 가서 물어 보세요." 하고 대답하자, 남편은 그날 밤 아내와 동침하고, 이튿날 아침이 되자 아내에게 잔소리를 한 것을 후회했습니다. 아내도 아내대로 말대답 한 것을 후회했습니다.

　상인은 시장으로 가서 약방을 찾아 주인에게 인사했습니다. 약방 주인도 인사를 하자, 얼른 "저 혹시 강정제(強精劑)를 가지신 게 있는지요?" 하고 물었습니다. 그러자 약방 주인은 "가지고 있었는데 지금은 품절입니다. 다른 데로 가셔서 구해보십시오."라고 대답했습니다. 그래서 샤무스 알 디인은 시장을 한 바퀴 돌며 모두에게 물어보았지만 누구나 다 이상한 웃음을 웃을 뿐이었습니다. 마침내 자기 가게로 돌아오자 어찌할 바를 몰라 맥이 빠져 자리에 앉고 말았습니다.

　그런데 이 시장에 거간꾼의 부감독 노릇을 하고 있는 사나이가 하나 있었습니다. 이 사나이는 이름을 모하메드 삼삼 노인이라고 하며, 아편과 당약(糖藥)과 초록색 하시시를 평소 즐겨 애용하고 있었는데, 가난해서 매일같이 샤무스 알 디인을 찾아오곤 했습니다. 노인은 그날도 언제나처럼 가게로 오자, 상인에게 인사를 했습니다. 샤무스 알 디인도 인사를 하기는 했지만, 뚱한 모습을 보고서 노인이 말했습니다. "나리, 어째서 그리 기분나쁜 얼굴을 하고 계십니까?" 그래서 샤무스 알 디인은 아내와의 사이에서 벌어진 싸움의 경위를 낱낱이 들려준 다음 이렇게 덧붙였습니다. "결혼한 지 벌써 40년이 되는데, 아내는 자식이라곤 사내애고 계집애고간에 하나도 낳질 못했어요. 그런데 사람마다 '당신이 아이를 낳지 못하는 까닭은 정기가 약하기 때문이오.' 이러는 게 아니겠소. 그래서 나는 강정제 같은 것을 찾아 돌아다녔는데 아직껏 구하질 못했소." 그러자 모하메드 노인이 말했습니다. "이봐요, 나리, 나는 그 강정제를 가지고 있어요. 그런데 결혼한 지 40년이나 지난 당신 부인으로 하여금 잉태케 한다면 그땐 어떤 보수를 주시겠소?" 상인이 "만일 그것만 성사시켜준다면 영감을 행복하게 해주고, 사례도 하지." "그렇다면 제게 1디나르를 주십시오." "자, 2디나르를 가지시오." 그러자 노인을 돈을 받고서 말했습니다. "저 커다란 오지 그릇도 하나 주십시오." 상인이 그것을 주자 노인은 곧장 그 길로 마약을 파는 상인에게로 가서 로움산(產) 고형(固形) 아편 2온스와 중국산 필징과(畢澄果), 육계(肉桂), 정향(丁香), 소두구, 생강, 백후추, 그리고 도마뱀 따위를 2온스 가량 샀습니다. 그리고 이것들을 함께 섞어서 달콤한 올리브로 부글부글 끓였습니다. 그 다음 3온스 가량의 유향(乳香) 부스러기와 한 컵 가량의 코리앤더의 열매를 섞어서 모두를 잘 조합하여 부드럽게 한 다음 로움산 당밀을 섞어서 단약을 만들었습니다. 노인은 이것을 항아리에다 넣어가지고 상인에게로 가서 주며 "이것이 강정제입니다. 용법을 말씀드리면 저녁 식사 후에 숟갈로 한 숟갈 잡수시는데, 장미를 설탕에 절여서 만든 샤베트수와 함께 잡수세요. 그리고 우선 저녁 식사를 드실 때엔 잘 맛이든 향료를 듬뿍 친 양고기와 비둘기고기를 많이 잡수세요."

그래서 상인은 사라는 물건을 모두 사고, 양고기와 비둘기고기를 아내에게 내주며 "그걸로 맛있게 요리해주오. 내가 가지고 오라고 할 때까지 이 강정제는 잘 간직하고 계시오." 하고 말했습니다. 아내는 하라는 대로 식사 준비를 하였으므로 상인은 저녁을 먹었으며, 식사가 끝나자 예의 그 항아리를 내놓으라고 하여 당약을 조금 먹었습니다. 그랬더니 어찌나 입맛이 당기는지 나머지를 전부 먹어버린 후, 아내와 환락의 밤을 지내게 되었습니다. 그러자 아내는 그날 밤으로 잉태하여 석 달이 지나도 한방울의 피도 비치지 않았기 때문에 드디어 임신했다는 것을 알게 되었습니다. 이윽고 달이 차서, 진통이 오자 사람들은 환호성을 질렀습니다. 산파는 무한히 애쓴 끝에 아이를 받아내고, 삼을 가른 다음, 신생아에게 모하메드와 알라의 이름을 붙여주고 "알라는 가장 위대하도다." 하고 외고는 그 귓전에다 대고 기도의 문구를 속삭였습니다. 그 다음 갓난아이를 싸서 산모에게 넘겨주자, 산모는 가슴에다 안고

젖꼭지를 물렸습니다.

  산파는 모자 곁에 사흘 동안 붙어 있었는데, 그 동안 집안 사람들은 설탕이 든 빵과 과자 따위의 축하 과자를 만들어 이레째 되는 날에 이것을 동네 사람들에게 나누어주었습니다. 그러고 나서 악마의 눈을 방지하기 위하여 소금을 뿌린 다음에야 상인은 산모의 방으로 들어가 순산의 인사말을 한 다음 "알라께서 주신 것은 지금 어디 있소?" 하고 불렀습니다. 그러자 모두들 신이 만드신 비할 데 없이 뛰어나게 아름다운 젖먹이를 안고 나왔습니다. 아이는 아직 낳은 지 이레밖에 되지 않았지만, 돌이 지난 게 아닐까 하고 생각하게 할 정도였습니다. 샤무스 알 디인은 아들의 얼굴을 지켜보며 보름달처럼 잘생기고, 두 뺨에 점이 박혀 있는 것을 보고는, 아내에게 "이름을 뭐라 붙였소?" 하고 물었습니다. 그러자 아내는 "이 애가 여자애라면 제가 붙였겠지만, 남자애니까 어디 당신께서 지어 주세요." 하고 대답했습니다. 당시의 사람들은 길흉(吉凶)을 가려 이름을 짓는 습관이 있었으므로 부부는 여러 가지로 의논했습니다. 그러다가 누군가가 갑자기 "알라딘이라고 하면 어떨까?" 하는 바람에 그에 끌려 남편도 "그럼 알라딘 아브 알 샤마트라 부르기로 하지." 하고 말했습니다.

  유모 손에 맡겨진 아이는 2년 동안 그 젖을 먹고 자랐지만, 이유기가 오자 유모 품을 떠나 무럭무럭 자라나서 마루를 걸어 돌아다니게 되었습니다. 일곱 살이 되자, 알 디인은 악마의 눈이 두려워 뚜껑이 달린 지하실에 알라딘을 가두고, "수염이 날 때까지 내놓지 않겠다."라고 말했습니다. 그리고 시녀와 흑인 노예에게 아이의 시중을 맡겨, 시녀가 요리를 만들면 흑인 노예가 이것을 아이에게 갖다 주었습니다. 또 알라딘의 할례(割禮)를 치르고, 성대한 잔치를 베풀었습니다. 그것이 끝나자 법률학자를 한 사람 고용하여 읽기, 쓰기부터 시작해서 경전의 독송과 그밖의 여러 가지 학풍과 기예를 가르쳤으므로, 알라딘은 훌륭하게 학문을 터득하고, 기예가 완비된 청년으로 자랐습니다.

어느 날의 일이었습니다. 흑인 노예가 밥상을 날라다주고, 뚜껑을 열어둔 채 나가버렸습니다. 그래서 알라딘은 지하실을 빠져나와 어머니가 계신 곳으로 갔는데, 때마침 어머니는 신분이 높은 친구들과 담소하고 있었습니다. 그곳에 갑자기 미남자가 나타났으므로 여자들은 허겁지겁 베일로 얼굴을 가리며 어머니에게 말했습니다. "어머나, 이 이 좀 봐, 천벌 받겠네! 어째서 전혀 본 일도 없는 백인 노예를 이 자리에 나타나게 하는 거지요? 몸가짐 신앙에 있어서 가장 중요한 요소라는 것도 모르세요?" 그러자 어머니는 대답했습니다. "알라의 이름에 맹세하고 비스이라 외치세요. 이건 제 아들이랍니다. 아주 소중한 아들로, 아버지의 사업을 이을 아이지요. 유모의 손에서 금이야 옥이야 하고 애지중지 기른 제 아들이에요." 모두가 "댁에 아들이 있다는 말은 금시초문인데요." 하고 이구동성으로 말하자, 어머니는 "아버지가 악마의 눈이 무서워 지하실에서 길렀어요." 하고 대답했습니다.

―샤라자드는 날이 훤히 밝아오는 것을 깨닫자, 여기서 허락된 이야기를 그쳤다.

• 251일째 밤
샤라자드는 말을 이었다. 오, 인자하신 임금님, 알라딘의 어머니가 "실은 이 애 아버지가 악마의 눈이 무서워서 지하실에서 길렀는데, 아마 노예가 문단속하는 것을 잊어버렸기 때문에 나온 모양이에요. 그 애 아버지로서는 수염이 날 때까지 거기서 내보내지 않을 생각이었거든요." 하고 말하자, 친구들은 축하의 말을 했습니다. 한편 알라딘은 그곳을 나와 안뜰로 들어가 열어놓은 안방으로 들어가 앉았습니다. 때마침 그곳으로 아버지의 암탕나귀를 끈 노예들이 지나갔습니다. 알라딘이 "그 당나귀를 어디서 끌고 왔느냐?" 하고 묻자 모두들 대답했습니다. "당신 아버지를 가게까지 모셔다 드리고 오는 길입니다." "아버지께서는 무슨 장사를 하고 계신 거지?" 하고 묻자, "도련님 아버님은 이집트 상인의 총수이며 아랍인의 왕이십니다."라고 대답했습니다. 그래서 알라딘은 이번에는 어머니에게로 가서 물었습니다. "어머니, 아버님은 어떤 장사를 하고 계시죠?" 그러자 어머니는 대답했습니다. "네 아버님은 말이다, 이집트 상인들의 총수이시자 아랍인의 왕이시란다. 노예들은 금화 100닢 이하의 상품은 자기 재량에 의하여 처리하여 팔지만, 그 이상이 되면 일일이 모두 아버님에게 의논하고서 판단다. 그리고 또 크건 작건간에 어떠한 상품이건 이 나라 밖으로 나가는 것은 모두 네 아버님의 손을 거쳐야 하며, 아버님 마음대로 물건을 처분한단다. 그래서 말이다. 얘야, 전능하신 알라의 뜻으로 네 아버님은 도저히 헤아릴 수 없을 만큼 돈을 가지고 계신단다." 그러자 알라딘은 말했습니다. "어머니, 제가 아랍인의 왕의 아들이며, 아버지가 상인의 총수라는 것을 알라에게 감사해야 하겠습니다. 그렇지만, 어머니, 어째서 당신들께선 저를 지하실에 가두어놓고 계시는 거죠?" 어머니가 "그건 말이다. 사람 눈이 무서워서 그렇게 한 거란다. '흉악한 눈은 진실이니라' 하는 말이 있고, 영원한 집 속에서 잠을 자고 있는 사람들은 대개가 그 희생물이 된 사람들이니까." 하고 말하자, 아들은 "그렇다면 저, 어머니, 운명을 모면할 수 있는 은신처가 어디 있습니까? 아무리 조심해도, 어느 세상에서건 숙명을 누를 수는 없고, 어떤 사람일지라도 운명이 정해놓은 것을 피할 수는 없지요. 할아버지의 목숨을 빼앗은 신은 저도 아버님도 용서하지 않을 겁니다. 비록 오늘은 목숨이 붙어 있어도, 내일은 살아 있을지 어떨지 알 수 없잖아요. 아버님께서 돌아가시고 제가 대신 거리에 나서 '나는 상인 샤무스 알 디인의 아들 알라딘이다'라고 말해봐도 믿어줄 사람이라곤 아무도 없을 것이고, 나이가 든 신분이 높은 분들은 '나는 아직까지 한 번도 샤무스 알 디인의 아들이나 딸을 본 일이 없어' 하고 말할 겁니다. 그렇게 되면 세무공무원이 와서 아버지의 재산을 몰수할 거예요. '귀인이 세상을 떠나면 그 재산은 소멸되고, 가장 천한 자들은 그 부녀자를 뺏는다'라고 말한 사람에게 알라의 자비가 있으시옵소서. 그러니까, 어머니, 어머니가 아버님께 부탁드려 저를 시장으로 데리고 가서 저에게도 가게를 하나 내주라고 말 좀 해주세요. 그렇게 되면 상품을 늘어놓고, 가게에 앉아, 매매나 장사 솜씨를 배우게 될 테니까요." 어머니는 "아버님이 돌아오시면 곧 말씀드려 보겠다." 하고 대답했습니다.

샤무스 알 디인이 집에 돌아와 보니, 아들 알라딘 아브 알 샤마트가 어머니와 함께 앉아 있었으므로 "당신은 어째서 이 애를 지하실에서 내놓았소?" 하고 물었습니다. 그러자 어머니는 "여보, 이 애를 내놓은 것은 제가 아니예요. 하인이 문단속을 잘못했기 때문이에요. 제가 친구들과 이야기를 하고 있는데 그때 이 애가 불쑥 들어오지 않았겠어요." 하고 나서 알라딘이 부탁한 것을 말했습니다. 그러자 아버지는 "내일, 인샬라! 시장으로 데리고 가마. 그런데 말이다, 아들아, 시장이나 가게에 앉아 있을 때엔 어떠한 경우건 예의바르고 공손하게 하지 않으면 안된다."

알라딘은 부친과의 약속을 아주 기뻐하며 그날 밤을 보냈습니다. 이튿날이 되자 상인은 아들을 목욕을 시킨 다음 값비싼 옷을 입혔습니다. 그 다음 아침을 먹고 샤베트수를 마시고 나서 곧 샤무스 알 디인은 자기 암탕나귀를 타고, 아들을 다른 당나귀에 태운 다음 시동 하나를 데리고 시장으로 떠났습니다. 시장 사람들은 보름달처럼 잘생긴 젊은이를 데리고 총수가 다가오는 것을 보자, 서로 쑥덕거렸습니다. "저걸 좀 보시오. 총수 뒤를 따라오는 저 젊은이 말이오. 정말이지 우리는 저 사람을 훌륭한 사람이라 생각하고 있었는데, 어림없는 소리, 저 놈은 부추 같은 놈이라서 머리는 하얗지만 마음 속은 새파란 놈이야." 그때 전에 말씀드린 시장의 부감독 모하메드 삼삼 노인은 상인들을 향하여 "여러분, 저런 자를 우리들의 총수로 그대로 둘 순 없소. 절대로!" 하고 외쳤습니다.

그런데 총수인 샤무스 알 디인이 매일 아침 집을 나와 가게에 앉아 있노라면 시장 부감독이 나타나서 총수는 말할 것도 없고, 주위에 모여든 상인들을 위해 파티하, 즉 코란의 최초의 장을 읽고 나면, 한 사람씩 총수에게 아침 인사를 한 다음 각자 자기의 가게로 돌아가는 것이 습관이었습니다. 그러나 그날은 샤무스 알 디인이 언제나처럼 가게에 앉아 있어도 누구 하나 나타나지 않았습니다. 그래서 부감독을 불러서 "상인들이 오늘은 왜 오지 않는 거지?"하고 물었습니다. 그러자 부감독 모하메드 삼삼은 대답했습니다. "뭐라고 설명해야 좋을지 모르겠군요. 그 자들은 당신을 시장의 총수 자리에서 몰아내고, 금후로는 파티하를 외우지 않기로 합의를 보았다고 합니다." 샤무스 알 디인이 "그건 또 어찌 된 셈이오?"하고 반문하자, 부감독은 대답했습니다. "당신은 연세도 많고, 상인들의 총수이면서 그 옆에 앉아 있는 젊은이는 도대체 누구입니까? 백인 노예거나, 그렇지 않으면 마누라 구실을 하고 있는 사내입니까? 필경은 그 젊은이를 사랑하며, 그 무슨 추잡스러운 생각을 하고 있는 게 아닌가 싶어서요."

이 말은 들은 샤무스 알 디인은 큰 소리로 호통을 쳤습니다. "입 닥쳐, 이 등신아! 이건 내 아들이야." "아들이 있다는 건 금시 초문인데요." 그래서 상인 총수는 설명을 했습니다. "자네한테서 강정제를 받아먹은 덕택으로 아내가 임신을 하게 되어 이 애를 낳은 것이오. 그렇지만 악마의 눈이 무서워서 지하실에서 길렀고, 한 손으로 수염을 움켜쥘 만큼 자라지 않으면 세상에 내놓지 않을 작정이었어. 그런데 이 애 어미가 펄쩍 뛰며 반대하고, 아들놈도 아들놈대로 가게를 하나 차려 장사를 가르쳐 달라는 게 아니겠소?" 이 말을 들은 부감독은 그 길로 상인들에게로 가서 이 사실을 알렸습니다. 그러자 모두들 일어서서 부감독 뒤를 따라 샤무스 알 디인의 가게로 우르르 몰려왔습니다. 그러고는 총수 앞에 나란히 서서 코란의 처음 부분을 외우고, 그것이 끝나자 아들을 두게 된 축하의 인사를 하며 이렇게 덧붙였습니다. "자자손손까지 번영하시기를! 그런데 저희들 같으면 제 아무리 가난해도 아들이나 딸이 태어나면 미역국을 끓여놓고 친구며 친척들을 부르는 법인데, 당신은 어째서 그렇게 하시지 않았죠?" "그만큼 내가 빚을 진 셈이 되었구려. 그럼 화원에서 큰 잔치를 베풀기로 합시다 그려!" 하고 샤무스 알 디인은 대답을 했습니다.

—샤라자드는 날이 훤히 밝아오는 것을 깨닫자, 여기서 허락된 이야기를 그쳤다.

• 252일째 밤

동생 두냐자드가 언니에게 말했다. "졸리지 않으면 그 다음 이야기를 계속 해주세요." 그러자 샤라자드는 대답했다. "하고 말고."
오! 인자하신 임금님, 상인의 총수는 모두에게 축하연을 베풀겠다는 약속을 하고 "화원에서 잔치를 벌입시다." 하고 말했습니다. 이튿날이 되자, 샤무스 알 디인은 정원의 정자와 객실에 양탄자를 깔고 일꾼에게 정자와 객실을 모두 장식하라고 일렀습니다. 그리고 또 양고기와 정제버터 등 요리 만드는 데 꼭 있어야 할 물건들은 모두 다 그곳으로 옮겨놓았습니다. 그리고 정자와 객실에 식탁을 하나씩 차려놓게 했습니다. 그러고 나서 샤무스 알 디인과 아들은 허리에 띠를 둘렀습니다. 아버지는 아들에게 말했습니다. "흰 수염의 노인이 들어오거든 내가 나가 정자에 있는 식탁으로 안내하마, 너는 수염이 없는 젊은이가 들어오거든 맞이하여 객실로 안내하거라." 그러자 알라딘이 "아버님, 젊은이와 노인들에게 따로따로 식탁을 마련한 것은 무엇 때문입니까?" 하고 묻자, 아버지는 대답했습니다. "수염을 기르지 않은 젊은이는 수염을 기른 노인과 식사하기를 부끄러워 하기 때문이다." 아들은 아버지의 대답이 그럴 듯하다고 생각했습니다.
그래서 상인들이 몰려오자 샤무스 알 디인은 어른들을 정자로 안내했고, 아들 알라딘은 젊은이들을 객실로 안내했습니다. 마침내 식사가 들어오고, 손님들이 먹고 마시며 잔을 기울이면서 흥겹게 떠들기 시작하자, 하인들은 옆에 서서 향을 피웠습니다. 노인들은 학문이나, 예언자의 전설에 관하여 이야기하기 시작했습니다.

손님 가운데 바루흐의 마무드라 부르는 상인이 하나 섞여 있었습니다. 이 사나이는 겉으로는 이슬람교도인 척을 하고 있었지만, 실은 배화교도라서 젊은이들을 좋아하며 음탕하고도 추잡한 생활을 하고 있었습니다. 그리고 그전부터 알라딘의 아버지로부터 피륙과 물건을 사곤 했었는데, 그 아들을 첫눈에 보자마자 천 번이나 한숨을 내쉬었습니다. 마치 악마의 눈앞에다 보석을 걸어놓은 것과 마찬가지로 완전히 반해서 알라딘이 귀여운 나머지 미칠 것만 같이 마음이 들떴던 것입니다. 마침내 그 상인은 자리에서 일어나 젊은이들의 자리로 갔으므로 젊은이들은 자리에서 일어나 그를 맞았습니다. 바로 그때 알라딘은 몹시 오줌이 마려웠기 때문에 자리를 떠 소변을 보러 밖으로 나갔습니다. 그래서 마무드는 다른 젊은이들에게 "너희들이 알라딘을 설득하여 나와 함께 여행을 떠나도록 해주면 모두에게 옷을 한 벌씩 선사하겠다." 하고 말하고서 어른들 자리로 되돌아왔습니다. 젊은이들이 앉아 있자니 다시 알라딘이 들어왔으므로 모두들 일어서서 상좌에다 앉혔습니다. 얼마 있다 한 젊은이가 이웃 젊은이에게 "이봐, 하산, 자네 장사 밑천은 어디서 나왔지?" 하고 묻자, 그 젊은이는 대답했습니다. "나는 제 구실을 하게 되자 아버지에게 말했어. '아버님, 상품을 저에게 주십쇼.' 그러자 아버지는 '아들아, 내가 가지고 있는 건 아무것도 없다. 하지만 어느 상인한테서 돈을 꾸어 장사를 하면 되지 않겠느냐? 그리고 팔고 사는 것이며, 흥정하는 방법을 배우는 게 좋을 것 같다.' 그래서 나는 어느 상인 집으로 가서 1000디나르를 빌려서, 그 돈으로 피륙을 사가지고 다마스커스로 갔지 뭐야. 그것을 팔았더니 1디나르당 2디나르씩 이익이 남더란 말이야. 그 다음 이번엔 시리아의 피륙을 사서 아레포로 가지고 가서 비슷한 이득을 얻게 됐어. 그 다음 또 아레포의 피륙을 사가지고 바그다드로 가서 곱의 이득을 보고 팔아넘겼단 말일세. 이렇듯 자기 자본으로 장사를 계속하고 있던 중에 1만 디나르의 자본으로 불게 되었단 말이야."

다른 젊은이들도 각기 친구들에게 그런 종류의 이야기를 했는데, 마침내 알라딘이 이야기할 차례가 되었습니다. 모두가 이구동성으로 "알라딘, 그래 자네는?" 하고 묻자 알라딘은 "나는 지하실에서 자라다가 겨우 이번 주일에 나오게 되었습니다. 그저 가게에 나왔다가 집으로 돌아갈 뿐입니다." 하고 대답했습니다. 그러자 그들은 또다시 이구동성으로 말했습니다. "당신은 집에만 쳐박혀 있어서 여행의 즐거움을 모르겠군요. 여행이라는 것은 남자만의 특권이니까요." "나는 여행 같은 거 하고 싶지 않아요." 그러자 그들은 "이 사나이는 마치 물고기 같아 물을 떠나면 꼭 죽겠구먼." 하고 속삭이고 나서 다시 말을 이었습니다. "알라딘, 상인의 아들의 영예는 말일세, 돈 벌기 위하여 여행하는 데 있단 말일세." 알라딘은 그들의 이야기가 분해서 견딜 수가 없어서 눈물을 흘리며 침울한 마음으로 당나귀를 타고 집으로 돌아왔습니다. 어머니는 아들이 눈물에 젖어 침울해 있는 것을 보고서, "얘야, 왜 울고 있느냐?" 하고 물었습니다. 그러자 알라딘은 대답했습니다. "상인 아들들이 한 패가 되어 나에게 창피를 주고 '상인의 아들에게는 돈을 벌기 위하여 여행길에 나서는 것만큼 더 큰 영예는 없다'고 말하지 뭐예요."

──샤라자드는 날이 훤히 밝아오는 것을 깨닫자, 여기서 허락된 이야기를 그쳤다.

• 253일째 밤

샤라자드는 말을 이었다. 오, 인자하신 임금님, 알라딘은 어머니에게 말했습니다. "상인 아들들이 한 패가 되어 나에게 창피를 주고 '상인의 아들에게는 돈을 벌기 위하여 여행길에 나서는 것만큼 더 큰 영예는 없다.'고 말하지 뭐예요." "그럼 너는 여행길에 나설 생각이 있느냐?" "그렇고말고요!" "어디로 가려 하느냐?" "바그다드로 가겠습니다. 거길 가면 물건 값이 배가 되니까요." "아버지가 큰 부자라도 만일 너에게 물건을 사주시지 않는다면 내가 내 지갑에서 내주마." "'이왕 신세를 진다면 클수록 좋다'는 말이 있으니까 돈을 주시려면 지금 당장 주십시오." 그래서 어머니는 노예들을 불러 짐꾼을 데리고 오라고 명령했습니다. 그리고 나서 창고를 열어 피륙 열 짝을 꺼내 아들을 위하여 짐을 꾸리게 했습니다.

알라딘이 이러는 동안, 아버지 샤무스 알 디인은 온 마당을 다 찾아보았지만 아들의 모습이 보이지 않자 남에게 물어보았더니, 당나귀를 타고서 집으로 돌아갔다는 것입니다. 그래서 자신도 당나귀를 타고 집으로 돌아왔습니다. 그러나 집에 당도하여 보니 꾸려놓은 짐짝이 눈에 띄었으므로 무슨 일이 있었는지를 물었습니다. 어머니가 알라딘과 상인들의 아들들 사이에서 벌어진 이야기를 하자 아버지는 외쳤습니다. "여행이니 타국이니 하는 이에게 알라의 저주 있으라! 정말이지 알라의 사도(제발 신이시어, 사도에게 축복을 주시고 지켜주옵소서!)도 말하고 있다. '자기 고국에 있으며 나날의 양식을 먹는 자는 복이 있나니'라고 말이야. 또 옛 사람은 '십리라 할지라도 여행은 말라'라고도 했다." 그리고 나서 알라딘에게 말했습니다. "애야, 너 정말 여행이 하고 싶은 거냐? 취소할 생각은 없느냐?" "상품을 가지고 무슨 일이 있어도 바그다드로 가겠습니다. 그렇지 않으면 이 옷을 벗어버리고 탁발승의 옷을 입고 온 세상을 떠돌아다니겠습니다." 하는 아들의 대답에, 아버지는 말했습니다. "나는 빈털터리 가난뱅이는 아니다. 큰 부자야." 그리고는 금화를 위시하여 피륙, 상품 등을 모두 아들에게 보이며 "온 세상의 어느 나라에도 지지 않을 만큼의 피륙과 상품이 나에겐 있다." 하고 말했습니다. 그리고 그 많은 상품 가운데서 각기 정가 1000디나르라고 딱지가 붙은 짐을 싸놓은 짐짝 마흔 개를 아들에게 보이고서 말하기를 "얘, 아들아, 네 어머니가 준 10짝과 함께 이 40짝도 가지고 가라. 전능하신 알라의 가호 밑에 떠나는 게 좋겠다. 그래도 도중에 있는 '사자의 숲'이라고 하는 숲과 '개골짜기'라고 하는 골짜기가 걱정되는구나. 많은 사람들이 거기서 무참히 최후를 맞이하고 있으니까." "아버님, 그것은 어째서 그럽니까?" "아지란이라는 바다위인 산적이 있기 때문이다." 그러자 알라딘은 대답했습니다. "그것은 알라의 마음 여하에 달렸습니다. 조금이라도 알라의 마음에 든다면 아무런 위해도 받지 않을 겁니다." 그러고 나서 두 부자는 가축 시장으로 갔습니다. 한데, 그곳에 난데없이 낙타 몰이꾼 하나가 암낙타를 타고 나타나더니 총수의 손에다 입을 맞추고서 말했습니다. "나리, 언젠가 일이 있어서 만나뵌 이래 오래간만이군요." 그러자 샤무스 알 디인이 대답했습니다. "세상은 변하는 것이로다. 이런 노래를 부른 사나이는 알라도 불쌍히 여기시겠지."

  늙은이가 허리를 구부리고
  세상을 걸어갔습니다.
  너무나도 구부러져 턱수염도
  무릎까지 늘어졌군요.
  그래서 나는 물었습니다.
  '어쩌다 그리 구부러졌소?'
  그러자 늙은이는 말했습니다.
  (자기 두 손을 보이면서)
  '내 청춘은 사라지고
  먼지 속에 묻혀버렸네.
  보라! 청춘을 찾으려고
  허리를 구부리고 걷는 모습을'

노래를 끝내자 샤무스 알 디인은 말했습니다. "대상의 두목이여, 여행하려는 것은 내가 아니라, 바로 내 아들이야." 그러자 낙타 몰이꾼은 "당신을 대신하여 당신의 아들에게 알라의 가호가 있으시기를!" 하고 말했습니다. 그러고 나서 총수는 알라딘과 낙타 몰이꾼 사이에 계약서를 만들어, 젊은이를 몰이꾼의 아들로 삼고 모든 일을 낙타 몰이꾼에게 일임한다는 것을 조건으로 하고서, "이 금화 100닢을 당신 가족에게 주십시오." 하고 말했습니다. 그리고 아들에게는 당나귀 60두와 램프를 하나, 지란의 사이드 아브드 알 키리르(서력 기원 12세기의 신비
론자. 카피르단의 시조)를 위한 무덤 덮개 등을 사주고, "애야, 아들아, 내가 없는 동안은 이 분이 내 대리시다. 하라는 대로 무슨 말이건 잘 들어야 한다." 하고 말했습니다. 그렇게 말하고서 부자는 당나귀와 하인들을 데리고 집으로 돌아왔습니다. 그리고는 그날 밤 코란의 독경을 행하고, 아브드 알 키리르 알 지라니 장로의 영혼을 달래기 위한 잔치도 치렀습니다.

이튿날 아침이 되자, 총수는 알라딘에게 1만 디나르를 주면서 "바그다드에 도착하여 쉽게 피륙이 팔릴 것 같거든 팔도록 해라. 그러나 마음대로 팔리지 않거든 이 돈을 써라." 하고 말했습니다. 이윽고 당나귀에 짐을 싣고 서로 작별인사를 고하자 일행은 도성을 벗어나 여행길에 올랐습니다. 그런데 예의 그 바루흐의 마무드는 재빨리 바그다드로 떠날 준비를 갖추고서 성 밖에 천막을 치고 짐들도 그곳으로 옮겨놓고 있었습니다. 그리고 마음 속으로는 "방해를 할 건달이나 귀찮은 방해꾼도 없을 사막에 나가기 전에는 그 젊은이를 즐길 순 없을 거야." 하고 생각하고 있었습니다. 이보다 앞서 우연히 이 사나이는 1000디나르의 현금을 가지고 있었는데, 이 돈은 샤무스 알 디인에게 갚아야 할 거래상의 돈이었던 것입니다. 그래서 마무드는 총수에게로 가서 작별인사를 고하자 젊은이의 부친은 "내 아들 알라딘에게 그 1000디나르를 주시오." 하고 말하고서 다시 "그앤 말하자면 당신 아들이나 마찬가지니까." 하고 덧붙이고, 아들을 잘 돌봐달라고 부탁했습니다. 그런 까닭으로 알라딘은 바루흐의 마무드와도 여행길을 동행하게 되었습니다.

─샤라자드는 날이 훤히 밝아오는 것을 깨닫자, 여기서 허락된

이야기를 그쳤다.

- **254일째 밤**

샤라자드는 말을 이었다. 오, 인자하신 임금님, 알라딘은 바루흐의 마무드와도 여행길을 동행하게 되었습니다. 이 사나이는 출발에 앞서 젊은이의 전속 요리사에게 알라딘의 요리를 만들지 못하게 명령하고는 자기 손으로 젊은이와 그 일행의 음식물과 음료수를 마련해주었습니다. 그 밖에도 이 사나이는 카이로와 다마스커스, 아레포와 바그다드에 각각 한 채씩, 모두 네 채의 집을 가지고 있었습니다.

그래서 일행은 드디어 여행길에 올라 사막과 숲을 지나 자꾸만 앞으로 나아가는 중 마침내 다마스커스 근교에 당도했습니다. 마무드는 자기 노예를 시켜서 알라딘을 부르러 보냈는데, 마침 그때 알라딘은 앉아서 책을 읽고 있었습니다. 노예가 가까이 다가가서 젊은이의 손에 입맞추자, 알라딘은 "웬일이냐?" 하고 물었습니다. 그러자 노예는 "저, 주인님께서 도련님에게 안부를 전하시고, 식사는 댁에서 대접하고 싶으니 꼭 오시라는 분부십니다." 그러자 알라딘은 "아버지 샤무스 알 디인의 대리인, 카마르 알 디인과 의논한 다음에 대답하겠소"라고 말했습니다. 그래서 후견인에게 의견을 물었더니 "가지 마십시오"라고 대답하였습니다.

일행은 또다시 다마스커스를 떠나 여행을 계속하여 드디어 아레포에 당도했습니다. 그러자 마무드는 또다시 식사에 알라딘을 초대했습니다. 알라딘이 대장에게 의논하자 대장은 또다시 이것을 말렸습니다. 그리고 나서 또다시 일행은 아레포에서 여행을 계속하여 마침내 바그다드까지는 한 역밖에 안 남은 지점에까지 오게 되었습니다. 여기서 마무드는 세번째의 연회 준비를 하고서 알라딘을 초청했습니다. 카마르 알 디인은 또다시 이 초청을 거절했습니다만, 젊은이는 "세 번이나 거절할 수는 없어요. 이번에는 무슨 일이 있어도 가지 않으면 안돼요." 하고 말하고는 일어서서 옷 아래 어깨에다 칼을 메고 마무드의 천막으로 갔습니다. 마무드는 젊은이를 맞이하며 인사했습니다. 그리고 나서 굉장히 호화로운 요리를 늘어놓고, 두 사람은 먹고 마시고 한 다음 손을 씻었습니다. 그러던 중 마침내 마무드는 알라딘에게로 달려들어 별안간 입을 맞추려고 했습니다. 그러자 젊은이는 한 손으로 그것을 막으며, "이게 무슨 짓이오?" 하고 꾸짖었습니다. 그러자 마무드는 말했습니다. "내가 당신을 이곳으로 초청한 것은 당신을 상대로 하여 재미를 보고 싶었기 때문이오. 이런 시도 있는데, 어디 한 번 읊어볼까?"

   양의 젖이거나, 아니면
   그 어떤 반짝거리는 것이
   눈 깜짝할 동안만이라도
   우리들 곁으로 와주지 않으려나.
   맛있는 요리
   배부르게 먹고
   축의금은 은화로 받고
   무엇이든 좋으니 마음대로 가지시오.
   왼손 한 주먹 잔뜩
   아니면 한 자쯤.

그리고 나서 바루흐의 마무드는 알라딘을 두 팔로 껴안고서 욕을 보이려고 했습니다만 젊은이는 몸을 일으켜 칼을 뽑아들고, "늙은이 주제에 수치를 좀 아시오! 알라가 무섭지 않소? 황송하신 신이 무섭지도 않느냐 말이오? 이렇게 노래부른 사람에게 알라의 자비가 있으시기를."

   네 놈의 흰 음모(陰毛)를
   더럽히지 않도록 조심하여라

색이 희면 흴수록
쉽게 더러움을 타는 법이니까.

　노래를 끝마친 알라딘은 바루흐의 마무드에게 말했습니다. "이 물건(자신의 동정)은 알라께서 주신 것이라 팔 수는 없소. 만일 당신 이외의 다른 자에게 금화로 팔 것이라면 당신에게는 은화로 팔아주겠소. 하지만 이 더러운 악당, 나는 이제부터는 당신과의 동행을 그만두겠소." 젊은이는 안내역인 카마르 알 디인에게로 돌아와서 말했습니다. "그놈은 추잡한 놈입니다. 앞으로 동행은 딱 질색입니다." "그래서 내가 말하지 않습디까, '그놈 옆으로 가지 말라'고. 하지만 이제 그놈과 헤어지면 이쪽 신변이 위험하게 될지도 모릅니다. 어쨌든 이대로 어울려 갑시다." 그러나 알라딘은 외쳤습니다. "그놈과 함께 다시 여행을 계속하다니 그건 정말 질색이오."
　그래서 젊은이는 낙타와 당나귀에 짐을 싣고 일행을 독촉하여 먼저 여행을 계속했습니다. 마침내 어느 골짜기에까지 오게 되자, 알라딘은 거기서 일단 휴식을 취하려고 했습니다. 그런데 낙타 몰이꾼이 "여기서 쉬어서는 안됩니다. 그것보다는 힘껏 서두른다면 성문이 닫히기 전에 바그다드에 당도할지도 모릅니다. 그곳 사람들은 이교도가 도성을 점령하여 신앙의 책을 티그리스강에 던져버리지나 않을까 두려워 일출과 일몰에 맞추어 성문을 열고 닫고 하기 때문입니다." 그러자 알라딘은 대답했습니다. "아저씨, 내가 이 상품을 가지고 고국을 떠나 멀리 여기까지 장사하러 온 것은 이국과 이국인들을 구경하며 기분전환을 하고 싶었기 때문이오." 그러자 대장은 말했습니다. "우리들이 그러는 건 말이오. 당신의 몸과 상품을 걱정하고 있기 때문이오. 사막에서는 아라비아인의 습격을 언제 받을지 그걸 누가 압니까?" 젊은이는 이 말을 듣고서 "뭐요, 당신은 내 주인이오, 아니면 내 부하요? 나는 내일 아침까지 바그다드에 들어가진 않을 테요. 도성 사람들에게 이 상품을 보여주고, 내 신분도 충분히 알리고 싶단 말이오." 하고 말하자, 상대방은

"그럼 좋을 대로 하시오. 나도 정성껏 분별있는 충고를 해드렸지만 자기 자신의 일은 당신 자신이 가장 잘 알고 있을 테니까."

알라딘은 당나귀의 짐을 풀고, 천막을 치라고 명령했습니다. 그래서 모두들 하라는 대로 하고서 휴식을 취했는데, 밤중에 알라딘은 소변을 보러 밖에 나가서 보니 저 앞으로 갑자기 번쩍번쩍 빛나는 것이 보였습니다. 그래서 카마르 알 디인에게 "대장, 저 번쩍거리는 것은 도대체 뭐겠소?" 하고 물었습니다. 낙타 몰이꾼이 일어나 곰곰이 보더니, 마침내 바다위인의 창끝과 무기의 강철이 번쩍거리는 것이라는 것을 깨닫게 되었습니다. 좀더 자세히 보니 이거 큰일났습니다! 두목 아지란 아브 나이브가 이끄는 아랍인의 일당이 아니겠습니까? 야영지로 가까이 오다가 고리짝과 짐이 산처럼 쌓여 있는 것을 보고서 도적들은 이구동성으로 "야, 오늘밤은 단단히 수지맞겠는 걸!" 하고 모두 좋아했습니다. 카마르 알 디인은 그 환성을 듣고서 "아랍인의 도적놈들, 어서 꺼지지 못해!" 하고 고래고래 소리를 질렀습니다. 그러나 아지란 아브 나이브가 손에 들고 있던 창으로 상대방의 가슴을 들이박자 대장은 천막 입구에 꽈당 하고 쓰러지고 말았습니다. 이어 물지게꾼이 "이 돼지 같은 놈들아, 꺼져 버려!" 하고 외치자, 도적 하나가 그의 어깨를 향하여 칼을 내리치니 목덜미가 부러지며 그 자리에서 그만 죽고 말았습니다. (그동안 알라딘은 숨어서 그 광경을 지켜보고 있었습니다.) 이윽고 바다위인은 대상을 사방에서 포위하여 알라딘의 일행을 한 사람도 남기지 않고 베어 죽이고는 당나귀에 약탈품을 싣고 떠나버렸습니다. 알라딘은 "당나귀와 옷만 없다면 설마 아무도 죽이진 않겠지!" 하고 중얼거리면서 일어서 저고리를 벗어 당나귀 등에 걸쳐주고, 자신은 속옷과 바지 차림이 되었습니다. 그러고 나서 무심코 천막 입구를 바라보고 있자니까, 시체에서 흘러나온 피가 땅에 흥건히 고여 있으므로, 속옷 차림으로 그 속에서 딩굴었더니 마치 자기가 흘린 피에 젖어서 쓰러진 것처럼 보였습니다. 한편 아랍인의 도적 두목 아지란은 부하들에게 말했습니다. "어이,

애들아, 저 대상은 이집트에서 바그다드로 가는 중이었던가, 아니면 바그다드에서 이집트로 가는 중이었던가?"

―샤라자드는 날이 훤히 밝아오는 것을 깨닫자, 여기서 허락된 이야기를 그쳤다.

● 255일째 밤

샤라자드는 말을 이었다. 오, 인자하신 임금님, 바다위인의 두목이 부하들에게 "어이, 애들아, 저 대상은 이집트에서 바그다드로 가는 중이었던가, 아니면 바그다드에서 이집트로 가는 중이었던가?" 하고 묻자 그들은 "이집트에서 바그다드로 가는 중이었습니다." 하고 대답했습니다. 그러자 두목은 "시체 있는 데로 다시 돌아가자. 어째 대상 대장놈이 아직 거꾸러진 것 같지 않아." 하고 말했습니다. 그래서 그들은 다시 시체 있는 데로 후퇴하여 창과 칼로 일일이 시체를 찔러보기도 하고, 베기도 하면서 마침내 알라딘이 있는 데까지 오게 되었습니다. 그가 아까부터 시체 사이에 쓰러져 있었다고 하는 것은 벌써 이야기한 대로입니다. 모두가 그 옆으로 오자, "네놈은 죽은 척을 하고 있구나. 옳지, 마지막 천당행을 가게 해주마." 하고 말하면서 이제라도 당장 창을 치켜들고 가슴에다 들이박을 기세였습니다. 그 순간 알라딘은 "오, 지란의 성자님, 우리 주 아브드 알 키리르님, 제발 살려주십시오!" 하고 외쳤습니다. 그러자, 이상하게도 어디선지 모르게 한쪽 손이 그 창을 밀어제치는 바람에 창 끝은 그대로 낙타몰이꾼의 가슴팍을 뚫고 들어가, 알라딘은 위기를 모면하게 되었습니다.

아랍인들이 사라지자, 알라딘의 눈에는 새의 떼가 신이 내리신 사자들과 함께 날아가는 것이 보였습니다. 주위에 아무도 없음을 확인하자, 알라딘은 우뚝 일어서서 죽어라 하고 내달리기 시작했습니다. 그때 아브 나이브가 갑자기 뒤돌아다보며 부하들에게 외쳤습니다. "어이, 이봐, 뭐가 저기 달려가고 있잖아!" 그러자 도적

중 하나가 뒤돌아서 알라딘이 도망치고 있는 것을 발견하고는 큰 소리로 외쳤습니다. "네 이놈. 도망칠려면 어디 도망쳐봐라!" 그러고는 말의 옆구리를 등자로 들이박고는 전속력으로 그 뒤를 추격했습니다. 한편 알라딘은 눈앞에 물통과 샘물이 나타났기 때문에, 샘물 안에 서 있는 사당 안으로 기어올라가 큰대자(大)로 자고 있는 척을 하고서 "오, 자비심 많은 수호자여, 철의 장막 같은 수호의 장막으로 이 몸을 감싸주옵소서!" 하고 외쳤습니다. 때마침 예의 그 바다위인이 샘물가로 다가오며, 쇠 등자를 딛고서 손을 뻗쳐 알라딘을 꽉 움켜잡으려고 했습니다. 젊은이는 "오, 우리 공주 나피사님! 이제야말로 당신의 구원이 필요한 때이옵니다. 살려주옵소서!" 하고 빌었습니다. 그러자 이게 어찌된 일입니까? 전갈 한 마리가 나타나 바다위인의 손을 죽어라고 쏘았으니 무슨 수로 견딜 수가 있겠습니까? 바다위인은 비명을 지르며 "살려줘! 여보게들, 전갈이 쏘았어!" 하고 외치면서 말에서 굴러 떨어졌습니다. 동료들이 달려와 말에 실으면서 "어떻게 된 거야?" 하고 물었습니다. 그러자 "전갈한테 쏘였어." 하고 말했으므로 두 놈은 일당과 함께 그 자리를 떠나버렸습니다.

 알라딘은 그대로 사당 안에 숨어 있을 때, 바루흐의 마무드는 당나귀에 짐을 싣고 여행을 계속하여 '사자의 숲'까지 와서, 보니 알라딘의 시종들은 몰살을 당하고 있지 않겠습니까? 그 모습을 보고 마음이 흐뭇해진 마무드는 길을 재촉하던 중 마침내 물통이 있는 샘물가에 당도했습니다. 잔뜩 목이 마른 당나귀가 샘가로 가서 물을 마시려고 하다가 알라딘의 모습이 물 위에 비쳐 있었기 때문에 놀라서 뒷걸음질쳤습니다. 마무드가 눈을 들어보니 알라딘이 속옷과 바지 바람으로 사당 속에 누워 있었으므로 "당신을 이 지경으로 만든 것은 도대체 어떤 놈이란 말이오?" 하고 묻자 알라딘은 "아랍인이오." 하고 대답했습니다. 마무드는 다시 말을 이었습니다. "당나귀와 짐이 당신의 몸값이 된 셈이군요. 이런 노래도 있으니 마음을 턱 놓으시오."

그 때문에 목이 붙어
목숨을 건질 수만 있다면
재산 같은 것은 비할 것 못되네.
손톱의 때만한 가치도 없나니.

"하지만 어서 내려오시오. 아무것도 걱정할 것 없소." 이 말을 듣고 알라딘이 사당에서 내려오자, 마무드는 그를 당나귀 등에 태워 가지고 함께 바그다드까지 여행을 계속했습니다. 바그다드 시내로 들어가자, 마무드는 자기 집으로 데리고 가서 목욕을 시킨 다음 "이봐, 내 말 좀 들어봐, 물건도 돈도 다 당신 목숨을 건진 몸값이 된 셈이야. 그러나 내 말을 잘 들어준다면 당신이 잃은 것의 두 배나 줄 테니 그리 아시오." 하고 말했습니다. 목욕을 마치자, 마무드는 사방으로 높은 대가 달린 황금 장식의 객실로 젊은이를 안내하여 온갖 종류의 맛있는 음식을 늘어놓은 상을 가져오라고 명령했습니다. 식사가 끝나자 마무드는 알라딘에게로 접근하여 입맞추려고 했으나 젊은이는 손으로 가로막으며 "아니, 당신은 여전히 끈덕지게 추잡한 욕망을 채우려는 거요? 벌써 전에 말하지 않았소. 이 물건을 금화로 다른 사나이에게 팔라치면 당신한텐 은화로 팔겠다고." 그러자 마무드는 말했습니다. "내 원을 풀어주지 않으면 상품도 당나귀도 옷도 줄 수도 없소. 나는 당신한테 홀딱 반했단 말이야. 이런 시를 쓴 시인에게 축복 있으라!"

우리들의 장로 아브 바랄은
평소에 하는 말을
그 장로들의 탓으로 돌리고
우리들에겐 이렇게 말한답니다.
입을 맞추어도 포옹해도
사랑에 미치면 낫질 않아요.
고칠 수 있는 약은 단 하나

교접뿐이랍니다.

알라딘은 대답했습니다. "그건 딱 질색이오. 옷이고 당나귀고 다 가져가시오. 나갈 테니 문을 열어줘요." 마무드가 문을 열어주자 알라딘은 밖으로 나와 뒤도 돌아보지 않은 채 그냥 자꾸만 걸어갔습니다. 어둠 속을 걸어가고 있는데 개들이 알아채고 짖어대는 바람에 어느 사원의 문이 열려 있는 것이 눈에 띄었으므로 살았다 생각되어 현관 옆으로 해서 안으로 들어가 몸을 감췄습니다. 그러고 있는데 갑자기 등이 하나 이쪽으로 다가오고 있었습니다. 자세히 보니 그것은 두 상인을 비춰주고 있는 두 노예가 들고 있는 초롱불이었습니다. 그런데 그 중 하나는 얼굴이 잘생긴 노인이고, 또 하나는 젊은 남자였는데, 젊은이가 노인에게 하는 말소리가 알라딘의 귀에 들려왔습니다. "저, 할아버지, 제발 부탁이오니 제 누이동생을 돌려보내 주세요!" 그러자 노인은 대답했습니다. "몇 번 얘기해야 알아듣겠냐? 안된다고 그랬잖아. 마치 경 읽듯이 입버릇처럼 이혼 이혼 하고 있을 때 내가 몇 번이나 말리지 않았느냐." 이렇게 말하며 오른쪽으로 얼굴을 돌린 순간 마치 보름달처럼 잘생긴 알라딘의 모습이 문득 눈에 띄었으므로 노인은 곧 소리를 질렀습니다. "안녕하시오! 그대는 누구인가!" 알라딘은 답례하고 나서, "저는 이집트 상인의 총수 샤무스 알 디인의 아들 알라딘이라고 하는 사람이올시다. 실은 아버지께 상품을 졸라댔더니 아버지께서 그 자리에서 피륙과 상품을 50 짝이나 만들어주셨습니다.

— 샤라자드는 날이 훤히 밝아오는 것을 깨닫자, 여기서 허락된 이야기를 그쳤다.

• 256일째 밤

샤라자드는 말을 이었다. 오, 인자하신 임금님, 알라딘은 말을 이었습니다. "아버지는 당장 그 자리에서 50짝의 상품을 포장하여

주셨을 뿐만 아니라, 돈도 1만 디나르나 주셨기 때문에 저는 바그다드로 여행길을 떠났던 것입니다. 그런데 '사자의 숲'까지 왔을 때 아랍인 산적들의 습격을 받고 물건과 돈을 몽땅 약탈당하고 말았던 것입니다. 그런 까닭으로 정처없이 시내로 들어왔습니다만, 이 사원이 눈에 띄었으므로 이거 다행이다 생각하고 하룻밤을 지새우려고 하고 있는 참입니다." 그러자 노인이 "저, 젊은이, 내가 돈 1000디나르와 옷 한 벌과 거기다 2000디나르나 하는 당나귀를 한 필 당신에게 드릴까 싶은데 어떠신가요?" 하고 말했으므로 알라딘은 "할아버지, 무슨 까닭으로 저에게 그렇게 후하게 대접하시려는 거죠?" "나와 동행하고 있는 이 젊은이는 실은 내 조카인데 외아들이오. 그리고 나에겐 비파를 잘 뜯는 즈바이다라는 딸이 하나 있는데, 기가 막히게 맵시가 좋다오. 그래서 나는 딸애를 이 조카에게 주지 않았겠소. 그런데 조카는 딸애를 사랑하는데, 딸애는 조카가 싫어서 죽겠다는 거요. 그런 상태로 살아오다가 조카는 두 번이나 맹세를 하여 그것을 어길 때는 이혼을 하겠다는 약속을 했다오. 그런데 애가 맹세를 깨자 딸애는 잘됐다고 곧 집을 나와버리지 않았겠소. 그래서 조카는 사방으로 사람들에게 부탁하여 딸애가 돌아오도록 나에게 좀 얘기해달라고 야단이지 뭐요. 그러나 법률상 중간결혼을 거치지 않고선 어떻게 할 길이 없다고 내가 타일렀소. 그래서 조카가 누구한테서든 욕을 먹거나, 창피를 당하지 않도록 아무것도 모르는 사람을 중개자로 하기로 이야기가 타결되었다오. 한데 당신은 타국 사람이니 나를 따라오면 딸애와 결혼시키겠소. 오늘밤 딸애와 동침했다가 내일 이혼해주면 아까 얘기한 만큼의 대가를 드리겠소이다."

알라딘은 속으로 생각했습니다. "확실히 집안 침상에서 하룻밤 신부와 동침하는 편이 길가나 문간에서 자는 것보다는 훨씬 낫지!" 그래서 두 사람 뒤를 따라 재판관에게로 갔습니다. 재판관은 알라딘을 보자마자 젊은이에게 홀딱 반해버려 노인에게 말했습니다. "무슨 일로 오셨죠?" 그러자 노인은 대답했습니다. "실은 중간

혼례를 올리기 때문에 이 젊은이를 딸의 남편으로 삼고 싶습니다. 계약서에는 지참금으로 금화 1만 닢을 지불할 의무를 지게 하고 싶습니다. 그리고 딸애와 하 밤 동침하고서 내일 아침 이혼해주면 우리는 둘이서 각각 1000디나르를 주겠소. 그러나 만약 이혼해주지 않는다면 계약대로 1만 디나르를 받겠소이다." 모두들 이 계약에 동의했고, 신부의 부친은 알라딘의 증서를 결혼과 재산 계약서로서 받게 되었습니다. 그래서 노인은 알라딘에게 새옷을 입혀 가지고 딸네 집으로 데리고 가, 문간에서 기다리고 있으라고 일러놓고는 자기만 혼자 안으로 들어갔습니다. "자, 네 결혼과 재산 계약서를 받아라. 알라딘 아브 알 샤마트라는 아름다운 젊은이에게 너를 시집보냈기 때문이다. 친절하게 대해주어라." 노인은 딸에게 계약서를 넘겨주고 나서 그 길로 자기 숙소로 돌아왔습니다.

노인의 조카에게는 즈바이다네 집에 드나드는 늙은 시녀 하나가 있었습니다. 조카는 평소에 이 노파를 잘 돌봐주고 있었으므로 이렇게 말했습니다. "저, 할머니, 사촌 누이동생 즈바이다는 저 아름다운 젊은이를 보는 날엔 내 말 같은 건 귓등으로도 듣지 않을 거예요. 그래서 말인데요, 어떤 계략이라도 써서 저 둘이 서로 접근하지 못하도록 해야겠는데 어떻게 힘 좀 써주시겠어요?" 그러자 노파는 대답했습니다. "당신의 젊은 목숨을 걸고라도, 절대로 그 사나이를 아가씨에게 접근 못하도록 하겠어요!" 그러고 나서 알라딘에게로 가서 말하기를 "젊은 양반, 당신에게 한 가지 의견을 말하고 싶은데, 내 말을 잘 들으시오. 왜냐하면 저 젊은 여자 일로 당신 신상이 걱정되어 하는 말이오. 저 여자와 동침을 해서는 안 됩니다. 몸을 만지거나 곁으로 다가서지 않는 편이 당신 몸을 위하여 좋을 것입니다." "어째서요?" 하고 알라딘이 묻자 노파는 대답했습니다. "저 여잔 문둥병자랍니다. 장래가 구만 리 같은 당신의 아름다운 몸에 그 병이 옮는 날엔 그야말로 패가망신이지요." "그런 여잔 싫어요." 그러자 이번엔 노파는 즈바이다에게로 가서 알라딘에 관하여 똑같은 말을 지껄였습니다. 이 말을 들은 즈바이다는 "난 그런 남잔 소용 없어요. 혼자 자게 내버려두었다가 내일이 되면 얼른 내쫓아버리겠어요." 하고는 노예 처녀 하나를 불러서 분부했습니다. "식사 준비를 해서 그 사나이가 먹도록 갖다줘라." 그래서 노예 처녀는 밥상을 알라딘 앞에 갖다놓았으므로 알라딘은 배불리 먹었습니다. 다 먹고 나자 아름다운 목소리로 '야 신'("코란의 마음"이라고 하며, 정신수양을 위하여 부른다)이라는 장을 외기 시작했습니다. 즈바이다가 짐짓 귀를 기울이고 있으려니, 다비드 본인이 노래부른 다비드의 성가를 방불케 하는 고운 목소리였습니다. 즈바이다의 입에서는 자기도 모르게 탄성이 새어나왔습니다. "신이시여! 나병환자니 뭐니 한 그 노파에게 제발 천벌을 내려주시옵소서! 그런 병에 걸린 사람에게서 어찌 이런 꾀꼬리 같은 소리가 나오겠어요. 모두가 거짓말이에요." 그러고 나서 인도산 비파를 집어들고 가락을 맞추자, 하늘을 나는 새도 날개를 쉴 만한 나긋나긋한 목소리로 비파에 맞추어 이런 노래를 불렀습니다.

    하얗고 까만 눈동자를 가진
    상냥한 아기 사슴을 사랑합니다.
    그 걸음걸이에 버들가지도
    질투심으로 죽을 지경.
    나를 마다하는 이 아기 사슴
    내 원수를 초청합니다.
    신의 뜻이라 어쩔 수 없어
    마음에 든다면 행운이지요.

알라딘은 여자의 노래가 끝나자, '야 신'의 장의 독경을 끝내고, 이런 시를 노래부르기 시작했습니다.

    나는 예쁘게 차린

아기 사슴에게 인사 안합니다.
내가 인사하는 것은
화원에서 피어나는 장미빛 뺨.

즈바이다는 이 노래를 듣자, 갑자기 상대방이 그리워져서 휘장을 걷어올렸습니다. 알라딘은 여자의 모습을 보자 이런 시구를 읊었습니다.

처녀는 빛나는 달과 같이
구부린 모습은 실버들가지
토하는 입김은 용연향
자세히 바라보면 영양이런가.
진정 슬픔이 내 가슴 누르는 듯 싶어
임 없으면 내 가슴 막혀
내 가슴 같지 않은 생각이 드는구나.

그러자 즈바이다는 엉덩이를 흔들고, 은총을 간직하신 신의 손으로 만들어진 몸을 부드럽게 비틀면서 앞으로 나왔습니다. 그리고 서로 교환하는 눈빛에 천 번이나 한숨을 내쉰 것입니다. 두 시선의 화살은 젊은이의 가슴 속에 깊이 박혔으므로 알라딘은 이런 시구를 읊었습니다.

그녀는 보았네
허공에 걸린 달
두 사람이 들녘에서 만나
대지 위에 드러눕던 밤마다의
즐거웠던 과거를 되새기며
진정 두 사람은 달을 보았도다.
그러나 진정 내가 본 것은

그녀의 눈동자
그녀가 본 것은 나의 눈동자.

여자가 다가오자 두 사람 사이는 불과 두어 걸음 간격밖에 안되었습니다. 그러자 알라딘은 이런 시구를 읊었습니다.

어느 날 밤 그녀는 세 가닥으로
갈라서 묶은 머리채를 풀어
하룻밤 사이에 어두운 밤을
넷이나 나에게 보였네.
그리고 그녀는 그 이마를
하늘에 뜬 달쪽으로 돌리고서
그저 한 때에 달 둘을
나에게 보여줌도 얄궂구나.

여자가 바로 옆까지 오자, 알라딘은 "옮으면 안되니까 옆으로 가까이 오지 마시오." 하고 말했습니다. 이 말을 들은 즈바이다는 손목을 드러내놓는데 보니 정맥과 힘줄 때문에 살이 두 부분으로 뚜렷하게 보였고, 피부색도 순은색 같았습니다. 이번에는 즈바이다가 말했습니다. "당신이야말로 떨어져주세요. 문둥이니까 옮을지도 모르니까요." "내가 문둥이라고? 누가 그럽디까?" "노파가 그러던데요." "당신이 문둥병자라는 것도 그 노파가 한 소리요." 알라딘은 그렇게 말하면서 두 팔을 드러내보여 자기 팔도 순은색이라고 하는 것을 보였습니다.

사실을 알자 여자는 젊은이를, 젊은이는 여자를 가슴에 서로 꼭 껴안았습니다. 마침내 여자는 젊은이와 함께 자리에 쓰러지자, 반듯이 누워 속옷을 벗어버렸습니다. 그러자 그 순간 부친에게서 이어받은 젊은이의 연장은 억제하려 해도 듣지 않고서 벌떡 일어섰습니다. "자, 박아라, 털복숭이 자차리영감(남근을 뜻함.), 힘줄 영감!" 젊은이는 그렇게 말하고서 두 손으로 여자의 허리를 누르고는 사탕막대를 갈라진 구멍에다 갖다대고 옥문(玉門)이라 부르는 중문께까지 밀어넣었던 것입니다. 도중 개선문, 즉 갈라진 틈을 지나, 거기서부터 다시 월요일의 시장으로 빠진 다음 화, 수, 목요일을 지나, 즉 빼지 않고 네 번이나 비벼댄 끝에, 자기 연장과 크기가 비슷한 털구멍을 느끼면서 뚜껑이 있는 조그만 상자를 한바탕 짓이긴 끝에 마침내 결판을 내고 말았습니다.

날이 밝자 알라딘은 여자에게 외쳤습니다. "아, 채워지지 않는 기쁨! 이별의 까마귀가 기쁨을 빼앗아 날아가는군!" 여자가 "그 말은 무슨 뜻이죠?" 하고 묻자, 젊은이는 "아, 그리운 여인이여, 당신과 함께 지내는 것도 이게 마지막이오." "누가 그런 말을 했죠?" "당신 아버지가 나에게 증서를 쓰게 하여, 지참금 1만 디나르를 지불하도록 결정한 것이오. 그만큼의 돈을 오늘 당장 내놓지 않으면 나는 부채 때문에 재판관 공관에 감금될 것이오. 그런데 당장은 내 수중에 돈이라곤 한푼도 없습니다." 하고 젊은이가 말하자 여자는 물었습니다. "이보세요, 결혼계약서는 지금 당신 수중에 있나요? 그렇지 않으면 저쪽이 가지고 있나요?" "아뇨, 그건 내가 가지고 있지만 불행하게도 돈이라곤 내 수중엔 한푼도 없소." 그러자 여자가 말하기를 "그럼 걱정할 거 없어요. 문제는 간단해요, 우선 200디나르를 받아두세요. 제게 돈이 여유가 있다면 필요한 만큼 드리겠는데. 실은 우리 아버지가 내 사촌오빠를 귀여워하여 그분 것은 무엇이건 다, 내 보석까지도 여기서 그분 집으로 갖다두고 말았어요. 그 사람들이 종교재판소의 공무원을 이리로 보낸다면……"

―샤라자드는 날이 훤히 밝아오는 것을 깨닫자, 여기서 허락된 이야기를 그쳤다.

• **257일째 밤**

　샤라자드는 말을 이었다. 오, 인자하신 임금님, 젊은 여자는 알라딘에게 말했습니다. "저 사람들이 아침 나절에 종교재판소의 공무원을 보내서 재판관과 부친이 나와 이혼하도록 당신에게 말한다면 이렇게 대답해 주세요. '어젯밤에 결혼하고서 오늘 아침에 이혼하다니 그게 도대체 어떤 법규에 비춰서 공정하다는 겁니까?' 그러고 나서 재판관의 손에 입맞추거나 선물을 주거나 하고, 또 입회인에게도 똑같이 입맞춘 후에 각자에게 금화를 10닢씩 손에 쥐어주면 모두 당신 편이 될 거예요. 만일 그 사람들이 '당신은 어째서 정규계약서대로 이혼한 후에 1000디나르와 당나귀와 옷을 받지 않습니까?' 하고 묻거든 이렇게 말해주세요. '저 여자의 머리칼 하나하나가 나에겐 1000디나르의 값어치가 있습니다. 그래서 나는 저 여자와는 죽어도 헤어지고 싶지 않으며, 옷이고 뭐고 다 싫어요' 하고 대답하세요. 그러면 재판관도 입회인도 당신을 불쌍히 여겨 지불을 연기해줄 것입니다."

　둘이 이렇게 의논하고 있는데, 그때 갑자기 법정 공무원이 불쑥 문을 두드렸습니다. 알라딘이 내려가 보니 그 공무원은 말했습니다. "자, 재판관님에게로 갑시다. 당신 장인의 호출입니다." 그래서 알라딘은 상대방에게 5디나르 내놓으며 말했습니다. "공무원님, 나는 어떤 법률에 의하여 밤에 결혼하여 다음날 아침에는 이혼을 해야 합니까?" "천만에, 법률에 의한 것은 아닙니다. 그런 법은 절대로 없습니다. 당신이 종교법을 모른다면 어디 내가 변호인이 되어 드릴까요?" 두 사람이 이혼법정에 가자, 재판관이 알라딘에게 말했습니다. "그대는 왜 계약서에 의하여 저 여자와 이혼하여 받아야 할 것을 받지 않는가?" 이 말을 듣고 젊은이는 재판관 옆으로 바싹 다가가서 그 손에 입맞추고 나서 50디나르를 쥐어주었습니다. 그러고는 "재판관님, 내 뜻에 반하여 어젯밤 결혼하고서 오늘 아침 곧 이혼해야 한다는 것은 어떤 법규에 의하여 정당한 것입니까?" 하고 묻자 재판관은 대답했습니다. "강제와 권력에 의한 이혼은 어떠한 파의 이슬람교법에 의해서도 인정되어 있지 않습니다." 그러자 젊은 여자의 아버지가 말했습니다. "만약 이혼하지 않는다면 지참금 1만 디나르를 내시오." 알라딘이 "사흘간의 유예를 주시오."하고 말하자 재판관은 "사흘 만으로 부족하오. 열흘 간의 유예를 인정합니다."하고 말했습니다. 모두가 이것에 동의했기 때문에 결국 알라딘은 열흘 후에 지참금을 지불하거나, 아니면 여자와 이혼하거나 둘 중 하나를 택하지 않으면 안되게 되었습니다. 그들과 헤어져 알라딘은 시장에 들러 고기와 쌀과 탈지버터 따위의 식료품을 사가지고 집으로 돌아와 자초지종을 젊은 아내에게 이야기했습니다. 그러자 아내는 "밤과 낮 사이에 기적이 일어나지 않는다고 할 수 없어요. 이런 노래를 한 시인에게 알라의 축복이 있으시기를." 하고서 이런 노래를 불렀습니다.

노여움에 마음 괴로울 때
마음 지긋이 가라앉히고
재앙 때문에 마음 괴로울 때
마음을 누르고 참을지어다.
잘 살펴볼지어다. 어두운 밤은
'세월'의 자식을 잉태했구나.
마침내 달이 차면 낳으리라.
진정 무서운 기적을.

아내는 일어나 식사 준비를 하여 상을 가지고 오자, 둘이서 먹고 마시며 즐겁게 시간을 보냈습니다. 이윽고 알라딘이 무슨 음악이라도 하나 들려달라고 부탁하자, 아내는 비파를 손에 들고 비정한 돌이라도 기뻐 날뛸 만한 가락을 타기 시작했습니다. 손가락에 닿는 줄조차도 감격하여 '오, 귀여운 자여!'라는 절규가 저절로 나올 정도였습니다. 마침내 비파는 느린 가락에서 빠르고 경쾌한 가락으로 옮아갔습니다. 이런 모양으로 흥겹게 놀고 있는데, 난데없이 문을 두드리는 소리가 들렸습니다. "누가 오셨군요. 가보세요." 하고 아내가 말했으므로 알라딘은 아래로 내려가 문을 열었습니다. 보니 네 명의 탁발승이 문 밖에 서 있었습니다. "웬일이십니까?" 하고 묻자 그들은 "주인님, 우리들은 타국인으로 여러 나라를 떠돌아다니고 있는 거지 중들입니다만 영혼의 양식은 뭐니뭐니 해도 음악과 아름다운 노래입니다. 그래서 오늘밤은 댁에서 유쾌하게 보냈으면 합니다. 내일 아침이 되면 떠나겠습니다만 제발 알라의 보답이 당신들에게 있으시기를 빕니다. 왜냐하면 우리들은 음악을 매우 좋아하여, 송시(頌詩)도 단가(短歌)도 타령도 모두 외고 있습니다." 젊은이는 "잠깐 기다리시오. 어쨌든 내 생각만으론 어떻게 할 수 없으니까요." 하고 대답하고 나서 일단 안으로 들어가 밖에서 벌어진 일을 이야기했습니다. "들어오시게 하시죠." 하고 아내가 동의하자, 젊은이는 일행을 방으로 안내하여, 자리에 앉으라고 하며 환영했습니다. 마침내 식사를 가지고 오자 일행은 손을 대려고도 하지 않으며 "주인님, 우리들의 음식은 마음 속에서 알라의 이름을 외고, 이 귀로 음악을 듣는 것입니다. 이런 노래를 부른 사람에게 축복이 있도록 기도합시다."

  우리들의 목적은 오직 하나
  단란한 즐거움 뿐.
  먹고 즐기는 도락은
  짐승들만의 것이네.

"아까 댁에서 유쾌한 노랫소리가 흘러나오는 것을 들었습니다만, 우리들이 들어서자 그만 뚝 끊어지더군요. 도대체 노래하던 이는 누구였습니까? 백인? 아니면 흑인 노예 처녀? 혹은 양가댁 아가씨였던가요?" 젊은이가 "그건 제 집사람이었습니다." 하고 대답하고 나서 이제까지 자기가 겪은 여러 가지 일들을 자세히 이야기한 다음, 맨 마지막으로 이렇게 덧붙였습니다. "장인은 1만 디나르의 지참금을 내야 한다며 10일 간의 유예를 주었습니다." 그러자 탁발승의 하나가 말했습니다. "끙끙 앓고 있을 것 없어요. 나는 이래뵈도 수도원의 장로로 산하에 40명의 승려를 거느리고 있소. 이제 곧 그들에게서 1만 디나르를 모아 지참금을 장인에게 드릴 수 있도록 하겠소. 그러나 그건 그렇고, 이제는 부인에게 음악을 한 곡조 뜯게 하여 쾌활하게 즐기기나 합시다. 음악이라는 것은 어떤 사람에겐 맛있는 음식이 되고, 또 어떤 사람에겐 약도 되며, 부처처럼 마음을 서늘하게 해주는 것 아니겠소."

이 네 사람의 탁발승은 다름 아닌 하룬 알 라시드 교주와 그 대신 바르마키가(家)의 자파르, 거기다 하니의 아들 아브 노와스 알 하산과 검사(劍士) 마스룰이었습니다. 이 집을 찾아온 까닭은 이러합니다. 따분해서 견딜 수 없었던 교주는 대신을 불러들여 이렇게 말했습니다. "이보게, 대신, 거리로 나가 여기저기 거닐어보고 싶구려. 따분해서 죽을 지경이군." 그래서 일행은 탁발승으로 가장하여 거리로 나가 정처없이 돌아다니고 있던 중 우연히 이 집 옆을 지나게 되었던 것입니다. 그런데 현을 퉁기는 소리가 들렸으므로 일행은 그 원인이 알고 싶어진 것입니다.

그들이 즐기며 푹 쉬면서, 세상 이야기에 꽃을 피우기도 하면서 하룻밤을 새우고는 날이 밝기 시작하자 교주는 기도용 깔개 밑에 금화 100 닢을 꽂아놓고 알라딘에게 작별인사를 하고는 그곳을 떠났습니다. 즈바이다는 깔개를 쳐든 순간 100 닢의 금화를 발견하자 남편에게 말했습니다. "이 100 닢을 드릴게요. 기도용 깔개 밑에 꽂혀 있었어요. 필경 스님들이 떠나실 때에 우리들 모르게 깔개 밑에다 꽂아놓으셨을 거예요." 그래서 알라딘은 그 돈을 가지고 시장으로 나가 고기와 쌀과 탈지버터 등 필요한 물건을 모두 사 가지고 왔습니다. 그리고 밤이 되자 촛불을 켜놓고 아내에게 말했습니다. "저 탁발승들이 약속한 1만 디나르를 가지고 오지 않는 것을 보니 역시 가난한가 봐." 둘이서 이런 이야기를 하고 있는데 그때 갑자기 어젯밤의 탁발승들이 문을 두드렸으므로 아내는 "내려가서 열어드리세요." 하고 말했습니다. 젊은이는 하라는 대로 그들을 위로 안내하고 나서 그들에게 "약속하신 1만 디나르는 가지고 오셨나요?" 하고 물었습니다. 그러자 그들은 대답했습니다. "아직 걷히지 않았소. 하지만 걱정할 것 없어요. 인샬라! 내일은 당신을 위하여 연금술(鍊金術) 요리라도 만들어 드리리다. 그러나 그건 그렇고 오늘도 부인에게 또 한 곡조 부탁하여 즐겨볼까요. 우린 음악을 참 좋아합니다."

그래서 즈바이다는 비파를 손에 들고 아무리 무정한 돌이라도 기뻐서 견딜 수 없는 가락을 탔습니다. 그들은 흥겹고 기쁘게 하룻밤을 보낸 다음, 날이 밝아 아침 해가 찬란히 빛나기 시작하자, 교주는 기도용 자리 밑에 금화 100닢을 꽂아놓고 알라딘에게 작별 인사를 하고서 떠나버렸습니다. 이렇듯 네 명의 탁발승은 9일 동안 하룻밤도 빠지지 않고서 이 집을 찾아온 것입니다. 그리고 아침마다 매일 기도용 깔개 밑에다 100디나르를 꽂아놓고 갔습니다만 열흘째 밤에는 오지 않았습니다. 일행이 오지 않은 것은 교주가 이보다 앞서 어떤 부유한 상인에게 사자를 보내 "카이로산(産) 피륙 50짝을 가져오라"고 명령해두었기 때문이었습니다.

—샤라자드는 날이 훤히 밝아오는 것을 깨닫자 여기서 허락된 이야기를 그쳤다.

• 258일째 밤

샤라자드는 말을 이었다. 오, 인자하신 임금님, 진정한 신자인 교주는 부유한 어떤 상인에게 말했습니다. "카이로산 피륙을 50짝 보내라. 한 짝에 1000디나르씩 하는 것으로 말이다. 그 값을 일일이 짐짝 곁에다 기재하도록 하라. 그리고 또 아비시니아인 남자 노예도 하나 필요하다." 상인이 분부대로 이행하자, 교주는 황금제 물병 외에 여러가지 선물과 함께 50짝의 피륙을 그 노예에게 맡긴 다음, 아버지 샤무스 알 디인이 아들 알라딘에게 부치는 편지 한

통을 주었습니다. 그리고 노예에게 "이 짐짝과 물건을 상인의 우두머리가 사는 이러이러한 장소로 가지고 가서 '알라딘의 댁은 어딥니까?' 하고 묻는 거다. 그러면 누군가가 주소를 가르쳐줄 테니까." 하고 말했습니다. 그래서 노예는 편지와 물건을 가지고 떠났습니다.

이야기는 바뀌어, 즈바이다의 사촌오빠인 최초의 남편은 즈바이다의 아버지에게로 가서 말했습니다. "자, 알라딘한테 가서 사촌누이와 이혼해달라고 합시다." 두 사람은 함께 길을 떠나 누이동생의 집이 있는 거리 모퉁이에까지 오자 피륙을 실은 50마리의 암탕나귀와 수탕나귀를 타고 있는 한 흑인 노예를 만났습니다. "이건 누구 물건이냐?" 하고 두 사람이 묻자 흑인 노예는 대답했습니다. "이것은 제 젊은 주인나리 알라딘 아브 알 샤마트 도련님의 것입니다. 제 주인나리께서 도련님에게 상품을 준비하여 바그다드로 떠나게 한 것인데, 도중 아랍 산적들의 습격을 받아가지고 있던 돈이고 물건이고 전부 빼앗기고 말았습니다. 이 불행한 소식이 아버지의 귀에 들어가게 되었으므로 아버지는 도적당한 물건 대신으로 이 물건을 전달하도록 저를 보내신 것입니다. 상품 외에 50만 디나르의 현금과 값비싼 옷 한 상자와 검은 표범가죽 옷과 황금 물그릇과 물병도 한 짐 싣고 왔습니다." 이 말을 듣고 여자의 아버지는 말했습니다. "네가 찾고 있는 도련님은 바로 내 사위다. 집을 가르쳐주마."

한편 알라딘은 몹시 걱정하면서 집에 앉아 있었습니다만, 갑자지 문을 두드리는 소리가 들리자 "여보, 즈바이다. 알라는 모르시는 것이 없지만, 아마 당신 아버지가 재판관이거나 경비대장을 보낸 것이 아닌지 모르겠소." 하고 말하자, 아내는 "아래 내려가셔서 상황을 살펴보시지요." 하고 말했습니다. 알라딘이 아래로 내려가서 문을 열자, 상인 두목인 장인이 당나귀를 탄 잘생긴 피부색이 검은 아비시니아인 노예를 하나 데리고 문앞에 서 있었습니다. 노예는 알라딘을 보자 당나귀에서 내려 두 손에다 입을 맞추었습니다. 알라딘이 "웬일인가?" 하고 묻자, 상대방은 "저는 이집트국의 상인의 총수 샤무스 알 디인님의 아드님 알라딘 아브 알 샤마트님의 하인인데, 실은 아버님이 이 물건을 전하라는 분부가 계셔서 가지고 왔습니다." 하고 대답하고서 편지를 넘겨주었습니다. 알라딘이 편지를 펴보니, 이렇게 적혀 있었습니다.

『자, 내 편지를 받아보아라!
나의 벗 그대를 만날 때
그대는 땅에 무릎꿇고
그 발에 입을 맞추라.
서둘지 말고 조심하여
천천히 걸어가라.
나의 생명도 휴식도
그대의 자비로운 손안에 있으니.

샤무스 알 디인이 내 아들 아브 알 샤마트에게 진정으로 축하와 경의를 보낸다. 아들아, 네 머슴들은 몰살을 당하고, 금품은 약탈당했다는 소식을 전해들었다. 그렇기 때문에 여기 이집트산 피륙 50짝 외에 흑표범 모피로 만든 옷, 황금 물그릇과 물병 들을 너에게 보내기로 했다. 조금도 걱정할 건 없다. 도둑당한 물건은 네 몸값으로 여기렴. 미련을 남기지 않도록 말이다. 또 그 이상 불행한 일이 너에게 일어나지 않기를 바란다. 네 어머니와 집안식구들도 건강히 잘들 있으며, 너에게 부디 안부 전해달라고 하는구나. 그리고 아들아, 들리는 소리에 의하면 너는 중간결혼을 하여 비파의 명수 즈바이다라는 여자와 동거하고 있으며, 1만 디나르의 지참금을 요구당했다더구나. 때문에 여기 노예를 통하여 너에게 5만 디나르의 현금도 보내는 바이다.』

편지를 다 읽은 알라딘은 당나귀의 짐을 내리고, 장인에게 말했습니다. "장인어른, 당신의 딸 즈바이다에게 바치는 지참금 1만 디 나르를 받아주십시오. 그리고 이 상품도 처분해주십시오. 이익이 남는 것은 당신께서 가지시고 제겐 본전만 주십시오." 그러자 장인은 이렇게 말했습니다. "아니야, 난 한푼도 소용없네. 그리고 또 딸의 지참금에 관해서도 딸과 의논한 다음에 결정해주게." 짐을 전부 집안으로 옮겨놓은 다음 두 사람이 딸에게로 가자 딸은 부친에게 "아버님, 이 짐은 누구의 것입니까?" "그건 네 남편 알라딘의 것이다. 사돈께서 아랍인의 강도들에게 강탈당한 물건 대신으로 보내주신 거다. 그 밖에도 옷감과 흑표범 모피 옷, 승용(乘用) 암탕나귀 한 마리, 황금 물그릇과 물병 등과 함께 5만 디나르의 현금도 보내주셨다. 지참금 건은 네 생각에 일임하겠다." 그러자 알라딘은 일어서 돈 궤짝을 열어 약속한 지참금을 아내에게 주었습니다. 옆에 앉아 있던 사촌오빠가 "숙부님, 어떻게 해서라도 제 아내를 이혼시켜 저와 함께 살게 해주십시오." 하고 말하자, 노인은 "이렇게 된 이상 어떻게 할 수 없군. 결혼증서는 딸애가 가지고 있으니까." 하고 대답했습니다. 이 말을 들은 젊은이는 몹시 괴로워하며, 슬픔에 잠겨 방을 나갔는데, 집에 돌아오자 상심한 나머지 그대로 병석에 눕고 말았습니다. 그리고 그후 얼마 있다 세상을 떠나고 말았습니다.

한편, 알라딘은 물건을 받아놓은 후 시장으로 나가 음식물과 음료 등 필요한 물건들을 구해가지고 언제나처럼 밤이 되기 전에 잔치 준비를 했습니다. 그러면서 즈바이다에게 "그 탁발승들은 거짓말쟁이야. 자기들이 한 약속을 자기들 스스로가 어기다니." 하고 말하자 아내가 말했습니다. "당신은 상인의 총수의 아들이면서도 돈이라곤 한푼도 없었죠. 가난한 탁발승이니 당연하지요 뭐." 남편이 "전능하신 알라의 덕택으로 그 탁발승들의 신세를 지지 않게 됐어. 하지만 어디 이번에 또 찾아와봐라, 누가 넣어줄 줄 알고. 어림도 없지." 하자, 아내는 "어째서 그러세요? 그분들의 덕택으로 행운이 굴러들어오지 않았어요? 게다가 밤마다 깔개 밑에다 100디나르씩 넣고 가셨잖아요. 이번에 또 오시거든 꼭 모셔야 해요." 하고 대답했습니다.

 해가 저물어 어둠의 장막이 내리자, 두 부부는 초에 불을 켰습니다. 알라딘이 "자, 즈바이다, 음악을 들려줘." 하는 말을 채 끝내기도 전에 별안간 누가 문을 두드렸습니다. 아내가 "누가 오셨는지 내려가보세요." 하고 말했으므로, 알라딘이 아래로 내려가 문을 열고 보니, 예의 그 탁발승들이었습니다. 알라딘이 "이거 잘 오셨소. 거짓말쟁이 양반들! 어쨌든 들어오십시오." 하고 말했습니다. 일행이 뒤를 따라 안으로 들어와 자리에 앉자, 그 앞에다 요리상을 갖다놓았습니다. 서로 어울려 흥겹게 먹고 마시고 하다가 문득 그들이 주인에게 "주인님, 우리들은 당신 일 때문에 상심하고 있었는데, 당신과 장인의 일은 어떻게 됐습니까?" 하고 물었으므로 알라딘은 대답했습니다. "알라의 뜻으로, 뜻밖의 돈이 굴러들어왔어요." 그러자 그들은 "그래요, 우리들도 당신 일이 얼마나 걱정이 되었는지 모릅니다."

—샤라자드는 날이 훤히 밝아오는 것을 깨닫자, 여기서 허락된 이야기를 그쳤다.

• 259일째 밤
 샤라자드는 말을 이었다. 오, 인자하신 임금님, 탁발승들은 알라딘에게 말했습니다. "글쎄, 우리들도 당신 일이 얼마나 걱정이 되었는지 모릅니다만, 교주님의 돈이 없어 댁에 올 수도 없었습니다." 그러자 주인은 "신의 도움이 있었습니다. 제 부친께서 현금을 5만 디나르, 하나에 1000디나르씩 하는 피륙을 50짝, 그 외에 승용 암탕나귀와 흑표범 모피 옷, 아비시니아 노예, 황금 물그릇과 물병 등을 보내왔습니다. 게다가 또 장인과는 화해를 하고, 아내의 지참금을 지불했으니 이제는 정처(正妻)가 되었습니다. 이것들은 모두 다 알라의 덕택입니다. 알라를 칭송할지어다!" 마침내 교주가 소변을 보러 자리를 비우자 자파르가 알라딘에게로 와서 몸을 숙이고 "실례되는 짓을 하거나, 버르장머리없는 말을 해선 안됩니다. 그대는 충성된 자의 임금님 앞에 있으니까 말이오." 하고 속삭였습니다. 알라딘이 "충성된 자의 임금님 앞에서 제가 무슨 버르장머리없는 짓이라도 했단 말입니까? 그리고 또 교주님이라니, 어느 분이 교주님이십니까?" 하고 묻자 자파르는 말했습니다. "이제 방금 용변 보러 가신 분이 대교주 하룬 알 라시드님이십니다. 저는 대신 자파르, 여기 있는 분은 사형집행 일을 맡은 마스룰, 여기 있는 분은 아브 노와스 알 하산 빈 하니라고 하는 분입니다. 이봐요, 알라딘, 머리를 써서 생각을 좀 해보시오. 카이로에서 바그다드까지 오는데 며칠이나 걸리는지." "45일간의 여로입니다." "그런데 그대의 물건이 도적맞은 것은 불과 10일 전의 일이 아닌가요? 그렇다면 무슨 수로 그 소문이 그대의 부친의 귀에 들어갈 수 있었겠느냐 말이오. 무슨 수로 또 다른 짐을 만들어서 45일 걸리는 것을 열흘 내로 그대에게 부칠 수 있겠느냐 말이오?" "그렇다면, 대신님, 저 짐은 어디서 온 거요?" "대교주님은 그대가 무척 당신의 마음에 드셨던 모양이오." 그런 이야기를 하고 있는 가운데 교주가 들어왔기 때문에 알라딘은 우뚝 일어서서 교주님 앞에 엎드려 "오, 충성된 자의 임금님, 알라의 가호를 받으시어 만수무강하시기를 비옵나이다. 그리고 온 백성들 또한 영원히 교주님의 은총과 자비를 받기를 비옵니다!" 그러자 교주는 "이봐라, 그대를 구해준 것을 축복해주는 뜻으로 즈바이다에게 한 곡 부탁한다." 하고 말했습니다. 아내가 줄을 뜯기 시작하자 돌까지도 기뻐서 춤추고 현마저도 흥에 겨워 '너무나 아름답구나!' 하고 탄식할 만큼 세상에서 듣기 드문 가락을 연주했습니다. 그들은 다시없이 즐거운 하룻밤을 보냈습니다. 그 이튿날 알라딘은 열 개의 쟁반에 값비싼 선물을 담아, 이것을 들고 궁전으로 나아갔습니다. 교주는 옥좌에 앉아 있었는데, 때마침 알라딘이 이런 시구를 중얼거리며 알현실 입구로 나타났습니다.

아침마다 영광은
임 곁에 오도다!
시기하는 무리의 콧대는
진흙 속에 묻히리!
임의 위세는 영원히
눈처럼 희게 빛나고
거역하는 자의 생애는
칠흑처럼 검도다.

"잘 왔소, 알라딘!" 하고 교주가 말을 건네자, 젊은이는 대답했습니다. "오, 충성된 자의 임금님, 예언자(알라의 축복과 가호가 있으시기를!)는 선물을 받으시는 습관이 있습니다. 이 열 개의 쟁반과 그 위에 놓인 물건은 교주님께 바치는 저의 작은 정성입니다." 교주는 그 선물을 받고서, 그에게 어의를 한 벌 하사하신 외에도 상인 우두머리에 임명하고 알현실 자리에 앉아 있게 했습니다. 그런데 갑자기 알라딘의 장인이 들어와 알라딘이 자기 자리에 앉아 어의를 입고 있는 것을 보고서 교주에게 말했습니다. "오, 현세의 임금님, 이 자는 어떠한 연유로 제 자리에 앉아 있는 것이옵니까?" 교주는 대답했습니다. "내가 상인 우두머리로 임명하였소. 관직이라는 것은 때에 따라 임면(任免)하는 것이지, 한평생 고정된 것은 아니지 않소. 그대는 오늘부터 그 자리에서 물러나시오." 이 말을 듣고 상인은 말했습니다. "오, 충성된 자의 임금님, 그것은 참으로 고마우신 처사이옵니다. 이 자는 제 일족이옵니다. 알라여, 아무쪼록 우리들 장사꾼을 이용해주옵시기를! 오늘날까지 얼마나 많은 범인(凡人)들이 성공했습니까!"

그러고 나서 교주는 사령장을 써서 총독에게 주자, 총독은 다시 이것을 공보관에게 주었습니다. 그래서 공보관은 "알라딘은 상인 우두머리에 임명되었다. 그 명령을 잘 듣고, 그것에 어울리는 경의를 표시하여 복종할지어다. 충성, 명예, 높은 지위에 어울리는 인물이니라!" 하고 외치며 알현실 안을 돌아다녔습니다. 게다가 알현이 끝나자 총독은 알라딘 앞에 공보원을 세우고서 알현실에서 외친 포고를 일반 대중에게 큰 소리로 외치게 했습니다. 이렇듯 알라딘은 바그다드의 이름난 거리를 두루 돌아다니면서 자신의 신임 소식을 전시민에게 널리 알린 것입니다. 그 이튿날 알라딘은 노예에게 가게를 열어 장사를 하도록 시켜주고 나서, 자신은 당나귀를 타고 궁전에 입궐하여 알현실의 자기 자리에 앉았습니다.

—샤라자드는 날이 훤히 밝아오는 것을 깨닫자 여기서 허락된 이야기를 그쳤다.

• 260일째 밤

샤라자드는 말을 이었다. 오, 인자하신 임금님, 알라딘은 당나귀를 타고 궁전에 입궐하여 알현실의 자기 자리에 앉았습니다. 그런데 어느 날, 언제나처럼 자리에 앉아 있노라니까 갑자기 신하 하나가 교주에게 말했습니다. "오, 충성된 자의 임금님, 교주님의 수(壽)가 저 술상대보다 더욱 기시기를 비나이다! 실은 저분은 전능하신 알라의 부르심을 받았습니다. 그러나 교주님께서는 성수무강하시기를 빕니다." 그러자 교주가 "알라딘은 어디 있는가?" 하고 물었으므로 알라딘은 교주 앞에 인사했습니다. 교주는 곧 훌륭한 어의를 입히고서 술상대로 지정하고는 매달 1000디나르의 수당을 지급하기로 결정했습니다. 이렇듯 알라딘은 교주의 술상대 노릇을 하고 있었는데, 어느 날 언제나처럼 알현실에 앉아 교주를 모시고 있는 가운데 갑자기 태수 하나가 칼과 방패를 들고 모습을 나타냈습니다. "오, 충성된 자의 임금님, 임금님의 수(壽)가 60인패의 우두머리보다도 오래기를 비나이다. 실은 그 사람이 오늘 세상을 떠났습니다." 그러자 교주는 알라딘에게 어의를 하사하며 처자가 없었던 고인의 후계자로서 60인패의 우두머리로 임명했습니다. 그래서 알라딘은 전임자의 지위를 이어받은 것인데, 교주는 "시체를 땅에 묻은 다음 재산이며 노예며 시녀며 남아 있는 것은 모두 그대를 섬기도록 하겠다." 하고 말했습니다. 그러고 나서 교주가 흰 수건을 흔들고서 (해산하라는 몸짓) 알현실을 물러나자, 알라딘은 또 우위장(右衛長) 아마드 알 다나흐와 좌위장 하산 슈만을 거느리고 궁전을 물러났습니다. 이 두 사람은 알라딘의 양쪽에서 말을 몰고, 각기 40명의 부하를 거느리고 있었습니다. 잠시 후에 하산 슈만과 그 부하를 돌아다보며 알라딘은 "나를 대신하여 그대가 아마드 알 다나흐에게도 말해주게. 알라 앞에서의 성약(聖約)에 따라 나를 아들로 맞아 달라고." 그러자 아마드는 고개를 끄덕이며 "저도 40명의 부하로 매일 아침 당신 앞에 서서 알현실까지 호송해 드리겠습니다." 하고 말했습니다. 그후 오랫동안 알라딘은 교주를 섬기고 있었는데, 어느 날 알현실에서 물러나 집으로 돌아와 아마드와 그 부하를 물러가게 한 다음 아내 즈바이다와 함께 자리에 앉았습니다. 아내가 촛불을 켜들고 무슨 볼 일이 있어서 방을 나가더니, 난데없이 갑자기 높은 비명소리가 들려왔습니다. 알라딘이 뛰어 일어나 무슨 일이 일어났나 달려가 보니까 비명을 지른 것은 다른 사람 아닌 아내였으며, 마루에 길게 쓰러져 있는 것이 아니겠습니까. 가슴에 손을 대고 보니 벌써 숨이 끊어져 있었습니다. 그런데 즈바이다의 부친인 장인 집은 알라딘의 집 맞은편에 있었기 때문에 장인은 비명소리를 듣고 달려와 "오, 알라딘, 웬일이냐?" 하고 물었습니다. "장인어른, 장인어른의 수명이 딸 즈바이다보다 기시기를 빕니다! 장인어른, 고인의 명복을 빌기 위하여 어서 고인을 땅에 묻어주기로 하지요." 그래서 날이 밝자 그들은 시체를 땅에 묻고 남편도 부친도 함께 서로 회개하며 위로했습니다.

아내 즈바이다의 이야기는 이만 하기로 하고, 알라딘은 상복을 입고, 알현실에 나가지 않고, 눈물에 젖어 집에 틀어박혀 있었습니다. 잠시 후에 교주가 자파르에게 "여보, 대신, 알라딘이 알현실에 나오지 않는 것은 어찌 된 셈이오?" 하고 묻자, 대신은 대답했습니다. "오, 충성된 자의 임금님, 그 사람은 아내의 죽음을 슬퍼하고 있습니다. 조문객 맞는 일에 눈코 뜰 새가 없는 형편입니다." 그러자 교주는 "그렇다면 우리들도 문상을 가야겠군." 하고 말했기 때문에 자파르는 "알겠습니다." 하고 대답했습니다. 두 사람은 몇 명의 시종을 거느리고 말을 타고 알라딘의 집으로 갔습니다. 알라딘이 혼자 집에 앉아 있는데, 뜻밖에도 교주의 일행이 찾아왔으므로 일행을 맞이하여 교주 앞에 엎드렸습니다. 교주가 "아무쪼록 알라께서 그대의 잃은 것을 보상해주옵시기를!" 하자 알라딘은 대답했습니다. "오, 충성된 자의 임금님, 임금님께 알라의 가호가 있으시기를 기도합니다!" 그 다음 교주가 "이보게, 알라딘, 어째서 알현실에 나오지 않는가?" 하고 묻자, 알라딘은 "오, 충성된 자의 임금님, 제 처 즈바이다의 상을 당했기 때문입니다." 하고 대답했습니다. "슬픔을 씻어버리도록 해야지. 그 여잔 벌써 없어진 것, 전능하신 알라의 곁으로 간 거야. 이제 새삼스럽게 탄식해보았자 소용없는 일이네." 하고 교주가 말했지만 알라딘은 말했습니다. "오, 충성된 자의 임금님, 저는 죽을 때까지, 이 몸이 저 여자의 곁에 묻히게 되는 날까지 슬픔을 버릴 수가 없습니다." 그러자 교주는 다시 말을 이었습니다. "모든 죽음의 보상은 알라 속에 있느니라. 잔재주를 부려도, 재보를 쌓아도, 죽음을 면할 수는 없는 법이니라. 다음과 같이 노래부른 시인은 정말 훌륭한 천부적 재능을 신께 받은 셈이로다."

    모든 인간이
    아무리 오래 산대도
    언젠가는 부풀어오르는 판에 실려
    저 세상의 들녘으로 실려가리.
    그러니, 인간이 어떻게
    덧없는 환희를 맛보리
    사람의 뺨에 흙과 먼지
    깃들어 있음을 어찌하리.

교주는 조문을 마치자, 출근을 게을리 하지 말라고 말하고는 궁전으로 돌아갔습니다. 알라딘은 마지막 날을 탄식으로 지새우자, 아침 일찍 말을 타고 궁전으로 나아가, 충성된 자의 임금님 앞에 엎드렸습니다. 교주는 마치 옥좌에서 일어설 듯이 상대방을 반겨 맞은 다음, "잘 왔도다, 알라딘. 오늘밤은 내 손이 되어주길 바라노라"고 말하면서 알현실의 정해진 자리에 앉도록 명령했습니다. 얼마 후 교주는 후궁으로 알라딘을 데리고 가서 쿠트 알 크르브라는 노예 처녀를 불러 말했습니다. "알라딘에게는 본시 즈바이다라는 아내가 있었는데, 평소 노래를 불러 곧잘 이 몸을 위로해주었었다. 그러나 불행하게도 그 처가 전능하신 알라의 부르심을 받고 그 곁으로 갔으니 이 사나이를 위하여 비파를 한 곡 뜯어다오."

—샤라자드는 날이 훤히 밝아오는 것을 깨닫자, 여기서 허락된 이야기를 그쳤다.

• 261일째 밤
샤라자드는 말을 이었다. 오, 인자하신 임금님, 교주는 노예 처녀 쿠트 알 크르브에게 말했습니다. "이 사나이를 위하여 비파를 한 곡 뜯어다오. 마음의 설움도 풀릴 그런 자못 신묘한 가락으로 말이다." 노예 처녀가 일어서 아름다운 가락을 노래부르자, 교주는 알라딘에게 말했습니다. "이 처녀의 목소린 어떠한가?" "오, 충성된 자의 임금님, 역시 즈바이다의 목소리가 한층 더 아름답습니다. 그러나 비파를 다루는 솜씨는 대단하여 바위도 기뻐서 춤을 출 것 같군요." "그대 마음에 드는가?" "네, 충성된 자의 임금님." 이 말을 듣자 교주는 말했습니다. "내 목숨과 조상의 묘에 맹세코 이 여자를 그대에게 주리라. 이 여자의 시녀도 모두 그대에게 덧붙여서 주리라!" 알라딘은 교주가 농담을 하고 있는 것이 아닌가 하고 생각했지만, 그 다음날 교주는 쿠트 알 크르브에게로 가서 말했습니다. "나는 너를 알라딘에게 주었노라." 처녀는 알라딘을 보고서 벌써부터 사모하고 있었으므로 이 말을 듣자 매우 기뻐했습니다. 교주는 후궁에서 알현실로 돌아오자 시동들을 불러, "쿠트 알 크르브와 시녀들의 소지물을 모두 가마에 싣고 알라딘의 집으로 가거라." 하고 명령했습니다. 그래서 시동들은 처녀와 짐을 알라딘의 집으로 싣고 가서 정자로 안내했습니다. 한편 교주는 해가 저물 때까지 알현실에 앉아 있다가 알현이 끝나자 자기 후궁으로 물러갔습니다. 한편 쿠트 알 크르브는 내시들 외에 자기까지 포함한 40명의 여자와 함께 알라딘의 집에 자리를 잡게 되자 내시 두 명을 불러 말했습니다. "너희들은 대문 앞 걸상에 앉아 있거라. 하나는 오른쪽에 또 하나는 왼쪽에. 알라딘 어른께서 돌아오시거든 둘 다 그 손에 입맞추고서 이렇게 말해라. '저희들의 주인님 쿠트 알 크르브님이 정자로 와주십사라는 분부십니다. 교주님이 주인님도 시녀들도 당신에게 하사하셨습니다' 하고 말이야." 두 내시는 "알았습니다." 하고 대답하고는 그대로 시행했습니다.

　마침내 알라딘이 집에 돌아오자, 교주의 내시 둘이 문간 앞에 앉아 있었으므로 깜짝 놀라 혼잣말을 했습니다. '이건 분명 내 집이 아닌 게야. 혹은 무슨 일이라도 생겼나?' 그런데 내시들은 알라딘의 모습을 보자, 일어서 맞이하며 그 손에 입을 맞추었습니다. "저희들은 교주님의 궁전에서 근무한 노예들인데, 쿠트 알 크르브님의 시중을 들고 있었습니다. 쿠트 알 크르브님이 당신에게 안부 전하라고 분부하셨고, 교주님이 시녀들과 함께 본인 자신도 당신에게 하사하셨다는 뜻을 전해달라는 분부이십니다. 그리고 또 정자로 와주십사 하는 분부이십니다." 알라딘은 대답했습니다. "그럼 그 부인에게 전해다오. '잘 오셨습니다. 그러나 내 집에 체류하고 계시는 동안은 이제 당신이 계시는 정자에는 절대로 가지 않을 생각입니다. 임금님의 것을 신하의 것으로 삼을 수는 없는 것이니까'라고. 그리고 '교주님의 궁중에선 하루 어느 정도의 비용이 들었습니까?' 하고 물어보라." 두 내시가 돌아가서 그 뜻을 전하자, 쿠트 알 크르브는 대답했습니다. "하루에 100디나르입니다." 이 말을 들은 알라딘은 마음 속으로 생각했습니다. "그렇게 비용이 많이 든다면 교주님이 주시지 않는 것이 좋았을 텐데. 그래도 할 수 없군."

결국 알라딘은 그 여자와 얼마 동안 함께 살고 있었는데, 알라딘이 매일 생활비로 100디나르씩 여자에게 주었습니다. 그러던 중 알라딘은 어느 날 결근하게 되었습니다. 그러자 교주가 자파르에게 "여보, 대신, 내가 쿠트 알 크르브를 알라딘에게 준 것은 그 여자가 아내 대신으로 알라딘의 마음을 위로해줄 거라고 생각했기 때문이야. 그런데 어찌하여 그 사람은 우리들에게 서먹서먹하게 대하는 것일까?" 하고 물었으므로 대신은 대답했습니다. "오, 충성된 자의 임금님, '여자를 얻은 자는 친구를 잊는다'라는 말은 지극히 옳은 말입니다." 교주는 "무슨 까닭이 없이 출근을 게을리할 리는 없을 거야. 어디 물어보자." 하고 말했습니다.

그보다 며칠 전의 일이었습니다만 알라딘은 자파르에게 "실은 아내 즈바이다가 세상을 떠나 비탄에 젖어 있다는 뜻을 교주님께 여쭈었더니 쿠트 알 크르브를 주셨습니다." 하고 말하자, 대신은 "그대를 사랑하고 계신 나머지 주신 거지. 어때, 알라딘, 그 여자와는 이미 동침을 했나?" 하고 물었습니다. 그러자 "아뇨, 아뇨, 천만에! 아직 그 여자의 그것이 어느 정도인지 전연 모릅니다." 하는 대답에 대신이 "그건 또 어째서?" 하고 반문하자, 알라딘은 대답했습니다. "대신 나리, 군왕께 걸맞은 것은 신하에겐 어울리지 않습니다."

이윽고 교주와 대신은 변장하여 몰래 알라딘을 찾았습니다. 그러나 본인은 대번에 그것을 알아채고는 얼른 일어서서 교주의 두 손에 입맞췄습니다. 젊은이의 얼굴을 잘 살펴보니 슬픔의 기색이 역력해 보였으므로 교주는 측은하게 생각하여 말을 건넸습니다. "이봐, 알라딘, 슬픔에 잠겨 있는 것 같은데 어떻게 된 거냐? 아직 쿠트 알 크르브를 가까이 하지 않았던가?" "오, 충성된 자의 임금님, 군왕에게 걸맞는 것은 노예에겐 어울리지 않습니다. 게다가 아직 저는 그 여자 곁을 찾은 적도 없고, 손 하나 만져본 적도 없사옵니다. 제발 부탁이오니 그 여자를 다시 데려가주십시오." 교주가 "그렇다면 어디 한 번 그 애를 만나서 그 애 말도 들어봐야겠군." 하고 말하자, 알라딘은 "뜻대로 하십시오, 오, 충성된 자의 임금님." 하고 대답했습니다. 그래서 교주는 쿠트 알 크르브에게로 갔습니다.

—샤라자드는 날이 훤히 밝아오는 것을 깨닫자, 여기서 허락된 이야기를 그쳤다.

• 262일째 밤

샤라자드는 말을 이었다. 오, 인자하신 임금님, 교주가 쿠트 알 크르브의 방으로 들어가자, 여자는 그 모습을 보고서 일어나 두 손을 짚고 엎드렸습니다. 교주가 "알라딘이 너를 찾아왔더냐?" 하고 묻자, 여자는 대답했습니다. "아뇨, 대교주님, 오시라고 그랬는데도 절대로 오시지 않습니다." 그래서 교주는 쿠트 알 크르브를 후궁으로 돌아오라고 명령하고, 알라딘에게는 "출근을 게을리하지 말지어다"라는 말을 남기고서 궁전으로 돌아왔습니다. 이튿날 알라딘은 말을 타고 알현실로 가 60인 패거리의 우두머리로서 자리에 앉았습니다. 조금 있다가 교주는 재무관을 불러 대신 자파르에게 1만 디나르를 주라고 명령하고는 대신에게 "노예 시장으로 가서 이 돈으로 알라딘에게 노예 처녀를 하나 사다주라." 하고 말하였습니다.

그런데 공교롭게도 마침 그날 교주의 명령으로 바그다드의 총독으로 임명된 하리드 태수도 자기 아들에게 노예 계집을 하나 사주려고 노예 시장으로 왔습니다. 그가 오게 된 이유는 다음과 같습니다. 하툰이라는 총독의 아내에게는 하브자람 바자자라는 아들이 하나 있었는데, 얼굴이 아주 못생긴 데다, 나이가 스물이 되어도 말을 탈 줄도 몰랐습니다. 이에 반하여 아버지인 하리드는 성품이 아주 용맹하여 컴컴한 바다 속으로도 곧장 뛰어든다는 대담한 기수였습니다.

어느 날 밤의 일이었습니다. 이 바자자가 꿈을 꾸고 몽정을 했으므로 어머니에게 그 사실을 이야기하자 어머니는 반색을 하며 남편에게, "아들을 장가보내야 하겠어요. 벌써 어른이 다 되었으니까." 하고 말했습니다. 그러자 하리드가 "저 녀석은 못생긴 데다가 몸에서 냄새가 몹시 나. 더러운 짐승 같은 녀석이니까, 어떤 여자라도 그냥 주어도 받질 않을 거야." 하고 말하자, 아내는 대답했습니다. "노예 처녀를 하나 사서 줍시다." 이러한 까닭으로 전세의 인연이라고나 할까요, 공교롭게도 하고 많은 날 중에서도 바로 그 날 자파르와 알라딘, 총독인 하리드와 그 아들이 노예 시장에 나가게 된 것입니다. 문득 보니, 거간 하나가 인물이며 맵시가 정말 아름다운 처녀를 하나 데리고 있었습니다. 그래서 대신이 그 거간에게 "여보, 거간. 이 여자의 주인에게 물어봐 주오. 1000디나르로 주려는지 어떤지." 하고 말했습니다. 거간이 처녀를 데리고 총독 앞을 지나가자, 하브자람 바자자는 그 처녀를 한 번 보고 천 번이나 한숨을 내쉬었습니다. 바자자는 그 처녀에게 홀딱 반해 아버지에게 말했습니다. "아버지, 저 노예 처녀를 사주세요." 그래서 태수가 거간을 불러, 그 처녀의 이름을 물었습니다. 처녀는 "이름은 제사민이라고 합니다." 하고 대답했습니다. 그래서 아버지는 아들에게 "애야, 마음에 들거든 좋은 값을 불러라." 하고 말했으므로, 아들은 "얼마나 값이 붙어 있지?" 하고 물었습니다. "1000디나르입니다." 이 말을 듣고 총독의 아들은 "그럼 1001디나르 내기로 하지." 하고 말했습니다. 거간이 알라딘에게로 가자, 알라딘은 2000디나르를 불렀습니다. 태수의 아들이 1디나르씩 올릴 때마다 알라딘도 1000디나르씩 올려서 값을 붙였습니다. 추남인 젊은이는 참다 못해 "여보, 거간 양반! 이 처녀에게 나보다 더 값을 붙이는 자는 도대체 누구요?" 하고 화를 냈습니다. 그러자 거간은 대답했습니다. "대신 자파르님입니다. 알라딘에게 사주실 모양입니다." 알라딘이 자꾸만 값을 올리는 바람에 마침내 1만 디나루까지 오르게 되었으므로 주인도 그 값이라면 팔 생각이 들었습니다. 알라딘은 처녀를 수중에 넣게 되자, "전능하신 알라의 사랑을 위해 그대를 자유의 몸으로 해주리라." 하고 말했습니다. 그리고 곧 결혼계약서를 만들어 집으로 데리고 왔습니다.

그런데 거간이 수수료를 받아가지고 돌아오자, 태수의 아들이 불러 "그 여잔 어딨어?" 하고 물었습니다. "알라딘님이 1만 디나르로 사고 나서 자유의 몸으로 만들어 결혼하셨습니다." 하는 대답에 젊은이는 분한 나머지 고개를 떨구었습니다. 그리고 여자를 그리워한 나머지 몇 번씩 한숨을 내쉬면서 집에 돌아오자, 식사도 안한 채 그대로 자리에 눕고 말았습니다. 그만큼 여자에게 반했던 것입니다. 어머니는 그 모습을 보자 아들에게 말했습니다. "아니 그게 무슨 꼴이냐?" "어머니, 제사민을 사주세요." "꽃장사가 오거든 제사민을 한 바구니 사주마." "냄새를 맡는 제사민이 아니라 제사민이라는 이름의 노예 처녀입니다. 아버지가 사주시지 않았어요." 그래서 어머니는 남편에게 말했습니다. "어째서 그 처녀를 사주시지 않았죠?" "자기 주제를 알라는 말이 있다. 나에겐 그 애를 빼앗을 만한 힘이 없어. 그 애를 산 사람은 60인 패거리의 우두머리 알라딘이야." 마침내 젊은이의 몸은 점점 쇠약해져, 끝내는 밤에 잠을 이루지 못하고, 먹을 것이라고는 제대로 목구멍에 넘어가지 않아, 어머니는 머리에 슬픔의 머리끈을 감았습니다. 그리고 아들의 몸을 탄식하면서, 슬픔에 잠겨 집에 앉아 있는데, 난데없이 한 노파가 찾아왔습니다. 이 노파는 아마드 캄킴이라는 대도적의 어머니로써 세상에 널리 알려져 있는 사람입니다. 이 도적은 벽 한가운데에 구멍을 뚫거나, 아무리 높은 담에도 기어오를 수 있으며, 눈의 동자조차도 훔칠 수 있는 대악당으로, 젊었을 때부터 나쁜 일을 맡아놓고 하고 있는 위인이었습니다. 끝내는 야경대장이 되었지만, 그때 얼마간의 돈을 훔치다가 경비대장에게 들켜 현장에서 체포되어 교주에게로 끌려왔습니다. 교주는 사형을 명령했습니다만, 본인은 대신에게 목숨만은 살려달라고 탄원했습니다. 교주는 한 번도 대신의 탄원을 거절한 적이 없었으므로 대신은 충성된 자의 임금님에게 여러 가지로 이 대도적을 변호해 주었습니다. "그대는 어찌하여 세상의 망나니를 변호하려 드는가?" 하고 교주가 묻자, 자파르는 대답했습니다. "오, 충성된 자의 임금님, 그 사나이를 그냥 감옥에 투옥시켜 주십시오. 이 세상에서 최초로 감옥을 만든 사람은 현자입니다. 즉 감옥이라는 것은 살아 있는 자의 무덤이며, 죄인의 적에게는 기쁨이니까요." 그래서 교주는 차꼬를 채우고, 그 위에 '종신형을 명한다. 죽기 전에는 석방해서는 안된다.' 하고 적어놓으라고 명령했으므로, 모두들 그 사나이를 단단히 결박하여 감옥에 처넣었습니다.

어머니는 총독 겸 경비대장이었던 하리드 태수네 집에 늘 출입하고, 또 평소 투옥중의 아들을 찾아가서는 "그래, 내가 뭐라더냐. 도적질은 그만두라고 얼마나 타일렀더냐." 하고 말했습니다. 그러자 아들은 늘 한사코 이렇게 대답했습니다. "뭘요, 이것도 팔자소관이지요. 그렇지만 어머니, 태수 마누라를 찾아가서 남편에게 잘 좀 봐달라고 부탁해보세요."

노파가 경비대장 부인을 찾아가보니 부인은 슬픔의 머리끈을 이마에 매고 있었으므로, "어찌하여 그렇게 슬픔에 잠겨있는 거죠?" 하고 물었습니다. 그러자 부인은 "제 아들 녀석인 하브자람 바자자 때문이라우." 하고 말했으므로, 노파는 외쳤습니다. "아이구, 불쌍하기도 해라! 도대체 어찌 된 셈입니까?" 어머니가 자초지종을 털어놓자 노파는 말했습니다. "아드님을 살려낼 재주를 가진 사람이 없는 바도 아니지만 부인께선 어떻게 생각하세요?" "어떤 재주를 부리는데요?" "실은 저에게 대도적 아마드 캄킴이라는 아들이 있습니다. 지금 감옥에 투옥중인데 그 차꼬에는 '종신형에 처한다'라고 적혀 있습니다. 그러니 부인께서는 가장 아름다운 옷과, 가장 값비싼 보석으로 몸을 장식하시고, 밝게 웃는 얼굴로 나리에게로 가세요. 나리께서 남자가 여자에게 요구하는 것을 부인에게 요구하시거든 딱 거절하시고, 욕망을 풀게 해드리면 안돼요. 그리고 이렇게 말하는 겁니다. '정말 이상한 일이에요! 남자가 여자에게 뭔가 요구할 때엔 먼저 자기 생각을 관철시키는데, 아내가 남편에게 무엇을 요구해도 좀처럼 남편은 아내 요구를 들어주지 않으니' 그러면 나리는 말씀하실 거예요. '뭘 요구하는데?' 그러면 부인께선 '생전 처음 내 요구를 들어주겠다고 맹세해주세요' 하고 말하는 것입니다. 만약 나리께서 당신의 목숨이나 알라께 맹세코 맹세하신다면 '이혼서약도 해주세요' 하시고서 요구를 들어주실 때까지, 끝까지 요구를 관철하는 것입니다. 나리께서 이혼서약까지 꺼내시면 '당신이 투옥시킨 아마드 캄킴이란 자에게 불쌍한 노모가 있어요. 그 노모가 나에게 연상 나리께 부탁하여 교주님께 잘 좀 말씀해주세요. 아들은 회개하고 있으며, 여러분께서는 신의 보답을 받으실 것입니다 하고 애걸하고 있답니다' 하고 말씀드리면 됩니다." 하툰 부인은 "알았어요." 하고 대답했습니다. 그래서 남편이 방으로 들어오자……

—샤라자드는 날이 훤히 밝아오는 것을 깨닫자, 여기서 허락된 이야기를 그쳤다.

• 263일째 밤
샤라자드는 말을 이었다. 오, 인자하신 임금님, 총독이 방안으로 들어오자, 아내는 조금 전에 가르쳐준 대로 말했습니다. 그리고 남편의 욕정에 몸을 맡기기 전에 이혼서약을 시키고 만 것입니다. 남편 하리드는 그날 밤 아내와 동침하고, 날이 밝자 전신 목욕을 하고서 새벽기도를 올린 다음, 그 길로 감옥으로 가서 말했습니다. "어이, 대도적 아마드 캄킴, 네놈은 자기가 저지른 죄과를 후회하고 있느냐?" 그러자 상대방은 대답했습니다. "네, 진정으로 후회하고 있습니다. 알라에게 마음 속으로부터 '신의 용서를 빕니다'라고 말하고 싶을 정도입니다."

그래서 총독은 캄킴을 감옥에서 끌어내어 (아직 차꼬는 그대로 채운 채) 어전으로 데리고 가서 교주 앞에 엎드렸습니다. 교주가 "여보, 하리드 태수, 무슨 용무인가?" 하고 묻자, 태수는 아마드 캄킴을 어전으로 끌고 갔습니다. "뭐야? 캄킴, 아직 살아 있었느냐?" 하고 교주가 묻자, 캄킴은 "오, 충성된 자의 임금님, 불행한 놈은 장수하게 마련입니다." 하고 대답했습니다. "왜 저놈을 이리 데리고 온 거냐?" 교주가 태수에게 물으니 태수가 말하기를 "오, 충성된 자의 임금님, 이 자에겐 세상에서 버림을 당한 불쌍한 노모가 한 분 있는데 자식이라고는 이 자 하나뿐입니다. 그래서 그 어미가 저에게 와서 아들이 후회하고 있으니 교주님께 아들의 쇠사슬을 풀러 그전처럼 다시 야경대장 자리에 앉도록 힘 좀 써달라고 신신당부를 했습니다." 교주가 아마드 캄킴에게 "너는 나쁜 짓을 후회하고 있느냐?" 하고 묻자, 상대방은 "오, 충성된 자의 임금님, 저는 진정으로 신에게 후회하고 있습니다." 하고 대답했습니다. 이 말을 들은 교주는 대장장이를 불러 쇠사슬을 끊게 했습니다. 게다가 전직에 복귀하도록 하고는 정직하고도 올바른 길을 걷도록 훈계했습니다. 그래서 아마드 캄킴은 교주의 손에 입맞추고 야경대장의 제복을 하사받고 물러서자, 한편 조리꾼이 캄킴이 야경대장으로 복직했다는 소식을 온 도성내에 선포하며 돌아다녔습니다.

그리하여 얼마 동안 캄킴은 근무를 게을리 하지 않고 열심히 일했는데, 어느 날 어머니가 총독의 부인을 찾아오자 부인은 말했습니다. "당신 아들을 감옥에서 석방하고, 건강한 몸으로 만들어주신 알라를 칭송할지어다! 그러나 당신은 왜 당신의 아들에게 이야기하여서 우리 아들 하브자람 바자자에게 제사민을 빼앗아다줄 궁리를 안 시키느냐 말이오?" "그렇게 하라고 일러두겠습니다." 하고 노파는 대답하고서 물러나 자기 아들에게로 갔습니다. 가보니 아들은 술에 취해 있으므로 어머니는 이렇게 말했습니다. "얘야, 아들아, 너를 감옥에서 내준 사람은 총독의 부인이다. 그 부인께서 말이다, 알라딘을 없앨 궁리를 하여 당신의 아들 하브자람 바자자를 위하여 제사민이라는 노예 색시를 뺏어오라는 분부이시다." 그랬더니 캄킴은 대답했습니다. "그런 일이야 식은 죽 먹기지요, 내일을 기다릴 것도 없이 오늘 밤 당장 해치워버리겠습니다."

그런데 마침 그날 밤은 달이 바뀐 최초의 밤이었으므로, 교주는 평소의 관례대로 즈바이다 왕비를 상대로 하여 노예 계집과 백인 노예의 행방이니, 우선 그런 종류의 일을 처리하면서 하룻밤을 보내기로 되어 있었습니다. 그리고 또 그때에는 염주며 단오며 옥쇄 따위와 함께 왕의를 벗어 거실 의자 위에 놓는 것이 관례이기도 했습니다. 또 하나 교주의 소지품 가운데에는 황금으로 된 램프가 있었는데 이것에는 황금실로 꿴 세 개의 보석이 박혀 있었으므로, 교주는 특히 이것을 애지중지하고 있었습니다. 그리고 즈바이다 왕비 방에 계실 때에는 이러한 물건들을 전부 꺼내어 맡겨두는 것이 관례였습니다.

한편 대도적 아마드 캄킴은 한밤중이 되기를 기다렸다가, 캬노프스의 별이 밤하늘에 반짝이고, 모든 생물이 어둠의 장막에 싸여 잠에 빠지려는 그때를 겨냥하여 오른손에는 단도를 들고, 왼손에는 갈고리 달린 밧줄을 들고 교주의 거실로 걸음을 재촉했습니다. 그러고 나서 사다리를 걸치고 지붕 한 끝에다 갈고리 달린 밧줄을 걸치고는 마침내 지붕 뚜껑을 젖히고 거실로 내려갔습니다. 내시들이 푹 잠이 든 것을 보고, 모두에게 마취제를 맡게 한 후 교주의 옷을 위시하여 단도, 염주, 백포, 도장반지 거기다 진주를 박은 그 황금 램프 등을 끌어안고 먼저 있던 곳으로 되돌아온 후 그 길로 곧장 알라딘의 집으로 갔습니다. 알라딘은 그날 밤 제사민과 결혼식을 올리고 나서, 초저녁부터 베개를 나란히 하고서 신부의 뱃속에 애를 배게 하는 일을 하고 있었던 것입니다. 대도적 아마드 캄킴은 담을 기어올라가 객실로 침입하자 마루의 낮은 곳의 대리석 한 장을 벗겨 구멍을 판 다음 훔쳐 온 물건을 거기다 묻었습니다. 다만 예의 그 램프만은 자기 곁에 남겨놓았습니다. 그러고 나서 회로 대리석 판자를 제자리에 박은 다음 아까 온 데로 다시 빠져나와 "옳지, 이번엔 어디 술과 더불어 이 램프를 앞에다 놓고 불을 켜 건배나 해볼까." 하고 중얼거렸습니다.

　날이 밝아올 쯤해서 교주가 거실로 들어가보니, 내시들은 마취제를 마시고 곤드레가 되어 있었으므로 모두들 흔들어 일으켰습니다. 그 다음 의자를 더듬어보았지만 옷도 도장반지도 염주도 단도도 백포도 램프도 간 데가 없었습니다. 교주는 불처럼 화가 나서 펄쩍 뛰며 노여움을 표시하는 새빨간 옷을 입고 알현실에 앉았습니다. 그래서 대신 쟈파르는 앞으로 나아가 바닥에 엎드려 "알라께선 충성된 자의 임금님으로부터 온갖 재앙을 몰아내주옵소서!" 하고 말했습니다. 그러나 교주가 "여보, 대신. 재앙이 정말 크오." 하고 대답했으므로 대신은 "도대체 어떻게 된 것입니까?" 하고 물었습니다. 교주는 자초지종을 털어놓았습니다. 마침 그때 경비대장이 대도적 아마드 캄킴을 데리고 나타났습니다. 보니 주교의 분노는 보통 정도가 아닙니다. 교주는 경비대장을 보자마자 "이봐, 하리드 태수. 바그다드의 모양은 어떤가?" "아무 일도 없이 평온합니다." 그러자 교주가 "거짓말 마라!" 하고 호통을 쳤기 때문에 태수는 "진정한 신자이신 임금님, 어째서 그렇게 화가 나셨습니까?" 하고 물었습니다. 여기서 교주는 자초지종을 이야기한 다음 마지막으로 "도적당한 물건을 모조리 찾아오도록 하라." 하고 덧붙였습니다. 태수는 "오, 충성된 자의 임금님, 초(酢)벌레는 초에 있다는 말도 있듯이 외부인이 궁전 내에 들어올 리는 만무합니다." 하고 말했지만, 교주는 "그 물건을 찾아오지 못하는 날엔 그대를 사형에 처하겠노라." 하고 선언했습니다. 그러자 태수는 대답하여 "제 목숨을 뺏기 전에 아마드 캄킴을 죽여주옵소서. 그 까닭은 그날 밤 야경대장을 제외하고는 아무도 도적이나 배반자를 알 사람은 없습니다." 그때 아마드 캄킴이 앞으로 나와 교주에게 말했습니다. "경비대장을 대신하여 아무쪼록 제 변명을 들어주십시오. 제가 그 도적에 관해서는 책임지고 무슨 일이 있어도 찾아 내고야 말겠습니다. 그러나 저에게 재판관과 입회인 둘만 빌려주십시오. 왜냐하면 이러한 짓을 저지를 사람은 교주님도 총독도 아무도 무서워하지 않을 대적이기 때문입니다." "무엇이든 필요한 것은 주겠다. 우선 이 궁전을 위시하여, 다음은 대신의 저택, 이어 60인 패거리 우두머리라는 식으로 수색해나가는 것이 좋겠다." 그러자 아마드 캄킴은 대답했습니다. "충성된 자의 임금님, 지극히 당연한 말씀이옵니다. 아마도 이런 큰 죄를 저지른 범인은 왕실이나 중신네 집에서 자란 자일 것입니다." 교주는 이 말을 듣고 "내 목숨이 붙어 있는 한 이런 죄를 저지른 범인은 반드시 사형에 처할 것이다. 비록 그것이 내 아들이라 하더라도!" 하고 외쳤습니다. 마침내 아마드 캄킴은 남의 집에 들어가 가택 수색을 해도 좋다는 허가증을 받았습니다.

―샤라자드는 날이 훤히 밝아오는 것을 깨닫자, 여기서 허락된 이야기를 그쳤다.

• 264일째 밤

샤라자드는 말을 이었다. 오, 인자하신 임금님, 아마드 캄킴은 마음대로 재판관과 입회인을 부릴 수 있는 권한을 얻었고, 또 남의 집 가택 수색을 해도 좋다는 허가증을 받았습니다. 그래서 놋쇠와 구리와 쇠를 삼등분으로 배합하여 만든 막대기를 손에 들고 나서, 맨 처음엔 교주의 궁전을 조사하고, 다음은 대신 자파르의 저택을 뒤졌습니다. 그 다음 시종과 부왕들의 저택을 차례차례로 뒤지고, 마침내 알라딘의 저택으로 왔습니다. 60인 패거리의 두목은 자기 집 문앞에서 와글와글 떠들고 있는 사람들 목소리를 듣자, 아내 제사민을 그대로 둔 채 아래로 내려가 문을 열었습니다. 그러자 밖에는 경비대장이 떠들어대는 군중들에게 둘러싸인 채, 그 한가운데에 우뚝 서 있는 것이 아니겠습니까? "어떻게 된 거요, 하리드 태수?" 하고 묻자, 경비대장은 자초지종을 이야기했습니다. "집안으로 들어가 뒤져보시오." 하고 알라딘이 말하자, 총독은 "죄송합니다. 당신은 신임이 두터운 분이십니다. 신임이 두터운 분이 반역자가 되시다니 터무니없는 소리입니다!" 하고 대답했습니다.
"어쨌든 가택 수색을 받을밖에 딴 도리가 없겠군요." 하고 알라딘이 말하자, 경비대장은 재판관과 입회인을 데리고 안으로 들어갔습니다. 그러자 아마드 캄킴은 곧장 객실 마루 낮은 곳으로 가서 그 밑에 훔친 물건을 감춘 대리석 판자 있는 데까지 가서 손에 들고 있는 막대기로 몹시 내려치니 대리석이 산산조각으로 깨지며, 그 밑에서 무엇인가 번쩍번쩍 하고 빛나는 것이 보였습니다. 캄킴은 큰 소리를 질렀습니다. "비스밀라! ─알라의 이름으로! ─맛시라! ─알라의 높으신 뜻으로! 운좋게 우리들이 온 덕택으로 도둑맞은 물건을 찾아냈도다. 잠깐 기다리시오, 이 구멍으로 들어가 무엇이 있나 조사해볼 테니까." 재판관과 입회인이 구멍 안을 들여다보니, 그곳에는 도둑 맞은 물건이 그대로 있었기 때문에 모두들 즉시로 알라딘의 집에서 도둑맞은 물건을 찾아냈다는 보고서를 작성하여, 이것에 각기 서명했습니다. 그 다음 알라딘을 결박하고, 그의 두건을 벗긴 다음, 정식으로 집안의 돈과 재산을 낱낱이 기록했습니다.

한편 대도적 아마드 캄킴은 알라딘의 아기를 잉태하고 있는 제사민을 체포하여 자기 어머니에게 맡겨, "총독 부인 하툰에게로 데리고 가시오." 하고 말했습니다. 그래서 노파는 제사민을 총독의 아내에게로 데리고 갔습니다. 하브자람 바자자는 제사민을 한 번 보자 정신이 번쩍 들어 힘이 나 자리에서 일어나자, 환성을 지르면서 여자의 곁으로 다가서려고 했습니다. 그러나 여자는 허리띠 사이에서 단도를 뽑아들고, "가까이 오지 말아요. 그렇지 않으면 당신을 죽이고 나도 죽겠어요." 하고 말했습니다. 총독 부인이 "이 화냥년아, 내 아들의 소원을 풀어줘라!" 하고 외치자, 제사민은 "이 암캐 같은 년! 한 여자가 두 남편을 섬기다니 그것이 어느 나라의 법률이란 말이냐? 개들을 어찌 사자 우리에 넣을 수 있겠느냐 말이다." 하고 쏘아붙였습니다. 이 말을 들은 아들은 더욱 애

가 타서 괴로움과 충족되지 못한 욕정 때문에 다시 병상에 눕게 되어, 식사도 전폐하고 말았습니다.

그러자 총독 부인은 제사민에게 말했습니다. "이 어리석은 것아, 어째서 너는 나에게 슬픈 생각을 갖게 하느냐? 이렇게 된 이상 억지로라도 너를 못살게 굴 테니 두고 봐라. 알라딘 같은 건 필경 교수형을 당하게 될 거다." "나는 죽어도 그분만을 사랑해요." 제사민이 그렇게 대답하자, 총독의 부인은 제사민이 몸에 달고 있던 보석과 비단 옷을 다 뺏어버리고는 그 대신 마포(麻布) 치마와 말털로 짠 속옷을 입히고, 부엌으로 쫓아 하녀로 만들고 말았습니다. "네 정조의 보답은 장작을 패거나, 양파 껍질을 벗기거나 아궁이에 불을 지피는 따위의 일이다." 그러나 제사민은 대답했습니다. "어떤 고통도 어떤 천한 일도 괜찮아요. 하지만 당신 아들을 만나는 일만은 딱 질색이에요." 그래도 알라의 뜻이겠죠. 노예 계집들은 제사민을 따랐으며, 늘 그녀를 대신하여 부엌일을 해주곤 했습니다.

이야기를 바꾸어, 알라딘이 어떻게 되었나 말씀드리자면, 일동은 훔친 물건과 함께 알라딘을 데리고 알현실로 가자, 아직 옥좌에 앉아 있던 교주가 자기 물건을 보고는 "어디서 찾았느냐?" 하고 물었으므로, 모두들 "알라딘 아브 알 샤마트네 저택에서, 그것도 저택 한가운데서 찾았습니다." 하고 대답했습니다. 이 말을 들은 교주는 노발대발하며 물건을 받았습니다만 조사해보니 램프가 없었습니다. "여봐라 알라딘, 램프는 어디 있느냐?" 하고 교주가 묻자, 알라딘은 대답했습니다. "제가 훔친 것이 아닙니다. 저는 아무것도 모릅니다. 일찍이 그 물건들을 본 적도 없습니다. 그렇기 때문에 무엇 하나 말씀드릴 것도 없습니다!" "이 배반자놈, 내가 그대를 가까이 불러들였는데 그대는 나를 멀리하고, 신뢰를 주었는데 나를 배반하다니 도대체 어떻게 된 셈이냐?" 그리고 교주는 교수형에 처하라고 명령했습니다. 경비대장이 알라딘의 등을 밀다시피 하면서 거리를 돌아다니는데 조리꾼이 선두에 서서 큰 소리로 외쳤습니다. "이것은 참된 신앙의 교주를 배반한 사나이에 대한 보답으로서는 가장 가벼운 벌이다!" 그러자 사람들은 교수대가 서 있는 형장으로 몰려 들었습니다.

알라딘은 이러한 상태였지만, 장인 아마드 알 다나흐는 마침 그때 화원으로 나와 하인들을 상대로 하여 잔치상을 벌여놓고 부어라 마셔라 하며 흥겨운 한때를 보내고 있었습니다. 때마침 그곳에 달려든 것은 알현실에 물을 대는 관리였습니다. 아마드 알 다나흐의 손에 입맞추자, "아마드 알 다나흐님! 당신은 흐르는 시내를 지척에서 바라보며 한가하게 시간을 보내고 있으면서 큰 사건이 일어난 것도 모르고 계시군요." "무슨 일인데?" "알라의 앞에서 서약에 따라 사위로 맞아들인 사위 알라딘이 교수대쪽으로 끌려가고 있는 중입니다." "이보게, 하산 슈만, 어떻게 하면 좋을까? 너는 이 사건을 어떻게 생각하지?" 그러자 상대방은 대답했습니다. "틀림없이 알라딘님은 죄가 없습니다. 누군가 적이 있어 무고한 죄를 씌우고 있다고 생각합니다." "어떻게 하면 좋지?" "인샬라! 어쨌든 구출해내야 합니다!" 그러고 나서 아마드는 감옥으로 가서 옥리에게 "누군가 사형을 받게 된 죄수를 하나 주게." 하고 말했으므로 옥리는 죄수 중에서 알라딘을 가장 닮은 죄수를 하나 주었습니다. 그래서 그는 죄수 머리를 보로 가리고서 자기 자신과 카이로의 알리 알 자이바크 사이에 끼워서 형장으로 끌고 갔습니다. 때마침 알라딘이 교수대 옆으로 끌려왔기 때문에 아마드 알 다나흐는 앞으로 나아가 형리의 발등을 꽉 밟았습니다. "의무를 완수하는 중이야 비켜." 하고 형리가 말하자, 다나흐는 대답했습니다. "괘씸한 놈 같으니 이놈을 알라딘 대신으로 끌고 가라. 알라딘은 무고한 죄로 끌려가고 있는 거야. 그래 아브라함이 이스마엘 대신으로 수양을 죽였듯이 우리는 이 사나이를 대신 죽여야겠다."

그래서 교수형의 집행인은 예의 그 죄수를 붙잡아다 알라딘 대신으로 교수대에 올렸습니다. 아마드와 알리는 알라딘을 떠메고서 아마드네 집으로 돌아왔습니다. 집안으로 떠메고 들어온 알라딘은 아마드에게 말했습니다. "장인어른, 제발 알라께서 최상의 축복으로 보답해주시기를 빕니다!" 그러나 장인은 "이봐, 알라딘." 하고 불렀습니다.

　―샤라자드는 날이 훤히 밝아오는 것을 깨닫자, 여기서 허락된 이야기를 그쳤다.

• 265일째 밤
　샤라자드는 말을 이었다. 오, 인자하신 임금님, 아마드는 외쳤습니다. "이봐, 알라딘. 무슨 짓을 했다는 거지? '너를 신뢰하는 자를 배반치 말라. 비록 네가 배반자가 될 망정.' 이렇게 말한 자에게 알라의 은총이 있으라. 그런데 말이야, 너는 교주를 가까이 모시며, 중용되어 고지식한 사람이니 충신이니 하는 말을 듣고 있으면서 이러한 도리에 어긋나는 짓을 저질러 교주님의 물건을 훔치다니 어찌 된 셈이냐?" "장인어른, 최고 지상하신 이름에 맹세코," 하고 알라딘은 대답했습니다. "저는 그런 것에 손을 댄 기억이 전연 없습니다. 그런 짓은 하지 않았고, 누가 했는지도 모릅니다." "그렇다면 필경 그런 짓을 한 놈은 너와 원수인 자의 소행임이 분명하다. 그게 누구건 나쁜 짓을 하면 천벌을 받게 될 것이다. 그런데, 이보게, 알라딘, 자네는 바그다드에 있을 순 없을 걸세. 임금이라는 것은 여간해서는 뜻을 바꾸지는 않는 법이니 말이야. 불쌍도 해라! 쫓기는 몸이 되고 보면 얼마나 괴롭겠느냐." "장인어른, 어디로 도망칠까요?" 하고 알라딘이 묻자, 장인은 대답했습니다. "음, 내가 어디 알렉산드리아로 데려다 주지. 그곳은 복받은 땅이니까. 숲이 많아 아름답고 편히 묵을 수 있을 테니까 말이야." 알라딘이 "그럼, 그렇게 하겠습니다." 하고 대답하자, 아마드는 하산 슈만에게 말했습니다. "조심해라. 교주님이 내 일을 물으시거든 '시골 순회 여행을 떠났다'고 대답해다오."
　그 다음 아마드는 알라딘을 데리고 바그다드를 떠나 자꾸만 길을 재촉했습니다. 그러던 중 도성에서 꽤 많이 떨어진 포도원과 과수원이 있는 데까지 오게 되었습니다. 그러다가 교주의 세리사인 두 유태인이 당나귀를 타고 오는 것과 만났습니다. 아마드 알 다나호가 "공물을 내놓아라." 하고 말했더니, 상대방은 "어째서 당신에게 공물을 바칩니까?" 하고 말했습니다. "나는 이 골짜기의 야경이기 때문이다." 하고 장인이 대답하자, 두 사람은 각기 금화 100닢씩을 내놓았습니다. 아마드는 돈을 받자 별안간 두 사람을 죽이고는 당나귀를 빼앗아 한 마리는 자기가 타고, 또 한 마리는 알라딘에게 주어 타도록 하였습니다. 그러고 나서 여행을 계속하던 중 아야스라는 도시에 도착했으므로 주막에서 하룻밤을 쉬기로 하고 당나귀를 맡겼습니다. 이튿날 아침, 알라딘은 자기가 탄 당나귀를 팔고, 아마드의 당나귀는 주막 문지기에 맡기고서 아야스항에서 배를 타고, 알렉산드리아를 향해 출범했습니다. 도착하자마자 그 길로 시장으로 향했습니다만, 그곳에서는 다행히도 거간꾼 하나가 뒷방이 딸린 가게를 150디나르로 경매에 내붙이고 있었습니다. 그래서 알라딘이 1000디나르를 부르자, 본시 가게도 토지도 국고에 딸려 있었기 때문에 거간꾼은 아무 이의도 없이 가게를 내놓았습니다. 판 사람으로부터 열쇠를 받아들자, 알라딘은 가게를 열고, 가게 안을 양탄자와 보료로 장식했습니다. 게다가 또 가게에는 창고도 딸려 있어, 거기에는 돛이며 돛대, 밧줄, 선원용의 큰 궤짝, 구슬이며 조개껍질을 담은 자루, 등자, 큰 도끼, 메, 장도칼, 가위 따위의 물건이 가득 쌓여 있었습니다. 그것은 그 전 주인이 고물상이었기 때문입니다.

　알라딘이 가게에 앉자 아마드 알 다나호는 말했습니다. "이보게, 사위. 가게도 방도 가게 안의 상품도 자네 것이 된 셈이니까, 자네는 여기 있으면서 장사를 하도록 하게. 전능하신 알라는 이 장사를 축복해주실 테니까, 자기 팔자를 한탄해서는 안되네." 장인은 알라딘과 함께 사흘을 지내고 난 후, 나흘째 되는 날에 "교주님의 허가를 얻어 어느 놈이 그런 장난을 쳤는지 조사해보고 올 테니까, 그때까지 여기 있도록 하게." 하고 말하고 나서, 이별을 고했습니다. 그 다음 배로 아야스까지 가서 주막에 맡겨두었던 당나귀를 타고 바그다드로 돌아오자, 하산과 그 부하들을 만나 물어보았습니다. "교주님께서 뭔가 나에 관하여 물어보시던가?" "아뇨, 당신 생각은 염두에도 두고 계시지 않는 것 같습니다." 그래서 아마드는 또다시 궁전으로 나가 교주님을 모셨고, 알라딘 사건에 관한 정보 입수에 착수했습니다. 그러자 어느 날, 교주와 대신 자파르가 주고받는 이야기가 귀에 들어왔습니다. "여보, 자파르, 알라딘 그놈 말이야, 참 괘씸한 짓을 저질렀거든!" "오, 충성된 자의 임금님, 그 사람은 벌써 교수형에 처해진 몸이니 그 보답을 받은 셈이죠." "대신, 이제부터 가서 그놈이 축 늘어져 있는 모습을 보고 싶군." "충성된 자의 임금님, 제발 뜻대로 하시죠."

그래서 교주는 자파르를 데리고 형장으로 나갔습니다만, 눈을 들고 바라보니 처형된 사나이는 '고지식한 사람'이란 별명으로 불리던 알라딘 아브 알 샤마트가 아니었습니다. "여보, 대신 이건 알라딘이 아닌데?" 하고 교주가 말하자, 대신은 "어떻게 알라딘이 아니라는 것을 아십니까?" 하고 물었습니다. 교주가 "알라딘은 단신이었는데, 이놈은 키가 큰데 그래." 하고 대답하자, 대신은 "목을 매달면 자연 커지게 마련이죠." 하고 말했습니다. "알라딘은 얼굴색이 희었는데, 이놈은 검은데 그래." 하는 교주의 물음에도 대신은 "오, 충성된 자의 임금님, 사형을 당하면 검게 되는 걸 모르십니까?" 마침내 교주는 시체를 교수대에서 내리라고 명령했습니다만, 자세히 보니, 뒤꿈치에 아브 바쿠르와 오마르의 두 장로의 이름이 적혀 있었습니다. 이것을 본 교주는 외쳤습니다. "이봐, 대신. 알라딘은 순니파였는데, 이놈은 이단의 시아파가 아닌가?" 그러자 대신은 대답했습니다. "숨긴 것을 아시는 알라께 영광이 있으시기를! 하지만 우리들은 이놈이 알라딘인지 그렇지 않은지 도저히 알 길이 없군요." 교주의 명령으로 시체가 매장되자, 그후로는 일체 알라딘에 관한 이야기는 이 세상에 없었던 것처럼 완전히 잊혀지고 말았습니다.

　이야기가 바뀌어, 하리드 태수의 아들 하브자람 바자자는 상사병 때문에 수척할 대로 수척해져 마침내 이 세상을 떠나고 말았으므로 집안 사람들은 시체를 땅에 매장해버렸습니다. 한편 젊은 아내 제사민은 달이 차 진통이 보이자 보름달과 같은 옥동자를 낳았습니다. 노예 친구들이 "뭐라고 이름을 짓지?" 하고 물으면, 제사민은 "애 아버지가 계시다면 이름을 지어주셨을 텐데. 어쨌든 나는 아스란이라고 부르기로 할 테야." 하고 말했습니다. 어린애는 그후 2년간은 젖을 먹여서 길렀고, 이유기가 지나자, 기는가 싶더니 서고, 서는가 싶더니 걸었습니다. 어느 날 제사민이 부엌에서 부지런히 일을 하고 있는 틈을 타 아이는 방에서 나가 계단을 발견하자 객실로 올라갔습니다. 객실 안에 앉아 있던 하리드 태수는 무릎 위에 앉히고서 이 애를 점지해주신 신을 칭송했습니다. 그리고 짐짓 어린애의 얼굴을 들여다보고 있자니, 제 아버지 알라딘의 얼굴을 뽑은 듯이 닮았음을 깨닫게 되었습니다. 얼마 후 제사민은 아이가 없어졌음을 깨닫고 사방으로 찾아다녔지만 간 데가 없습니다. 계단을 올라 객실에까지 이르자, 총독이 어린애를 무릎 위에 올려놓고 앉아 있는 것을 발견했습니다. 알라의 뜻으로 총독은 이 애에게 마음이 끌리고 있었습니다. 아스란은 어머니의 모습이 눈에 띄자, 어머니쪽으로 달려가려고 했으나 총독은 아이를 가슴에 꽉 껴안은 채 제사민에게 말을 건넸습니다. "애, 잠깐 이리 오너라." 제사민이 총독 옆으로 다가가자 "이건 누구 아이냐?" 하고 물었습니다. "제 배를 아프게 한 아이입니다." 하고 제사민이 대답하자, 총독은 거듭 "그럼, 아이 아버지는?" 하고 물었습니다. "아버지는 알라딘 아브 알 샤마트라고 했습니다. 그렇지만 이 애는 이젠 당신 아이나 마찬가지예요." "실은 알라딘은 반역자였다." "제발 알라시여, 남편을 반역자의 대죄로부터 구해주옵소서! '고지식한 사람'인 남편이 반역자가 되다니요, 당치도 않은 말씀!" 하였습니다. 총독이 "이 애가 커져서 제 구실을 하게 되었을 때 '내 아버지는?' 하고 묻거든 '너는 총독이자 경비대장인 하리드 태수의 아들이다'라고 말해라." 하고 말하자, 어머니는 "네, 알았습니다." 하고 대답했습니다.

그러고 나서 총독은 아스란의 할례(割禮)을 행하고, 소중히 기르는 한편, 법률과 종교 선생을 초청하기도 하고, 훌륭한 서예 선생 밑에서 읽기 쓰기를 배우게도 했습니다. 아스란은 코란을 두 번 읽자 그만 외우고 말았으며, 태수더러는 '아버지'라고 부르면서 성인이 되었습니다. 게다가 총독은 아스란을 시합장으로 데리고 가서는 기사들을 모아놓고, 공격 방법으로부터 찌르기의 급소와 타격의 급소 따위를 가르쳤습니다. 그 결과 열네 살의 봄을 맞이했을 무렵에는 무용의 명성도 높고, 재예(才藝)가 겸비된 기사가 되어 태수의 자리까지 차지하게 되었던 것입니다.

어느 날의 일이었습니다. 아스란은 우연히 대도적 아마드 캄킴과 만나게 되어 술친구로서 서로 어울려 선술집에 갔습니다. 그러자 아마드는 교주에게서 훔친 보석을 박은 램프를 꺼내서 불을 켜놓고 건배하면서 마시는 도중 어느새 만취가 되고 말았습니다. 그래서 아스란이 "저, 두목님. 그 램프를 저에게 주실 수 없어요?" 하고 말하자, 상대방은 "그건 안되겠는데." 하고 대답했습니다. "어째서입니까?" 하고 아스란이 되묻자 "이것 때문에 목숨을 잃은 사람도 있을 정도니까 말이야"라는 대답이었습니다. "누가 목숨을 잃었습니까?" "이 도성에 어떤 사나이가 와서 60인 패거리의 우두머리가 되었지. 그 작자 알라딘 아브 알 샤마트라는 놈인데, 이 램프 때문에 목숨을 잃었다네." "도대체 그건 또 어째서입니까? 어째서 목숨까지 잃었죠?" 하고 아스란이 묻자, 아마드 캄킴은 "너에게 말이야, 하브자람 바자자라는 이름의 형이 있었어. 그리고 열여섯 살이 되어 장가를 들어도 좋을 만한 나이가 되자, 아버지가 제사민이라는 노예 계집을 사주려고 한 거야." 하고 말하고서 하브자람이 발병했다는 것, 알라딘에게 무고한 죄명이 씌워지게 되었다는 것 등 자초지종을 자세히 들려주었던 것입니다. 아스란은 그 이야기를 듣자 마음 속으로 생각했습니다. "아마 그 제사민이라는 노예 계집은 어머니임에 틀림없어. 알라딘이라는 자는 틀림없이 나의 아버지일 거야."

아스란은 대도적과 헤어져 무거운 마음으로 밖으로 나왔다가, 우연히 아마드 알 다나흐를 만나게 되었습니다. 아스란을 보자 아마드가 "비할 데 없는 신에게 영광 있으라!" 하고 외치니 옆에 있던 하산이 "나리, 뭘 그리 감개무량해 하십니까?" 하고 물었습니다. 그러자 아마드 알 다나흐는 대답했습니다. "저기서 오고 있는 아스란의 용모를 보고 있는데, 마치 알라딘의 복사판처럼 보이지 않겠나?" 그 다음 젊은이를 불러 말했습니다. "이보게, 아스란, 자네 어머니 이름이 뭐지?" "제사민이라고 합니다." "그렇다면, 아스란, 꾸물거리지 말고, 정신 바짝 차리고 들어야 하네. 네 아버지는 알라딘이네. 자네 어머니한테 가서 말이야 아버지 얘길 물어봐." 아스란은 "알았습니다." 하고 말하고서 곧 어머니에게로 가서 그것을 물어보았습니다. 그러자 어머니는 "무슨 소릴 하느냐, 네 아버진 하리드 태수다!" 하고 말했습니다. "아뇨, 그렇지 않아요." 하고 아들도 지질 않았습니다. "제 아버진 알라딘이예요." 이 말을 듣고 어머니는 눈물을 흘리며 말했습니다. "얘야, 누가 그런 말을 하더냐?" "경호대장 아마드 알 다나흐입니다." 하는 아스란의 대답에 어머니는 모든 것을 숨기지 않고 자초지종을 털어놓고 "얘야, '진실은 행해지고 거짓은 멸망한다'라는 말이 있다. 이봐라. 네 아버지가 사실은 알라딘이라고는 하지만 너를 길러서 양자로 하신 분은 하리드 태수란다. 그러니 이번에 경비대장 아마드 알 다나흐님을 만나게 되거든 '제발 부탁이오니 아버지 알라딘을 죽인 놈에게 원수를 갚게 해주십시오!' 하고 부탁해보아라." 하고 말했습니다. 아스란은 이 말을 듣고 어머니 곁을 떠났습니다.

―샤라자드는 날이 훤히 밝아오는 것을 깨닫자, 여기서 허락된 이야기를 그쳤다.

• 266일째 밤

샤라자드는 말을 이었다. 오, 인자하신 임금님, 아스란은 어머니의 곁을 떠나자, 그 길로 아마드 알 다나흐에게로 가서 손에 입을 맞추었습니다. "얘, 아스란, 웬일이냐?" 하고 아마드 알 다나흐가 묻자 아스란은 "제 아버지가 알라딘이라는 것을 확실히 알았습니다. 그래서 아버지를 죽인 놈에게 원수를 갚게 해주십시오." "그렇다면 도대체 누가 네 아버질 죽였다는 게냐?" 하고 아마드 알 다나흐가 묻자, 아스란은 "대도적 아마드 캄킴입니다." "누가 그러더냐?" "저는 그놈이 보석을 박은 램프를 가지고 있는 것을 보았어요. 교주님의 다른 물건과 함께 없어진 램프 말입니다. 그래서 저는 이렇게 말했지요. '그 램프를 저에게 줄 수 없으세요' 하고 말입니다. 그러나 그놈은 고개를 가로저으며 '이것 때문에 목숨을 잃은 놈도 있다'고 하면서, 궁중에 침입하여 물건을 훔쳐내어 우리 아버지네 집에다 숨긴 것은 다른 사람이 아닌 자기 수작이라고 말했습니다."

그러자 아마드 알 다나흐는 아스란에게 이렇게 일러주었습니. "하리드 태수가 무장을 갖추는 것을 보거든 '저도 무장을 갖추어 같이 데려다 주십시오.' 하고 말하도록 해라. 그러고 나서 충성된 자의 임금님 앞에서 뭔가 용감한 무예(武藝)를 보여드리는 거야. 그렇게 하면 교주님은 '오, 아스란! 뭐 바라는 것이 없는가?' 하고 말씀하실 게다. 그러면 이렇게 대답하는 거다. '제가 원하는 것은 제 아버지를 죽인 놈에게 원수를 갚는 일입니다'라고 말이야. 만약 교주님이 '네 아버지는 아직도 살아 있지 않는가? 네 아버지는 경비대장 하리드 태수가 아닌가?' 하고 말씀하시거든, 이렇게 대답하라. '제 아버님은 알라딘 아브 알 샤마트이십니다. 하리드 태수는 저에게는 그저 양부에 지나지 않습니다.' 그렇게 말하고 나서 너와 아마드 캄킴 사이에서 일어난 경위를 낱낱이 이야기하고 '오, 충성된 자의 임금님, 그놈을 수배해 주십시오. 그놈 호주머니에서 램프를 꺼내 보여드릴 테니까요' 하고 부탁하는 거다."
 아스란은 이 말을 듣고, "네, 알았습니다." 하고 대답했습니다. 하리드 태수네 집에 돌아와보니, 태수는 벌써 교주의 궁전으로 떠날 준비를 갖추고 있었으므로 아스란은 다짜고짜로 이렇게 말했습니다. "아버님처럼 저도 무장을 갖출 테니 알현실로 데리고 가주십시오." 그래서 아버지는 아스란에게도 무장을 갖추게 하여 함께 교주에게 데리고 갔습니다. 때마침 교주는 군대를 이끌고 바그다드의 교외로 나가 천막과 막사를 짓게 하고는 전군을 두 조로 나누어 줄을 지은 다음, 타구(打球)의 유희를 시작하였습니다. 한쪽이 방망이로 공을 치면, 다른 쪽은 이것을 되받아치는 그런 유희였습니다. 그런데 군대 가운데 교주를 암살하기 위하여 고용된 자객이 하나 섞여 있다가 별안간 공을 집더니 타봉으로 힘껏 교주의 머리를 향해 공을 쳤습니다. 아뿔사 하고 생각한 순간, 아스란은 번개처럼 재빠른 솜씨로 공을 맞받아 떨어뜨린 다음, 이번에는 반대로 예의 그 자객을 향하여 공을 되받아쳤기 때문에 그 가슴 한가운데를 맞은 자객은 그 자리에서 나자빠졌습니다.
 교주는 "장하다! 아스란!" 하고 외치고는, 전군에게 말에서 내려 걸상에 앉도록 명령했습니다. 그러고는 교주의 명령에 따라 아까 그 자객이 앞으로 끌려오자, 교주는 "누구의 사주를 받고서 이런 짓을 했느냐? 네놈은 우리 편이냐 아니면 적이냐?" 하고 물었습니다. "나는 적이다. 네놈을 죽일 작정이었다"라는 자객의 대답에, 교주는 또 물었습니다. "그것은 또 왜? 네놈은 이슬람교도가 아닌가?" "물론 나는 이교도다." 그래서 교주는 이 자객을 사형에 처하라고 명령하고는, 아스란에게는 이렇게 말했습니다. "네가 원하는 것이 무엇인지 말해보아라." "제 소원은 아버지를 죽인 범인의 원수를 갚아주십사 하는 일입니다." 하고 아스란이 대답하자, 교주는 말했습니다. "네 아버지는 살아 있지 않은가?" "그건 누굴 말씀하시는 겁니까?" "경비대장 하리드 태수 말이다." 그러자 아스란은 대답했습니다. "오, 충성된 자의 임금님, 그분은 제 아버지가 아닙니다. 그저 양부에 지나지 않습니다. 제 아버진 다른 사람이 아닌 알라딘 아브 알 샤마트이십니다." "그럼 네 아버진 반역자가 아닌가?" 하고 교주가 외치자 "오, 충성된 자의 임금님, '고지식한 사람'이 반역자가 되다니 어림도 없는 말씀입니다! 임금님께서 도둑당한 물건이 돌아왔을 때 램프도 역시 돌아왔던가요?" "아니, 아직 돌아오지 않았다." 하고 교주가 말하자, 아스란은 이렇게 말했습니다. "저는 아마드 캄킴이 램프를 가지고 있는 것을 보고서, 그것을 달라고 했는데, 그자는 고개를 가로저으며 '이것 때문에 목숨을 잃은 자도 있다'고 말했습니다. 그 다음 그 사나이는 하리드 태수의 아들 하브자람 바자자가 제사민이라는 처녀 때문에 상사병에 걸렸다는 것과 자기가 감옥에서 나와 옷과 램프를 훔친 전말까지 낱낱이 털어놓았습니다. 그러니 제발 교주님, 아버지를 죽인 그놈에게 원수를 갚게 해주십시오."

이 말을 들은 교주는 갑자기 "여봐라, 아마드 캄킴을 잡아들여라!" 하고 명령했습니다. 캄킴을 잡아들이자 이번에는 "경호대장 아마드 알 다나흐는 어디 있느냐?" 하고 외쳤습니다. 경호대장이 어전에 엎드리자 교주는 캄킴의 몸을 뒤지라고 명령했으므로, 경호대장은 도적의 주머니에 손을 넣고 예의 그 램프를 꺼냈습니다. "이놈, 배반자놈, 이리 오너라, 네놈은 어디서 그걸 구했느냐?" 하고 교주가 묻자, 캄킴은 "오, 충성된 자의 임금님, 이것은 제가 산 것이옵니다!" "어디서 샀느냐?" 하고 교주는 거듭 물었습니다. 그리고 나서 모두들 캄킴을 마구 때렸기 때문에 마침내 그는 램프를 위시하여 옷과 그밖의 물건까지 훔쳤다는 것을 자백했습니다. 그래서 교주는 "이 배반자놈아, 왜 그런 짓을 하여 고지식하고 충성된 알라딘을 못살게 굴었느냐?" 하고 말하고서, 캄킴과 경비대장 하리드를 결박하라고 명령했습니다만 경비대장은 말했습니다. "오, 충성된 자의 임금님, 이것은 정말로 이치에 맞지 않는 처사이옵니다. 저는 교주님의 명령으로 알라딘을 교수형에 처했을 뿐입니다. 또 이런 음모가 있다는 것은 꿈에도 몰랐습니다. 이 음모를 꾸민 것은 노파와 아마드 캄킴과 제 집사람들이옵니다. 아스란아, 너도 나를 위해 한 말씀 드려다오."

그래서 아스란이 교주에게 양부를 좀 잘 봐달라고 애원하자, 교주가 물었습니다. "이 젊은이의 어머니는 어찌 되었느냐?" "제 집에 있습니다." 하고 하리드가 대답하자, 교주는 다시 말을 이었습니다. "그럼, 명령하건대, 그대의 부인에게 말하여 이 젊은이의 모친에게 자기 옷과 보석을 주어서 먼저대로의 신분 있는 부인으로 처우해주도록 하라. 그리고 그대는 알라딘의 저택에 붙인 봉인을 뜯고 땅도 집도 이 아들에게 주도록 하라." "알겠습니다." 하리드는 그렇게 대답하고 나서 어전에서 물러나 아내에게 일러 제사민에게 아내가 가지고 있는 옷을 입히게 했습니다. 그러고 나서 또 손수 알라딘의 집에 붙인 봉인을 떼고 아스란에게 열쇠를 주었습니다. 그러자 교주가 "여봐라, 아스란, 뭐 소망하는 것이 있거든 이야기하라." 하고 말했기 때문에 아스란은 "제발 부탁이오니 제 부친을 만나게 해주옵소서." 하고 대답했습니다. 이 말을 들은 교주는 눈물을 흘리면서 말했습니다. "아마 틀림없이 그대의 부친은 교수형을 받고, 이 세상에는 없으리라고 생각한다. 그러나 내 선조의 목숨에 맹세코라도, 아직 이 세상에 살아 남아 있다는 길보(吉報)를 전해주는 자가 있다면 뭐든 소망하는 바를 충족시켜주리라!" 그때 아마드 알 다나흐가 앞으로 나왔습니다. 두 손을 합장하고 바닥에 엎드려 "오, 충성된 자의 임금님, 부디 저의 죄를 용서하십시오!" 하고 말했습니다. "그래, 용서해주마!" 하고 교주가 말하자 아마드 알 다나흐는 이렇게 그 경위를 말했습니다. "그렇다면 길보를 말씀드리겠습니다만, 고지식하고 충성된 알라딘은 아직 몸 성히 살아 있습니다." "뭐라고? 그것이 사실이냐?" "저는 죽어도 거짓말은 못합니다. 왜냐하면 제가 사형을 당하게 된 알라딘을 다른 놈과 바꿔치기 했기 때문입니다. 그러고 나서 제가 알라딘을 알렉산드리아로 데리고 가서 거기서 가게를 하나 얻어 고물상을 시켜놓고 있습니다." 이 말을 듣고 진실한 신자인 교주는 말했습니다.

—샤라자드는 날이 훤히 밝아오는 것을 깨닫자, 여기서 허락된 이야기를 그쳤다.

• 267일째 밤

샤라자드는 말을 이었다. 오, 인자하신 임금님, 교주가 아마드 알 다나흐에게 "그렇다면 알라딘을 이리 데리고 오너라." 하고 말하자, 그는 "네, 분부대로 하겠습니다." 하고 대답했습니다. 그래서 교주는 금화 1만 닢을 주라고 분부하였고, 이 돈을 받아들고 아마드 알 다나흐는 그 길로 알렉산드리아로 떠났습니다. 이야기가 바뀌어 아버지 알라딘은 이럭저럭하는 동안에 가게에 있는 물건이 모두 팔려서, 남은 물건이라곤 길쭉한 가죽주머니 하나뿐이었습니다. 그래서 무심코 그것을 흔들어보았더니 주먹만한 보석이 하나 나왔는데, 그것에는 금줄이 달려 있고, 많은 작은 면 가운데서 다섯 면에만 마치 개미가 기어간 자국 같은 글씨로 이름과 주문이 새겨져 있었습니다. 알라딘은 그 작은 면을 몇 번씩 만져보았지만, 손끝에 아무런 반응도 없습니다. 그래서 "이것은 분명히 얼룩 마노(瑪瑙)임에 틀림없어." 하고 혼자 중얼거리면서 가게에 달아놓았습니다. 마침 그때 프랑크인 하나가 그 앞을 지나다가 문득 얼굴을 쳐들었는데, 그 보석이 눈에 띄었습니다. 그래서 가게 정면에 앉아 있는 알라딘에게 물었습니다. "주인, 이 보석은 팔 것이오?" "가게 있는 물건은 무엇이든 다 팔 것입니다." 그러자 프랑크인은 말했습니다. "그걸 8만 디나르 드릴 테니 파시겠소?" "어서 다른 가게나 가 보시지요!" "그럼 10만 디나르 드릴 테니 파십쇼." "좋습니다, 10만 디나르에 팔겠습니다. 그럼 돈을 내십시오." 하고 알라딘이 말하자 상대방은 대답했습니다. "그런 큰 돈을 여기 가지고 있을 까닭이 없습니다. 알렉산드리아에는 도둑도 사기꾼도 많으니까요. 내 배가 있는 데까지 와주시면 대금은 거기서 드리고, 거기다 앙골라의 털, 공단, 빌로드, 상급품 혹라사도 한 짝씩 드리겠습니다."
　알라딘은 일어서서 문단속을 한 다음 프랑크인에게는 보석을 주고, 이웃 사람에게는 열쇠를 맡기며 이렇게 말했습니다. "이분의 배가 있는 데까지 함께 가서 보석 대금을 받아가지고 돌아올 테니 그 동안 이 열쇠를 좀 맡아주시오. 만일 집을 비운 동안, 이 가게를 열어주신 아마드 알 다나호라는 사람이 찾아오거든 이 열쇠를 주고 내 행선지를 가르쳐주시오." 그러고 나서 그 사람을 따라 배에까지 왔는데, 갑판으로 올라가자 그 사람은 곧 알라딘에게 걸상에 앉으라고 권한 다음, 부하에게 "돈을 가져와." 하고 말했습니다. 돈이 오자 보석 대금을 치른 외에 약속한 네 짝외에 또 한 짝을 주면서 "이봐요, 주인 양반, 음식을 대접하고 싶은 데 뭐 생각나는 거 없습니까?" 하고 말했습니다. "물이 있으면 한 잔 주십쇼." 하고 알라딘이 대답하자, 프랑크인은 샤베트물을 가지고 오라고 명령했습니다. 가지고 온 물에는 마취약이 섞여 있었기 때문에 알라딘은 다 마시기도 전에 그만 자리에 나자빠지고 말았습니다. 그러자 프랑크인은 걸상을 걷어치우고, 삿대로 배를 떠밀어 돛을 올리고는 달리기 시작했습니다.
　다행히도 바람이 배 뒤에서 불어왔기 때문에 배는 거침없이 푸른 바다를 향해 달렸습니다. 육지가 보이지 않게 되자, 선장은 알라딘을 선창에서 끌어내라고 명령하고서 마약의 효력을 없애는 약을 코에다 대고 맡게 했습니다. 그러자 알라딘은 눈을 번쩍 뜨고 "여기는 어디냐?" 하고 물었습니다. "너는 결박되어 내 수중에 있는 거야. 그때 내가 10만 디나르 내겠다고 한 것을 네가 싫다고 말을 했었다면 너는 좀더 혼이 났을 거다"라는 대답에 알라딘은 다시 물었습니다. "당신은 대체 누구요?" "나는 선장이다. 내 정부한테 너를 데려다주마." 두 사람이 이러한 말을 하고 있는데, 갑자기 이슬람교도의 상인 40명을 태운 배가 한 척 나타났습니다. 그러자 프랑크인 선장은 이 배를 습격하여 갈고리 밧줄을 그 배에다 꽉 걸고서 부하들에게 명령하여 갑판에 바꿔타게 한 다음, 무엇이

든 닥치는 대로 약탈했습니다. 이렇듯 약탈품을 싣고서 항해를 계속하고 있던 중 마침내 제노아에 도착했습니다.

 알라딘을 유괴한 선장은 상륙하자마자 뒷문이 바다 쪽으로 향해 있는 궁전으로 갔습니다. 그러자 갑자기 턱가리개로 얼굴을 가린 처녀 하나가 다가와서 "보석과 함께 그 주인을 데리고 오셨나요?" 하고 물었습니다. "둘 다 가지고 왔습니다." 하는 선장의 대답에, 그 여자는 "그럼, 보석을 주세요.." 하고 말했습니다. 선장은 보석을 넘겨주고서 항구로 다시 돌아와 무사히 도착했다는 신호로 예포를 쏘았습니다. 그 소리를 듣고서 도성의 왕은 선장이 돌아왔다는 것을 알고서 마중나와 말했습니다. "이번 항해는 어떠했나?" "정말로 굉장한 항해였습니다. 도중 이슬람교도 상인을 41명 생포해 왔습니다." "그럼 어서 항구에 내리도록 하라." 그래서 선장은 쇠사슬로 묶은 상인들을 상륙시켰는데, 그중에는 알라딘도 섞여 있었습니다.

 왕과 선장은 말을 타고 포로들 뒤를 따라가고 있었는데, 마침내 알현실에 당도하자 프랑크인 신하들은 자리에 앉아 포로들을 하나씩 열 명의 순서대로 왕의 앞을 걷게 했습니다. 그러자 왕은 맨처음 사나이에게 물었습니다. "여봐라, 이슬람교도, 너는 어느 나라 사람인가?" "알렉산드리아 출신입니다." 하고 상대방이 대답하자 왕은 "여봐라, 망나니. 이놈을 죽여버려라." 하고 명령했습니다. 망나니는 명령이 떨어지기가 무섭게 목을 내리쳐 죽여버렸으며, 이런 식으로 두번째, 세번째 하고 계속해 나가는 사이에 마침내 40명을 다 잘라 죽이고 알라딘 하나밖에 남지 않게 되었습니다. 죽어가는 사람들의 탄식과 고통의 절규를 다 들은 알라딘은 마음 속에서 중얼거렸습니다. "제발 신이시여, 자비를 베풀어주옵소서. 알라딘, 나도 이젠 끝장이다." 그때 왕은 알라딘에게 소리쳤습니다. "이번엔 네 차례인데, 너는 어느 나라 태생인가?" "저도 알렉산드리아 태생입니다." "여봐라, 망나니. 이놈도 죽여버려라."

 망나니가 칼을 휘두르면서 이제라도 당장 내리칠 찰나에 보기에도 품위 있어 보이는 노파 하나가 어전으로 걸어나왔습니다. 왕이 일어서 경의를 표하자 노파는 말했습니다. "오, 임금님, 그전부터 선장이 포로를 데리고 오거든 교회 일을 시키기 위하여 하나나 둘은 떼어놓아 달라고 간청을 했는데 그걸 잊으셨나요?" 그러자 왕은 "아뇨, 어머님, 좀더 빨리 그런 말씀을 하시지 않고. 그러나 어쨌든 여기 하나 남아 있으니까 괜찮으시다면 이 자를 데리고 가십시오." 하고 말했으므로, 노파는 알라딘을 돌아다보며 "어떻소, 당신은 교회 일을 할 생각이 있는가? 아니면 여기서 당장 죽고 싶은가?" "교회 일을 하겠습니다." 하고 알라딘이 대답하자, 노파는 알라딘을 데리고 궁전을 물러나 교회로 돌아왔습니다. 알라딘이 "저는 어떤 일을 하는 겁니까?" 하고 묻자, 노파는 대답했습니다. "날이 밝으면 당장 일어나서 당나귀를 다섯 마리 끌고 숲으로 가서 장작을 잘게 잘라서 부엌으로 옮겨 오너라. 그 다음 양탄자를 깨끗이 쓸고, 돌과 대리석 바닥을 깨끗이 닦은 다음 그 전대로 다시 양탄자를 깔아라. 그것이 끝나면 밀 다섯 말을 체질하여 가루를 만들어 반죽한 다음 빵을 굽는 거다. 그리고 또 두 말쯤 편두(扁豆)를 고른 다음 찧어서 요리를 해야 한다. 그 다음에는 물통으로 물을 길어다가 네 개의 수반에다 가득히 채워야 한다. 그것이 끝나거든 366개의 그릇에다 구운 빵을 담고, 편두즙을 건져 신부님과 승정님들에게 하나씩 나누어 드려야 한다."

이 말을 들은 알라딘은 "이거 큰일이네. 차라리 임금님한테로 데리고 가서 죽여 주십시오. 죽는 편이 여기서 일하기보다 편할 테니까요." 하고 말하자, 노파는 "착실하고 정직하게 자기가 맡은 바 일만 잘하면 목숨만은 살려주마. 만일 그렇지 않을 때에는 임금님에게 얘기해서 죽이도록 하겠다." 이 말을 남기고서 노파가 떠난 후 알라딘은 오직 혼자 앉아서 수심에 잠겨 있었습니다. 그런데 이 교회에는 장님에다 절름발이가 열 명쯤 살고 있었는데, 그 중 하나가 "변기를 가져와." 하길래 알라딘이 갖다주었더니 그 장님이 변기에다 뒤를 보고는 "똥을 버려줘." 하고 말했습니다. 알라딘이 하라는 대로 해주자, 그 장님이 "여보게, 하인, 당신에게 구세주의 축복이 있기를 빌겠소!" 하고 말했습니다. 그러고 있는데 갑자기 노파가 들어와 "왜 너는 근무를 게을리 하느냐?" 하였으므로 알라딘은 대답했습니다. "나에겐 손이 둘밖에 없습니다. 무엇이든 닥치는 대로 해낼 순 없지 않아요?" "못난 소리 하지 마라. 너를 여기 데리고 온 것은 그저 부려먹기 위해서다." 하고 말하고 나서 노파는 다시 말을 이었습니다. "이 지팡이(그것은 머리에 십자가가 붙은 구리지팡이였습니다)를 가지고 큰 행길까지 가서 총독을 만나거든 '우리 주, 구세주의 이름으로 선행을 하러 오십시오.' 하고 말해라. 싫다고는 안할 거다. 그러면 밀을 내줘 체로 치게 하고, 갈게 하고, 반죽도 하게 하여 군빵을 만들게 하는 거다. 네 말을 듣지 않거든 때려도 괜찮다." 알라딘은 "알았습니다." 하고 대답하고서 시키는 대로 이런 식으로 늘 신분의 상하를 가리지 않고 누구나 다 닥치는 대로 교회 일을 시켰던 것입니다. 그리하여 17년이라는 세월이 흘렀습니다.

그러던 어느 날 교회에 앉아 있는데, 갑자기 노파가 와서 말했습니다. "교회 밖으로 나가보아라." "어디로 가는 겁니까?" "오늘 밤은 주막이건 친구네 집이건, 하룻밤쯤 묵어도 괜찮다." "어째서 교회에서 내쫓기는 겁니까?" 하고 알라딘이 묻자, 노파는 말했습니다. "이 도성의 국왕인 요한나 임금님의 공주이신 후슨 마리아 아씨가 오늘 우리 교회를 찾아오시기로 되어 있는데, 공주의 눈에 거슬리는 일이 생겨선 안되기 때문이다."

그래서 알라딘은 노파의 분부대로 하는 척하고 자리에서 일어나 교회를 나가는 시늉을 해보였습니다. 그러나 실은 마음 속으로는 "그 공주라는 것은 아라비아의 여자같이 생겼을까? 아니면 좀더 아름다울까? 어쨌든 한 번 볼 때까지 아무 데도 안 가리라" 하고 생각한 것입니다. 그래서 알라딘은 교회 내부가 내다보이는 창이 딸린 조그만 방에 몸을 숨긴 채, 가만히 상태를 지켜보고 있는데 갑자기 공주가 들어왔습니다. 알라딘은 공주를 보자마자 천 번이나 한숨을 내쉬었습니다. 그것도 그럴 밖에, 마치 쟁반 같은 보름달이 구름 사이를 헤엄쳐 나온 것처럼 아름다웠기 때문입니다. 그리고 곁에는 한 젊은 여자가 따르고 있었습니다.

　―샤라자드는 날이 훤히 밝아오는 것을 깨닫자, 여기서 허락된 이야기를 그쳤다.

• 268일째 밤

샤라자드는 말을 이었다. 오, 인자하신 임금님, 알라딘은 공주의 모습을 지켜보고 있던 중, 곁에 젊은 여자 하나가 따르고 있는 것에 관심이 쏠렸습니다. 공주가 그 젊은 여자에게 "이봐, 즈바이다, 당신과 동행하게 되어 퍽 기뻤어." 하는 말이 귀에 들어오자 알라딘은 뚫어져라 하고 상대방 여자를 지켜보았습니다. 그러자 그것은 틀림없는 자기의 망처(亡妻), 비파의 명인 즈바이다가 아니겠습니까! 공주는 다시 즈바이다에게 말했습니다. "자, 비파를 한 곡 뜯어볼까?" 그러나 상대방은 "제 부탁을 받아들여 약속을 지켜주시지 않는다면 분부를 따르지 않겠어요." 하고 대답했습니다. 공주가 "내가 당신에게 뭘 약속했지?" 하고 묻자, 즈바이다는 "고지식하고 충성된 제 남편과 만나게 해주시겠다는 약속입니다." 하고 대답했습니다. 공주가 "이봐, 즈바이다, 너무 걱정 말고 힘을 내요. 당신의 남편 알라딘을 만나게 된 사례의 시로, 한 곡 뜯어주면 어때?" 하고 말하자, 즈바이다는 "남편은 어디 있는데요?" 하고 물었습니다. "저기 저 방에 있지. 그리고 우리 얘길 엿듣고 있어." 하고 공주가 대답하자, 즈바이다는 바위라도 기뻐서 날뛸 듯한 가락을 한 곡조 뜯었습니다. 이것을 듣고 있던 알라딘은 그리움에 단장(斷腸)의 애처로움을 느끼며 방에서 뛰쳐나와 아내 즈바이다에게 몸을 내던져 꽉 껴안았습니다. 그녀도 그것이 자기 남편 알라딘이라는 것을 깨닫자, 둘은 서로 껴안고 기절한 채 바닥에 쓰러졌습니다. 그러나 공주가 앞으로 나와 두 사람 위에 장미수를 뿌렸기 때문에 두 사람은 곧 제정신으로 돌아왔습니다. "알라의 뜻으로 만나게 된 거예요." 하고 공주가 말하자, 알라딘은 "공주님, 공주님의 인정 많은 마음씨의 덕택이지요." 하고 대답했습니다. 그리고 아내를 돌아다보며, "여보, 즈바이다, 당신은 죽어서 무덤에 묻혔을 터인데 어떻게 살아나서 이런 데까지 와 있었소?" "아이, 여보, 전 죽은 게 아니었어요. 마녀신의 머슴이 나를 납치하여 이곳으로 데려온 거예요. 당신이 무덤에 매장한 여자는 실은 내 모습으로 변장하고는 죽은 체를 하고 있던 마녀신이었어요. 그러나 당신이 무덤에다 묻자, 마녀신은 무덤을 뚫고 밖으로 뛰쳐나와 주인이신 후슨 마리아 공주 곁으로 되돌아와 원래대로 공주님을 섬긴 거지요. 저는 마녀신이 씌워 있었는데, 눈을 뜨고 보니 어느 틈엔가 여기 계신 공주님 곁에 와 있는 것이 아니겠어요. 그래서 제가 공주님에게 '왜 날 이런 곳으로 데리고 오셨어요?' 하고 물었더니 공주님은 '난 전생의 인연으로 당신 남편 알라딘과 결혼하기로 되어 있어요. 저, 즈바이다, 나도 한몫 끼어주지 않겠어? 하룻밤 나와 동침하면 다음날 밤은 당신과 동침한다는 식으로.' 그래서 내가 '좋아요. 그런데 남편은 어디 있는 겁니까?' 하고 묻자, '그분 이마에는 알라가 정하신 운명이 딱 적혀 있다니까요. 그 말대로 이루어진다면 머지않아 이리 오기로 되어 있어요. 그 동안 우리들은 노래를 부르거나 악기를 뜯거나 하면서 떨어져 있는 외로움이나 달래봅시다. 알라의 높으신 뜻으로 우리가 서로 만나게 될 때까지—' 하고 말씀하셨기 때문에 나는 알라의 지시로 마음 느긋이 당신과 이 교회에서 만나는 날까지 공주님을 섬기며 그 곁에서 오늘까지 살아 왔어요."

그러자 후슨 마리아 공주는 알라딘을 바라보며 물었습니다. "알라딘님, 제가 당신 아내가 되고, 당신이 제 남편이 되어도 괜찮으시겠어요?" "공주님, 그래도 저는 이슬람교도 공주님은 기독교도입니다. 어찌 결혼할 수 있겠어요?" 하고 알라딘이 대답하자, 공주는 "쓸데없는 소리 마세요. 제가 이교도라고요? 저는 이슬람교도예요. 이 18년 동안 이슬람교에 귀의하여, 이슬람교도의 신앙 외엔 어떠한 신앙도 섬긴 적이 없어요." 하고 말했습니다. 마침내 알라딘이 "공주님, 저는 제가 태어난 고향으로 돌아가고 싶어요." 하고 말하자, 공주는 대답하기를 "당신 이마에는 당신이 꼭 성취해야 할 일들이 적혀 있어요. 그것들을 모두 성취한 후에는 당신 마음대로 하시게 내버려두겠어요. 게다가 알라딘님, 기뻐하세요. 당신에겐 아스란이란 아들이 태어나 있어요. 벌써 분별을 지킬 수 있는 나이가 되어 당신 대신으로 교주님을 섬기고 있어요. 그리고 또 진실이 행해지고 허위가 멸망하듯이, 알라의 뜻으로 교주님의 물건을 훔친 사나이가 마침내 판명됐어요. 범인은 대도적이자 배반자인 아마드 캄킴이었어요. 그리고 현재는 결박지어져 감옥에 갇혀 있구요. 그리고 실은 보석을 당신의 주머니 속에 넣은 것도 바로 저였고, 선장으로 하여금 당신의 보석을 사게 한 것도 바로 저였어요. 당신도 알고 계시겠지만, 그 사나이는 저에게 마음을 품고, 저를 마음대로 주무를 생각을 갖고 있지만, 저는 그 사나이의 말을 듣지 않았을 뿐 아니라, 마음대로 하게 허락하지 않았지요. 그리고 이렇게 말해주었어요. '보석과 그 주인을 함께 데리고 올 때까진 이 몸을 허락하지 않겠어요.' 그래서 저는 그 사나이에게 100바스의 돈을 주어 선장이자 군인이기는 했습니다만 상인 복장을 시켜가지고 당신에게 보냈던 것입니다. 그리고 40명의 포로가 피살되어, 당신도 피살되게 되었을 때, 그 노파를 보내어 구출해낸 것입니다." 이 말을 듣고 알라딘은 말했습니다. "제발 알라께서 당신에게 지복(至福)으로써 보답해주옵소서! 덕분에 목숨을 건졌으니까요."

그러고 나서 후슨 마리아는 알라딘의 앞에서 새로이 이슬람교도의 신앙 고백을 했습니다. 공주의 말에 전혀 거짓이 없다는 것을 믿은 알라딘은 "공주님, 그 보석에는 어떠한 영검이 있습니까? 어디서 얻으셨습니까?" 하고 묻자, 공주는 이렇게 대답했습니다. "이 보석은 마법에 걸린 보고(寶庫) 속에 있던 것으로 다섯 가지 힘을 가지고 있으며, 유사시에는 우리들에게 도움이 되어준답니다. 실은 내 부친의 어머니이신 조모님께서는 마법사인데, 비밀을 풀거나 감출 보물을 찾아내는 데에는 아주 능숙했습니다. 그러한 보물 가운데서 이 보석이 조모님 수중에 들어온 것입니다. 그리고 제가 성장하여 열네 살의 봄을 맞이하게 되었을 때, 복음서와 오서(五書)와 시편과 코란 가운데서 모하메드(알라의 축복과 가호 있으라!)의 이름을 발견했습니다. 그래서 나는 모하메드를 믿고, 전능하신 알라 외엔 믿을 거라곤 아무것도 없다는 것, 인류 전체의 주(主)는 이슬람교의 신앙 밖에는 없다는 것 등을 굳게 믿고서 이슬람교도가 되었습니다. 조모님은 병에 걸리자 제게 이 보석을 주면서, 다섯 가지 영험을 가르쳐주셨습니다. 게다가 조모님께서 세상을 떠나기 전에 부친께서 조모께 말씀하시기를 '지점(地占)의 괘를 내어, 한 형상(形象)을 만들어주십시오. 제 운수를 점쳐보고 싶습니다.' 그러자 조모님께선 아버님이 먼 지방의 사람인 알렉산드리아의 포로의 손에 암살될 것이라고 예언한 것입니다. 그래서 부친은 알렉산드리아의 포로는 하나도 남기지 않고 살려둬서는 안된다고 맹세했고, 또 그 선장보고는 '이슬람교도를 습격하여 놈들을 생포하여 알렉산드리아 출신이라면 몰살하거나, 아니면 나에게 데리고 오너라' 하고 분부했습니다. 선장은 그 명령을 지켜, 이제까지 사람의 머리카락 만큼이나 많은 사람들을 죽여온 것입니다. 마침내 조모님께서 이 세상을 떠나가, 저는 제 장래를 점쳐보려고 생각하고서 지점의 괘를 손에 들고 혼자 중얼거렸습니다. '내 남편이 될 사람의 점을 쳐보자!' 그래서 형상을 그려보니 내 남편은 고지식한 충신 알라딘이라는 사람 외에는 없다는 것을 알았습니다. 이상도 하다 싶으면서도 꾹 참고 기다리고 있던 중 세월이 흘러 당신을 뵈옵게 된 것입니다."

알라딘은 공주를 아내로 맞이하여 "고국으로 돌아가고 싶소." 하고 말했습니다. 공주는 "정말 돌아가시고 싶거든, 자, 이제 당장 저와 함께 떠나요." 하고 말하고서 상대방의 손을 잡고 궁전의 조그만 방에다 알라딘을 감춰놓은 다음 자기 혼자 부왕에게로 갔습니다. 왕이 "애, 공주야, 오늘은 왜 이리도 마음이 울적한지 모르겠구나. 자, 여기 앉거라. 단둘이서 술이나 마시면서 기분을 좀 내보자." 하고 말하므로 공주는 부왕 옆에 앉아 주안상을 차려오라고 명령했습니다. 공주가 연신 술을 권하는 바람에 왕은 완전히 취하고 말았습니다. 이 틈을 타 공주가 잔에다 마취약을 탔으므로 이것을 마신 왕은 곧 나자빠졌습니다. 그러고 나서 공주는 조그만 방에서 알라딘을 끌어내어 "자, 따라오세요. 당신 적이 쓰러져 있습니다. 술에 취한 외에 마취약을 탔어요. 마음대로 하세요." 하고 말했습니다. 그래서 알라딘은 왕 곁으로 바싹 다가가 마취약을 먹고 축 늘어져 있는 왕의 팔을 뒤로 돌려 결박을 하고는, 발에는 쇠사슬 차꼬를 채웠습니다. 그러고 나서 마취를 깨우는 약을 맡게 하자, 왕은 겨우 제정신으로 돌아왔습니다.

—샤라자드는 날이 훤히 밝아오는 것을 깨닫자, 여기서 허락된 이야기를 그쳤다.

• 269일째 밤

샤라자드는 말을 이었다. 오, 인자하신 임금님, 알라딘은 후슨 마리아 공주의 부왕 요한나 왕에게 마취약의 힘을 없애는 약을 맡게 했습니다. 왕은 제정신으로 돌아오자, 알라딘과 공주가 자기 가슴을 타고 있는 것을 보고서 공주에게 말했습니다. "애, 공주야, 이게 무슨 짓이냐?" 그러자 공주는 대답했습니다. "만일 제가 진정으로 아버님의 딸이라면 제가 이슬람교도가 된 것처럼 아버님도 이슬람교도가 되세요. 저는 진실을 깨달았으므로 그것에 귀의했고, 허위를 깨달았기 때문에 그것을 버렸습니다. 저는 삼계(三界)의 왕자이신 알라께 이 몸을 바쳤으며, 현세에도 내세에도 이슬람교의 신앙에 일치하지 않는 일체의 신앙은 깨끗이 청산해버렸습니다. 그러하므로 아버님께서 이슬람교도가 되신다면 그것으로 족합니다.

만일 되시지 않는다면 살아 계시기보다는 죽어버리는 편이 나을 것입니다."알라딘도 참된 신앙에 귀의하도록 권고했지만 왕은 꿈쩍도 하지 않았습니다. 그래서 알라딘은 단도를 뽑아들고 그 날을 귀밑까지 깊이 찔렀습니다. 그러고 나서 두루마리 위에 자초지종을 적어 시체 이마 위에 놓았습니다. 그것이 끝나자, 이번엔 가볍고도 값이 나갈 만한 물건을 들고 궁전을 나와 교회로 돌아왔습니다.

교회에 당도하자, 공주는 예의 그 보석을 꺼내 침상을 그린 조그만 면 위에 한손을 놓고 비벼댔습니다. 그러자, 신기하기도 해라, 눈앞에 침상이 나타나지 않겠어요! 공주는 알라딘과 즈바이다와 함께 거기 앉아 말했습니다. "오, 침상아! 이 보석에 씌어진 이름과 부적과 글씨의 힘에 의하여 너에게 부탁하노니, 우리들을 싣고서 하늘로 올라가다오." 그러자, 이건 또 어찌 된 일입니까, 침상은 세 사람을 싣고서 자꾸만 날아 마침내 풀 한포기 안 난 개울가에 당도하게 되었습니다. 그때 공주가 침상이 그려져 있는 작은 면을 지상쪽으로 향하자, 침상은 세 사람을 실은 채 점점 지상으로 내려갔습니다. 그 다음 공주는 막사가 그려져 있는 면을 위로 하고서 이것을 두들기면서 "이 개울가에 막사를 쳐다오."하자, 막사가 나타났습니다. 그래서 모두들 그 안으로 들어가 앉았습니다.

이 개울가는 황량한 사막으로, 초목도 없을 뿐더러 물도 흐르지 않았습니다. 공주는 세번째 면을 하늘쪽으로 향하게 하고서 "알라의 힘에 의하여 수목을 우거지게 하고, 그 옆에 개울이 흐르게 해다오!"하자, 그 말이 떨어지기가 무섭게 나무들이 쑥쑥 자라나고, 그 옆에는 개울물이 콸콸 흐르기 시작했습니다. 세 사람은 목욕을 하고, 기도를 올리고 나서, 그 개울물을 마셨습니다. 공주는 세 개의 면을 잇달아 넘기다가 식탁을 그린 네번째 면 있는 데까지 오게 되자, "알라의 높으신 공덕에 의하여 식탁이 나오게 해다오!"하고 말했습니다. 그랬더니 이게 웬일입니까, 온갖 종류의 산해진미를 늘어놓은 식탁이 눈앞에 나타났습니다. 세 사람은 실컷 먹고 마시고 흥겹게 떠들며 아주 재미난 한때를 보냈습니다.
 이야기가 바뀌어, 후슨 마리아 공주의 아버지는 어떻게 되었는가 하면, 왕자가 아버지를 깨우려고 방에 들어와 보니, 아버지가 누군가에 의해 살해되어 있었습니다. 그러나 알라딘이 남겨놓은 두루마리를 보고서 자초지종을 알 수 있었습니다. 그러고 나서 누이동생의 행방을 물었지만 그 모습을 어디서도 찾을 수 없었으므로 교회의 노파에게로 가서 누이동생의 행방을 물었습니다. 그러나 "어제부터 그 모습이 보이지 않았습니다." 하는 노파의 대답에 왕자는 곧 병사로 돌아와 "애들아, 말을 타라!" 하고 큰 소리로 명령했습니다. 그러고 나서 자초지종을 이야기하였더니 모두들 말을 몰아 도망자의 뒤를 쫓아 마침내 막사 근처까지 육박했습니다. 후슨 마리아 공주가 문득 일어나 앞을 보니, 뭉게뭉게 떠오르는 사진(砂塵)이 퍼져 시야를 가리며, 곧 공중으로 퍼졌는가 싶더니 오빠가 이끌고 있는 군대가 나타나 이구동성으로 "어디로 도망치는 거냐, 놓칠 줄 아느냐!" 하고 외치지 않겠어요. 공주가 알라딘에게 "당신, 버티고 싸울 수 있어요?" 하고 묻자, 알라딘은 "겨에다 말뚝 박기지. 나는 싸움은 고사하고 칼과 창 다루는 법도 모르오." 하고 대답했습니다. 그러자 공주는 다시 보석을 내놓고 인마(人馬)의 모습을 새긴 다섯번째 면을 손으로 만지자, 이것 또한 신기한 일입니다. 즉시로 기사 하나가 돌연 사막 한복판에 나타나 쳐들어오는 군세에 도전하여 전군을 섬멸하여 마침내 패주시키고 말았습니다.
 잠시 후에 공주가 "당신은 카이로로 갈 작정이세요? 아니면 알렉산드리아로 갈 작정이세요?" 하고 묻자, 알라딘은 "알렉산드리아로 갑시다." 하고 대답했습니다. 그래서 세 사람은 다시 침상에 앉아 공주가 주문을 외우자, 침상은 그대로 떠올라 잠깐 사이에 알렉산드리아에 도착했습니다. 일동이 교외에 내리자 알라딘은 여자들을 동굴 속에 감춘 다음 자기만 알렉산드리아로 들어가 옷을 사가지고 돌아와 여자들에게 옷을 입혔습니다. 그러고 나서 두 여자를 자기 가게로 데리고 와 구석방에서 쉬도록 해놓고, 아침거리를 사러 거리로 나갔습니다. 그러자 뜻밖에도 마침 그때 바그다드에서 이 도시에 와 있던 아마드 알 다나흐와 우연히 만나게 되었습니다. 거리에서 아마드 알 다나흐의 모습을 본 알라딘은 두 손을 들어 그를 환영했습니다. 아마드 알 다나흐가 알라딘의 아들 아스란의 소식, 즉 벌써 스무 살이 되었다는 것 등 반가운 소식을 전하자, 알라딘도 자기가 이제까지 겪었던 일들의 자초지종을 상세히 이 경호대장에게 보고했습니다. 아마드 알 다나흐는 너무도 어마어마한 일에 그만 아연실색할 뿐이었습니다. 그러고 나서 알라딘은 아마드 알 다나흐를 자기 가게로 안내하여, 두 사람은 가게의 거실에서 그날 밤을 새웠습니다. 그 이튿날 알라딘은 이 가게를 팔아 대금을 다른 돈과 함께 저축했습니다.

이보다 앞서, 아마드 알 다나흐는 교주가 알라딘을 찾고 있다는 소식을 들려 주었지만 본인은 "나는 우선 카이로로 가서, 부모와 집안식구들에게 인사를 여쭙지 않으면 안되겠습니다." 하고 대답했으므로 모두들 다같이 침상에 올라 신의 보호를 받은 카이로를 향하여 날았습니다. 카이로에 당도하자 '황색거리'라는 거리에 내렸습니다. 그곳에 샤무스 알 디인의 집이 있었기 때문입니다. 마침내 알라딘이 문을 두들기자 어머니가 말했습니다. "누구시오? 그리운 자식은 영원히 가버렸는데 —" "저예요! 알라딘입니다!"라는 대답에 집안식구들은 모두 뛰쳐나와 알라딘을 껴안았습니다. 마침내 알라딘은 두 아내와 짐을 집안에 옮겨놓은 다음, 아마드와 함께 안으로 들어가 사흘 동안 푹 피로를 푼 다음 바그다드로 가기로 했습니다. 부친이 "아들아, 내 집에서 같이 살자." 하고 말했지만 알라딘은 "아들 아스란과 헤어져 살 수는 없습니다." 하여 부모를 모시고 바그다드로 가기로 했습니다. 일행이 도성에 도착하자, 아마드 알 다나흐는 곧장 그 길로 교주의 어전에 인사하고 알라딘이 도착했다는 반가운 소식을 전한 다음 알라딘이 이제까지 겪었던 자초지종을 들려주었습니다. 이 말을 들은 교주는 젊은 아스란을 데리고 알라딘을 맞으러 가 오랜만의 대면에 서로 꼭 껴안았습니다. 그러고 나서 충성된 자의 임금님은 대도적 아마드 캄킴을 끌고 오라고 한 다음 알라딘에게 "자, 원수를 갚아라!" 하고 말했습니다. 알라딘은 칼을 빼자마자 캄킴의 목을 내리쳤습니다. 그러자 교주는 축하연을 열어, 재판관과 입회인을 불러 결혼계약서를 작성케 하여, 후슨 마리아 공주와의 결혼식을 치뤄주었습니다. 알라딘이 동침해보니, 공주는 아직 실을 뺀 적이 없는 청순한 진주와도 같은 숫처녀였습니다. 게다가 교주의 뜻으로 아스란은 60인 패거리의 우두머리에 임명되었고, 본인에게도 그 아버지인 알라딘에게도 호화로운 어의가 하사되었습니다. 이렇듯 일동은 환락을 멸망시키고, 세상의 교제를 끊는 자가 찾아올 때까지 인간 세상의 온갖 환희와 낙을 다하며 나날을 보냈던 것입니다.

그러나 마음 너그러운 사람의 이야기는 수없이 많으며, 그중에는 이런 이야기도 있습니다.

타이족의 하팀

타이족의 하팀에 관하여 이런 이야기가 전해 내려오고 있습니다. 하팀이 숨을 거두자, 사람들은 산 정상에다 시체를 묻고서 그 무덤 위에 두 개의 바위를 깎아서 만든 수반과 머리를 풀어헤친 소녀들의 석상을 세웠습니다. 그 산 기슭에는 시냇물이 흐르고 있었는데 나그네들이 그 근처에서 야영을 하면 밤중부터 새벽에 이르기까지 큰 소리로 울기도 하고, 넋두리도 하는 소리가 들려왔습니다. 그러나 아침이 되어 일어나 보면 그곳에는 돌에 새긴 소녀들의 상이 있을 뿐, 그밖에는 아무것도 보이지 않았습니다.

그런데 어느 날, 힘야르의 왕 즈르 쿠라아가 자기 일족과 헤어져 이 골짜기를 지나가다가 거기서 발을 멈추고서 하룻밤을 야영하게 되었습니다.

——샤라자드는 날이 훤히 밝아오는 것을 깨닫자, 여기서 허락된 이야기를 그쳤다.

• 270일째 밤

샤라자드는 말을 이었다. 오, 인자하신 임금님, 즈르 쿠라아왕은 이 골짜기를 지나가다가 거기서 발을 멈추고서 하룻밤을 야영하게 되었습니다. 그런데 산 가까이에 접근하자 슬픈 울음소리가 귀에 들려왔기 때문에 "저게 뭘까, 저기 저 산에서 울고 있는 것은?" 하고 물었습니다. "저건 하팀 알 타이의 무덤인데 그 위에 돌 수반 둘과, 머리를 풀어헤친 소녀들의 석상이 서 있습니다." 하고 부하들이 대답하자, 왕은 농담 기분으로 "여봐라, 타이족의 하팀! 우리들이 오늘밤엔 네 손님이다. 배가 고파 죽을 지경이다." 하고 말했습니다. 이윽고 왕은 잠에 빠졌는데 얼마 있다 깜짝놀라 눈을 뜨고서 큰 소리로 외쳤습니다. "여봐라, 부하들아, 이거 큰일났다! 내 낙타의 상태를 살펴보라!" 모두가 달려가보니 왕의 암낙타가 헐떡거리면서 쓰러져 있었기 때문에 모두들 달려들어 그 목을 찔러 죽여가지고 불고기를 만들어 먹어버렸습니다. 다 먹고 나서 일동이 어찌 된 일이냐고 물었더니 왕은 대답했습니다. "내가 자고 있자니까 꿈 속에서 타이족의 하팀이 한 손에 칼을 들고 와서 하는 소리가 '임금님이 오셨는데 아무것도 잡수실 것이라곤 없으니 어쩌겠습니까?' 하더니 이 말이 채 끝나기도 전에 내 암낙타를 칼로 쿡 찌르지 않겠느냐 말이다. 너희들이 와서 죽이지 않아도 낙타는 필경 죽어 있었을 거다."

그 이튿날 아침, 왕은 시종의 낙타를 타고서 시종을 뒤에 거느린 채 여행을 계속했습니다. 그러자 점심 때쯤 해서 웬 사람 하나가 낙타를 타고, 또 한 마리를 끌고 이쪽으로 다가오는 것과 맞부딪치게 되었습니다. 모두가 "당신은 누구요?" 하고 묻자, 상대방은 대답했습니다. "나는 타이족의 하팀의 아들 아디라고 합니다. 힘야르의 태수 즈르 쿠라아님은 어디 계십니까?" "이 분이오." 하는 모두의 대답에 아디는 왕을 바라보며 말했습니다. "제 아버지가 당신들을 위하여 죽인 낙타 대신 드리니 아무쪼록 이 낙타를 받아 주십시오." "도대체 누가 그것을 가르쳐주었소?" 하고 즈르 쿠라아가 묻자, 아디는 대답했습니다. "어젯밤 부친이 꿈 속에 나타나 말씀하셨습니다. '잘 들어라, 아디야, 힘야르의 왕 즈르 쿠라아께서 나를 보고 손님 대접을 하라고 말했으나 아무것도 대접할 것이라곤 없었기 때문에 그분의 낙타를 죽여 잡수시게 했다. 그러니 너는 그분이 타실 암낙타를 한 마리 끌어다 드려라. 나에게는 아무것도 드릴 거라곤 없으니 말이다.'" 이 말을 듣고서 즈르 쿠라아는 죽은 후에까지도 타이족의 하팀이 인심이 후한 데에 놀라며 낙타를 받았습니다.

　인심 후한 견본이라고 하면 또 이런 이야기도 있습니다.

자이다의 아들 마안의 이야기

 마안 빈 자이다(마안은 관대하기로 유명한 하팀의 호적수)에 관하여 이러한 이야기가 전해 내려오고 있습니다. 어느 날의 일이었습니다. 마안은 수렵중 목이 말라 죽을 지경이었지만 공교롭게도 시종들도 물을 가진 사람이 아무도 없었습니다. 그래서 무척 괴로워하고 있는데, 뜻밖에도 세 명의 처녀들이 물이 든 가죽 주머니를 하나씩 들고 왔습니다.

 ─샤라자드는 날이 훤히 밝아오는 것을 깨닫자, 여기서 허락된 이야기를 그쳤다.

• 271일째 밤

 샤라자드는 말을 이었다. 오 인자하신 임금님, 세 명의 처녀들이 물이 든 가죽 주머니를 하나씩 들고 나타나자, 마안은 물을 한 잔만 달라고 부탁했습니다. 처녀들이 물을 마시라고 내주자, 물을 마시고 나서 마안은 부하들에게 무언가 답례로 줄 것이 없겠느냐고 물었습니다. 그러나 모두들 돈이라곤 한푼도 가진 것이 없었습니다. 그래서 마안은 자기 화살통에서 황금 촉이 달린 화살 열 개씩을 빼서 세 처녀들에게 주었습니다. 그러자 그중 하나가 친구에게 말했습니다. "야, 이 솜씨를 보니 틀림없이 마안 빈 자이다님이 만드신 것이 분명해! 그분을 칭송하여 우리들 제각기 노래를 하나씩 부르자." 그러고 나서 최초의 처녀는 이런 노래를 불렀습니다.

임은 살대에 황금 촉을
달고서 적을 맞이하여
쏘면서 은혜를 베푸시네.
화살에 상처 입으면
상처 고치는
방법을 가르쳐주고
땅 속에 묻힌 사람들에게는
수의를 주시네.

다음 처녀는 이런 노래를 불렀습니다.

정말 너그러운 무사여
그 은혜는 넓어
적에게도 우리 편에도 미치네.
화살 촉은 황금이기에
비록 싸운다 해도
임의 그 은혜 막지 않네.

세번째 처녀는 이렇게 노래 불렀습니다.

아낌없는 솜씨로 적에게
퍼부은 것은 비가 아닌
황금 촉을 단 화살이네.
그러니 상처입은 자
황금 촉으로 치료비를 내고
죽은 자의 수의 또한
황금 촉으로 장만하리.

그리고 또 이런 이야기도 있습니다.

자이다의 아들 마안과 바다위인

 어느 날의 일이었습니다. 마안 빈 자이다는 부하들을 데리고 사냥을 나갔는데, 갑자기 한 떼의 영양과 맞부딪치게 되었습니다. 모두들 뿔뿔이 흩어져서 그 뒤를 쫓았는데 마안도 혼자서 한 마리의 영양을 맡아 그 뒤를 쫓았습니다. 그러던 중 겨우 따라잡게 되어 말에서 내려 잡았습니다. 그런데 난데없이 당나귀를 타고 사막 한가운데서 모습을 나타낸 한 사나이가 보였습니다. 마안은 그 사나이를 눈여겨보자 곧 말에 뛰어올라 그 사나이에게로 달려가 인사하고는 물었습니다.
 "어디서 오시는 분이십니까?" 그러자 그 사나이가 말하기를 "나는 크자아 나라 사람인데, 최근 2년 동안 기근이 들었습니다. 다행히 금년은 날씨가 좋아 나도 조생종 오이를 심었습니다. 결실이 빨랐으므로 가장 잘 익은 것을 골라 이것을 태수 마안 빈 자이다 님에게 드리려고 생각하고서 온 것입니다. 뭐니뭐니해도 이 어른은 세상의 평판이 좋고, 인정이 많으신, 대범한 어른이시거든요."
 "그럼, 얼마를 받을 생각이시오?" 하고 마안이 묻자, 바다위인은 대답했습니다. "1000디나르입니다." "만약 비싸다고 그러시면 어떻게 하실 작정이시오?" "그럼 500디나르로 해드리죠." "그래도 비싸다고 그러면?" "그럼 300디나르로 해드리죠." "그래도 비싸다고 그러면?" "그럼 100디나르" "그래도 비싸다고 그러면" "50디나르." "그래도 비싸면?" "그러면 30디나르." "그래도 비싸다면?" 하고 마안 빈 자이다가 말하자, 바다위인은 대답했습니다. "내 당나귀를 태수님의 저택 구석진 곳으로 몰아넣고 맥없이 빈손으로 집으로 돌아올 수밖에요."

마안은 웃으며 말을 재촉하여 시종들을 따라제치고서 궁전으로 돌아왔습니다. 그리고 돌아오자마자 시종에게 말했습니다. "당나귀를 타고 오이를 가진 사나이가 찾아오거든 이리 보내라." 얼마 후 예의 그 바다위인이 마안에게 안내되었습니다. 그러나 태수는 많은 수의 내시와 부하들을 거느리고 위엄있게 옥좌에 앉아 있고 앞과 좌우에 기라성처럼 고관대작이 늘어서 있었기 때문에 바다위인으로서는 아까 사막에서 만났던 그 사람이 태수라고는 생각할 수가 없었습니다. 바다위인이 인사하자 마안은 말을 건넸습니다.

"여보, 아랍인 형제, 무슨 용무가 있어서 오셨소?" 그러자 상대방은 대답했습니다. "실은 태수님께 볼 일이 있어서 왔습니다. 철이른 오이를 가지고 왔습니다." "값은 얼마나 하지?" "1000디나르입니다." "그건 너무 비싼데!" "그럼 500디나르로 해드리겠습니다." "그것도 너무 비싸!" "그럼, 300디나르." "너무 비싸!" "200디나르." "너무 비싸!" "100디나르." "너무 비싸!" "50디나르." "너무 비싸!" 마침내 바다위인은 30디나르까지 깎았지만, 마안은 그래도 "너무 비싸!" 하고 대답했습니다. 그러자 바다위인은 외쳤습니다. "젠장, 사막에서 그런 작자를 만났으니 재수가 없을밖에. 그래도 30디나르 이하론 절대로 안 팔겠습니다."

태수는 웃으며 아무 말도 하지 않았지만, 그 태도로 보아 사막의 아랍인은 비로소 그 사나이가 태수라고 하는 것을 깨달았습니다. 그래서 말했습니다. "나리, 만약 30디나르도 주시지 않겠습니까? 대문 앞에는 제 당나귀가 매여 있고, 궁전 안에는 우리 나리 마안님이 앉아 계십니다."

이 말을 들은 마안은 껄껄 웃고 나서 집사를 불러 분부했습니다. "1000디나르, 500디나르, 300디나르, 200디나르, 100디나르, 50디나르, 30디나르를 합한 돈을 주도록 하시오. 당나귀는 그대로 매 두고." 아랍인은 깜짝 놀라며, 2180디나르의 돈을 받았던 것입니다.

제발 이 두 사람에게, 모든 마음이 넓은 사람들에게, 알라의 자비가 있으시기를! 오, 인자하신 임금님, 또 나는 이런 이야기도 들은 적이 있습니다.

라브타이트의 도성

옛날, 로움 나라에 라브타이트라는 훌륭한 도성이 있었습니다. 그리고 그 도성에는 한 번도 열린 적이 없는 탑이 있었는데, 국왕이 서거하고 그리스인의 다른 국왕이 왕위에 오를 때마다 새로운 튼튼한 자물쇠를 하나씩 걸게 되어 있었으므로 끝내는 그 문에 달린 자물쇠의 수는 국왕의 수만큼 늘어 전부 24개가 되었습니다. 그후 오랜 왕가의 혈통을 이어받지 않은 왕이 왕위에 오르자 자물쇠를 열고 탑 속에 무엇이 있는지 조사해보고 싶은 생각이 들었습니다. 그러나 중신들은 왕에게 그런 짓을 해선 안된다고 말리면서 경계하기도 하고, 비난하기도 했습니다. 그래도 왕은 그 말을 듣지 않으며 "죽어도 열어봐야겠다"며 옹고집을 부렸습니다. 그러자 그들은 국왕이 그 생각을 단념한다면 돈과 보물, 귀중품 등 무엇이든 가지고 있는 모든 것을 진상하겠노라고 진언했습니다. 그러나 그 소리도 왕에게는 마이동풍일 뿐이었습니다.

─샤라자드는 날이 훤히 밝아오는 것을 깨닫자, 여기서 허락된 이야기를 그쳤다.

• 272일째 밤
샤라자드는 말을 이었다. 오, 인자하신 임금님, 중신들은 국왕이 그 생각을 단념한다면 돈과 보물, 귀중품 등 무엇이든 가지고 있는 모든 것을 진상하겠노라고 진언했습니다만, 그래도 왕은 마이동풍쯤으로 여기고서 그 충고를 듣지 않고 이렇게 말했습니다.
"안돼, 무슨 일이 있어도 그 탑을 열어봐야겠다." 그래서 왕은 자물쇠를 비틀어 열고 안으로 들어갔습니다. 그 안에는 말과 낙타에 올라앉아 양끝이 축 늘어진 두건을 쓰고 어깨에서 늘어뜨린 수대(綬帶)에는 칼을 메고, 손에는 긴 창을 든 아랍인의 상이 늘어서 있었습니다. 또 거기에는 두루마리도 있었으므로 왕은 손에 집어들고서 자세히 읽어보니 이런 말이 적혀 있었습니다. '이 문을 열었을 때에는 여기 그려져 있는 풍채를 닮은 아랍인의 습격을 받고 이 국토는 정복되고 말 것이다. 그러니 명심코 이를 열지 말지어다.'

이 도성은 안다루시아에 있었는데 그 해에 타리크 빈 쟈드라는 자가 도성을 정복하고 말았습니다. 이것은 유마이야의 자손 아브드 알 마리크의 아들 알 와리드 교주(서력 기원 705-726)의 일이었습니다. 타리크 빈 쟈드는 왕을 참살하고 도성을 약탈하고 남녀를 포로로 하며 막대한 전리품을 수중에 넣었습니다. 그밖에 막대한 수의 보물도 발견했는데, 그중에는 진주와 쟈킨스 등 보석으로 만든 왕관이 170개나 있었습니다. 또 창을 던지며 싸울 수도 있는 광막한 거실에는 이루 말로는 다 표현할 수 없는 금은제 그릇이 가득 들어 있었습니다. 그리고 또 알라의 예언자, 다윗의 아들 솔로몬(두 분에게 편안 있으시기를!)을 위하여 만들어진 식탁도 있었습니다. 이것은 아직도 그리스인이 사는 도시에 남아 있습니다. 전설에 의하면 초록색 에머랄드로 만들어졌는데, 황금 그릇과 벽옥(碧玉)으로 만들어진 커다란 접시가 곁들여져 있다고 합니다.

그리고 보석을 박은 황금판에 고대 이오니아 문자로 적은 시편(詩篇)도 있고, 그와 함께 돌과 초목과 광물의 성질은 말할 것도 없고, 주문과 부적의 용법과 연금술의 비결을 적은 책들도 있었습니다. 또 세번째 책에는 홍옥과 그외 보석의 절단법과 끼우는 법, 독약과 해독제의 조제법 등이 적혀 있었습니다. 이밖에도 지구, 바다, 여러 도시, 국토, 부락 등을 그린 세계지도도 있었습니다. 또 넓다란 객실에는 연금술로 쓰는 분말이 가득 쌓여 있었습니다만, 이 연금약은 단 1드라큼으로 1000드라큼의 은을 순금으로 바꾸는 힘을 가지고 있는 것이었습니다.
　마찬가지로, 다윗의 아들 솔로몬(두 분에게 만복 있으시기를!)을 위하여 만들어진 크고도 둥근 합금제의 이상한 거울도 있었는데, 이 거울 속을 들여다보면 아무나 세계의 일곱 개의 대륙 모습을 볼 수가 있다고 합니다. 정복자 타리크는 또 기가 막힌 브라민의 쟈킨스가 가득 쌓여 있는 방도 보았습니다. 그래서 타리크는 이 물건들을 모두 와리드 빈 아브드 알 마리크 교주에게로 보냈으며, 이리하여 아랍인들은 세계에서 가장 아름다운 안다루시아의 여러 도시로 퍼져갔던 것입니다. 이것으로 라브타이트의 도성에 관한 이야기는 끝입니다. 또 이런 이야기도 있습니다.

히샴 교주와 아랍인 젊은이

 어느 날, 히샴 빈 아브드 알 마리크 빈 마르완 교주가 사냥을 하고 있는데 영양 한 마리가 눈에 띄었으므로, 사냥개들과 함께 그 뒤를 쫓았습니다. 영양을 쫓고 있자니 양에게 풀을 뜯기고 있는 아랍인 젊은이 하나가 눈에 띄었으므로 교주는 소리쳤습니다. "여봐라, 젊은이, 저 영양을 쫓아가다오. 놓칠 것만 같구나!" 젊은이는 얼굴을 쳐들고 대답했습니다. "예의를 모르는 놈이군. 당신은 나를 깔보고, 사람을 업신여기는 말투로 명령하는군. 그 말투는 진짜 폭군 같고, 하는 짓은 당나귀 같군." 히샴이 "아, 이 젊은 놈이, 내가 누군 줄 알고." 하자, 상대도 지질 않습니다. "당신의 버릇없는 짓을 보니 그 신분을 알 만하군. 인사도 없이 남더러 이래라 저래라 하다니." "아, 이 녀석, 못 하는 소리가 없구나 건방지게! 나는 히샴 빈 아브드 알 마리크다." 그러자 아랍인 젊은이는 다시 말했습니다. "당신의 집에 알라의 은총이 없기를! 또 알라의 가호도 없기를 기도하겠소. 입만 나불거리고, 덕 있는 행동이 너무 부족해!" 채 말도 끝나기 전에 사방에서 신하들이 몰려들어 눈의 흰자위가 검은 자위를 둘러싸듯 젊은이를 에워싸고 이구동성으로 "오, 충성된 자의 임금님, 제발 고정하십시오!" 하고 외쳤습니다. 히샴이 "잔소리 말고 저 젊은 놈을 잡아라." 하고 명령하자, 모두들 곧 젊은이를 체포했습니다. 젊은이는 죽 늘어선 시종들과 고관대작들을 보고도 조금도 떠는 기색이 없이 아무 말도 하지 않은 채, 다만 턱을 가슴에다 박고서 발밑을 내려다보고 있을 뿐이었습니다. 마침내 교주 앞에 끌려나왔으나, 고개를 푹 숙이고 교주 앞에 선 채, 절도 하지 않고, 말도 한 마디도 하지 않았습니다.

그래서 내시 한 사람이 말했습니다. "야, 이놈, 아랍인의 개놈 같으니라구, 왜 대교주님에게 절도 안하는 거야?" 그러자 젊은이는 성난 눈초리로 상대방을 돌아다보며 "야, 이 당나귀의 짐안장 같은 놈아, 입이 떨어지지 않는 것은 너무 걸어서 지쳤기 때문이고, 오는 길이 험해서 땀을 흘리고 있기 때문이다." 하고 대답했습니다. 그때 히샴은(터무니없이 화를 내고 있었기 때문에) "이놈, 이 풋내기야, 이제 세상 구경은 다했다. 네놈 목숨이 붙어 있는 것도 오늘뿐이라고 생각하면 돼." 하고 말했지만, 상대방은 끄떡도 안했습니다. "오, 히샴 교주, 알라께 맹세코 말하지만, 비록 이 수명이 연장되어 운명에 의하여 끊어지지 않는다면 당신 말이 길든 짧든 간에 내 상관할 바 아니오." 이번에는 시종장까지 가세하여 "아, 이 천하기 짝이 없는 아랍놈아, 충성된 자의 임금님에게 감히 말대답을 하다니 제 주제도 모르고." 하자, 상대방은 그런 말에도 아랑곳 하지 않고서 금방 말대답을 했습니다. "이런 벼락 맞을 놈 같으니라구! 죽는 날까지 비탄과 고민 속에서 살아라! 전능하신 알라의 말씀을 들은 적도 없느냐, 네놈은? '언젠가 모든 영혼은 스스로를 변호하게 되리라'라는 말씀 말이다." 이 말을 듣자 히샴은 노발대발하며 자리에서 벌떡 일어나 "여봐라, 저 풋내기 녀석의 목을 베어 얼른 대령하렷다. 감히 누구 앞이라고 저렇게 주둥이를 놀리는 놈이 있단 말이냐!" 하며 펄펄 뛰었습니다.

그래서 망나니는 젊은이를 붙잡아가지고 피받이 깔개 위에 꿇어앉힌 다음 칼을 휘두르면서 교주에게 말했습니다. "오, 충성된 자의 임금님, 이 노예놈은 길을 잃고 무덤으로 가는 도중입니다. 이놈의 목을 베어 피를 흘려버릴까요?" "그렇게 하여라." 하고 히샴은 대답했습니다. 망나니가 다시 한 번 다지자 교주도 또 다시 고개를 끄덕였습니다. 마침내 망나니가 세번째의 허락을 구하자, 젊은이는 이번에 교주가 또다시 고개를 끄덕이면 이젠 마지막이로구나 하고 깨닫고는 사랑니가 드러날 정도로 크게 웃었습니다. 그 모양을 보고 교주는 더욱 화가 나서 "아, 이놈 봐라, 머리가 돌았나. 이젠 이 세상을 하직할 참인데 그것도 모르겠느냐? 아니, 뭐 잘났다고 자기를 비웃느냐 말이다." 하고 말하자, 상대방은 대답했습니다. "오, 충성된 자의 임금님, 비록 제 수명이 늘어난다 해도 아무도 저를 해치지는 못할 것입니다. 방금 어느 시구 하나가 생각났는데 어디 한 번 들어보십쇼. 어쨌든 죽고야 말 몸이니까." 교주가 "그럼 어디 들어보자, 짧게 불러라." 하고 말하자, 아랍인은 이런 시구를 읊었습니다.

  그것은 어느 날의 일이었습니다.
  매 한 마리가, 재수없이
  지나가던 참새에게
  달려들어 발톱으로 나꾸어챘습니다.
  그대로 매가 자기 집으로
  돌아가려고 했을 바로 그때
  발톱에 걸린 참새는
  "내 살은 빈약하여
  당신의 배엔 부족합니다.
  당신의 훌륭한 음식으로는
  너무도 초라한 안주올시다."
  그러자 매는 싱긋 웃으며
  허영과 긍지가 솟아
  참새를 놓아주었습니다.

이것을 들은 교주는 웃으며 말했습니다. "알라의 사도(알라의 축복과 가호가 있으시기를!)와 맺어지는 나의 연분의 진실에 맹세코, 처음부터 이렇게 말했다면, 이 왕위 이외의 것이라면 무엇이든 원하는대로 다 해주었을 것을. 여봐라, 내시야, 이자의 입에다 보석을 가득 넣어주어라. 그리고 융숭히 대접해주라." 신하들이 교주의 분부대로 하자, 아랍인은 어전을 물러났습니다. 재미난 이야기는 이밖에도 수없이 많지만 그중에서는 이런 이야기도 있습니다.

아브라함 빈 알 마디와
이발외과의(理髮外科醫) 이야기

하룬 알 라시드의 형제 알 마디의 아들 아브라함(그는 유명한 교주사칭 자이며, 저명한 음악가)은 자기의 형제 하룬의 아들 알 마아문이 교주의 자리에 앉았을 때 조카의 왕위를 승인할 것을 거절하고는 라이이(메이다 본토의 정치적 중심지였으나, 현재 테헤란 남방 수마일에 있는 폐허)로 가서 스스로 왕이라 칭하고, 1년 11개월과 12일 동안 옥좌에 앉아 있었다고 합니다. 한편 조카 알 마아문은 아브라함이 귀순하여 복종하기를 이제나저제나하고 기다리고 있었지만, 마침내 끝내는 이를 단념하고서 기사와 보병들을 거느리고 아브라함 정벌에 나섰던 것입니다. 이 소식이 아브라함의 귀에 들어가자, 본인은 자신의 목숨이 위태로우니 바그다드로 피신할밖에 다른 방법이 없다고 생각했습니다. 게다가 마아문은 아브라함의 목에 금화 10만 닢의 현상을 걸고, 그를 잡아오는 자에게는 이 상금을 주겠다고 약속했습니다. (아브라함은 말했습니다)(여기서부터 화자는 샤라자드에서 아브라함에게로 바뀐다.)
'나는 그 상금 이야기를 들었을 때, 이 목이 달아날 것을 무척 걱정했다.'

─샤라자드는 날이 훤히 밝아오는 것을 깨닫자, 여기서 허락된 이야기를 그쳤다.

● 273일째 밤
오, 인자하신 임금님, 아브라함은 이렇게 말했습니다 하고 샤라자드는 이야기를 계속했다.
 나는 그 상금 이야기를 들었을 때, 이 목이 달아날 것을 무척 걱정하여 어떻게 해야 좋을지를 몰랐다. 그래서 나는 한낮쯤 되어 변장을 하고서 정처없이 집을 빠져나온 것이다. 그러던 중 넓은 거리로 들어서게 되었는데, 공교롭게도 막다른 골목이라 빠져나갈 수가 없었다. 나는 속으로 이렇게 말했다. '진정 우리들은 알라의 것이므로 알라에게로 돌아가려고 하는 것이니라! 마침내 나도 패가망신하고 만 것이다. 이제 새삼스럽게 되돌아가면 남의 의심을 사게 될텐데', 그때 변장한 나의 눈에 거리 저 위쪽 구석에 흑인 노예 하나가 문을 지키고 있는 것이 띄었다. 그래서 가까이 가서 말을 건네 보았다. "한 시간쯤 쉬고 갈 만한 집은 없겠는가?" "있습니다." 하고 상대방이 대답하고서 문을 열었는데 보니, 깨끗한 방이 있고, 방에는 방석이며, 가죽보료 따위가 있었어. 그러고 나서 노예는 문을 닫고 가버렸는데, 나는 이 목에 걸린 상금의 소문이 마음에 걸려 자기도 모르게 이렇게 혼잣말을 했지. '저 놈이 밀고하러 간 것은 아닐까?' 그런데 내가 나 자신의 신상에 대해 이것 저것 생각하며 불 위에 올려놓은 솥처럼 안달을 하고 있는데, 난데없이 불쑥 주인이 들어왔다. 게다가 그가 데리고 온 짐꾼은 빵과 먹을 것을 위시하여 새 요리 냄비며 식기, 새 항아리, 새 오지 물병 등 그밖에 여러 가지 필요한 물건들을 가지고 있는 것이 아니겠어. 주인은 짐꾼에게 가지고 온 물건들을 내려놓으라고 이르고는 가라고 한 다음 나에게 이렇게 말하더란 말이야. "잘 오셨습니다! 저는 이발외과의사(옛날에는 외과의사가 이발사도 겸했다.)인데, 이러한 생활을 하고 있기 때문에(수술을 하면 피가 나오게 마련인데, 피를 취급하는 외과의는 천업으로 간주되었다.) 저와 함께 음식을 들기 싫어하실 줄 압니다. 그러므로 손수 음식을 만들어 마음대로 잡수십시오. 아직 아무도 그릇에 손을 댄 사람은 없으니까요."(아브라함은 이야기를 계속했습니다.)
 나는 몹시 시장하던 참이라 당장 한 냄비 요리를 만들어 먹었는데, 그 맛이 좋기란 말로 표현할 수 없었어. 배가 부르자, 주인이

하는 말이 "나리, 필요한 것이 있으면 사양하지 마시고 말씀해 주십시오. 술 드시겠어요? 술을 마시면 기분도 들떠 시름을 잊게 될 테니까요." "싫진 않소만." 나는 이발사가 떠나는 것이 싫었기 때문에 이렇게 대답해주었다. 그러자 주인은 아무도 손대지 않은 새 술병과 기막힌 술이 든 단지를 가지고 와서 나에게 말하지 않겠어. "손수 좋으신 대로 걸러 드십시오." 그래서 나는 술을 걸러 가지고 천하일품의 맛좋은 술을 만들었다. 그러자 또 주인은 새 잔과 새 오지그릇에 과일과 꽃을 가득히 담아가지고 와서 이렇게 말했지. "괜찮으시다면 저는 혼자서 제마음대로 술을 따라 당신을 위해 건배하고 싶은데요." "어서 그러시오." 그래서 취기가 돌기 시작하자, 이발사는 일어서서 골방쪽으로 가서 윤을 잘 낸 목제 비파를 꺼내 "저, 나리, 저같이 천한 녀석이 당신과 같은 분에게 노래를 청하는 것은 외람된 일이오나, 당신께서도 관대하신 마음으로 저의 존경하는 뜻에 보답해주셨으면 합니다. 만일 당신께서 미천한 저에게 명예를 베풀어주시려고 생각하신다면 그건 정말 황송한 일이겠습니다."(나는 이 이발사가 내 신분을 알고 있으리라고는 생각도 하지 않았기 때문에) "내가 노래를 잘 부른다는 것을 어떻게 알고 계시오?" 하고 물었다. "알라에게 영광 있으라! 우리 임금님께서 노래를 잘 부르신다는 것은 천하가 다 잘 알고 있는 사실입니다! 당신은 알 마디의 아들, 우리 임금님이신 아브라함님이니, 어제까지의 교주님이시며, 그 목에는 알 마아문이 10만 디나르의 현상금을 걸고서 당신의 배반자에게 주려고 하고 있습니다. 하지만, 제 집에 계시면 아무 문제 없습니다."(아브라함은 이야기를 계속했습니다.)

나는 이발사의 이야기를 들은 그 순간 그가 아주 훌륭한 사나이라는 것과, 그 충성심과 고매한 성질을 똑똑히 알 수 있었다. 그래서 주인의 청을 받아들여 비파를 손에 집어들고 가락을 맞추며 노래를 불렀지. 그러다가 처자와의 이별이 그리워 이런 노래를 불렀지.

유스후를 친척에게 돌려주고
사로잡힌 몸에 영광을
베풀어주신 신이기에
만나게 해주십사고 기도드린
우리들의 소원 들어주시리.
삼계의 왕 알라에게는
온갖 힘 갖추어져 있기에.

이발사는 이 노래를 듣자, 너무도 기뻐서 하늘에라도 올라갈 듯한 기세였다. (왜냐하면, 아브라함의 이웃 사람들은 "여봐라, 얘야, 당나귀에 안장을 얹어라!" 하고 외치는 아브라함의 음성을 듣기만 해도 좋아서 어쩔 줄을 몰라 할 정도였으니까 말입니다.) 기뻐서 어쩔 줄 모르는 이발사는 나에게 말했다. "오, 우리 임금님, 저에겐 도저히 임금님과 같은 그런 재주는 없지만, 마음에 떠오르는 대로 한 곡조 불러도 괜찮겠습니까?" 내가 "불러 보라. 그대는 여간 취미가 고상하고, 마음씨가 착하지 않군 그래." 하고 말하자, 이발사는 비파를 손에 들더니, 이런 노래를 부르기 시작했다.

상냥한 여자이기에 기나긴 밤을
원망하면 처녀들은
"임과 동침하는 하룻밤
어찌 그리 짧은가!" 하고 대답하더라.
얼굴을 가린 처녀들의
눈에는 기나긴 밤의
잠도 곧 오리.
그러나 우리들의 눈에는
잠은 오지 않네 언제까지.
밤의 어둠이 다가오면

사랑하는 우리들은 두려워
눈물 흘리며 탄식만 할 뿐.
그러나 처녀들은 서산을 넘는
석양을 보면 기뻐하리.
우리들처럼 처녀들도
쓰라린 운명을 한탄한다면
처녀의 잠자리에도 마찬가지로
어두운 그림자가 깃들으련만.

(아브라함은 이야기를 계속했습니다.) 그래서 나는 말했다. "정말, 그대의 호의로 슬픈 시름도 다 사라졌네. 좀더 그대가 지은 노래를 들려주지 않겠나?" 그러자 이발사는 다시 이런 노래를 불렀다.

사람이 명예를 한점의 오점(汚點)도 없이
깨끗이 보전해갈 수 있다면
어떤 옷을 입더라도
몸에 꼭 맞아 어울리리라!
그 처녀는 우리들의 수가 적다고
비웃을지라도 나는 말하리
"마음이 고매한 사람들은
정말이지 세상에는 드물다"고.
우리들의 수는 적지만
이것 때문에 마음 괴롭힐 까닭 있으랴?
이웃 종족은 수는 많을지라도
천한 놈들이라 함을 알지어다.
아미르도 사무르도(아랍의 흔한 이름)
사람의 죽음을
욕하며 비웃지만

우리들은 죽음을 욕할 줄 모르는
기개 높은 일족이로다.
우리들은 죽음을 사랑하며
운명의 종말에 이를지라도
저 사람들은 죽음을 미워하며
한때라도 더 살기를 원한다.
우리들은 그들의 말을
거짓말로 생각하지만 누구 하나
우리들의 말을 거짓말이라고
비웃는 자 없으리.

　(아브라함은 이야기를 계속했습니다.) 나는 이 노래를 듣고 큰 기쁨을 느끼고 더할 나위 없이 감탄했다. 그러고 나서 잠자리에 들었는데, 해가 지고 나서 눈을 뜨자, 이발외과의사의 훌륭한 인품과 친절함을 골똘히 생각하면서 세수를 했다. 그리고 이발사를 깨워 일으켜, 금화가 많이 들어 있는 지갑을 꺼내 이것을 그에게 던져주며 "나는 그대를 알라께 추천해주겠다. 나는 이제 곧 떠나겠지만, 필요할 때에는 이 지갑의 돈을 마음대로 써 달라. 그 동안 내 몸이 안전하게 되거든 신세 톡톡히 갚을 테니, 그리 알아라." 하고 말했다. (아브라함은 이야기를 계속했습니다.)
　그러나 이발사는 지갑을 다시 돌려주며 이렇게 말하는 것이 아니겠어요. "우리 임금님, 저 같은 가난뱅이는 임금님 눈으로 보실 때에는 보잘 것 없을 겁니다. 하지만 전들 어찌 체면이 없겠습니까. 우연한 기회에 임금님의 은총을 얻어 이 누추한 집에 와주신 것만으로도 분에 넘치는 영광으로 생각합니다. 그런데 어찌 사례마저 받을 수 있겠습니까? 그렇구말구요, 만약 거듭 그와 같은 말씀을 하시고 지갑을 주신다면 차라리 저는 이 손으로 목숨을 끊고 마는 것이 상책이겠습니다."

―샤라자드는 날이 훤히 밝아오는 것을 깨닫고, 여기서 허락된 이야기를 그쳤다.

● 274일째 밤
샤라자드는 말을 이었다. 오, 인자하신 임금님, 알 마디의 아들 아브라함은 다시 이야기를 계속했습니다. 그래서 할 수 없이 내가 무거워서 주체스러운 지갑을 소매 속에 다시 넣은 다음 발길을 돌려 떠나려고 문간까지 왔을 때, 이발사가 말하기를 "우리 임금님, 우리 집은 다른 어느 집보다도 안전한 피신처입니다. 임금님을 모신다 하더라도 별로 저에겐 부담이 될 것이 없습니다. 부디 알라의 뜻에 의하여 구원을 받으실 때까지 제 집에서 그대로 계십시오." 그래서 나는 "이 지갑의 돈을 써주겠다면." 하고 말하면서 되돌아섰다. 이발사는 이 처사에 이의가 없는 듯했으므로 나는 며칠 동안 기분좋게 보냈다. 그런데 그러던 중 어느 날, 이발사가 지갑 속의 돈에 전연 손을 대지 않다는 사실을 알게 되자, 나는 이발사의 돈으로 먹고 살고 있다는 생각이 들어 기분이 좋지 않았으며, 주인에게 폐를 끼치는 것은 수치라고 생각했다. 그래서 짧다란 누런 여자 신을 신고, 베일을 두르고, 여장을 하고서 몰래 그 집을 빠져나왔다.

거리로 나오자, 갑자기 무서운 생각이 들었지만 그대로 다리를 건널 생각으로 그냥 걸어가고 있는데, 물을 뿌린 거리가 나왔다. 그곳에는 그전에 나를 섬기고 있던 기병이 하나 있어, 나를 유심히 노려보고 있었는데, 마침내 나라는 것을 알게 되자, "네놈은 알 마아문님이 찾고 계시는 놈이 아니냐." 하고 큰 소리로 외치더란 말이야. 그러고는 나를 덥석 잡으려고 했으나, 나는 목숨이 아까워 있는 힘을 다하여 말과 함께 냅다 떠밀었더니 기병은 미끄러운 길바닥에 미끄러져 꽝 하고 나자빠졌지 뭐야. 징계가 필요한 놈에겐 좋은 본보기가 된 셈이지. 그러고 있는데 모두가 기병 있는 데로 모여들었기 때문에, 나는 허겁지겁 날 살려라고 다리를 건너 큰

거리로 나왔지. 보자니 그 어떤 집의 문이 열려 있고, 문지방 있는 데에 여자 하나가 서 있었다. 그래서 나는 대번에 그 여자에게 이렇게 말을 건네지 않았겠느냐? "아주머니, 인정을 베푸시어 나를 구해주십시오. 위험에 빠질 것만 같아요." 그러자 여자는 "어서 들어오십시오." 말하고서 나를 이층 식당으로 안내하고 나서, 잠자리를 만들기도 하고, 먹을 것을 늘어놓기도 하면서 "걱정마세요. 아무에게도 당신 얘길 안할 테니까요." 하고 말해주었다. 그러고 있는데, 갑자기 문을 쾅쾅 두들기는 소리가 들리더군. 그래서 여자가 나가 문을 열자 아니 이건, 아까 내가 다릿목에서 내동댕이친 그 사나이가 머리에 붕대를 감고, 옷은 피투성이가 되어 말도 끌지 않고 나타난 게 아니겠나? 여자가 "아니, 여보, 이게 웬일이오?" 하고 묻자, 상대방 사나이는 "교주님께서 찾고 계신 젊은 사나이를 붙잡았는데 놓치고 말았어." 하고 대답하고는 자초지종을 들려주었다. 여자는 약을 가져다가 그것을 넝마에 싸서 머리의 상처에다 매어준 다음 자리를 깔고 거기 들게 했다. 그러고 나서 나에게로 와서 "당신이 그 당사자 같은데요." 하고 말하길래, 나는 "그렇소." 하고 대답했다. 그러자 여자는 "걱정하실 것 없어요. 나쁘게는 안 해드릴 테니까요." 하고 말하고서 더욱 친절하게 굴더란 말이야.

내가 사흘 동안 신세를 지고 있었는데, 사흘이 지나자 여자가 나에게 말하기를 "저 사나이가 당신이 여기 있는 것을 눈치채고 밀고라도 하면 큰일이니까 저는 그게 걱정되어 못견디겠어요. 어서 도망쳐주세요." 그래서 내가 밤까지만 그냥 있게 해달라고 부탁했더니 여자는 "좋도록 하세요." 하고 말하더군. 그래서 나는 해가 지자, 여장을 하고서 그 전에는 나의 노예였지만, 이제는 자유의 몸이 되어 있는 여자를 찾아갔다. 여자는 내 모습을 보자, 눈물을 흘리며 슬퍼하는 기색이었어. 그리고 내가 무사한 것을 전능하신 알라에게 감사드리는 거야. 이윽고 여자는 밖으로 나갔는데, 그 모양은 마치 나를 대접하려고 물건을 사러 나간 것 같았다. 나는 이젠 됐구나, 하고 일단 마음이 놓였는데, 그때 갑자기 아브라함 알 모시리가 기병과 하인들에게 둘러싸여 여자를 앞세우고 이 집으로 몰려오는 것이 눈에 띄었다. 그 여자를 눈여겨 보았더니 아니 이건, 내가 몸을 감추었던 그 집의 여주인으로, 이제는 자유의 몸이 되어 있는 그 노예 계집이 아니겠는가.

그래서 나는 적에게 체포되어 마침내 형장으로 끌려가게 되었다. 여장을 한 나를 그들은 알 마아문 앞으로 끌고 가자, 알 마아문은 곧 회의를 열어 나를 어전으로 불러들였다. 나는 교주 앞으로 나서자, 교주의 칭호를 쓰며 절을 하며 "오, 충성된 자의 임금님, 임금님이 편안하시기를 빕니다!" 하고 말하자, 알 마아문은 "제발 알라여, 이 사나이에게 안녕도 장수도 허용치 않으시기를!" 하고 대답했습니다. "오, 충성된 자의 임금님, 당신의 뜻대로 하십시오만, 벌을 주시는 것도 죄를 용서해주시는 것도 오직 피의 복수를 요구하는 자만이 하는 것입니다. 그러나 자비는 신앙과는 종이 한 장 차이이니, 알라는 당신의 면죄(免罪)를 다른 어떤 면죄보다도 존중하십니다. 제 죄는 다른 어떠한 죄보다도 중한 죄이오니 더욱 그렇습니다. 그렇기 때문에 나를 벌주시더라도 그것은 공정한 처사이오나 만일 용서해주신다면 그것은 또 각별히 자비로우신 처사이십니다." 그리고 나는 이런 노래를 불렀다.

　　내 죄는 무겁지만
　　임의 자리는 더욱 무겁도다.
　　그러니 원수를 갚거나
　　아니면 자비를 베푸소서.
　　내 행동 비록 옹색할망정
　　아무쪼록 관대하옵소서!

(아브라함은 이야기를 계속했습니다.) 이 노래를 들은 알 마아문은 내쪽으로 얼굴을 쳐들었기 때문에 나는 또다시 허겁지겁 이

런 노래를 불렀습니다.

> 내가 저지른 범죄는 무거운 죄
> 용서하고 안 하고는 임의 마음에 달렸네.
> 용서하신다면 그것은 은총
> 벌을 주신다면 그것은 정의.

그러자 머리를 축 떨어뜨리고 있던 알 마아문은 이런 노래를 불렀다.

> (친구가 화를 내어, 그 때문에
> 내 목구멍에 담(痰)이 차 숨이 막힐 지경일지라도)
> 나는 용서하리라 그의 죄
> 친구 없이 사는 인생
> 살 의의가 없으니.

(아브라함은 이야기를 계속했습니다.) 나는 이 노래를 듣자, 상대방의 관대함을 잘 알고 있었기 때문에 관대한 처사를 받게 될 것만 같았다. 이윽고 알 마아문은 왕자인 알 아바스를 위시하여, 형제인 아브 이샤크와 죽 늘어선 중신들을 돌아다보며 "그대들은 이 사건을 어떻게들 생각하는가?" 하고 물었다. 그들은 한결같이 나를 사형에 처하게 하라는 의견으로 다만 나를 어떻게 죽이느냐 하는 그 사형 방법만이 달랐다. 그러자 교주는 대신인 아마드 빈 알 하리드에게 "여보, 아마드 대신, 그대 의견은 어떤가?" 하고 물었는데, 대신은 이렇게 대답했다. "오, 충성된 자의 임금님, 만일 이 사나이를 사형에 처하시더라도 이러한 사나이를 죽인 임금님과 같은 사람은 이제까지 얼마든지 있었습니다. 그러나 용서해주신다면 이러한 사나이를 용서해주신 임금님과 같은 분은 우선 이 세상에 둘도 없을 겁니다."

—샤라자드는 날이 훤히 밝아오는 것을 깨닫고, 여기서 허락된 이야기를 그쳤다.

● 275일째 밤

오, 인자하신 임금님, 아브라함은 이렇게 이야기를 계속했습니다. 하고 샤라자드는 말을 이었다. 충성된 자의 임금님 알 마아문은 아마드 빈 알 하리드의 말을 듣자, 고개를 숙이고서 이런 노래를 부르기 시작했다.

　　우리 일족은 우리 형제인
　　우마임을 정벌하여 죽였지만,
　　원컨대, 내가 겨누고 쏜
　　모든 화살 되돌아오기를.
　　내가 만일 용서한다면
　　그것은 진정 거룩한 용서.
　　내가 만일 화살을 쏜다면
　　내 뼈를 상하게 할 뿐.

또 이런 노래도 불렀다.

　　선악을 겸비한
　　내 형제에게 관대히 굴라.
　　남의 선악 따질 것 없이
　　인정을 베풀라 언제까지나.
　　비록 그대를 노하게 할지라도
　　또 그대를 기쁘게 할지라도
　　일체 나무라지 말라.
　　그대가 사랑하는 것과
　　미워하는 것이 언젠가는

하나가 된다는 것을 모르는가?
장수의 기쁨도
머리카락이 파뿌리가 되어감에 따라
스러져감을 모르는가?
열매를 뜯길 때마다
가지에 돋친 상처를 그대는 모르는가?
환락 때문에 선행을 하고
악을 저지르지 않는 사람 있는가?
세상의 보잘 것 없는 사람들을
시험해볼 그때엔
나쁜 짓 안 하는 사람 거의 없으리.

(아브라함은 이야기를 계속했습니다.)
나는 이 노래를 듣자, 머리에 쓰고 있던 여자용 베일을 벗어버리고는 목청을 돋구어 소리쳤습니다. "알라는 가장 위대하도다! 충성된 자의 임금님은 마침내 나를 용서해주셨다!" 교주가 "숙부님, 이젠 걱정하실 것 없습니다." 하고 말하자, 나는 "오, 충성된 자의 임금님이시어, 이 죄는 용서할 수 없는 큰 죄, 또 당신의 자비는 감사라는 말로는 표현할 수 없는 대자비." 하고 말하고서, 들뜬 마음 그대로의 상태에서 이런 노래를 불렀다.

온갖 은총을 만드신
신은 우리의 칠세(七世)의
선도자, 임을 위하여 아담의
허리에 모든 것을 모으셨도다.
임이야말로 모든 사람의
마음을 외포(畏怖)로 채우시고
모든 사람을 겸양의
미덕으로 잘 지키셨네.

내가 배반했음은 망상
때문이 아니라, 오직
오로지 임의 자비를 얻으려고 했기 때문.
누구 하나 내 죄를 감추려는
사람 없어도 임은 용서하셨네.
이 극악무도한 나를.
뇌조(雷鳥)의 새끼를 닮은 아들과
내 아들을 그리는 어머니를
임은 가능하다고 생각하셨도다.

마아문이 말하기를 "알겠소. 우리들의 주 요셉(요셉과 예언자에게 축복과 평안이 있으시기를)을 본받아 오늘은 당신을 조금도 책망하지 않기로 하겠소. 알라께서 용서해주실 테니 말이오. 요셉은 자비를 베푸시는 사람들 중에서 가장 자비심 많은 분이니까. 숙부님, 저는 당신께 벌주지 않고, 재산도 토지도 돌려드리겠어요. 제발 안심하십시오." 그래서 나는 알 마아문에게 마음에서부터 우러나오는 기도를 올린 다음 이런 노래를 불렀다.

내 피마저 용서해주시고,
내 재산도
아낌없이 돌려주셨도다.
그러므로 우리 님의 은총을
얻고자 피를 흘리고
재산을 버리고, 신발을
벗어버릴망정, 그것은 그저
임에게서 빌은 것을 갚기 위한 것.
아무리 은혜을 갚는다 해도
누가 이것을 책망하리.
마음도 넓은 임의 은혜

내가 만일 그것을 잊는다면
임의 온정에 비해
나의 마음씨 얼마나 옹색하랴.

그러자 알 마아문은 경의와 호의가 담긴 표정을 지으며 "숙부님, 아브 이샤크와 알 아바스는 당신을 사형에 처하라고 충고했습니다." 하고 말했으므로, 나는 이렇게 대답했다. "오, 충성된 자의 임금님, 두 사람의 충고는 틀림이 없었습니다. 그러나 당신은 자기 생각에 따라 처분하셨고, 내가 두려워하고 있던 것을 제거하고는 내가 원하고 있던 물건을 주신 것입니다." "당신의 겸손한 변명을 들으니 내 원한도 사라졌구려. 주선해줘야 할 고배를 마시지 않고서도 나는 당신을 용서해준 셈이 되는군요." 그러고 나서 알 마아문은 오랫동안 마루에 엎드려 기도를 올리고 있었으나, 마침내 얼굴을 쳐들고서 나에게 말했다. "숙부님, 내가 왜 엎드려 기도를 올렸는지 아시겠어요?" "알라의 뜻으로 적을 무찔렀기 때문에 필경 알라에게 감사의 말씀을 올린 것이겠죠." "아뇨, 그럴 생각은 조금도 없었습니다. 당신을 용서하게끔 권고해주셨다는 것, 당신에 대한 나의 원한을 완전히 씻어주셨다는 것을 알라께 감사드리고 싶어서였습니다. 그럼 그후의 경위를 좀 얘기해주십시오." 나는 이발사의 이야기부터 시작하여 기병과 그의 아내, 거기다 나를 배반한 그전 노예 계집 등에 관한 이야기를 하나도 빼놓지 않고 자세히 이야기했다. 그러자 알 마아문은 자기 집에서 포상이 내려오기를 학수고대하고 있던 그 노예 계집을 불러들였는데, 여자가 절을 하자 "어찌하여 너는 자기 주인에 대하여 그런 짓을 했더냐?" 하고 물었습니다. "돈이 필요했기 때문입니다." 하고 상대방이 대답하자, 교주는 다시 물었다. "아이나 남편이 있는가?" "아뇨, 없습니다"라는 대답에 교주는 태형(笞刑) 백 대를 치라고 하고는 종신 징역을 명령했다. 그리고 또 기병과 그의 아내, 이발외과의를 불러놓고, 기병에게 어찌하여 그런 짓을 했느냐고 물었더니, 이 사나이도 "돈이 필요해서요." 하고 대답했으므로 교주는 "방혈(放血) 이발사라도 되는 것이 좋겠다." 하고 말하고서, 이발외과의 가게로 보내어 거기서 기술을 배우게 했다. 그러나 기병의 아내만큼은 우대하여 "이 여자는 천성이 착실하여 중대한 일도 실수없이 처리해나갈 수 있으리라." 하고 말하고서 궁전 안에서 살게 했다. 그리고 나서 이발외과의사에게는 "정말 그대는 훌륭한 도량을 보였도다. 남아의 면목 더할 것이 없도다." 하고 말하고서 기병의 집에 있는 온갖 가재도구를 이발사에게 주라고 명령하고, 어의를 하사한 후에 해마다 1만 5000디나르의 녹을 주라고 명령했다.

또 이런 이야기도 전해 내려오고 있습니다.

원주가 많은 도시 이람과
아브 키라바의 아들 압둘라

언젠가 압둘라 빈 아브 키라바는 행방불명이 된 암낙타를 찾으러 나섰습니다. 알 아만의 사막과 사바라는 지방을 헤매고 있자니까, 뜻밖에도 가는 길 앞에 큰 성곽을 둘러싼 어느 커다란 도성이 나타났습니다. 주위에는 크고 높은 집이 우뚝 솟아 있었습니다. 압둘라는 도성 사람들에게 암낙타의 행방을 물어보려고 생각하고서 도성쪽으로 다가갔는데, 당도해보니 도성은 황폐화되어 사람이라고는 그림자 하나 보이지 않았습니다. 그래서 (압둘라는 이야기를 계속했습니다.) 나는 낙타 등에서 내려서 낙타의 다리를 묶은 다음……

──샤라자드는 날이 훤히 밝아오는 것을 깨닫고, 여기서 허락된 이야기를 그쳤다.

● 276일째 밤

샤라자드는 말을 이었다. 오, 인자하신 임금님, 압둘라 빈 아브 키라바는 이야기를 계속했습니다. 나는 낙타 등에서 내려 그 다리를 묶은 다음 단단히 각오를 하고서 시내로 들어갔습니다. 성곽까지 오자, 하늘을 뚫을 것만 같은 큰 문이 둘이 있었는데(그 웅대함과 높음이 세계에서 비길 데가 없을 정도였습니다.) 흰색, 노랑색, 초록색 등 갖가지 보석과 대리석이 아로새겨 있었습니다. 이것을 보고 나는 그만 질려 넋을 잃고 말았습니다. 그러고 나서 무서워서 가슴이 떨리고 놀란 나머지 정신을 잃고 멍하니 성채 안으로 들어갔는데, 이것 또한 알 메디나를 능가하면 능가했지 뒤지지 않을 정도의 넓이였습니다. 그리고 그 안에는 금은으로 만든 가지가지 색깔의 보석, 감람석(橄欖石), 진주 등을 아로새긴 높은 집이 솟아 있었습니다. 누각의 문도 또한 성문의 문 못지 않을 정도였고, 그 바닥에는 진주와 사향, 용연향, 샤프란 등 개암열매 만큼이나 큰 보석들이 뒹굴고 있었습니다. 시내 한복판까지 와도 사람의 그림자 하나 보이지 않았기 때문에 나는 무서움에 질려 당장 숨이 막힐 것만 같았습니다. 누각의 큰 지붕과 발코니에서 아래를 내려다보니 저 아래쪽으로는 몇 가닥의 시내가 졸졸 흐르고 있고, 큰 거리에는 열매를 단 나무들, 키가 큰 야자수들이 늘어서 있고, 집들은 황금을 입힌 벽돌로 지어져 있었습니다. 그래서 나는 중얼거렸습니다. "이것은 필경 내세를 위하여 약속된 낙원임에 틀림없어."

그러고 나서 나는 길에 깔린 보석, 겹겹이 쌓인 사향 모래를 운반할 수 있는 데까지 가지고 고향으로 돌아와 그 이야기를 고향 사람들에게 했습니다. 이윽고 그 이야기가 그 무렵 성지의 교주였던 아브 스후얀의 아들 무아위야의 귀에 들어가게 되었습니다. 교주는 그 즉시로 알 아만의 산하에 주재하고 있는 대사에게 서신을 보내 이야기의 주인공을 불러서 일의 진위를 밝혀보라고 명령했습니다. 그래서 대사는 나를 불러내어 자초지종을 캐어묻길래 나는 보고 온 그대로 이야기했습니다. 그러자 이번에는 무아위야에게로 끌려가, 거기서도 이상한 광경을 되풀이 이야기했습니다. 그런데 교주는 그 이야기를 절대로 믿지 않았습니다. 그래서 나는 몇 개의 진주를 위시하여 사향, 용연향, 샤프란의 구슬 등을 꺼내 보였습니다. 그런데 나중의 것들은 아직도 향그러운 냄새를 풍기고 있었습니다만, 진주만은 누렇게 변색되어 윤기있는 진주빛은 완전히 바래져 있었습니다.

―샤라자드는 날이 훤히 밝아오는 것을 깨닫자, 여기서 허락된 이야기를 그쳤다.

● 277일째 밤

샤라자드는 말을 이었다. 오, 인자하신 임금님, 압둘라 빈 아브키라바는 이렇게 이야기를 이어나갔습니다.

그러나 진주만은 누렇게 변색되어 윤기있는 진주빛은 완전히 바래져 있었습니다. 무아위야 교주는 이 모양을 보고서 이상하게 생각하고는 카아브 알 아바르를 불러 말했습니다. "여봐라, 카아브, 그대를 부른 것은 다름이 아니다. 이 일의 진위를 가리고 싶었기 때문이다. 그대라면 능히 그 일을 해낼 수 있겠다고 생각했기 때문이다." 카아브가 "오, 충성된 자의 임금님, 그건 도대체 어떠한 일이옵니까?" 하고 묻자, 무아위야는 대답했습니다. "그대는 금은으로 만든 도성이 있다는 이야기를 들어본 적이 있는가? 그 도성의 원주는 감람석과 홍옥으로 만들어졌고, 바닥에 깐 자갈은 진주에다 사향, 용연향, 사프란 등이라는데 개암열매 만하다는 거야." "네, 충성된 자의 임금님, 그것은 '세계에 그 유례를 볼 수 없는 원주로 장식한 회랑'을 말하는 것이며, 그것을 지은 왕은 아드 대왕의 아들 샤다드라고 합니다." "그 도성의 유래를 이야기해보라." 하고 교주가 말하자, 카아브는 다음과 같이 말했습니다. "아드 대왕에게는 샤디드와 샤다드라는 두 왕자가 있었습니다. 부왕이 세상을 떠나자, 두 형제는 힘을 합쳐서 정사를 행하고, 이 세상의 왕이라는 왕은 모두 두 왕을 섬기고 있었습니다. 얼마 있다 샤디드가 서거하자, 동생인 샤다드가 혼자서 온 세계를 다스리고 있었습니다. 그런데 이 왕은 고서 읽기를 무척 좋아하여, 우연히 어떤 책에 회랑이 달린 집들이 늘어서고, 수목들이 우거져 익은 과일이 풍요하게 주렁주렁 가지에 달려 있다는 내세의 천국 이야기를 쓴 대목을 읽게 되어, 갑자기 그러한 낙원을 그대로 이 세상에 짓고

싶어서 견딜 수 없게 되었습니다. 그런데 왕의 치하에는 10만이나 되는 왕후가 있어 각 10만의 장(長)을 다스리고, 그 장이 또 각기 10만의 병사를 거느리고 있었습니다. 그래서 왕은 그들을 어전으로 불러놓고 말했습니다. "나는 고서와 연대기를 읽다가 그 속에서 내세의 천국을 그린 문장을 우연히 보게 되었다. 그래서 그 천국을 현세에 만들어보았으면 하고 생각하고 있다. 그대들은 이제부터 온 세계에서 가장 넓은 땅을 찾아서 거기다 금은 도시를 지어달라. 바닥에는 감람석, 홍옥, 진주 따위를 깔고, 둥근 지붕은 벽옥(碧玉) 기둥으로 떠받게 하라. 시내 곳곳에 궁전을 짓고, 거기에다가는 회랑과 발코니를 두르고, 대소의 도로에는 누런 과일이 달리는 갖가지 나무들을 심고, 또 하상(河床)을 금은으로 깔고 그 위를 물이 흘러내리도록 하라." 이 말을 듣고 모두들 이구동성으로 말했습니다. "어명이긴 하지만 무슨 수로 그런 일을 해낼 수 있겠습니까? 임금님이 말씀하신 감람석과 홍옥과 진주 등을 어디서 구할 수 있단 말입니까?" "무슨 소릴 하는 거냐? 그대들은 온 세계의 왕후들이 나를 섬기고, 내 지배하에 있다는 것, 또 누구 하나 내 말을 거역하는 자가 없다는 것을 모르는가?" "아뇨, 그건 잘 알고 있습니다." 하고 모두 대답했습니다.

─샤라자드는 날이 훤히 밝아오는 것을 깨닫고, 여기서 허락된 이야기를 그쳤다.

● 278일째 밤

샤라자드는 말을 이었다. 오, 인자하신 임금님, 모두들 "네, 그것은 잘 알고 있습니다." 하고 대답하자, 샤다드왕은 다시 말했습니다. "그럼 이제부터 감람석, 홍옥, 진주, 금은 등이 매장된 광산으로 가서 그것들을 모으고, 또 이 세상에 있는 귀중한 것들을 모두 모아 오너라. 수고를 아끼지 말고, 무엇 하나 남겨놓지 말고 긁어 오도록 하라. 그리고 또 누구의 것이건 닥치는 대로 그런 물건을 긁어오는 거다. 정신들 바짝 차리고서 열심히 일들을 하라." 그렇게 말하고서 왕은 세계 안의 왕후에게 친서를 보내 왕후들이 가지고 있는 보석류는 말할 것도 없고, 백성들이 가지고 있는 보석과 귀금속을 모으라고 했습니다. 그리고 또 사람을 파견하여 비록 깊은 바다 속이라 하더라도 낱낱이 그것을 긁어모아 가지고 오라고 명령했습니다. 당시 전세계에 군림하고 있던 왕후의 수는 360명에 이르렀습니다만, 그들은 이 명령을 20년을 하루처럼 실행한 것입니다. 마침내 또 샤다드왕은 여러 나라로부터 건축가, 공사감독, 공장(工匠) 인부, 직인(職人) 등을 모아 온 세계로 파견하여 황야건 숲속이건 가릴 것 없이 낱낱이 조사시켰습니다. 그리하여 마침내 모래 언덕과 산악지대에서 멀리 떨어진 샘이 솟아오르고, 시내가 흐르는 광막한 무인 평원을 발견해내었습니다. "여기야말로 임금님께서 찾아내라고 명령하신 바로 그 땅이다."라고 모두들 말하고서 전세계를 구석구석까지 통치하고 있는 왕의 명령에 따라 하상으로 수로를 끌기도 하고, 예정된 계획대로 열심히 도성 건설에 온갖 정성을 다 쏟았던 것입니다. 게다가 세계 각국의 왕후들도 모두 보석과 크고 작은 진주, 홍옥, 순금, 순은 따위를 낙타에 싣기도 하고, 큰 배에 싣기도 하여 해륙 양면에서 운반해왔기 때문에 공사에 종사하고 있는 사람들의 수중에는 무수히 많은, 상상도 못할 만큼의 많은 자료가 산처럼 쌓였습니다. 이렇듯 이 공사에 300년이라는 세월을 바쳤는데, 끝내 준공되자, 모두들 샤다드왕에게 알현하여 보고했습니다. 그러자 왕은 말했습니다. "이번에는 하늘을 찌를 듯 높이 솟은 난공불락의 성벽을 쌓아 그 주위에 많은 누각을 세우도록 하라. 어느 누각에도 대신이 살 수 있도록 감람석과 홍옥의 원주를 많이 만들어 지주로 하고, 둥근 천정은 황금으로 만드는 것이 좋겠다."

　그래서 모두는 다시 어전을 물러서 이 공사에 20년이라는 세월을 바쳤습니다. 완성되자, 다시 샤다드왕에게 알현하여 명령대로 시공했다는 것을 보고했습니다. 그러자 왕은 1000명에 이르는 대신, 중신, 그리고 특히 신뢰하는 장병들 그밖의 명사들에게 대하여, 세계의 왕자, 아드의 아들 샤다드를 섬기고, 원주가 많은 궁으로 천도할 준비를 갖추라고 명령했습니다. 또 왕의 뜻에 맞는 왕비와 측실, 시녀, 내시들에게도 여행 준비를 갖추도록 명령했습니다. 이 준비에 20년이라는 세월이 걸렸습니다만, 마침내 샤다드왕은 모두를 이끌고 출발했습니다.

―샤라자드는 날이 훤히 밝아오는 것을 깨닫자, 여기서 허락된 이야기를 그쳤다.

• 279일째 밤

샤라자드는 말을 이었다. 오, 인자하신 임금님, 샤다드 빈 아드왕은 숙원이 성취된 것을 기뻐하면서 모두를 이끌고 출발하여, 마침내 앞으로 하루면 '원주의 궁'에 당도하게 되는 곳에까지 오게 되었습니다. 그때 알라의 뜻으로 왕과 그 불신의 도배들은 하늘에서 떨어지는 벼락에 맞아 굉장한 굉음에 의하여 한 명도 빠짐없이 전멸하여 왕도 시종들도 모두 그 도성을 한 번도 볼 수가 없었던 것입니다. 게다가 알라는 도성으로 통하는 길을 폐쇄해버렸기 때문에 도성은 부활의 날과 심판의 날이 찾아올 때까지 그 장소에 그대로 남아 있게 된 것입니다.

무아위야 교주는 카아브 알 아바르의 이야기를 듣고 놀라서 이렇게 말했습니다. "누가 그 도성에 간 사람이 있는가?" 그러자 카아브는 대답했습니다. "네, 모하메드(축복과 안녕이 있으시기를!)의 친구의 한 분만이 겨우 간 적이 있습니다. 마침 여기 앉아 있는 사나이와 마찬가지로 우연히 이르렀던 것입니다.

또 (이것은 알 샤비가 말한 바이옵니다만) 알 야만의 힘야르의 학자들의 말에 의하면 이렇게도 전해 내려오고 있습니다. 샤다드 왕은 전군과 함께 하늘의 벼락에 맞아 전멸했지만, 그후 왕위를 계승한 왕자 샤다드 2세를 부왕의 일행이 기둥이 많은 도성으로 떠날 때, 하즈라마우트와 사바의 부왕으로 봉하여 남게 해놓았던 것입니다. 샤다드 2세는 여행 도중 부왕이 횡사를 당했다는 말을 전해 듣자, 곧 시체를 사막에서 하즈라마우트로 옮겨다가 동굴 속에 무덤을 파라고 명령했습니다. 그리고 황금의 옥좌에 시체를 눕히자, 그 위에다 보석으로 단을 친 70벌의 금자수 옷을 입혔습니다. 그 다음 맨 마지막으로 머리맡에다 황금 표찰을 세웠는데, 거기에는 이런 시구가 새겨져 있었습니다."

> 교만한 자여, 명심하라
> 덧없는 것은 이 목숨!
> 나는 아드의 아들 샤다드
> 성채의 왕자, 그리고 또
> 원주와 권세 당당한 왕자로서
> 세상 사람은 모두
> 내 복수를 두려워하여
> 나에게 복종하였도다.
> 동쪽도 서쪽도 내 손아귀에,
> 위세를 떨치도다 온 천하에,
> 신의 종인 사자가 찾아와서
> 나에게 설득한 것은 구제이니라.
> 그러나 우리들은 그 말을 듣지 않고
> "안주의 땅은 아주 쉽게
> 찾을 수 있으리." 하고 대답했더라.
> 그 순간 공중에서
> 울려퍼지는 벼락 소리 있어
> 우리들은 전부 베어놓은
> 볏단처럼 땅에 쓰러졌나니.
> 이렇듯 우리들은 땅 밑에 누워
> 운명의 날을 기다리는 몸이로다.

알 샤비는 또 이런 말도 하고 있습니다. 어떤 때, 두 사나이가 이 동굴로 들어서자, 그 구석에 계단이 있었다. 아래로 내려가니 가로 100 발, 세로 40 발, 높이 100 발의 지하실이 나왔다. 중앙에는 황금 옥좌가 있고, 그 위에는 기골이 장대한 사나이 하나가 옥좌 가득히 누워 있었다. 그 시체에는 보석과 금은으로 만든 수의가 입혀져 있었고, 머리맡에는 글씨를 새긴 서판(書板)이 있었다. 따라서 그 두 사나이들은 이 서판은 말할 것도 없고, 많은 금은 방망이 등을 가지고 돌아갔다.

그리고 또 이런 이야기도 전해지고 있습니다.

모스르의 이사크

　모스르의 이사크는 다음과 같은 이야기를 했습니다. 어느 날 밤 알 마아문 교주의 어전을 물러나 집으로 돌아오는 도중이었습니다. 매우 오줌이 마려웠기 때문에 골목으로 들어가서 그 복판에 섰습니다. 그것은 쭈그리고 앉아서 오줌을 누다가 부상이라도 당하면 큰일이라고 생각했기 때문입니다. 그러자 그 순간 어느 집에서 무엇이 늘어져 있는 것이 눈에 띄었습니다. 그래서 그것이 무엇일까 싶어 손으로 더듬어보았더니 그것은 비단을 깐 네 손잡이가 달린 큰 광주리가 아니겠습니까. 나는 혼잣말로 중얼거렸습니다. '이것에는 필경 무슨 까닭이 있을 거다.' 그밖에는 무어라고 생각해야 좋을지 몰랐습니다. 그러던 중 술에 취한 탓으로 비틀비틀 그 광주리 속으로 들어가 앉아버렸습니다. 그 순간, 그 집 사람들은 나를 기다리는 사람으로 오인하고서 슬슬 광주리를 끌어올렸습니다. 벽 꼭대기까지 올라가자, 아니, 거기에는 네 명의 처녀가 서 있는 것이 아니겠습니까! "자, 내려주세요. 잘 오셨어요." 그 처녀들은 이렇게 말하고서, 그중 하나가 촛불을 손에 들고 내 앞에 서서 어느 집으로 안내했습니다. 안에는 아름다운 가구를 비치해놓은 여러 개의 방이 있었는데, 교주의 궁전 이외에서는 본 적이 없는 호화 가구들이었습니다. 잠시 앉아 있는데, 갑자기 방 한쪽의 장막이 열리더니 처녀들이 한 줄로 서서 들어왔습니다. 모두들 손에 활활 타고 있는 촛불과 스마트라 산(産) 침향(沈香)이 가득 든 향로를 들고 있었는데, 그 한가운데에는 떠오르는 보름달을 방불케 하는 젊은 여자가 하나 서 있었습니다. 그래서 내가 일어서서 인사를 하자, 상대방 여자는 "잘 오셨습니다!" 하고 말하고서 나를 먼저 자리에 앉으라고 하고는 내가 어디서 왔는지를 물었습니다. "실은 친구네 집에서 돌아오다가 길이 너무 어두워서 그만 길을 잃었습니다. 길을 걷다가 소변이 마려워서 골목으로 들어섰는데, 광주리가 매달려 있는 것이 눈에 띄었습니다. 독한 술을 마셨기 때문에 무심코 비틀비틀 그 속에 앉아버렸는데, 그대로 댁에 끌어올려지고 말았군요. 내 사정은 이뿐입니다."

그러자 여자는 "뭐 걱정할 것은 없습니다. 이제 곧 여기 오시길 잘했다고 생각하시게 될 것입니다." 하고 말하고 나서 다시 이렇게 덧붙였습니다. "그런데 당신 신분은?" "바그다드의 상인입니다." "무슨 노래를 부를 줄 아세요?" "조금은." "그러면 두서너 곡을 생각해가지고 한번 불러보세요." 그러나 나는 말했습니다. "객이라고 하는 것은 멋적어서 쭈뼛거리게 마련이죠. 당신부터 한 곡 불러보십시오." "그건 그렇군요." 여자는 이렇게 말하고서 옛날과 오늘날의 시인이 노래부른 가장 근사한 시구를 골라서 중얼거렸습니다. 나는 여자의 아름답고 귀여운 이목구비에 놀랐다고나 할까 혹은 매력에 넘친 시 낭송에 놀랐다고나 할까, 그저 잠자코 귀를 기울이고 있을 뿐이었습니다. 그러자 여자가 "이젠 멋적지 않겠지요?" 하고 물었으므로, 나는 "네, 조금도!" 하고 대답했습니다. "괜찮으시다면 한 곡 불러보시지요." 그래서 내가 옛날 시인의 노래를 조금씩 불렀더니 여자는 "참 근사하네요. 시장 장사꾼 중에서 이렇게 취미가 고상한 분이 있으리라고는 미처 몰랐어요!" 하고는 칭찬해주었습니다. 이윽고 여자는 식사를 가져오라고 명령했습니다.

―여기까지 이야기했을 때, 동생인 두냐자드가 말했다. "정말 재미있고, 즐거운 이야기군! 듣고 있으면 황홀해진다니까." 그러나 언니 샤라자드는 대답했다. "지금까지의 이야기는 내일 밤에 할

이야기에 비하면 문제도 안돼. 만약 임금님께서 내 목숨을 용서해 주신다면 들려주겠지만." 때마침 날이 훤히 밝아오는 것을 깨닫자, 여기서 허락된 이야기를 그쳤다.

• 280일째 밤

오, 인자하신 임금님, 하고 샤라자드는 말을 이었다. 모스르의 이사크는 이야기를 계속했습니다.

─이윽고 처녀는 식사를 가져오라고 명령하고서, 식사가 오자, 나에게도 먹으라고 권하였으므로 우리 둘은 먹기 시작했습니다. 이 거실에는 온갖 종류의 향그러운 꽃과 왕가 이외에선 볼 수 없는 그런 진기한 과일이 가득 놓여 있었습니다. 얼마 후 여자는 술을 가져오라고 하여 한 잔 마신 다음 두번째 잔을 채워 나에게 내밀며, "자, 이젠 이야기나 하면서 놉시다." 하고 말했습니다. 그래서 나는 생각나는 대로 "옛날 옛적에 이러저러한 일이 있었고, 또 이러저러한 이야기를 한 사나이가 있었습니다." 하는 식으로 이야기를 시작하여, 여러 가지 재미난 모험담을 들려주었습니다. 여자는 아주 기뻐하며 "장사꾼이 이렇게 여러 가지 이야기를 알고 계시다니 참 근사하군요! 임금님에게 이야기해드려도 좋을 만한 이야기로군요." 하고 말했습니다. "실은 우리 집 근처에 임금님의 술동무를 하는 사람이 있었습니다. 그분이 짬이 있을 때 그분 댁을 가끔 찾아가곤 했는데, 이제 이야기한 이야기들은 그때 들은 이야기지요." 그러자 여자는 큰 소리로 외쳤습니다. "그래도 당신은 참 기억력이 좋으신 분이에요!"

이러한 식으로 내가 입을 다물면 여자가 이야기를 꺼내는 식으로 옛날 이야기를 계속하고 있는 사이, 어느덧 밤은 저물어 침향 향기가 방안에 그윽하게 가득 찼습니다. 이러한 상태를 만일 알 마아문 교주가 알았다면 마음이 끌려 참새처럼 날아왔을 것입니다. 이윽고 여자가 "정말 당신은 고상하시고 집안도 좋고, 또 유쾌하기 짝이 없는 분이시군요. 하지만 한 가지 부족한 점이 있어요."

하고 말했으므로, 나는 "그것은 뭡니까?" 하고 물었습니다. 그러자 여자는 "비파에 맞춰 노래를 부를 줄만 알았다면!" 하고 말했으므로, 나는 이렇게 대답했습니다. "그전엔 무척 좋아했지만 성격에 맞지 않아서 도중에 그만두었습죠. 그래도 때로 그리워지긴 합니다. 갑자기 좀 불러보고 싶군요. 오늘밤의 즐거움에 마지막을 장식해볼까요?" "아마도 비파를 원하시는 것처럼 생각되는군요." "당신의 생각에 달렸습니다. 아무쪼록 좋도록 하십시오."

여자는 비파를 가져오라고 한 다음 아름다운 가락에 맞추어 멋지게 타며 신기에 가까운 기교를 다하면서 일찍이 들어보지 못한 음성으로 노래를 부르기 시작했습니다. 잠시 후에 "이 곡을 만드신 분, 이 가사를 쓰신 분을 아셔요?" 하고 물었으므로 나는 "아니요, 모르겠는데요." 하고 대답했습니다. 그러자 여자는 "가사는 잘 모르는 분이 쓰신 것이지만 곡목은 이사크의 손에 의하여 된 것입니다." "이사크에게 그런 재주가 있습니까?" "그럼요. 대단하지요! 이사크는 정말 천재예요!" "다른 사람에겐 주지 않은 것을 이사크에게 주신 알라께 영광있으라!" 하고 내가 말하자, 여자는 이렇게 대꾸했습니다. "그분 입에서 직접 이 노래를 들으면 얼마나 신이 나겠어요?"

그러던 중 날이 훤히 밝아오자, 여자의 유모인 노파가 와서 말했습니다. "이젠 시간이 다 됐어요." 이 말을 듣고 여자는 부리나케 일어나 나에게 말했습니다. "어제 밤부터의 일은 비밀에 붙여주세요. 몰래 뵌 것이니까요.."

─샤라자드는 날이 훤히 밝아오는 것을 깨닫자, 여기서 허락된 이야기를 그쳤다.

• 281일째 밤

샤라자드는 말을 이었다. 오, 인자하신 임금님, 모스르의 이사크는 이야기를 계속했습니다. 여자가 "어제 밤부터의 일은 비밀에 붙여주세요. 몰래 뵌 것이니까요." 하고 속삭였으므로, 나는 "걱정 마십쇼. 말 안해도 잘 압니다." 하고 대답하고서 이별을 고했습니다. 시녀 하나가 앞서서 문을 열어주었기 때문에 나는 그대로 집으로 돌아와 새벽기도를 올리고 잠자리에 들었습니다.

그런데 잠시 후에 알 마아문 교주께서 사자를 보내왔기 때문에 나는 교주에게로 나아가 하루종일 상대해드렸습니다. 해가 저물자 어젯밤의 즐거웠던 일이 생각나서 바보가 아닌 이상 참을 길이 없었습니다. 그래서 어젯밤의 그 골목으로 들어가보니 역시 광주리가 있었으므로 그 안에 앉자 어젯밤과 똑같은 장소로 달려 올라갔습니다. 예의 그 여자는 나를 보자마자 "부지런하시네요." 하고 말했으므로, 나는 "천만에요, 도리어 게으른 편이라고 생각하는 걸요." 하고 대답했습니다. 그러고 나서 이야기로 옮아가, 이것저것 세상 이야기를 하기도 하고, 노래를 부르기도 하고, 흥겨운 이야기의 꽃을 피우기도 하다가 날이 밝기 시작하자 작별인사를 하고는 집으로 돌아왔습니다. 그리고 새벽기도를 올리고는 잠자리에 든 것입니다.

그러던 중 알 마아문 교주의 사자가 왔으므로, 나는 어전으로 나아가 하루종일 상대해 드렸습니다. 밤이 되자 충성된 자의 임금님은 "잠깐 볼일 좀 보고 올 테니 내가 돌아올 때까지 기다리고 있거라." 하고 분부하였습니다. 그러나 교주의 모습이 사라지기가 무섭게 내 생각은 엉뚱한 곳으로 달려가 마음이 싱숭생숭, 어젯밤 생각으로 견딜 수가 없었습니다. 이렇게 되고 보니 참된 신자이신 임금님으로부터 큰 책망을 듣건 말건 아랑곳할 것 없이 궁전을 뛰쳐나와 예의 그 골목으로 들어가 광주리 속에 앉아 위로 끌어올려 갔습니다. 여자는 내 모습을 보자 "이젠 정말 친구처럼 생각되게 되었군요." 하고 말하였으므로, 나는 "그야 그렇죠!" 하고 대답했습니다. "우리집이 당신 집처럼 생각되게 되었단 말인가요?" "옳은 말씀이죠! 손님이라고 하는 것은 사흘간의 대접을 받을 권리가 있는 법이니까요. 사흘이 지나고도 찾아온다면 그땐 마음대로 나를 처분해도 좋습니다."

그러고 나서 어젯밤과 마찬가지로 밤을 지새고, 마침내 작별인사를 나눌 시각이 가까워지자, 필경 알 마아문 교주의 책망을 사게 되어 납득이 갈 만큼 자초지종을 자세히 털어놓지 않고선 용서를 얻지 못할 것이라는 생각을 하게 되었습니다.

그래서 나는 여자에게 말했습니다. "당신은 노래를 퍽 좋아하시는 것 같군요. 실은 나에게는 아버지의 형제의 아들, 즉 사촌이 하나 있습니다. 풍채도 신분도 출생도 나보다 훨씬 좋습니다. 게다가 누구보다도 이사크와 친합니다." "당신은 어쩌면 그렇게 짓궂으신가요?" "어떻게 생각하셔도 좋습니다만." "그런데 그 사촌이란 분이 이제 말한 그대로라면 교제해도 좋아요." 그러고 나서 집을 나와야 할 시각이 되었으므로 나는 그 집을 나와 우리집으로 돌아왔습니다. 그런데 집에 채 닿기도 전에 교주의 사자가 달려와 막무가내로 아주 거칠게 나를 어전으로 끌고 갔습니다.

─샤라자드는 날이 훤히 밝아오는 것을 깨닫자, 여기서 허락된 이야기를 그쳤다.

• 282일째 밤

샤라자드는 말을 이었다. 오, 인자하신 임금님, 모스르의 이사크는 이야기를 계속했습니다.

─집에 채 닿기도 전에 교주의 사자가 달려와 막무가내로 아주 거칠게 나를 어전으로 끌고 갔습니다. 가보니 교주는 성난 얼굴로 의자에 앉아 있었는데, 내가 안으로 들어서는 것을 보자 말을 건넸습니다.

"여봐라, 이사크, 그대는 충성하겠다는 맹세를 저버릴 셈인가?" 내가 "천만에요, 절대로 아닙니다. 충성된 자의 임금님!" 하고 대답하자, 교주는 다시 말을 이었습니다. "그렇다면 그대의 변명을 들어보자. 거짓없이 이야기해보라." "네, 이야기하겠습니다. 그러나 교주님에게만 말씀드리고 싶습니다." 하고 내가 말하자 교주는 시종들에게 눈짓을 했으므로 그들은 자리를 떠났습니다. 나는 곧 자초지종을 이야기하고 나서 맨 마지막으로 "교주님을 모시고 가겠다고 약속했는뎁쇼." 하고 덧붙이자, 교주는 "그거 참 잘했다." 하고 대답했습니다.

그리고 나서 우리 둘은 평소처럼 하루종일 흥겹게 보냈습니다만 알 마아문 교주는 여자 생각이 간절해서 견딜 수가 없었습니다. 그래서 약속 시간이 되자마자, 곧 궁전을 떠났습니다. 가는 도중 내내 나는 "그 여자 앞에서 제 이름을 부르지 마십시오. 나는 교주님 신하처럼 행동할 테니까요." 하고 주의를 주었습니다.

의논을 한 뒤 예의 그 골목으로 들어서자 광주리가 두 개 준비되어 있지 않겠어요! 두 사람이 그 속에 앉자 언제나 그랬듯이 그곳으로 끌어올려져 갔고, 그 여자가 나와서 인사했습니다. 알 마아문 교주는 여자를 한 번 보자, 아름답고도 귀여운 자태에 그만 넋을 잃고 말았습니다. 여자는 여러 가지 이야기를 하기도 하고 또 노래를 부르기도 하며 교주를 환대했습니다만, 마침내 주안상이 오자 여자도 교주도 각별히 마음을 쓰면서 잔을 들기 시작했습니다. 이윽고 여자는 비파를 손에 들고 이런 노래를 부르기 시작했습니다.

　　내 애인은 한밤중에
　　나를 찾아와 내가
　　맞아들일 때까지 문간에서
　　기다리고 있습니다.
　　"그리운 임이여, 이런 시각에
　　야경꾼이 무섭지 않으세요?"
　　그러자 임은 대답했습니다.
　　"나는 예전엔 겁쟁이였지만
　　사랑하고 나서는 분별도

무서움도 다 없어졌어요."

여자는 노래를 끝마치자 나에게 말했습니다. "그러면 당신 사촌도 역시 장사꾼입니까?" "그렇습니다." 하고 내가 대답하자, 여자는 다시 말을 이었습니다. "어쩌면 두 분이 다 그렇게 같으세요." 그러나 교주는 술을 한 되나 마셨는지라 마음이 들떠 "여봐라, 이사크!" 하고 고함을 질렀습니다. 내가 "라바이크, 아드슴(저 여기 있습니다"의 뜻), 충성된 자의 임금님." 하고 대답하자, 교주는 대꾸했습니다. "그 곡을 하나 불러보라." 젊은 여자는 상대방이 교주임을 알자, 다른 방으로 모습을 감추어버렸습니다. 내가 노래를 끝마치자, 알 마아문 교주는 "이 집 주인이 누군지 보고 오너라." 하고 말했습니다. 그 말을 듣고 노파 하나가 당황하며 대답했습니다. "하산 빈 사르(교주의 신하의 하나)의 댁입니다." "그럼 이리 데리고 오너라." 노파가 사라지자 조금 있다 하산이 들어왔으므로 알 마아문 교주는 물었습니다. "너에겐 딸이 있는가?" "네, 있습니다. 이름은 하디쟈라고 합니다." "시집 갔는가?" "아뇨, 아직입니다!" 교주가 "그럼 내가 아내로 맞이하겠다." 하고 말하자 딸의 아버지는 말했습니다. "오, 충성된 자의 임금님, 분부하신 대로 임금님의 측녀로 바치겠나이다." "그럼, 지금 가지고 있는 3만 디나르를 우선 지참금으로 주고 아내로 맞아들이리라. 내일까지 기다릴 것도 없이 날이 밝으면 당장 돈을 보내줄 테니, 돈을 받거든 오늘밤에라도 데리고 오너라." "알겠습니다."

두 사람이 밖으로 나오자, 교주는 나에게 말했습니다. "여봐라, 이사크, 이 얘긴 아무에게도 하지 말아라." 그래서 나는 교주가 세상을 떠나는 날까지 입밖에 내놓지 않았습니다. 아 정말, 낮에는 알 마아문 교주를 섬기고, 밤이 되면 하디쟈를 상대로 하여 보낸 그 나흘 동안만큼의 즐거움을 누린 사람은 이 세상에는 나 외에는 아무도 없을 것입니다.

알라께 맹세코, 나는 아직 이제까지 알 마아문 교주와 같은 사람을 본 적도 없고, 또 하디쟈와 같은 여자를 사모한 적도 없습니다. 정말 정말, 뛰어난 재치하며, 능란한 이야기 솜씨하며, 그 여자와 비교될 만한 여자라고는 아직 한 번도 본 적 없습니다! 알라만이 알고 계시겠죠."

그리고 이런 이야기도 있습니다.

청소부와 귀부인

　메카의 순례 계절의 이야기입니다만, 사람들이 성전 주위를 빙빙 돌면서 웅성거리고 있자니까, 갑자기 어떤 사람 하나가 카아바(메카사원)의 휘장을 움켜잡고 뱃속에서 나오는 소리로 고래고래 부르짖었습니다. "오, 알라여, 제발 저 여자가 다시 한 번 자기 남편에게 화를 내고서 제가 그 여자와 친하게 되게 해주옵소서!" 한 무리의 순례자들이 이 말을 듣고, 그 사나이를 붙잡아 가지고 실컷 때려준 다음, 순례 경비대장에게로 끌고 가서 말했습니다. "순례 경비대장님, 이놈이 성소에서 이런 말을 했습니다." 그래서 경비대장은 이 사나이를 교수형에 처하라고 명령했습니다. 그러나 본인은 "오, 경비대장님, 사도(알라의 축복과 가호가 있으시기를!)의 공덕에 맹세코 제발 제 말 좀 들어주십시오. 그후에 마음대로 처분해주십시오." 하고 사정하므로 경비대장은 "그럼, 얼른 얘기해 보라." 하고 말했습니다.
　─실은, 경비대장님, 저는 보잘 것 없는 일개 청소부에 지나지 않으며, 양 도살장에서 피를 운반하거나, 부스러기 고기를 성문 밖의 쓰레기더미에 버리거나 하며 살아가고 있는 놈입니다. 어느 날의 일입니다. 당나귀에 짐을 싣고 끌고 가는데, 거리 사람들이 이리저리 쫓겨다니면서 그중 하나가 저에게 이러는 게 아니겠어요. "이쪽 골목으로 들어오세요, 까닥하다간 맞아 죽을지도 몰라요." 그래서 내가 "왜들 도망치는 거야?" 하고 물었더니 지나가던 내시가 말하기를 "어느 고귀한 분의 아씨께서 행차하시는데, 그 아씨

를 모시는 내시들이 닥치는 대로 아무나를 가릴 것 없이 거리를 지나가는 사람들을 쫓아버리고, 마구 패니까 그렇지." 그래서 나는 당나귀를 끌고 옆골목으로 들어갔습니다.

　——샤라자드는 날이 훤히 밝아오는 것을 깨닫자, 여기서 허락된 이야기를 그쳤다.

　• 283일째 밤
　샤라자드는 말을 이었다. 오, 인자하신 임금님, 청소부는 이야기를 계속했습니다.
　——그래서 저는 당나귀를 끌고 옆골목으로 들어가, 사람들의 무리가 이리저리 뿔뿔이 흩어지는 것을 바라보면서 기다리고 있었습니다. 이윽고 곤봉을 손에 든 많은 수의 내시들의 뒤에 30명 가량의 노예 계집들이 걸어오고 있는데, 그 가운데 마치 버들가지라고나 할까, 아니면 목이 마른 영양과도 같은 귀부인이 한 분 섞여 있었습니다. 상냥하고, 아름답고, 수심에 잠긴 미태(媚態)는 어디 한 군데 흠잡을 곳이 없었습니다. 많은 사람들은 이 여자를 섬기는 가신(家臣)들이었습니다.
　이 귀부인이 제가 서 있는 옆골목의 입구에 들어서자, 좌우를 살핀 다음, 내시 하나를 불러서 뭔가 귓속말을 했습니다. 그러자 느닷없이 그 내시가 저에게로 달려들어 저를 붙잡자, 또 하나의 내시가 당나귀를 끌고 어디론가 가버렸습니다. 보고 있던 구경꾼들이 뿔뿔이 사방으로 도망치자, 눈 깜짝할 사이에 최초의 내시가 저를 밧줄로 묶어가지고 자꾸만 끌고 가는 것이 아니겠어요. 거리 사람들이 뒤에서 쫓아와 이구동성으로, "이런 짓은 알라가 용서하시지 않을 것이다! 밧줄로 묶다니, 이 청소부에게 무슨 죄가 있다는 거야?" 하면서 내시들에게는 "불쌍히 여기시어 놓아주시오. 알라께서도 당신들을 불쌍히 여겨주실 테니까." 하고 사정했습니다. 저는 저대로 마음 속으로 "필경 저 귀부인께서 부스러기 고기 냄새를 맡고 속이 메스꺼워져서 내시들을 시켜 나를 붙잡게 했을게다. 어쩌면 잉태중이거나 어디 아픈 데라도 있는지 몰라. 그렇지만 영광되고 위대한 신 알라 외에 주권 없고 권력 없도다!"하고 중얼거리면서 내시 뒤를 따라갔습니다. 일행은 어느 커다란 저택 앞에서 걸음을 멈추더니 앞서서 안으로 들어가, 저를 커다란 방으로 데리고 갔습니다. 그 내부 시설의 굉장함은 말로 할 수가 없었습니다. 이 세상에 이런 데가 또다시 있을까 싶을 정도의 호화 가구들이 놓여져 있었습니다. 여자들도 뒤따라 이 방으로 들어왔습니다. 저는 결박되어 내시들에게 체포된 채 혼잣말을 했습니다. '필경 나는 여기서 얻어 맞고, 아무도 모르게 죽고 말 것이다.'

그런데 얼마가 지난 후 그들은 저를 홀에서 끌어내어 깨끗한 목욕탕으로 끌고 갔습니다. 거기 앉아 있자니까, 갑자기 어린 노예 계집 세 사람이 나타나 제 주위를 둘러싸고서 말했습니다. "당신이 입고 있는 그 누더기를 벗어버려요." 그래서 내가 입고 있는 누더기를 벗자, 하나는 제 발을 문지르고, 또 하나는 머리를 문지르고, 세번째 여자는 몸을 문지르기 시작했습니다. 다 씻기고 나더니 이번엔 한 꾸러미의 옷을 가지고 와서 "자, 이것을 입어요." 하고 말하길래, 저는 "신에 맹세코, 아무것도 모를 일인데!"하고 중얼거렸습니다.

소녀들은 제 옆으로 가까이 와서, 모두가 웃으면서 저에게 옷을 입혀주었습니다. 그것이 끝나자 장미수가 가득 든 향수병을 가지고 와서 제 몸에 온통 뿌려주었습니다. 그 다음 그들의 안내로 또 다른 방으로 끌려 갔습니다. 거기 걸려 있는 그림이며, 가구집기며, 호화로운 꾸밈새는 말로는 표현할 수 없을 정도였습니다. 그 방으로 들어가보니, 인도산 등나무로 만든 긴의자에 누군지 알 수 없는 사람이 혼자 앉아 있었습니다.

―샤라자드는 날이 훤히 밝아오는 것을 깨닫자, 여기서 허락된 이야기를 그쳤다.

• 284일째 밤

샤라자드는 말을 이었다. 오, 인자하신, 임금님, 청소부는 이야기를 계속했습니다.

─방으로 들어서자, 상아가 달린 인도산 긴의자에 누군지 모를 여자 하나가 앉아 있고, 그 앞에 많은 수의 젊은 여자들이 늘어서 있었습니다. 그 귀부인은 나를 보자, 일어서서 저를 불렀습니다. 제가 가까이 가자, 자기 옆에 앉히고는 식사를 가져오라고 노예 계집들에게 명령했습니다. 얼마 후 나온 산해진미의 맛좋은 음식은 저 같은 것은 어머니 뱃속에서 나온 이래 본 적도 없는 호화로운 식사였습니다. 그 음식의 맛은 고사하고 이름조차 알 수 없었습니다. 배불리 먹고 손을 씻고 나자, 이번에는 귀부인이 과일을 가져오라고 명령했습니다. 이내 과일이 오자, 저에게 먹으라고 권했습니다. 먹고 나자, 이번에는 시녀에게 주안상을 차려오라고 명령했으므로 여러 가지 술이 든 술병을 늘어놓고, 있는 대로의 향로에다 향을 피우라고 명령했습니다. 그러자 달처럼 잘생긴 처녀가 하나 일어서서 뜯는 현의 가락에 맞춰 술을 돌렸습니다. 저도 마시고, 부인도 마셔 둘이 다 만취가 되어버렸는데, 저는 그 동안에도 이것이 꿈인지 생시인지 분간 못할 정도로 흥분했던 것입니다.

이윽고 귀부인은 시녀 하나에게 어디어디에다 잠자리를 마련하라고 명령했는데, 준비가 끝나자, 제 손을 잡고 안내하여 함께 잠자리에 들어 아침까지 잔 것입니다. 여자의 몸을 가슴에 껴안을 때마다, 몸에서 풍겨나오는 사향 냄새와 그밖의 향그러운 냄새가 코를 찔러 마치 천국에라도 올라간 것만 같고, 아니면 애처로운 꿈의 환상 속에서 놀고 있는 것만 같았습니다. 날이 훤히 밝자, 여자가 나의 집을 묻길래 "이러이러한 곳입니다." 하고 가르쳐주었습니다. 그러자 수놓은 손수건에다 무엇을 싸서 나에게 주며 "이 길로 목욕탕에 가세요." 하고 작별인사를 고했습니다. 저는 기뻐서 비록 동전이 다섯 닢밖에 들어 있지 않더라도 오늘은 아침식사를 사 먹을 수 있겠다고 마음 속으로 흐뭇하게 생각했습니다. 마치 천국에라도 작별인사를 하는 것처럼 애착을 두고 여자 곁을 떠나 오두막집으로 돌아왔습니다. 그러고서 손수건을 열어보니, 금화가 50디나르나 들어 있는 것이 아니겠습니까! 그래서 나는 이것을 땅 속에다 묻고, 잔돈 두 닢으로 빵과 식료품을 사가지고 문간에 앉아서 아침식사를 했습니다. 다 먹고 나서 생각에 잠겨 있는 동안 어느 새 오후의 기도시간이 되었는데, 마침 그때 노예 소녀 하나가 나에게 말을 걸었습니다. "아씨께서 당신을 부르십니다."

소녀 뒤를 따라 아까 말씀드린 그 저택에 당도하니 소녀는 문지기의 허가를 얻어 예의 그 귀부인의 방으로 저를 안내해주었습니다. 제가 마루에 꿇어 엎드리니 여자는 옆에 앉으라고 하고는 어제와 마찬가지로 먹을 것과 술을 갖다놓게 했습니다. 주연이 끝나자 또다시 저는 밤새도록 그 여자와 베개를 나란히 하고 잤습니다. 이튿날이 되자 그 여자는 또다시 50디나르가 들어 있는 다른 손수건을 주었으므로, 저는 이것을 받아들고 집으로 돌아와 어제와 마찬가지로 돈은 땅에 묻어버렸습니다.

계속해서 8일 동안을 이런 식으로 오후의 예배 시간에 여자한테로 가서는 날이 훤히 밝을 무렵에야 작별인사를 고하곤 했습니다. 그러던 중 8일 되는 날 밤, 여자와 함께 자고 있는데, 뜻밖에도 노예 계집 하나가 달려 들어와서 저에게 말했습니다. "자, 일어나서 저쪽 방으로 가주세요." 그래서 저는 자리에서 일어나 정문 위쪽에 있는 조그만 방으로 들어갔습니다. 그러자 얼마 후 와글와글 떠드는 시끄러운 사람들의 소리와 말발굽 소리가 들려왔으므로 한 길쪽으로 난 창으로 내다보았더니 보름날 밤에 떠오른 달님과도 같은 젊은이가 하나, 많은 하인과 부하들을 거느리고 말을 타고 오는 게 아니겠습니까. 그 젊은이는 문 앞에 이르러 말에서 내려 방 안으로 들어왔는데, 그곳에는 예의 그 귀부인이 긴의자에 앉아 있었습니다. 젊은이는 몸을 구부려 바닥에 꿇어 엎드려 여자 곁으로 다가와서 그 손에 입을 맞추었습니다. 그러나 그 여자는 조금도 아는 체를 하지 않았습니다. 그래도 젊은이는 연신 굽실거리며 여자를 위로하기도 하고, 달래기도 하는 바람에 드디어 여자의 화도 풀리어 결국 동침을 하는 것이었습니다.

―샤라자드는 날이 훤히 밝아오는 것을 깨닫자, 여기서 허락된 이야기를 그쳤다.

● 285일째 밤
샤라자드는 말을 이었다. 오, 인자하신 임금님, 청소부는 다시 이야기를 계속했습니다.
―자, 젊은 서방님은 젊은 아내와 화해한 다음에 그날 밤 동침했습니다. 이튿날 부하가 모시러 오자, 젊은 서방님은 말을 타고 나갔습니다. 그러자 예의 그 여자가 저에게로 와서 말했습니다. "당신, 그 사나이를 보셨어요?" "네, 보았습니다." 하는 제 대답에 여자는 이러는 게 아니겠어요. "그 사나이는 내 남편이에요, 이제부터 우리들 둘 사이의 경위를 말하겠어요. 실은 말이에요, 어느 날, 남편과 내가 함께 우리집 정원에 앉아 있었는데, 남편은 내 곁을 떠나 좀처럼 돌아오지 않았어요. 나는 기다리다 지쳐 '필경 화장실에 가셨을 거야' 하고 혼잣말을 했지요. 그러고 나서 화장실에 가 보지 않았겠어요. 그런데 거기 안 계시기에 부엌으로 가 보았더니 노예 계집이 하나 있더군요. 서방님 어디 계신지 모르느냐 하고 물었더니, 그 여자는 찬모와 동침하고 있는 남편을 나에게 보여주지 않았겠어요. 그 광경을 보고서 나는 바그다드에서 가장 더러운 남자와 불의의 관계를 맺어보리라 하고 굳은 맹세를 했지 뭐예요. 내시가 당신을 붙잡는 날까지 나는 꼬박 나흘 동안 온 시내를 다 돌아다니며 내가 원하는 사나이를 찾고 있었는데 당신보다 더 더러운 사나이를 찾을 수 없었던 거예요. 그래서 당신을 붙잡아서 알라께서 정해주신 그대로의 일이 우리들 둘 사이에서 벌어졌던 셈이지요. 그래서 이제는 그 맹세는 훌륭히 이행된 셈이에

요." 그러고 나서 또 덧붙였습니다. "하지만 남편이 다시 찬모에게 돌아가서 동침하는 날엔 나도 그전대로 구실을 찾아서 당신을 사랑해 드리겠어요." 저는 여자의 화살 같은 눈초리를 받으면서 여자의 입에서 새어나온 이 말을 들었을 때, 눈물이 폭포처럼 쏟아져내려 끝내는 눈시울이 붉어져서 이런 노래를 중얼거렸던 것입니다.

    용서해다오. 그 왼손에
    열 번의 입맞춤을.
    왼손은 오른손보다
    자못 귀중함을 알아야 하느니,
    이제 왼손은 목욕을 하여
    성스러운 것을 씻어 없앴노라.

그러고 나서 여자는 또다시 50디나르를 꺼내어(전부 금화 400닢을 받은 셈이 됩니다) 주며 떠나라고 명령했습니다. 그래서 저는 작별인사를 고하고 이곳에 왔습니다만, 알라(칭송할지어다!)께 기도를 올려 그 여자의 남편이 다시 한 번 그 찬모와 바람을 피워서 나도 그 여자의 사랑을 받았으면 하고 바랐던 것입니다.

경비대장은 이 이야기를 듣자, 곧 청소부를 석방하며, 옆에 있는 사람들에게 말했습니다. "어서 당신들도 이 사나이를 위해 기도를 올려 주시오. 이 사람에게는 죄가 없으니까."

또 이런 이야기도 있습니다.

가짜 교주

하룬 알 라시드 교주는 어느 날 밤 잠이 도무지 오지 않아서 바르마키 가(家)의 대신 자파르를 불러 말했습니다. "왜 이리 마음이 울적할까? 오늘밤은 어디 바그다드의 거리를 걸어다니며 민정 시찰을 하면서 울적함을 풀어볼까? 그러나 아무 눈에도 띄지 않게 장사꾼 차림으로 변장하여 가는 것이 제일 좋겠군." 그러자 대신은 "알았습니다." 하고 대답했습니다. 그래서 두 사람은 그때까지 입고 있던 훌륭한 옷을 벗어버리고는 장사꾼 복장으로 변장하고서 교주와 자파르 외에 검사 마스룰을 합하여 모두 세 사람이 궁전을 나섰던 것입니다. 여기저기를 걸어다니고 있던 중 티그리스 강가에 이르자, 노인 하나가 조그마한 배를 띄우고 앉아 있었습니다. 그래서 세 사람은 옆으로 다가가서 인사를 하고 나서 말을 건넸습니다. "영감님, 부탁 하나가 있는데, 그 배에 우리를 태워 선유 겸 아래쪽으로 좀 가주지 않겠습니까? 자, 뱃삯으로 이 돈을 드리지요."

　―샤라자드는 날이 훤히 밝아오는 것을 깨닫자, 여기서 허락된 이야기를 그쳤다.

● 286일째 밤

　샤라자드는 말을 이었다. 오, 인자하신 임금님, 세 사람이 노인에게 "영감님, 부탁 하나가 있는데, 그 배에 우리를 태워 선유 겸 아래쪽으로 좀 가주지 않겠습니까. 자, 뱃삯으로 이 돈을 드리지요."
하고 말하자 노인은 대답했습니다. "아무도 티그리스 강에서 선유
를 할 수는 없습니다. 매일 밤, 교주이신 하룬 알 라시드님께서 어
선(御船)을 타시고 티그리스 강에서 선유를 즐기시며, 시종 이렇
게 외치거든요. '여봐라 신분의 고하, 노유의 구별없이 모두 잘 들
어라. 밤에 티그리스 강에 배를 띄웠다가 들키는 날엔 목을 베거
나 아니면 돛대에 매달겠다!' 하마터면 당신네들도 교주님께 들
킬 뻔했소이다. 어선이 이쪽으로 오는 수도 있으니까요."

그러나 교주와 자파르는 말했습니다. "영감님, 이 2디나르를 드
릴 테니 저기 저 홍문 아래에다 배를 대줄 수 없겠습니까? 교주의
배가 지나갈 때까지 거기 숨어 있을 수 있도록 말이오." 노인은
"그럼, 그 돈을 이리 주시오. 전능하신 알라께 매달려 어디 한번
해볼 테니까!" 하고 대답하고 나서 2디나르를 받자, 두 사람을 조
그만 배에 태웠습니다. 둑을 떠나 배를 저어가고 있는데, 마침 그
때 뜻밖에도 횃불과 화롯불을 휘황찬란하게 태우며 강 한가운데를
교주의 유람선이 내려오고 있는 것이 아니겠습니까. 노인은 "보십
시오, 내 말대로 교주님은 밤마다 이 강을 내려오신다니까요." 하
고 말하고서 입속에선 언제까지나 "오, 수호신이여, 당신의 가호로
휘장을 걷어내지 않도록 해주옵소서!" 하고 중얼거리고 있었습니
다. 그러고 나서 배를 홍문 아래에다 대놓은 다음 검은 천으로 두
사람을 가렸으므로, 두 사람은 휘장 아래에서 저쪽 배의 상태를
살필 수 있었습니다. 어선의 이물에는 스마트라산 침향(沈香)에다
불을 붙인 순금제 홰를 한손에다 든 사나이 하나가 장승처럼 서
있었습니다만, 그 복장은 새빨간 비단옷을 입고 있고, 머리에는 모
스르 형의 폭이 좁은 터번을 두르고 있고, 한쪽 어깨에는 붉은 비
단으로 만든 소매가 긴 겉옷을 걸치고, 한쪽에는 침향을 가득 담
은 초록색 비단 주머니를 매달아 놓았는데, 이것을 횃불 대신으로
사용하고 있었던 것입니다. 고물 쪽을 보니 이것 또한 그 몸차림
이 먼젓번 사나이와 똑같은 사나이가 하나 한 손에 홰를 들고 서

있었습니다. 어선 안에는 좌우로 죽 늘어선 백인 노예가 약 200명, 순금제 옥좌 한복판에는 보름달처럼 수려하게 생긴 젊은이가 하나 노란 금실로 수를 놓은 까만 옷을 입고 누워 있었습니다. 그리고 그 앞에는 대신 자파르인 듯싶은 사나이가 앉아 있고, 머리맡에는 마스룰인 듯싶은 내시가 칼을 뽑아들고 서 있었습니다. 이밖에 술상대의 일행도 서 있었습니다.

교주는 이 광경을 보고서 돌아다보며 말했습니다. "여봐라, 자파르." "오, 참된 신자이신 임금님, 어째서 부르십니까?" 하고 대신이 대답하자 교주는 다시 말을 이었습니다. "어째 저자는 내 아들 알 아민이 아니면 알 마아문 같구나." 그 다음 옥좌에 앉아 있는 젊은이를 유심히 바라보고서 그 아름다운 용모와 균형이 잡힌 풍채가 더할 나위 없이 훌륭한 것을 알아차린 교주는 대신 자파르에게 말했습니다. "과연 저 젊은이는 교주로서의 품위를 조금도 손상시키지 않을 자격이 있는 놈이군! 그리고 저것 좀 보라구, 자파르, 저 앞에 서 있는 저자는 그대와 조금도 다를 것이 없잖아. 머리맡에 서 있는 내시는 마스룰 그대로이며, 가신(家臣)들도 모두가 내 가신들과 조금도 다른 것이 없어. 자파르, 이것 참, 기가 막힐 노릇이군!"

―샤라자드는 날이 훤히 밝아오는 것을 깨닫자, 여기서 허락된 이야기를 그쳤다.

• 287일째 밤

샤라자드는 말을 이었다. 오, 인자하신 임금님, 교주는 이 광경을 보고서 기가 막혀 외쳤습니다. "이거 참, 기가 막힐 노릇이군!" 자파르도 또한 "오, 충성된 자의 임금님, 저도 동감입니다." 하고 말했습니다. 이윽고 어선은 자꾸만 노를 저어 세 사람 앞을 지나 그 모습이 사라지고 말았습니다. 그러자 선장은 배를 강 한가운데로 저어나가며 "무사히 난을 면하게 된 것을 알라께 감사합시다! 아무에게도 들키지 않았으니까." 교주가 "여보, 교주님은 티그리스 강을 밤마다 지나가시는 건가?" 하고 묻자, 사공은 "네, 나리, 금년에 들어서서는 밤마다 저런 상태입니다." 하고 대답했습니다. 그래서 알 라시드 교주가 말하기를 "영감님, 내일 밤도 여기서 우리들을 기다리고 있지 않겠소? 금화로 5디나르 드리겠소. 우리들은 알한다크 가에 묶고 있는 나그네들이요. 천하를 주유하며 기분전환하고 싶단 말이오." 노인은 "그렇게 하도록 하죠!" 하고 대답했으므로, 교주와 자파르와 마스룰은 사공과 헤어져 궁전으로 돌아와 장사꾼 옷을 벗고서 훌륭한 옷으로 갈아입고서, 각자의 자리에 앉았습니다. 이윽고 태수와 대신과 시종과 중신들이 입궐하여 알현실은 언제나처럼 사람들로 붐볐습니다.

그러나 날이 저물어 모두가 퇴궐하여 집으로 돌아가자 교주는 대신에게 말했습니다. "여봐라, 자파르, 이제부터 가서 제2의 교주를, 구경하면서 갑갑증을 풀어볼까?" 이 말을 듣고 자파르도 마스룰도 한바탕 크게 웃은 다음, 세 사람은 장사꾼 차림으로 변장하고서 뒷문으로 해서 몰래 빠져나가, 신이 나서 거리를 걸어갔습니다. 티그리스 강가에 와보니 어젯밤의 영감이 틀림없이 일행이 오기를 기다리고 있었습니다. 세 사람이 배에 올라 타 채 자리에 앉기도 전에 예의 그 가짜 교주의 어선이 이쪽으로 다가오고 있었습니다. 조심하여 지켜보고 있노라니까, 어젯밤과는 다른 백인 노예병이 한 200명쯤 쭉 늘어서 있고, 햇불을 든 두 사람은 여전히 큰 소리로 외쳐대고 있습니다. 그래서 교주는 말했습니다. "여봐라, 대신, 이러한 사건을 소문으로 들었다 해도 도저히 나에게는 믿겨지지 않았을 거야. 그러나 이 눈으로 분명히 보았으니 말이오." 그러고 나서 사공에게 "영감님, 20디나르를 받으시고 저 배와 나란히 저어주시오. 저쪽은 밝은 데 있고, 이쪽은 어두운 곳에 있으니까 이쪽에서 구경하면서 흥을 내도 저쪽에선 보이지 않을 터이니 말이오." 하고 말하자, 사공은 돈을 받은 다음 어선의 그늘에 숨어서 나란히 저어 나갔습니다.

―샤라자드는 날이 훤히 밝아오는 것을 깨닫자, 여기서 허락된 이야기를 그쳤다.

• 288일째 밤

샤라자드는 말을 이었다. 오, 인자하신 임금님 하룬 알 라시드 교주는 노인에게 말했습니다. "자, 20디나르를 줄 테니 저 배와 나란히 저어 주시오." "네, 알았습니다." 하고 사공은 대답하고 나서 어선 옆에 숨어서 나란히 저어 나갔습니다. 그러던 중 정원이 몇 씩이나 있는 곳에 오게 되어, 높다란 담을 두른 곳이 보였습니다. 얼마 후 어선은 어느 통용문 앞에다 닻을 내렸는데, 자세히 보니, 기슭에는 하인들이 안장을 놓고, 굴레를 씌운 암탕나귀를 대령해 놓고 있었습니다. 가짜 교주는 여기서 배를 내리자, 당나귀에 올라타, 큰 소리로 외치고 있는 횃불잡이들을 앞세우고 부지런히 움직이고 있는 하인들을 맨 끝으로 하고서, 신하들과 술 상대와 함께 그곳을 떠났습니다. 그래서 하룬 알 라시드 교주도 자파르와 마스룰과 함께 육지로 올라, 웅성거리고 있는 하인들을 헤치고 앞으로 나가 걸었습니다. 그러나 마침내 횃불잡이들은 장사꾼 복장을 한 세 사람의 이국인이 눈에 띄자, 몹시 화를 냈습니다. 그러고는 세 사람을 또 하나의 교주 앞으로 끌고 갔습니다. 가짜 교주는 세 사람을 흘겨보며 "무슨 일로 여길 왔느냐? 이 시각에 무슨 볼일이 있어서 온 거야?" 하고 물었습니다. 그래서 세 사람이 "우리 임금님, 저희들은 멀리 고향을 떠나온 이국의 장사꾼인데, 실은 오늘 이곳에 도착하여, 바람을 좀 쐬러 나온 것입니다. 그러자 뜻밖에도 임금님께서 오시게 되었고, 이 사람들이 저희들을 붙잡아 임금님 앞으로 끌고 온 것입니다. 저희들의 이야기는 이것뿐입니다." 하고 대답하자, 가짜 교주는 말했습니다. "그대들은 이국인이니까 그대로 두겠다만 만일 바그다드에서 온 자들이라면 이 자리에서 당장 목을 벨 것이다." 그러고 나서 자기 대신을 돌아다보며 "이자들을 함께 데리고 오너라. 오늘밤은 우리들의 손님이니까." 하고 말하자, 대신은 "네, 우리의 임금님, 알겠습니다." 하고 대답했습니다. 대신은 그들을 기초가 튼튼한 우러러볼 만큼 웅장한 궁전으로 데리고 왔습니다. 어떠한 왕후도 이런 궁전을 가지고 있는 사람은 없을 것입니다. 속세를 내려다보며 높이 솟아 오른 그 꼭대기는 구름에 닿을 정도였습니다. 문은 타는 듯 눈부신 황금을 아로새긴 인도산 티크로 만들어져 있었고, 이것을 열고 안으로 들어가면 왕후의 거실로 나오게 되고, 그 한가운데에는 높은 단으로 둘러싸인 분수가 만들어져 있었습니다. 그리고 양탄자와 금실로 만든 보료, 베개, 장의자, 방장 등으로 장식되어 있었습니다. 그리고 또 그 굉장한 가구집기로 말하자면, 눈도 어리고, 이루 다 말로 할 수 없을 정도입니다. 그리고 문에는 이런 시구가 새겨져 있었습니다.

> 현세의 모든 아름다움으로써
> 장식한 이 왕궁에
> 축복과 찬미 있으라!
> 가지가지의 이상한 광경도
> 왕궁에 가득 차 있으니
> 그 영광을 적으려 해도
> 그저 표현할 수 없구나.

가짜 교주는 가신들을 거느리고 안으로 들어오자, 보석을 아로새기고 노란 비단으로 꾸민 기도용 양탄자를 깐 옥좌 위에 앉았습니다. 그러자 대신들도 각기 자리를 잡고 앉고, 칼을 든 칼잡이도 교주 앞에 섰습니다. 이윽고 식탁이 마련되자 모두들 식사를 했고, 식사가 끝나자 손을 씻었습니다. 그러자 다음은 주안상이 마련되었는데 술병과 술잔이 질서정연하게 상 위에 놓여졌습니다. 빙빙 돌던 술잔이 하룬 알 라시드 교주에게로 오게 되자, 교주는 매몰차게 잔을 거절했기 때문에 가짜 교주는 자파르에게 말했습니다.

"그대의 친구는 어찌하여 마시지 않는가?" "임금님, 이 친구는 단주한 지가 벌써 오래 됩니다." 하고 자파르가 대답하자, 가짜 교주는 "이밖에도 마실 것이 있어. 사과주 따위인데 이거라면 그대의 친구 입에도 맞겠지." 하고 말하고서 사과주를 내놓으라고 명령했습니다. 하인들이 곧 이것을 가져오자, 가짜 교주는 하룬 알 라시드 곁으로 다가가서 말했습니다. "잔이 돌아올 때마다 그대는 이것을 마시는 것이 좋겠소." 그러고 나서 모두들 부어라 마셔라 하는 주연을 계속하고, 잔을 빙빙 돌리고 있는 동안 마침내 취기가 돌아 정신을 잃고 말았습니다.

―샤라자드는 날이 훤히 밝아오는 것을 깨닫자, 여기서 허락된 이야기를 그쳤다.

• 289일째 밤

샤라자드는 말을 이었다. 오, 인자하신 임금님, 가짜 교주와 그 일행이 술잔을 계속 기울이다보니 마침내 만취가 되어 정신을 잃고 말았습니다. 그래서 하룬 알 라시드는 대신에게 "자파르, 우리에게도 이만한 가신은 없어. 저 젊은이의 정체가 궁금하군!" 하고 말했습니다. 두 사람이 소곤소곤 이야기를 하고 있자니까 가짜 교주는 두 사람쪽을 흘깃 보고서, 자파르가 교주의 귀에다 뭔가 속삭이고 있다는 것을 알아차리고서 이렇게 말했습니다. "소곤소곤 귓속말을 하다니 실례가 아닌가." 그래서 자파르는 대답했습니다. "천만에요, 별로 실례되는 말을 한 것도 아닙니다. 이 친구는 그저 저에게 '나도 여러 나라를 여행하여 위대한 임금님과도 술을 같이 마셨고, 고귀한 분과도 상대했지만, 아직까지 이런 융숭한 대접을 받기란 처음이야. 다만 유감스럽게도 바그다드의 시민들이 곧잘 말하듯이―노래가 없는 주연은 뒷맛이 좋지 않거든' 하고 말했을 뿐입니다."

가짜 교주는 이 말을 듣고 생긋 웃더니, 손에 들고 있던 막대기로 둥근 징을 쳤습니다. 그러자 그 순간 문을 확 열고 들어온 것은 한 사람의 내시로, 눈이 부실 정도로 휘황찬란한 황금을 아로새긴 상아 의자를 들고 있었습니다. 그 뒤를 따라 들어온 것은 아름답고 나긋나긋한 느낌을 주는 한 처녀였습니다. 내시가 의자를 내려놓자, 그 처녀는 그 위에 걸터앉았습니다. 그 자태는 맑게 개인 푸른 하늘에 반짝이는 태양과도 같다고나 할까요. 한 손에는 인도산 비파를 들어 무릎 위에다 놓고, 어머니가 젖먹이를 품듯이 비파 위에 몸을 숙이고서 스물하고도 넷의 가락으로 서곡을 타고 나서, 비파의 음에 맞춰 노래를 불렀습니다. 거기 늘어선 사람들도 넋을 잃고는 멍하니 듣고 있을 뿐입니다. 이윽고 처녀는 최초의 가락으로 다시 돌아가 마음도 들뜰 것만 같은 가락으로 이런 노래를 부르기 시작했습니다.

> 내 가슴 속의 연심(戀心)
> 거짓과 허위도 있기에
> 털어놓고 그대에게 말하리라,
> 나는 그대가 그립다고,
> 애끓는 가슴 속의 뜨거운 불길을
> 자, 내 임이시어, 잘 보소서.
> 발갛게 짓무른 눈시울에서
> 그대 때문에 흐르는 눈물의 비.
> 모든 살아 있는 인간은
> 운명을 피할 수도 없고,
> 사랑을 몰랐던 이 몸에도
> 그대 때문에 느껴보는 사랑의 쓴맛.

가짜 교주는 처녀의 노래를 듣자, 한층 더 음성을 높여 비명을 지르며, 입고 있는 옷의 소매자락을 북 찢었습니다. 그래서 일동은 젊은이를 휘장으로 가리고 다른 옷을 가지고 왔습니다. 가짜 교주

는 옷을 갈아입더니 다시 술 상대가 흥을 돋구었고, 아까처럼 술
잔을 빙빙 돌렸습니다. 그리고 술잔이 자기에게로 오자, 징을 울렸
습니다. 그러자 문이 열리며 의자를 든 시동이 처녀 하나를 데리
고 들어왔습니다. 시동이 의자를 내려놓자, 처녀는 그 위에 앉아
비파를 집어들고 가락을 맞춰 이런 노래를 부르기 시작했습니다.

> 연모의 정에 몸부림치며
> 폭포처럼 쏟아지는 눈물 때문에
> 눈이 멀어 아무것도 보이지 않는데
> 무엇 때문에 이다지도 참아야 하는가?
> 아, 신에 맹세코, 이 몸에는
> 삶의 기쁨, 더욱 없도다!
> 마음은 속속들이 좀 먹었는데
> 어찌 마음이 즐거우랴?

젊은이는 이 노래를 들은 순간, 한층 더 높은 소리로 외치더니
옷을 소매까지 북 찢었습니다. 그래서 모두들 다시 휘장을 내리치
고서 갈아입을 옷을 또 한 벌 가지고 왔습니다. 젊은이가 이 옷을
입자, 다시 아까처럼 자리에 앉아 즐겁게 이야기를 하기 시작했는
데, 잔이 돌아 자기에게로 오자, 다시 징을 울렸습니다. 그러자 의
자를 든 내시 뒤에서 아까보다도 더 아름다운 처녀가 나타나, 의자
에 앉아 비파를 손에 집어들고 이런 노래를 부르기 시작했습니다.

> 야속하게 굴지 마소서
> 뽐내며 가슴을 펴지 마소서.
> 그대의 목숨에 맹세코
> 사모해 마지않는 이 마음!
> 탄식해 마지않는 박복한
> 사랑의 노예에 정을 쏟아

연정 때문에 몸을 애태우는
불쌍한 처녀를 위해 울어주소서.
병들어 수척한 몸이건만
꿈인가 생시인가 법열 속에
신에게 비는 것은 오직 하나
그대의 마음에 들게 하소서 하고.
오, 마음 속 그 구석에
깃들어 사는 보름달이여!
그대 곁에 바싹 다가서면
무엇이 이 머리에 떠오를까?

가짜 교주는 처녀의 노래를 듣자, 높은 소리로 고함을 지르더니 또다시 옷을 찢었기 때문에 일동은 휘장을 내리치고 새 옷을 가지고 왔습니다. 이윽고 젊은이는 술 상대와 이전처럼 흥을 돋구고, 잔을 빙빙 돌렸습니다. 그리고 잔이 자기에게로 돌아오자, 네번째의 징을 울렸습니다. 문이 활짝 열리며 의자를 든 시동이 처녀를 하나 데리고 들어왔습니다. 시동이 의자를 바닥에 내려놓자 처녀는 그 위에 앉아 비파를 타며 노래를 불렀습니다.

쓰라린 이별은 언제까지인가?
지나간 옛날의 기쁨은
또 어느 날엔가 다시 돌아올까?
같은 집에서 기거하며
즐겁게 보낸 어제건만
함께 정답게 얘기하던
벗도 이젠 마음 속에 없네.
변덕 많은 세월로
오호라, 연분은 끊어지고,
단란하던 집도 이제는 벌써

황폐할 대로 황폐해진 폐옥이러라.
불평의 도배는 내 사랑을
버리라고 원하는가 이 나에게?
그래도 내 가슴 세상의 비난에
마음 상할 일도 없다.
자, 비난하지 말고
미련없이 뉘우치게 하라.
마음을 위로해주는 갖가지
추억을 간직하고 즐거워하리라.
우리들의 굳은 맹세를
깨뜨려버린 내 임이시어
나의 영혼을 움켜쥔 그대의 손은
좀처럼 늦춰지지 않으리.

 가짜 교주는 처녀의 노래를 듣자, 고함을 지르며 옷을 찢었습니다.

 ─샤라자드는 날이 훤히 밝아오는 것을 깨닫자, 여기서 허락된 이야기를 그쳤다.

• 290일째 밤
 샤라자드는 말을 이었다. 오, 인자하신 임금님, 가짜 교주는 처녀의 노래를 듣자, 고함소리를 지르고, 옷을 찢고, 기절하여 바닥에 쓰러졌습니다. 그래서 모두들 아까처럼 젊은이 위로 휘장을 치려고 했습니다만, 매듭을 맨 데가 잘 풀리지 않았습니다. 하룬 알 라시드는 짐짓 젊은이를 바라보고 있었는데, 그 몸에 종려나무 채찍으로 맞은 흔적이 있는 것을 알게 되자, 자파르에게 말했습니다. "저 젊은이는 잘생긴 청년이긴 하지만 본성이 언짢은 도적임이 틀림없어!" "오, 충성된 자의 임금님, 어떻게 그것을 아셨습니까?"

하고 자파르가 묻자, 교주는 대답했습니다. "그 자의 늑골있는 곳에 채찍 자리가 나있는 것을 보지 못했나?"

사람들은 휘장을 내리치고, 새 옷을 가지고 왔습니다. 젊은이는 이것을 입고, 아까와 마찬가지로 자리에 앉아 부하와 동무를 상대했습니다. 얼마 있다 교주와 자파르가 소곤소곤 속삭이는 것을 보고서 두 사람에게 말을 건넸습니다. "손님들, 무슨 얘기죠?" 그러자 자파르가 대답했습니다. "우리 임금님, 별로 언짢은 얘기도 아닙니다. 다만 이 친구가 이러는군요. 이 자는(임금님께서도 이미 아시고 계시는 바와 같이) 제 동료 상인으로, 세계 도처를 돌아다니면서 임금님이나 훌륭한 분들과 상종해온 친구입니다만—'이거 정말, 우리 임금님이 오늘 밤 하신 일은 미처 생각도 못했던 호화판이군. 나는 어느 나라에서도 이런 짓을 하시는 분을 본 적이 없어. 글쎄, 한 벌에 1000디나르나 하는 옷을 찢어버리시다니 확실히 낭비도 도가 지나쳐.'" 그러자 가짜 교주는 말했습니다. "그래요, 하지만 돈도 내 것, 옷도 내 것, 게다가 이 옷은 부하나 하인들에게 하사품으로 주는 거요. 찢어진 옷은 여기 있는 술 상대에게 하나씩 주는 것인데, 그때마다 500디나르를 덧붙여서 주는 것으로 되어 있소." 그래서 대신 자파르는 "우리 임금님, 임금님께서 하신 일은 참 잘하신 일이십니다." 하고 대답하고서 이런 시구를 노래 불렀습니다.

> 임의 손안에 있는 공덕으로
> 저택은 섰도다 대번에.
> 산 같은 재물을 백성에게
> 나눠주시는 님이시기에
> 비록 공덕에 그 문을
> 굳게 닫고 열어주지 않는다 하더라도
> 임의 손은 열쇠되어
> 잠긴 자물쇠도 열 수 있도다.

젊은이는 대신 자파르가 부른 노래를 듣자, 돈 1000디나르와 옷 한 벌을 하사하도록 하라고 명령했습니다. 이윽고, 잔은 돌아 술맛도 한층 더 좋아졌습니다만, 잠시 후에 교주가 자파르에게 말했습니다. "옆구리 상처를 물어봐. 어떤 대답을 하는지 알고 싶으니." 쟈파르가 "임금님, 쉿, 조용하세요. 서둘지 마시고 마음을 가라앉히십시오. 꾹 참으시는 게 제일입니다." 하고 대답하자, 교주는 거듭 말했습니다. "내 목숨과 알 아바스(모하메드의 숙부 아바스조의 교주)의 거룩한 무덤에 맹세코, 그대가 묻지 않는다면 목숨이 위태로울 것이다." 두 사람이 하는 짓을 보고서 젊은이는 대신을 돌아다보며 물었습니다. "뭔가 귓속말을 하고 있는데 그대도 그렇고 그대 친구도 그렇고 어째 수상해. 자초지종을 이야기해보아라." "별로 언짢은 일은 아닙니다." 하고 쟈파르는 시침을 딱 떼었습니다만 가짜 교주는 "자초지종을 이야기해보아라. 무엇이든 감추지 말고." 하고 말했으므로 대신은 대답했습니다. "우리 임금님, 실은 이 친구가 임금님의 옆구리에 채찍과 종려나무 가지로 맞은 흉터를 보고서 깜짝 놀라 '어쩌다가 교주님이 매를 맞았을까?' 하고서 그 까닭이 알고 싶다는 겁니다." 젊은이는 이 말을 듣고 생긋 웃으며 "그럼 이야기하지. 내 신상 이야기는 세상에 다시 없을 만큼 신기한 거요. 눈 한구석에 바늘로 새겨 두면 따끔한 맛을 보아도 좋을 자에게는 좋은 교훈이 될 것이다." 하고 한숨을 쉬고 나서 이런 시구를 중얼거렸습니다.

　　세상에도 기구한 나의 이야기
　　사랑을 걸고 나는 맹세한다
　　내가 가는 길은 점점 더
　　깊은 수심에 잠기리라!
　　내 이야기 듣고 싶거든
　　어서 귀를 기울이라
　　여기 모인 사람들은 모두

조용히 귀를 기울이라.
담긴 뜻 너무도 깊기에
내 말에 조심하여
내 말에 거짓이 없고
참된 이야기로 알지어다.
나는 비련의 애욕에
끝내 쓰러진 자이니
나를 죽인 저 여자는
청정무구한 진주니라.
인도의 칼날 그대로의
칠흑같은 눈매를 하고
활처럼 생긴 눈썹은 화살을 쏜다.
나는 마음 속에서 깨달았느니
당대의 교주, 오랜 혈통인
우리들의 도사 여기에 계심을.
다음 사람은 대신으로서
자파르라고 일컫는
지체도 높은 벼슬아치의
서자로서 태어난 귀인이로다.
세번째 그 사람은
검사 마스룰,
그대 만약 내 말에
진실이 있다고 인정하면
내 소망은 모두
이로 해서 이루어지니 나의 마음
더할 나위 없는 환희에 넘치리.

이 노래를 듣고 자파르는 자기들은 당신께서 말씀하신 그런 사람들은 아니라고 애매하게 대답했습니다. 그러나 젊은이는 껄껄 웃으며 말했습니다. "실은 내 임들이시요, 나는 충성된 자의 임금님이 아닙니다. 이 고장의 사람들을 내 뜻대로 하기 위하여 교주라는 이름을 사칭한 데 지나지 않습니다. 진짜 이름은 보석상 알리의 아들 모하메드 알리라고 하고, 부친은 바그다드의 귀족이었습니다. 부친은 저세상으로 가실 때 많은 금은, 진주, 산호, 홍옥, 감람석 따위의 보석 외에 저택, 토지, 목욕탕, 벽돌공장, 과수원, 화원 등을 남겨주었습니다. 그런데 어느 날, 내가 내시와 하인들에게 둘러싸여 상점에 앉아 있으려니까, 뜻밖에도 처녀 하나가 암탕나귀를 타고, 달처럼 아름다운 세 명의 처녀들을 거느리고 우리 가게로 왔습니다. 가게 앞에서 당나귀를 내려 내 옆에 앉아 '이 가게가 보석상 모하메드님의 가게인가요?' 하고 물었습니다. '네, 그렇습니다. 그리고 제가 바로 그 사람입니다. 어떤 물건을 요구하시건 장만해드리겠습니다' 하는 내 대답에 여자가 '나에게 알맞는 보석 목걸이가 있을까요?' 하고 묻길래 나는 대답했습니다. '네, 아씨. 가게에 있는 물건을 보여드리겠습니다. 전부 내보일 테니 만약 마음에 드는 물건이 없다면 죄송합니다.' 내 가게에는 목걸이가 백 개나 있었기 때문에 이것을 그대로 여자 앞에 늘어놓았습니다. 그런데 어느 것 하나 여자의 마음에 드는 것이라곤 없고 '이제 보여주신 것보다 좀더 고급품이 필요한데요.' 하고 여자는 말했습니다. 나는 부친이 10만 디나르로 산 소형 목걸이를 가지고 있었습니다만, 그것만큼은 어떤 왕에게도 없을 그러한 일품(逸品)이었습니다. 그래서 나는 이렇게 말하지 않았겠어요. '저, 아씨, 굉장한 보석이 잔뜩 박힌 기막힌 목걸이가 하나 또 있긴 있습니다만, 그만한 것을 가진 사람은 아무도 없었습니다.' '그럼 어디 그걸 좀 보여주실까요.' 하고 여자가 말했으므로 나는 이것을 여자에게 보여주었습니다. 그러자 여자는 '이거야말로 내가 갖고 싶은 물건이군요. 목숨을 걸고 찾고 있던 물건입니다.' 하고 말한 다음 '값은 얼마나 돼죠?' 하고 물었습니다. '이것은 부친이 10만 디나르를 내고 산 물건입니다.' '그럼 5000디나르 붙여서 드리겠어요.' '아씨, 이 목걸이도 그 주인도 오직 당신 뜻대로이니 나는 아무래도 상관없습니다.' 그러나 여자는 '안돼요, 그만한 이득은 있어야 해요. 그래도 나는 아직 고맙다고 생각하고 있는데요.' 하고 말하고서 곧 일어나 급히 당나귀를 타고 '주인님, 좀 미안하지만 수고스러우나 대금을 받으러 날 따라와주시지 않겠어요. 함께 와주시면 그보다 더 반가운 일이 어디 있겠습니까?' 하고 말했습니다. 그래서 나는 가게 문을 잠그고서 여자를 따라 도중 어느 저택에 당도했습니다. 겉만 보더라도 부자이며 신분이 높은 사람의 저택이라는 것을 곧 알 수 있었습니다. 왜냐하면 그 문에 금은과 단청으로 이런 글이 새겨져 있었기 때문입니다.

> 오, 저택이여! 재앙은
> 너의 문을 통과할 수 없으리
> 너의 주인도 운명의
> 시달림을 받을 리 만무하리.
> 다른 주택, 손을
> 야속하게 대접할지라도
> 진정 너만큼은 손을
> 기꺼이 맞아들여라.

젊은 여자는 당나귀에서 내려서 안내인이 올 때까지 날더러 대문 옆의 걸상에 앉아 있으라고 이르고는 집안으로 들어갔습니다. 잠시 기다리고 있자니까 갑자기 처녀 하나가 나와 '나리, 대합실로 들어오세요. 문간에 앉아 계시다니 꼴불견이에요.' 했으므로 나는 일어서서 대합실로 들어가서 긴의자에 앉았습니다. 그러고 있는데, 이건 또 뭡니까, 이번엔 다른 여자가 나와서 말하기를 '나리, 아씨께서 돈을 드릴 테니 안으로 들어오셔서 객실 입구에서 기다리고 계시라는 분부이십니다.' 내가 안으로 들어가 앉자, 그 순간 황금의 옥좌를 가리고 있던 비단 휘장이 활짝 열렸습니다. 보니, 아까 목걸이를 산 여자가 거기 앉아 있는데, 목에 걸치고 있는 목걸이도 보름달과 같은 얼굴에 비하면 퍼렇게 흐려 있는 것처럼 보였습니다. 여자의 자태를 보고서 나는 그 아름답고도 고운 미모에 홀딱 반해 그만 넋을 잃고 말았습니다. 그러나 여자는 내 모습을 보고서 자리에서 일어나 내 곁으로 다가와, '오, 내 눈동자의 빛이여, 당신같이 아름다운 나리는 애인에게 매정하게 대하는 법인가요?' 하고 말했습니다. 내가 '아씨, 당신의 얼굴에는 '미'라는 것이 모두 모여 있습니다. 그리고 그 맵시는 감춰진 당신의 아름다움 중의 하나에 지나지 않습니다.' 하고 말하자, 여자는 대답했습니다. '저, 여보세요, 실은 나는 당신이 마음에 들었어요. 어쩌다가 여기까지 모셔오게 됐는지 나도 믿어지지 않을 정도예요' 그러고 나서 여자는 나에게로 몸을 숙이고서 입을 맞추고는 나를 가슴에 꽉 껴안았으므로, 나도 여자를 힘껏 부서져라 하고 껴안았습니다."

―샤라자드는 날이 훤히 밝아오는 것을 깨닫자, 여기서 허락된 이야기를 그쳤다.

• 291일째 밤

샤라자드는 말을 이었다. 오, 인자하신 임금님, 보석상은 다시 이야기를 계속했습니다.

―그러고 나서 여자는 내 쪽으로 몸을 숙이고서 입을 맞추자, 몸을 끌어당겨 가슴에 꽉 껴안았습니다. 여자는 내 태도에서 내가 여자의 육체를 요구하고 있다는 것을 눈치채자 이렇게 말했습니다. "여보세요, 당신은 엉뚱한 욕망을 채우고 싶으시지요? 그러나 그런 죄를 저지르거나, 음탕한 이야기를 좋아하는 분은 앞날이 좋지 않아요. 나는 아직 남자를 모르는 숫처녀이며, 이 고을에선 이름이 알려진 여자지요. 내가 누군지 모르세요?" "네, 조금도 모릅니다!" "나는 교주님의 대신 자파르의 형제이며 바르마키 가의 야아야 빈 하리드라는 자의 딸 도냐 공주라고 합니다."

나는 이 말을 듣자 뒤로 물러서며 말했습니다. "공주님, 제가 분수를 모르고 버릇없는 짓을 했다 하더라도 그것은 제 죄가 아닙니다. 저를 당신 곁에 접근시켜 당신을 사모하게 만든 장본인은 바로 당신이니까요." 그러자 여자도 이렇게 말했습니다. "걱정하실 건 없어요. 그저 알라의 뜻에 맞는 방법으로 소원을 성취하게끔 하면 되는 거예요. 나는 다 자란 여자니까 재판관을 나의 후견인으로 하여 결혼 계약에 동의케 하겠어요. 글쎄 당신과 부부의 관계를 맺는 것은 내가 하기 나름이니까요." 그리고 나서 여자는 재판관과 후견인을 불러서 서둘러서 준비에 착수했습니다. "보석상 알리의 아들 모하메드 알리는 나에게 결혼을 신청하여 지참금으로 목걸이를 주었습니다. 나도 이 결혼에 이의가 없습니다."

그래서 일동은 우리들 두 사람 사이의 결혼 계약서를 작성하고 동침에 앞서 하인들이 주안상을 준비하자, 만사가 순조롭게 진행되어 부어라 마셔라 흥겹게 술잔이 오고 갔습니다. 취기가 돌기 시작하자, 여자는 비파를 타는 처녀 하나에게 노래를 부르라고 명령했으므로 그 처녀는 비파를 손에 들고 경쾌한 가락에 따라 이런 노래를 불렀습니다.

임 오시니, 아기 사슴과 버들가지와
달님 모습에
이 눈동자 야릇하게 빛나네.
밤마다 탄식하지 않고, 자못 마음 편히 잠자는
임의 마음에 복 있으라.
착한 젊은이여, 신은 그대를 위해
한쪽 뺨의 빛을 끄려고 생각하지만
다른 쪽 뺨에는 휘황찬란한 빛을
그대로 밝게 남겨 놓았도다.
헐뜯는 무리가 나의 이름을 들어 헐뜯을 때
나는 그들을 속이리.

마치 그 이름을 못들은 체하고
그대의 이름을 거부하리.
사람들 다른 젊은이의 이름을 들고 떠들어대면
나는 기꺼이 귀를 기울이리.
그러나 내 영혼, 마음 속에서, 새어나오는
쓰디쓴 눈물에 잠기리.
진정 그대는 '미'의 예언자인 신의 은총을
한몸에 모두 모은 기적이니라.
그중에서도 그대의 아름다운 용모, 현세의
가장 큰 기적이니라.
뺨의 검은 점은 비라르(기도 시보 계의 원조)처럼 부르짖으며
신의 기도를 소리높이 외치리.
그것은 진주인가 싶은 그대의 이마를
흉악한 눈길에서 막기 위해서이니
아무것도 모르고 헐뜯는 자는
내 사랑을 없애버리려고 꾀하건만
이미 맹세한 나이니 어찌 나
이교도의 무리가 되랴?

우리들은 여자가 타는 그 오묘한 가락과 그 목소리의 아름다움에 황홀해져 그만 넋을 잃고 말았습니다. 그러자 나머지 처녀들이 차례차례로 노래를 불러 열번째의 처녀가 노래를 마치자, 이번에는 도냐 공주가 손수 비파를 손에 들고 경쾌한 가락을 타면서 이런 노래를 부르기 시작했습니다.

맹세하리라 좌우로
흔들려 마지않는 맵시에 걸고.
이별을 참는 이 가슴의
불길 같은 번민도

그대 그리워 꺼지지 않는
타오르는 마음도 가련하여라.
아, 칠흑같이 캄캄한 밤에
보름달처럼 빛나는 임이여!
모든 매력을 술잔의
눈부신 빛처럼 칭찬하는
이 나를 위해 아낌없이
임의 은총을 내려주소서.
분홍빛 볼 아름다워
가지각색의 장미꽃.
소담하게 된 도금양(桃金孃)
그도 못 미치는 아름다움.

노래를 마치자, 이번에는 내가 여자의 손에서 비파를 받아들고, 옛날 아취 넘치는 고상한 서곡을 타면서 이런 노래를 불렀습니다.

온갖 아름다움을 임을 위해
내려주신 우리 주를 칭송할지어다!
자, 이 몸이야말로 님의 노예라고
진정으로 고하리라.
오, 그 눈매로 사람들의
마음을 사로잡는 나의 님이여
그대가 힘껏 쏜
화살이 나에게 맞지 않도록
오로지 신께 기도하리라.
불과 물은 숙연(宿緣)의
원수이건만
그대 볼에는 이 둘이
함께 어울려 있음도 이상하여라.

진정 그대야말로 내 가슴의
사이르(지옥)이며, 또 나임(천국)이다.
그대야말로 쓰고도 달고
아주 달고도 쓴 것.

여자는 내 노래를 듣자, 크게 기뻐하며 이윽고 노예 계집들을 물러가게 한 다음 아주 깨끗한 방으로 안내했습니다. 거기에는 갖가지 색깔의 침대가 놓여져 있었습니다. 여자가 옷을 벗어버리자, 서로 백년가약을 맺었는데 이 여자는 아직 실을 꿰지 않은 진주이며, 아직 남자를 태운 적이 없는 암말이었습니다. 나는 이 여자를 손 안에 넣게 되어 얼마나 기뻤는지 모릅니다. 게다가 또 이 땅 위에 태어난 이래 이렇게 즐거운 밤을 보낸 적은 일찍이 한 번도 없었습니다.

―샤라자드는 날이 훤히 밝아오는 것을 깨닫자, 여기서 허락된 이야기를 그쳤다.

• 292일째 밤
샤라자드는 말을 이었다. 오, 인자하신 임금님, 보석상 모하메드 알리는 다시 이야기를 계속했습니다.
―그래서 나는 바르마키 가의 야아야 빈 하리드의 딸 도냐 공주와 백년가약을 맺었는데, 이 여자는 아직 실을 꿰지 않은 진주, 남자를 태워본 적이 없는 암말이었습니다. 나는 이 처녀를 손 안에 넣게 된 것을 기뻐하여 이런 시를 읊었습니다.

오, 칠흑처럼 캄캄한 밤이여,
사랑하는 여자의 얼굴은
밝게 빛나는 등불이기에
아침 햇빛은 소용도 없다.

산비둘기의 고리와 같이
팔은 그대 목에 감기고
이 손바닥은 그대의 입을 덮네.
이는 지복(至福)의 극치
오직 한결같이 그대를 껴안고
오직 한결같이 그대를 연모하네.

 이렇듯 가게도 집도 가족도 돌보지 않고, 꼬박 한 달 동안을 이 여자와 함께 지냈습니다만, 어느 날 아내가 말하기를 "오, 내 눈동자의 빛이여, 나의 모하메드, 오늘은 나 목욕탕에 가기로 했어요. 그러니까 내가 돌아올 때까지 당신은 이 긴의자에 앉아서 어디도 가선 안돼요." "좋아, 알았어." 하고 내가 대답하자, 아내는 나에게 맹세를 시켰습니다. 그러고 나서 아내는 시녀들을 데리고 목욕탕엘 갔습니다. 그런데 이것 좀 보세요, 여러분, 아내가 한길 끝까지 채 가기도 전에 문이 열리며 노파 하나가 들어왔습니다. 그러고는 "나리, 즈바이다 왕비께서 오시랍니다. 당신의 뛰어난 인품과 재예(才藝), 노래 솜씨의 소문을 들으셨기 때문입니다." 하고 말했으므로 나는 "안돼, 도냐 공주가 돌아올 때까지 여기서 움직이면 안돼요." 하고 대답했습니다. 그러자 노파는 거듭 "나리, 즈바이다 왕비의 노여움을 사거나, 왕비의 뜻을 거슬려 원수를 만들면 안됩니다. 자, 잠깐 가셔서 까닭을 얘기하신 뒤에 곧 돌아오시면 되지 않아요." 하고 졸라댔으므로, 나는 곧 일어서서 즈바이다 왕비에게로 따라갔습니다. 왕비 앞으로 나아가자 왕비는 나에게 말했습니다. "오, 눈동자의 빛이여, 당신이 도냐 공주의 애인이오?" "저는 왕비님의 종입니다." 하고 대답하자, 왕비는 또 "소문대로 과연 당신은 훌륭한 서방님이시고, 집안도 좋고, 어디 하나 흠 잡을 데가 없는 품격을 갖추고 있군요. 글쎄, 세상 소문 정도가 아니군요. 그렇다면 어디 노래를 하나 불러보시오." 하고 말했습니다. 내가 "알았습니다." 하고 말하자 왕비는 비파를 가지고 왔으므로 나는 비파의 가락에 맞추어 이런 노래를 불렀습니다.

> 박복한 애인의
> 하소연에 지쳐
> 번민한 결과, 아아, 몸은
> 뼈와 가죽만 남게 수척하였네.
> 고삐를 잡고 낙타를 모는 사람
> 그 누구인가? 그는 다른 사람 아닌
> 교자에 앉은 가인(佳人)을
> 연모하는 그 사나이니라.
> 나는 저 천막에 사는
> 보름달과도 같은 미모의 여자를
> 신의 손에 맡기련다.
> 비록 나의 눈길 사랑하는 여자에게
> 닿을 가망 없을지라도.
> 이제 웃는 여자의 마음도
> 일순 후에는 노여움으로 변하고
> 그 아리따운 수줍음 달콤하여라.
> 그리운 여자의 몸놀림,
> 그 말씨, 그밖의 모든 것을
> 사랑하는 사나이에게는
> 한사코 모두 살갑기만 하여라.

내가 노래를 끝내자, 왕비는 나에게 말했습니다. "아무쪼록 알라시여, 이 사람의 몸과 목소리를 지켜주옵소서! 정말 맵시며, 교양이며, 노래 솜씨며 무엇 하나 나무랄 데가 없군요. 하지만 도냐 공주가 돌아오기 전에 어서 댁으로 돌아가시오. 당신이 안 계셔서 화를 내면 안될 테니까." 그래서 나는 마루에 엎드려 절하고 나서 노파의 안내를 받으면서 집으로 돌아왔습니다. 방안으로 들어와 긴의자 앞으로 가니, 아내는 벌써 목욕탕에서 돌아와 거기서 자고 있지 않겠어요. 그것을 보고서 나는 아내의 발치에 앉아서 그 두 발을 주물러주었습니다. 그때 아내는 눈을 뜨고서 내 모습을 보자, 갑자기 두 발을 움츠렸다가 냅다 걷어차는 바람에 나는 침대에서 그만 밖으로 굴러떨어지고 말았습니다. "이 배신자, 너는 스스로 맹세를 어기고 저버렸어. 여기서 움직이지 않겠다고 맹세하지 않았어. 그런데 약속을 어기고 즈바이다 왕비네 집에 가다니! 알라께 맹세코, 세상 사람들의 욕만 무섭지 않다면 나는 그 여자의 궁전을 때려부실 거야!" 하고 말하고 나서 아내는 흑인 노예에게 말했습니다. "이봐라, 사와브. 이 거짓말쟁이 배신자놈의 목을 쳐라. 이제 이런 놈은 소용 없으니까." 그래서 노예는 내 앞으로 다가와, 자기 옷의 소매를 북북 찢어, 그것으로 내 눈을 가리고서, 당장 목을 치려고 했습니다.

——샤라자드는 날이 훤히 밝아오는 것을 깨닫자, 여기서 허락된 이야기를 그쳤다.

• 293일째 밤

샤라자드는 말을 이었다. 오, 인자하신 임금님, 보석상 모하메드는 다시 말을 이었습니다.

——그래서 노예는 내 앞으로 다가와, 자기 옷의 소매를 북북 찢어, 그것으로 내 눈을 가리고서, 당장 목을 치려고 했습니다. 그러나 지체 높은 여자나, 천한 여자나 할 것 없이 모두 일어서서 아내에게로 다가와 말했습니다. "아씨, 잘못을 저지른 것은 이분이 처음만은 아닙니다. 이분은 아씨의 성질을 몰랐을 뿐으로, 별로 죽을 죄를 저지른 것은 아닙니다." 그러자 아내는 이렇게 말하더군요. "그러나 무슨 일이 있어도 무언가 징계의 표시를 보여주지 않고선 직성이 풀리지 않아." 아내가 목을 베는 대신 채찍으로 때리라고 명령하자, 나는 늑골을 몹시 얻어 맞아, 그 때문에 보시다시

피 이런 상처 자리가 생긴 것입니다. 그러고 나서 이번엔 나를 내동댕이쳐버리라고 명령했기 때문에 나는 멀리 납치되어 통나무처럼 버림을 당했습니다. 얼마 있다가 나는 몸을 일으켜 조금씩 발을 절면서도 집으로 돌아와 의사를 불러 상처를 보였습니다. 그러자 의사는 여러 가지로 나를 위로해주며, 자기 힘 자라는 데까지 치료를 잘 해주었기 때문에 원상대로 회복되자, 나는 곧 목욕탕으로 가서 목욕을 하고, 고통도 시름도 잊게 되어, 가게로 가서 물건을 모두 팔아버렸습니다. 그러고는 판 돈으로 어떤 왕도 모은 일이 없는 백인 노예를 400명이나 서서, 그 중 200명을 데리고 매일 거리를 돌아다녔습니다. 그러고 나서 또 금화 5만 닢을 들여서 그 어선을 만든 것입니다. 그리고 스스로 교주라 칭하고, 하인 하나하나에게 직함을 주어 관복을 입혔습니다. 게다가 나는 "밤에 티그리스 강에 배를 띄워 선유하는 자는 용서없이 목을 자른다." 하고 포고를 하였던 것입니다. 이런 모양으로 1년 동안을 보내온 것인데, 그 여자는 어떻게 지내고 있는지 전연 소문도 못 듣고, 소식도 통 알길이 없군요.

   그리고 젊은이는 눈물을 뚝뚝 흘리며 이런 노래를 불렀습니다.

     알라께 맹세코, 이 목숨
     붙어 있는 한 저 여자를
     꿈에도 잊을 일 없으리
     나를 꾀어 그 여자에게
     접근하는 사람 이외엔
     나는 아무에게도 접근하지 않으리.
     보름달을 닮은 그 여자의
     이목구비 단정한 맵시를
     아무쪼록 나에게 보여주소서.
     만물을 창조하신
     높은 하늘에 계신

우리 주를 칭송할지어다!
그 여자 때문에 이 나는
뼈저린 시름에 병들어
잠 못 이루는 밤을 탄식할 뿐
그녀의 살갗을 보고 싶어
애태워 마지않는 이 마음.

하룬 알 라시드는 젊은이의 이야기를 듣고, 젊은이가 뼈저리게 시름에 못견디어 고민하고 있는 그의 불과 같은 애욕과 사랑을 알게 되자, 측은함과 놀라움을 참지 못하며 이렇게 말했습니다. "모든 인과를 정하신 알라께 영광 있으시기를!" 하고 나서 젊은이에게 작별인사를 고하고는 돌아왔습니다만, 교주는 내심으로 젊은이를 공평하게 대우하여 관대하게 처리해주리라고 생각했습니다. 궁전으로 돌아와 임금의 복장으로 갈아입고서 교주도 대신도 각기 자기 자리에 앉고, 검사 마스룰은 그 앞에 섰습니다. 이윽고 교주는 대신 자파르에게 말했습니다. "여봐라, 대신, 어제 그 젊은이를 어전으로 불러들여라."

─샤라자드는 날이 훤히 밝아오는 것을 깨닫자, 여기서 허락된 이야기를 그쳤다.

• 294일째 밤

샤라자드는 말을 이었다. 오, 인자하신 임금님, 교주가 대신 쟈파르에게 "여봐라, 대신, 어제 그 젊은이를 어전으로 불러들여라." 하자 대신은 "알았습니다." 하고 대답하고서 젊은이에게로 가서 인사한 다음 이렇게 말했습니다. "충성된 자의 임금님, 하룬 알 라시드님의 부르심이다." 젊은이는 이 부르심을 몹시 걱정하면서 대신을 따라 궁전으로 갔습니다. 그리고 교주 앞에 인사하고 마루에 엎드려 왕위(王威)와 번영이 영원하시고, 소원 성취하시고, 은총이 언제까지 계속되고, 재앙과 처벌이 없어지기를 기원한 다음, 맨 마지막으로 되도록 말을 골라서 "오, 참된 신자이신 임금님, 신앙의 사도를 지켜주시는 분이여, 아무쪼록 귀체 안강하옵시기를!" 하고 말했습니다. 그러고 나서 이런 시구를 중얼거렸습니다.

　　그대는 임의 손가락 아닌
　　손가락에 입을 맞추어라.
　　우리들의 나날의 양식을 얻는
　　열쇠를 쥐는 것은 그 손가락이니라.
　　행위 아닌 임금님의
　　행위를 칭송하라.
　　그것은 사람들의 목에 건
　　보석 목걸이이니라.

교주는 빙긋 웃으며 답례를 보낸 다음, 자애에 가득 찬 눈초리로 젊은이를 바라보았습니다. 그러고 나서 좀더 가까이 오라고 명령하여 눈앞에 앉게 하자 "여봐라, 모하메드 알리, 어젯밤 이야기를 들려주지 않겠는가. 정말 이상한, 세상에도 보기드문 신기한 이야기였도다." 하고 말을 건넸습니다. 그러자 젊은이는 대답했습니다. "오, 충성된 자의 임금님, 제발 용서해주십시오. 이 무서운 생각을 진정시키고, 마음을 편안히 하기 위해 제 죄를 용서해주신다는 표시의 흰 수건을 내려주셨으면 합니다." "공포와 재앙에서 벗어나, 그대의 몸이 안전할 것을 약속하노라." 그래서 젊은이는 자기 신상에 관한 이야기를 낱낱이 털어놓았습니다. 교주는 사랑하는 몸이면서도 사랑하는 여자와의 사이가 갈라졌다는 말을 듣고 "내가 진력하여 그 여자를 찾아서 그대에게 돌려보내 줄까 하는데 그대 생각은 어떤가?" 하고 말하자, 젊은이는 "그것이야말로 충성된 자의 임금님의 자비라고 할 수 있는 것이겠죠." 하고 대답하고서 이런 노래를 불렀습니다.

임금님의 문간은 영원히
　　백성들의 성소(聖所)이어라!
　　문지방의 먼지를 길이길이
　　백성의 이마로 쓸지어다!
　　이는 바로 거룩한 궁전이니
　　우리 임금 아브라함이라고
　　모든 나라에 퍼뜨리리.

　이 노래를 듣고, 교주는 대신을 돌아다보며 "여봐라, 자파르, 그대의 누이동생 도냐 공주, 야아야 빈 하리드의 딸을 불러들여라!" 하고 명령했습니다. 대신은 "알았습니다." 하고 대답하고서 곧 누이동생을 데리고 왔습니다. 대신의 누이동생 도냐 공주가 어전에 인사하자 교주는 물었습니다. "이 사나이가 누군지 알고 있는가?" 그러자 공주는 "충성된 자의 임금님, 어찌하여 여자의 몸으로 외간 남자 따위를 알겠습니까?" 하고 대답했으므로, 교주는 웃으며 말했습니다. "여봐라, 도냐, 이자는 그대의 애인, 보석상 모하메드 알리다. 우리들은 이제 자초지종을 다 듣고, 사정을 깨닫고, 겉도 바깥도 다 알고 있다. 비밀에 붙이고 있는 모양인데, 벌써 우리들에겐 비밀도 될 것이 없다." 그러자 공주는 대답했습니다. "충성된 자의 임금님, 이것도 운명의 책에 기록되어 있는 일이라면 할 수 없는 일이겠죠. 이렇게 된 이상 제 부덕한 행위에 대해 전능하신 알라의 용서를 빌고, 임금님의 관대한 처분만 바랄 뿐입니다."
　이 말을 듣고 교주는 웃으며 재판관과 증인을 불러, 도냐 공주와 그 남편 보석상 모하메드 알리의 사이의 결혼계약서를 다시 작성케 했습니다. 이리하여 두 사람은 더할 나위 없이 행복하게 살았으며, 두 사람을 질투하는 자들에게는 고뇌와 재앙이 내렸던 것입니다. 게다가 교주는 모하메드 알리를 술친구로 임명하여 환희를 파괴하고 사귐을 끊는 자가 찾아올 때까지, 기쁘고 즐겁고, 그리고 편안히 살았습니다.
 또 다음과 같은 재미난 이야기도 있습니다.

페르시아인 알리

어느 날 밤, 교주 하룬 알 라시드는 잠이 좀처럼 오지 않아 대신을 불러 말했습니다. "여봐라, 자파르, 나는 오늘 밤 잠이 오지 않아 울적해서 못견디겠소. 어떻게 해서든지 이 기분을 좀 풀어야겠는데, 무슨 재미있고 즐거운, 마음이 풀릴 만한 것이 없을까?" 자파르가 "오, 충성된 자의 임금님, 저에게 페르시아인 알리라는 친구가 하나 있는데, 이 친구는 마음을 들뜨게 하여 울적한 기분을 풀게 하는 가지가지의 재미난 이야기를 알고 있습니다." 하고 대답하자, 교주는 곧 말했습니다. "그럼, 그 사나이를 곧 이리 데리고 오라." "알겠습니다." 자파르는 그렇게 대답하고 나서 교주 앞을 물러나자 페르시아인 알리를 불러오게 했습니다. 본인이 오자 "충성된 자의 임금님의 분부이시니 그리 알고 잘 대답하시오." 하고 말했습니다. 그러자 알리는 "알았습니다." 하고 대답했습니다.

─샤라자드는 날이 훤히 밝아오는 것을 깨닫자, 여기서 허락된 이야기를 그쳤다.

• 295일째 밤

샤라자드는 말을 이었다. 오, 인자하신 임금님, 페르시아인은 "알았습니다." 하고 대답하자, 곧 그 길로 대신을 따라 교주 앞에 인사했습니다. 교주는 페르시아인 알리에게 자리를 권하고 나서 말하기를 "여봐라, 알리, 나는 오늘 밤 왜 그런지 기분이 울적해서 못 견디겠다. 때마침 그대가 이야기나 일화를 많이 알고 있다는 말을 들었기 때문에 그대의 이야기를 듣고 이 울적한 기분을 풀어 명랑한 기분을 갖고 싶단 말이다."

알리가 "오, 충성된 자의 임금님, 제가 이 눈으로 본 이야기를 하나 말씀드릴까요?" 하고 묻자 교주는 대답했습니다. "얘기할 가치가 있는 것을 발견했다면 어디 그 이야기를 해보라." 하고 대답했습니다. 그래서 알리는 이런 이야기를 하기 시작한 것입니다.

―황송합니다. 그럼, 충성된 자의 임금님, 제발 들어주십시오. 지금부터 몇 해 전의 일입니다. 저는 제가 태어난 고향인 바그다드를 떠나 여행길에 올라 동행하는 젊은이에게는 가벼운 가죽 주머니를 하나 들게 했습니다. 마침내 우리들이 어느 도시에 도착하여 이야기를 하고 있는데, 갑자기 크루드인이 하나 저에게로 달려들어 강제로 제 가죽 주머니를 뺏으며 "이건 내 주머니다. 안에 들어 있는 것도 모두가 다 내 물건이다." 하고 말했습니다. 그래서 저도 큰 소리로 외쳤습니다. "여보시오들, 이슬람교도 양반들, 여러분들. 약한 사람을 못살게 구는 극악한 사람으로부터 저를 구해 주십시오!"

그러나 사람들은 "두 분 다 재판관에게로 가서 어느 편이고 간에 억울함이 없도록 재판을 받도록 하시오." 하고 말하는 까닭에 저는 그 의견에 따라 둘이서 재판관 앞으로 나갔던 것입니다. "무슨 용무요? 무슨 일로 싸우고 있는 것이오?" 하는 재판관의 물음에 저는 대답했습니다. "저희들이 서로 언쟁을 시작했으므로 당신에게 우리들 각자의 사정을 호소하여 그 올바른 판결을 받고자 하여 온 것입니다." 재판관이 "어느 쪽이 고소인인가?" 하고 묻자, 크루드인이 앞으로 나와 말했습니다. "알라여, 아무쪼록 우리 주, 재판관을 지켜주옵소서! 실은 이 주머니는 제 것으로, 안에 든 것은 모두 제 물건인데, 저도 모르는 사이에 없어졌는가 했는데 제 적인 이 사나이가 가지고 있었습니다." "언제 잃어버렸는가?" 하고 재판관이 묻자, 크루드인은 "바로 어제의 일이었습니다. 저는 이것을 잃은 탓으로 잠도 잘 자지 못했습니다." 하고 대답했습니다. "당신 주머니라고 한다면 안에 무엇이 들어 있는지 말해보시오." 하고 재판관이 말하자 크루드인은 말했습니다. "제 주머니 속에는 눈까풀에 바르는 코르 가루와 안티몬으로 사용하는 백은제 붓 두 자루, 손수건 한 장, 그리고 그 손수건으로 도금 술잔 둘과 촛대 둘을 싸두었습니다. 그밖에는 천막 두 개, 큰 접시 두 개, 숟가락 두 개, 베개 하나, 가죽 깔개 두 장, 물주전자 한 개, 놋쇠 쟁반 하나, 수반 두 개, 요리냄비 한 개, 물항아리 두 개, 국자 하나, 돗바늘 한 개, 암고양이 한 마리, 암캐 두 마리, 나무쟁반 하나, 즈크 두 장, 안장 두 개, 장의(長衣) 한 벌, 모피 외투 두 벌, 암소 한 마리, 송아지 두 마리, 암산양 한 마리, 수염소 두 마리, 암염소 한 마리, 양새끼 두 마리, 초록색 대형 천막 하나, 수낙타 한 마리, 암낙타 두 마리, 암사자 한 마리, 수사자 두 마리, 암콤 한 마리, 표범 두 마리, 이불 한 장, 장의자 두 개, 이층방이 하나, 객실이 둘, 현관이 하나, 거실이 둘, 출입구가 둘 붙은 부엌이 하나, 거기다 또 그 주머니가 제 것이라는 것을 증명해줄 크루드인 증서도 몇 장 그 속에 들어 있습니다."

이번에는 재판관은 저에게 물었습니다. "자, 이젠 당신 차례요. 당신 얘기를 어디 들어봅시다." 그래서, 충성된 자의 임금님, 저는 앞으로 나아가(크루드인의 말이 하도 어이가 없었기 때문에) 이렇게 말했습니다. "알라여, 아무쪼록 재판관을 도와주시옵소서! 글쎄, 실은, 이 제 주머니에는 그저 부서진 조그마한 집과 출입구가 없는 집이 또 한 채, 거기다 개장이 하나, 아이들 학교가 한 동, 주사위 놀이를 하고 있는 젊은 패, 천막, 천막용 밧줄, 바소라와 바그다드의 거리, 샤다드 빈 아드의 궁전, 대장간의 풀무, 어망, 곤봉과 막대기, 사내아이와 계집아이, 그리고 이 주머니가 제 주머니라는 것을 증명해줄 1000명쯤 되는 객주집 주인이 들어 있습니다."

그런데 크루드인은 제 말을 듣더니 눈물을 흘리며 말했습니다. "오, 재판관 나리, 이 제 주머니는 세상에서도 유명한 것이어서, 그 안에 들어 있는 물건은 유명한 것들 뿐입니다. 왜냐하면 이 주머니에는 성도 성채도 들어 있는가 하면, 학과 들짐승도, 장기를 두고 있는 사람들도 들어 있기 때문입니다. 거기다 또 이 제 주머니에는 암말이 한 필, 망아지가 두 필, 수말이 한 필, 순종마가 두 필, 긴 창이 두 자루에다 사자가 한 마리, 토끼 두 마리, 도시 하나, 촌락 둘, 창녀가 하나, 사기꾼 뚜쟁이가 둘, 죄수가 둘, 소경 하나에 눈 뜬 사람이 둘, 절름발이 하나에 불구자 둘, 기독교 목사 하나에 집사가 둘, 대승정 하나, 수도승 하나, 재판관 하나에 증인 둘이 있어, 이 사람들이 제 주머니라는 것을 증명해줄 것입니다." 그러자 재판관이 저에게 "알리, 그댄 무슨 할 말이 없는가?" 하고 말했으므로, 충성된 자의 임금님, 저는 몹시 화가 나서, 앞으로 나아가 말했습니다. "제발 알라여, 우리 재판관님을 지켜 주시옵소서!"

―샤라자드는 날이 훤히 밝아오는 것을 깨닫자, 여기서 허락된 이야기를 그쳤다.

• 296일째 밤
샤라자드는 말을 이었다. 오, 인자하신 임금님, 알리는 이렇게 말했습니다.
저는 몹시 화가 나서 앞으로 나아가 말했습니다. "제발 우리 재판관님을 지켜 주시옵소서! 이 주머니 속에는 사슬갑옷 한 벌, 큰 칼 한 자루, 갑옷과 투구, 싸우는 수양 1000 마리, 목장 딸린 양사(羊舍), 1000 마리의 짖는 개, 화원, 포도, 화초, 향초(香草), 무화과, 사과, 초상화, 화상(畫像), 병, 술잔, 맵시가 좋은 노예 처녀, 가희, 결혼식 잔치, 난장판, 넓다란 땅, 도적 출신의 벼락 부자, 칼과 창과 화살을 든 한 패의 밤도적, 참된 친구를 사랑하는 사람들, 친우, 처벌되어 복역중인 남자 죄수들, 술친구들, 북과 피리, 여러 가지 기, 신부(결혼 복장을 한), 노래부르는 처녀, 아비시니아인 여자 다섯 명, 인도 처녀 세 명, 알 메디나의 처녀 네 명, 그리스 처녀 20명, 크루드 여자 80명, 죠르쟈 부인 70명, 티그리스 강에다 유프라테스 강, 새망, 부싯돌, 강철, 원주가 많은 이람, 많은 수의 악인에다 뚜쟁이, 경마장, 마굿간, 회교사원, 목욕탕, 건축사에다 목수, 널빤지와 못, 은피리를 든 흑인 노예, 선장, 대상 우두머리, 거리와 도시, 금화 10만 닢, 구파(지명)와 아므바르(지명), 피륙이 가득 든 큰 상자 20개, 식료 창고 20채, 가자(지명)에다 아스카론(지명), 다미엣타(지명)에서 알 사완(지명)까지, 아누시르완 황제의 궁전, 솔로몬의 왕국, 와디 누만에서 호라산의 나라까지, 바르프 이스파한, 인도에서 수단까지 들어 있습니다. 게다가 또(제발 알려여, 재판관을 장수케 해주옵소서!) 조끼니 피륙이니도 들어 있으며, 만에 하나라도 재판관이 저자가 화낼까봐 두려워 이 주머니를 제 것이라고 재판해주시지 않는다면, 재판관 양반의 수염을 깎아버릴 잘 드는 면도칼이 1000자루나 들어 있습니다."

재판관은 저의 말과 쿠르드인의 맹세를 듣자, 그만 아찔해졌습니다. "그대들 둘은 둘 다 재판관과 장관을 우롱하고, 벌을 두려워하지 않는 괘씸한 자들이오. 극악무도한 악인들이다. 그대들의 진술은 전대 미문의 기괴한 조작, 알라께 맹세코 말하거니와 중국에서 사자라트 움 가이란 끝까지, 아니, 파루스에서 수단에 이르기까지, 와디 누만에서 호라산에 이르기까지, 그대들의 진술 같은 말은 아직껏 들어본 적도 없다. 그러한 잠꼬대 같은 말을 믿을 사람은 아무도 없다. 자, 정신 똑똑히 차리고 말해보아라. 이 주머니는 밑바닥이 없는 바다거나, 그렇지 않으면 정직한 사람도 악인도 함께 긁어 모을 부활의 날인가?" 그러고 나서 재판관은 주머니를 열어보라고 명령했으므로 저는 주머니를 열었습니다. 그랬더니, 아니, 이건 뭡니까, 빵과 레몬 한 개와 치즈와 올리브 열매가 들어 있는 것이 아니겠습니까! 그래서 저는 쿠르드인 앞에 주머니를 내던지고는 두말 않고 물러나오고 말았습니다.

교주는 페르시아인 알리에게서 이 이야기를 듣자, 허리를 움켜쥐고 깔깔 웃어대며, 많은 선물을 그에게 주었습니다.

또 이런 이야기도 있습니다.

하룬 알 라시드와 노예 처녀와
도사 아브 유스후의 이야기

　어느 날 밤의 일이었습니다. 바르마키 가(家)의 자파르가 알 라시드 교주를 상대로 하여 술을 마시며 떠들고 있자니까, 교주가 말하기를 "여봐라, 자파르, 그대는 어떤 노예 처녀를 샀다지? 실은 그 처녀가 매우 미인이어서 나도 꽤 오래 전부터 눈독을 들이고 있었지. 나는 그 처녀에게 반하고 말았는데 어디 나에게 팔지 않겠나." "글쎄요, 충성된 자의 임금님, 팔 수는 없습니다." 하고 자파르가 대답하자, 교주가 말하기를 "그럼, 나에게 주지 않겠나." 하고 말했습니다. "아아뇨, 드릴 수도 없습니다." 이 말을 듣고서 알 라시드가 "그대가 팔지도 않고, 그냥 주지도 않는다면 즈바이다에게 세번째 이혼을 선언하겠다!" 하고 외치자, 자파르도 외쳤습니다. "제가 그 여자를 팔거나 바치거나 할 바엔 차라리 저도 제 여편네와 세 번 이혼하겠습니다!"
　이윽고 두 사람은 취기가 다 깨자, 궁지에 빠져 있음을 깨닫고, 어떻게 하면 이 궁지를 모면할 수 있을까 궁리해보았지만 도저히 생각이 나지 않았습니다. 잠시 후 알 라시드 교주는 말했습니다. "아브 유스후 외에 이 문제를 풀어줄 사람은 없겠군." 그래서 그들은 한밤중이었지만 아브 유스후를 부르러 사람을 보냈습니다. 사자가 오자 아브 유스후는 깜짝 놀라 자리에서 벌떡 일어나 혼잣말을 했습니다. '이런 시각에 부르심을 받다니, 이슬람교 전체에 무슨 큰 사건이 일어났음이 틀림없군.' 아브 유스후는 허겁지겁 집을 나서 암탕나귀를 타고 하인에게 말했습니다. "당나귀의 사료 주머니를 잊지 말아라. 아직 여물을 먹지 않고 있을지도 모르니까. 교주님의 궁전에 도착하거든 그 주머니를 걸어주거라. 나머지는 날이 밝을 때까지 먹어치울 테니까." 시종은 "알았습니다." 하고 대답했습니다.

도사 아브 유스휴가 어전으로 나아가자 알 라시드 교주는 일어나 그를 맞이하며, 옆에 있는 긴의자에 앉혔습니다.(평소에는 재판관 이외는 앉히지 않는 관례였습니다.) 그리고 말하기를 "실은 때 아니라 이 한밤중에 그대를 불러낸 것은 다름이 아닌 우리들로서는 손 댈 길이 없는 중대사에 관하여 그대의 의견을 듣고 싶었기 때문이오." 그러고 나서 일의 자초지종을 자세히 설명해주었습니다. 그러자 아브 유스후는 "오, 충성된 자의 임금님, 그것은 아주 쉬운 문제입니다." 하고 대답한 다음 자파르를 돌아다보며 말했습니다. "자파르님, 충성된 자의 임금님에게 그 여자의 절반을 팔고, 나머지 절반은 그저 바치는 것이 좋겠습니다. 그렇게 하면 두 분 다 자기 맹세에 어긋나는 일은 없겠죠." 교주는 이 말을 듣고 아주 기뻐하였으며, 두 사람 다 아브 유스후의 의견을 따랐습니다. 이윽고 알 라시드 교주는 "그렇다면 어서 그 색시를 데리고 오너라." 하고 말했습니다.

―샤라자드는 날이 훤히 밝아오는 것을 깨닫자, 여기서 허락된 이야기를 그쳤다.

• 297일째 밤

샤라자드는 말을 이었다. 오, 인자하신 임금님, 하룬 알 라시드 교주가 "그럼, 어서 그 색시를 데리고 오너라. 나는 그 색시가 그리워서 못견디겠다." 하고 말하자 그들은 색시를 데리고 왔습니다. 교주는 아브 유스후에게 "오늘밤 당장 이 색시를 내 것으로 삼고 싶다. 규칙대로 제식을 올려야 하겠지만 그 동안 참을 수 없구나. 자, 어떻게 하면 좋겠는가?" 하고 말하자 아브 유스후는 대답했습니다. "한 번도 자유의 몸이 된 적이 없는 임금님의 남자 노예 하나를 여기 데려다 놓으십시오." 모두가 그대로 하자 아브 유스후는 말했습니다. "이 여자를 이 남자에게 결혼시키십시오. 그런 다음 동침하기 전에 이혼하는 것입니다. 그렇게 하시면 제식을 올리기 전에 그 여자와 동침하셔도 상관없습니다." 이 두번째의 편법은 최초의 것보다 교주의 마음에 들었습니다. 그래서 도사가 제안한 그 백인 노예를 불러들여 재판관에게 말했습니다. "그대에게 맡길 테니 저 여자를 이 노예와 결혼시켜라." 그래서 도사 아브 유스후가 그 절차를 백인 노예에게 말하니, 그는 이것을 알면서도 결혼식을 올렸습니다. 그것이 끝나자, 또다시 노예에게 말했습니다. "저 여자와 이혼해주면 100디나르 주겠다." 그러자 백인 노예는 대답했습니다. "저는 이혼은 싫습니다." 도사가 사례금을 올려도 백인 노예는 막무가내로 응하지 않으므로 마침내 1000디나르로 오르고 말았습니다. 그러자 노예가 물었습니다. "이 여자와 이혼할 권한은 도대체 저에게 있습니까, 그렇지 않으면 당신이나 교주님에게 있는 것입니까?" "그것은 너의 권한이다"라는 대답에 노예는 외쳤습니다. "그렇다면 알라에 맹세코, 이혼은 안하겠습니다!"

이 말을 듣고 교주는 노발대발하며 도사에게 말했습니다. "여봐라, 아브 유스후. 이 일을 어떻하면 좋겠소?" "오, 충성된 자의 임금님, 제발 걱정 마십시오. 일은 간단합니다. 이 노예놈을 처녀의 재산으로 하면 됩니다." "그럼, 이 노예 녀석으로 하여금 처녀를 모시도록 하지." 하는 교주의 말에 도사는 처녀에게 말했습니다. "받겠다고 말해라." 그래서 처녀가 "받겠습니다." 하고 말하자, 도사는 "나는 두 사람에게 동침, 동석을 금하고, 이혼을 명령한다. 그 이유는 이 백인 노예는 여자의 소유물이 되어 결혼도 무효가 되었기 때문이다." 하고 말했습니다. 이 말을 듣고 교주는 벌떡 일어서며 외쳤습니다. "내 시대에 법관으로 삼을 만한 사람은 바로 그대 같은 사람이로다." 그러고 나서 교주는 황금을 수북이 담은 몇 개의 쟁반을 가져오라고 하여, 황금을 아브 유스후 앞에다 쏟은 다음 말했습니다. "이것을 담을 무슨 그릇이라도 없는가?" 도사는 당나귀의 사료 주머니를 생각해내고서 그것을 가져오게 하여 황금을 가득 담아가지고 집으로 돌아왔습니다. 그리고 이튿날 친구들에게 말했습니다. "신학을 전공하는 것만큼 현세와 내세의 재산을 얻는 데 있어 쉬운 지름길은 없어. 글쎄 이것 좀 보라구. 다만 두서넛의 질문에 대답했을 뿐인데 이렇게 많은 돈을 손안에 넣었으니 말이야." 그러니 여러분, 이 일화의 재미난 점을 좀 생각해보십쇼. 여러 가지 재미난 점이 내포되어 있지 않습니까. 교주에게 대신이 겸양의 미덕을 발휘했다는 것, 이러한 재판관을 선택한 교주의 슬기로움, 도사의 뛰어난 학식 등등 세어보면 여러 가지가 있습니다. 아무쪼록 전능하신 알라여, 모두의 영혼에 자비를 베풀어주옵소서! 자, 또 이런 이야기도 있습니다.

도둑 시늉을 한 애인 이야기

하리드 이븐 알 카스리(오미아조 10세 알 히샴의 두 이락(바소라와 쿠파) 치세중(서기 723-741)의 총독을 지냈다)가 바소라의 태수였을 당시의 이야기입니다. 어느 날, 한 무리의 사람들이 얼굴이 잘생겨 아름답고, 행동거지가 단정하고, 옷에서는 향을 피워 그 향내를 풍기는 젊은 사나이 하나를 끌고 태수에게로 왔습니다. 그 얼굴은 좋은 가정 출신이라는 것을 역력히 말해주고, 보기에도 재주가 넘쳐 흐르고, 고상한 기품을 풍기고 있었습니다. 총독 앞으로 일동이 젊은이를 끌고 왔으므로 웬일이냐고 그 까닭을 물어보았더니 그들은 "이놈은 도둑인데, 어젯밤 저희들 집에서 잡혔습니다." 하고 대답했습니다. 이 말을 들은 총독 하리드는 짐짓 그 젊은이를 지켜보았지만, 이목구비가 수려한 자태와 우아한 풍채에 그만 마음이 끌려 그들에게 "놓아주라." 하고 말했습니다. 그러고는 젊은이 앞으로 다가가 변명할 것이 있으면 말해보라고 했습니다. 그러자 본인은 "저 사람들이 말하는 그대로이며, 별로 변명할 것이 없습니다." 하고 대답했으므로, 하리드는 물었습니다. "그렇다면 천하지 않은 태도를 하고, 훌륭한 풍채를 하고 있으면서 어째서 그런 행동을 했느냐?" "더러운 재물에 눈이 어두웠던 탓입니다. 이것도 알라께서 정하신 바입니다(알라를 칭송할지어다!)." "아니, 이렇게 실없는 놈이 어딨어! 생김새도 잘생기고, 분별력도 있고, 집안도 좋은 놈이 도둑질을 하다니." 젊은이는 대답했습니다. "오, 태수님, 제발 그런 말씀은 그만 두시고, 전능하신 알라께서 정하신 대로 어서 처분해주십쇼. 이것도 자승자박, '신은 인간에게 불공평하지 않으리라'(코란 제3장 178절)라고 하지 않습니까?"

하리드는 잠시 생각에 잠겨 잠자코 있었으나, 이윽고 젊은이더러 가까이 오라고 하고서 "실은 증인들을 세운 앞에서의 그대의 고백에는 나도 어안이벙벙하다. 왜냐하면 그대가 도둑이라니 도저히 믿어지지 않기 때문이다. 아마도 도둑질을 했다는 고백 이외에 말 못할 무슨 까닭이 있는 것 같구나. 만일 있다면 말해보라." "오, 태수님, 조금 아까 태수님 앞에서 자백한 것 외에 아무것도 없습니다. 저는 이 사람들 집에 침입하여 닥치는 대로 물건을 훔치다가 체포되어 물건은 모두 뺏기고 태수님 앞에 끌려왔다는 것 외엔 아무것도 말씀드릴 게 없습니다."

그래서 하리드는 젊은이를 투옥시키고 조리꾼을 시켜 온 바소라에다 "자, 시민 여러분, 이러저러한 도적을 처벌하여 손을 자를 테니 구경하고 싶은 사람은 내일 아침 장소로 오시오!" 하고 포고케 했습니다. 젊은이는 발을 쇠사슬로 묶인 채 투옥되자, 깊은 한숨을 쉬며, 눈에 눈물을 담고서 이런 시구를 즉석에서 지어 노래 불렀습니다.

　　여자에 관한 이야기를 하지 않으면
　　목을 베겠다고 하리드가
　　공갈을 하자
　　나는 대답했다. "내 어찌,
　　내 영혼을 영원히
　　잡은 사랑을 이야기하리 남에게.
　　내 손을 죄로 더럽힐지언정
　　임에겐 부끄러움을 끼치진 않으리."

간수들은 이 노래를 듣고서, 태수 하리드에게 그 이야기를 했으므로, 밤이 되자 태수는 젊은이를 불러서 여러 가지 이야기를 나누었습니다. 이야기를 하고 있던 중 젊은이가 머리도 좋고, 신분도 훌륭하고, 쾌활하며 유쾌한 말동무라는 것을 알 수 있었으므로, 태수는 식사 준비를 시켜 젊은이에게 먹였습니다. 마침내 한 시간쯤 잡담을 하고 나서 하리드는 말했습니다. "그대는 도둑질을 했다고 끝까지 버티고 있지만, 내가 보기엔 그것은 거짓말이라고 생각된단 말이다. 그러니 재판관이 내일 아침 출근하여 이 사건에 관하여 여러 가지 심문하거든, 죄상을 부인하여 손이 단절되는 처벌과 고통을 면하도록 맹세를 하란 말이다. 사도(알라의 축복과 가호가 있으시기를!)는 이렇게 말씀하고 계시지 않느냐 말이다. '미심할 때에는 처벌을 삼가라'고." 그러고 나서 태수는 젊은이를 다시 가두었습니다.

―샤라자드는 날이 훤히 밝아오는 것을 깨닫자, 여기서 허락된 이야기를 그쳤다.

• 298일째 밤

샤라자드는 말을 이었다. 오, 인자하신 임금님, 태수 하리드는 젊은이와의 이야기가 끝나자, 다시 감옥에 가두었으므로 젊은이는 거기서 하룻밤을 뜬눈으로 새웠습니다. 날이 훤히 밝자, 시내 사람들은 손이 잘리어지는 모양을 구경하려고 모여들었습니다. 온 바소라의 남녀들이 하나도 빠짐없이 아름다운 젊은이의 처벌을 구경하려고 처형장으로 몰려든 것입니다. 그러고 나서 태수 하리드는 도성 내의 명사들과 그 밖의 사람들을 뒤에 거느리고 말에 오른 다음, 네 명의 재판관은 옆에 가까이 오라고 불렀습니다. 그리고 젊은이를 불러내자, 젊은이는 발에 차꼬를 차고 있었으므로 비틀비틀거리면서 모습을 나타냈습니다. 이것을 보고서 눈물을 흘리지 않는 사람이라곤 하나도 없었고, 여자들은 모두 죽은 사람을 애도하듯이 소리를 지르며 울었습니다. 이윽고 재판관은 여자들에게 울지 말라고 명령한 다음 죄수에게 말했습니다. "이 사람들은 네가 다른 사람의 주택에 침입하여 물건을 훔쳤다고 증언하고 있다.

아마 4분의 1디나르도 안되는 물건을 훔쳤겠지?" 그러자 젊은이는 대답했습니다. "아닙니다, 그 이상의 것을 훔쳤습니다." "아마도 그 물건 중에는 이 사람들과 공유하고 있던 것도 있었을 테지?" "아뇨, 그런 일은 없습니다. 그 물건은 모두가 다 그 사람들의 것입니다. 저에겐 아무 권리도 없습니다." 이 말을 듣자, 태수 하리드는 화를 내며 벌떡 일어서서 채찍을 들고 젊은이의 얼굴을 후려갈겼습니다. 마침 이러한 시구를 자기 자신의 입장에다 비춰보았던 것입니다.

　　사람은 자기 뜻이
　　이루어지기를 바라지만
　　알라께서는 자기가 뜻한 바
　　이외에는 이루어주시지 않는다.

그러고 나서 형리를 불러 처형하라고 명령하자, 형리는 앞으로 나와 단도를 빼, 죄인의 손을 잡고 칼끝을 갖다 대었습니다. 그 순간 여자들 속을 헤치고서 누더기를 걸친(그 여자의 비탄을 나타냄) 여자 하나가 나타나, 비명을 지르며 젊은이에게로 몸을 던졌습니다. 이윽고 그 여자의 베일을 거두어보니 보름달과 같이 잘생긴 얼굴이었습니다. 이 광경에 군중은 웅성거리기 시작하고, 마치 한바탕 소동이라도 일으켜, 난장판을 벌일 듯한 기세였습니다. 그러나 여자는 고래고래 소리를 지르며 "알라께 맹세코 부탁합니다. 오, 태수님, 제발 잠깐만 이 사나이의 손을 자르는 것을 멈추고서, 이 두루마리에 적혀 있는 글을 읽어보십시오!" 하고 외치고서 두루마리를 내놓았습니다. 그래서 태수가 손에 들고 읽어보았더니 안에는 이런 시구가 적혀 있었습니다.

　　오, 하리드! 저 임은
　　사랑에 미친 노예이니

활 같은 눈썹의 화살 때문에
시름에 잠긴 신세가 되었네.
내 눈의 화살에 맞아
오호라, 쓰러진 저 임은
불타는 사랑 때문에 몸을 그을리고
구원도 가망 없는 몸이 되었네.
사랑하는 여자에게 욕을 보이고
차마 오명을 씌울 수 없어
자기가 저지른 죄도 아닌데
거짓 자백한 그 심정 가엾어라.
그러니, 아무쪼록 용서하소서
사랑에 미친 애인을,
거룩한 천성 때문에 도둑의
누명 쓰게 된 저 임!

태수 하리드는 이 시를 다 읽고 나자, 사람들과 멀리 떨어진 곳으로 그 처녀를 데리고 가서 여러 가지 것을 캐물어보았습니다. 처녀의 이야기에 의하면 두 사람은 서로 사랑하는 사이로, 젊은이는 애인이 만나고 싶어서 그 집을 찾아와, 자기가 왔다는 것을 알리기 위하여 돌을 던진 것입니다. 그런데 처녀의 아버지와 오빠들이 그 소리를 듣고서 뛰쳐나와 젊은이를 덮친 것입니다. 그러자 젊은이는 애인의 집안식구들이 몰려온 것을 깨닫고, 연장 따위를 끌어안고 도둑을 가장하여 처녀의 체면을 살려주려고 한 것입니다. "그래서 모두는 이 사람을 발견하고서 '도둑이야!' 하고 외치면서 붙잡게 되어(처녀는 이야기를 계속했습니다) 태수님 앞으로 끌려 온 것입니다. 그러나 이 분은 저에게 창피를 주지 않으려고 도둑질을 했다고 꾸며 자백하고는 어디까지나 자신의 자백을 굽히지 않았던 것입니다. 손수 도둑이 되어 이런 연극을 꾸민 것도 이분의 남보다 고상한 품성과 관대한 마음씨에서 온 소치입니다." 태수 하리드는 "정말 이 젊은이야말로 소원을 이뤄줄 만한 사람이군." 하고 대답하고서, 젊은이를 옆으로 불러 그 이마에 입을 맞췄습니다. 그러고 나서 처녀의 아버지를 불러 말하기를 "여보시오, 노인장, 실은 이 젊은이에게 참수(斬手)의 형을 행하려고 생각한 것인데, 알라(아무쪼록 영예와 영광이 있으시기를!)의 뜻으로 형을 집행하지 않게 되었소. 나는 이제 이 젊은이에게 1만 디나르의 상금을 주기로 하였는데, 그것은 이 젊은이가 그대의 체면과 그대 딸의 체면을 손상시키지 않으려고, 즉 당신네 둘에게 오명을 씌우지 않기 위하여 자기 한 손을 내놓았기 때문이오. 게다가 또 그대의 딸에게도 1만 디나르의 상금을 주겠소. 사건의 진상을 나에게 알려준 사례란 말이오. 그러니 저 젊은이에게 딸을 주시오." 그러자 노인이 "오, 태수님, 여부가 있겠습니까?" 하고 대답했으므로 태수 하리드는 알라를 칭송하고, 알라께 감사하고 그 자리에서 당장 훌륭한 설교를 했습니다.

—샤라자드는 날이 훤히 밝아오는 것을 깨닫자, 여기서 허락된 이야기를 그쳤다.

• 299일째 밤

샤라자드는 말을 이었다. 오, 인자하신 임금님, 태수 하리드는 알라를 칭송하고, 알라께 감사를 드리자, 그 자리에서 당장 훌륭한 설교를 했습니다. 그것이 끝나자 이번엔 젊은이에게 말했습니다. "나는 그대에게 본인의 승낙과 부친의 승낙을 얻은 다음에 여기 있는 처녀를 주리라. 이 돈, 즉 1만 디나르는 결혼지참금으로 하라." 젊은이는 "태수님의 배려를 입은 이 결혼을 고맙게 받아들이겠습니다." 하고 대답했으므로 태수 하리드는 그 돈을 놋쇠 쟁반 위에 놓아 젊은이의 집으로 보내주었습니다. 한편 몰려온 구경꾼들은 모두 감탄하여 사방으로 흩어졌습니다. "글쎄, 정말(하고 이 이야기의 작자는 (아부 사이드 아브드 알 마리크 빈 크라이브, 재임기는 서력 739-830) 말하고 있습니다.) 나는 이러한 희한한 일은 이날 이때까지 겪어본 적이 없습니다. 눈물과 번민으로 하루를 맞고, 웃음과 환희로 하루를 보냈으니까요."

또 이런 이야기에 비하여 정말 애처로운 이야기도 있습니다.

바르마키 가(家)의 자파르와 콩장수

하룬 알 라시드 교주가 바르마키 가의 자파르를 책형(磔刑)에 처한 당시, 교주는 자파르의 죽음을 슬퍼하거나, 한탄하거나 하는 자는 가차없이 모두 똑같이 책형에 처한다고 명령했으므로 누구 하나 그 죽음을 애도하는 사람은 없었습니다.

그런데 우연히, 한 사람의 황야의 아랍인이 먼 숲속에서 살고 있었는데, 해마다 자파르를 찾아와서는 송시(頌詩)를 바치는 것이 관례가 되어 있었습니다. 그때마다 자파르가 1000디나르의 돈을 주면 그 아랍인은 돈을 받아들고 고향으로 돌아와 자신은 물론 처자도 일년 내 그 돈으로 입에 풀칠을 하고 있었던 것입니다. 그러한 까닭으로 이 아랍인은 매년 하는 관례에 따라 금년에도 송시를 가지고 자파르를 찾아온 것인데, 이미 본인은 처형되어 있었기 때문에 그 길로 시체가 매달려 있는 형장으로 가서 낙타를 무릎을 꿇게 한 다음 하늘이 무너져라 하고 비탄에 젖었습니다. 그리고 자기가 지은 송시를 읽고 나서, 그 자리에서 잠이 들어버렸습니다.

그러자 꿈속에 바르마키 가의 자파르가 나타나 말했습니다. "멀리 오느라고 수고가 많았는데, 보다시피 이 꼴이 되었네. 그러나 바소라에 가서 이런 이름의 사나이를 찾아보게. 그 고장의 상인일세. 그리고 바르마키 가의 자파르가 안부 전하더라고 말하게. 그러고 나서 '심은 콩값의 일부로 저에게 1000디나르 내주라고 그러십디다.' 하고 말하게."

황야의 아랍인은 눈을 뜨자, 바소라로 가서 예의 그 상인을 찾아내어, 꿈속에서 자파르에게 들은 말을 전했습니다. 그러자 상인은 몹시 탄식하며, 이제라도 당장 숨이 넘어갈 지경이었습니다. 그러고는 아랍인을 후하게 맞아들여, 자기 옆에 앉게 하고는 사흘 동안 여러 가지 음식을 내놓는 등, 진객 대접을 톡톡히 해주었습니다. 이윽고 아랍인이 작별인사를 고하려고 하자, 상인은 1500디나르를 내놓으며, "2000디나르는 분부대로 당신에게 드려야 할 돈이지만, 500디나르는 나의 촌지입니다. 또 금후 해마다 금화 1,000닢씩 드리기로 하겠습니다." 그래서 아랍인은 마침내 헤어지게 되었을 때, 상인에게 말했습니다. "제발 부탁입니다, 이제까지의 경위를 알고 싶으니 콩에 관한 내력을 좀 들려 주실 수 없겠습니까?" 그러자 상인은 이야기를 꺼내기 시작했습니다.

─젊었을 때, 나는 몹시 가난했으므로 바그다드의 거리거리를 삶은 콩을 팔면서 그날그날 입에 풀칠을 했던 것입니다. 그러던 으스스하고 추운 어느 비오는 날이었습니다. 나는 추위를 막기에는 부족한 얇은 옷차림으로 밖으로 나왔습니다. 심한 추위에 벌벌 떨기도 하고, 시궁창 속에 딩굴기도 하여 그 비참한 모습이란 이루 말할 수 없을 정도였습니다. 마침 그 날, 자파르님이 한길로 면한 이층 방에서 관리들이며 측녀들을 거느리고 앉아 계셨는데, 나를 보시자 불쌍하게 여기시어 부하를 보내어서 나를 오라고 하셨습니다. 내가 들어가자 "네 콩을 부하들에게 팔아라." 하고 말씀하셨습니다.

그래서 나는 가지고 간 되로 콩을 팔기 시작했습니다. 부하들은 콩 한 되를 받을 때마다 그 되를 비우고서 그 되에다 금화를 가득 채웠으므로, 마침내 가지고 있던 콩은 바닥이 나 빈 바구니만 남게 되었습니다. 그러고 나서 받은 금화를 긁어모았더니 자파르 어른께서 "아직 콩은 남아 있느냐?" 하고 물으셨습니다. "글쎄요, 어떨까요" 하고 바구니 속을 뒤져 보았으나, 콩이라고는 한 알밖에 남아 있지 않았습니다. 그런데 자파르 어른께서 그 한 알을 받으시어 그것을 둘로 갈라, 한쪽은 나리께서 가지시고 또 다른 한쪽은 측녀에게 주시고서 "이 콩 반쪽을 얼마에 사면 좋지?" 하고 말씀하셨습니다. 그러자 측녀는 "그 금화 전체의 배로 사겠어요." 하고 말했으므로, 나는 완전히 어리둥절하여 '이건 꿈이 아닌가.' 하고 혼잣말을 중얼거렸습니다. 그런데 내가 여우에게 홀린 모양으로 우뚝 서 있는데, 보십시오. 측녀는 시녀 하나에게 명령하여 이제껏 받은 돈의 두 배나 되는 돈을 가지고 오게 했습니다.

이윽고 자파르 어른께서도 "그럼, 나도 이 반쪽을 전액의 두 배로 사기로 하지." 하고 말씀하시고서 곧 "자, 그렇다면 콩의 대금을 받아라." 하고 덧붙이셨습니다. 그리고 하인 하나에게 분부하시자, 하인은 당장 그만큼의 돈을 모아 내 바구니 속에 넣어주었기 때문에 나는 그것을 받아들고 집으로 돌아왔습니다. 그러고 나서 바소라로 나가 그 돈으로 장사를 하여, 알라의 덕택으로 큰 부자가 된 것입니다. 알라를 칭송하고, 알라에게 감사를 드립시다! 그런 까닭으로 비록 당신에게 자파르 어른의 선물인 1000디나르를 해마다 드린다 해도 나에겐 부족합니다. 글쎄 어쨌든 자파르 어른의 너그러우신 성품과 살아 계실 때나 돌아가신 후나 사람들에게 칭찬받고 있는 사실을 잘 생각해 보십시오. 제발 전능하신 알라의 자비가 있으시기를!

또 세상에선 이런 이야기도 전해 내려오고 있습니다.

게으름뱅이 아브 모하메드

　어느 날, 하룬 알 라시드가 교주의 옥좌에 앉아 있자니까, 거기에 한 젊은 내시가 들어왔습니다. 손에는 돈으로는 살 수 없는 진주와 홍옥과 그밖에 가지각색의 보석을 아로새긴 순금 왕관을 들고 있었는데, 어전으로 나오자 두 손을 구부려 엎드리고서 "오, 충성된 자의 임금님, 황송합니다만 즈바이다 왕비님께옵서……" 하고 말했습니다.

　—샤라자드는 날이 훤히 밝아오는 것을 깨닫자, 여기서 허락된 이야기를 그쳤다. 그러자 동생 두냐자드가 말했다. "언니의 얘기를 듣고 있으면 참 재미있고, 도움이 돼요. 말씨도 아름답고, 아주 기분이 좋아!" 그러자 샤라자드가 대답했다. "만일 오래 살게 되어 임금님의 허락이 계시다면 내일 밤에 할 얘기는 아직까지의 얘기보다도 훨씬 재미있어!" 이 말을 듣고 샤리야르왕은 마음 속으로 "얘기를 끝까지 듣기 전에는 이 처녀를 절대로 죽이지 않으리라." 하고 생각했다.

● 300일째 밤
　두냐자드가 말했다. "저, 언니, 어서 얘기 좀 해줘요." 샤라자드가 "만일 임금님께서 허락해주신다면 하고말고." 하고 대답하자 샤리야르왕은 "샤라자드, 어서 이야기를 해봐라." 하고 말했다. 그래서 샤라자드는 다시 이야기를 계속했다.

오, 인자하신 임금님, 예의 그 내시는 교주에게 말했습니다. "황송하오나 즈바이다 왕비님의 전갈이옵니다. '다 아시다시피 왕관을 만들라고 명령하셨지만 맨 꼭대기에 붙일 대형 보석이 하나 부족합니다. 그래서 보석을 있는 대로 찾아보았지만 공교롭게도 이거면 됐다 할 모양의 보석이 영 눈에 띄지 않았습니다.'" 그러자 교주는 시종과 부왕에게 "왕비가 원하고 있는 대형 보석을 찾아오도록 하라." 하고 거듭 명령했습니다. 모두들 찾아 보았지만 그럴싸한 보석이 눈에 띄지 않았으므로 그 경위를 교주에게 보고하자, 교주는 자못 기분이 상한 듯 외쳤습니다. "온 세계의 왕인 내가 그까짓 보석 같은 보잘 것 없는 것을 찾아내지 못하고 있다니, 이 어찌 된 일이냐? 괘씸한 놈들이다! 상인들에게 물어보라."

그래서 상인들에게 물어보았지만, 그들은 "아무리 우리 임금님이라 하더라도 바소라의 게으름뱅이 아브 모하메드라는 사나이에게로 가시지 않는다면 원하시는 보석을 손안에 넣으실 수는 없을 것입니다." 하고 대답했습니다. 이 말을 듣고, 그 뜻을 전하자 교주는 대신에 분부하여, 바소라의 총독 모하메드 알 즈바이다 태수에게 보내는 편지를 써서, 아브 모하메드에게 여행 준비를 갖추게 하여 교주 앞에 데리고 오라고 명령했습니다. 대신은 명령에 따라 그 취지를 서면에 적어 마스룰에게 맡겼습니다. 마스룰은 그 길로 바소라의 도성으로 길을 떠나, 모하메드 알 즈바이다에게 배알하자, 태수도 사자의 내방을 기뻐하여, 더할 나위 없이 친절하게 환대했습니다. 이윽고 마스룰이 참된 신자인 임금 하룬 알 라시드의 명령을 전달하자, 태수는 "알았습니다." 하고 대답하고는 곧 부하 일행과 함께 마스룰을 아브 모하메드의 집으로 파견했습니다.

일행이 그 집에 당도하여 문을 두들기자, 시동 하나가 나왔으므로 마스룰은 말했습니다. "네 주인에게 전하라, '충성된 자의 임금님의 부르심이다'라고." 시동은 안으로 들어가 그 뜻을 주인에게 전했습니다. 주인이 나와서 보니 교주의 시종 마스룰을 위시하여 총독의 부하들이 문앞에 서 있습니다. 그래서 주인은 마스룰 앞에 엎드려 "충성된 자의 임금님의 부르심 잘 명심했습니다. 누추하지만 어쨌든 제 집으로 좀 올라오십시오." 하고 말했습니다. 모두들 "아니오, 서둘고 있으니 그렇게 할 수는 없소. 충성된 자의 임금님의 말씀대로 일은 급하오. 그대의 입궐을 학수고대하고 계신단 말이오." 하고 말하였지만 본인은 좀처럼 응하지 않습니다. "잠깐 동안이면 됩니다. 그 동안에 저도 여행 준비를 해야 할 테니까요." 연방 들어오라고 권하는 바람에 할 수 없이 일행은 안으로 들어갔습니다. 현관 대합실에는 순금으로 단을 두른 엷은 푸른 색 휘장이 걸려 있었는데, 게으름뱅이 아브 모하메드는 하인 하나에게 마스룰을 목욕탕으로 안내하라고 일렀습니다.

이 목욕탕은 집안에 설치되어 있었는데, 마스룰이 안에 들어가 보니 진기한 대리석 벽에다 마루는 금은 세공으로 시공되어 있었으며, 그 물에는 장미수가 섞여 있습니다. 하인은 마스룰과 시종들에게 극진히 대접하여, 모두들 목욕을 끝마치고 나오자, 금실을 섞어 짠 비단옷을 입혀주었습니다. 목욕탕에서 나온 일행이 게으름뱅이 아브 모하메드의 방으로 들어가자, 주인이 이층 방에 앉아 있었는데, 그 머리 위로부터는 진주와 보석을 아로새긴 비단 휘장이 늘어져 있고, 침상 속에는 빨간 바탕에 황금으로 수놓은 보료가 깔려 있었습니다. 주인은 보석을 아로새긴 긴의자의 깃털 방석 위에 푹신하게 앉아 있었습니다만, 마스룰의 모습을 보자, 앞으로 나와 맞아 자기 옆에 앉혔습니다. 그러고 나서 식사 준비를 명령하자, 하인들이 음식을 가져 왔습니다. 마스룰은 그 진수성찬을 보고서 "충성된 자의 임금님의 궁전에서도 아직껏 이런 진수성찬은 본 적이 없는 걸!" 하고 감탄했습니다. 왜냐하면 갖가지 산해진미가 금색으로 칠한 큰 자기 접시에 수북히 쌓여 있었기 때문입니다.

그래서 우리들은 먹고 마시며 해가 저물 때까지 흥겹게 떠들었습니다(하고 마스룰은 말했습니다). 주연이 끝나자 주인은 모두에게 각기 5000디나르의 축의금을 넣어주고, 그 이튿날에는 초록색의 훌륭한 옷을 우리들에게 입혀주며, 더할 나위 없이 융숭하게 환대해주었습니다. 이윽고 마스룰은 주인에게 말했습니다. "교주님의 노여움을 사면 큰일이니까, 이 이상 더 지체할 수 없소." 그러자 게으름뱅이 아브 모하메드는 "대감, 저희들도 떠날 준비를 갖출 테니 내일까지만 참아주시오. 내일은 꼭 따라갈 테니까요." 하고 말했습니다. 그래서 일동은 그날 하루를 더 묵으며 밤을 새웠습니다. 그리고 이튿날이 되자 아브 모하메드의 하인들은 암탕나귀에 온갖 진주와 보석으로 아로새긴 황금 안장과 마구를 얹었습니다. 이 모양을 보고 마스룰은 속으로 생각하기를 "아브 모하메드가 이런 모습으로 어전에 나가서 교주님이 무슨 수로 그토록 돈을 많이 벌었느냐고 물으시면 뭐라고 대답하지."

일행은 알 즈바이다 태수에게 작별인사를 고하고는 바소라를 떠나, 도중 쉬지 않고 길을 재촉하여 바그다드에 도착했습니다. 그리고 교주 앞에 알현하자, 교주는 아브 모하메드에게 옆에 앉으라고 명령했습니다. 그는 앉자, 말도 공손하게 "오, 충성된 자의 임금님, 저는 충성의 표시로서 여기 보잘 것 없는 선물을 가지고 왔습니다. 괜찮으시다면 바치겠습니다." 하고 말했습니다. 교주가 "괜찮다." 하고 대답하자, 아브 모하메드는 곧 하인들에게 명령하여 큰 상자를 하나 가져오게 하여 안에서 여러 가지 진기한 물건을 꺼내었습니다. 그 안에는 흰 에머랄드 잎을 단 황금 나무에 비둘기 피처럼 새빨간 홍옥과 황옥, 그리고 번쩍번쩍 빛나는 진주 따위의 보물이 들어 있었습니다. 눈이 휘둥그래진 교주가 감탄하고 있는데, 아브 모하메드는 다시 두번째 큰 상자를 가져오라고 하여 그 안에서 진주와 쟈킨스와 에머랄드와 벽옥(碧玉), 그밖의 보석으로 장식한 황금 천으로 만든 천막을 꺼내었습니다. 그 기둥은 갓 자른 인도산 침향목이었는데, 그 둘레에는 초록색이 선명한 녹섬석(綠閃石)이 아로새겨 있었습니다. 그리고 천막 전체에는 짐승과 새 따위의 온갖 종류의 동물이 그려져 있고, 홍옥, 에머랄드, 감람석, 홍보석 따위의 보석과 온갖 종류의 귀금속이 아로새겨져 있었습니다.

이러한 물건들을 바라본 교주는 하늘에라도 뛰어오를 듯이 기뻐했습니다. 그래서 게으름뱅이 아브 모하메드가 말하기를 "오, 충성된 자의 임금님, 제가 이러한 물건들을 교주님에게 바쳤다고 해서 제가 특별히 무엇이 두려워서라거나, 무엇을 바라고서 한 짓은 아닙니다. 그저 저도 백성의 하나로서 이러한 물건들이 교주님에게 가장 어울리는 물건들이라고 생각했기 때문입니다. 지장이 없으시다면 위로해드리는 뜻으로 여흥을 하나 보여드릴까 합니다만." 교주가 "아무 거라도 해봐라. 구경할 테니." 하고 말하자, 아브 모하메드는 "고맙습니다." 하고 대답하고서 입을 움직여 궁전의 총안(銃眼)을 부르자, 총안이 쏙 한쪽으로 기울었습니다. 다시 또 아브 모하메드가 한쪽 눈으로 신호를 보내자, 눈앞에 닫힌 문이 달린 조그마한 방이 나타났는데, 안에다 대고 뭐라고 지껄이자, 아니, 이건 뭡니까! 안에서 새 우는 소리가 들리지 않겠습니까! 교주는 이 광경을 보고 적이 놀라 말했습니다. "그대는 다만 일개 게으름뱅이 아브 모하메드라고 하고, 게다가 그대 아비는 보잘 것 없는 목욕탕에서 일한 이발사 주제로서 유산이라곤 무엇 하나 남긴 것이 없었을 터인데, 도대체 무슨 수로 이런 보물을 얻었는가?" 그래서 아브 모하메드는 대답했습니다. "제발 제 신상 이야기를 들어주십시오."

—샤라자드는 날이 훤히 밝아오는 것을 깨닫자, 여기서 허락된 이야기를 그쳤다.

• 301일째 밤
샤라자드는 말을 이었다. 오, 인자하신 임금님, 게으름뱅이 아브 모하메드는 교주에게 이렇게 말했습니다. "오, 참된 신자이신 임금님, 제발 제 신상 이야기를 좀 들어보십시오. 정말로 귀신이 곡할 노릇의 이상한 이야기로서, 그 사연은 기막히기 짝이 없습니다. 눈

한쪽 구석에 새겨두면 따끔한 맛을 봐도 좋은 자에겐 약이 되겠습지요." "그럼, 아브 모하메드, 그대의 신상 이야기라니 들어보자!" 교주가 이렇게 재촉하자, 아브 모하메드는 이야기를 시작했습니다.

―오, 충성된 자의 임금님, (아무쪼록 알라여, 우리 임금님의 영광과 위세를 무궁케 하옵소서!) 세상 소문으로 다 아다시피 저는 게으름뱅이라는 별명이 붙었으며, 부친은 유산이라곤 한푼도 남긴 것이 없었습니다. 부친의 직업이라는 것이 목욕탕의 이발사였으니 그럴 법도 한 일이었습니다. 게다가 또 저는 젊었을 때엔 세계 제일의 게으름뱅이였는데, 그 게으르기란 이루 말할 수 없을 정도였으니, 무더운 여름철에는 길게 나자빠져서 지내며, 해가 삥 한 바퀴 돌아서 쨍쨍 내려쬐어도 일어나 그늘 속으로 들어가는 것조차 하기 싫어서 그대로 나자빠져 있는 상태였습니다. 그런 식으로 살아가던 중, 제 나이 열다섯이 되었을 때, 부친은 전능하신 알라의 부르심을 받고 이 세상을 떠나, 저에게 일전 한푼도 남겨놓은 것이라곤 없었습니다. 그래도 어머니께선 제가 나자빠져 있어도 일일이 돌봐주어 먹을 것 마실 것 떨어뜨리지 않고 주셨습니다. 마침내 어느 날, 어머니께서 디나르 금화 다섯 닢을 들고 저에게로 와서 이렇게 말했습니다. "얘, 아들아, 아브 알 무자파르 장로님이 중국으로 가신다더라."(그런데 이 장로님은 가난뱅이를 불쌍히 여기시는 인정 많은 영감님이었습니다). "그래서 말인데, 얘야, 이 은화 다섯 닢을 줄 테니 이걸 가지고 함께 그분 댁에 가서 중국에서 이 돈으로 뭘 좀 사 가지고 와달라고 부탁을 좀 해보자꾸나. 잘만 되면 알라(그 이름을 칭송할지어다!)의 뜻으로 한몫 잡을지도 모르니까 말이다." 저는 그런 일로 몸을 움직이는 것도 귀찮았지만 어머니께서 전능하신 알라께 맹세코 제가 함께 가지 않으면 식사를 날라다주지도 않고, 다시는 옆에 오지도 않을 것이며, 햇볕에 말라 죽어도 모른다고 하지 않겠어요. 오, 충성된 자의 임금님, 저는 이 말을 듣고, 어머니께서 제가 게으르다는 것을 잘 알고 있기 때문에, 으름짱으로만 하는 말이 아닐 것이라고 생각했

습니다. 그래서 "자, 그럼, 절 좀 일으켜주세요." 하고 말했더니, 어머니께서 그대로 해주었습니다. 저는 그 동안에도 계속 눈물을 흘리고 있었습니다. "신을 내줘요." 어머니가 신을 내놓자 이번에는 "신겨줘요." 하고 말했습니다. 어머니가 그렇게 해주자 저는 이번에는 "일으켜주세요." 했고, 일으켜주시자 이번에는 "부축해서 걷게 해주세요." 하고 말했습니다. 그래서 어머니께서 제 몸을 부축하자, 저는 가끔 옷자락에 발이 걸려 넘어지면서 비틀거리며 어느덧 강가에 이르렀습니다. 그래서 저는 노인에게 인사하고 "할아버지, 할아버지가 아브 알 무자파르 장로님이세요?" 하고 물었습니다. "그런데 무슨 일이지?" 하는 상대방의 대답에 저는 "이 돈으로 중국에서 뭘 사다주세요. 잘만 하면 돈벌이가 잘 될지도 모르니까요." 노인이 거기 있는 사람들에게 "당신들은 이 젊은이를 알고들 계시오?" 하고 묻자, 일동은 대답했습니다. "알고 있고 말고요. 저 사람은 게으름뱅이 아브 모하메드라고 하는데, 여태까지 집에서 밖으로 나온 걸 본 적이 없었습니다." 그러자 노인은 저에게 "그렇다면 전능하신 알라의 축복과 함께 그 은화를 이리 주시오." 하고 말했습니다. 노인이 "비스미라! ─ 알라의 이름에 맹세코 ─" 하고 말하면서 돈을 받자, 저는 어머니와 함께 집으로 돌아왔습니다.

이윽고 아브 알 무자파르 노인은 상인 일행과 함께 출범하여 여행을 거듭한 끝에 중국에 도착한 다음, 장사를 하여 그들이 원한 대로의 물건을 구하자 귀로에 올랐습니다. 바다로 나온 지 사흘째 되는 날 노인은 일동에게 "배를 멈추시오!" 하고 명령했습니다. "도대체 무엇 때문입니까?" 하고 일동이 묻자, "실은 말이오, 게으름뱅이 아브 모하메드가 부탁한 일을 깜박 잊었소. 그래서 다시 돌아가 그애에게 돈벌이가 될 만한 물건을 이 돈으로 사야만 하겠소"라는 노인의 대답에 모두들 외쳤습니다. "안됩니다. 되돌아가다니 여기까지 어떻게 해서 왔는지 아세요. 죽을 고생도 하고 무서운 생각도 얼마나 했다구요." "안돼, 되돌아갈 수밖에 딴 방법이 없어." "그렇다면 우리들이 5디르함의 이익에 곱절씩 드릴 테니 되돌아가지 마십시오." 이 제안에 노인이 승낙했으므로 모두들 노인을 위해 많은 돈을 모았습니다. 그러고 나서 또 항해를 계속하던 중 마침내 사람들이 많이 살고 있는 섬에 도착했습니다.

 상인들은 닻을 내리고서 귀금속과 진주, 보석 등을 많이 사들이기 위해 상륙했습니다. 이윽고 아브 알 무자파르 노인의 눈에 띈 것은 많은 원숭이들을 앞에다 놓고 앉아 있는 한 사나이였습니다. 그 원숭이들 가운데에는 털이 뽑힌 원숭이가 한 마리 있었는데, 주인이 한눈을 팔기만 하면 다른 원숭이들이 털이 뽑힌 원숭이에게로 달려들어 때리거나 내던지는 것이었습니다. 그것을 본 주인이 일어나 원숭이들을 때리고 결박하여 장난에 대해 벌주었습니다. 그러자 원숭이들은 모두 털 없는 원숭이에게 화를 내며 점점 더 심하게 때리는 것이었습니다. 아브 알 무자파르 노인은 이 광경을 보고서 털 없는 원숭이를 불쌍히 여겨 주인에게 말했습니다. "저 원숭이를 팔지 않겠소?" "팔지요." 하고 주인이 대답하자, 노인은 다시 말을 이었습니다. "애비 없는 젊은이에게서 5디르함을 받아왔는데, 그 돈이면 팔겠소?" 그러자 원숭이 상인은 "그러시죠. 당신께 알라의 축복이 있으시기를!" 하고 말하고서 원숭이를 주고는 돈을 받았습니다. 노인의 노예들은 그 원숭이를 데리고 배로 돌아오자, 배 안에다 매어 두었습니다. 그러고 나서 일행은 다시 돛을 올려 다른 섬으로 항해를 하여 그곳에다 닻을 내렸습니다. 이 섬으로는 바다 속으로 잠수하여 보석과 진주 따위를 채취하는 잠수부들이 몰려왔으므로 상인들은 잠수부를 고용하여 일을 시켰습니다. 그런데 이 광경을 보고 있던 원숭이가 밧줄을 자르고서 바다 속으로 뛰어들어 잠수부들과 함께 바다 속으로 가라앉았기 때문에 아브 알 무자파르는 말했습니다. "영광 있고, 위대하신 신 알라 외에 주권 없고, 권력 없도다! 모처럼 그 가난뱅이 젊은이를 위하여 원숭이를 샀는데, 그 원숭이도 젊은이의 운과 함께 사라지고 말았군." 모두들 완전히 체념하고 있는데 잠시 후 잠수부의 한

떼가 수면으로 떠오르자, 보십시오. 그 사이에 원숭이도 한몫 끼어 두 손에 가득히 값비싼 보석을 움켜쥐고 이것을 노인 앞으로 던지는 것이 아니겠습니까. 노인은 그 광경에 깜짝 놀라 "알 수 없는 원숭이 놈이로군!" 하고 외쳤습니다.

이윽고 일행은 다시 닻을 올리고 출범하여 즈누지 섬이라는 세 번째 섬에 도착했습니다. 이 섬의 주민은 사람 고기를 먹는 검둥이들이었으므로 그들의 배를 보자, 통나무 배를 저어 배에 오르더니 배 안의 모든 상품을 마구 약탈하고 일행을 생포한 다음 그 섬의 왕에게로 끌고 갔습니다. 왕은 몇 사람의 상인을 죽이라고 명령했으므로 검둥이들은 목을 잘라 죽이고 그 고기를 먹었습니다. 살아 남은 상인들은 결박당한 채 하룻밤을 지내게 되었지만 산 것 같지가 않았습니다. 그러나 한밤중에 예의 그 원숭이가 일어나 아브 알 무자파르 노인의 옆으로 다가가 밧줄을 풀어주었습니다. 다른 상인들은 노인이 자유의 몸이 된 것을 보고 "오, 아브 알 무자파르! 우리들도 제발 좀 살려주십시오." 하고 말했습니다. 그러나 노인은 "전능하신 알라의 뜻으로 나를 살려준 것은 바로 이 원숭이란 말이오." 하고 대답했습니다.

—샤라자드는 날이 훤히 밝아오는 것을 깨닫자, 여기서 허락된 이야기를 그쳤다.

• 302일째 밤

샤라자드는 말을 이었다. 오, 인자하신 임금님, 아브 알 무자파르는 말했습니다. "전능하신 알라의 뜻으로 내 결박을 풀어준 것은 바로 이 원숭이오. 살려준 사례로 1000디나르를 주기로 하마." 이 말을 듣고 상인들도 이구동성으로 말했습니다. "우리들도 모두 살려준다면 각기 1000디나르씩 사례하겠습니다." 그러자 원숭이는 일어나 그들 옆으로 다가가 하나씩 밧줄을 풀어 마침내 전원을 자유의 몸으로 만들어주었습니다. 일행이 배로 되돌아와 갑판으로 올라와 보니 모두가 그전 그대로이며, 무엇 하나 없어진 것이라고는 없었습니다. 그래서 일행은 닻을 올리고 출범한 것인데, 이윽고 아브 알 무자파르는 "여러분, 이 원숭이에게 한 약속을 이행해주시오." "알았습니다." 일동은 그렇게 대답하고 나서 각기 1000디나르씩 내놓았습니다. 아브 알 무자파르도 자기 몫을 내놓았으므로 많은 돈이 원숭이 앞에 산같이 쌓였습니다. 그리고 나서 또 일행은 항해를 계속하여 바소라에 도착하자 친구들이 마중나왔습니다. 상륙이 끝나자 노인은 말했습니다. "게으름뱅이 아브 모하메드는 어딨지?"

이 소식이 제 어머니의 귀에 들어가자, 자고 있는 저에게로 와서 말했습니다. "얘야, 정말 아브 알 무자파르 영감님이 벌써 돌아오셔서 시내에 계신 모양이다. 그러니 그 댁에 가서 인사를 하고 무엇을 사오셨는지 물어봐라. 전능하신 알라께서 우리들에게 무엇이고 행운의 문을 열어주실지도 모르는 일이니 말이다." 그래서 저는 "일으켜서 몸을 떠받쳐준다면 제 방 있는 데까지 걸어가겠습니다." 하고 말했습니다. 그리고 나서 밖으로 나와 옷자락을 발에 밟으면서 자꾸만 걸어가다가 노인과 만났습니다. 노인은 저를 알아보자 큰 소리로 외쳤습니다. "어, 잘 오셨소. 그대 돈으로 결국 나도 이 상인들도 목숨을 건지게 되었소. 이것은 다 전능하신 알라의 덕택이오." 그리고 다시 말을 이었습니다. "그대를 위하여 산 이 원숭이를 데리고 가시오. 집에 데리고 가서 내가 나중에 들를 때까지 기다리고 계시오." 그래서 나는 원숭이를 끌고 마음 속으로는 "어렵쇼, 이건 또 뭐야!" 하고 중얼거리면서 집으로 끌고 와서 어머니에게 말했습니다. "내가 뒹굴 때마다 일어나 장사를 하라고 볶아대더니 이 꼴을 좀 보세요. 어머니 이 상품을."

그러고 나서 그 자리에 앉아 가만히 있자니까 아브 알 무자파르의 노예들이 몰려왔습니다. "여기가 게으름뱅이 아브 모하메드라는 분의 댁입니까?" "그렇소." 하고 제가 대답하자, 아브 알 무자파르가 일행 뒤에서 모습을 나타냈습니다. 그래서 제가 일어나 노인의 두 손에 입을 맞추자, 노인은 "나를 따라 우리 집으로 갑시다." 하고 말했습니다. "황송합니다." 하고 저는 대답한 다음, 노인 뒤를 따라 노인의 집에 가자, 노인은 곧 하인들에게 명령하여 원숭이가 벌어준 돈을 가지고 오라고 말했습니다. 돈을 가지고 오자, 노인은 "여보, 젊은이, 알라의 덕택으로 그대의 5디르함이 이렇게 많은 돈을 벌게 해준 것이오." 하고 말했습니다. 노예들이 그 보물을 큰 상자 속에 넣어 머리에 이자, 아브 알 무자파르는 저에게 열쇠를 주며 "댁까지 노예들을 안내하시오. 정말 이 보물은 모두 다 그대 것이니까 말이오." 하고 말했습니다. 그래서 저는 어머니에게로 돌아온 것인데, 어머니는 기뻐하며 "얘, 아들아, 알라의 덕택으로 이렇게 큰 부자가 되었구나. 그러니까 이제는 게으름을 떨지 말고 시장에 나가서 장사를 해라."

저는 평소의 게으른 버릇을 버리고서 시장에서 가게를 차렸습니다. 그리고 예의 그 원숭이를 함께 긴의자에 앉히고서 먹고 마시고 할 때에도 함께 먹고 마시고 한 것입니다. 그런데 그 원숭이 녀석은 매일 꼭 새벽녘부터 한낮까지 밖으로 나가 다니다가 돌아올 때에는 반드시 1000디나르가 든 지갑을 들고 와서는 제 옆에 놓고 앉았습니다. 오랫동안 그렇게 하고 있는 동안에 저는 큰 재산이 모여, 그 돈으로 집과 땅을 사서 정원을 만들고, 백인 노예와 흑인 노예, 측녀들을 사들였습니다.

그러던 어느 날, 가게로 나가 양탄자 위에 앉아 있노라니까, 원숭이는 갑자기 몸을 좌우로 비틀기 시작했습니다. 제가 '이 녀석, 갑자기 웬일일까?' 하고 속으로 생각하고 있는데, 알라의 뜻에 의하여 원숭이의 혀가 돌기 시작하여 "여봐라, 아브 모하메드!" 하고 말을 하였습니다. 원숭이가 말하는 것을 듣고 저는 매우 겁이 났지만 원숭이는 다시 말을 이었습니다. "걱정할 것 없다. 내 신상 이야기를 해주마. 나는 마신 중의 마신으로서, 네가 가난하므로 도우러 온 것이다. 그러나 이제는 네 재산이 얼마나 되는지 모를 정도구나. 너에게 할 말이 있는데, 내가 하라는 대로만 하면 앞으로도 너를 행복하게 해주겠다." "어떤 일입니까?" 하고 제가 물었더니, 상대방이 말하기를 "나는 너를 보름달 같은 처녀에게 장가들게 해주고 싶다." "어떻게 말입니까?" "내일 좋은 나들이 옷을 입고 황금 안장을 얹은 당나귀를 타고 건초시장으로 가서 시장 우두머리의 가게를 찾아가 주인 옆에 앉아 이렇게 말해라. '실은 댁의 따님을 주십사 해서 이렇게 찾아왔습니다.' 만일 상대방이 '당신은 돈도 지위도 신분도 없지 않소.' 하거든 1000디나르를 주고, 좀더 달라고 하거든 더 주고서 돈으로 환심을 사도록 하라." 저는 이 말을 듣고 "잘 알았습니다. 분부하신 대로 하겠습니다. 인샬라!" 하고 대답했습니다.

그래서 이튿날 고급 나들이 옷을 입고 건초시장으로 나가 시장 우두머리의 가게를 찾았습니다. 주인이 가게에 앉아 있었으므로 저는 당나귀에서 내려 인사를 한 다음 그 옆으로 가서 앉았습니다.

—샤라자드는 날이 훤히 밝아오는 것을 깨닫자, 여기서 허락된 이야기를 그쳤다.

• 303일째 밤

샤라자드는 말을 이었다. 오, 인자하신 임금님, 게으름뱅이 아브 모하메드는 이야기를 계속했습니다.

—그래서 저는 당나귀에서 내려 인사한 다음 주인 옆으로 가서 앉자, 따라온 백인 노예와 흑인 노예는 제 앞에 섰습니다. 샤리후는 "무슨 용무이라도 계십니까? 저희들은 거래의 영광을 얻었으면 합니다만." "그렇습니다, 실은 당신께 볼일이 있어 찾아왔습니다." "무슨 볼일이신데요?" "댁의 따님에게 결혼신청을 하러 왔습니다." 그러자 상대방은 "당신은 재산도 지위도 없을 텐데." 그래서 저는 번쩍번쩍 빛나는 1000디나르가 든 지갑을 내놓고서, "이것이 내 지위요, 신분입니다. 예언자(알라의 축복과 가호가 있으시기를!)도 '

최상의 지위는 부니라' 하고 말씀하시지 않았습니까? 게다가 시인
도 이렇게 근사한 말을 하고 있거든요.

   은화를 두 닢 가진 자는
   무슨 말을 해도 근사하고
   청산유수 같은 구변도 듣기 좋게
   저절로 입에서 흘러나온다.
   친구들 사이에 한몫 끼어
   세상 이야기에 귀를 기울이면
   뽐내며 거드름 피우는 것도
   제법 남자답구나.
   이와 반대로 만에 하나라도
   뽐내보일 돈이
   한닢 없을 때엔
   그 모습이 보기에도 초라하구나.
   비록 경우에 안맞는 말을 해도
   돈만 있으면 사람들은
   "그럼요, 지당한 말씀이외다."
   이러한 대답을 하는 법.
   가난뱅이가 비록 거짓없는
   참된 말을 하더라도
   "거짓말이야, 그건." 하고 업신여기고
   아무도 상대해주지 않는다.
   진정 세상이 넓을지나
   돈의 위력은 영예의 옷
   바보도 영리하게 보인다네.
   황금은 도도하게 흘러 마지않는
   웅변의 혀.
   황금은 더할 나위 없는 무기로서

무사의 몸을 지켜준다!"

시장 우두머리는 제 말을 듣고, 또 노래의 뜻을 이해하자, 잠시 머리를 숙이고 있더니 마침내 머리를 쳐들고 말했습니다. "꼭 청혼하고 싶다면 3000디나르를 더 받고 싶은데요." "알았습니다." 하고 저는 대답하고서 백인 노예더러 그 돈을 가져오라고 명령했습니다. 돈이 오자 저는 곧 그 돈을 시장 우두머리에게 넘겨주었습니다. 그는 자기 두 손에 쥔 돈을 보자, 일어서 하인들에게 가게 문을 닫으라고 한 다음, 시장 친구들을 결혼식에 초대했습니다. 그러고 나서 저를 자기 집에 데리고 가서 딸과의 결혼계약서를 작성하고는 "열흘 후에 딸을 데리고 당신 댁으로 첫 방문을 하겠소." 하고 말했습니다.

그래서 저는 하늘에라도 오를 듯이 신이 나서 집으로 돌아와 문을 닫고 원숭이와 단 둘이만 있게 되자, 자초지종을 보고했습니다. 그러자 원숭이는 "잘 했네." 하고 말했습니다. 시장 우두머리와의 약속날이 다가오자 원숭이는 저에게 "자, 너한테 또하나 부탁이 있는데, 들어준다면 뭐든지 원하는 대로 해주지." 하고 말했습니다. "뭡니까?" 하고 물었더니 "신부인 그 시장 우두머리의 딸과 네가 대면하게 될 방에는 구석에 벽장이 하나 있네. 그 문에는 구리로 만든 고리 자물쇠가 달려 있고, 그 밑에 열쇠가 걸려 있지. 그 열쇠로 벽장을 열면 구석에 네 개의 기가 달린 ─ 그것은 부적인데 ─ 쇠상자가 하나 있을 거야. 그 한가운데에는 돈이 가득 들어 있는 놋쇠 쟁반이 있고, 그 안에 볏이 찢어진 흰 수탉이 한 마리 들어 있네. 그리고 상자 또 한구석에는 뱀이 11마리, 또 다른 쪽 구석에는 식칼이 하나 있지. 그 식칼로 수탉을 죽인 다음 기를 갈갈이 찢고 나서 상자를 뒤집어 엎어버린 다음 신부에게로 다시 돌아와 첫날밤 신방을 꾸미도록 하게. 내 부탁이라는 것은 그것뿐이네." "잘 알았습니다." 하고 대답하고서 저는 시장 우두머리네 집으로 갔습니다.

그러고 나서 신부 방으로 들어가기가 무섭게 저는 벽장을 찾았는데, 원숭이 말대로 벽장이 거기 있었습니다. 눈독을 잘 들여놓은 다음 신부 옆으로 갔는데, 그 미모와 귀여움, 균형이 잡힌 체격 등 그저 놀랄 뿐, 말로는 도저히 표현할 수 없는 아리따운 가인이었습니다. 저는 까닭없이 기뻐서 죽을 지경이었습니다. 그러고 나서 한밤중에 신부가 잠이 든 것을 보자, 자리에서 일어나 열쇠를 손에 들고, 그 벽장을 열었습니다. 그 다음 식칼을 움켜쥐고서 수탉을 죽이고, 기를 갈갈이 찢어버리고는 궤짝을 뒤엎어놓고 말았습니다. 시끄러운 소리에 잠이 깬 신부는 열어젖혀진 벽장과 목이 잘려진 수탉을 보자, "영광되고 위대한 신 알라 외에 주권 없고 권력 없도다! 마침내 마신의 손에 잡히고 말았구나!" 하고 외쳤습니다. 신부가 채 그 말을 끝내기도 전에 마신은 이 집으로 내려와 신부를 납치해가고 말았습니다.

이 사건으로 온 집안은 난장판이 되고 말았으며, 뜻밖에 그곳에 나타난 시장 우두머리는 자기 얼굴을 손바닥으로 때리며 외쳤습니다. "아, 아브 모하메드, 이게 무슨 짓이오? 나는 저 저주받은 악마로부터 딸을 지키기 위하여 벽장 속에 부적을 만들어놓았던 것이오. 그런데 배은망덕도 분수가 있지 이럴 수가 있단 말이오. 그 악마놈은 6년 동안이나 딸을 훔치려고 얼마나 애를 썼는지 아시오? 그러나 이렇게 된 이상 당신과 함께 살 수는 없소. 어서 이 집에서 나가시오."

그래서 저는 집으로 돌아와 원숭이를 찾았지만 그림자도 볼 수 없습니다. 여기서 비로소 저는 원숭이가 마신이었다는 것, 신부를 납치해갔다는 것, 저를 속이고 자기에게 방해가 되는 부적과 수탉을 때려부수게 했다는 것 등을 깨달았습니다. 그래서 저는 옷을 갈갈이 찢고, 얼굴을 때리면서 후회했습니다. 어느 쪽을 보아도 넓은 세계가 바싹 죄어드는 것만 같았습니다. 그래서 저는 곧 사막으로 발을 돌려 정처없이 방랑하고 있던 중 어느덧 해가 지고 말았습니다. 시름에 잠겨 있는데 난데없이 두 마리의 뱀이 눈에 띄었습니다. 한 마리는 고동색이고, 또 한 마리는 흰색이었는데, 이 두 놈은 서로 상대방을 죽이려고 힘을 다하여 싸우고 있었습니다. 그래서 저는 돌을 집어서 단번에 고동색 뱀을 때려 죽였습니다. 그 놈이 상대방에게 달려들어 물어 죽이려고 했기 때문입니다. 그러자 흰 뱀은 어디론가 사라져 잠시 보이지 않다가, 얼마 후 10마리의 흰 뱀을 데리고 되돌아와서 죽은 뱀 옆으로 가까이 가 갈가리 물어뜯어 먹고 나중엔 대가리만 남겼습니다. 그러더니 뱀들은 어디론지 사라져버렸습니다. 저는 몹시 지쳐 있었기 때문에 그 자리에 길게 나자빠져 이것저것 제 신세를 생각하고 있었습니다. 이상도 해라, 모습은 보이지 않는데 사람 목소리가 들려오는 것이었습니다. 그 목소리는 이런 시구를 읊고 있었습니다.

　　고삐를 늦추어 운명을
　　사뿐히 그대로 가게 하시오.
　　끙끙거리며 시름 겨운 생각으로
　　밤을 보내선 안되오.
　　눈을 감았다 뜨는 깜짝할 사이에
　　지독한 불행도 최상의
　　행복으로 알라는 바꿀 수 있으므로.

　오, 충성된 자의 임금님, 저는 이 노래를 듣자, 몹시 걱정이 되어, 무어라 말할 수 없는 불안을 느꼈습니다. 그 순간 또 뒷면 저쪽에서 이런 시구를 읊고 있는 소리가 들려왔습니다.

　　오, 이슬람교도여, 코란을
　　이 세상의 길잡이로 삼는 그대여
　　기뻐하라, 그대의 수중에
　　편안히 평화 되돌아왔으니.
　　비록 악마가 몰래

그대에게 속삭일지언정
두려워 말라, 우리들 모두
진실을 믿는 종족이기에.

그래서 제가 "당신이 숭배하는 신의 진실에 맹세코 부디 당신의 정체를 가르쳐주시오!" 하고 말하자, 보이지 않는 상대는 인간의 모습으로 나타나 말했습니다. "무서워할 것은 없다. 네 선행의 소문은 우리들의 귀에도 들어와 있다. 우리들은 진실을 믿는 마신이다. 그러므로 너에게 무슨 소원이 있다면 우리들에게 말해보라. 그 소원을 풀어줄 테니까." "저는 지금 지극히 난처한 처지에 빠져 있습니다. 쓰라린 고생에 시달리고 있습니다. 저만큼 마음을 괴롭히고 있는 사람도 없을 것입니다!" 그러자 상대방이 "너는 혹시 게으름뱅이 아브 모하메드가 아니냐?" 하고 묻기에, 저는 "네, 그렇습니다." "여봐라, 아브 모하메드, 나는 아까 그 흰 뱀의 형제이다. 너는 그 형제의 적을 죽여주었다. 우리들은 양친을 같이하는 형제로서 모두가 네 그 인정 많은 행동에 감사하고 있다. 그런데 잘 들어봐라. 원숭이 모습을 하고서 너를 속인 놈은 마신의 일족에 속하는 악마 중의 악마로서 그런 수를 쓰지 않고서는 그 처녀를 손안에 넣을 수 없었을 게다. 왜냐하면 그놈은 그전부터 그 처녀에게 반해 있어 오랫동안 납치해가려고 노리고 있었기 때문이다. 그러나 예의 부적 건으로 소원이 이루어지지 않았다. 그 부적이 그대로 있었다면 그놈은 절대로 그 처녀에게 접근하지 못했을 것이다. 그러나 끙끙 앓고 있을 건 없다. 우리들이 너를 그 처녀 있는 데로 데리고 가서 악마놈을 죽여버릴 테니까. 우리는 너의 친절을 결코 잊지 않을 것이다." 이렇게 말하고서 마신은 한층 더 높게 무서운 목소리로 부르짖었습니다.

——샤라자드는 날이 훤히 밝아오는 것을 깨닫자, 여기서 허락된 이야기를 그쳤다.

• 304일째 밤

샤라자드는 말을 이었다. 오, 인자하신 임금님, 마신은 이어 "우리는 너의 친절을 결코 잊지 않을 것이다." 하고 말하고 나서, 한층 더 높게 무서운 목소리로 부르짖었습니다. 그러자 아니, 이상도 해라! 마신의 일단이 갑자기 나타났습니다. 예의 그 마신이 그들에게 원숭이의 행방을 물었더니 그중 하나가 "집을 알고 있습니다." 하고 대답했습니다. 다른 하나가 "어디 살고 있어?" 하고 반문하자 "태양이 뜬 적이 없는 놋쇠 도성에 있어." 하는 대답이었습니다. 그래서 최초의 마신은 저에게 말했습니다. "아브 모하메드, 우리들의 노예 중 하나를 택하라. 너를 등에 태우고 가서 그 처녀를 찾아낼 방법을 가르쳐줄 테니까. 한데 알겠나, 이 노예 역시 마신의 하나야. 부디 조심하여 날아가고 있는 동안 알라의 이름을 입밖에 내선 안돼. 알라의 이름을 들으면 그놈은 너를 내동댕이치고 도망을 칠 거고 그러면 너는 떨어져 죽고 말 테니 말이다." "알았습니다." 하고 제가 그렇게 대답하고 나서 노예 하나를 고르자, 그 노예는 제 쪽으로 몸을 숙이고서 "타십시오." 하고 말했습니다.

그 노예 등에 타자, 노예는 하늘 높이 날아올라, 이윽고 지상이 보이지 않게 되자, 마치 튼튼히 뿌리를 박은 대지의 산들에 비유될 만한 성좌가 눈에 보이고 "알라를 칭송할지어다!" 하고 천국에서 외치고 있는 천사들의 소리마저 귀에 들려왔습니다. 한편 노예는 계속 자꾸만 지껄여대며 제가 전능하신 알라의 이름을 외지 못하도록 마음을 딴쪽으로 돌리거나 방해를 하곤 했습니다. 그러나 날아가고 있는 동안에 뜻밖에 초록색 옷을 입고, 긴 머리카락을 치렁치렁 늘어뜨리고, 얼굴이 빛나는 예언자가 번쩍번쩍 빛나는 긴 창을 손에 들고 나타나 저에게 말을 걸었습니다. "여봐라, 아브 모하메드, '알라 외에 신 없고, 모하메드는 신의 사도이니라.' 하고 외어보라. 그렇지 않으면 이 창으로 너를 죽이겠다." 그렇지만 저는 입이 막혀, 부르고 싶어도 알라의 이름을 부를 수 없었기 때문에 속이 타 못견딜 지경이었습니다. 그러다가 그만 "알라 외에 신 없고, 모하메드는 신의 사도이니라"를 입밖에 내고 만 것입니다. 그 순간 빛나는 예언자가 창으로 마신을 찌르니, 순식간에 노예는 녹아내려 재가 되고 말았습니다. 한편 저는 공중에 둥실 뜨게 되어 지구를 향하여 거꾸로 소용돌이치는 바다 속으로 빠지고 말았습니다. 그러나 다행히도 제가 떨어진 곳은 사공 다섯을 태운 배 옆이었으므로 그들이 제 모습을 보자 옆으로 다가와 배 안으로 끌어 올려주었습니다. 그들의 말은 저에겐 영 통하지 않았습니다. 그래서 손짓 발짓으로 못 알아듣겠다는 시늉을 해보였습니다. 그들은 그대로 자꾸만 배를 저어 가다가 해질 무렵에는 그물을 던져 큰 고기를 한 마리 잡아올렸습니다. 이것을 삶아서 저에게도 먹으라 하고는, 다시 배를 저어 마침내 자기들의 도성에 당도하여 왕의 어전으로 저를 데리고 갔습니다.

　제가 임금님 앞에 엎드리니, 임금님은 저에게 어의를 하사한 외에 아라비아 말로 말씀하셨습니다(그것은 유창한 아라비아 말이었습니다). "그대를 내 신하로 삼겠다." 제가 도성 이름을 묻자 "하나도(가공의 도시)라고 하며, 중국 땅에 있다"라고 대답하셨습니다. 그러고 나서 왕은 저를 대신 손에 넘겨 시내 구경을 시키라고 말씀하셨습니다. 이 도성에는 옛날에는 이교도들이 살고 있었는데, 전능하신 알라의 노여움을 산 탓으로 돌로 변하고 말았다는 것입니다. 저는 그곳에 한 달쯤 체류하며, 여기저기를 구경하여 기분을 전환했는데, 나무도 그렇고 과일도 그렇고, 그렇게 풍부한 고장은 난생 처음이었습니다. 한 달이 지난 어느 날, 그 어느 냇가에 앉아 있노라니까 갑자기 말을 탄 한 사나이가 나타나 저에게 말을 건넸습니다. "너는 게으름뱅이 아브 모하메드가 아니냐?" "그렇습니다." 하고 제가 대답하자, 그는 이 말을 듣고 "걱정할 것은 없다. 너의 선행은 벌써 우리들도 듣고 있으니 말이다." 하고 말했습니다. "당신은 도대체 누구십니까?" 하고 제가 묻자, 그는 "나는 예의 그 흰 뱀의 형제다. 여기서부터 네가 찾고 있는 색시가 있는 곳은 그리 멀지 않다." 하고 말하고서 자기 옷을 벗어 저에게 입혀주면서 "걱정할 것 없다. 너를 업고 가다가 죽은 그 마신은 한낱 우리들의 노예 중의 하나에 지나지 않으니까." 하고 말했습니다.

그리고 나서 말을 탄 사나이는 저를 뒤에다 태우고서 사막까지 오자 "여기서 내려서 그 두 산 사이를 걸어가라. 그러는 가운데 놋쇠 도성이 보이거든 먼발치에서 걸음을 멈추고 서 있어라. 내가 돌아와서 어떻게 하면 좋을지 가르쳐 줄 때까지 도성에 들어가선 안된다." 하고 말했습니다. 저는 "알았습니다." 하고 대답하고서 말 등에서 내려 그 도성까지 계속 걸어갔습니다. 보니 성벽은 놋쇠로 만들어져 있었습니다. 문이 있지나 않을까 하고 생각하고서 저는 주위를 한 바퀴 삥 돌아보았습니다만 문 같은 것은 하나도 눈에 띄지 않았습니다. 끈기 있게 찾아보고 있는데 마침내 뱀의 형제가 와서 모습을 보이지 않게 하는 마법의 칼을 한 자루 저에게 주고는 그대로 가버렸습니다. 뱀의 형제가 가버린 잠시 후에 뜻밖에 함성이 일어나더니 어느 틈엔가 저는 가슴에 눈이 달린 사람들에게 포위되고 말았습니다. 그들은 저를 보고서 말했습니다. "넌 누구냐? 어째서 여기 왔느냐?" 그래서 제가 사정 이야기를 했더니 그들은 "네가 찾고 있는 색시는 이 도성 마신 곁에 있다. 그러나 우리들은 그 자가 색시를 어떻게 했는지는 모른다. 사실 우리도 흰 뱀과 한 패다." 하고 나서 다시 덧붙였습니다. "저기 샘 있는 데까지 가서 물이 흘러 들어가는 곳을 찾아 물과 함께 안으로 들어가라. 그러면 저절로 도성으로 들어갈 수 있을 테니까."

제가, 그들이 가르쳐준 대로 물을 따라 들어갔더니, 마침내 사루다브라는 둥근 지붕의 땅밑 방에 당도하게 되었습니다. 이 땅밑에서 위로 올라갔더니 어느새 도성 한가운데로 나오게 되었습니다. 저는 여기서 머리 위에 비단 천개(天蓋)를 치고, 황금 옥좌에 앉아 있는 그 처녀를 보았습니다. 주위는 황색 나무가 우거진 정원으로 둘러싸여 있고, 열린 열매는 홍옥, 감람석, 진주, 산호 등

값비싼 보석류였습니다. 처녀는 저를 보자, 한눈에 저라는 것을 알아보고서 이슬람교도 식으로 인사를 하고는 말을 건넸습니다. "서방님, 누가 당신을 여기까지 데리고 왔나요?" 제가 이제까지의 경위를 모두 들려주었더니 처녀는 말했습니다. "저 저주받은 마신놈이 저에게 홀딱 반해버렸기 때문에 입을 잘못 놀려 자기에게 유리한 것, 불리한 것을 낱낱이 지껄였지 뭐예요. 이 도성에는 어떤 부적이 있는데, 그 힘으로 도성도 그 안에 있는 것도 모두 깨끗이 전멸시켜 버릴 수 있다는 것이에요. 그 부적만 손 안에 넣으면 마신들은 무슨 소리를 해도 말을 잘 들을 거예요. 그것은 기둥 위에 있어요." "그 기둥은 어디 있소?" 하고 제가 물었더니 "이러저러한 곳이에요." "그 부적은 어떻게 생긴 것이오?" "독수리 모양을 하고 있는데, 거기에는 제가 모르는 글씨가 적혀 있어요. 그래서 거기 가서서 그것을 손 안에 넣거든 눈앞에다 놓고, 향로에다 향료를 조금 넣어주세요. 그렇게 하면 연기가 떠올라 마신들이 당신 곁으로 모여듭니다. 모두가 하나도 빠짐없이 당신 앞에 죽 늘어설 거란 말이에요. 게다가 마신들은 당신 말이라면 무엇이든 절대 복종할 거예요. 어떠한 명령을 해도 말이에요. 그럼 어서 착수하세요. 전능하신 알라의 축복을 빌겠어요."

그래서 나는 "해봅시다." 하고 대답하고서 둥근 기둥 옆으로 가보았더니 처녀 말 그대로였습니다. 그러자 마신들이 하나도 남지 않고 눈앞에 나타나 "주인님, 왔습니다! 무엇이나 명령해주시면 하라는 대로 하겠습니다." 하고 말했습니다. 제가 "저 처녀를 고향에서 납치해온 마신을 잡아오너라!" 하고 명령했더니, 그들은 "알았습니다." 하고 대답하고서 물러서더니 잠시 후에 손발을 단단히 결박지운 마신을 데리고 돌아왔습니다. 그들이 "분부하신 대로 했습니다." 하고 말했으므로, 저는 그들을 물러가게 한 다음 처녀에게로 돌아가서 일이 잘 됐다는 것을 보고한 다음 "여보, 당신도 함께 돌아가겠소?" 하고 묻자 처녀는 "네, 함께 떠나겠어요." 하고 대답했습니다. 그래서 저는 아까 도성으로 들어갔던 둥근 지붕의 방으로부터 처녀를 데리고 나와 길을 재촉했지만 곧이어 아까 처녀의 행방을 가르쳐준 사람들과 만났습니다.

─샤라자드는 날이 훤히 밝아오는 것을 깨닫자, 여기서 허락된 이야기를 그쳤다.

• 305일째 밤

샤라자드는 말을 이었다. 오, 인자하신 임금님, 게으름뱅이 아브 모하메드는 이렇게 이야기를 계속했습니다.

─길을 재촉하여 걸어가고 있노라니까 아까 처녀의 행방을 가르쳐준 사람들과 만났습니다. 그래서 제가 "제 고향으로 돌아가는 길을 가르쳐주시오." 하고 말하자, 그 사람들은 길을 가르쳐준 외에도 도보로 해변까지 안내한 다음 배에 태워주었습니다. 다행스럽게도 순풍을 만나 우리들은 무사히 바소라에 당도했던 것입니다. 장인댁 문에 들어서니 집안식구들은 신부의 모습을 보자 펄쩍 뛰며 기뻐서 어찌할 줄 몰랐습니다. 그러고 나서 예의 그 부적에다 사향을 피우니, 이건 또 웹니까! 사방에서 마신이 몰려들어 "무엇이든 명령만 내려주십시오." 하는 것이었습니다. 그래서 저는 돈이며 귀금속이며 보석이며, 그밖에 놋쇠의 도성에 있는 것은 무엇이나 다 바소라의 제 집으로 옮기도록 하라고 명령했더니 그들은 그대로 했습니다. 그리고 예의 그 원숭이를 데리고 오라고 명령했더니, 그들은 보기에도 꼴사나운 초라해진 원숭이를 데리고 왔으므로, 저는 다시 마신들에게 명령하여, 이 원숭이놈을 놋쇠 그릇 속에 가둬버리라고 명령했더니, 그들은 원숭이를 놋쇠 항아리 속에 처넣은 다음 납으로 봉인해버렸습니다.

그후 저는 오늘 이때까지 그 처녀와 함께 행복하게 살고 있습니다. 그런 까닭으로 오, 충성된 임금님, 저는 산처럼 재보를 가지고 있으며, 세상에서도 보기 드문 보석이나 보물이라든가 돈을 이루 다 셀 수 없을 만큼 많이 가지고 있습니다. 만약 교주님께서 금은

재보를 원하신다면 곧 마신을 불러서 그 소원을 풀어드리겠습니다. 그러나 이 모든 것이 전능하신 알라의 자비에 의한 것입니다.

이 이야기를 들은 충성된 자의 임금님은 매우 놀라, 선물의 사례로서 하사품들을 내리시고, 거기에 상응하는 은총을 베풀어 후히 대접했습니다.

또 이런 이야기도 세상에 전해 내려오고 있습니다.

바르마키 가의 야아야 빈 하리드가
만스루를 관대하게 대접한 이야기

 하룬 알 라시드 교주가 아직 바르마키 가에 대하여 의심을 품고 있지 않았을 때의 일입니다. 그때 교주는 사리라는 이름의 호위병을 불러 말했습니다. "여봐라, 사리, 만스루네 집에 가서 전하라. '나는 그대에게 100만 디르함을 꾸어주었는데 그 돈을 즉각 갚도록 하라'고 말이다. 사리, 나는 너에게 명령하거니와, 그자가 이제부터 저녁 때까지 그 돈을 갚지 못한다면 목을 베어 이리 가져오도록 하라." "알았습니다." 하고 사리는 대답하고 나서 만스루에게로 가서 교주의 말을 낱낱이 전했습니다. 이것을 들은 만스루는 말했습니다. "이젠 꼭 죽었구나. 집이고 재산이고 기껏 잘 팔아 봤댔자 10만 디르함도 못될 테니. 그렇다면, 사리, 나머지 90만 디르함을 어디서 구하지?" 사리는 대답했습니다. "아무쪼록 빨리 변통하여 갚도록 하시오. 그렇지 않으면 당신 목숨은 없습니다. 나로선 교주님께서 정하신 시각을 1초라도 어길 순 없으니까요. 게다가 또 참된 신자이신 임금님이 분부하신 말씀을 조금이라도 어길 수는 없습니다. 그러니까 시한을 넘기지 않고 그 안에 살아나실 방도를 강구해보시오." 그러자 만스루는 말했습니다. "여보게, 사리, 부탁이 하나 있는데 나를 집까지 좀 데려다 주게. 아내와 아이들에게 작별을 고하고, 친지들에게 마지막 유언을 남겨놓아야 할 테니까."
 그후의 사리의 이야기는 이러하옵니다.
 ─그래서 나는 함께 만스루네 집으로 갔습니다. 만스루가 처자

에게 작별인사를 고하자, 온 집안은 삽시에 울고불고 하는 등, 전능하신 알라에게 구원을 애원하여 외치며 그야말로 큰 소동이 벌어졌습니다. 그래서 나는 만스루에게 말했습니다. "이제 생각이 났습니다만 어쩌면 알라의 뜻으로 바르마키 가의 분들이 도와주실지도 모릅니다. 자, 함께 야아야 빈 하리드네 집으로 가봅시다." 그래서 우리들은 야아야네 집으로 가서 만스루는 사정 이야기를 털어놓았습니다. 주인 야아야는 이 말을 듣더니 매우 난처한 듯 잠시 외면하고 있더니 이윽고 얼굴을 쳐들어 집사를 불러 물었습니다. "금고에는 이제 잔고가 얼마나 되나?" "5000디르함쯤 있습니다." 하고 집사가 대답하자, 야아야는 그 돈을 가져오라고 명령하고, 또 아이 알 파즈르에게는 사자를 보내 "실은 좋은 땅을 팔겠다는 사람이 있는데, 묵혀 둘 수도 없고 하니 어떻게 돈을 좀 장만해주면 좋겠다." 하고 전했습니다. 알 파즈르가 곧 100만 디르함을 보내오자 야아야는 같은 내용의 편지를 아들 자파르에게도 보내 "큰 사건이 벌어져 급히 돈이 필요하다"고 알렸습니다. 그러자 곧 쟈파르도 100만 디르함을 보내왔습니다. 야아야는 또다시 바르마키 가의 아내의 여러 친척들에게도 같은 내용의 뜻을 전했기 때문에 끝내는 막대한 돈이 모이게 되었습니다. 그러나 사리도 채무자인 만스루도 이 일은 조금도 모릅니다. 그래서 만스루는 야아야에게 말했습니다. "주인님 내가 잔뜩 당신만을 의지하게 된 것은 평소 인정 많은 분이라는 말을 듣고 있었기 때문에 당신 이외에는 돈을 마련해줄 사람은 없겠다고 생각했기 때문입니다. 제발 나를 위하여 나머지 빚을 갚아주시고, 나를 당신의 자유로운 신분의 노예로 삼아주십시오."

이 말을 들은 야아야는 고개를 숙이고 눈물을 흘렸습니다. 그리고 나서 시동에게 말했습니다. "여봐라, 시동, 잘 들어라. 대교주님이 우리집 노예 처녀 다나니르에게 매우 값비싼 보석을 주셨다. 그러니 그애한테 가서 그 보석을 나에게 좀 보내달라고 전하라." 집을 나간 시동은 잠시 후에 보석을 가지고 돌아왔습니다. 그래서 야아야는 말했습니다. "여보시오, 만스루님, 실은 이 보석은 교주님을 위하여 200만 디나르로 상인에게서 산 것입니다. 그러자 교주님은 이것을 비파 연주자인 노예 처녀 다나니르에게 하사하셨습니다. 그러므로 교주님은 이 보석이 당신의 수중에 있는 것을 보시면 당신의 목숨을 살려주실 것이며, 내 체면을 봐서도 당신을 괄시하지는 않으실 겁니다. 그건 그렇고, 돈은 모두 준비가 됐습니다."

 (사리는 계속해서 말을 이었습니다.) 그래서 나는 그 돈과 보석을 받아가지고 만스루와 함께 알 라시드 교주에게로 갔습니다. 그러나 그 도중 만스루는 자기 신세를 탄식하며 이런 시를 중얼거리는 것이었습니다.

    내가 그들 쪽으로
    걸어간 것은 사랑 때문이 아니라
    그들의 화살에 맞을 것을
    오로지 두려워했기 때문이다.

 나는 이 노래를 듣고, 그의 고약한 성격, 타락된 죄 많은 마음씨, 천한 출생과 성품 따위에 놀라 그를 돌아다보며 말했습니다. "세계가 넓다 해도 바르마키 집안의 사람들만큼 훌륭하고 정직한 사람은 없고, 또 당신만큼 천하고 고약한 사람도 없군요. 글쎄 그 사람들은 돈을 주어 당신 목숨을 구해주었고, 당신이 살아날 만큼의 것을 주어서 파멸로부터 구해주었소. 그런데 당신이라는 사람은 그 사람들에게 고맙다는 말도 없을 뿐더러 칭찬도 안하고, 귀한 사람답게 행동하려고도 안한단 말이오. 글쎄 그러기는 고사하고 그 사람들이 베풀어주는 은혜에 대하여 이제와 같은 그런 시구로 대하다니 그럴 수가 있습니까." 그러고 나서 나는 알 라시드 교주 앞에 나아가 자초지종을 말했습니다.

 —샤라자드는 날이 훤히 밝아오는 것을 깨닫자, 여기서 허락된 이야기를 그쳤다.

• 306일째 밤

샤라자드는 말을 이었다. 오, 인자하신 임금님, 사리는 말을 이었습니다.

―그래서 내가 충성된 자의 임금님에게 자초지종을 전부 털어놓았더니 알 라시드 교주는 야아야의 관대하고 인정 많은 행동과 만스루의 건방진 은혜를 모르는 태도에 적이 놀라시며, 예의 그 보석은 야아야에게 반환하라고 명령하며, "일단 준 것을 다시 받을 수는 없는 노릇이다." 하고 말씀하셨습니다.

사리는 야아야네 집으로 가서 만스루의 배은망덕한 행동을 털어놓았습니다. 그러자 야아야는 대답했습니다. "여보시오, 사리, 사람이라는 것은 궁핍하여 기분이 울적하거나 비탄에 젖어 있을 때 언짢은 소리를 좀 했다고 해서 그 사람을 탓해선 안됩니다. 본심에서 한 소리가 아닐 테니까요." 이렇듯 야아야는 만스루를 위하여 극력 변명했던 것입니다. 그렇지만 사리는 눈물을 흘리며 외쳤습니다. "야아야님! 이 빙빙 돌고 있는 천체도 당신과 같이 훌륭한 사람을 두 번 다시는 낳지 못할 것입니다. 슬픈 일입니다. 이러한 고귀한 심사를 가지신 인자하신 분이 속세의 진창 속에 매몰되어 있으시다니!" 그러고 나서 사리는 이런 시구를 읊었습니다.

　　인정은 얼른 베푸시오
　　늘 보물을 베푼다 해서
　　인정을 베풀 수 있는 것은 아니오.
　　인정을 아끼다 보면
　　베풀어줄 재산도 고갈되어 버리는
　　그런 사람도 세상에는 많다오.

또 이런 이야기도 있습니다.

가짜 편지를 쓴 사나이에게 하리드의 아들
야아야가 인정을 베푼 이야기

   야아야 빈 하리드와 아브즐라 빈 마리크 알 후자이는 이만저만
하게 나쁜 사이가 아니었지만 그 사실을 본인들은 비밀에 붙이고
있었습니다. 서로 미워한 원인을 말씀드리자면 하룬 알 라시드 교
주가 아브즐라를 너무나도 편애하고 있었으므로 야아야와 그 아들
들은 교주가 아브즐라에게 농락당하고 있다는 소문을 늘 퍼뜨리고
다녔기 때문입니다. 이렇듯 깊은 원한을 품고 있으면서 오랜 세월
을 보냈습니다만 마침내 교주는 아브즐라에게 아르메니아의 통치
를 맡겨 그곳으로 파견하기로 했습니다.
   그런데 아브즐라가 통치를 맡고 난 지 얼마 안되어 어떤 이라크
인 하나가 찾아왔습니다. 인품이 천하지 않은 인물로, 재능도 뛰어
나고, 머리도 아주 좋은 사나이였지만, 재산을 탕진하여 가난뱅이
가 되어 집마저 남의 손에 넘어가게 되었던 것입니다. 그래서 야
아야 빈 하리드의 명의로 아브즐라 빈 마리크에게 보낸 한 통의
편지를 위조하여 머나먼 아르메니아까지 찾아왔던 것입니다. 이
이라크 청년은 총독의 관사 입구까지 오자, 시종 하나에게 그 편
지를 넘겨주었습니다. 시종이 들고 간 그 편지를 아브즐라가 뜯어
보았는데, 조심해서 보니 가짜라는 것을 알 수 있었습니다. 본인을
불러들이자, 본인은 앞으로 나와 신의 축복이 있을 것을 기원하며
총독을 위시하여 모든 관리들을 칭송했습니다. 아브즐라는 "그대
는 무엇하러 머나먼 곳에서 여기까지 가짜 편지를 가지고 왔느냐?

그러나 낙담할 것은 없다. 모처럼 찾아온 사람을 그냥 허술하게 대접하기야 하겠느냐." 하고 말하자, 상대방은 대답했습니다. "알라여, 아무쪼록 우리님 총독을 장수케 하옵소서! 제가 온 것이 마음에 거슬리신다면 저를 쫓아버리시려고 어떤 구실을 일부러 만드실 필요는 없습니다. 알라의 대지는 넓고, 나날의 양식을 주시는 신들도 건재하시니까 말입니다. 실은 야아야 빈 하리드님에게서 얻은 이 편지는 진짜며 결코 가짜가 아닙니다." 그러자 아브즐라는 말했습니다. "그렇다면 어디 바그다드에 있는 내 부하에게 그 편지를 보내 그대가 말하듯이 진짜이며 가짜가 아니라면 내가 가지고 있는 도성을 하나 그대에게 떼어주어 그 태수로 임명하겠다. 또 재산이 필요하다면 값비싼 말과 낙타, 어의 외에 20만 디르함을 주기로 하마. 그러나 그 편지가 가짜라고 판명되는 날엔 200대의 태형 외에 수염을 깎아버릴 테다."

그래서 아브즐라는 그 사나이를 방에다 가둔 다음, 진상이 가려질 때까지 필요한 것을 넣어주라고 명령했습니다. 그 다음 바그다드의 부하에게 이런 내용의 편지를 보냈습니다. "야아야 빈 하리드가 쓴 편지라는 것을 어떤 사나이가 가지고 왔는데, 아무래도 그 편지의 진위가 의심스럽다. 그래서 진위를 알고 싶으니 곧 그대 스스로가 사정을 잘 조사하여 되도록 빨리 답장을 보내다오." 이 편지가 바그다드에 도착하자 부하는 곧 말을 타고 달려갔습니다.

─샤라자드는 날이 훤히 밝아오는 것을 깨닫자, 여기서 허락된 이야기를 그쳤다.

• 307일째 밤

샤라자드는 말을 이었다. 오, 인자하신 임금님, 마리크 알 후자이의 아들인 아브즐라의 부하는 바그다드에서 그 편지를 받자, 곧 말을 타고 야아야 빈 하리드의 집으로 달려갔습니다. 때마침 주인인 야아야는 관리들과 술친구들과 함께 앉아 있었는데, 사자는 관례대로의 인사를 한 다음, 그 편지를 주었습니다. 야아야는 그것을 읽은 다음 "서면으로 답장을 적어놓을 테니, 내일 다시 한 번 더 수고해다오." 하고 말했습니다. 사자가 떠나자 야아야는 자리에 있는 사람들에게 물었습니다. "내 이름으로 가짜 편지를 만들어 그것을 적의 손에 넘긴 자가 있는데 어떻게 답장을 쓰면 좋겠는가?" 그들은 여러 가지 의견을 말한 다음, 모두가 그 어떤 벌을 가하는 것이 좋을 거라고 말했습니다. 그러나 야아야는 "여러분들 말은 잘못이오. 그대들의 충고는 천하고 야속한 생각에서 나왔소. 모두다 아브즐라가 교주님의 총애를 독차지하고 있다는 것은 잘들 알고 있을 테지. 또 아브즐라와 나 사이에는 화해하기 어려운 적의가 있다는 것도 알고 있을 터이고, 그러나 차제에 전능하신 알라의 뜻으로 그 사나이는 우리들 사이의 중재자가 되어준 셈이오. 신은 그러한 역할에 알맞도록 그 사나이를 만나시어 이 30년간 우리 두 사람의 가슴 속에서 타고 있던 원한의 불길을 끄도록 해주신 것이란 말이오. 그러한 사람이니까 그의 변명을 뒷받침해주고, 그의 처지를 개선해주어, 충분한 보답을 주어야 하오. 나는 이제부터 마리크의 아들 아브즐라에게 편지를 보내 그자를 더욱 중용하고, 금후도 관대하게 처우하라고 부탁하겠소."

술친구들은 야아야의 이 말을 듣자, 그의 축복을 빌고, 아량 있고 너그러운 태도에 모두 놀랐습니다. 이윽고 야아야는 종이와 먹을 가져오라고 하여 손수 붓을 들어 이런 편지를 아브즐라에게 적었습니다.

『자비를 베푸시는 인자하신 신 알라의 이름으로!

보내주신 혜서(惠書) 이제 읽었습니다(알라께 귀하의 장수를 기원합니다). 건승(健勝)하옵고 점점 번영하심을 경하해 마지않습니다. 귀하의 상상에 의하면 어떤 자가 소생 명의로 된 편지를 위조하였고, 그자는 소생의 전언(傳言)을 띠지 않은 자라고 말씀하시고 계신데, 사실은 그렇지 않으며, 그 편지도 실은 소생이 쓴 것으로 위조는 아닙니다. 귀하의 호의와 심려와 고결하신 성품에 의하여, 생각이 넓고 훌륭한 그자의 희망과 소원을 들어주시어 본인에게 알맞는 명예를 주시고 또 특별히 총애와 신임을 주실 것을 바라 마지않습니다. 그를 위하여 마음을 써주시면 그것은 소생을 위하여 그렇게 해주시는 것과 진배없사오며, 귀하의 심심한 배려에 대해서 마음으로부터 감사를 드리는 바이옵니다.』

그러고 나서 겉봉을 쓰고 봉한 다음 사자에게 주자, 사자는 지체없이 이것을 아브즐라에게 전했습니다.

총독은 이 편지를 읽고서 기뻐했으며 예의 그 사나이를 불러 말했습니다. "전날 약속한 두 가지 선물 중 어느 것이건 그대가 원하는 것을 주리라." 그러자 상대방은 대답했습니다. "무엇보다도 돈을 주시면 좋겠습니다." 그래서 아브즐라는 20만 디르함과 아라비아말 열 마리—그 중 다섯 마리는 비단실 마식(馬飾)을 달고, 나머지 다섯 마리에는 훌륭한 장식이 붙은 안장이 얹혀 있었습니다만, 그것은 모두 의장(儀仗)에 쓰이던 것이었습니다—를 하사한 외에 옷 20상자, 백인 노예 10명, 심지어는 값비싼 보석류까지 꽤 많이 주었습니다. 그밖에 어의마저 한 벌 주어, 위풍당당하게 바그다드로 돌려보낸 것입니다.

그래서 이 사나이는 바그다드에 도착하자마자 우선 자기 집으로 가기 전에 야아야의 집으로 가, 주인을 찾았습니다. 시종이 야아야에게로 가서 "나리, 누가 와서 나리를 뵙자고 합니다. 보기에 거물 같고, 태도가 점잖으며, 풍채도 훌륭하고 시종도 많이 거느리고 계십니다." 하고 말하자, 야아야는 안으로 안내하라고 말했습니다. 그 사나이가 안으로 들어와 마루에 엎드리자, 야아야는 물었습니다. "당신은 대체 누구시오?" "주인 나리, 우선 제 말씀부터 들어주십시오. 저는 폭악한 운명의 탓으로 재기불능의 경지에까지 몰렸던 사람인데, 나리의 덕택으로 재앙의 무덤에서 또다시 소생되어 욕망의 낙원으로 올라갈 수가 있었습니다. 나리의 이름을 사칭하여 가짜 편지를 만들어 이것을 아브즐라 빈 마리크 알 후자이님에게로 가지고 간 것은 다름아닌 저였습니다." 야아야가 "그 사람은 그대를 어떻게 대우하고, 무엇을 주었던가?" 하고 묻자, 젊은이는 대답했습니다. "나리의 덕택으로 그 자비와 너그러우신 마음씨, 바다 같은 인정, 숭고한 아량, 무엇 하나 숨기지 않으시는 도량에 의하여 그분으로부터 여러 가지 선물을 받아 이제는 유복한 신세가 되었습니다. 특히 은총을 받아 수많은 물건을 받았습니다. 주신 물건은 모두 가지고 와 이제 댁 문간에 있습니다. 이제부터는 그저 나리의 명령을 기다릴 뿐, 무엇이나 나리의 분부대로 하겠습니다." 그러자 야아야가 말하기를 "아니오, 그대는 내가 그대에게 해준 이상의 것을 나에게 해준 것이오. 나는 도리어 그대에게 큰 신세를 지고 있으며, 흰 손(아량 또는 관대함의 상징이며 자발적인 검은 손은 색의 상징)이 줄 수 있는 것을 그대에게 주지 않으면 안되겠소. 왜냐하면 그대의 덕택으로 나와 내가 존경하고 있는 분 사이에 엉키고 있던 증오와 적의가 완전히 없어져 애정과 친근한 생각으로 변했으니 말이오." 그리고 나서 야아야는 이 사나이에게 아브즐라가 준 것만큼의 돈과 말과 옷상자 따위를 주라고 명령했습니다. 이렇듯 이 사나이는 관대한 두 분의 아량에 의하여 또다시 그전대로 부유한 신세가 되었습니다.

그리고 또 이런 이야기도 전해 내려오고 있습니다.

알 마아문 교주와 외국 학자

　알 마아문에 관해서는 아바스조의 역대 교주 가운데에서도 모든 분야의 지식에 있어 이 사람 이상으로 박식한 사람도 없을 거라고 합니다. 그런데 이 교주는 매주 이틀간은 학자들의 회합에 참석하여 좌장(座長) 노릇을 하는 것이 관례였는데, 그 당일에는 법률가와 신학자들이 각기 자기 지위에 따라 자리에 앉아 교주의 어전에서 열띤 토론의 꽃을 피우곤 했던 것입니다. 어느 날, 이러한 식으로 앉아들 있는데, 다 떨어진 흰 옷을 입은 타국인 하나가 이 모임에 나타나, 법률학자들 다음의 사람들의 눈에 띄지 않는 자리에 앉았습니다. 마침내 그들은 입을 열어 어려운 문제의 토론에 들어가기 시작했는데, 우선 여러 가지 제안을 각자가 차례차례로 내놓고서 그 무슨 좋은 생각이나 훌륭한 의견이 머리에 떠오른 사람이 이것에 대해 이야기를 하는 것이 처음부터 이 모임의 관례가 되어 있었습니다. 문제가 돌고돌아 타국인의 차례가 되자, 이 사람은 거기 늘어선 학자들보다 훨씬 훌륭한 대답을 했습니다.
　교주도 그가 주장한 설에 이의가 없었습니다.

　─샤라자드는 날이 훤히 밝아오는 것을 깨닫자, 여기서 허락된 이야기를 그쳤다.

　●308일째 밤
　샤라자드는 말을 이었다. 오, 인자하신 임금님, 알 마아문 교주는 그 타국인의 설을 인정하고, 아랫자리에서 윗자리로 옮기라고 명령했습니다. 두번째 문제가 제기되자, 아까보다도 더 훌륭한 답변을 했기 때문에 알 마아문 교주는 좀더 높은 자리에 앉으라고 명령했습니다. 세번째 문제가 제기되자, 그 답변은 전번 두 번에 비하여 더욱더 옳고 적절했으므로 교주는 자기 옆 가까이에 와서 앉으라고 명령했습니다. 이윽고 토론이 끝나자, 일동은 하인이 가져온 물로 손을 씻고, 식사가 오자 이것을 먹고 물러났습니다. 그러나 교주는 그 타국인을 나가지 말라고 한 다음 옆으로 가까이 오라고 하고서 더욱 친절하게 대접하고는 영예와 은전을 줄 것을 약속했습니다. 그래서 하인들은 주연 준비를 갖추고, 미목이 수려한 술 따르는 사람들이 자리에 앉자, 미주(美酒)를 따른 술잔이 차례차례로 돌아 마침내 타국인에게로 왔습니다. 그러자 이 사나이는 우뚝 서서 말했습니다. "충성된 자의 임금님이 용서해주신다면 한 마디 말씀드릴 것이 있습니다." "뭔지 말해보아라." 하고 교주가 대답하자 그 사나이는 이어 "정말 자못 높은 영지(英智)를 갖추신 우리 임금님(알라여, 아무쪼록 그 위덕을 더욱 더해주소서!)도 아시다시피 이 머슴은 오늘 고귀하신 분들이 모이신 자리에서 이름 없는 일개 민초, 가장 천한 존재에 지나지 않았습니다. 그러나 충성된 자의 임금님께서는 이 머슴인 제가 보잘 것 없는 재주와 지혜를 보인 데 불과한 것을 다른 사람들 이상으로 호의를 보이시어 미처 생각도 못한 높은 자리에 저를 끌어올려 놓아주셨습니다. 그러나 저는 바로 이제 천한 신분을 끌어올리고, 낮은 신분을 높여준 저 얼마 안되는 지혜 같은 것은 아예 버리고 싶은 심정이옵니다. 임금님께서 지력도 인품도 명성도 보잘 것 없는 이 머슴을 부러워하신다니 당치도 않으신 일입니다! 그래서 만일 이 머슴이 술을 받아 마신다면 이성을 잃고, 무지에 접근하고, 분수를 잃고는 그전 그대로의 천하고도 보잘 것 없는 처지에 빠져, 세상 사람의 수모를 받고, 천대받게 될 것입니다. 그러하오니 자못 총명하신 우리 임금님, 부디 임금님의 위세와 자비와 고귀하신 아량과 너그러우신 마음으로 이 머슴의 보물을 뺏지 마시기를 바라 마지 않습니다."

 알 마아문 교주는 이 말을 듣자, 타국인을 칭찬하며 감사의 말을 한 다음 또다시 그전 자리에 앉혔습니다. 그리고 깊은 경의를 표하며 은화 10만 닢의 선물을 주라고 말씀하셨습니다. 게다가 말 한 마리를 주어 타게 하고, 호화로운 옷까지 하사하시어 회합이 있을 때마다 언제나 이 사나이를 극히 칭찬하여 다른 법률학자나 종교가 이상으로 중용했기 때문에 이 타국인은 누구보다도 가장 높은 자리에 앉게 되었습니다. 알라는 전지전능하신 신이십니다.
 또 이런 이야기도 전해지고 있습니다.

알리 샤르와 즈무루드

옛날 옛적 아주 먼 옛날에 호라산의 나라에 마지드 알 딘이라는 이름의 상인이 하나 살고 있었습니다. 아주 부자로서 백인, 흑인, 노소의 노예들을 거느리고 있었습니다만 오랫동안 자식을 보지 못해 환갑의 나이에 겨우 알리 샤르라는 아들을 하나 보게 되었습니다. 알리 샤르는 쑥쑥 자라 보름달처럼 아름다운 청년이 되었습니다. 부친은 죽을 병이 들어 아들을 곁에 불러놓고 말했습니다. "얘야, 아들아, 내 목숨도 이젠 얼마 남지 않았다. 그래서 마지막 유언을 남기고 싶다." "아버님, 어떠한 유언이옵니까?" 하고 아들이 묻자, 부친은 대답했습니다. "여봐라, 아들아, 상대방이 누구든 너무 친하게 굴면 안된다. 재화나 불행을 불러일으키는 일은 피해야 한다. 또 나쁜 인간과 사귀지 않도록 조심해야 한다. 나쁜 인간이란 대장장이 같은 것이다. 비록 그 불에 화상은 안 입어도 연기에 시달리게 되니까 말이다. 참 시인이란 근사한 말만 하거든.

　　넓은 세상에 우정이
　　의지가 될 만한 친구는 없다.
　　쓰라린 속세에 희망을 잃고
　　비경에 빠질 그때에는
　　맹세한 진정도 소용없다.
　　그러니 떨어져서 오직 혼자
　　남을 의지 말고 살아 가거라.

내가 남긴 이 말은
　　그 어느 때에도 도움이 되리.

또 다른 시인은 이렇게 노래부르고 있다.

　　사람은 숨은 전염병
　　남의 속임수를 믿지 말아라
　　자세히 보면 이게 웬일
　　부실과 반심(叛心)만이 있을 뿐.

세번째 시인은 이렇게 노래부르고 있다.

　　사람의 사귐은 소용없는 것
　　싱거운 소리나 하고 시간을
　　그저 보낼 뿐.
　　그러니 지식을 깊이 닦아
　　몸에 도움이 되는 일이 아니라면
　　남과의 사귐은 피하는 것이 상책.

네번째 시인에게는 이런 시가 있다.

　　총명한 사람이 세상 사람을
　　시험해보았다고 말해보았댔자
　　내가 맛본 것은 그 사람이
　　그저 겉만 약간 핥아보았을 정도의 것.
　　사랑한다는 마음도 그저 단지
　　남을 속이는 간계에 불과한 것
　　나는 깨달았도다, 그 성실이란 말
　　한낱 위선에 지나지 않음을."

알리가 "아버님, 잘 알았습니다. 분부하신 대로 복종하겠나이다. 그 외에는 어떻게 하면 되겠습니까?" 하고 묻자, 부친은 다시 "되도록 좋은 일만 하면 된다. 언제나 남에게 정을 주고, 예의를 잃지 않도록 할 것이며, 선행을 할 기회는 모두 보물로 생각하라. 뜻이란 그리 쉽게 실행될 수 있는 것이 아니니까 말이다. 시인이란 참 근사한 말을 하고 있다.

언제나 평소에 늘
무상한 세상이라고만도 할 수 없으니
정성껏 자비로운
훌륭한 행동을 할 수도 있으리라.
할 수 있을 때에 급히 서둘러
착한 행동을 할지어다.
언젠가는 힘도 빠져
해낼 수 없는 날도 있으리!"

알리는 "알았습니다. 분부하신 대로 하겠습니다." 하고 말했습니다.

—샤라자드는 날이 훤히 밝아오는 것을 깨닫자, 여기서 허락된 이야기를 그쳤다.

• 309일째 밤

샤라자드는 말을 이었다. 오, 인자하신 임금님, 젊은이는 대답했습니다. "알았습니다. 분부하신 대로 하겠습니다. 그밖에 또 뭐 없습니까?" 그러자 부친은 이어 "이봐라, 아들아, 절대로 알라를 잊어버리는 것이 아니다. 그러면 알라께서도 너를 잊어버리지 않으실 거다. 재산을 중히 여기며 낭비하지 마라. 낭비하면 나중엔 보잘 것 없는 인간의 구원을 구하게 되겠기 때문이다. 알겠느냐, 인간의 가치의 척도는 그 오른손에 쥐고 있는 것에 의하여 결정되는 것이다. 시인도 근사한 말을 하고 있다.

    내 재산 없어지면 벗은 모두
    우정을 섭섭히 여기며 떨어져가고
    내 재산 늘면 사람들은 모두
    모여들어 친구가 된다.
    원수진 많은 사람들이
    한 패가 된 것도 재물 때문
    재물 잃으면 벗이라 할지라도
    원수가 되는 수 자못 많도다!"

"다른 말씀은 없습니까?" 하고 알리가 묻자, 부친은 대답했습니다. "여봐라, 아들아, 너보다 나이 많은 사람들의 충고를 잘 듣고, 경거망동하게 자기 하고 싶은 대로 해서는 안된다. 자기 손아래 사람에게 마음을 써주면 손위 사람도 너에게 마음을 써주리라. 아무도 억압해서는 안된다. 신에게서 너보다 나은 힘을 얻어, 남이 너를 압제하면 안되기 때문이다. 시인도 이런 근사한 말을 하고 있다.

    충고를 구하여 너의 지혜에
    또 하나의 지혜를 덧붙여라.
    둘을 합치면 금상첨화
    참된 길도 열리리.
    한 사람의 마음은 하나의 거울
    얼굴만은 비추어 줄 뿐.
    거울이 둘 있다면
    뒷모습도 볼 수 있으련만.

또 이런 노래도 있다.

　　소원을 이루려면
　　심려하여 일을 할 것이며
　　서둘지 말라.
　　모든 사람에게 인정을 베풀어라
　　남도 또한 그대를 아끼리라.
　　신의 가호가 없다면
　　사람의 손에 의하여 무엇을 할 수 있으리오.
　　아무리 거친 그대라 할지라도
　　무모한 행동을 한다면
　　똑같이 거친 폭군에게
　　짓밟히지 않고 배겨날 수 없으리.

또 이런 시도 있다.

　　비록 그런 힘이 있을망정
　　학대하지 말라 남들을.
　　학대하는 자는 머지않아 또
　　인과의 보복을 받게 되리라.
　　그대의 눈은 잘지언정
　　학대받은 사람들은
　　밤에도 자지 않고 그대를 저주하고
　　신의 눈도 잠들지 않으리.

　술은 부디 마시지 말아라. 술은 백해의 근원이기 때문이다. 이성을 잃게 되고, 남에게서 욕을 자초하게 된다. 시인도 근사한 말을 하고 있다.

죽어도 술에는 마음을 두지 않으리
내 영혼과 육체가
하나가 되어 있는 동안은.
내 혀끝이 내 생각을
이야기하여 마지않는 그 동안은.
어떠한 날에도, 산들바람에
식어가는 술부대에는
노예가 되어 손 내밀지 않으리.
술에 빠지지 않는 사람 외엔
벗으로 골라 사귀지 않으리.

이것이 나의 훈계다. 잘 명심해 두어라. 아무쪼록 알라가 나를 대신하여 너를 지켜주시기를!" 그러고 나서 정신을 잃고 잠시 아무 말도 하지 못하고 있었는데, 이윽고 제 정신으로 돌아가자 알라의 용서를 빌고, 신앙 고백을 하고, 전능하신 신의 곁으로 부르심을 받고, 세상을 하직하고 말았습니다. 알리는 눈물을 흘리며 부친의 죽음을 슬퍼했으며, 곧 부친의 매장에 알맞는 준비를 갖추었습니다. 조상객이 귀천 상하의 구별없이 장례 행렬을 따라가고, 코란 독경자는 그 관 옆을 따라가며 경문을 외었습니다. 알리 샤르는 예의를 다하여 망부의 영을 위로하고, 사람들은 기도를 끝마치자 시체를 매장한 다음 그 무덤 위에 이런 시를 적었습니다.

그대는 흙으로 만들어져
목숨 있는 인간이 되었도다.
또 변설을 잘 배워
세상의 신용을 얻었느니라.
그렇지만 끝내는 흙으로 돌아가
이제는 한 줌의 시체로 변했도다.
흙에서 태어난

혼적은 어디서도 찾을 길 없이.

아들인 알리 샤르는 몹시 부친의 죽음을 슬퍼하여, 명사 사이의 관례에 따라 여러 가지 의식을 지켜 장례를 치렀습니다. 이렇듯 자나깨나 부친의 죽음을 애도하며 날을 보내고 있는데, 어느덧 또 모친도 세상을 떠났으므로 알리는 부친과 마찬가지로 매장했습니다. 그러고 나서 가게에 앉아 망부의 훈계대로 신이 만드신 사람의 아들과는 교제도 하지 않고서 장사를 했습니다. 그렇게 하고 있는데 어느덧 일 년도 지나 그해도 저물어갈 무렵, 건달패들이 교묘하게 수를 써서 알리에게 접근하여 교제를 시작하게 되었는데, 마침내 알리도 그만 그들의 본을 떠서 난봉을 부리고, 정도를 벗어나 잔에 술을 가득 따라 마시기도 하고, 주야로 분주하게 색시 집에 출입하게끔 되었습니다. 알리는 이렇게 혼잣말을 했습니다. '사실은 부친은 이 재산을 나를 위하여 모아주신 거야. 쓰지 않고 누구에게 물려준단 말이지? 노래에 있는 대로 하면 돼.'

평생을 두고서 혼자서
벌어서 모으고는 있지만
도대체 너는 그 재산을
언제가 되어 써보려는가?

알리 샤르는 낮에는 종일토록 밤에는 밤새도록 물 쓰듯이 재산을 계속 낭비했기 때문에, 끝내는 재산을 전부 탕진하게 되어 가난뱅이 신세가 되고 말았습니다. 그래서 가게와 땅마저 팔아버리고, 끝내는 옷도 팔아버렸으므로 단벌 신세가 되고 말았습니다. 그제서야 정신이 든 알리 샤르는 술에서 깨어 이것저것 생각을 하노라니까, 자기 신세가 슬프기만 하여 비참한 생각이 들었습니다. 그러던 어느 날 아침식사도 들지 않고 새벽녘부터 한낮 무렵까지 앉아 있으면서 속으로는 이렇게 혼잣말을 했습니다. '내가 재산을 나뉘준 친구들을 한바퀴 찾아다녀 보자. 어쩌면 오늘 하루 끼니쯤은 보태줄지도 모르지.' 그래서 모두를 한바퀴 찾아다녀 보았습니다. 그러나 문을 두드릴 때마다 모습을 나타내지 않고 아무도 만나주지 않았으므로 끝내는 배가 고파 죽을 지경이 되고 말았습니다. 할 수 없이 알리는 시장으로 발을 옮겨놓았습니다.

—샤라자드는 날이 훤히 밝아오는 것을 깨닫자, 여기서 허락된 이야기를 그쳤다.

• 310일째 밤
 샤라자드는 말을 이었다. 오, 인자하신 임금님, 알리 샤르는 고픈 배를 움켜쥐고서 시장으로 발을 옮겨놓았지만 와보니 많은 사람들이 둥그렇게 둘러서 있으므로 "무엇 때문에 사람들이 이렇게 모여 있는 거지? 여기까지 온 김에 저 속으로 좀 들어가볼까?" 알리가 둘러싸고 있는 사람들 사이에 들어가보니, 처녀 하나가 매물로 전시되어 있는 중이었습니다. 키는 다섯 자 정도, 우아한 자태에 뺨은 장미색, 가슴은 높이 솟아올라 있고, 아름다움이며 귀여움이며, 또 상냥한 기품이며, 당대에 비할 데 없는 가인이었습니다. 어느 시인은 이러한 여자를 다음과 같이 노래부르고 있습니다.

　　처녀가 소원한 그대로
　　신은 만들었다, 처녀의 모습
　　조화의 주형(鑄型)에 본떠서
　　만드셨으니 탓할 데
　　조금도 없구나.
　　수줍어하는 모습에 향기 더하는
　　뽐내지 않는 자랑도 가련하여
　　'미'의 신조차도 이 처녀의
　　요염한 아름다움을 사랑하였네.

얼굴은 보름달, 모습은 가는 가지
풍기는 향기는 사향 그대로
무엇에 비유하랴 그 애띤 모습을.
진주의 이슬로 만들어진
귀엽고도 가는 손과 발이
또 하나의 달을 보는 것 같구나!

이 처녀의 이름은 즈무루드라고 했는데, 알리 샤르는 처녀의 모습을 바라보다가, 아름다움과 정숙한 맵시에 놀라며 말했습니다. "이 처녀의 거래값과 산 사람을 알 때까지 절대로 여길 떠나진 않겠다!" 알리 샤르가 상인들 사이에 자리를 잡고 앉자, 그들은 대물려 내려오는 재산을 알고 있었으므로, 알리가 살 생각이 있나보다고 생각했습니다. 이윽고 거간꾼이 처녀 옆에 서서 외쳤습니다. "자, 상인 양반들! 자, 부자 양반들! 어느 분이 먼저 이 처녀의 첫 가격을 부르겠습니까? 달의 처녀, 사람 진주, 군침이 삼켜지는 미인, 열락의 씨입니다요. 누군가 첫 가격을 불러보세요. 첫 가격을 부른 분에게 원망과 불평이 없도록 말입니다." 어느 상인이 "500디나르 불렀다." 하자, 다른 상인이 "거기 10디나르만 더 붙였다." 하고 말했습니다. "600." 하고 눈이 퍼런 얼굴이 못생긴 라시드 알 딘이라는 노인이 외치자, 또 한 사람이 "거기다 10 붙였다." 하고 외쳤습니다. "1000 불렀다." 하고 라시드 알 딘이 다시 값을 올리자, 경쟁 상대의 상인들은 그만 입을 다물고 말았습니다. 거간꾼이 노예 처녀의 주인과 의논하자, 주인은 "나는 처녀가 고른 남자 외에겐 팔지 않겠다고 맹세했으니까 본인에게 의논해보시오." 하고 말했습니다. 그래서 거간꾼은 처녀에게 다가가서 "달님 같은 처녀님, 저 상인이 당신을 사겠다고 그러는데 어떠시오?" 하고 말했습니다. 그러자 노예 처녀는 뚫어져라 하고 라시드 알 딘을 노려보고 있었는데, 이제도 말씀드린 대로의 노인인지라, "저런 늙다리, 추하게 생긴 영감한테 팔려가긴 싫어요. 신의 영감을 느끼고 이런 노래를 부른 사람도 있습니다.

> 나는 어느 날 키스를
> 요청했지만 그 여자
> 내 백발을 보고서
> 무엇 하나 부족할 것 없는 몸이건만
> 쌀쌀하게 코웃음치며
> 목소리도 높게 말했습니다.
> "아니, 아니, 그건 안돼요.
> 무에서 인간을 창조하신
> 저 신에게 맹세코
> 난 흰 머리, 흰 수염은
> 더군다나 싫어한답니다.
> 무덤 속에 들어가기 전서부터
> 솜으로 입을 틀어막다니
> 어림도 없는 소리, 그건 싫어요."

거간꾼은 이 말을 듣자, 말했습니다. "알라께 맹세코, 그건 지당한 말씀이오. 당신 값은 금화로 1000 닢은 능히 되고도 남아!" 그러고 나서 주인에게 본인이 라시드 알 딘 노인을 싫어한다는 이야기를 하자, 주인은 "그럼 다른 살 사람을 찾아서 의논해보자." 하고 대답했습니다. 그때 두번째 사나이가 앞으로 나와 "그럼, 내가 삽시다. 저 처녀가 싫다고 한 노인이 부른 값으로." 하고 말했는데, 노예 처녀는 짐짓 상대방을 쳐다보고, 그 수염이 염색한 것임을 깨닫자 이렇게 말했습니다. "그 보기 흉한 꼴은 뭐예요, 흰 수염투성이 얼굴을 까맣게 물을 들이다니?" 그러고는 아주 어이없다는 모양으로 이런 시구를 읊었습니다.

> 어디 사는 누군지 모르겠지만

아이 무서워라, 그 모습!
보기 흉한 목은 흙발을 쳐들어
걷어차기에 알맞다.
깍다귀와 이가 죽자사자하며 싸우는
경기장과도 같은 수염.
이마는 이마대로 관자놀이를
벗겨놓을 만한 거친 새끼줄을
감기에는 안성맞춤.
내 뺨과 애띤 모습에 반하여
넋을 잃고서
새 서방 차림을 한들
그 누가 속으랴?
늘어가는 나이에 센
흰 털을 염색하는 어리석음
거룩하게도 흰 털을
추한 야심으로 감추다니!
마치 중국의 그림자 광대 같구나.
무대를 떠날 때엔 수염을 붙이고
다시 한 번 무대에 나타나면
수염은 수염이라도 다른 수염.

또 이밖에도 아주 내용이 깊은 좋은 시도 있어요.

처녀가 말하기를
"이 눈으로 보았습니다. 그 흰 털
까맣게 물들이고 있는 것을."
나는 대답하기를
"아, 그대에게서 숨어버리고 싶군."
처녀는 깔깔 웃어대며

"싱거운 소리 마세요.
그것은 거짓말이에요, 엉뚱한
당신의 머리칼과 마찬가지로!

 거간꾼은 이 노래를 듣자 외쳤습니다. "과연 그 말이 옳다!" 예의 그 상인이 여자의 대답을 듣자, 거간꾼은 이 시를 읽어 들려주었습니다. 그러자 그 상인은 여자 말이 옳고, 자기 말이 잘못되었다는 것을 깨닫고서 살 것을 단념했습니다. 그러고 있는데 이번엔 다른 상인이 앞으로 나와 "그 값으로 내가 살 수 있겠는가 없겠는가 좀 물어봐주시오." 하고 말했습니다. 노예 처녀가 그 사나이를 주시하자니까 외눈박이였으므로 "저 양반은 외눈이군요. 마치 시에도 있는 사나이처럼 말이에요.

애꾸눈 따위와는 단 하루라도
동침하지 말라
거짓과 부실을 조심하여라.
선근(善根)이 조금만이라도 있다면
신도 애꾸눈으로는 만들지 않으셨거늘."

 거간꾼은 이번에는 또 다른 사겠다는 사람을 가리켜 "저 사람은 어떻겠소?" 하고 물었습니다. 그러자 노예 처녀는 짐짓 쳐다보고서 상대방 사나이가 꼽추에다 배꼽 있는 데까지 수염을 늘어뜨리고 있는 것을 보고서 또 외쳤습니다. "노래에 있는 남자 그대로군요.

나에게 친구 하나가 있는데
제멋대로 길게
쓸 데도 없는 수염을 기르고 있다.
마치 겨울밤 그대로
길고 어둡고 으시으시하게 춥다."

그래서 거간꾼은 말했습니다. "그럼, 여보 색시, 여기 모여 있는 사람들 가운데서 마음에 드는 사람을 하나 골라보시오. 그 사람들이 사려고 그럴 테니까." 노예 처녀는 한바퀴 둘러보며 한 사람 한 사람 그 인상을 살피고 있었는데 마침내 그 시선은 알리 샤르에게로 떨어졌습니다.

'―샤라자드는 날이 훤히 밝아오는 것을 깨닫자, 여기서 허락된 이야기를 그쳤다.

• 311일째 밤

샤라자드는 말을 이었다. 오, 인자하신 임금님, 처녀는 알리 샤르에게 시선을 멈추자 가슴이 설레는 듯 천 번이나 한숨을 내쉬며 완전히 사랑의 포로가 되고 말았습니다. 왜냐하면 젊은이의 이목구비가 단정할 뿐만 아니라 풍채도 늠름했기 때문입니다. 그래서 처녀가 말하기를 "저, 거간꾼 아저씨, 저분한테 팔려갔으면 좋겠어요. 시인도 노래부르고 있는 것 같은 맵시도 근사하고 잘생긴 분에게 팔려갔으면 싶어요.

저 아름다운 용모 때문에
마음 설레니 남들은 욕하네.
나의 무사를 원한다면
그 얼굴 보지나 말 것을.

저 서방님이 아니면 싫어요. 글쎄, 뺨은 매끈하고, 침은 천국의 샘물처럼 달아서, 병을 고치는 약이 되고, 이목구비가 단정한 점은 마치 노래에 있는 것처럼 시인도 문인도 넋을 잃을 정도니까요.

저 입술의 달콤한 이슬
숨 그대로 토하는 숨결은

사향의 향기를 풍기고
웃으며 드러나는 잇몸은
새하얗게 빛나는 장뇌(樟腦)인가.
아, 리즈완이 저 임을
낙원에서 쫓아버린 것도 미모 때문
천국의 처녀가 임을 보고
처녀를 버릴까 두려웠던 거야.
교만한 임의 행동을
탓하는 사람 있을지라도
보름달이 자랑스럽게
푸른 하늘을 나는 모양을 보면
그럴 법도 하구나 하고 생각된다.

고수머리에다 장미처럼 빨간 볼, 사람을 황홀케 하는 눈매를 가진 서방님을 가리켜 시인은 이렇게 노래부르고 있지요.

새끼 사슴 같은 서방님이
만나주겠다고 맹세했어요.
가슴 설레는 이 생각
눈도 생기 있게 기다려져요.
임의 눈썹을 보아 그 말에
거짓 없음은 깨달았지만
고민 속에서 어찌
그대는 맹세를 지킬 수 있으리!

또 이런 시도 있습니다.

사람들은 말한다. '저분의 뺨에 적힌 것은 검은 글씨!
어찌하여 그를 사랑하면서도 그분의

뺨의 수염을 못보는가.' 하고.
나는 대답한다, '헐뜯지 말고, 탓하지 말라.
만일 그것 검은 글씨라면 그것은 가짜.'
저 임은 에덴의 동산에서 태어난 모든 미를 긁어모은다.
그것을 증명하는 증인은 카우사르(천국의 강) 강의 달콤한 입술."

 거간꾼은 알리 샤르의 미모를 칭찬하는 처녀의 노래를 듣자, 그 능난한 변설은 말할 것도 없고, 요염한 아름다움에 그만 넋을 잃고 말았습니다. 그러나 주인이 옆에서 말하기를, "한낮의 태양도 부끄러워할 이 처녀의 기량과 훌륭한 시구를 얼마든지 외고 있는 두뇌의 명석함을 보고 깜짝 놀라지 마시오. 그뿐이 아닙니다. 이 처녀는 일곱 가지 독법에 의하여 코란의 독송도 가능하고, 올바르게 전해 내려오는 귀중한 전설도 말할 수 있습니다. 또 일곱 가지 서체로 글씨를 쓰고, 제 아무리 훌륭한 학자보다도 박식한 학문도 있고, 그 손은 금은보다도 값비쌉니다. 왜냐하면 이 처녀가 비단 벽걸이를 만들면 한 장에 금화 50 닢은 받거든요. 그리고 한 장 만드는데 불과 여드레밖에 걸리지 않는다니까요." 거간꾼이 "그런 여자를 집에 두어가지고 목숨보다도 소중히 하는 남자는 정말 상팔자겠는데!" 하고 외치자, 주인은 "본인이 좋아하는 남자에게 팔아 주시오." 하고 말했습니다.
 그래서 거간꾼은 알리 샤르 옆으로 가서 그 두 손에 입맞추고 나서 "젊은 나리, 이 처녀를 사주시오. 처녀가 당신을 선택했으니까." 하고 말했습니다. 그러고 나서 얼굴이 잘생겼다는 것과 여러 가지 재능을 지니고 있다는 것 등을 늘어놓은 다음 다시 덧붙였습니다. "당신께서 사주신다면 이 이상의 기쁨은 없겠습니다. 왜냐하면 이 처녀는 아낌없이 베푸시는 신의 선물이니까요." 이 말을 듣고 알리는 잠시 고개를 숙이고서 자기 자신을 비웃으며 마음 속으로 말했습니다. "이렇게 늦었는데도 나는 아직 아침식사도 못 먹고 있지 않은가? 그렇다고 해서 상인들 앞에서 저 처녀를 살 돈이 없다고 하는 것은 체면 문제고." 처녀는 알리가 고개를 숙이고 있는 것을 보고서 거간꾼에게 말했습니다. "내 손을 붙잡고 저분한테로 데려다 주세요. 내 맵시를 보고서 날 사주십사고 선동해볼 테니까요. 나는 저분 이외의 사람에겐 팔려가고 싶지 않아요."

거간꾼은 처녀의 손을 잡고, 알리 샤르 앞으로 데리고 가자, "서방님, 어떻게 하시겠어요?" 하고 물었습니다. 그러나 알리가 한마디도 대답하지 않으므로 처녀가 말을 건넸습니다. "서방님, 내 그리운 분, 제 가격을 부르지 않으시다니 어찌 된 셈입니까? 원하는 값으로 사주세요. 서방님을 행복하게 해드릴 수 있어요." 그래서 알리는 처녀를 바라보며 "꼭 사라는 거요? 1000디나르라면 좀 비싼데." 하고 말했습니다. "그렇다면 나리, 900디나르로 사주시면." 하고 처녀가 말하자, 알리는 "안돼." 하고 대답했습니다. "그럼 800." 그러나 알리 샤르는 "안돼." 하고 말했으므로, 처녀는 점점 값을 깎아서 마침내 100디나르까지 깎았습니다. "내 수중에 지금 그만한 돈이 없어." 하고 알리 샤르가 대답하자, 처녀는 웃으며 물었습니다. "얼마나 모자라죠?" 그러자 알리는 말했습니다. "아냐, 100디나르는 고사하고 한푼도 가지고 있지 않아. 흰 은화도 빨간 동전도 디나르도 디르함도 한푼 없어. 그러니까 나 외에 좀더 좋은 사람을 찾으시오."

노예 처녀는 상대방이 빈털터리라는 것을 알자, "나를 몰래 뒤지는 체하고서 손을 잡고 뒷골목으로 데려가 주세요." 하였으므로 알리 샤르는 하라는 대로 했습니다. 그러자 처녀는 가슴에서 1000디나르가 든 지갑을 꺼내서 이것을 알리에게 주며 "900디나르까지 치르고 나머지 100디나르는 만일의 경우에 대비하여 그냥 가지고 계세요." 하고 말했습니다. 알리는 하라는 대로 처녀를 900디나르로 사자, 처녀의 지갑에서 돈을 치르고 집으로 데리고 갔습니다. 처녀가 안에 들어서보니 황폐한, 인적 하나 없는 텅 빈 거실에는 양탄자도 없고 세간도구도 눈에 띄지 않습니다. 그래서 처녀는 또 다시 1000디나르를 내놓으며 "시장에 가서 가재도구를 300디나르로 사시고 먹을 것과 음료수를 3디나르어치 사오세요." 하고 말했습니다.

— 샤라자드는 날이 훤히 밝아오는 것을 깨닫자, 여기서 허락된 이야기를 그쳤다.

• 312일째 밤

샤라자드는 말을 이었다. 오, 인자하신 임금님, 노예 처녀는 말했습니다. "3디나르어치의 먹을 것과 음료수를 사오세요. 그리고 또 벽걸이를 만들 만한 비단 한 장과 금실과 은실, 일곱 가지 빛깔의 실도 좀 사오세요." 여자가 부탁한 대로 알리가 하자, 여자는 집안을 깨끗이 장식하고서 둘이 나란히 앉아 먹고 마시고 했습니다. 식사가 끝나자, 같이 잠자리에 들어 환락을 다했으며 휘장 저쪽에서 서로 껴안고서 하룻밤을 지냈습니다만, 그것은 마치 시인의 시에 있는 그대로였습니다.

사랑하는 여자를 껴안고서
새암꾼들은 마음대로 샘내라지.
시기하여 저주하는 사람들은
서로 사랑하는 사람에겐 싫은 얼굴을 하는 법.
껴안고서 잔
즐거운 꿈도 흐뭇하게
임의 입술에서 빨아삼키는 것은
더할 나위 없이 달콤한 샘물.
꿈은 꿈이라도 정말 맞는 꿈이라고
나는 분명히 맹세합니다.
누가 시기한들 모른 체하고
나는 내 뜻을 관철할래요.
한 침상에서 껴안은

연인끼리의 모습만큼
보기에 아름다운 광경은
이 세상에 다시는 없습니다.
가슴과 가슴은 환희의 옷을 걸친 채
손을 맞잡고 팔을 서로 끌어안고
머리를 휘감은 그 모습이여.
두 마음이
애정의 불길에 타오를 때
그저 부질없이 비웃는 사람은
차디찬 무쇠라도 때리시오.
사랑 때문에 미친 연인을
자꾸만 나무라는 사람들도
병든 마음을 태워서
사랑에 미친 머리를 못고치리.
진정한 사랑에 몸을 바치는
짝만 하나 있으면
이 세상을 버려도 그분과
고락을 같이 하소서 언제까지.

 이렇듯 두 사람은 아침까지 함께 환락을 즐겼습니다만 변하지 않는 애정이 서로의 가슴 속에서 맺어진 것입니다. 잠자리를 떠나자, 처녀는 벽걸이를 들고 가지각색의 비단실로 수를 놓고, 금실과 은실로 단을 쳐, 그 단 주위에 온갖 새와 짐승의 형상을 수놓았습니다. 이 세상의 온갖 야수의 형상을 수놓은 것입니다. 8일간이나 걸려서 겨우 완성지어 마지막 끝손질을 하여 윤을 내고 다리미질을 하여 이것을 주인 알리에게 주었습니다. "시장에 가지고 가서 상인에게 50디나르 받고 파세요. 그렇지만 부디 조심하여 행인에겐 팔아선 안됩니다. 우리들의 동정을 살피는 적이 있으니까 우리들 사이가 갈라지면 큰일이니까 말이에요." "잘 알았소." 하고 알리 샤르는 대답하고서 시장으로 나가 하라는 대로 어떤 한 상인에게 벽걸이를 팔았습니다. 그러고 나서 또 전에 했듯이 벽걸이용 비단 한 장과 금실, 은실과 비단실, 필요한 식료품을 사 가지고 집으로 돌아와 남은 돈은 즈무루드에게 주었습니다. 8일만에 즈무루드가 벽걸이를 한 장 만들자, 알리는 이것을 50디나르로 팔아, 이런 식으로 꼬박 1년이 지났습니다. 1년이 지난 어느 날, 언제나처럼 벽걸이를 가지고 시장으로 나가 거간꾼에게 주었습니다. 거기 나자레 사람 하나가 다가와 60디나르로 값을 불렀습니다. 그러나 거간꾼은 거절했습니다. 그러자 나자레 사람은 자꾸만 값을 올려 마침내 100디나르까지 불러 거간꾼에게 10디르함의 뇌물까지 쥐어 주었습니다. 그래서 거간꾼은 알리 샤르에게로 와서 그 값을 말하고, 저쪽 제안을 받아들여 나자레 사람이 부른 값으로 물건을 내놓으라고 권했습니다. "서방님, 걱정하실 거 없습니다. 저 기독교도가 어쩌자는 것도 아니니까요." 옆에 있는 상인들도 계속 권했습니다. 그래서 알리는 속으로는 몹시 불안했습니다만 그 기독교도에게 벽걸이를 팔고 돈을 받자 곧 집으로 돌아왔습니다. 그런데 곧 기독교도가 뒤에서 따라오는 것을 느끼자 알리는 뒤돌아보며 소리쳤습니다. "여보시오, 나자레 양반, 왜 내 뒤를 쫓아오는 거죠?" 그러나 나자레 사람은 대답했습니다. "아니오, 나리, 나는 이 근처에 볼 일이 좀 있어서요. 제발 신께서 당신에게 괴로움을 주시지 않으시기를!" 그러나 알리 샤르가 집에 이르기 직전까지도 나자레 사람은 뒤를 쫓아왔기 때문에 알리는 버럭 화를 내며 "이놈, 도대체 무엇 때문에 내 뒤를 쫓아오는 거냐?" 하고 말했으나, 상대방 사나이는 "나리, 목이 말라 죽겠습니다. 물을 한 잔 주십시오. 제발 신의 보답이 있으시기를!" 하고 말했으므로 알리 샤르는 마음 속에서 생각했습니다. "이 사람은 공물을 바치고, 우리들의 보호를 구하고 있는 이교도로군. 게다가 물 한 잔 달라고 하는 게 아닌가. 어찌 거절할 수 있겠느냐 말이다!"

―샤라자드는 날이 훤히 밝아오는 것을 깨닫자, 여기서 허락된 이야기를 그쳤다.

• 313일째 밤
　샤라자드는 말을 이었다. 오, 인자하신 임금님, 알리 샤르는 마음속에서 생각했습니다. "이 사람은 공물을 바치고, 우리들의 보호를 구하고 있는 이교도로군. 게다가 물 한 잔 달라고 하는 게 아닌가. 어찌 거절할 수 있겠느냐 말이다!" 그래서 알리는 집 안으로 들어가 물이 들어 있는 병을 집어들었는데, 즈무루드는 알리를 보고서 물었습니다. "당신, 벽걸이는 파셨어요?" "팔았어." "상인에게? 아니면 지나가는 사람에게? 어쩐지 이상한 예감이 들어 우리들의 사이가 갈라질 것만 같아요." 알리가 "상인한테 팔지 않고 누구에게 팔겠소!" 하고 대답하자 즈무루드는 거듭 말했습니다. "솔직이 말씀해주세요. 만일의 경우엔 나도 대비해둬야 하거든요. 그 병을 왜 들고 계세요?" "거간꾼이 목이 마르다는구려" 이 말을 듣자 여자는 "영광되고 위대한 신 알라 외에 주권 없고 권력 없도다!" 하고 외치고 나서 다음과 같은 시구를 읊었습니다.

　　이별을 원하는 나의 임이시어.
　　서둘지 마시라.
　　사랑하는 자의 포옹에
　　마음 어지럽히지 마시라!
　　마음을 가라앉히고 서둘지 마시라
　　운명이란 믿지 못할 것
　　회자정리(會者定離)란 세상의 관례.

　알리가 물병을 가지고 나가자, 그 기독교인은 현관 옆의 객실에 들어와 있었으므로 "이 개새끼! 어째서 집 안에 들어와 있어? 내

허가도 없이 어떻게 집 안으로 들어왔지?" 하고 호통을 쳤습니다. 그러자 그는 대답했습니다. "나리, 현관이건 이 객실이건 뭐가 다릅니까? 떠날 때까지 여기서 신세를 좀 지겠습니다. 나리의 친절, 후한 정, 대범한 행동에 대해 무어라 감사해야 좋을지 모르겠군요." 그러고 나서 병을 들고 쭉 마시고 나서 그것을 알리 샤르에게 돌려주었습니다. 알리는 병을 들고서 그가 떠나기를 기다리고 있었습니다만 그는 꿈쩍도 않았습니다. 그래서 알리는 말하기를 "왜 안 가지?" "나리, 모처럼 고맙게 구시면서 잔소린 그만 두십시오. 시인이 노래한 이런 작자가 되어서는 곤란합니다.

  문간에 서면 아낌없이
  물건을 주는 사람들은
  오호라, 이 세상을 떠나버렸네.
  그 뒤를 따른 사람들이
  문앞에 서서 구걸하면
  겨우 물 한 그릇 주고서
  큰 덕이나 베푼 듯 뽐내니
  야속도 하라!"

그리고 또 말을 이었습니다. "나리, 물은 잘 마셨습니다만, 뭐 먹을 거라도 주실 거 없겠습니까? 빵 한 조각, 파를 넣어 구운 건빵 같은 것도 좋습니다." 알리 샤르가 "잔소리 말고 어서 가지 못해. 집엔 아무것도 없어." 하고 말해도, 그는 마이동풍입니다. "나리, 아무것도 없다면 200디나르로 시장에서 뭘 좀 사서 주시오. 전병 한 개라도 좋으니, 나리와 나 사이에 물 한 그릇에 밥 한 그릇의 인연이 맺어질 것 아닙니까." 이 말을 듣자, 알리 샤르는 마음 속으로 말했습니다. '이 기독교도 놈은 틀림없이 머리가 돌았어. 어쨌든 이놈한테서 받은 100디나르로 뭔가 두서너 디르함어치를 사다가 주고 이놈을 웃음거리로 만들어야겠군.' 나자레 사람은 여전히 지질 않습니다. "나리, 전병 하나와 파만으로도 족하니 이 허기를 좀 꺼주시오. 배고플 때엔 시장이 반찬이라고 하지 않았습니까. 참 시인이란 근사한 말을 허거든요.

  시장기를 끄려면 한 조각의
  마른 전병이라도 족하다.
  그러면 주린 배를 안고
  탄식하며 살 까닭은 없다.
  사신(死神)은 아무에게도 편들지 않으며
  임금도 거지도 용서하지 않는다."

그러자 알리 샤르가 말했습니다. "잠깐만 기다리시오. 거실에 쇠를 채우고서 시장에 가서 뭔가 사다줄 테니까." "좋습니다." 하고 기독교도는 대답했습니다. 그래서 알리 샤르는 거실을 닫고 문에 자물쇠를 채우고서 열쇠를 주머니에 넣었습니다. 그리고 나서 시장으로 나가 튀긴 치즈와 정제한 벌꿀, 바나나, 빵 등을 사가지고 집으로 돌아왔습니다. 기독교도는 먹을 것들을 보자 "나리, 이건 너무 많은데요. 이거라면 10사람 몫은 되는데, 먹을 사람은 나 하나뿐입니다. 나리도 같이 먹읍시다요." 하고 말했으므로 알리는 대답했습니다. "당신이나 혼자서 먹어. 나는 배가 부르니까." "아뇨, 나리, 현자가 하신 말씀 모르십니까. '손님과 함께 먹지 않는 자는 창녀의 자식이다'라는 말을." 알리는 나자레 사람의 이 말을 듣자, 앉아서 조금 집었다가 손을 움츠리려고 했습니다.

—샤라자드는 날이 훤히 밝아오는 것을 깨닫자, 여기서 허락된 이야기를 그쳤다.

• 314일째 밤
샤라자드는 말을 이었다. 오, 인자하신 임금님, 알리 샤르는 앉아서 조금 집었다가 손을 움츠리려고 했습니다. 그러나 나자레 사람은 넌지시 바나나를 집어 껍질을 벗기고서 반으로 잘라, 그 한쪽에다 조금만 핥아도 코끼리라도 쓰러질 만큼 독한 아편을 꽂았습니다. 그리고 그 절반을 꿀 속에다 담가서 "나리, 제발 내 참된 신앙에 맹세코 이것을 잡수어보십시오." 하면서 알리에게 주었습니다. 알리는 상대방의 호의를 무시하는 것도 안됐다고 생각하고서 바나나를 받아들고 한입 베어먹었습니다. 그랬더니 뱃속에 채 들어가기도 전에 발이 흔들리며 마치 1년 전부터 계속 잠을 자고 있는 모양으로 인사불성에 빠지고 말았습니다.

　나자레 사람은 이것을 보자, 마치 굶주린 늑대나, 쫓기는 삵쾡이처럼 달려들어 거실의 열쇠를 빼앗고는, 알리를 그 자리에 놓아둔 채, 자기 형에게로 뛰어갔습니다. 나자레 사람이 이런 짓을 한 이유는 다음과 같습니다. 이 사람의 형이라는 사람은 즈무루드를 1000디나르로 사려고 하다가 즈무루드에게 거절당하고 노래로 모욕을 당한 그 영감이었던 것입니다. 겉은 이슬람교도를 가장하고 있었습니다만, 실은 신앙이 없는 사람으로서 자칭 라시드 알 딘이라는 이름을 쓰고 있었습니다. 즈무루드가 이 노인을 비웃으며 막무가내로 자기 말을 들으려고 하지 않았으므로 노인은 알리 샤르에게서 즈무루드를 빼앗으려고 기독교도인 동생에게 불평을 늘어놓았던 것입니다. 그래서 바르스무라는 그 동생은 이렇게 말했습니다. "걱정할 거 없어요. 한푼도 들이지 않고 여자를 빼앗아낼 궁리를 할 테니까." 그런데 이 동생이란 사람은 마술이 뛰어난 데다, 여간 교활하지 않은, 엉큼한 사나이였으므로 늘 기회를 노리며 계략을 짜왔던 것입니다. 드디어 아까 이야기한 것처럼 알리 샤르를 감쪽같이 속이고서 열쇠를 훔쳤기 때문에 그는 형에게로 달려가서 자초지종을 이야기했습니다.

　라시드 알 딘은 곧장 암탕나귀를 타고 동생과 하인을 데리고 알리 샤르네 집으로 달려왔습니다. 그리고 도중에 경비대장과 맞부딪칠 경우를 대비하여 뇌물로 줄 1000디나르의 돈도 준비한 것입니다. 거실 문을 열자, 영감의 동생과 하인들은 와락 즈무루드에게로 달려들어 다짜고짜 붙잡아 입을 열면 죽인다고 위협했습니다. 그리고는 집안 물건에는 손도 대지 않고 그대로 둔 채 물러나왔습니다. 그리고 물러나올 때에는 현관 옆방에 나자빠져 있는 알리 옆에 거실의 열쇠를 던지고는 그대로 문을 닫아버리고 말았습니다. 기독교도는 여자를 자기 집으로 납치해오자, 측실들과 시녀들 사이에 함께 몰아넣고 말했습니다. "이 갈보년아! 나는 너에게 퇴짜를 맞고, 지독한 독설마저 받은 늙은이다. 그러나 마침내 한푼도 쓰지 않고 네년을 손 안에 넣은 셈이다." 그러자 즈무루드는(눈물을 글썽이며) 대답했습니다. "배짱이 시꺼먼 늙다리 영감아! 나를 나리에게서 납치해오다니, 제발 알라시어, 원수를 갚아주옵소서!" 노인이 "너는 음탕하고, 막돼먹은 창녀이니까 이제 따끔한 맛을 보여줄 테니 그리 알아라! 구세주와 성모 마리아의 진실에 맹세코, 네가 내 말을 잘 듣고, 내 신앙에 귀의하지 않으면 온갖 책고로 괴롭혀주겠다!" 여자도 지지 않습니다. "알라께 맹세코, 네놈이 내 몸을 갈갈이 찢어발기는 한이 있더라도 나는 이슬람교의 신앙을 버리진 않아! 전능하신 알라께서는 곧 구원해주신다. 알라는 진정 그대로 하시니까 말이다. 게다가 현자도 '인체를 해치는 것은 신앙을 해치느니만 못하다' 하고 말씀하고 계시다."

이 말을 듣고 노인은 내시와 시녀들을 불러 "이년을 거기 쓰러뜨려라!" 하고 명령했습니다. 그들이 즈무루드를 마루 위에 쓰러뜨리자, 노인은 죽어라고 매질을 했습니다. 여자가 살려달라고 고래고래 소리를 질러도 누구 하나 구하러 오는 사람도 없습니다. 마침내 여자는 아무리 살려달라고 외쳐도 소용없음을 깨닫자, "알라는 내 힘이시니, 알라는 진정 힘있는 자이니라!" 하고 외우기 시작했습니다만, 마침내 신음소리도 사라지고, 숨도 끊어져가더니 끝내는 기절하고 말았습니다. 한편 노인은 마음이 풀릴 때까지 마구 때리다가, 내시들에게 "다리를 끌고 가서 부엌에다 버려두어라. 먹을 것을 주어선 안돼." 하고 명령했습니다. 그리고 그날 밤은 푹 쉬고, 이튿날이 되자, 이 지겨운 노인은 다시 즈무루드를 불러다 때린 후, 내시에게 명령하여 다시 먼저의 장소로 데려가게 했습니다. 찢어 발기는 것 같은 아픔이 사라지자 즈무루드는 "알라 외에 신 없고, 모하메드는 신의 사도이니라! 알라는 내 힘이시며, 내 수호신은 아주 훌륭한 분이시다!" 하고 외우고는 우리 주 모하메드(알라의 축복과 가호 있으시기를!)에게 구원을 빌었습니다.

―샤라자드는 날이 훤히 밝아오는 것을 깨닫자, 여기서 허락된 이야기를 그쳤다.

• 315일째 밤

샤라자드는 이야기를 계속했다. 오, 인자하신 임금님, 즈무루드는 우리 주 모하메드(알라의 축복과 가호 있으시기를!)에게 구원을 빌었습니다. 즈무루드는 이러했습니다만, 이야기가 바뀌어, 알리 샤르는 어떠한가 하면, 그는 죽은 듯이 잠이 들었다가 이튿날이 되어서야 마약의 효력이 사라지자, 겨우 눈을 뜨고서 "여보, 즈무루드." 하고 불렀습니다. 그러나 누구 하나 대답하는 사람이 없습니다. 그래서 거실로 들어가 보니 안은 텅 비어 있고, 멀리 사원이 보일 뿐이었습니다. 이 모양을 보자, 나자레 사람에게 속아넘어간 것을 깨닫고 신음하고 슬퍼하고 한탄했습니다. 그러고 나서 또 눈물을 죽죽 흘리면서 이런 시를 읊었습니다.

참혹한 가면으로 변장을 하고
별안간에 바뀐 내 사랑이여,
무서움과 불행 속에 끼어
떨리는 마음도 야속하구나.
불쌍히 여겨다오,
신들도 사랑 때문에 쓰러지고,
그 옛날엔 번영했던 이 몸도 이제는 그만

거지의 신세로 타락한 것을.
활의 명수라 할지라도
다가오는 적을 앞에 두고
활줄이 끊어지면 무슨 소용 있으리.
슬픈 마음 자꾸만
더해가면 성채인들
무슨 수로 운명의 화살을 막을 수 있으랴.
우리들은 몇 번씩 이별을
경계하며 막았지만
운명이 닥치면 어찌하리
우리들의 눈이 마침내 멀었으니.

노래를 끝마치자, 소리 높이 흐느껴 울며 또다시 이런 시를 읊었습니다.

영예의 옷을 입고
그녀는 홀로 야영지의
모래벌판을 돌며 방황하였네.
그 전에 살던 야영지에
발을 멈추고 서면
오호라, 슬픈 추억뿐.
발길을 돌려 동족들이
쉬는 곳에 당도하여
봄의 주막을 바라보면
그 옛날의 흔적은 간 곳도 없이
황폐해졌으니 애처롭구나.
여자는 말없이 서서
남몰래 의아해하니
산울림만이 대답하더라.

"다시 만날 길 기약할 수 없네.
번갯불이 한번 번쩍 하고
주막을 비춘 다음
그저 남은 것은 암흑뿐."

후회해본들 아무 소용없는 일이지만 알리 샤르는 마음으로부터 후회하고 눈물을 흘리며 옷을 갈기갈기 찢었습니다. 그리고 나서 돌을 집어들고 가슴을 치며 "오, 즈무루드!" 하고 외치면서 미친 사람처럼 시내를 헤매고 다녔습니다. 그러자 꼬마들이 "미치광이! 미치광이!" 하고 떠들며 주위에 모여들었습니다. 얼굴을 아는 사람들은 "아마 정말로 미친 모양이야. 무슨 불행한 일을 당했을까?" 하고서 동정의 눈물을 흘렸습니다. 알리는 하루 종일 그런 모양으로 거리를 싸질러다니다 밤이 되자, 빈터에 쓰러져 아침까지 잤습니다. 그 다음 날도 돌을 들고서 거리를 싸질러다니다가 해질 무렵에 겨우 집으로 돌아와 하룻밤을 새웠습니다. 이윽고 근처에 살고 있던 마음씨 착한 노파 하나가 알리의 꼴을 보고서 말을 건넸습니다. "여보, 젊은 양반, 신의 구원이 있도록 빌어봅시다! 언제부터 실성하셨소?" 그러자 알리는 이런 노래를 불러 대답했습니다.

사랑 때문에 미친다고 사람들이 말하면
나는 대답하리
"이 세상의 쾌락을 아는 자는 미치광이"라고.
내가 미쳤다고 소문내지 말고
찾아다주오.
나를 미치게 만든 그 여자를.
그녀만이 내 병을 고칠 수 있으니
행여 나를 나무라지 말고.

이 노래를 들은 노파는 알리가 사랑하는 여자를 잃은 사람이라는 것을 알고 이렇게 말했습니다. "영광되고 위대하신 신 알라 외에 주권 없고 권력 없도다! 왜 당신이 그렇게 번민하고 계시는지 자초지종을 얘기해주실 수 없겠소? 어쩌면 알라의 뜻에 의하여 당신에게 힘이 될 수 있을지도 모르니까." 그래서 알리 샤르는 바르스무라는 나자레 인과 그 마법사의 형, 자칭 라시드 알 딘이라는 늙은이 때문에 혼이 난 경위 등을 낱낱이 들려주었습니다. 노파는 그 이야기를 전부 듣고 나서 "그렇다면 당신이 슬퍼하는 것도 당연하군." 하면서 눈물마저 흘리며 이런 시를 읊었습니다.

　　사랑하는 자에겐 현세의
　　고뇌만으로 족하다.
　　신께 맹세코, 사랑하는 사람은
　　내세의 업화를 모면하리.
　　저 여인은 다소곳이
　　마음 속에 숨긴 사랑 때문에
　　신세를 망친 사람이기에
　　진실인가 아닌가는 예언자의
　　전하는 말이 증명하리.

노래를 끝마친 노파는 말했습니다. "자, 이제부터 곧 보석 행상인이 들고 다니는 그러한 바구니를 하나 사 가지고 발목고리며, 도장 찍힌 반지, 팔찌, 귀걸이 등 여자들이 좋아하여 즐겨 찾는 그러한 싸구려 물건들을 사 오시오. 그걸 모두 바구니 속에 넣어서 나에게 갖다주시면 나는 행상으로 변신하여 그것을 머리에 이고 온 거리를 누비며, 인샬라! 뭐 단서가 될 만한 것을 잡을 때까지 한집도 빼놓지않고 뒤져보겠소이다." 이 말을 듣고 알리 샤르는 아주 기뻐하며 노파의 손에 입맞추고는 시장으로 나가서 곧 분부한 만큼의 물건을 사 가지고 돌아왔습니다. 그래서 노파는 누덕누

덕 기운 옷을 입고, 머리에는 벌통 같은 누런 베일을 쓰고, 한손에는 지팡이를 들고, 머리에다 바구니를 이고서 거리마다 누비고, 집집마다 뒤졌습니다. 이렇듯 이 집에서 저 집으로, 이 거리에서 저 거리로 사방팔방을 낱낱이 뒤지며 돌아다니고 있던 중 우연히도 전능하신 알라의 도움을 입어 저 저주받은 나자레인의 라시드 알 딘의 집에 이르러 안에서 새어나오는 신음소리를 듣게 되었습니다.

—샤라자드는 날이 훤히 밝아오는 것을 깨닫자, 여기서 허락된 이야기를 그쳤다.

• 316일째 밤

샤라자드는 이야기를 계속했다. 오, 인자하신 임금님, 노파는 안에서 새어나오는 신음소리를 들으면서 그 문을 두드렸습니다. 그러자 여자 노예 하나가 나와 문을 열고 인사했습니다. 노파가 "변변치 않은 물건을 팔러 왔습니다. 사주실 만한 분은 안 계십니까?" 하고 말하자 여자는 "들어와 보세요." 하고 대답하고서 노파를 안에 넣어주며 앉으라고 말했습니다. 그러자 노예 계집들이 우우 주위에 몰려들어 각기 얼마간씩 물건을 사주었습니다. 그리고 노파가 친절한 말도 해주고, 값을 깎아주기도 했으므로, 그들은 그 인정많은 행동과 기분 좋은 대우에 한없이 기뻐했습니다. 그 사이에도 노파는 주위의 동정을 연신 살피면서 이제 방금 들려온 신음소리를 지른 여자의 정체를 파악하려고 애를 썼습니다. 그러던 중 문득 노파의 시선이 즈무루드에 이르자, 이 여자야말로 틀림없이 자기가 찾고 있는 그 장본인일 거라고 생각하고는 아까보다도 한층 더 친절하게 손님들을 대했습니다. 그러다가는 즈무루드가 손발을 묶인 채 마루에 던져져 있는 것을 보고는 노파는 눈물을 뚝뚝 흘리면서 주위의 여자들에게 물었습니다. "여보, 색시들, 저기 있는 저 색시는 어쩌다가 저 꼴을 당하고 있는 거요?" 노예 계집들은 자초지종을 이야기하고 나서 다시 덧붙였습니다. "정말, 이것 저것 다 우리들의 탓은 아니예요. 우리집 나리께서 그러라고 하셔서 그랬을 뿐이에요. 근데 나리는 지금 여행중이세요." "색시들, 나에게 원이 하나 있는데, 나리께서 언제 돌아오실지는 모르지만 그때까지 저 불쌍한 처녀의 밧줄을 풀어줄 순 없을까? 돌아오실 날을 알면 그전 그대로 묶어놓으면 되지 않겠소. 그러면 당신들은 모두 만물의 창조주로부터 보답을 받게 될 거요." "알았습니다." 하고 그들은 곧 즈무루드의 결박을 풀고서 먹을 것과 마실 것을 주었습니다. 이 모양을 보고서 노파는 "정말이지 나는 다리가 부러져서 댁의 문지방을 넘지 못했으면 좋았을걸 그랬어요!" 하고 말하고서 즈무루드에게로 다가가서 말을 건넸습니다. "아가씨, 신의 가호를 빌겠어요. 이제 곧 알라의 도움이 있을 거예요." 그러고 나서 넌지시 귓전에다 자기는 당신의 남편 알리 샤르의 심부름꾼이라고 속삭여 오늘밤 신호를 할 테니 자지 말고 기다리고 있으라고 말했습니다. "서방님이 오셔서 정자 걸상 옆에 서서 휘파람을 불 테니 당신도 휘파람을 불어 답하고서 창에서 밧줄을 타고 아래로 내려오시오. 서방님이 아래에서 받아가지고 함께 도망칠 테니까요." 하고 계획을 일러주었습니다.

즈무루드가 고맙다는 말을 하자, 노파는 작별인사를 고하고는 알리 샤르에게로 돌아와 자초지종을 이야기한 다음 "오늘밤, 밤이 되면 이러이러한 곳으로 가시오. 거기 그 원수놈의 집이 있는데 집 모양이 이렇소. 이층 창 아래로 가서 휘파람을 부시오. 그것을 신호로 그 색시가 아래로 내려올 테니 손을 잡고 아무데로나 도망을 치시오." 하고 말했습니다. 알리 샤르는 노파의 인정많은 처사에 고맙다는 말을 하고서 눈물을 흘리면서 이런 노래를 불렀습니다.

  탓하는 무리들이여, 자,
  뭐라고 헐뜯어 나를 괴롭히지 말라.

창피를 당해
몸도 마음도 지쳤노라.
골수까지 좀먹힌 채 —.
흐르는 눈물은 거짓없는
진실인가, 길이길이
내 괴로움을 전해주는.
아, 내 님이시여, 그 가슴에
스며들어 마지않는 번민의
그림자조차 없는 내 님이시여,
야속한 마음 어서 버려
내 신세이야기 묻지를 마라.
달콤한 입술, 날씬한 허리,
미목이 수려한 처녀들은
꿀보다 단 아양과
꿀보다 단 말로써
나의 마음을 흔들어놓네.
그대와 헤어진 후 이 몸은
잠시도 쉴 겨를이 없고
두 눈은 감기지도 않고
아득한 희망은 괴로움의
쓰디쓴 생각 때문에 산산조각이 났네.
그대에게 버림을 당한 후 이 몸
시기하고 헐뜯는 사람들의
사이에 끼어 몸부림치며
헛된 사랑의 욕정에
몸을 맡기고 빠져들 뿐.
하지만 감당할 수 없는 것은
사랑을 단념하고 버리는 기술.
그대 외에 이 가슴이

그 누구를 생각할건가.

노래를 끝마치자 한숨을 내쉬고 눈물을 흘리며, 다시 이런 시를 읊었습니다.

아, 거룩하고도 황송한 것은
그대의 소식을 가지고 온
사람의 말이로다.
나에게 보내온 말은
영롱한 가락처럼 들렸노라.
자, 그렇다면 어서 이 해진 옷
선물로서 받아주소서.
그대와 헤어져 내 마음
갈갈이 찢겨져버렸네.

알리 샤르는 어두워지기를 기다렸다가 예정된 시각이 되자, 노파가 가르쳐준 그 장소로 떠났습니다. 가 보니 과연 기독교도의 집이었습니다. 그래서 발코니 아래에 놓여 있는 걸상에 앉았습니다 다만 얼마 지나지 않아 졸음이 오는 바람에 그만 잠이 들고 말았습니다.(잠들지 않는 신에게 영광 있으라!) 왜 그런고 하니 격심한 애욕에 시달려 오랫동안 잠을 자지 못했기 때문에 마치 취한 사람처럼 세상 모르고 곯아 떨어졌던 것입니다.

—샤라자드는 날이 훤히 밝아오는 것을 깨닫자, 여기서 허락된 이야기를 그쳤다.

• 317일째 밤

샤라자드는 이야기를 계속했다. 오, 인자하신 임금님, 알리가 세상 모르고 자고 있는데, 뜻밖에 거기 나타난 것은 밤도둑이었습니다. 이 도둑은 그날 밤 뭔가 훔치려고 교외를 배회하다가 운명의 장난이라고나 할까요, 우연히도 나자레인의 집에 눈독을 들이고 있었던 것입니다. 집 주위를 빙빙 돌면서 형편을 살피고 있는데, 집 안으로 들어갈 만한 마땅한 곳이 눈에 띄지 않았습니다. 그래서 다시 한 번 돌다가 이윽고 알리가 자고 있는 걸상 있는 데까지 오게 되었던 것입니다. 도둑은 알리가 잠들어 있는 것을 보자 얼른 알리의 두건을 훔쳤습니다. 도둑이 두건을 들고 있는데 마침 그때 즈무루드가 창 밖으로 얼굴을 내밀어 어둠 속에 서 있는 도둑을 알리 샤르로 잘못 보았던 것입니다. 즈무루드는 알리의 모습을 보자 금화가 잔뜩 든 한 쌍의 안장 주머니를 들고 밧줄을 타고 내려왔습니다. 그런데 밤도둑은 이것을 보고 마음 속으로 생각했습니다. "참 세상에 별의별 이상한 일도 다 있군. 이것에는 무슨 까닭이 있을 거야." 이렇게 생각한 밤도둑은 안장 주머니를 홱 나꿔챈 후, 즈무루드를 어깨에 짊어지고는 쏜살같이 모습을 감춰버렸습니다. 즈무루드는 내내 업혀가면서 "그 할머니 이야기에 의하면 당신은 나에 대한 시름 때문에 몸이 무척 쇠약해 있다고 들었는데 말보다 빨리 달리니 웬일이세요?" 하고 말했지만, 상대방은 한마디도 대답이 없었습니다. 그래서 한손을 뻗쳐서 얼굴을 만져보니 목욕탕 종려잎 빗자루가 아닌가 싶은 턱수염이 있지 않겠습니까. 마치 삼킨 깃털이 목구멍 밖으로 삐져나온 돼지 꼴이었습니다. 즈무루드는 깜짝 놀라 "도대체 당신은 누구시오?" 하고 물었습니다. "이 갈보야, 나는 아마드 알 다나호의 일당 크루드인, 사기꾼 쟈완이란 사람이다. 한 패인 40명이 오늘밤부터 내일 아침까지 네 자궁 속에다 우리들의 기름을 잔뜩 흘려넣어 주마." 즈무루드는 이 말을 듣자, 운명의 힘을 어떻게 하겠냐고 체념하고는 전능하신 알라께 구원을 청하는 수밖에 딴 도리가 없다는 것을 깨닫고 눈물을 흘리며 얼굴을 막 때렸습니다. 그리고는 "알라 외에 신 없도다!" 하고 외우고는 꾹 참고서 신이 정하신 대로 몸을 맡기기로 한 것입니다.

그런데 샤완이 우연히 그쪽으로 걸음을 옮긴 경위는 다음과 같습니다. 샤완은 아마드에게 "여보시오, 대장. 나는 전에도 이 도성에 있었던 일이 있어요. 40명쯤 들어갈 수 있는 동굴이 성 밖에 하나 있답니다. 그러니 내가 먼저 가서 우리 어머니를 거기다 모셔 둘 생각입니다. 그러고 나서 시내로 돌아와서 당신들 모두를 위하여 뭔가 훔쳐다 오늘은 모두가 내 손님이니까 멋진 대접을 해 드리리다." 하고 말했으므로 아마드 알 다나흐는 대답했습니다. "너 좋은 대로 하거라."

그래서 샤완은 먼저 아까 말한 동굴에다 어머니를 모셔다 두고 그곳을 지키게 했던 것입니다. 동굴 밖으로 나와 보니, 병사 하나가 말을 옆에다 매어놓고 길바닥에서 자고 있었으므로 당장 그 목을 잘라 옷에서부터 말, 무기에 이르기까지 몽땅 빼앗은 다음, 동굴 안의 모친에게 맡기고, 말도 또한 동굴 속에 매어두었습니다. 그러고 나서 자기는 시내로 들어가 여기저기 배회하던 중 문득 예의 그 기독교도의 집이 눈에 띄었으므로 이젠 말씀드린 대로 알리 샤르의 두건서부터 즈무루드와 안장 주머니까지 훔치게 된 것입니다. 샤완은 즈무루드를 짊어지고서 자꾸만 달려 동굴에 당도하자, 어머니에게 여자를 맡기며 말했습니다. "날이 밝으면 곧 돌아올 테니 그때까지 이 여잘 잘 감시하고 계세요."

— 샤라자드는 날이 훤히 밝아오는 것을 깨닫자, 여기서 허락된 이야기를 그쳤다.

• 318일째 밤

샤라자드는 이야기를 계속했다. 오, 인자하신 임금님, 크루드인 샤완은 어머니에게 "날이 밝으면 곧 돌아올 테니 그때까지 이 여잘 잘 감시하고 계세요." 하고 말하고는 그곳을 떠나버렸습니다. 그런데 즈무루드는 혼자서 생각하기를 "이대로 어이없이 목숨을 빼앗길 순 없잖아. 가만히 앉아서 40명이나 되는 놈들이 오는 것을 기다리고 있을 순 없어. 그놈들이 차례차례로 내 몸을 더럽히는 날엔 이 몸은 물에 잠긴 난파선 모양이 될 거야." 이윽고 즈무루드는 쟈완의 어머니에게 말을 건넸습니다. "저, 아주머니, 양지쪽에서 이를 잡아드릴 테니 동굴 밖으로 나가시지 않겠어요?" 노파는 대답했습니다. "좋고말고, 아가씨, 잡아주구려. 꽤 오랫동안 목욕을 하지 않아서 불편하던 참이라우. 이란 놈들은 늘 스멀거려 가려워 못견디겠어." 동굴 밖으로 나가자, 즈무루드는 노파의 머리에 빗질을 하며 머리칼에 붙어 있는 이를 손톱으로 죽였습니다. 이윽고 머리를 긁어주는 쾌감에 노파는 그만 꾸벅꾸벅 잠이 들고 말았습니다. 그 꼴을 보자 즈무루드는 얼른 일어나 죽은 병사의 옷을 입고, 칼을 차고 머리에 두건을 감았습니다. 그 모양은 어디로 보나 남자로밖엔 보이지 않았습니다. 그 다음 금화가 가득 든 그 안장 주머니를 집어들고 말에 올라타 "오, 거룩하신 수호신이시여, 모하메드(신의 축복과 가호가 있으시기를!)의 영광에 맹세코 나를 지켜주옵소서." 하고 기도를 올렸습니다. 그러면서 마음 속으로 "시내로 들어가면 일당에게 들켜 큰 봉변을 당하게 될지도 모른다." 하고 생각했습니다. 그래서 시내에 등을 돌리고서 쓸쓸한 사막쪽으로 말을 몰았습니다. 열흘 동안이나 대지의 풀을 뜯어먹고, 물을 마시고, 안장 주머니를 지닌 채 말을 계속 몰았던 것입니다. 열하루 만에야 저 멀리 아름다운 도시가 눈에 띄었습니다. 보기에도 요새가 견고하여, 번영을 자랑하고 있는 듯이 보였습니다.

때마침 겨울은 이미 그 차가운 소나기와 함께 사라지고, 찾아온 봄과 함께 장미와 오렌지 따위의 가지가지의 꽃들이 만발하여 서로 교태를 다투고, 시냇물은 즐겁게 졸졸 흘러내리고, 작은 새들은 하늘을 날면서 지저귀고 있었습니다. 즈무루드가 도시에 다가가 성문을 지나려고 할 때 마침 그곳에는 도성의 군대와 태수와 고관 대작들이 늘어서 있었습니다. 심상치 않은 그 광경에 깜짝 놀란 즈무루드는 혼자 중얼거렸습니다. "도성 사람들이 모두 성문에 모여 있다니 틀림없이 무슨 까닭이 있겠는걸." 즈무루드는 그쪽으로 다가갔습니다. 그러자 병사들이 갑자기 말을 몰고 즈무루드쪽으로 달려와 말에서 내리더니 땅에 엎드리면서 말했습니다. "오, 우리 임금님, 우리 국왕님, 아무쪼록 알라의 가호가 있으시길!" 그러고 나서 고관대작들은 즈무루드 앞에 두 줄로 늘어서고, 군인들은 시민들을 정렬시켜놓고 "알라의 가호가 있으시기를. 당신의 왕림에 의하여 이슬람교도가 축복을 받도록. 오, 만물의 왕자시여! 아무쪼록 알라의 뜻에 의하여 당신이 옥좌에 앉아주시기를. 오, 현세의 임금님, 세월이 맺어준 진주시여!" 하고 이구동성으로 말했습니다. 즈무루드가 "시민 여러분, 어떻게 된 일입니까?" 하고 묻자 시종장이 대답했습니다. "실은 아낌없이 주시는 신께서 당신에게 은총을 내려주신 것입니다. 당신을 이 도성의 왕자로 정하고, 도성 사람들을 통치케 한 것입니다. 왜 그런고 하니 이 도성의 관례로서 국왕이 승하하시고 후사를 이을 왕자가 없으실 때에는 전군을 교외에 사흘간 야영시키고는 당신이 오신 방향에서 오는 사람을 국왕으로 모시기로 되어 있습니다. 터키인의 자손 가운데에서도 당신처럼 이목이 수려한 분을 보내주신 알라를 칭송할진저! 비록 당신보다 훨씬 못생긴 사나이가 왔다 하더라도 역시 국왕으로 추대되기로 되어 있으니까요."

그런데 즈무루드는 아주 두뇌가 명석하고, 깊은 분별력이 있었으므로 이렇게 대답했습니다. "나를 터키인의 평민이라고 생각지 마시오! 나는 고귀한 가문의 출신으로 지체가 높은 자인데, 일족들이 괘씸하여 집을 뛰쳐나왔을 뿐입니다. 그 증거로 여기 가지고 있는 금화가 가득 들어 있는 안장 주머니를 보면 될 것입니다. 이것은 오는 도중 가난한 사람들과 곤경에 빠진 사람들에게 베풀어주려고 가지고 온 것입니다." 그래서 일동은 즈무루드에게 신의 축복이 임하시기를 기원하고, 서로 기쁨을 나누었습니다.

─샤라자드는 날이 훤히 밝아오는 것을 깨닫자, 여기서 허락된 이야기를 그쳤다.

• 319일째 밤

　샤라자드는 이야기를 계속했다. 오, 인자하신 임금님, 즈무루드는 마음 속으로 이렇게 생각했습니다. "다행히 일이 이렇게 된 이상에는 알라의 뜻에 의하여 서방님을 만날 수 있게 될지도 모르지. 신은 언제나 생각하신 대로 하시는 법이니까." 이윽고 전군은 즈무루드를 도성까지 호위해서는, 말에서 내려 도보로 궁전으로 안내했습니다. 즈무루드가 말에서 내리니 태수와 중신들이 즈무루드의 겨드랑이를 껴안고 궁전 한복판을 걸어들어가 옥좌에 앉혔습니다. 그리고 일동은 모두 그 앞에 부복했던 것입니다. 즈무루드는 정식으로 왕위에 오르자, 국고를 열어 전군 장병들에게 돈을 나누어주라고 명령했습니다. 일동은 신왕의 위세가 영원히 계속되기를 기원하고, 도성 사람들은 물론 영내의 모든 백성들도 또한 하나같이 신왕을 받들어 공경했습니다. 이렇듯 즈무루드가 왕위에 즉위하자마자 적절한 명령과 금령을 내려 정사를 돌보니, 만백성은 왕의 절도와 아량에 감탄하여 더할 나위 없이 존경하며 마음으로부터 왕을 사랑하게 되었습니다. 그도 그럴 것이 신왕은 조세를 면해주고, 죄수에게 은사를 베풀어 가지가지의 불평을 제거하는 데 진력했기 때문이었습니다. 그러나 남편을 생각할 때마다 언제나 눈물을 흘리고는 제발 남편과 만나게 해주옵소서 하고 신에게 빌어 마지않았습니다. 어느 날 밤, 남편을 생각하고서 즐겁게 지내던 과거를 마음 속에 그려보고 있노라니 눈엔 눈물이 넘쳐 흐르며 이런 시가 떠올랐습니다.

　　오랫동안 임을 생각하건만
　　그리움은 날로 새로워
　　눈을 적시며
　　내 눈물은 넘쳐 마지않네.
　　사랑의 불길에

몸이 타서 나는 우노라.
사랑하는 사이에 이별이란
참을 수 없는 고민이기에.

　노래를 끝마치자, 즈무루드는 눈물을 닦고서 궁중으로 돌아와 후궁에 들었습니다. 그전부터 노예 처녀며 측실들에게는 각기 따로따로 방을 하나씩 배당해준 외에 봉급과 녹을 정해주었으나, 자기는 별채에서 살며 신앙에 몸을 바쳐 금욕생활을 한다고 해두었던 것입니다. 왕이 단식과 기도에 정진하고 있는 것을 보고서 태수들은 "이번 국왕은 신앙심이 굳은 분이시군." 하고 감탄했습니다. 또 즈무루드는 단 두 명의 젊은 내시에게만 자기 시중을 들게 하고는 어떤 남자 하인도 가까이 하지 않았습니다.
　이렇듯 꼬박 일 년 동안 옥좌에 앉아 있었건만, 남편의 소식은 여전히 알 길이 없었습니다. 그것은 즈무루드에게는 참기 어려울 정도의 슬픈 일이었습니다. 마침내 슬픔이 겹치고 겹쳐서 어느 날 왕은 대신과 시종들을 불러 건축사와 목수들을 모아 궁전 정면에다 가로 세로 1파라상이 되는 경마장을 만들라고 명령했습니다. 그들은 명령을 받들어 급히 서둘러 공사에 착수하여 왕의 뜻에 맞을 만한 경마장을 만든 것입니다. 마침내 완성되자 왕은 경마장으로 행차하고, 신하들은 커다란 막사를 만들어 그 안에다 태수들의 의자를 순서대로 늘어놓았습니다. 그러자 왕은 경마장 식탁에 산해진미의 음식을 차려놓으라고 명령하고는 음식이 죄다 나오자 고관대작들에게 마음껏 들라고 분부했습니다. 식사가 끝나자 왕은 다시 말을 이었습니다. "이제부터 매달 초승달이 보이거든 이렇게 연회를 갖고 싶소. 그리고 온 도성내에다 아무도 가게를 열지 말고, 모든 백성은 왕이 베푸는 향연에 참석하도록 널리 알리시오. 이 명령을 어기는 자가 있다면 그자는 집 문간에다 매달아 교수형에 처하리라." 그들은 삼가 어명을 받들어 매달 관례대로의 향연을 열어 경축을 계속했습니다. 이윽고 2년째가 되던 해의 최초의 초승달이 떠오르자 즈무루드는 역시 경마장에 행차하고, 조리꾼은 목소리를 높여 외쳤습니다. "들거라, 신하에서 만백성에 이르기까지 모두 한 사람도 빠짐없이 잘 듣거라. 가게 문을 열거나 집 문을 열고 있으면 자기 집 문간에서 교수형에 처한다. 모두 모여 임금님의 연석에 참석하라." 이 포고가 선포되자 식탁이 놓이고, 신하들이 일시에 모여들었습니다. 그러자 즈무루드는 그들을 자리에 앉게 하고는 온갖 산해진미의 음식을 마음껏 먹으라고 분부했습니다. 일동이 자리에 앉자, 왕도 옥좌에 앉아 유심히 그 광경을 지켜보았습니다. 식탁에 앉은 사람들은 누구나 다 각기 "임금님은 나를 유심히 지켜보고 계시구나." 하고 마음 속으로 생각하면서 식사를 들기 시작하자 태수들은 모두에게 말했습니다. "자, 사양 말고 마음껏 드시오. 그래야만 임금님께서도 흡족해하실 것이오." 일동은 배부르게 먹고 나자 국왕을 축복하며 서로 "이 임금님만큼 가난한 백성들에게 마음을 쓰시는 임금님은 일찍이 한 분도 없었지." 하고 이구동성으로 말하면서 왕의 장수를 빌고 자리를 떴습니다. 즈무루드도 연회가 끝나자 궁중으로 돌아갔습니다.

— 샤라자드는 날이 훤히 밝아오는 것을 깨닫자, 여기서 허락된 이야기를 그쳤다.

• 320일째 밤

샤라자드는 이야기를 계속했다. 오, 인자하신 임금님, 즈무루드 여왕은 자기 계획이 성공한 것을 기뻐하면서 궁으로 돌아오자 혼잣말을 했습니다. "인샬라! 이렇게 하고 있노라면 서방님의 소식이 귀에 들어올지도 몰라." 두번째 달의 첫날이 돌아오자 언제나처럼 향연의 준비를 갖추었습니다. 국왕은 궁에서 나와 옥좌에 앉자 모두들에게 앉아서 식사를 들라고 명령했습니다.

자, 국왕은 모두가 편안히 마음을 놓고 자리에 앉아 있는 광경을 바라보면서 가장 상석의 옥좌에 앉아 있으려니까 문득 시선이 남편 알리 샤르에게서 벽걸이를 산 나자레인 바르스무에게로 향하게 되었습니다. 그자를 알아본 즈무루드는 마음 속으로 혼자 생각했습니다. "옳지, 이것으로 내 괴로움도 사라지고, 소원이 이뤄지려나 보다." 이윽고 바르스무는 식탁 앞으로 다가와 다른 사람들과 함께 자리에 앉았는데, 설탕을 입힌 전병이 눈에 띄었습니다. 이 과자는 그의 손이 못 미치는 먼 곳에 있었기 때문에 바르스무는 사람들을 헤치고 손을 뻗쳐 접시를 움켜쥐자 자기 앞에 갖다놓았습니다. 그러자 옆의 사람이 말했습니다. "왜 자기 앞에 있는 음식을 먹지 않소. 그런 짓이 보기 흉하지 않소? 뭣 땜에 먼 데 있는 음식에 손을 뻗치는 거요? 부끄럽지도 않소?" 바르스무가 "내가 먹고 싶은 건 이것뿐이오." 하자 상대방은 "그럼, 잡수시오. 신의 책망이 있으시기를 빌겠소!" 하고 대답했습니다. 그러자, 아편쟁이 사나이 하나가 "나도 한몫 끼어 같이 먹읍시다그려." 하고 끼어들었기 때문에 먼저 사나이가 말했습니다. "꽤씸한 아편쟁이놈 같으니라구! 이 음식은 네놈에겐 너무 과분해. 태수님이나 잡수시는 음식이야. 대감이 잡수실 음식은 대감에게 드려 잡수시게 해야 하는 거야."

그러나 바르스무는 그 말에는 아랑곳도 하지 않고서 설탕 뿌린 전병을 집어들자 입 속에 쳐넣었습니다. 그리고 이제 막 두 번째 전병을 집으려고 한 그 순간, 이 광경을 지켜보고 있던 여왕이 옆에 있는 호위병들에게 큰 소리로 외쳤습니다. "전병 접시를 앞에 놓고 있는 저 사람을 잡아오너라. 손에 들고 있는 전병을 입에 넣지 못하도록 빼앗아버려라." 그래서 네 명의 호위병은 바르스무 옆으로 다가가 한손에 든 전병을 때려 떨어뜨리고는 목덜미를 잡고 끌고 와 즈무루드 앞에 꿇어앉혔습니다. 사람들은 그 꼴을 보자, 먹던 손을 멈추고 서로 이야기를 나누었습니다. "필경 저놈은 분수에 맞는 음식을 먹지 않고 건방진 짓을 했기 때문일 거야." 한 사나이가 "나 같은 건 내 앞에 있는 밀가루죽이면 족해." 하고 말하자 아까 그 아편쟁이는 "아이쿠, 설탕 뿌린 전병을 먹지 않기를 잘했다. 그 음식이 그놈 앞에 있었기 때문에 놈이 먹고 나면 나도 좀 먹어보려고 했는데 결국 저 꼴이 됐군." 모두 이구동성으로 "어떻게 될지 구경이나 좀 해보자구." 하고 말했습니다.

바르스무가 즈무루드 앞에 끌려나오자, 왕은 호령했습니다. "여봐라, 눈 퍼런 놈아! 뻔뻔스러운 놈 같으니라구! 네놈은 뭐라는 놈이고, 왜 이 나라에 왔느냐?" 그러나 이 지긋지긋한 사나이는 흰 두건(이슬람교 도의 표시)을 머리에 두르고 있었기 때문에 이름을 속여 대답했습니다. "네, 임금님, 제 이름은 알리라고 하며, 직조공입니다. 이 곳에 온 것은 장사 때문이올시다." 즈무루드는 이 말을 듣고 "모래점을 치는 널빤지와 놋쇠 펜을 가지고 오너라." 하고 명령했습니다. 명령한 대로 물건을 가지고 오자 왕은 모래와 펜을 들고 비비의 형상을 그렸습니다. 그러고 나서 얼굴을 쳐들어 잠시 유심히 바르스무를 응시하고 있다가 천천히 입을 열었습니다. "이 개 같은 놈아, 네놈은 감히 임금을 속일 셈이냐? 네놈은 이름이 바르스무라고 하는 나자레인이렷다. 무슨 일로 이 나라에 왔느냐? 사실을 말하라. 그렇지 않으면 신의 영광에 맹세코, 네놈 목을 당장 치겠다!"

이 말을 듣고 바르스무는 깜짝 놀라고, 태수와 구경꾼들은 이구동성으로 말했습니다. "희한도 해라, 이 임금님은 모래점도 치실 줄 아시는구나. 그러한 힘을 주신 신께 축복 있으라!" 왕이 기독교도에게 일갈하여 "있는 대로 말하면 용서할 것이고, 그렇지 않으면 목숨은 없는 줄 알아라!" 하고 말하자 바르스무는 대답했습니다. "오, 현세의 임금님, 제발 용서해주십시오. 점괘대로이며, 나자레인임에 틀림없습니다."

─샤라자드는 날이 훤히 밝아오는 것을 깨닫자, 여기서 허락된 이야기를 그쳤다.

• 321일째 밤

샤라자드는 이야기를 계속했다. 오, 인자하신 임금님, 바르스무는 대답했습니다. "오, 현세의 임금님, 제발 용서해주십시오. 점괘대로이며, 나자레인임에 틀림없습니다." 이 말을 듣고 거기 있던 사람들은 상하귀천의 구별없이 모래점으로 진실을 알아맞힌 임금님의 뛰어난 수완에 감탄하여 "정말 이 임금님은 세상에 비할 데 없는 예언자이시군."하고 말했습니다. 그런데 즈무루드 여왕은 나자레인의 가죽을 벗기고 그 속에다 짚을 넣어 경마장 문 위에 매달라고 명령한 다음 교외에다 구멍을 파 뼈와 살은 그 속에서 태워버리고, 그 재 위에 쓰레기와 오물을 버리라고 다시 명령했습니다. 일동은 "알겠습니다." 하고 대답하고 나서 명령대로 했습니다. 사람들은 기독교도의 신상에 떨어진 재액을 보고 이구동성으로 말했습니다. "인과응보야. 그렇긴 해도 그건 얼마나 불행한 음식이었던고!" "난 죽을 때까지 절대로 설탕 뿌린 전병은 먹지 않을 테야! 만일 이 맹세를 어긴다면 난 마누라하고도 연분을 끊고 말 테야." 또 아편쟁이도 끼어들었습니다. "알라를 칭송할진저! 알라의 덕택으로 난 전병에 손을 대지 않아 그놈처럼 혼나지 않았단 말이야." 마침내 일동은 물러났는데, 그후부터는 나자레인이 한 것처럼 전병을 앞에 놓고 앉는다는 것은 법에 어긋나는 행동이라고 생각하게 되었습니다.

3월달의 첫날이 오자, 관례대로 향연이 벌어졌습니다. 즈무루드 왕이 경마장으로 행차하여 옥좌에 앉자, 뒤따르는 호위병들은 언제나처럼 왕의 위엄에 압도되어 그 옆에 시립했습니다. 이윽고 시민들은 언제나처럼 안으로 들어와 전병이 놓여 있는 장소를 피해가면서 식탁 주위를 빙빙 돌아다녔습니다. 그중 하나가 다른 하나에게 말을 건넸습니다. "여보시오, 하지 하라후씨!" 상대방이 "안녕하쇼, 하지 하리드씨, 뭡니까?" 하고 대답하자 하리드는 다시 "전병에 손을 대지 마십쇼. 집지 않도록 조심하시오. 손을 대는 날에는 내일 아침까진 지옥행이 됩니다." 그러고 나서 모두는 식탁을 둘러싸고 앉아 식사하기 시작했습니다. 모두가 한참 먹고들 있는데, 그때 즈무루드 여왕이 문득 옥좌에서 눈을 들자, 경마장 문에서 뛰어들어오는 사나이 하나가 눈에 띄었습니다. 곰곰이 생각해 보니, 그 사나이는 병사를 죽인 크루드인 도둑 쟈완이 아니겠어요!

그런데 이 사나이가 나타난 것은 이러한 이유 때문입니다. 어머니가 있는 동굴을 나서자 쟈완은 그길로 자기 동료들이 있는 곳으로 가서 말했습니다. "어제는 수확이 컸었다네. 병사를 하나 죽여서 말을 한 필 빼앗었어. 게다가 또 밤에는 금화가 가득 든 안장 주머니 둘과, 그 돈보다도 더욱 값이 나가는 젊은 여자가 하나 굴러 들어왔지 뭐야. 모두 다 동굴에 있는 어머니에게 맡기고 왔어." 이 이야기를 듣고 동료들은 아주 기뻐하여, 해가 지자 당장 크루드인 쟈완을 앞세우고서 동굴로 향했습니다. 쟈완은 자랑거리인 약탈품을 모두에게 보여주고 싶었던 것입니다. 그런데 돌아와 보니 동굴은 텅 비어 있었습니다. 모친에게 물었더니 어머니는 하나도 감추지 않고 모든 것을 털어놓았습니다. 이 말을 들은 쟈완은 분해서 자기 손을 깨물며 고래고래 소리를 질렀습니다. "네까짓 년, 어디로 달아나건, 비록 호두 껍데기 속에 숨어 있다 할지라도, 이 화냥년을 찾아내어 이 한을 풀고야 말 테니 두고 봐라!"

그래서 쟈완은 즈무루드의 행방을 찾아서 방방곡곡으로 여행을 거듭하다가 마침내 즈무루드 여왕의 도성에까지 오게 된 것입니다. 도성으로 들어서보니 거리에는 사람의 그림자 하나 눈에 띄지 않았기 때문에 창 밖을 내다보고 있는 여자들에게 그 까닭을 물어본 결과 매달 초하루에는 국왕이 향연을 베풀어 만백성에게 좋은 음식을 대접하는 관례가 있어서 백성들은 싫어도 가지 않을 수 없다는 이야기였습니다. 그래서 쟈완은 총총걸음으로 경마장으로 들어간 것인데, 공교롭게도 아까 말씀드린 전병 접시 건너편 자리를 제외하고는 어디도 빈 자리가 없습니다. 쟈완은 얼른 그 자리에 앉아 음식에 손을 뻗쳤습니다. 이것을 본 사람들은 큰 소리로 외쳤습니다. "여보, 노형, 어떻게 된 거요?" "이 맛있는 음식을 배불리 먹으려고요." 쟈완이 대답하자 한 사나이가 대꾸했습니다. "그걸 먹는 날엔 내일 아침엔 지옥행이오." 그러나 쟈완은 "잔소리 마쇼. 말도 안되는 소릴 가지고." 하고 나서 그 음식 쪽으로 손을 뻗어 그것을 자기 쪽으로 끌어당겼습니다. 마침 그때 전에 말씀드린 아편쟁이가 그 옆에 앉아 있다가 쟈완이 자기 쪽으로 접시를 끌어당기는 것을 보고서 깜짝 놀라 아편의 효력이 일시에 사라지며 얼른 일어나 구만리나 도망을 치며 "그 음식과는 인연을 갖지 않는 편이 제일이란 말야." 하고 말했습니다. 한편 크루드인 쟈완은 손을 뻗치고서(그 손이란 것은 마치 갈가마귀 손톱 그대로였습니다.) 음식을 절반쯤 움켜쥐고는 손을 움츠려들였습니다.

―샤라자드는 날이 훤히 밝아오는 것을 깨닫자, 여기서 허락된 이야기를 그쳤다.

• 322일째 밤

샤라자드는 이야기를 계속했다. 오, 인자하신 임금님, 크루드인 쟈완은 말하자면 낙타의 발톱 같은 손을 접시에서 움츠려들이자, 한쪽 손바닥으로 밥 덩어리를 커다란 밀감만한 모양으로 둥글게 빚어서 이것을 한입에다 쳐넣고 우물거렸습니다. 그리고 천둥소리 같은 소리를 내면서 꿀꺽 삼키자 깊은 접시도 단 한 번으로 바닥이 나고 말았습니다. 이 모양을 보고 옆에 앉아 있던 사나이가 말을 건넸습니다. "아, 내가 노형 손에 집혀 먹히지 않은 것은 천만다행이오. 글쎄, 노형은 단 한 입으로 접시를 텅 비웠으니 말이오." 그러자 아편쟁이가 끼어들었습니다. "내버려두세요. 실컷 먹으라고. 알라의 보답이 무서울 뿐이죠."

쟈완은 다시 손을 뻗어 전병을 한손으로 움켜쥐고서 아까처럼 손바닥에 올려놓고서 둥글게 뭉치고 있었는데, 그때 별안간 여왕이 큰 소리로 호위병들에게 외쳤습니다. "급히 저놈을 잡아오너라. 손에 들고 있는 것을 먹여선 안돼." 호위병들은 달려가서, 막 먹으려고 몸을 숙이고 있는 놈을 잡아가지고 어전으로 끌고 왔습니다. 사람들은 쟈완이 어전으로 잡혀간 것을 보자, 모두 기뻐하며 이구동성으로 말했습니다. "기분좋다. 그렇게 주의를 주었는데도 막무가내로 듣지 않더니 꼴좋다. 하지만 정말 거기 앉으면 목숨이 달아나니 그 전병을 먹는 놈에겐 재앙이 닥치게 마련이군."

즈무루드 여왕이 쟈완에게 "그대의 이름은 뭐라고 하며, 무슨 일로 이 도성에 왔는가?" 하고 묻자, 상대방은 대답했습니다. "오, 임금님, 제 이름은 오스만이라고 하며, 정원사입니다. 실은 무슨 물건을 잃었기 때문에 그것을 찾으러 이곳에 온 것입니다." "모래판을 가지고 오너라!" 왕의 명령대로 모래판을 가져오자, 왕은 펜을 들어 모래점괘를 그리고서 잠시 무슨 생각에 젖어 있더니 이윽고 얼굴을 들어 호통을 쳤습니다. "이 불한당놈! 괘씸한 놈 같으니라구! 어째서 임금에게 거짓말을 하느냐? 이 모래점에 의하면 사실은 네놈은 크루드인 쟈완이라는, 남의 물건을 훔쳐서 불의를 일삼는 놈이며, 정당한 이유없이 죽여선 안된다고 알라께서 말씀하신 동포를 살육한 놈이 아니냐?" 왕은 다시 말을 이어 "이 돼지 같은 놈아, 분명히 말해두지만 당장 여기서 목을 자르겠다"고 호통을 쳤습니다.

이 말을 듣고 쟈완은 얼굴색이 새파랗게 질리며, 이가 덜컥덜컥 마주쳤습니다. 그래서 정직하게 고백하면 목숨만은 살아날 가망이 있을지도 모르겠다고 생각하고서 대답했습니다. "오, 임금님, 지당한 말씀이옵니다. 회개하여 앞으로는 절대로 거짓말을 하지 않겠습니다. 전능하신 알라에게 매달리고 싶은 심정입니다!" 그러나 왕은 "너 같은 악당놈을 그대로 내버려두고서 세상의 이슬람교도들에게 폐를 끼치게 할 순 없다." 하고는 호위병들에게 호통을 쳤습니다. "뭣들 하느냐, 이놈을 끌고 가서 껍질을 벗기고, 전날 같은 사기꾼에게 한 것처럼 이놈을 처분하지 못하고!" 그들은 왕명을 받들어 명령대로 처분해버렸습니다.

아편쟁이는 호위병들이 그 사나이를 끌고 가는 것을 보고, 전병 접시에 등을 돌리고서 "너에게 내 얼굴을 보이는 것은 죄악이다!" 하고 말했습니다. 모두는 식사를 끝마치자 삼삼오오로 흩어져 집으로 돌아갔고, 즈무루드도 궁으로 돌아와 신하들에게 퇴궐하라고 일렀습니다.

네번째의 달이 돌아오자, 언제나처럼 시민들은 경마장으로 모여, 향연 준비를 갖추고는 식사하라는 명령이 떨어지기를 이젠가 저젠가하고 기다리고 있었습니다. 얼마 있다 즈무루드는 경마장에 나타나 옥좌에 앉았습니다. 식탁을 내려다보고 있노라니까 전병 접시를 늘어놓은 4인분의 좌석만이 비어 있는 것을 보고 의아하게 생각했습니다. 그런데 주위를 둘러보고 있노라니까 갑자기 경마장 문으로부터 뛰어들어오는 사나이 하나가 눈에 띄었습니다. 그 사나이는 가까이 다가와 식탁을 내려다보고 있었는데, 전병의 접시를 늘어놓은 자리 외엔 어디에도 빈 자리가 없었으므로 털석 거기 주저앉고 말았습니다. 즈무루드는 이 사나이를 보고 자칭 라시드 알 딘이라는 이름의 예의 그 저주받은 기독교도라는 것을 알게 되자, 마음 속으로 중얼거렸습니다. "이 향연의 계획은 참 잘 들어맞는군! 저 이교도까지 함정에 걸려들다니." 그런데 이 사나이가 여기 오게 된 데에는 보통이 아닌 내력이 있는데, 그것을 간략하게 말씀드리면 이러하옵니다.

— 샤라자드는 날이 훤히 밝아오는 것을 깨닫자, 여기서 허락된 이야기를 그쳤다.

• 323일째 밤

샤라자드는 이야기를 계속했다. 오, 인자하신 임금님, 자칭 라시드 알 딘이라는 사나이가 여행에서 돌아와보니 집안식구들은 즈무루드가 돈이 든 한 쌍의 안장 주머니를 가지고 행방불명이 되었다는 사실을 이야기했습니다. 이 언짢은 소식을 듣자, 알 딘은 옷을 찢고 얼굴을 때리며 수염마저 쥐어뜯었습니다. 그러고 나서 동생 바르스무를 이웃 여러 나라로 파견하여 여자의 행방을 찾게 했으나 동생의 보고가 오기를 기다리다 못해 견딜 수 없게 되어 본인도 집을 떠나 동생과 여자를 찾아나섰던 것입니다. 이렇듯 정처없이 떠돌아다니다가 즈무루드의 도성에 오게 된 것이지요. 도성에 들어선 그날은 마침 그달의 첫날이어서 시내에는 사람의 그림자 하나 보이지 않고, 가게 문은 닫혀 있으며, 여자들만이 창가에 무료하게 앉아 있으므로 알 딘은 그 이유를 물었습니다. 그러자 국왕이 평소에 월초에 향연을 베풀어 백성들을 초청하여, 모두가 이 연회에 참석하지 않으면 안된다는 것, 집에 그대로 있거나 장사를 하고 있거나 하면 안된다는 것과 경마장으로 가는 길까지 알게 되었습니다. 그래서 경마장으로 발을 옮겨놓게 된 셈인데, 벌써 시민들은 식탁 주위에 들끓고 있어 전병 접시가 놓여 있는 자리 외엔 자리가 없었던 것입니다. 알 딘은 얼른 그 자리에 앉아 전병 접시에 놓여 있는 전병을 집으려고 했습니다. 그러자 이 광경을 본 여왕은 호위병들에게 "전병 접시를 앞에 놓고 앉아 있는 놈을 잡아 오너라." 하고 고함을 질렀습니다. 호위병들은 그전서부터 몇 번씩 해온 일이라 금방 깨닫고서 그 사나이를 체포하여 여왕 앞으로 끌고 왔습니다. 왕이 "바보 같은 놈! 이름을 뭐라고 하며 직업은 무엇이냐? 무슨 볼일이 있어서 이곳으로 온 것이냐?" 하고 묻자 상대방은 대답했습니다. "오, 현세의 임금님, 저는 루스탐이라고 하는 자입니다. 가난한 수도승인지라 별로 직업이라는 것이 없습니다." 그러자 왕을 시종에게 "모래판과 놋쇠 펜을 가지고 오너라." 하고 명령했습니다. 시종이 전과 같이 분부한 대로의 물건들을 가져오자, 왕은 펜을 들어 점을 찍어 사람의 모양을 만든 다음 잠시 무언가 생각하고 있더니 마침내 얼굴을 들어 라시드 알 딘 쪽으로 고함을 쳤습니다. "이 개 같은 놈아, 네놈은 왕에게 감히 거짓말을 할 생각이냐? 네놈 이름은 나자레인 라시드 알 딘이라고 하며, 겉으로는 이슬람교도인 체를 하고 있지만 사실은 기독교도다. 또 네 놈의 직업은 이슬람교도의 노예 처녀를 함정에 빠뜨려 납치해가는 일이다. 사실대로 이야기하면 모르지만, 그렇지 않으면 당장 목을 베리라!" 알 딘은 잠시 쭈뼛거리며 입을 우물거리고 있었으나 마침내 "오, 현세의 임금님, 그대로입니다." 하고 대답했습니다. 그러자 왕은 그 사람을 쓰러뜨려 좌우의 발바닥을 100대씩 몽둥이로 때리고, 몸은 1000번 곤장으로 때리라고 명령했으며, 그것이 끝나자, 다시 껍질을 벗긴 다음 삼베 넝마를 채워 성 밖으로 끌어내어 구멍을 파고 시체를 태우며 그 재 위에다 쓰레기와 오물을 버리라고 일동에게 명령했습니다. 그들이 명령대로 하자, 왕은 모두에게 식사를 하라고 명령했습니다. 시민들이 배불리 먹고 경마장을 떠나자, 즈무루드도 "알라의 덕택으로 나의 원수놈들에게 한을 푸니 마음이 후련해졌다." 하고 말하면서 궁으로 돌아갔습니다. 그리고 나서 천지의 창조주를 칭송하며 이런 시를 읊었습니다.

> 짧은 동안일지라도 저 사람들
> 모질고 거칠게 다스렸나니
> 이윽고 속절없이 사라져버려
> 흔적조차 남지 않게 되었네.
> 비록 정의를 행했다 해도
> 다시 죄를 저지른 저 사람들에게
> 세상 사람들은 재앙을 떠맡겼느니라.
> 이렇듯 멸망한 사람들은
> 소리없이 외치며 이렇게 말했도다.
> "인과응보, 그러니
> 세상 사람들에게 원수짓지 말라."

노래를 끝마치자 남편 알리 샤르를 회상하고 눈물을 흘리며 흐느껴 울었습니다. 그러나 이윽고 마음을 가라앉히고는 "아마 내 수중에 원수들을 데려다주신 알라이시니 그리운 남편도 머지않아 나에게 데려다주실 거야." 하고 말하고서 알라(칭송할진저!)의 용서를 빌었습니다.

―샤라자드는 날이 훤히 밝아오는 것을 깨닫자, 여기서 허락된 이야기를 그쳤다.

• 324일째 밤

샤라자드는 이야기를 계속했다. 오, 인자하신 임금님, 즈무루드 여왕은 알라(칭송할지어다!)의 용서를 빌며 말했습니다. "신은 뜻대로 일을 성취하시고, 언제나 종들 사정을 생각하시어 자비를 베풀어주시니 아마 머지않아 그리운 남편 알리 샤르와 만나게 해주실지도 몰라!" 그러고 나서 알라를 칭송하며 다시 한 번 용서를 빌었습니다. 그리고는 모든 것을 운명이 정하신 대로 맡기고 시작에는 반드시 끝이 있다는 것을 굳게 믿으며 시인의 노래를 읊었습니다.

안달하지 말라, 현세의
모든 일은 신이 하시기 나름이니.
운명의 신의 생각대로 되는 것.
신이 금지하신 일들이
달려오진 않지만
정하신 것이라면 좋건 싫건
반드시 우리에게 닥쳐오리라!

또 다른 시인의 시도 읊었습니다.

살아 있는 동안에 나날을 흘러가게 하라.
목숨이 남아 있는 한

나날은 쉽게 흘러가는 것.
슬픔이 숨어 있는 집일랑
꿈엔들 찾지 말라.
이 세상에 찾기 어려운 것
무수히 많지만, 그 동안에는
우리를 기쁘게 할 날도 있으리.

그러고 나서 세번째 시인의 노래를 읊었습니다.

노여움에 지치고, 미움이
치받혀도 참고 견디어
날뛰지 말라, 비록 그대의
머리 위에 재앙이 떨어질망정.
정말 세월은 화살처럼
'때'의 자식을 잉태하여
헤아릴 수 없는 이상한 일도 시시각각
응아 소리를 지르며 태어난다.

다시 네번째 시인의 노래도 읊었습니다.

참을 수 있다면 참아보자
행운을 가져오는 것이라면.
마음을 좀먹는 고민의
쓴잔을 모면하여
마음을 가볍고 평안하게 가지라.
만일 인자한 인종을
함부로 물리쳐 거절한다면
자비없는 인종으로
신이 주신 운명을 지게 되리라.

그 다음 꼬박 한 달 동안 즈무루드는 낮에는 백성들을 재판하고 명령과 금령을 내리고, 밤에는 남편 알리 샤르와의 이별을 한탄하면서 날을 보냈습니다. 다섯번째의 달 첫날, 왕은 언제나처럼 경마장에다 연회를 베풀라는 명령을 내리고서, 식탁 위쪽에 앉자, 백성들도 모두 전병 접시 자리만 피하고서 자리에 앉아 식사하라는 명령이 떨어지기를 기다리고 있었습니다. 왕은 경마장 문쪽을 짐짓 지켜보며 들어오는 사람들에게 일일이 주의를 기울이면서 마음 속으로 말했습니다. "요셉을 야곱에게 돌려보내시고, 요셉의 슬픔을 없애버리신 신이시여, 당신의 힘과 위덕으로써 제발 제 남편 알리 샤르를 돌려보내 주옵소서. 당신은 만물을 통치하시는 전능하신 신이시기 때문입니다. 오, 삼계의 왕자시여! 오, 길잃은 자를 구해주시는 분이시여! 울부짖는 자의 소리를 들어주시는 분이시여! 기도하는 자에게 답하시는 분이시여! 제발 제 기도에 답해주소서, 오, 만물의 주여!"

그런데, 왕의 기도와 기원이 아직 채 끝나기도 전에 뜻밖에도 젊은이 하나가 경마장의 문으로 들어왔습니다. 얼굴도 몸도 지쳐서 수척해보였지만 그 자태는 버드나무 가지를 방불케 했으며, 더할 나위 없이 이목구비가 단정하고, 행동거지도 나무랄 데가 없었습니다. 젊은이는 안으로 들어와, 식탁 앞으로 다가왔습니다만, 전병 접시 앞의 자리 외엔 자리가 없었으므로 거기 앉았습니다. 즈무루드가 설레는 가슴으로 유심히 젊은이를 바라보니, 그것은 틀림없이 그렇게 그리던 남편 알리 샤르가 아니겠습니까! 기쁜 나머지 하마터면 함성이 터져나올 것 같았지만 백성들 앞에서 체통을 잃을 것을 의식하고서 억지로 설레는 가슴을 억눌렀습니다. 마음 속으로부터 남편을 그리며, 가슴은 마치 이른 아침의 종처럼 몹시 울렸지만, 격앙된 마음을 억제했던 것입니다.

그런데 알리 샤르가 여기 나타나게 된 데에는 다음과 같은 내력이 있습니다. 알리 샤르가 예의 그 걸상에 앉아서 잠이 들어버리는 바람에 즈무루드는 밧줄을 타고 내려와 크루드인 샤완에게 붙잡히고 말았지만, 알리 샤르는 조금 후 눈을 뜬 그 순간 자신이 맨머리로 자고 있다는 것을 알게 되었습니다. 그래서 자고 있는 동안에 누가 두건을 훔쳐 갔다는 것을 알게 되자 "정말로 우리들은 알라의 것이며, 알라에게로 돌아가려고 하는 자이니라!"라는 주문을 외웠습니다. 이것을 외우면 재앙에서 벗어날 수 있는 것입니다. 그리고 나서 노파에게로 돌아가서 문을 두드렸습니다. 노파가 나오자 알리 샤르는 눈물을 흘리면서 울더니 마침내는 기절하여 쓰러지고 말았습니다. 얼마 후 제정신으로 돌아와 이때까지의 자초지종을 이야기하자 노파는 "당신의 괴로움도 불행도 모두 나에게서 나온 것이오." 하고 말하고서 왜 그런 어리석은 짓을 했느냐고 책망했습니다. 자꾸만 책망을 듣고 있던 중 그는 그만 코피를 흘리며 또다시 기절하고 말았습니다.

― 샤라자드는 날이 훤히 밝아오는 것을 깨닫자, 여기서 허락된 이야기를 그쳤다.

• 325일째 밤

샤라자드는 이야기를 계속했다. 오, 인자하신 임금님, 알리 샤르가 제정신으로 돌아와보니, 노파는 그 불행을 탄식하고 눈물을 흘리며 시름에 잠겨 있었습니다. 그래서 알리 샤르도 무정한 운명을 탓하며 이런 노래를 불렀습니다.

친한 사이의 사람들에게 있어
슬픈 것은 이별이니라.
사랑하는 자에게 있어
즐거운 것은 만날 때이니라!
서로 헤어진 연인을
신이여, 아무쪼록, 서로 만나게 하시고,

> 사랑하여 마지않는 이 몸을
> 아무쪼록 구해주옵소서.

　노파는 젊은이의 불행을 탄식하며 말했습니다. "여기 앉아 계시오. 무슨 단서를 찾아내어 곧 돌아올 테니." 알리 샤르가 "알았습니다." 하고 말하자, 노파는 알리를 남겨놓고 나가버렸는데, 한낮 무렵에 돌아와서 말했습니다. "여보시오, 알리 양반, 난 걱정이 되어 죽을 지경이구려, 당신이 시름 끝에 죽지나 않을까 하고 말이오. 알 라시드의 다리를 건널 때까진 그리운 여자하고도 만날 수 없을지도 몰라요. 왜 그런고 하니 저 기독교인의 하인이 아침에 일어나보니 마당쪽으로 향한 창문이 경첩째 떨어져 있고, 즈무루드의 모습은 간 데가 없으며, 게다가 기독교도의 돈이 가득 들어 있는 한 쌍의 안장 주머니도 간 데가 없더라는 얘기예요. 내가 거기 갔을 때엔 경비대장이며 그 부하들이 문간에 서 있습디다. 영광되고 위대하신 신 알라 외에 주권 없고 권력 없도다!"
　알리 샤르는 이 이야기를 듣자 눈앞의 밝은 세계가 순식간에 밤의 암흑으로 변했다는 생각이 들며, 살아갈 힘이 빠져 죽음을 각오했습니다. 그리고 울고불고 하다가 마침내 의식을 잃고 말았습니다. 깨어나서도 그리움과 시름은 점점 늘어갈 뿐, 중병에 걸려 그대로 일 년이나 자리에 들어 집에 처박혀 있었습니다. 그 동안에도 노파는 의사를 데리고 오기도 하고, 탕약이나 미음을 먹이기도 하고, 또 맛있는 스프를 만들어주기도 하며 병시중을 들어주었기 때문에 겨우 일 년이 지나서야 병은 완쾌되었습니다. 그래서 알리 샤르는 지나간 옛날을 회고하며 이런 시를 읊었습니다.

> 쓰라린 이별에 만날 기회 없어져
> 눈물 방울은 쏟아져내리고
> 가슴 속의 불길에 몸은 타는 듯하네!
> 그리움 때문에 잠은 오지 않고

시름에 지쳐 비탄에 젖으니
사랑의 노예는 그리움에 시달려
잠 못이루며 괴로워할 뿐.
오, 나의 신이여, 나의 영혼을
달래줄 것 만약 있다면
살아 있는 동안에 내려주소서.

2년째가 되자, 노파는 알리에게 말했습니다. "여보시오, 젊은이, 그렇게 울고 슬퍼만 한다 해서 부인이 돌아올 것도 아니고 하니, 서방님 쪽에서 용기백배하여 아씨의 행방을 찾아나서도록 하시오. 어쩌면 단서가 잡힐지도 모르니까." 노파에게 격려와 위로를 받는 동안 알리는 완전히 원기를 되찾아 노파의 부축을 받고 목욕탕에 가서 목욕을 했습니다. 그리고 나서도 독한 포도주를 마시게 하고 닭고기를 먹이는 등 노파는 꼬박 한 달 동안 정성을 다하여 시중을 들었기 때문에 알리는 완전히 건강을 되찾게 되었습니다. 그래서 알리는 긴 여행을 계속하여 마침내 즈무루드의 도성에 당도한 것입니다. 도성에 이르러 경마장으로 간 알리는 전병 접시 앞에 앉아, 손을 뻗어 집으려고 했습니다. 사람들은 이 모양을 보고 젊은이가 몹시 걱정되어 "여보, 젊은 양반, 그 전병을 집지 마시오. 그것을 먹으면 누구를 막론하고 불행을 자초하게 된다오." 하고 말했습니다. 그러자 알리 샤르는 대답했습니다. "내버려두세요. 어떻게 되건 전 괜찮아요. 이 세상에는 아무런 미련도 없는 몸이니 차라리 그렇게 되면 편히 쉬게 될 게 아니겠어요?"

알리 샤르는 우선 한 입을 집어먹었습니다. 즈무루드는 이제라도 당장 남편을 자기 앞에 끌어내리려고 생각했지만 배가 고플지도 모르겠다고 생각하여 "배불리 먹게 내버려두는 편이 좋을 거야." 하고 혼잣말을 했습니다. 알리 샤르는 어이가 없어하며 이제 큰일 날 거라고 군침을 삼키며 조마조마해하는 사람들은 아랑곳없이 전병을 다 먹어치웠습니다. 이제 실컷 먹었으리라고 생각한 즈무루

드는 내시들에게 명령했습니다. "전병을 먹고 있는 저 젊은이에게
로 가서 공손히 이리 모셔오너라. '임금님께서, 당신에게 할 말씀
이 좀 계시니 수고스럽지만 잠깐 와주시오' 하고 말이야." 그들은
"알았습니다." 하고 대답하고 나서 곧장 알리 샤르에게 달려가서
"여보시오, 젊은이, 황공하옵게도 임금님의 부르심이 계십니다. 걱
정할 건 없습니다." 하고 말했습니다. 알리 샤르는 "알았습니다."
하고 대답하고는 내시들 뒤를 따랐습니다.

—샤라자드는 날이 훤히 밝아오는 것을 깨닫자, 여기서 허락된 이야기를 그쳤다.

• 326일째 밤

샤라자드는 이야기를 계속했다. 오, 인자하신 임금님, 알리 샤르
는 "알았습니다." 하고 내시들 뒤를 따랐습니다. 그러자 거기 앉아
있는 사람들은 이구동성으로 "영광되고 위대하신 신 알라 외에 주
권 없고, 권력 없도다! 임금님은 어떻게 하실 작정이실까!" 하고
말했습니다만 그중에는 "별로 혼내실 것 같지 않구먼그래. 만약
그러실 생각이시라면 실컷 먹게 내버려두진 않으셨을 거 아냐."
하고 말하는 사람도 있었습니다. 내시들이 알리를 여왕 앞으로 끌
고 가자, 알리는 절을 한 다음 마루에 엎드렸습니다. 한편 왕도 또
한 답례하고는 예를 다하여 상대방을 맞이했습니다. 왕이 "그대의
이름을 뭐라고 하며, 무슨 장사를 하고 있는가? 이곳에는 무슨 용
건으로 온 것인가?" 하고 묻자, 알리는 대답했습니다. "오, 임금님,
저는 알리 샤르라는 자이며, 호라산의 상인의 아들입니다. 이곳에
오게 된 것은 행방불명이 된 노예 처녀를 찾기 위해서입니다. 그
여자는 제 귀보다도 제 눈보다도 귀중한 여자이며, 그 여자와 헤
어진 이래 그 여자가 그리워 제 영혼은 타버릴 지경입니다. 이것
이 제 신상 이야기입니다." 하고 이야기하면서 알리는 눈물을 흘
리고 비탄에 젖어 마침내 기절하고 말았습니다. 이 모양을 본 왕

은 젊은이의 얼굴에 장미수를 뿌리라고 명령했습니다. 이윽고 알리가 제정신으로 돌아오자 왕은 "모래판과 놋쇠 펜을 가져오너라." 하고 명했으므로 그것을 갖다 바치자, 왕은 펜을 들고 점괘의 그림을 그린 다음 잠시 생각에 젖어 있었으나 이윽고 외쳤읍니다.
"그대 말에는 거짓이 없다. 알라의 뜻에 의하여 곧 그 여자를 만나게 될 것이다. 걱정할 것 없다."

이렇게 말하고서 왕은 시종장으로 하여금 그 젊은이를 목욕탕으로 안내하여 목욕을 하게 한 다음 호화로운 어의를 입혀 왕가에서 제일 좋은 말에 태워 저녁때까지 궁으로 데리고 오라고 명령했습니다. 그래서 시종장은 "알았습니다." 하고 대답하고 나서 젊은이를 데리고 그곳을 물러났습니다만, 경마장에 모인 사람들은 서로 "임금님은 어째서 저 젊은이를 저렇게까지 공손하게 대하시는 것일까?" 하고 수상해했습니다. 그들 중 하나가 "내 뭐라던가, 임금님께선 별로 나쁘게 대하시지 않았지 뭐야. 그 사나이는 풍채가 좋으니까 그럴 수밖에 없지. 난 말이오. 임금님께서 그 친구에게 배불리 먹게 내버려두실 때부터 이렇게 되리라고 짐작했었다오." 모두는 하고 싶은 말을 제멋대로 한마디씩 하고는 제각기 자기 집으로 돌아갔습니다.

이야기가 바뀌어, 즈무루드는 한시라도 빨리 그리운 남편과 단둘이만 있고 싶은 나머지, 밤이 찾아오기를 조바심을 치며 기다리고 있었습니다. 어두워지기가 무섭게 즈무루드는 침실로 들어가 시녀들에게는 곤히 잠든 체를 해보였습니다. 또 평소의 습관대로 여왕 가까이에서 여왕을 모시고 밤을 보내는 것은 두 젊은 내시뿐이었습니다. 이윽고 여왕은 안정을 되찾자 그리운 알리를 불러오게 한 다음 자기는 침상 위에 걸터앉아 있었습니다. 촛불이 머리맡에도, 발치에도 휘황하게 타고 있고, 천정에 매달린 황금램프는 아침 해처럼 주위를 환히 밝히고 있었습니다. 사람들은 국왕이 사람을 보내어 알리 샤르를 불러오게 했다는 소문을 아주 의아하게 생각하고는 각기 근거없는 이야기의 꽃을 피우고 있었으니, 신하

하나가 말했습니다. "어쨌든 임금님은 젊은이에게 특별한 호의를 가지고 계셔. 보라구 내일이 되면 그 친구를 전군의 총수로 임명할 테니."

알리 샤르는 안내를 받고 침실로 들어가자, 왕 앞에 엎드려 왕에게 신의 축복 있으라고 기원했습니다. 여왕은 속으로는 "내 정체가 탄로날 때까지 좀 놀려줘야겠군." 하고 생각하고서 이렇게 물었습니다. "이봐라, 알리, 그대는 목욕을 했는가?" "네, 했습니다, 임금님." "그럼, 닭고기와 음식을 먹고, 이 술과 샤벳트를 마셔라. 몸이 꽤 수척해보이니까. 식사가 끝나면 이리 들라." "알았습니다." 하고 알리는 왕명에 복종했습니다.

알리가 식사를 끝내자 국왕은 말을 건넸습니다. "자, 이 침상 위로 올라와 발을 좀 주물러라." 알리는 발을 주무르고 종아리를 주무르기 시작한 것인데, 피부의 촉감은 비단보다도 보드라웠습니다. 이윽고 왕이 "좀더 위쪽을 주물러다오." 하고 말하자, 알리는 "임금님, 용서하십시오. 죄송합니다. 무릎까지밖엔 안되겠습니다." 하고 대답했습니다.

그러자 왕은 버럭 소리를 질렀습니다. "명령을 어길 생각인가? 그러다간 그대에겐 불행한 밤이 되리라!"

—샤라자드는 날이 훤히 밝아오는 것을 깨닫자, 여기서 허락된 이야기를 그쳤다.

• 327일째 밤

샤라자드는 이야기를 계속했다. 오, 인자하신 임금님, 즈무루드는 남편 알리 샤르에게 버럭 소리를 질렀습니다. "명령을 어길 생각인가? 그러다간 그대에겐 불행한 밤이 되리라! 아냐 아냐, 그대는 내 명령대로만 하면 돼. 그렇게 하면 내 총신으로서 태수에 봉하리라." 알리 샤르가 "오, 현세의 임금님, 도대체 어떠한 명령이옵니까?" 하고 묻자 왕은 대답했습니다. "그대의 바지를 벗고, 엎드려라." "저는 오늘 이때까지 그러한 짓을 해본 적이 없습니다. 꼭 그렇게 해야만 한다면 부활절 날 알라의 앞에서 전하를 비난하겠습니다. 어쨌든 저에게 주신 물건들은 모두 반납할 테니 제발 이 도성에서 나가게 해주십시오." 알리는 그렇게 말하고서 눈물을 흘리며 울었습니다. "바지를 벗고 엎드린다면 몰라도 그렇지 않으면 네 목을 자르겠다." 그래서 알리는 할 수 없이 하라는 대로 하자, 즈무루드는 그 등에 올라탔습니다.

알리는 비단보다도 보드랍고, 크림보다도 미끄러운 그 촉감에 마음 속으로 생각했습니다. "아니 정말 이 임금님은 어떤 여자보다도 근사한걸!"

잠시 즈무루드는 젊은이의 등을 타고 있었는데, 이윽고 침상 위에 벌렁 드러누웠습니다. 알리는 "야, 잘됐군! 임금님의 연장이 서지 않는 모양이군!" 하고 생각했습니다. 그러자 왕이 말하기를 "여봐라, 알리, 평소 내 연장은 두 손으로 주물러주지 않으면 서지 않는단 말이다. 그러니 어서 빨리 그대의 두 손으로 비벼라. 그렇게 안하면 네 목숨은 없는 줄 알아라." 그렇게 말하고서 즈무루드는 자기 손으로 알리의 한쪽 손을 붙잡고서 자기 몸에다 갖다대었습니다. 그 살갗의 촉감은 비단처럼 보드랍고, 빛깔은 눈보다도 희고, 불룩 솟아 있었으며, 그 타는 듯한 온기는 마치 한증막이나 애틋한 연인의 가슴 속만 같았습니다. 알리는 마음 속으로 말했습니다. '아니, 이 임금님은 마치 여자 같잖아? 참 세상에, 이런 이상한 일도 있을 수 있담!' 그러자 갑자기 욕정이 북받쳐 알리의 연장은 터질 듯이 우뚝 섰습니다. 즈무루드는 이것을 보고 별안간 깔깔대며 "서방님, 이렇게 돼도 아직 저를 몰라보시겠어요?" 하고 말했습니다. "도대체 당신은 누구십니까?" "저는 노예 계집 즈무루드예요."

알리 샤르는 정신이 번쩍 들어 이 노예 계집이 틀림없는 즈무루드임을 깨닫자, 꽉 껴안고서 입맞춤을 퍼부은 다음 마치 사자가 양을 덮치듯이 여자 몸 위에 자기 몸을 포갰습니다. 그리고는 강철 같은 몽둥이를 상대방 칼집에다 처박자, 분주하게 그 입에서 빼었다 박았다 하며, 문간의 문지기와, 연단의 설교사와, 동굴 속에서 기도 올리는 수도승처럼 행동했습니다. 그러자 여자 쪽에서도 연방 쉴새없이 몸을 비틀며, 손발을 축 늘어뜨렸는가 하면 몸을 일으켰다 앉았다 하며 미친 듯이 몸을 비틀어 남자의 연장을 바싹 죄는 등, 비장의 기술을 총동원하는 한편 쉬지 않고 앓는 소리를 곁들였습니다.

이렇게 두 사람은 꿈인지 생시인지 모르고 있는데, 이 소리에 놀란 두 내시가 휘장 사이로 안을 들여다보자, 왕은 벌렁 누워 있고, 그 위에서 알리 샤르가 몸을 움직이니 왕은 숨이 넘어갈 듯이 헐떡거리며 몸을 비틀고 있는 것이 아니겠습니까. "저건 남자의 앓는 소리가 아냐. 아마 저 임금님은 여자인가 봐." 두 내시는 이렇게 속삭였지만 이 일은 두 사람만의 가슴에 간직한 채 누구에게도 말하지 않았습니다.

이튿날이 되자, 즈무루드는 전군을 집합시키고, 영내의 제후들을 초청해놓고 이렇게 말했습니다. "나는 이 젊은이의 고국까지 여행을 하고 싶다. 그러하니 내가 귀국할 때까지 온백성을 다스리는 부왕을 하나 골라주기 바란다." 일동은 "알았습니다." 하고 대답했습니다.

이윽고 즈무루드는 여행에 필요한 물건들, 즉 식료품과 여물, 돈, 진기한 선물, 낙타, 당나귀 등을 갖추고서 알리 샤르와 함께 도성을 떠났습니다. 여행을 거듭하여 고국에 당도하자, 자기 집으로 돌아가서는 친구들에게는 선물을 푸짐히 주었으며, 가난한 사람들에게는 희사와 행하를 베풀었습니다. 이윽고 알라의 뜻으로 즈무루드는 아이도 낳고, 검은 머리가 파뿌리가 되는 날까지 다시 없이 즐겁고도 행복한 나날을 보낸 것입니다.

변함없이 영원히 계옵신 신에게 영광 있으라. 매사에 신을 칭송할지어다!

또 이런 이야기도 전해 내려오고 있습니다.

쥬바이르 빈 우마일과 부두르 공주의 사랑

  충성된 자의 임금님 하룬 알 라시드님은 어느 날 밤, 잠자리에 들어도 그날따라 좀처럼 잠이 오지 않았습니다. 잠이 오지 않는 대로 자리 위에서 이리 뒤척 저리 뒤척하고 있노라니까 참을 수가 없어 끝내는 마스룰을 불러 이렇게 말했습니다. "여봐라, 마스룰, 잠이 안 와 큰일인데 누구 상대할 사람은 없을까?" 마스룰은 대답했습니다. "오, 참된 신자이신 임금님, 궁전 뜰로 나가시어 꽃들이 피어 있는 모양과 밤하늘의 별들을 바라보시고, 천체의 배열의 아름다운 모습을 감상하시고, 수면에 비친 떠오르는 달을 보시면 어떠실까요?" "마스룰, 난 그런 짓은 하고 싶지 않아." "그러시다면, 임금님, 궁에는 300명이나 되는 궁녀가 각기 별실을 가지고 있으니까 모두에게 자기 방에 들어가 있으라고 하고는 한 바퀴 삥 도시면서 몰래 안을 들여다보시면 어떠실까요?" 그러자 교주는 대답했습니다. "여봐라 마스룰, 궁전은 나의 재산이요, 궁녀도 나의 재산인데 그런 짓은 더구나 마음이 내키지 않는걸."
  다시 마스룰은 말했습니다. "임금님, 그러시다면 법률학자나 종교학자, 또는 학식이 있는 성인과 시인들을 부르시어 어전에서 여러 가지 토론도 시키시고, 시가를 읊게도 하시고, 이야기도 시키시면 어떠실까요?" "그런 짓도 하고 싶지 않은데." "임금님, 예쁜 동자와 광대와 술친구를 거느리시고 재미나고 흥겨운 익살을 들으시며 마음을 달래시면 어떻겠습니까?" "여봐라, 마스룰" 하고 교주는 외쳤습니다. "그런 짓도 하고 싶지 않다." "그렇다면, 임금님."

하고 마스룰도 소리쳤습니다. "제 을 베십시오."

―샤라자드는 날이 훤히 밝아오는 것을 깨닫자, 여기서 허락된 이야기를 그쳤다.

● 328일째 밤

　샤라자드는 이야기를 계속했다. 오, 인자하신 임금님, 마스룰이 교주에게 "임금님, 제 목을 치십시오. 그렇게 하시면 흥분된 기분도 가라앉고, 마음도 편안해지시리라고 생각됩니다." 하고 외치자 알 라시드 교주는 껄껄 웃으며 "누군가 문간에 와 있을 테니 가보고 오너라." 하고 말했습니다. 마스룰은 곧 나갔는데, 이윽고 돌아오더니 "임금님, 밖에 대령하고 있는 사람은 다마스커스의 익살꾼 이븐 만스루입니다." 하고 보고했습니다. "이리 안내하라." 하는 교주의 말에 마스룰은 곧 이븐 만스루를 데리고 왔습니다. 이 사나이는 방에 들어오자마자 인사말을 했습니다. "오, 충성된 자의 임금님! 옥체 안강하심을 축하하옵니다." 교주는 답례를 보내며 말했습니다. "여봐라, 이븐 만스루, 재미있는 이야기를 들려다오." "충성된 자의 임금님, 이 눈으로 본 것을 말씀드릴까요. 아니면 남에게서 들은 이야기를 말씀드릴까요?" 상대방의 물음에 교주는 대답했습니다. "뭐 이야기할 가치가 있는 것을 보았다면 그걸 들어보자. 백문이 불여일견이라고 하지 않았더냐." "충성된 자의 임금님, 그럼 경청을 바랍니다." 그래서 이븐 만스루는 이야기를 시작했습니다.

　실은, 충성된 자의 임금님, 저는 바소라의 왕 모하메드 빈 스라이만 알 하시미 전하로부터 매년 녹을 받고 있는지라, 어느 날 언제나처럼 왕을 찾아뵈었습니다. 때마침 임금님은 사냥을 나가실 준비를 하고 계셨습니다. 제가 절을 하자, 임금님도 답례를 하시며 말씀하시기를 "여봐라, 이븐 만스루, 말을 타고 같이 사냥을 나가자." 그러나 저는 "임금님 저는 이제는 말을 못 탑니다. 객실에 남아 있게 해주시고, 신에게 시종이나 다른 분들을 맡겨주십시오."

왕은 그대로 하시고, 사냥을 떠나셨습니다. 신하들은 더할 나위 없이 저에게 극진한 대접을 해주었습니다. 그러나 저는 혼자 중얼거렸습니다. "나도 꽤 오랫동안 바그다드에서 바소라 사이를 오고가고 했지만 궁에서 정원 사이밖엔 이 도성을 모른다니 말도 안되는 소리. 바소라를 구경하기엔 절호의 기회군. 소화를 시키는 데에도 그만이고. 어디 한 번 바람 쐬러 밖에 나가볼까!"

그래서 나는 가장 좋은 나들이옷을 입고 바소라의 거리를 돌아다녔습니다. 그런데, 교주님, 교주님도 아시다시피 이 도성에는 70개나 되는 큰 거리가 있어, 이라크 자로 말씀드리자면 각기 70리 그나 됩니다. 마침내 저는 길을 잃고 뒷골목으로 들어서게 되었는데, 목이 말라 죽을 지경이었습니다. 앞으로 무턱대고 걸어가고 있자니까 뜻밖에도 큰 문에 부딪히게 되었는데, 그 문에는 놋쇠로 만든 두 개의 고리쇠가 달려 있고, 새빨간 비단 휘장이 늘어져 있었습니다. 또 문 양쪽에는 돌 걸상이 하나씩 놓여 있고, 그 위로는 포도덩굴이 얽힌 시렁이 있었으며, 포도덩굴이 아래까지 흘러내려 안으로 비쳐드는 햇빛을 차단하고 있었습니다. 나는 가만히 서서 그 광경을 지켜보고 있었습니다. 그러자 이윽고 울적하고 근심스런 가슴 속에서 새어나오는 구슬픈 노랫소리가 들려왔습니다. 가락도 아름다운 이런 시였습니다.

　　오호라, 오뇌와 슬픈 생각에,
　　먼 타향에 계신 임 그리워 비탄에 젖은 몸이여!
　　내 괴로움 북돋우는, 오, 사막의 서풍이여!
　　전해다오, 괴로운 이 마음, 멀리 계신 그 임에게
　　책망해주시오 그 임에게,
　　야속한 짓을 하지 말라고.

　　그대의 말에 그 임이 귀 기울이면

그 임이 대답하신 말을 내게 전해다오.
그대들의 사이에 낀 사랑하는 두 사람의 소식을 전해다오.
나를 위하여 기꺼이, 원망하여 마지않는 내 정상과 처지를,
그 임에게 전해주며
"사랑의 노예를 무엇 때문에 하염없이 쫓느냐?"고 물어다오

죄도 없거니와 실수도 없고, 바람기도 없고,
까닭없이 사랑을 내버리고 불의를 저지른 것도 아니건만
맹세를 잘 지켜, 임을 괴롭힌 것도 아니건만
만일 그 임이 미소지으면 상냥한 말로 대답하라
"한 번이라도 만나기를 허락한다면 더할 나위 없는 인정이니
임 그리워 미치고, 잠도 오지 않아 기나긴 밤을
눈물 흘리며 흐느껴 운다"고.
이 소식에 그 임 만족해하시면 좋지만 얼굴에 노기를
띠우고 꾸짖으시면 모른 체하고서 말하라.
"그녀에 대한 일, 우리는 모른다고."

저는 마음 속으로 생각했습니다. "사실 이 소리의 주인공은 이목이 수려한 가인이라 미모와 명쾌한 변설과 아름다운 목소리를 겸비하고 있을 거야." 그러고 나서 문간쪽으로 다가가서 휘장을 조금 치켜들고 보니 이건 또 뭡니까! 열나흗 날 밤에 떠오르는 보름달처럼 살갗이 흰 처녀 하나가 앉아 있지 않겠어요. 눈썹은 서로 바싹 달라붙어 있고, 눈꺼풀은 시름에 잠겨 우울해 보이고, 유방은 마치 두 송이의 석류 같고, 품위있어 보이는 입술은 홍옥처럼 붉었으며, 입매는 솔로몬의 도장 같았습니다. 또 가지런한 이의 아름다움은 시인의 마음을 미치게 할 정도라 시인이 노래 부르고 있는 그대로입니다.

진주 구슬 같은 입매여,

그 누구인가, 아름다운
　　진주를 늘어놓고, 희디흰
　　카밀레의 꽃을 피우고,
　　붉고도 붉은 포도주를 채운 이는?
　　아침 해와 같은 미소에
　　빛을 더한 이는 그 누구인가?
　　루비의 열쇠로써 입술을
　　봉한 이는 그 누구인가?
　　환희와 지복에 들떠
　　아침에 임을 우러러보고
　　그 누가 미치지 않을소냐?
　　더욱이 어찌할까, 입맞춤을
　　허락받은 사람의 취한 심정은?

또 다른 시인은 이렇게 노래부르고 있습니다.

　　흰 진주 가지런한 입매여
　　루비같이 붉은 볼 가련도 해라.
　　더없이 진귀한 왕진주
　　가진 이, 세계 제일이로다.

한마디로 말하면 그 처녀는 온갖 아름다움을 한몸에 지녔으니, 남녀 할것없이 마음을 빼앗기고, 그 매력을 바라보는 것만으로는 도저히 만족할 수 없는 그러한 절세의 미인이었습니다. 마치 다음과 같은 시에 있는 대로의 처녀였기 때문입니다.

　　바로 보면 사람을 뇌쇄시키고
　　몸을 돌린 뒷모습에
　　온갖 남자는 그리워 애태우네.

진정 태양인가! 진정 달인가!
그러나 그 성품 또한 아름다워
미워할 마음 조금도 없네.
목걸이 위에 보이는 것은
훤하게 떠오른 보름달일세.

그런데 제가 휘장 틈으로 엿보고 있는 것을 우연히 뒤를 돌아본 처녀가 알아차리게 되었습니다. 처녀는 곁에 섰던 시녀에게 "누가 현관에 계시니 나가보아라." 하고 말했습니다. 그러자 시녀가 제게 와서 "아니, 영감님은 체통도 없으세요? 머리까지 허옇게 세신 분이 그렇게 염치없이 구시면 어떻게 해요?" 하고 쏘아붙이는 것이었습니다. 그래서 저는 "미안하게 됐소. 내 머리가 허연 것은 사실이오만 무슨 염치없는 짓을 했다는 거요?" 하고 되물었습니다. 그러자 처녀가 "남의 집에 들어와 모르는 여자를 엿보는 것이 염치없는 짓이 아니고 무엇이겠어요." 하는 것이었습니다. "아닙니다, 아가씨. 거기엔 그럴 만한 이유가 있다오." "무슨 이유인데요?" "나는 지나가던 길손인데, 목이 말라 죽을 지경이라오." "아, 그러세요?"

―샤라자드는 날이 훤히 밝아오는 것을 깨닫자, 여기서 허락된 이야기를 그쳤다.

• 329일째 밤
샤라자드는 이야기를 계속했다. 오, 인자하신 임금님, 만스루는 이렇게 이야기를 이어갔습니다.
제 말을 듣자 처녀는 시녀에게 일렀습니다. "얘, 루토프야, 저분에게 황금대접에다 물을 떠드려라." 그러자 시녀는 진주와 보석을 박은 큰 순금 대접에다 사향을 섞은 물을 가득 담아 초록빛 비단 보자기를 덮어 가지고 왔습니다. 저는 곧 접시에다 입을 갖다대었지만, 상대방 여자를 몰래 바라보려고 되도록 천천히 마셨던 것입니다. 이윽고 시녀에게 큰 대접을 돌려주었지만 제가 좀처럼 가겠다고 말하지 않자, 처녀가 먼저 저에게 말했습니다.

"자, 영감님, 이젠 돌아가세요." 그러나 제가 "안주인, 실은 나는 마음이 아프답니다." 하고 말하자 여자는 "도대체 어떤 일로요?" 하고 물었습니다. "시간은 흘러 해마다 현세의 일도 변천해가니 말이오." "세월이라는 것은 기적을 낳는 법이니까 영감님께서 마음이 아프시다는 것도 당연한 일이죠. 하지만 그렇게까지 마음이 아프시다니 무슨 이상한 일이라도 당하셨습니까?" "이 댁의 그전 주인 생각이 나는구려. 세상을 떠나기 전엔 내 절친한 친구였다오." "그분 이름을 뭐라고 했죠?" 하고 여자가 물었으므로 저는 "보석상 모하메드 빈 알리라고 하여 큰 부자였소. 아이들이 있었던가는 모르겠소만." 하고 말했습니다. "네, 부두르라는 딸을 하나 남기고 돌아가셨어요. 그 딸이 재산을 몽땅 상속받았어요." "어째 당신이 그 딸 같은데." "네, 그래요." 하고 처녀는 웃으면서 대답하고서 "영감님, 이야기가 꽤 길어졌어요. 이젠 가주세요." "글쎄, 가기야 가야겠지만 보기에 어째 몸이 시원치 않은 것 같아 아름다운 모습이 이울어진 것 같구려. 어디 당신 이야기를 들려줄 수 없겠소. 내 힘으로 위로해드릴 수 있을지도 모르니까." 그러자 여자는 대답했습니다. "영감님, 영감님이 분별이 있는 분이라면 제 비밀을 털어놓을 수도 있어요. 하지만 그 전에 우선 영감님이 어떤 인물인지 그것부터 말씀해주세요. 신용할 수 있는 분인지 아닌지 그것부터 알고 싶거든요. 글쎄, 시인의 노래도 있으니까요.

　　비밀을 지키고서 말하지 않는 자는
　　신의가 두터운 사람뿐.
　　가슴 속에 간직하고서 누설치 않는 자는
　　마음이 훌륭하고 착한 사람.

나는 비밀을 내 집에
자물쇠를 채우고서 잠가버렸네
그 열쇠를 잃었으니
문은 영영 열 길이 없구나."

그래서 저는 대답했습니다. "그대가 내 정체를 알고 싶다면 가르쳐 드리리다. 나는 다마스커스의 익살꾼 이븐 만스루라고 하며, 충성된 자의 임금님 하룬 알 라시드의 술친구라네." 처녀는 제 이름을 듣자, 자리에서 일어나 절을 하고 나서 "어머나, 이븐 만스루 님이시군요! 잘 오셨습니다. 그렇다면 당장 제 신세 이야기를 해서 제 가슴 속을 탁 털어놓겠어요. 실은 저에겐 사랑하는 사람이 하나 있었는데, 결혼을 못하고 있답니다." "당신은 절세의 미인이니 젊은이들이 그냥 내버려두기야 하겠소. 그러면 누굴 사랑하고 있다는 거요?" "상대는 샤이반족의 태수 우마일 알 샤이바의 아들 쥬바이르랍니다." 하고 여자는 대답하고 나서 바소라에서 제일가는 미남자인 상대방 젊은이에 관하여 여러 가지 이야기를 했습니다. "그럼 말이오, 아가씨, 두 분은 벌써 만났거나 편지를 교환하고 계시겠구려?" "네, 그래요. 그렇지만 우리들의 사랑은 입만으로의 사랑이며 진정한 사랑은 아니예요. 왜 그런고 하니 그분은 약속을 지키지 않고, 또 자기의 맹세에 충실치도 못하거든요." "그렇다면, 아가씨, 도대체 어떻게 하다가 헤어지게 된 거요?" "실은 어느 날, 여기 있는 시녀에게 시녀는 머리를 빗겨달라고 했는데, 머리를 땋고 있는 중에 제 아름다움과 귀여움에 홀딱 반해서 자기도 모르게 나에게로 몸을 숙여 뺨에 입을 맞추었답니다. 그때 공교롭게도 그분이 들어오셔서 시녀가 제 뺨에 입맞추는 것을 보자, 화를 내시며 돌아가버렸어요. 그때 그분은 영원한 이별을 맹세하며 이런 시를 읊었습니다.

사랑하는 처녀에게 연적이 생겨
마음을 두고 가로채려든다면

나는 연인을 버리고
사랑 따위는 단념하고 살리라.
사랑하는 남자의 마음에 들지 않는,
바람을 피우는 따위의
그러한 여자에겐 미련도 없다.

　그후 오늘 이때까지, 글쎄, 영감님, 편지 한장 주는 일도 없고, 또 이쪽에서 편지를 줘도 답장 한장 안 보낸다니까요." "그래서 앞으론 어떻게 하겠다는 거요?" 하고 제가 묻자 처녀는 "영감님께서 편지를 전해주셨으면 해요. 만일 답장을 가지고 돌아오신다면, 그 사례조로 금화 500닢을 드리겠어요. 또 답장을 못 받아가지고 오셔도 수고비로 100닢을 드리겠어요." 하고 대답했습니다. "어쨌든 그대가 좋다고 생각하는 대로 하면 좋겠지. 나는 아무래도 좋소." 내가 그렇게 대답하자 처녀는 곧 시녀에게 "벼루와 종이를 가져와." 하고는 이런 시를 적었습니다.

그리운 분이시어 무엇 때문에
이렇게까지 야속하게 피하시나요?
어느 날에나 오해를 풀고
또다시 만날 날을 기약하오리까?
그 무슨 까닭으로 외면하고
이렇듯 소홀히 하시나이까?
임의 얼굴은 이제는 벌써
평소의 낯익은 얼굴이 아니외다.
내 말을 탓하는
실없는 사람 말만 듣고
미워하고 시기하십니까?
분별이 깊은 임이기에
한 번은 사람을 믿어도

두 번은 믿지 말지어다!
임께서 들은 바 계시다면
소문으로 들은 이야기는
거짓인지 진실인지 신께 맹세시켜
저에게 물어보세요.
비록 거짓말이
제 입에서 새어나왔다 하더라도
말은 해석하기에 따라 구구하므로
같은 말도 듣기에 따라 다른 법
비록 알라의 말씀이
하늘의 계시에 따른 것이라고는 해도
오서(헤브라의 오서, 즉 모세의 오서로서 구약의 처음 오권.)조차도
사람이 고치며,
이제도 쉴새없이 고칩니다.
그 옛날, 남의 비방을
받은 사람들 참으로 많고
야곱도 그렇고 요셉도 그러했나이다.
비방하는 자도, 나도
임께서도 언젠가는
심판을 받게 될 신세가 되니.
언젠가 찾아올 심판의 날엔.

그리고 나서 처녀는 편지를 봉인하여 저에게 내밀었습니다. 저는 이 편지를 받아들자, 곧 쥬바이르 빈 우마일의 집을 찾았지만 공교롭게도 본인은 사냥을 나가 집에 없었습니다. 그래서 저는 주인이 돌아오기를 기다리고 있었는데, 얼마 있다 말을 몰고 다가오는 그를 본 순간 저는 그 이목이 수려한 풍채에 그만 반하여 넋을 잃고 말았습니다. 주인도 제가 문간에 앉아 있는 것을 보고서 곧 말에서 내려 다가와 저를 끌어안고 인사를 했습니다. 마치 저는

온세상을 껴안은 것 같은 기분이었습니다. 그러고 나서 그는 저를 집 안으로 안내하여 자기 장의자에 앉히고는 식사 준비를 명령했습니다. 그러자 하인은 황금 다리가 달린 호라산의 하란지 나무로 만든 식탁을 놓고, 그 위에다 튀기기도 하고 굽기도 한 가지각색의 진미가효를 늘어놓았습니다. 그런데 제가 식탁에 앉아 자세히 보니 뜻밖에도 이런 시구가 새겨져 있는 것이 눈에 띄었습니다.

—샤라자드는 날이 훤히 밝아오는 것을 깨닫자, 여기서 허락된 이야기를 그쳤다.

• 330일째 밤
 샤라자드는 이야기를 계속했다. 오, 인자하신 임금님, 만스루가 본 것은 이런 시였습니다.

　　한때 영계백숙이 놓였던 접시에
　　그대의 탄식의 눈길을 멈추라
　　술집에 있던 진미가효
　　이제 거의 다 없어졌구나!
　　눈물 흘려라
　　저 맛있던 스튜를 회고하며
　　구어진 자고새 그 전엔 있었으나
　　이제는 없음을!

　　슬피 우는 뇌조의 딸들을
　　애도하여 울어라 언제까지나!
　　작은 물고기들을 본 것은
　　고기밥 속에서 거의 익어
　　김 오르는 양고기와 함께
　　있을 때였다.

오호라! 작은 물고기여!
저 접시에 담긴 물고기여!

손으로 구어 만든 빵을 둥근 전병 위에
여러 모양으로 얇게 썰어 벌여놓은
그것은 하늘이 주신 선물!
그 누구도 (하늘에서 훔친 것이 아니라면)
이렇게 맛좋은 음식은 만들지 못하리

그러나 애석하고나! 내 식욕이여,
저 우유죽에 조금 전까지만 해도 주렸거늘
아, 백설 같은 손으로 빨려지고
그 아름다운 손에 낀
눈부신 팔찌의 빛을 받은 우유죽이여,
내 혀는 추억에 춤추네
이루 말할 수 없이 뛰어난 그 맵시에!

또다시 흰 보자기 펼쳐지니
다채로운 주름장식도
진정 아름다운 광경이어라!
오, 나의 마음이여, 참아라!
신기한 것은 모두
운명이 정한다고 사람은 말한다.
그러니 오늘은 운명에 시달리더라도
내일은 다른 요리를 먹게 되리라.

이윽고 쥬바이르가 입을 열어 "어서 드십시오. 우리집 음식을 잡수어주신다면 큰 영광이겠습니다." 하고 말했으므로 저는 대답했습니다. "글쎄 저, 제 청을 들어주기 전엔 한입도 먹지 않겠소."

"어떤 청인데요?" 하는 상대방의 물음에 가지고 간 그 편지를 내주었습니다. 그러나 젊은이는 이것을 읽고 그 뜻을 깨닫자 북북 찢어서 마루 바닥에 버렸습니다. "이븐 만스루 영감님, 다른 사람도 아닌 영감님의 청이라면 무슨 청이고 다 들어드리겠지만 이 청만은 절대로 들어드릴 수 없습니다. 난 아무것도 대답할 것이 없으니까요." 이 말을 듣고 저는 화를 내며 자리를 떴습니다. 그러자 젊은이는 내 소매를 잡으며 "이븐 만스루 영감님, 나는 그 자리에 있진 않았지만 그 여자가 영감님에게 뭐랬는지 알아맞춰볼까요?" 하고 말했으므로 저는 대답했습니다. "그렇다면 뭐라고 그랬는지 말해보시오." "이 편지의 주인공은 영감님께서 답장을 받아가지고 오면 500디나르, 답장이 없으면 수고비로 100디나르 드리겠어요 하지 않았던가요?" "그렇소." 하고 내가 말하자 상대방은 이렇게 말했습니다. "오늘은 우리집에서 식사를 하고 재미나게 지내세요. 그 500디나르도 이쪽에서 드릴 테니."

그래서 나는 젊은이와 함께 먹기도 하고 마시기도 하면서 흥겹게 밤이 샐 때까지 이야기를 들려주었습니다. 내가 "여보, 주인장, 댁에는 악기가 없으시오?" 하고 묻자 상대방은 대답했습니다. "글쎄요, 요즘 며칠 동안은 악기를 타지 않고 술을 마시고 있었기 때문에 잘 모르겠습니다." 그러고 나서 큰 소리로 "여봐라, 샤자르트 알 즈루루!" 하고 부르자 방 안에서 한 시녀가 대답을 하고서 비단 주머니로 싼 인도산 비파를 들고 왔습니다. 여자는 앉아 비파를 무릎 위에 올려놓고 우선 21개의 가곡을 뜯고 나서 최초의 곡으로 돌아가 가락도 경쾌하게 이런 노래를 불렀습니다.

    사랑의 단맛과 쓴맛
    맛본 일이 없는 사람은
    어찌 알소냐,
    연인이 없는 쓰라림과 만나는 지복을.
    참된 사랑을 외면하고서

길을 잘못 든 사람들은
어찌 알소냐
사랑의 길이 험한지 평탄한지를.
사랑에 미친 사람들에게
거슬려온 나건만
끝내는 사랑의 단맛
쓴맛을 맛보았네.
애인과 더불어 이야기하고
그 입술에 꿀처럼
달콤한 이슬을 맛보기는
이제까지 그 몇 밤이런가.
하지만 이제야 이 몸은
쓴잔만 마시고
자유인에게도 노예에게도
천한 몸임을 증명했네.
함께 이야기하며 다정했던
하룻밤의 짧음이라니
해가 지면 순식간에
아침 해가 찾아오네!
하지만 운명의 여신은 서로 사랑하는
두 연인의 사이를 갈라놓으려고
맹세한 말 그대로
끝내 맹세를 지켰네.
운명의 법도이니 어찌하리!
그 누가 운명이
정한 바를 어찌 거절하리?
신의 법도를 어길 자
이 세상 그 어느 곳에 있으랴!

시녀가 노래를 채 끝내기도 전에 젊은이는 화를 내며 소리치더니 기절하여 그만 쓰러지고 말았습니다. 이 모양을 보고서 시녀는 외쳤습니다. "영감님, 아무쪼록 영감님에겐 알라의 신벌이 없으시기를! 그래서 꽤 오래 전부터 우리들은 음악 없는 연회를 열어왔답니다. 주인 나리에게 갑자기 이런 일이 일어날까봐 걱정을 해왔기 때문이지요. 영감님은 저쪽 방으로 물러가셔서 거기서 쉬고 계세요."

그래서 저는 안내된 방으로 들어가 아침까지 쉬었습니다. 이튿날 아침에 사동이 500디나르가 든 지갑을 가지고 와서 말했습니다. "이것은 주인께서 영감님에게 약속하신 돈입니다. 그러나 영감님을 이리 보낸 그 여자에게로는 아예 돌아가시지 마시고, 이 일에 관해서는 아무것도 들은 바 없었던 것으로 해주십시오." "좋아, 알았다네." 하고 저는 대답하고서 지갑을 받아들고 그곳을 떠났습니다.

그래도 저는 마음 속으로 생각했습니다. "그 여잔 어제부터 눈이 빠져라 하고 날 기다리고 있을 텐데. 무슨 일이 있어도 돌아가서 자초지종을 이야기해주지 않고선 안되겠다. 그렇지 않으면 그 여자는 나는 물론이고 우리 동포마저 나쁘게 말할 테니." 제가 처녀를 찾아가자, 처녀는 문간에 서 있다가 저를 보자마자 말했습니다. "글쎄 저, 영감님, 영감님은 저에게 조금도 도움이 돼주시지 않았군요!" "그런 말을 누가 하던가?" 하고 제가 따지자 처녀는 대답했습니다. "영감님, 그밖의 일까지 알고 있어요. 편지를 주자 그분은 읽고 나서 북 찢어버리며 이랬죠. '영감님, 다른 사람도 아닌 영감님의 청이라면 뭐나 다 들어드리겠습니다. 그러나 이 편지의 주인공에 관한 청만큼은 받아들일 수 없습니다.' 그러자 영감님은 화를 버럭 내시고 자리를 뜨셨지요. 그런데 그분은 영감님의 소매자락을 잡아당기면서 '영감님, 오늘은 우리집에서 묵으시며 식사도 하시며 즐기세요. 내가 500디나르 드리겠습니다.' 하는 바람에 영감님도 거기 끌려 밤새도록 주연과 담소를 즐기시다가 이윽고 노예 처녀의 노래에 그분은 실신하여 쓰러지고 말았죠." 이 말을 듣고, 오, 충성된 자의 임금님, 저는 "그렇다면 그대도 그 자리에 있었던가?" 하고 묻자 처녀는 대답했습니다. "글쎄, 영감님, 영감님은 시인의 이런 노래도 모르십니까?

연애하는 자의 마음에는
눈이 달려 있답니다.
보통 사람의 눈에 보이지 않는 것도
이 눈으로는 똑똑히 볼 수 있습니다.

그러나 영감님, 하루 이틀 세월이 흘러감에 따라 뭐나 다 변해가는 법이랍니다."

─샤라자드는 날이 훤히 밝아오는 것을 깨닫자, 여기서 허락된 이야기를 그쳤다.

• 331일째 밤

샤라자드는 말을 이었다. 오, 인자하신 임금님, 만스루의 이야기는 이렇게 계속되었습니다.

처녀는 외쳤습니다. "오, 영감님, 하루 이틀 세월이 흘러감에 따라 뭐나 다 변해가는 법이랍니다!" 그리고 나서 하늘을 우러러보며 "오, 신이시여, 저를 인도해주시는 주여, 당신께서 쥬바이르 빈 우마일의 사랑 때문에 저를 괴롭히신 것과 마찬가지로, 제발 그분도 제 사랑 때문에 괴롭히시고, 이 가슴의 애절한 생각을 그분의 가슴에도 옮겨주소서!" 하고 기도드리고는 내 심부름의 수고비로서 100디나르를 내놓았습니다. 그래서 저는 내놓는 대로 받아가지고 궁으로 돌아왔습니다. 그때 이미 왕은 사냥을 마치고 돌아와 계셨으므로 저는 봉록을 받아서 바그다드로 돌아왔습니다.

그런데 그 이듬해 저는 언제나처럼 봉록을 받으러 바소라로 떠나 임금님으로부터 이것을 받았습니다. 그러나 바그다드로 돌아오려고 생각한 바로 그 순간 문득 부두르 공주 생각이 나서 혼잣말을 했습니다. "무슨 일이 있어도 꼭 그 처녀를 찾아가서 그후 두 사람 사이가 어떻게 되었는지 물어봐야만 하겠군!" 그래서 여자의 집에 가보았더니 문앞의 길은 깨끗이 청소가 되어 물도 뿌려져 있고, 내시와 하인과 사동이 입구에 서 있었기 때문에 저는 혼자 속으로 생각했습니다. "필경 그 처녀는 슬퍼 상심한 끝에 죽었나보군. 그래서 태순가 누군가가 이 집으로 이사왔나보군." 그래서 저는 그곳을 떠나 샤이반족의 우마일의 아들 쥬바이르의 집으로 갔습니다. 그런데 당도해보니 현관 옆의 걸상은 간 데가 없고, 입구에는 평소에 늘 보이던 사동의 그림자도 보이지 않았습니다. "아마 그 젊은이도 세상을 뜬 모양이군." 저는 그렇게 생각하고서 문간에 서서 눈물을 흘리면서 이런 시를 읊으며 슬퍼했습니다.

아, 가버린 사람이여, 내 마음
그대를 사모하여 마지않는다.
돌아오너라, 그러면 또
내 기쁨의 나날도
또다시 돌아오리라.
그대의 집 문간에 서서 그대의 집을
슬퍼하면 내 눈시울 시큰거리고
눈물은 넘쳐 이슬 맺힌다.
보기 흉한 꼴의 그 집에게
"아, 그 옛날, 아낌없이
물건을 준 그 주인 간 곳은 이제 어디뇨?"
하고 내가 묻는 말에 대답하여
"자, 가버리시오. 벗은 모두
봄에 야영하던 집에서
나그네처럼 가버렸나이다.

흙 속에 묻혀 이제는 벌써
구더기의 먹이가 되어버렸나이다."
신이여, 제발, 저 사람의
미덕의 빛을 끄지 말고
오래오래 그 빛
가슴 속에 밝혀주소서!

오, 참된 신자이신 임금님, 제가 이렇게 이 집 식구들의 신세를 탄식하고 있으려니까, 뜻밖에도 흑인 노예 하나가 튀어나오더니 이렇게 외쳤습니다. "여보, 영감탱이, 닥쳐! 영감탱이 마누라도 죽은 거야! 뭣 땜에 그렇게 남의 집에다 대고 울어대는 거요?" "그전에 곧잘 찾아왔었지. 이 집 주인이 내 친한 친구였을 때 말이오." "그 사람 이름이 뭔데?" 하고 흑인 노예가 묻길래 저는 "샤이반족의 우마일의 아들 쥬바이르라고 하오." 하고 대답했더니 상대방은 다시 말을 이었습니다. "그 사람이 어떻게 됐다는 거요? 덕택으로 그분은 편히 잘 계시오. 재산도, 지위도, 유복한 살림도 그전과 다를 것이 없소이다. 다만 알라의 뜻으로 부두르 공주라는 처녀에게 반해서 상사병에 걸려 있을 뿐이오. 그 상사병이 보통 정도가 아니라오, 마치 저 땅 위에 굴러다니는 큰 바위 같다고나 할까, 배가 고파도 고픈지 모르고, 목이 말라도 마른지 모르니 영 폐인이 되었다오." "만나고 싶으니 연락 좀 해주구려." 하고 제가 말하자 노예는 대꾸했습니다. "여보시오, 영감님, 무턱대고 당신은 우리 도련님을 만나뵙고 싶단 말이오?" "어쨌든, 용태가 어떻든 만나지 않을 수가 없지." 그래서 노예는 일단 안으로 들어갔다가 얼마 후 들어와도 좋다는 허가를 받아가지고 돌아왔습니다. 쥬바이르에게 가보니 과연 마치 땅 위에 내던져진 돌처럼 손짓도 말도 전혀 통하지 않는 형편이었습니다. 말을 걸어도 벙어리처럼 대답이 없었습니다. 그러자 하인 하나가 "나리, 뭐 아시는 시라도 하나 있다면 큰 소리로 읊어보세요. 그걸 듣고 눈을 떠 이야기를 하실지도 모르니까요." 하길래 저는 얼른 이런 시를 읊었습니다.

부두르(달)의 사랑을 버렸는가
아니면 아직도 사모하는가?
밤마다 그대는 잠을 자는가
아니면 또 눈을 뜨고 못 자는가?
영원히 눈물이
흘러 마지않으면
알지어다,
진정 언제까지 천국은
그대의 집이 될 것을.

젊은이는 이 노래를 듣자, 눈을 뜨고서 입을 열었습니다. "이븐 만스루 영감님, 참 잘 오셨습니다. 농담이 진담이 됐군요." 그래서 제가 "도련님, 뭐 도움이 될 것이 있겠소?" 하고 묻자, 젊은이는 대답했습니다. "네, 제가 그 여자에게 쓴 편지를 영감님께서 좀 전해주십사 하고 부탁하고 싶습니다. 답장을 받아가지고 오시면 수고비로 1000디나르 드리고, 만약 답장이 없어도 수고비로 200디나르 드리겠어요." "당신 좋을 대로 하시오."

─샤라자드는 날이 훤히 밝아오는 것을 깨닫자, 여기서 허락된 이야기를 그쳤다.

• 332일째 밤
샤라자드는 말을 이었다. 오, 인자하신 임금님, 이븐 만스루는 이야기를 계속했습니다. "당신 좋을 대로 하시오." 하고 제가 말하자 젊은이는 노예 처녀 하나에게 "벼루와 종이를 가져오너라." 하고 명령하고는 이런 시구를 적었습니다.

알라께 맹세코 비나니
나에게 인정을 베푸소서
사랑에 미쳐
눈 멀어 보이지 않는 가련함이여!
동경은 쌓이고 연정은 활활 타올라
사랑의 노예가 된 이 몸
병의 옷을 입었으니
오호라, 애닯은 내 신세.
전에는 사랑을 경시하고서
보잘 것 없는 것은 사랑이라고 생각했건만
오, 내 연인이여,
이제, 마치 큰 파도가
굽이치고 들끓는 것처럼 나를 몰아치니
나는 알라의 큰 뜻에
벌벌 떨며 사랑하는 자들의
슬픈 신세를 측은히 여기노라.
만일 인정이 있거든 불쌍히 여겨
만날 날을 약속해주소서.
비록 이 몸을 죽일지라도
잊지 않고 인정을 베푸소서.

그리고 나서 편지를 봉한 다음 저에게 주었습니다. 그것을 받아든 저는 부두르 공주의 집으로 돌아와 먼저와 마찬가지로 조금 휘장을 치켜들고 안을 들여다보니 이건 어찌 된 일입니까. 가슴이 불룩 솟아오른 처녀들이 열 명이나 늘어서 있고, 그 한가운데에 성좌 속의 보름달인가, 아니면 구름 한점 안개 한점 없는 푸른 하늘에 찬란하게 빛나고 있는 태양이 아닌가 싶을 정도의 부두르 공주가 앉아 있는 것이 아니겠습니까. 그 얼굴에는 괴로움의 흔적들도 뇌심한 자취도 엿볼 수 없었습니다. 제가 어안이 벙벙해서 그 모양을 바라보고 있자니까 처녀는 문간에 서 있는 나를 알아보고서 말을 건넸습니다. "어머나, 이븐 만스루 영감님, 잘 오셨습니다. 자, 어서 들어오세요." 저는 안으로 들어가 인사를 하고서 편지를 주었습니다. 처녀는 그것을 읽고, 그 뜻을 이해하자 웃으면서 저에게 말했습니다. "영감님, 시인도 이렇게 노래부르고 있는데 과연 사실이군요.

　　마음도 굳게 이 몸
　　그대를 위해 사랑을 참으리
　　그대가 보내신 심부름꾼
　　나에게 올 때까지는.

　그럼, 이븐 만스루 영감님, 답장을 써 드리겠어요. 그이가 약속한 것을 영감님이 받으실 수 있도록." 제가 "알라의 좋은 보답이 있으시기를!" 하고 대답하자, 처녀는 시녀를 큰 소리로 불러 "벼루와 종이를 가지고 오너라." 하고 덧붙였습니다. 그리고 이런 시구를 적었습니다.

　　무엇 때문인가요 그 맹세
　　당신은 안 지키고 저만 혼자
　　그토록 굳게 지켜왔음은?
　　저는 올바른 길을 걸었지만
　　당신은 냉혹하게 대하셨습니다.
　　저를 매정하게 미워하신 것은
　　당신이었습니다.
　　배반하여 맹세를 저버린 사람도 당신이었습니다.
　　저는 오로지 이 세상에서
　　맹세의 말을 가슴 속에 간직하고

당신의 명예를 빛나게 하고
당신의 이름을 걸고 맹세했거늘
당신이 저에게 하신 것은
오직 무도한 짓뿐이었나이다.
마침내 들려온 소문은
당신의 불성실한 마음씨뿐.
당신의 품위를 드높이고
어찌 이 몸을 깎아 내리리오.
당신이 만일 저를 존경한다면
저도 또한 당신에게 존경을 바치오리다!
아아, 이제는 오직 체념하고서
제 마음을 위로하여
맺어졌던 인연을 끊고
영원히 이별을 도모할 뿐이옵니다.

저는 "여보시오, 아가씨. 알라께 맹세코 말하건데 그분이 이 편지를 읽으면 대번에 죽고 말 것입니다!" 하고 말하고서 그 편지를 북북 찢어버리고서 "다른 시를 써 주시오." 하고 말했습니다. 그러자 처녀는 "알았습니다." 하고 대답하고서 이런 시구를 적었습니다.

마음 한가로이 이제는 오직
눈물도 흘리지 않고 잠 이루네
비방의 말 속에서 가지가지의
사연을 들은 나이기에
내가 하라는 대로 내 마음도
언젠가는 잊으리 추억조차도
내 눈으로 배운 것은
체념하며 산다는 것

이것이야말로 세상에 다시 없는 길이니라.
이별은 쓸개보다도 쓰다고
세상 사람 말하지만 그것은 거짓말.
이별을 견뎌내고 깨달은 것은
이별 또한 술처럼 흥겨운 것.
그대의 소식은 달갑지 않고
그대의 이름 듣기도 역겹도록
진정으로 지겨워져서
외면하여 미워하고 싶어라.
그러면 이제, 내 마음 속에서
그대에 대한 기억 내쫓고
그대의 모습 멀리하리.
비방하는 사람에겐 이 진실 전해
내 마음 거짓없음을 증명하리.

"아가씨, 이런 시를 읽는다면 저 사람의 영혼은 몸에서 빠져나가고 말 거요!" 하고 내가 말하자, 여자는 대답했습니다. "이븐 만스루 영감님, 영감님이 그렇게 말씀하실 만큼 정말 그 사람은 애태우고 있나요?" "그 이상 과장해서 말한다 하더라도 거짓말은 되지 않을 거요. 그러나 말이오. 자비라고 하는 것은 고귀한 사람의 천성에만 깃드는 법이오." 이 말을 듣더니 처녀는 눈에 눈물을 가득 싣고 이런 문구를 적었습니다만, 오, 충성된 자의 임금님, 알라께 맹세코 우리 임금님의 궁에도 이만한 시를 지을 수 있는 자는 없을 겁니다. 그 편지에는 다음과 같은 시구가 적혀 있었으니 말입니다."

언제까지 수줍어하며
이다지도 멀리하시려느뇨?
나를 미워하는 자들의

마음만 위로할 뿐이외다.
　　　모르고서 과오를 범한
　　　허물있는 몸이지만
　　　제발 나에게 가르쳐주오.
　　　비록 비방에 불과할지라도
　　　소문에 오른 말을.
　　　나는 맞이하리 그리운 님
　　　눈과 눈꺼풀에 편안한
　　　휴식을 맞는 바로 그것처럼.
　　　맑고 다정한 술잔을
　　　그대를 위하여 마신 나이기에
　　　나 술에 취해 미치더라도
　　　그대여, 나를 책망하지 말라!

　―샤라자드는 날이 훤히 밝아오는 것을 깨닫자, 여기서 허락된 이야기를 그쳤다.

　• 333일째 밤

　샤라자드는 말을 이었다. 오, 인자하신 임금님, 만스루는 이야기를 계속했습니다. 부두르 공주는 이 편지를 쓰고 나자, 봉인하여 나에게 주었습니다. 그래서 나는 "필경 이 편지를 받으면 그 사람의 병도 낫고, 굶주린 마음도 편해질 것이오." 하고 말하고서, 편지를 받아들고 떠나려고 하자, 처녀는 저를 불러 세워놓고 말했습니다. "이븐 만스루 영감님, 오늘밤, 제가 찾아뵙겠다고 전해주세요."
　이 말을 듣고 저는 아주 기뻐하며 얼른 쥬바이르에게로 편지를 가지고 돌아왔습니다. 젊은이는 편지 오기를 학수고대하면서 물끄러미 문쪽을 바라보고 있다가, 저에게서 편지를 받아들고 허겁지겁 봉한 것을 뜯고 그 글뜻을 이해하자 고함을 지르더니 그만 기절하고 말았습니다. 이윽고 정신을 차린 젊은이는 "영감님, 그 여잔 정말로 손수 붓을 들고 쎴습니까?" 하고 물었으므로 저는 대답했습니다. "주인님, 글을 쓰는 데 설마 발을 쓰는 건 아니지요?"

그런데 충성된 자의 임금님, 제가 이 말을 채 끝내기도 전에 현관 옆 대합실에서 처녀의 발목고리의 소리가 짤랑짤랑 나더니 부두르 공주의 모습이 나타난 것입니다. 처녀를 보자, 젊은이는 언제 병고에 시달렸냐는 듯이 벌떡 일어나 여자를 꽉 껴안았습니다. 좀처럼 낫지 않았던 병이 순식간에 나은 것입니다. 이윽고 젊은이는 자리에 앉았지만 여자는 여전히 서 있었으므로 저는 말했습니다. "아니, 왜 앉지 않으시오?" 그러자 처녀는 "이븐 만스루 영감님, 실은 우리들 사이에는 어떤 약속이 있는 까닭으로 앉을 수 없어요." "그건 또 무슨 소리요?" "누구에게도 연인 사이의 사연 얘긴 할 수 없어요." 그러고 나서 처녀는 젊은이의 귓전에다 입을 갖다 대고서 뭐라고 속삭이자 젊은이는 "알았습니다." 하고 대답했습니다.

그러고 나서 젊은이가 일어서서 노예 하나에게 뭐라고 귓속말을 하자, 노예는 밖으로 나갔는데, 곧 재판관과 두 명의 증인을 데리고 돌아왔습니다. 젊은이는 일어서서 10만 디나르가 들어 있는 주머니를 손에 들고 "재판관님, 이 처녀와 결혼시켜주십시오. 그리고 여자에게 보내는 지참금으로 이만큼의 금액을 써주시오." 재판관이 여자에게 "이의 없다고 말하시오." 하자 처녀는 "이의는 없습니다." 하고 말했습니다. 그래서 재판관이 결혼계약서를 작성하자 처녀는 돈 주머니를 열어 한 움큼씩 재판관과 증인에게 주고, 나머지는 전부 젊은이에게 주었습니다. 재판관과 증인은 그것을 받아들고 물러나 돌아갔습니다.

저는 두 사람 옆에서 흥겹게 떠들어대고 있었습니다만 새벽도 가까워졌을 무렵, 마음 속으로 생각했습니다. "서로 사랑하고 있으면서 오랫동안 헤어져 있었으니, 자 이젠 나도 자리를 떠나 어디 먼 방에서 쉬어야지. 둘만을 즐기게 해줘야지." 그래서 저는 일어섰습니다만, 처녀는 제 소매자락을 끌어당기면서 물었습니다. "왜 일어나세요?" "실은 이렇게 하는 것이 좋으리라고 생각해서요." 하고 제가 대답하자 처녀는 "앉으세요. 영감님이 방해가 될 것 같으면 이쪽에서 나가달라고 그럴게요."

그래서 거의 날이 훤히 밝아올 무렵까지 함께 앉아 있었는데, 이윽고 처녀가 말했습니다. "이븐 만스루 영감님, 저쪽 방으로 가 주세요. 잠자리 준비를 해놓았으니까요." 저는 얼른 일어서서 침실로 들어가 아침까지 푹 쉬었습니다. 이튿날 아침이 되자, 사동이 물병과 세숫대야를 가지고 왔으므로 저는 세수를 하고 새벽 기도를 올렸습니다. 그러고 나서 앉아 있는데, 얼마 있다 쥬바이르와 신부가 목욕을 마치고 둘 다 머리를 짜면서 나왔습니다. 무사히 첫날밤을 치렀다는 표시였습니다. 그래서 아침 인사를 한 다음, 무사히 신방을 치른 것을 축하하고, 쥬바이르에게 말했습니다. "처음엔 여러 가지 복잡한 일이 서로 엉켜 있어 골치가 아팠는데, 나중엔 술술 다 잘 풀렸구려." "과연 그렇습니다. 영감님이 진력해주신 데 대해 깊이 감사드립니다." 쥬바이르는 그렇게 대답하고서 회계에게 말했습니다. "이리 3000디나르를 가져오시오." 이윽고 회계가 금화가 든 지갑을 가져오자, 쥬바이르는 이것을 제 손안에 쥐어주며 "제발 받아주십시오." 하고 말했습니다. 그래서 나는 "처음엔 그렇게까지 싫어하던 당신이 갑자기 상사병에 걸리게까지 된 까닭을 듣지 않고선 받을 없소." 그러자 젊은이는 "네, 잘 알았습니다! 실은 정월 축제날이 오면 사람들은 모두 외출하여 강에 배를 띄우고 논답니다. 그래서 나도 친구들과 어울려서 밖으로 나갔습니다. 이윽고 보트 한 척이 눈에 띄였는데, 그 배에는 비파를 손에 든 부두르 공주를 둘러싸고서 달덩이처럼 잘생긴 처녀들이 10명 타고 있었습니다. 부두르 공주는 열 한 가지 가곡을 타고 나서, 다시 맨 처음 곡으로 돌아와 이런 시구를 읊었습니다.

내 가슴 속의 연정의 불꽃에
비하면 불도 오히려 서늘하다.
바위조차도 그리운 그대의
마음보다는 부드럽다고 할 수 있다.
아, 이상도 해라, 물보다 약한
몸을 하고서 바위보다도 굳은
마음을 가지고 있는 그리운 그대여!

그래서 저는 "그 노래와 가락을 다시 한 번 들려주오." 하고 말했지만 부두르 공주는 통 내 말을 들어주지 않았습니다."

─샤라자드는 날이 훤히 밝아오는 것을 깨닫자, 여기서 허락된 이야기를 그쳤다.

● 334일째 밤

샤라자드는 말을 이었다. 오, 인자하신 임금님, 만스루의 이야기는 이렇게 계속됩니다.

쥬바이르는 이야기를 계속했습니다. "그래서 나는 사공에게 귤을 던지라고 했습니다. 사공들이 귤을 던지자 그 여자가 탄 배는 돌아가고 말았는데, 그후부터 나는 상사병에 걸리게 되고 만 거죠."

이 말을 듣고 저는 두 사람의 결혼을 축하하고, 지갑째 돈을 받아가지고 바그다드로 돌아왔습니다.

교주는 이븐 만스루의 이야기를 듣자 기분도 풀리고, 이제까지의 울적했던 마음도 씻은 듯이 사라지고 말았습니다.

또, 이런 이야기도 전해지고 있습니다.

알 야만의 사나이와 여섯 명의 노예 처녀

알 마아문 교주는 어느 날, 영내의 태수와 중신들을 거느리고 옥좌에 앉아 있었습니다. 어전에는 시인들과 술친구들이 모두 있었는데, 그 가운데 바소라의 모하메드라는 사나이가 있어, 교주는 마침내 이 사나이에게 말했습니다. "여봐라, 모하메드, 아직까지 들어본 적이 없는 이야기가 있거든 해보라." 상대방이 "네, 충성된 자의 임금님, 어느 쪽 이야기를 해드릴까요? 남에게서 들은 이야기가 좋겠습니까? 아니면 제가 눈으로 본 이야기가 좋겠습니까?" 하고 묻자 교주는 "어느 쪽도 상관 없다. 신기한 이야기라면." 하고 대답했으므로 모하메드 알 바스리는 이야기를 시작했습니다.
 그럼 이야기하겠습니다. 들어주십시오. 옛날에 알 야만 태생의 부자가 하나 있었는데, 고국을 떠나 이 바그다드로 와서 체류하고 있는 동안 이 도성이 아주 마음에 들어 가족과 재산을 모두 이곳으로 옮겨놓았습니다. 그런데 이 사나이에게는 여섯 명의 노예 계집이 있었는데, 모두가 다 달처럼 잘생긴 처녀들로서, 첫번째 여자는 살결이 희고, 두번째는 검고, 세번째는 통통하게 살이 쪄 복스럽고, 네번째는 날씬하게 여윈 편이고, 다섯번째는 살결이 누렇고, 여섯번째는 가무잡잡했습니다. 여섯 명이 한결같이 기량도 좋고, 취미도 고상하며 노래니 악기 타기에도 뛰어난 솜씨들을 보였습니다.
 그런데 어느 날, 부자인 주인은 이 처녀들을 불러 주안상을 준비하라고 일렀습니다. 일동은 먹기도 하고 마시기도 하며 흥겹게 떠들어댔습니다. 이윽고 주인은 잔을 채우자 이것을 손에 들고 살결이 흰 처녀에게 말했습니다. "여봐라, 초생달처럼 생긴 아이야, 좋은 노래 하나 들려주겠느냐?" 그러자 그 처녀는 비파를 손에 들고 가락을 맞추자, 주위의 사람들이 춤이라도 출 듯한 절묘한 가락을 타며, 경쾌한 소리에 맞추어 이런 노래를 불렀습니다.

> 나에게 친구 있어, 그 모습
> 눈에 아물아물 떨어지지 않고,
> 그 이름도 깊이 내 가슴
> 밑바닥에 새겨져 누워 있네.
> 그대를 생각하면 이 몸
> 모두가 가슴이 되는 느낌
> 그대의 모습을 바라보면
> 내 몸 전부가 눈이 되는 심정.
> 나무라는 사람이 말하기를
> "자, 버리라, 사랑 따위는,
> 못 이룰 사랑 따위는 보람도 없다!"
> 나 다시 대답하여 말하기를
> "나무라는 사람이여, 가버리시오!
> 남의 마음이 괴로움을
> 경시하지 말라."

이것을 듣고, 주인은 기뻐하며 잔을 죽 비우며, 여자들에게도 잔을 돌렸습니다. 그리고 나서 검은 살결의 처녀에게 "여봐라, 화롯불처럼 타는 눈동자를 가진 아이야, 마음의 기쁨이여, 이번엔 네 아름다운 목소리를 들려다오. 듣는 사람이 기뻐서 넋을 잃고 말도록." 그래서 처녀는 비파를 손에 들고, 모두가 마음이 들뜰 만한 묘한 가락을 타면서, 몸을 하늘하늘 흔들어 사람들의 마음을 황홀케 하면서 이런 노래를 불렀습니다.

저 아름다운 얼굴에
맹세하리, 죽는 날까지
나는 그대 하나만을 사랑하겠다고.
그대 외엔 아무도 사랑하지 않겠다고.
오, 베일을 두른
둥근 달이여, 현세의
유례가 드문 가인도
그대의 무릎 밑에 머리 숙이리.
교태를 자랑하며 모든
처녀를 물리친 그대이기에
세계를 다스리는 신이시어
아무쪼록 그대와 함께 있으라!

주인은 기뻐하며 잔을 비우고, 처녀들에게도 술을 따라주었습니다. 그리고 나서 또 잔을 채우자 이것을 한손에 들고 통통한 처녀에게 다른 가락을 타며 노래를 부르라고 눈짓했습니다. 그래서 처녀는 비파를 손에 들고 마음을 들뜨게 하는 가락을 타면서 이런 노래를 불렀습니다.

아, 내 마음 속의 소원이여!
그대의 마음 내게 기울여준다면
비록 신의 노여움이 내린다 하더라도
꺼리지 않으리.
나에게 생명을 불어넣어 주는
아름다운 얼굴 보여준다면
비록 임금님이 내 목을
베어도 꺼리지 않으리.
넓은 세계에서 오직 하나

구하는 것은 그대의 사랑
온갖 아름다움을 간직한
진정 아름다운 그대의 사랑!

주인은 또다시 기꺼이 잔을 죽 비우자, 처녀들에게도 술을 마시게 했습니다. 그러고 나서 날씬한 처녀에게 눈짓하며 말했습니다. "여봐라, 천국의 천사여, 아름다운 노래와 가락으로 이 귀를 즐겁게 해다오." 그러자 처녀는 비파를 집어들고 음색을 맞추자 서곡을 뜯은 다음 이런 노래를 불렀습니다.

알라의 길에 내가 있어(즉 순사를 뜻함)
마음을 누르고 그대를 기다렸건만
죽음도 또한 나를 외면하였더라.
두 사람의 사랑을 심판해줄
심판관은 어디 있느뇨
그대 때문에 원수를 사게 되니
나를 올바르게 심판하시라.

주인이 크게 기뻐하며 잔을 비우자, 처녀들도 잔을 비웠습니다. 다시 한 잔 가득히 술을 따라주며 살결이 누런 처녀에게 말했습니다. "여봐라, 낮의 태양이여, 뭔가 즐거운 노래를 불러다오." 그래서 처녀는 비파를 집어들고 자못 멋지게 서곡을 켜고 나서 이런 노래를 불렀습니다.

마음에 사모하는 사람이 있지만
곁에 다가가 바라보면
노려보는 눈길은
날카로운 비수와 같네.
알라여, 아무쪼록 그 임의

매정한 마음을 풀어주옵소서.
이 가슴을 사로잡은 그대이건만
남자의 변덕은 가을 하늘과 같네.
그 바람기 무엇으로 막으리오.
"마음이여, 체념하라!"
나는 몇 번씩 말하지만
마음은 듣지 않고 오직
그대를 사모하여 동경하네.
그 임은 나의 소원
모든 사람의 뜻이로다.
그러나 운명은 항상
시기하며 그대를 나에게 안 주시네.

주인은 기쁜 나머지 잔을 기울이며, 처녀들에게도 마시라고 권했습니다. 그리고 나서 새 잔에 술을 따라 손에 들고서 살결이 가무잡잡한 처녀에게 눈짓했습니다. "여봐라, 눈동자여, 비록 두 마디라도 좋으니 네 뛰어난 솜씨를 보여다오." 처녀는 비파를 집어들고 여러 가지 음색으로 서곡을 탄 다음 맨 먼저 곡으로 되돌아가 가락도 생생하게 이런 시를 읊었습니다.

아, 나의 눈동자여, 아낌없이
눈물을 흘릴지어다.
꿈인가 생시인가
이 몸을 잊고 꿈만 같네.
임을 위해서는 술 취한
망아의 경지도 무섭지 않으니
적의 시기를 어찌하려
그저 한결같이 빠져들어가기만 하는 것인가.
시기하는 자 있어 저 임의

장미같이 아름다운 얼굴을 외면하지만
그립기만 한 이 마음
장미의 향기를 동경할 뿐.
그 옛날, 맑은 미주를
따른 잔 돌고 돌아왔네
비파의 가락도 즐겁게
나를 미치게 한 저 임은
맹세를 지킨 나를
아침에 떠오르는 행운의
밝은 별처럼 지켜보았네.
그러나 세월은 흐르고 흘러
나에게 과오는 없건만
오호라, 그대에게 버림받았으니.
이러한 보복에 비길 만한
야속한 짓이 세상에 또 어디 있으랴?
그대의 뺨에 한 송이의
아니, 두 송이의 장미꽃이 피어나니
알라여, 제발 나에게
한 송이만 내려주소서!
신이 아니더라도
엎드려 빌어, 죄 없다면
그대의 발밑에 나는 엎드려
대지에게 절하여 받들리라.

 노래를 끝마친 여섯 명의 처녀들은 자리에서 일어나 주인 앞에 엎드려 아뢰었습니다. "나리, 제발 우리들의 우열을 가려주세요!" 그래서 주인은 그들의 미모와 애교, 가지각색의 살결을 바라보며, 전능하신 알라를 칭송하고 나서 입을 열었습니다. "너희들은 모두 경전을 암송하고, 음악을 익히고, 옛날의 연대기와 선인의 업적에

정통하고 있다. 그래서 내가 바라고 싶은 것은 너희들이 하나씩 일어서서 자기와 정반대되는 친구를 가리키며 자기를 칭찬하고 상대방을 깎아내렸으면 좋겠다. 즉 말이다, 살결이 흰 사람은 검은 사람을, 살찐 사람은 마른 사람을, 누런 사람은 가무잡잡한 사람을 상대로 해서 말이다. 먼저 한쪽이 그렇게 하면 다음은 다른 쪽이 똑같은 일을 하란 말이다. 그리고 너희들의 몸가짐이 단정하다는 것과 변설이 능하다는 것을 보이기 위하여 성전의 말씀이나 일화나 시를 일일이 예로 들어보이면 좋겠다." 그들은 "알았습니다." 하고 대답했습니다.

──샤라자드는 날이 훤히 밝아오는 것을 깨닫자, 여기서 허락된 이야기를 그쳤다.

• 335일째 밤

샤라자드는 말을 이었다. 오, 인자하신 임금님, 모하메드는 이야기를 계속했습니다.

처녀들은 알 야만의 주인에게 "알았습니다!" 하고 대답했습니다. 그래서 우선 살결이 흰 여자가 검은 여자를 가리키면서 말했습니다. "이 검둥아! 아이 징그러워! 전설에 의하면 살결이 흰 여자가 이렇게 말했다는 거야. '나는 휘황하게 빛나는 열나흗 날 밤에 떠오르는 달님이에요. 내 살결은 세상에서도 진기한, 신이 주신 선물이지요. 이마는 눈부시게 빛나며, 내 아름다움에 관해서는 시인도 이렇게 노래부르고 있어요.'

살결이 흰 여자는 비단결인가
빛나는 둥근 볼의 주인공
'미'의 은총에 감춰진
진주알을 연상케 한다.

키는 날씬하여
마치 아리후 글자를 닮았고
생글 웃으면 미무의 글자로 변한다.
눈 위로 빗긴 눈썹은
눈 자처럼 굽었구나.
눈길은 화살처럼 날카롭고
이마는 활인가, 죽음의 화살을
쏠 듯이 굽었으니.
볼과 맵시를 바라보면
장미, 천인화, 찔레꽃에다
수선화가 만발하다.
세상 사람들은 화원에
꽃들을 심고 가지 치지만
그대의 모습에 갖추어진 것은
진정 무수히 많은 화원이로다!

내 살결은 건강한 해님, 이제 방금 딴 귤나무의 작은 열매, 휘황찬란하게 빛나는 별과 전능하신 알라께서 그 거룩한 책 속에서 예언자 모세(아무쪼록 편안하시라!)에게 말씀하신 그대로야. '네 손을 네 가슴 속에 넣어라. 그러면 상하는 일 없이 그대로 희게 되어 나오리' 또 이렇게도 말씀하였다. '그 얼굴 희게 되는 자는 알라의 자비를 얻어 영원히 그 속에 머물리라' 내 살결은 불가사의이며 기적이야. 내 애교는 천하에 비할 데 없고, 내 아름다움은 천하일품이란다. 옷을 입으면 환하게 잘 어울리고, 남의 마음을 사로잡는 것도 나 같은 여자가 아니면 어림도 없지. 그리고 또 흰 살결에는 여러 가지 장점이 있어. 예를 들자면 하늘에서 내리는 눈도 하얗고, 전설에 의하면 모든 색채 중에서 가장 아름다운 것은 흰색이라는 것이야. 이슬람교도도 흰 두건을 쓰는 것을 자랑으로 여기고 있거든, 그러니 흰 살결을 칭찬한 말을 일일이 들자면 한이 없어. 한없는 것을 한없이 지껄여대기보다는 이쯤 해두는 것이 낫겠지. 그러니까 이번엔 너를 헐뜯어보자. 오, 이 검둥아, 오, 먹통과 대장간의 먼지야, 연인들 사이를 갈라놓는 갈가마귀 같은 얼굴을 한 것아. 시인도 흰 살결은 칭찬하고, 검은 살결을 욕하며 이렇게 노래부른 것을 너는 모르느냐.

  그대는 모르는가 진주알
  젖빛이기에 값나가고
  불과 은화 한 닢으로
  산만큼의 숯을 살 수 있다는 것을.
  그리고 또 흰 얼굴은
  천국의 화원에 들어갈 수 있지만
  지옥의 컴컴한 집에는
  검은 얼굴만 우글우글.

 신앙심이 굳은 사람들이 전하는 확실한 근거에서 인용한 어느 역사책에는 이런 이야기가 있어. 어느 날, 노아(아무쪼록 편안하시기를!)는 두 아들 함과 셈을 머리맡에 불러놓고 자고 있었단다. 바람이 휙 불어와 옷을 벗기는 바람에 실 한오라기 안 걸친 알몸이 되고 말았단다. 이 모양을 보고 함은 웃기만 하면서 옷을 걸쳐주려고 하지 않았으나, 셈은 일어서서 옷을 걸쳐주었단다. 얼마 후 아버지는 눈을 뜨고 두 아들이 한 짓을 알게 되자, 셈을 축복하고 함을 저주했더란다. 그래서 셈의 얼굴은 희고, 그 자손으로부터는 예언자들과 정통적인 교주와 임금이 나왔단다. 그런데 함의 얼굴은 검어져서 아비시니아라는 나라로 도망을 쳐, 그 자손으로부터는 검둥이가 나왔다지 뭐냐. '머리 좋은 검둥이는 없다'는 격언에도 있듯이 세상 사람들은 이구동성으로 검둥이에겐 머리 좋은 사람은 없다지 않아?"

그러자 주인이 말참견을 했습니다. "자, 이젠 앉아라. 너는 이젠 충분하게, 아니 그 이상으로 지껄였으니까 말이다." 그러고 나서 흑인 처녀에게 신호하자, 처녀는 얼른 일어나 흰 살결의 처녀를 가리키면서 말했습니다.

"너는 모르느냐? 예언자와 사도께서 남기신 코란에는 '모든 것을 어둠으로 싸는 밤에 맹세코, 환히 빛나는 낮에 맹세코!'라는 최고지상의 신께서 하신 말씀이 실려 있단다. 만일 밤이 한층 더 뛰어난 것이 아니라면 필경 알라께서도 밤을 두고 맹세하시지는 않았을 것이고, 밤을 낮 앞에 놓으시지도 않았을 거야. 지각도 있고, 지혜도 있는 사람이라면 이걸 모르는 사람은 아무도 없어. 그리고 검은 머리는 청춘의 표시이며 머리에 서리가 내리면 환락은 사라지고, 죽을 날이 눈앞에 다가왔다는 것도 넌 모르느냐? 가장 훌륭한 물건이 흑색이 아니라면 알라께서는 마음 속이나 눈동자 속에다 그것을 넣으셨을 리가 만무하지 않니? 시인도 참 근사한 말을 하고 있거든.

검은 여자를 사랑함은
청춘의 빛깔과 눈의 빛깔
마음 속의 빛깔을
뚜렷하게 나타내기 때문이니라.
흰 여자를 사랑하지 않고
서리 내린 머리와 수의를
피하는 사람이야말로 옳은 사람.

또 이런 시도 있다.

살결이 희지 않은 검은 여자는
사랑하기에 정말 적합하구나.
검은 여자의 입술은

진한 밤색으로 물들지만
흰 여자의 입술은
문둥병의 얼룩 같구나.

또 한 사람의 시인은 이렇게 노래했다.

검은 여자의 행동거지는
자못 깨끗해서 마치
눈동자처럼 맑고도
산뜻하게 빛난다.
놀라지 말라 비록 나
검은 여자의 사랑 때문에 미칠지라도
검은 담즙 때문에 우울증에
걸린다는 것은 모두 다 아는 사실이니.
네 살결은 어두운 밤의 빛깔
달이 뜨지 않아도 눈이 부실 정도로
빛난다 휘황찬란하게.

게다가 밀회를 할래도 밤이 아니면 안되거든. 이만한 장점을 들었으니 충분히 납득이 갔겠지. 칠흑 같은 어둠만큼 간첩과 비방자로부터 연인을 지켜줄 수 있는 것이 또 어디 있을까? 암흑 속에는 참으로 많은 칭찬받을 만한 것이 있단다. 다음과 같은 시인의 시는 얼마나 근사하니!

처녀를 찾아가면
어두운 밤은 내 편, 나를 안내하여
사랑의 밀회를 도와준단다.
그러나 새벽녘의 흰 해는
나를 방해하는 적이라오.

또 다른 시인은 이렇게도 노래불렀단다.

　　그리운 임을 가슴에 안고
　　나는 보냈노라, 몇 밤을
　　검은 머리 늘어뜨려 어둠은
　　불타는 상념을 감싸나니
　　아침이 되어 해가 뜨면
　　나 슬프게도 깜짝 놀라
　　아침을 향해 이렇게 외쳤네.
　　"빛을 숭배하는 사람들은(배화교도를 가리킴)
　　참된 사람은 아니라"고.

또 네번째 시인은 이렇게 노래부르고 있어, 들어봐.

　　어둠의 옷자락에 몸을 감싸고
　　그대는 왔노라 내 곁으로
　　조심조심 길을 재촉하여.
　　그대 오는 길에 내 뺨을
　　요처럼 펴놓고
　　마음 졸이며 내 옷자락으로
　　뺨의 부끄러움을 감추었건만
　　때마침 초승달 떠올라
　　반짝이는 손톱처럼
　　환한 빛으로 내 사랑을
　　세상사람들에게 폭로하였네.
　　이렇게 일어난 사건은
　　새삼스럽게 말할 필요도 없이
　　그저 오로지 깊이 생각하여

옳고 그르고를 묻지 말라.
뒷공론 두렵거든 어두운 밤 외엔
사모하는 여자를 만나지 말라.
말이 헤프기는 태양이요,
달은 뚜쟁이임을 알라.

다섯번째 시인의 시에는 이런 것이 있단다. 들어봐.

뚱뚱보 여자로 살결이 희고
숨을 헐떡거리는 여자는 나는 싫어
마음에 드는 여자는 젊은 여자로
가무잡잡하고 몸이 딱 바라진 여자.
경마날에는 나는
검은 망아지를 타고
친구더러는 코끼리를 타라고 하겠어요.

여섯번째 시인은 이런 노래를 부르고 있어, 들어봐.

어느 날 밤 연인이 찾아왔네
우리들은 애무에 젖으면서
동침하였더니라.
너무도 빨리 닥쳐오는 아침해에
나는 기도드렸네, 알라의 신께
아무쪼록 또다시 만나게 해주옵소서
뺨을 늘려서 저 임의
굳센 가슴에 나를 언제까지나 안겨 있게 해주소서.

검은 색을 칭찬한 고금의 말을 모두 들추어내자면 한이 없지 뭐야. 끝이 없는 것을 무턱대고 한없이 지껄이기보다는 좀 요령있게 간추려 말하는 것이 좋겠지. 이봐, 흰둥이 양반, 너는 어떤가 하면 그 살색은 문둥이 색깔, 그 가슴에 안기면 질식하고 말 거야. 흰 서리와 얼음과 같은 추위는 지옥에서 악인을 벌줄 때 쓰는 거라고 말하지 않느냐 말이야. 그리고 또 말이야, 검으면서도 좋은 것 중에는 먹도 있으니, 알라의 말씀도 먹으로 씌여 있지 않으냐 말이야. 또 검은 용연향이니 검은 사향이 없다면 임금님께 바칠 향료도 없을 게 아냐. 이밖에도 검은 색에는 얼마든지 칭찬할 것이 많지만 일일이 말하자면 끝이 없지 뭐야. 시인의 말은 언제 보나 참 근사하거든.

> 너는 모르느냐, 검은 색의
> 사향의 값어치 최고이며
> 아무리 흰 백회라도
> 한 짐에 불과 은화 한 닢.
> 눈동자에 흰 별이 생기면
> 홍안 미소년도
> 추한 얼굴로 변하지만
> 검은 눈동자는 눈꺼풀에서
> 날카로운 속눈썹의 화살을 쏜다."

그러자 주인이 말했습니다. "자, 이젠 앉아라. 이젠 됐다" 흑인 처녀가 앉자 주인은 통통한 처녀에게 신호했으므로 통통한 처녀는 일어섰습니다.

─샤라자드는 날이 훤히 밝아오는 것을 깨닫자, 여기서 허락된 이야기를 그쳤다.

• 336일째 밤
샤라자드는 이야기를 계속했다. 오, 인자하신 임금님, 주인이 통통한 처녀에게 신호하자, 그녀는 일어서서 날씬한 처녀를 가리키면서, 자기 종아리와 두 팔을 드러내고 배를 드러내어 오목한 배꼽과 불룩한 배의 생김새를 뽐내었습니다. 그러고 나서 고운 속옷으로 갈아입고 온몸을 드러내놓더니 이렇게 말하는 것이었습니다.

"나를 만드신 알라를 칭송할지어다! 신께서는 나의 얼굴을 아름답게 만드시고, 살이 통통하게 붙은 풍만한 가인으로 만드신 외에 열매가 주렁주렁 달린 나뭇가지를 본떠 넘칠 듯한 아름다움과 광채를 주셨으니 말이야. 또 신께서는 성전 속에서 나를 예로 드셔서 나의 장점을 인정하셨고, 영예를 주셨거든. 다시 한 번 신을 칭송할지어다! 최고지상의 신의 말씀에 '그리고 그자는 살찐 송아지를 가져왔더라'라는 것이 있어. 신께서는 복숭아와 석류가 넘칠 듯이 달려 있는 과수원처럼 나를 만드셨거든. 마치 살찐 새를 좋아하여 그 고기를 먹고, 마른 새를 싫어하듯이 아담의 자식들도 살찐 새의 고기를 좋아하고, 그 살을 먹거든. 살찐 것에는 그밖에도 이루 다 헤아릴 수 없을 만큼의 자랑거리가 있지만 시인이 노래부른 것을 하나 들어보겠어.

    이별을 고하라 연인에게.
    자, 보자, 대상은
    이미 전진을 시작했다.
    사랑하는 여자에게 이별을 고하고
    차마 소매를 뿌리칠 수가 없구나
    여자는 이웃사람의 야영지를
    찾아가는 듯하구나.
    모든 사람이 칭찬하는
    살찐 가인의 걸음걸이로.

누구나 다 고깃간 앞에 서면 반드시 기름기 많은 고기를 살 게 아니냔 말이야. 현인의 말씀에도 이런 것이 있어. '기쁨은 세 가지

것에 있다. 즉 고기를 먹고, 고기를 타고, 고기를 고기 속에 넣는 것이다'라고. 얘, 말라깽이, 너는 어떤가 하면, 네 종아리는 참새 다리가 아니면, 부엌 아궁이 부지깽이 같지 않니. 마치 십자형의 널빤지거나, 보잘 것 없는 썩은 고기 부스러기 같단 말이야. 마음을 즐겁게 해주는 것이라곤 아무것도 없어. 다음 시를 좀 들어봐.

부석돌이 아니면, 꺼칠꺼칠한
새끼줄처럼 뻐쩍 마른 여자를
껴안고 자라면 나는 딱 질색이야.
여자의 손발은 가시투성이
껴안고 자고 싶어도 찔러대는 통에 아침 저녁으로
이 몸 수척해만 가는구나."

그러자 주인이 말했습니다. "이젠 그만해라. 됐다, 앉아라." 통통한 처녀가 앉자, 주인은 마른 여자에게 신호했습니다. 이 처녀는 버드나무 가지인가, 등나무 잎인가, 아름다운 칠리꽃 줄기인가 싶게 몸이 날씬한 여자인데, 일어서자 이렇게 말했습니다.

"나를 만드시고, 나에게 미모를 주시고, 내 포옹을 온갖 욕정의 대상으로 삼으시고, 모든 사나이들의 마음을 끄는 가는 가지에 견주어서 내 모습을 만드신 신을 칭송할진저! 서면 작약, 앉으면 암전이라 함은 나를 두고 하는 소리, 농담도 잘 하고, 쾌활한 점에 있어선 천상천하 무적이지 뭐야. 나는 아직 서방님들이 자기들 정부를 '내 여잔 코끼리처럼 살졌다'라는 둥 '산처럼 뚱뚱보야' 하는 소리를 들은 적이 없다니까. '내 여자는 허리가 가늘고 날씬해' 한다면 몰라도. 게다가 나는 조금만 먹어도 족하고, 조금만 마셔도 갈증이 꺼지거든. 내 몸놀림은 빠르고, 가만히 박혀 있지 못하는 성격이지. 그렇기 때문에 나는 참새보다도 쾌활하고, 찌르레기처럼 가볍게 활동할 수 있지. 나의 정욕을 연인은 동경하고, 나에게 반한 남자는 기뻐한단다. 이도저도 모두 내 맵시가 아름답고, 생글 웃으면 어여쁘고 실버들 가지처럼, 등나무 넝쿨처럼, 또는 칠리꽃 줄기처럼 우아한 맛을 지녔기 때문이지 뭐야. 아리따운 점에 있어서는 아무도 날 따를 여자는 없어. 바로 시인이 노래부른 그대로라니까.

> 그대의 맵시를 비유하자면
> 실버들 가지인가. 그대의 교태야말로
> 나의 행운인가 싶구나.
> 아침에 눈 뜨면 오로지
> 미칠 듯이 그대만을 사모할 뿐
> 원수진 사람의 눈을 피하여.

 연인이 발광하거나, 사랑에 들떠 제정신을 잃거나 하는 따위는 나 같은 여자 때문이라니까. 사랑하는 남자가 나를 끌어당기려고 한다면 나는 이것에 응하며, 내 마음을 자기 뜻에 맞추려고 한다면 거역하지 않고 순종할 테야. 그런데 너라면 이봐, 뚱뚱보야, 코끼리처럼 먹고도 양이 차지 않으면 못 배길 테지. 마른 남자를 상대로 하여 동침할 땐 상대방 사나이가 참 불쌍해. 실컷 재미도 못 볼 테니까. 하기야 네 배가 그렇게 크니까 제대로 교접도 안될 것이고, 허벅다리마저 굵으니 구멍에 넣는 일도 이만저만 힘든 게 아닐 테지. 그렇게 뚱뚱해서 무슨 덕이 있다는 거야? 그렇게 미련하게 생겼으니 어디 부드러운 맛이 있고, 귀여운 데가 어디 있겠니? 기름기 많은 고기란 고깃집 외엔 아무 쓸모가 없지 뭐야. 무엇 하나 칭찬할 데라곤 없다니까, 농을 걸면 곧 화를 내고, 장난을 치면 곧 토라지고, 자면 코를 골고, 걸으면 숨이 차서 헐떡거리고, 게다가 음식을 먹어도 만복이라는 것을 모르고 너는 산보다도 무거워서, 타락이나 죄 그 자체보다도 더러워. 어디 하나 날쌘 데가 없고, 깨끗한 점도 없고, 먹고 마시는 일과 자는 일 외엔 아무것도 생각지 않거든. 오줌을 눌 때 쏴아 소리를 내고 튀기며, 똥을 눌

땐 술부대가 터지는 것처럼, 아니면 코끼리가 모양을 바꿀 때처럼 똥이 나오지 않아 끙끙 앓고 있단 말이야. 화장실을 나올 때엔 뒷물을 한 다음, 그 주변에 나 있는 털을 뽑을 땐 남의 손을 빌려야 한다는 식이지 뭐야. 형편없는 게으름뱅이며, 누가 봐도 금방 바보라는 표식이지 뭐야. 잘라 말하면 너에겐 무엇 하나 본받을 데가 없어. 시인이 너 같은 사람을 다음과 같이 노래부르고 있어.

　　부은 방광처럼
　　무겁게 부풀어 오르고
　　수많은 바위가 뒹구는
　　산처럼 큰 엉덩이와 허벅다리여
　　그 여자가 서반구를
　　밟고 가면 먼 동방
　　세계조차 발의 중량 때문에
　　참다 못해 신음하며 몸을 비트네."

"이젠 됐다. 어서 앉아라." 하고 주인이 말하자 몸이 마른 처녀는 앉았습니다. 이번엔 살결이 누런 처녀가 신호를 받고 일어서자, 우선 전능하신 알라부터 축복하고, 그 이름을 찬미한 다음, 신께서 창조하신 물건 중 가장 훌륭한 모하메드에게 안녕과 축복을 빈 다음 가무잡잡한 여자를 가리키며 말했습니다.

—샤라자드는 날이 훤히 밝아오는 것을 깨닫자, 여기서 허락된 이야기를 그쳤다.

　●337일째 밤
　샤라자드는 이야기를 계속했다. 오, 인자하신 임금님, 살결이 누런 여자는 일어나서 전능하신 알라를 찬미하고, 그 이름을 칭송한 다음 누런 여자를 가리키며 말했습니다.

"나는 경전 속에서 칭찬받고 있는 여자야. 인자하신 신께선 내 살결을 설명하시며, 그 계시된 책 속에서 모든 색을 능가하고 있다는 것을 말씀하시고 계셔. '황색은, 순수한 황색은 보는 사람의 마음을 기쁘게 한다'고. 그러니까 내 살색은 불가사의란 말이야. 내 매력은 세상에서도 진기하며, 그 아름다움은 따를 사람이 없어. 그것은 왜 그런고 하니 이 살색은 금화의 빛깔, 유성과 달의 빛깔, 잘 익은 사과의 빛깔이니까 말이야. 그리고 또 내 맵시는 가인의 맵시이며, 사프란 꽃의 빛깔은 다른 모든 빛깔을 능가하거든. 그래서 나의 자태는 불가사의며, 살빛은 경이야. 이 몸은 날씬하며 온갖 미의 소질을 갖춘 얻기 어려운 것이야. 또 내 살결은 본시 순수한 황금처럼 고귀하며, 그 얼마나 많은 자랑과 영예를 보여 주고 있는지 모를 지경이야. 나 같은 여자를 다음과 같이 노래부르고 있어. 들어봐.

  처녀의 살결은 황금색으로
  빛나는 태양과도 같고,
  금화를 보듯이 눈을 즐겁게 한다.
  눈동자가 내뿜는 일별도
  사프란 꽃처럼 빛나
  가장 밝은 달보다도
  더욱 찬연하게 보이네.

그래서 갈색 아가씨! 이제부터 네 험을 들어보겠다. 네 살결은 물소와도 같아, 누가 보더라도 몸부림친다니까. 신께서 만드신 것 중에서 그런 빛깔이 있다고 하면 그건 욕의 대상이 되며, 음식물 중에 있다면 독이 돼.

글쎄 네 빛깔은 똥파리 색이라니까. 비록 개에게라도 그런 빛깔이 섞여 있다면 그것은 추악한 표시가 되겠지. 수많은 빛깔 중에서도 사람을 깜짝 놀라게 하는 빛깔이며, 비탄을 나타내는 빛깔이야. 나는 아직 갈색 황금이니, 갈색 진주니, 갈색 보석이니 하는 소리를 들어본 적이 없어. 화장실에 들어가면 네 얼굴색은 변하고 나오면 추악한 중에서도 가장 추악한 꼴로 변해 있어. 정말 정체 모를 빛깔이라니까. 검은 색이라면 검어서 그런 대로 알 수 있는데, 그렇지도 않고 그렇다고 해서 또 흰색도 아니고. 마치 시인의 시에도 있듯이 조금도 쓸모가 없어.

더러운 먼지의 빛깔이로다.
그 여자는.
그 텁텁한 갈색은 곰팡이가 생겨
길 재촉하는 급사가 일으킨
흙먼지와도 같아 보인다.
저 이마, 눈 깜짝할 사이라도
나는 보지 않는다.
그러나 갈색 생각에 빠지면
마음은 더욱 울적해질 뿐."

"자, 앉아라. 이젠 됐다." 하고 말하는 주인의 말에 처녀가 앉자, 이번에는 주인이 가무잡잡한 처녀에게 신호했습니다. 자, 이 처녀는 미모와 귀염성에 있어 균형이 잡힌 더할 나위 없이 고귀한 기품의 전형이라고 할까, 살결은 맨들맨들하고, 맵시는 날씬하고, 키도 크고, 머리칼은 옻칠을 한 것처럼 새까맸습니다. 또 뺨은 장미색, 눈은 조물주의 손으로 까맣게 만들어졌고, 미목이 수려하고, 변설도 능란하며, 게다가 허리는 가늘고, 엉덩이는 컸습니다. 처녀는 일어서더니 입을 열었습니다.

"나를 만들어주신 알라를 칭송할진저! 문둥병자와 같은 희멀건 빛깔도 아니고 쓸개즙처럼 황색도 아니고, 숯같이 검은 살결도 아니라, 남자들의 넋을 빼고 말 살결로 만들어주신 신을 칭송할진저. 왜 그런고 하니 시인이라는 시인은 입을 모아 갈색 처녀를 칭찬하고, 그 빛깔이야말로 다른 모든 빛깔을 능가하고 있다고 노래부르고 있기 때문이야. '갈색에 찬사바치리' 하고 시인은 말하고 있지. 또 이런 시를 부른 시인에게 알라의 축복이 있기를 빌겠어.

> 갈색에는 신비가 깃들여 있다.
> 이것을 올바르게 이해할 수만 있다면
> 희건 빨갛건 다른 빛깔에
> 마음 빼앗길 일은 없으리.
> 청산유수와도 같은 말재주와
> 요염한 애욕의 교태를 내포한 그 맵시에서
> 하르트(탁락한 천사의 하나)조차도 큰
> 마술의 힘을 얻으리.

또 이런 시도 있으니 들어봐.

> 한들한들 얌전하게
> 발걸음도 가볍고, 키는 늘씬하게
> 삼하르가 벼르고 벼른
> 갈색 창처럼
> 쪽 곧고 가무잡잡한
> 처녀를 나에게 달라.
> 수심에 잠긴 듯 내리감은 눈꺼풀과
> 비단 같은 솜털 난 뺨을 드러내
> 연인의 마음을 태우는
> 가무잡잡한 처녀를 나에게 달라.

또 이런 시도 있으니 들어봐.

> 목숨을 걸고 나 말하리다.

갈색 살결 아름다워서
흰색이라곤 조금도 없어도
달보다 높은 자리 차지한다고
흰색을 빌려다
네 몸을 치장하면 그 모습
대번에 변모되어
굴욕으로 변해버리리라.
내가 취하는 것은 그 여자가 따른 술이 아니라,
그 여자의 사향내 풍기는 머리칼.
이거야말로 술보다 더해
온갖 사람들은 취하고 만다.
수많은 매력들 서로 다투어
시기함도 우습구나, 사람들은
그저 오직 그 얼굴에
돋아난 아름다운
솜털되기를 바랄 뿐.

이밖에 또 이렇게 노래부른 시인도 있으니 들어봐.

뻗어가는 참대를 방불케 하는
가무잡잡한 뺨에 나는
저 기막힌 비단 솜털에
왜 나를 접근하지 못하게 하는가?
시인이 가인을 칭찬한다면
왕관처럼 흰 수련을 기어오르는
개미 같은 갈색 얼룩 아름답구나.
두어라, 저 검은 눈동자 밑에 갈색 점 하나 있어
여자는 남의 눈을 끄느니라.
그렇다면 왜 사람들은

검은 점 하나 있는 내 얼굴을 탓하느뇨?
신이여, 제발
풍류 모르는 귀찮은 건달들을 쫓아버려주소서!

내 모습은 매력 그 자체, 무거운 엉덩이 위에 든든히 앉아 있단다. 왕후도, 군자도, 빈부의 구별없이 숭배하여 마지않으며 나의 이 살색을 한결같이 탐낸단다. 나는 쾌활하고, 활발하고, 아름답고, 품위있고, 살결은 맨들맨들하고, 몸값도 매우 비싸단다. 게다가 또 맵시도, 교양도, 말씨도, 나무랄 데가 없단다. 볼품도 근사하고, 기지도 있고, 기질도 명랑하며, 노는 솜씨도 천하일품이라니까. 그런데 넌 말이다, 루크문 근처에 자라 있는 당아욱 그대로요, 빛깔은 흑색에다 누런 줄이 있어, 모든 것이 낱낱이 유황으로 만든 것 같구나. 정말 무슨 여자가 그러냐, 몸값이라곤 일전 한푼의 가치도 없는 말라빠진 여뀌풀아. 놋쇠 냄비의 구리녹아, 어두운 밤의 올빼미 낯짝아, 지옥의 나무 자쿰의 열매야, 네 밤자리 동무는 가슴이 터져서 무덤 속에 묻혀 있는 것이 아니냐. 어디 하나 뜯어봐도 쓸모라곤 찾을 길도 없구나. 너 같은 여자를 시인은 이렇게 노래부르고 있으니 들어봐라.

병든 것도 아닌데, 그렇다고 해서
비탄에 젖은 것 같지도 않고
누렇게 뜬 그 얼굴은
나의 불행한 마음에
한층 더 짜증만 더하게 하여
두통거리로 만드는구나.
그대가 후회하지 않는다면
내 이가 모두 부서질지라도
얼굴에 입맞추어
벌을 주리다!"

처녀가 노래를 끝내자, 주인은 말했습니다. "그것으로 됐다! 앉아라."

— 샤라자드는 날이 훤히 밝아오는 것을 깨닫자, 여기서 허락된 이야기를 그쳤다.

• 338일째 밤

샤라자드는 이야기를 계속했다. 오, 인자하신 임금님, 가무잡잡한 여자가 노래를 끝내자, 주인은 말했습니다. "이젠 그것으로 됐다! 앉아라." 그러고 나서 처녀들을 화해시킨 다음 각자에게 호화로운 옷을 입히고 나서, 바다와 육지의 귀중한 보석을 선물로 주었습니다. 오, 충성된 자의 임금님, 저는 이 나이가 되는 이제까지 아직껏 어디서도 저 여섯 명의 처녀들만큼 아름다운 여자들을 본 적이 없습니다.

그런데 알 마아문은 바소라의 모하메드에게서 이 이야기를 듣자 그에게 말했습니다. "여봐라, 모하메드, 그대는 그 처녀들의 주인의 집을 알고 있느냐? 무슨 수를 써서라도 그 여자들을 살 수 없을까?" "오, 충성된 자의 임금님, 실은 들은 바에 의하면, 주인이라는 자는 그애들에게 너무도 반해 있으므로 웬만한 값으로는 내놓지 않을 거라고 생각됩니다." 그러자 교주는 말했습니다. "여자 하나에 금화 1만 닢, 전부 합쳐서 6만 닢 가지고 가봐라. 그 사람 집으로 가지고 가서 사 오너라." 그래서 바소라의 모하메드는 그 돈을 받아들고, 그 상인에게로 가서 참된 신자이신 교주의 뜻을 전했습니다. 주인은 교주의 뜻을 환영하기 위하여 그 값으로 처녀들을 내놓기로 하고서 알 마아문 교주에게로 보냈습니다. 교주는 그 즉시로 우아한 주택을 주고는 처녀들의 아름다움과 귀여움, 그리고 가지각색의 살색과 유창한 변설 따위에 경탄하면서 처녀들을 상대로 하여 주연을 베푸는 습관이 생겼습니다. 이렇게 하여 며칠이 지났습니다. 그러나 머지않아 이 처녀들의 그전 주인은 그녀들을 내놓은 것이 끝내 아쉬워서 충성된 자의 임금님에게 한 통의 편지를 보내 자기의 애절한 연정을 호소했습니다. 그 편지 가운데서 이런 시구가 들어 있었습니다.

  내 마음 빼앗겼네
  젊은 피에 빛나는
  여섯 명의 가인들에게.
  그러니 나 여섯 명에게
  인사말을 보냅니다!
  여섯 명의 그대들은 내 귀,
  내 눈, 내 생명,
  내 음식, 내 술,
  내 기쁨, 내 위안.
  지난 날의 아리따운 모습
  꿈엔들 어찌 잊으리오.
  그녀들이 떠나간 후로는
  나 밤마다 잠 못이루노라.
  아, 애통한 그리움이여
  오호라, 슬픈 눈물이여!
  인간세상을 진작 떠나버리면
  좋았을 것을 하고 헛되이 바라노라.
  활등처럼 굽은 그 눈썹
  활 그대로 화살을 메워
  나를 쏘았네.

그런데 이 편지가 알 마아문에게 전해지자, 교주는 여섯 명의 처녀들에게 비단옷을 입히고 6만 디나르의 돈을 덧붙여서 그전 주인에게 돌려보냈습니다. 주인은 더할 나위 없이 좋아했고(돈까지 덧붙여져 있었기 때문에 더욱 기뻐했던 것입니다), 환락을 그만두고, 사귐을 단절하는 자가 찾아올 때까지 처녀들과 함께 즐겁게 여생을 보냈습니다.
 또, 다음과 같은 이야기도 있습니다.

하룬 알 라시드 교주와 한 처녀와 아브 노와스

　충성된 자의 임금님 하룬 알 라시드 교주는 어느 날 밤 좀처럼 잠이 오지 않아 우울한 생각에 젖어 있었으나 이윽고 침상에서 일어나 궁정 회랑을 정처없이 걷고 있었습니다. 그러던 중 입구에 휘장을 늘어뜨린 방 앞을 지나다가 휘장을 쳐들어본즉, 방 저쪽 구석에 침대가 놓여 있고, 그 위에 자고 있는 사람같이 보이는 시커먼 것이 드러누워 있었습니다. 그 좌우에는 한 개씩 조그만 초가 타고 있었습니다. 교주는 그 광경을 이상하게 생각하면서 서 있었는데, 그때 문득 눈에 띈 것은 오래 묵은 술이 가득 들어 있는 술병으로, 그 주둥이에는 술잔이 덮여 있었습니다. 교주는 이 모양을 보고서 좀더 수상하게 생각하고는 "이 검둥이놈, 어떻게 이런 술을 구할 수 있었을까?" 하고 중얼거렸습니다. 그리고 나서 침상 옆으로 가까이 가서 보니까, 아니 이건, 자기 머리칼로 몸을 덮고 자고 있는 여자가 아니겠습니까? 얼굴을 가린 머리카락을 들치고 들여다보니 보름달처럼 잘생긴 처녀입니다. 그래서 교주는 손수 잔을 채워 처녀의 장미색 뺨을 위해 건배했습니다. 이윽고 처녀의 몸을 즐겨보고 싶은 생각이 났으므로 얼굴에 난 까만 점에 입을 맞췄습니다. 그러자 깜짝 놀란 처녀가 벌떡 일어나 버럭 소리를 질렀습니다. "오, 알라의 신임이 두터우신 분이시여! 이건 도대체 어떻게 된 일입니까?" 교주가 "내일 아침까지 환대를 기대하고서 그대를 찾아온 나그네요." 그러자 처녀는 대답했습니다. "그렇습니까! 그럼, 이 귀와 눈으로 모시겠습니다." 그리하여 두 사람은 함께 술을 마셨고, 그것이 끝나자 여자는 비파를 손에 들고 줄의 가락을 맞췄습니다. 그리고 스물한 곡을 연주한 다음 또다시 맨 처음 곡으로 되돌아가 가락도 흥겹게 이런 시구를 노래불렀습니다.

　　내 가슴 속의 사랑의 혀끝은
　　말하네
　　"한없이 그대를 사랑한다"고.
　　내 눈은 증명하리 세상사람들에게
　　오뇌와 이별 때문에
　　상처받고서 부들부들 떠는
　　이 가슴 속을.
　　내 생명을 좀먹는 사랑을 감출 길 없어
　　눈물 비오듯 넘쳐 흐르고,
　　내 괴로움은 더욱 더해만 갈 뿐.
　　운명이기에 어찌할 길이 없구나.

노래를 끝마친 처녀는 말했습니다. "오, 충성된 자의 임금님, 저는 지독한 학대를 받았습니다."

―샤라자드는 날이 훤히 밝아오는 것을 깨닫자, 여기서 허락된 이야기를 그쳤다.

　●339일째 밤

샤라자드는 이야기를 계속했다. 오, 인자하신 임금님, 그 처녀는 외쳤습니다. "저는 지독한 학대를 받았습니다." 교주가 "어째서, 또 누가 너를 몹시 학대했느냐?" 하고 묻자 처녀는 대답했습니다. "교주님의 아드님께서 전에 저를 10만 디르함에 사서 교주님에게 저를 바치실 작정이었습니다. 그러나 다른 사람 아닌 교주님의 왕비님께서 그 돈을 아드님에게 보내, 저를 이 방에 감금시켜 교주님 눈에 띄지 않도록 하라고 분부하셨던 것입니다." 이 말을 들은 교주는 "무엇이고 소원이 있거든 말해보라." 하고 말하자 처녀는 "내일 밤 저와 잠자리를 같이 해주십시오." 하고 대답했습니다. 교주는 "인샬라!" 하고 말하고서 여자를 남겨놓고 자리를 떴습니다.

그런데 이튿날 아침이 되자, 교주는 곧 거실로 가서 아브 노와스를 불렀습니다만 어디서도 그 모습이 눈에 띄지 않았으므로 시종을 시켜 찾아오라고 했습니다. 시종은 어느 선술집에서 노와스를 찾아냈습니다만, 아직 채 수염도 나지 않은 한 애송이를 위하여 쓴 1000디르함을 치르지 못해 인질로 잡혀 있는 중이었습니다. 이유를 물어본즉 아브 노와스는 미소년과의 사이의 경위로부터 은화 1000닢을 쓴 전말을 이야기했습니다. 그래서 시종이 말했습니다. "그럼 그 소년을 보여주십시오. 만일 그럴 만한 가치가 있다면 당신의 변명을 들어드리리다." 그러자 아브 노와스는 말했습니다. "잠깐만 기다리시오. 곧 나올 테니까요." 두 사람이 앉아 있는데, 거기 그 소년이 모습을 나타냈습니다. 하얀 속옷 밑에다 또 한 벌의 빨간 속옷을, 그 밑에다 또 한 벌의 새까만 속옷을 입고 있었습니다. 아브 노와스는 소년의 모습을 보자, 깊은 한숨을 쉬고서 그 자리에서 이런 시를 읊었습니다.

> 하얀 속옷을 입고
> 나타난 소년은
> 무엇이 괴로운지 시름에 겨워
> 눈도 눈꺼풀도 우수에 잠겼구나.
> "그대 인사는 반가울 텐데
> 인사도 하지 않고 그냥 지나가느냐?
> 그대 볼을 장미빛으로 물들이고
> 뜻대로 만드신
> 신의 조화를 칭송할진저!"

내가 이렇게 말하니 소년은
"말씀 마시오. 신의 조화는
끝없이 불가사의한 것
내 몸차림은 나의 얼굴과
나의 운명과도 흡사하여
세 벌이 다
하얀 데다 하얀 것을, 다시 하얀 것을
덧입었을 뿐."

수염도 나지 않은 소년은 이 노래를 듣자, 하얀 속옷을 벗고 빨간 속옷을 드러냈습니다. 아브 노와스는 그 모양을 보고 더욱 감탄하여 이런 시를 읊었습니다.

소년, 다시 한 번 아네모네의
진분홍 옷을 입고 나타났네.
'벗'이라 불리우는 원수인가.
나 수상히 여겨 말하기를
"그대는 보름달, 그 옷을 보면
빨간 장미도 무색하리
빨갛게 물들였는가 그 뺨은?
사랑하는 자가 흘린
피를 찍어 바른 것인가?"
소년이 대답하여 말하기를
"이것은 태양의 속옷
급히 서쪽으로 넘어갈 때
나에게 주신 옷이로다.
그러니 옷과 포도주와
뺨의 빛깔, 이 세 가지는
세 겹으로 겹친 분홍빛이외다."

노래가 끝나자, 수염이 나지 않은 소년은 빨간 속옷을 벗어버려 까만 속옷 한 벌만 남았습니다. 아브 노와스는 이 모양을 보자, 더욱 감탄하여 소년을 지켜보면서 이런 시를 읊었습니다.

　까만 옷을 입은 소년은
　암흑 속에서도 빛나면서
　사람의 마음을 괴롭히도다.
　"시기하는 자를 기쁘게 하며
　내 옆을 인사 한마디도 없이 지나가느뇨?
　그대의 옷은 검은 머리인가
　내 운명을 닮았구나
　까만 색을 세 겹으로 겹쳤으니."

이 모양을 보고 소년에게 반한 아브 노와스의 가슴 속을 알게 된 시종은 교주에게로 돌아가 자초지종을 보고했습니다. 그러자 교주는 은화 1000 닢을 가지고 가서 아브 노와스의 신병을 빼내 오라고 명령했습니다. 그래서 시종은 곧 아브 노와스에게로 되돌아가서 술값을 치른 후 그를 교주에게로 데리고 왔습니다. 교주가 "이런 말이 들어 있는 시를 하나 지어주지 않겠나? '오, 신의 은총 두터운 자여, 이게 어찌 된 일이옵니까?'"하고 말하자 아브 노와스가 "알았습니다, 충성된 자의 임금님." 하고 대답했습니다.

　―샤라자드는 날이 훤히 밝아오는 것을 깨닫자, 여기서 허락된 이야기를 그쳤다.

● 340일째 밤

샤라자드는 이야기를 계속했다. 오, 인자하신 임금님, 아브 노와스는 "알았습니다. 충성된 자의 임금님!" 하고 대답하고 나서 곧 이런 시를 지었습니다.

잠 못 이루는 기나긴 밤에
생각은 흩어지고 몸은 지쳐
자리를 떠 궁전을 나와
후궁 안을 거닐었노라.
문득 눈에 띈 검은 그림자
그것은 잘 보니 흑발로
흰 알몸을 가린 처녀.
빛나는 달과 같고
버들가지를 연상시키는
꽃도 무색할 정도의 처녀.
나는 한 잔 처녀를 위해 건배하고
옆으로 다가가 그 뺨의 검은 점에 입맞추었네.
처녀는 벌떡 일어나
꿈이 아닌가 놀라며
몸을 비트는 그 자태는
비에 젖어 흔들리는
가는 가지가 무색할 정도.
이윽고 처녀는 몸을 일으켜
"신의 은총도 두터우신 어른
이는 어찌 된 일이옵니까?"
"그대의 집을 찾아온
나그네, 내일까지
그대의 환대를 원하노라."
"아, 임금님, 기꺼이
귀와 눈으로, 진정으로써 모시오리다.
저를 찾아오신 손님을."

교주는 "이건 정말 빈틈없는 놈이로군! 마치 내 옆에서 본 거나 다름없이 시를 읊다니." 하고 말하고서 그의 손을 잡고 아까 그 처녀 있는 데로 데리고 갔습니다. 아브 노와스는 옷을 입고 푸른 베일을 걸친 처녀를 보자, 탄성을 지르며 즉석에서 이런 시를 지었습니다.

    푸른 베일을 걸친
    이목수려한 처녀에게 찬사를 보내리.
    "아, 내 생명이여! 신께 맹세코
    괴로워하는 자를 불쌍히 여기소서.
    가인의 야속한 처사에
    사랑하는 사나이는 한숨지어
    가슴은 터지고, 영혼마저도
    갈갈이 찢겨지는 심정이어라!
    그대의 매력과 자못 흰
    볼에 맹세코 말하노니!
    사랑 때문에 마음 찢긴
    미친 사나이를 불쌍히 여겨
    그 곁으로 바싹 다가가
    사랑의 탄식을 씻어볼까나.
    어리석은 무리들이 하는 말에
    꿈엔들 어찌 귀를 기울일쏘냐."

그가 노래를 끝내자 처녀는 교주 앞에 술을 늘어놓고, 자기는 비파를 손에 들고 가락도 흥겹게 이런 노래를 불렀습니다.

    그대의 정은 바람기가 아닌지
    사나이의 마음과 가을 하늘은 변덕스러워
    내일이 되면 나를 버리고
    다른 여자를 찾는 것이 아닐까?

판관님 앞에 나가
　　당신의 바람기 호소하면
　　나의 변명 이길 겁니다.
　　당신의 문앞을 지나는 것마저
　　마다하면 나는 먼발치에 서서
　　당신이 내 인사에 답하는 것을
　　가만히 지켜보고 있으오리다.

　교주는 처녀에게 일러 연신 아브 노와스에게 술을 권하게 했으므로 끝내 아브 노와스는 곤드레만드레가 되고 말았습니다. 그러자 이번에는 교주 자신이 잔에 가득 술을 따라 권했으므로 아브 노와스는 그 잔을 받아 마시고는 그대로 잠이 들어버렸습니다. 이윽고 충성된 자의 임금님은 처녀에게 아브 노와스의 손에서 잔을 빼앗아 감추라고 일렀습니다. 처녀가 잔을 빼앗아 허벅다리 사이에다 감추자, 교주는 언월도를 뽑아들고 아브 노와스 머리맡에 서서 칼끝으로 머리를 찔렀습니다. 아브 노와스는 깜짝 놀라 눈을 떠 보니 머리맡에 칼을 뽑아든 교주가 장승처럼 서 있었으므로 취기가 당장에 깨고 말았습니다. 그러자 교주는 말했습니다. "내 잔이 어떻게 되었는지 시로 대답해보라. 못하면 네 목을 치겠다." 아브 노와스는 즉석에서 다음과 같은 시를 지었습니다.

　　정말 멋없는 말이외다.
　　술잔 훔친 도둑은
　　바로, 저기 있는 저 새끼사슴!
　　마시기도 핥기도 전에
　　흥겨운 맛도 보기 전에
　　잔을 빼앗기고 말았고나.
　　감춘 곳은 그 어떤 곳으로
　　내가 오로지 그리워 마지않는

슬픈 곳이긴 하지만
그곳을 마음대로 하시는
임금님이 무서워서 말 못하겠나이다.

그러자 교주는 외쳤습니다. "알라에게 얻어맞고 꺼꾸러져라! 도대체 어떻게 그걸 알았느냐? 하지만 네 말이 옳다." 그러고 나서 어의와 1000디나르의 돈을 하사했으므로 아브 노와스는 기뻐하며 어전을 물러났습니다.
또, 이런 이야기도 전해 내려오고 있습니다.

개밥 그릇으로 쓴 황금 접시를 훔친 사나이

그리 먼 옛날의 이야기는 아닙니다. 어떤 사나이가 자꾸만 늘어가는 빚에 쪼들려 끝내 참다 못해 처자와 식구들을 버리고 미칠 것 같은 심정으로 여행을 떠났습니다. 정처없이 떠돌아다니고 있던 중 이윽고 높은 성벽으로 둘러싸이고 기초가 잘 된 어느 도성에 당도했습니다. 이 사람은 처량한 꼴로 고픈 배를 움켜쥐고서 녹초가 되어 도성으로 들어섰던 것입니다.

중심가를 걷고 있노라니까, 지체높은 사람들의 무리가 지나가고 있었으므로, 그 뒤에서 따라가본즉 일행은 왕궁 같은 집으로 들어갔습니다. 그도 그들 뒤를 따라들어갔는데, 일행은 걸음을 멈출 기색도 없이 자꾸만 안으로 들어가 어느 커다란 방의 상석에 앉아 있는 보기에도 늠름하고 훌륭한 풍채를 한 사람 앞으로 걸어갔습니다. 그 사람은 어느 재상의 후사이기라도 한 듯 측근에는 시동이며 내시들이 늘어서 있었습니다. 그 주인은 손님 일행을 보자, 일어서 인사를 하고 공손히 맞아들였습니다. 그러나 예의 그 불쌍한 사나이는 자신의 대담한 행동에 자기도 모르게 어리둥절해지고 말았습니다.

―샤라자드는 날이 훤히 밝아오는 것을 깨닫고, 여기서 허락된 이야기를 그쳤다.

- **341일째 밤**

  샤라자드는 이야기를 계속했다. 오, 인자하신 임금님, 예의 그 불쌍한 사나이는 호화로운 방과 하인과 시종들이 득실거리고 있는 모양을 보고서 자신의 뻔뻔스러운 행동에 어리둥절해지고 말았습니다. 그래서 어찌할 바를 모르고 목숨을 빼앗기면 큰일이라 싶어 사람 눈에 띄지 않는 먼 곳으로 물러나 앉았습니다. 그런데 난데없이 어떤 사람 하나가 사냥개 네 마리를 끌고 들어왔습니다. 어느 개나 모두 여러 가지 생사와 금실로 짠 옷을 입고 있고, 목에는 은사슬이 달린 황금 목걸이가 걸려 있었는데, 개들은 각기 특별히 마련된 장소에 매어졌습니다. 주인은 어디론가 사라졌다가, 맛있는 음식을 가득 담은 황금 접시를 들고 돌아와서는 이것을 하나씩 개들에게 나누어주었습니다. 그러고 나서 또 그곳을 떠나버렸는데, 불쌍한 사나이는 굶주림에 못이겨 개 먹이를 힐끔힐끔 바라보았습니다. 개 옆으로 가서 개와 같이 먹어볼까도 생각해보았지만, 그것은 무서워서 그만두었습니다.

  다행히도 그중 한 마리가 이 사나이를 알아보고서 전능하신 알라의 은전이라고나 할까 이쪽 딱한 사정을 잘 알았다는 듯이 저만큼 자리를 비켜주었습니다. 자, 어서 와서 배불리 잡수시오, 하는 것만 같았습니다. 이윽고 사나이는 실컷 먹고서 물러서려고 하는데, 개는 접시마저 가져가라는 듯이 앞발로 그 요리가 든 접시를 사나이에게로 밀어주었습니다. 그래서 사나이는 그 접시를 들고 그 집을 나왔는데, 다행히도 아무도 뒤를 따라오는 사람이 없었습니다. 사나이는 또 다른 도시로 여행을 떠나 거기서 접시를 팔아, 그 돈으로 상품을 사들여 고향으로 돌아왔습니다.

  고향에서는 사온 상품을 팔아 빚을 갚고, 점차로 재물을 늘려 끝내는 큰 재산가가 되었습니다. 그동안 자기 나라를 한 걸음도 떠난 적이 없었던 사나이는 몇 년 후에 이런 생각이 들었습니다. "나는 무슨 일이 있어도 꼭 접시 주인이 있는 도시로 가서 상당한 사례를 하고, 그 사람의 개가 준 만큼의 것을 돌려줘야겠어."
 그래서 사나이는 접시값에 상당하는 돈과 선물을 가지고 여행길에 올랐습니다. 밤낮을 가리지 않고 여행을 계속하여 마침내 그 도시에 당도했습니다. 그리하여 도성 안으로 들어가 그 집을 찾았지만, 그 근처는 온통 폐허로 변해 까마귀만이 슬피 울고 있을 뿐, 집은 허물어지고 모든 것이 다 변해버린 상태였습니다. 이것을 보고서 몹시 슬퍼져 사나이는 이런 시구를 중얼거렸습니다.

> 보물의 방은 텅 비어
> 두려움도 모르고 믿음도 없는
> 텅 빈 마음과 흡사하구나.
> 산천도 변하여 영양도
> 새끼사슴도 옛모습이 아니고
> 눈에 익은 모래언덕조차도
> 그전 모습이 아니로구나.

또 이런 시도 읊었습니다.

> 스아다의 환상 꿈에 나타나
> 벗들 모두 잠든 새벽녘에
> 나를 깨웠네, 눈을 떠보니
> 벌써 환상은 사라지고
> 대기는 막막, 아득한 저 멀리
> 절 한 채 보이누나.

 그런데 이 사나이는 이와 같은 허물어진 폐허와 세월의 조화 앞에 그 옛적 견고했던 것이 흔적도 없이 사라져버린 광경을 목전에 보고서, 그 이유를 물어본들 소용없다는 것을 깨달았습니다. 발길을 돌려 돌아오고 있는데, 이윽고 보기에도 소름이 끼치고 바위조차도 마음이 흔들릴 만한 비참한 꼴을 한 사나이 하나를 만나 그에게 물었습니다. "여보! 저 집 주인은 어떻게 되었소? 그 아름다운 여인들, 휘황찬란한 보름달 같은 처녀들, 기라성 같은 가인들은 어디 있는 거요? 그 사람의 집이 폐허가 되다니 어떻게 된 일이요? 남아 있는 것이라고는 벽뿐이니." 그러자 상대방 사나이는 "그 주인이란 사람이 지금 당신 앞에 서 있는 이 비참한 사나이요. 알거지가 된 것을 한탄하고 있을 뿐이지요. 그런데 말이요. 노형은 사도(알라의 축복과 가호 있으시기를!)의 말씀을 모르시오? 그것을 외고 있으면 교훈이 되고, 그것을 훈계삼아 옳은 길을 걷고 싶다고 생각하는 사람에게는 참으로 좋은 훈계가 되는 말씀 말이오. '진정 전능하신 알라께서는 이 현세에서 번영케 하시지만, 또 반드시 다시 멸망케 하시기도 하느니라.' 왜 이렇게 망했느냐고 묻기 전에 운명의 영고성쇠를 잘 생각해본다면 별로 이상할 것도 없지 않겠소. 나는 그 옛날, 여기 이 땅을 다스리고, 집을 짓고, 기반을 굳건히 하여 살아 왔소. 휘황찬란한 보름달 같은 미녀들을 거느리고, 호화스럽게 주위를 장식하고, 눈이 부실 정도의 처녀들과 사치스러운 가구집기들을 소유하며 이 세상이 내 세상인가 싶을 정도로 영화를 누렸다오. 그런데 세월이 흐름에 따라 재산도 하인도 다 없어지고, 알라께서 내리신 물건은 모두 돌려드렸지요. 게다가 세월은 몰래 감춰둔 허다한 재앙을 내 머리 위에다 퍼부었소. 그건 그렇고 당신이 여길 찾아온 데에는 그 무슨 까닭이 있는 것 같은데 상관없다면 이야기해줄 수 없겠소?"

그래서 부자가 된 이 사나이는 몹시 상심해 하면서도 자초지종을 이야기한 다음 이렇게 덧붙였습니다. "실은 당신에게 누구나 다 부러워할 만한 선물과 내가 가지고 간 황금 접시 대금을 가지고 왔습니다. 내가 가난뱅이에서 부자가 되고, 일단 내버렸던 집을 재건하고, 여러 가지 난국을 헤쳐나갈 수 있었던 것은 오로지 그 접시 덕택이었으니까요." 그러나 상대방 사나이는 머리를 설레설레 가로저으며 자기 운명을 탄식하면서 다시 말을 이었습니다.

"아니, 여보시오! 당신 돌았소? 정신이 올바른 사람이 하는 짓이 아니구려. 내 개가 당신에게 황금 접시를 주었다고 한들, 이제 내가 새삼스럽게 뻔뻔스럽게도 개가 준 물건의 대가를 되돌려 받겠소? 참 이상한 일도 다 있구려. 비록 내가 이 처지에 빠졌다 한들 당신한테서 무엇 하나 난 받을 수 없소. 어림도 없는 소리! 손톱만한 것도 받을 수 없어! 자, 몸성히 무사히 당신 나라로 어서 돌아가시오." 이 말을 듣고, 상인은 상대방 사나이의 발에 입맞추고서 작별을 고하고 고향으로 돌아왔으나 도중 내내 그를 칭찬하며 이런 시구를 중얼거렸습니다.

사람들도 개들도 모두
떠나가면,
개들에게도, 세상 사람들에게도
평안하라고 기도하리라!

알라는 전지전능하신 신이옵니다! 또 이런 이야기도 전해 내려오고 있습니다.

알렉산드리아의 사기꾼과 경비대장

 옛날 옛적에 알렉산드리아라는 경비가 잘 되어 있는 항구 도시에 후삼 알 딘, 즉 '신앙의 날카로운 칼'이라는 별명으로 통하는 경비대장이 있었습니다. 어느 날의 일이었습니다. 근무중 별안간 기병 하나가 뛰어들어와 말했습니다. "실은 경비대장님, 나는 어젯밤 이 도시에 들어와, 이러이러한 여관에 들었는데 한 너댓 시간 정도 잠을 잤을까요, 문득 눈을 떠 보니, 안장 주머니가 찢어져 있고, 금화 1000 닢이 들어 있는 지갑이 온데 간데가 없습니다." 기병의 말이 채 끝나기도 전에 경비대장은 경비청의 주요간부들을 불러 주막에 들어 있는 손님 전부를 체포하여 아침까지 감방에 가둬두라고 명령했습니다. 그리고 이튿날 아침이 되자, 형벌에 사용하는 곤장 등을 가져오라고 한 다음 혐의자들을 감방에서 끌어내어 피해자 앞에서 자백할 때까지 곤장을 가하라고 명령했습니다. 그러자 그때 사나이 하나가 군중을 헤치고 경비대장 앞으로 나왔습니다.

 ─샤라자드는 날이 훤히 밝아오는 것을 깨닫고, 여기서 허락된 이야기를 그쳤다.

 • 342일째 밤
 샤라자드는 말을 이었다. 오, 인자하신 임금님, 경비대장이 이제라도 당장 고문을 시작하려고 하는데, 갑자기 한 사나이가 군중을 헤치고 경비대장과 기병 앞으로 나와 말했습니다. "여보세요, 나리. 이 사람들을 놔주세요. 아무 죄도 없는 사람들이니까. 이 기병의 지갑을 훔친 놈은 저올시다. 자, 보세요. 안장 주머니에서 훔친 지갑은 여기 있습니다." 그러면서 소매 속에서 지갑을 꺼내서 후삼 알 딘 앞에 놓았습니다. 그래서 경비대장 후삼 알 딘은 옆에 있는 기병에게 말했습니다. "이건 당신 돈이오. 가져가시오. 이젠 주막 사람들의 혐의가 없어졌군."

이 광경을 보고서 거기 있던 사람들은 모두 이구동성으로 도둑을 칭찬하며 축복 있으라고 기원했습니다. 그러나 정작 도둑은 말했습니다. "여보세요, 나리. 저의 묘한 재간은 손수 자수하여 지갑을 내놨다는 점에 있는 것이 아닙니다. 오히려 저 기병으로부터 지갑을 훔쳐내는 요령에 있다고 하겠습니다." 경비대장이 "이봐, 사기꾼. 도대체 어떻게 지갑을 훔쳐내겠다는 거야?" 하고 묻자, 도둑은 대답했습니다. "경비대장 나리님, 저는 언젠가 카이로의 환전시장에 나가 서 있었습니다. 그러자 이 병사가 금화를 환전하여 그 지갑 속에 넣는 것이 눈에 띄었습니다. 그래서 저는 뒷골목에서 뒷골목으로 뒤를 따라다녔지만 공교롭게도 도무지 훔칠 기회가 오지 않았습니다. 이윽고 병사가 카이로를 떠났기 때문에 저도 또한 이 도시에서 저 도시로 뒤를 쫓으며 지갑을 훔쳐낼 계획을 이리저리 짠 것입니다. 그러나 영 신통한 기회가 오지 않았습니다. 이윽고 병사가 이 도시로 왔기 때문에 저도 주막까지 추적한 셈이지요. 이웃 방에 들어 병사가 잠에 빠지기를 기다리고 있는데, 마침 코고는 소리가 들렸습니다. 그래서 발소리를 죽여가며 몰래 들어가 이 조그만 칼로 안장 주머니를 찢고서 감쪽같이 이렇게 지갑을 훔친 것입니다." 그렇게 말하면서 도둑은 한 손을 뻗쳐 경비대장과 병사의 눈앞에서 지갑을 집었습니다. 경비대장도 병사도 또 거기 있는 사람들도 마음 놓고 도둑이 하는 짓을 지켜보고 있었으나, 누구나 다 그것은 안장 주머니에서 돈을 훔쳐내는 것을 재연해보이려는 시늉으로만 생각하고 있었습니다.

그런데 아 이게 웹니까! 도둑은 다짜고짜로 뛰기 시작하더니 곧바로 옆에 있는 물이 고인 웅덩이로 뛰어들고 말았습니다. 경비대장이 부하들에게 "저 도둑을 잡아라!" 하고 명령했으므로 많은 사람들이 뒤를 쫓았습니다. 그러나 그들이 옷을 벗고 채 계단을 다 내려가기도 전에 벌써 도둑은 모습을 감춰 아무리 찾으려 해도 찾을 길이 없었습니다. 그도 그럴 것이 알렉산드리아의 뒷골목은 모두가 서로 얽혀 있었기 때문입니다. 그래서 부하들은 지갑을 되찾지도 못하고 돌아올 수밖에 별도리가 없었습니다. 그러자 경비대장은 그 병사에게 말했습니다. "당신은 이젠 주막 사람들에게는 뭐라 할 말이 없소. 훔친 장본인이 나타나 돈을 되찾고서도 당신이 간수를 잘못해서 그 꼴을 당했으니." 그래서 기병은 돈을 빼앗긴 채 할 수 없이 풀이 죽어 물러갔습니다. 주막 사람들도 기병과 경비대장의 손에서 풀려나게 되었으니 이것이 모두 전능하신 알라의 뜻에 의한 것이었습니다.

또 이런 이야기도 있습니다.

알 말리크 알 나시르와 세 명의 경비대장

그 옛날, 알 말리크 알 나시르 교주는 카이로, 브락크(나일강가의 카이로의 외곽도시), 포스타트(속칭 구 카이로로 불리우며, 별개 지역이다.)의 세 경비대장들을 불러놓고 말했습니다. "귀관들 각자에게 재직중 일어난 가장 이상한 사건에 관하여 듣고 싶은데 이야기해 줄 수 없겠소?"

──샤라자드는 날이 훤히 밝아오는 것을 깨닫고, 여기서 허락된 이야기를 그쳤다.

• 343일째 밤

샤라자드는 말을 이었다. 오, 인자하신 임금님, 알 말리크 알 나시르 교주는 세 사람의 경비대장에게 말했습니다. "귀관들 각자에게 재직중 일어난 가장 이상한 사건에 관하여 듣고 싶은데 이야기해줄 수 없겠소?" 세 명의 경비대장들은 이구동성으로 "네, 알았습니다." 하고 말했습니다만, 이윽고 카이로의 경비대장이 "그럼, 제가 먼저 이야기하겠습니다. 임금님, 제 재직중에 일어난 가장 이상한 사건이라 하면, 이런 사건입니다." 하고 나서 다음과 같은 이야기를 시작했습니다.

카이로의 경비대장 이야기

　카이로 시에 살인사건이나 상해사건의 증인으로서는 안성맞춤인 평판이 좋은 두 명의 사나이가 있었습니다. 그러나 이 두 사람은 실은 사람 눈을 피해서 천한 여자들을 상대로 하여 간통하기가 일쑤요, 주색에 빠지고, 망측한 짓을 식은죽 먹듯이 하는지라 (무척 말려보기는 했지만) 전혀 견책의 보람이 없어, 끝내는 나도 정이 떨어져 그만 손을 들고 말았습니다.
　그래서 저는 선술집, 과자가게, 과일가게, 초가게, 갈보집, 창녀집에 명을 내려 이 선량해 보이는 두 사나이가 같이 또는 혼자서 주색이나 그 밖의 음탕한 행위에 빠져 있는 것을 보면 밀고하도록, 그리고 또 두 사람이거나 어느 한 쪽이 주연이나 놀이판을 열기 위하여 가게에서 무엇을 사갈 때에는 판 사람은 지체없이 알리라고 명령했던 것입니다. 부하들은 "알았습니다." 하고 대답했습니다. 그러던 어느 날 밤, 사나이 하나가 저에게 와서 예의 그 두 증인이 "이러저러한 도시의 이러저러한 집에서 터무니 없는 망측한 짓을 하고 있습니다." 하고 밀고했습니다. 그래서 저는 변장하여 부하 하나를 데리고 부랴부랴 그 집을 찾아가 문을 두드렸습니다. 그러자 노예 계집 하나가 나와 문을 열고서 "누구십니까?" 하고 물었지만, 저는 대답도 하지 않고서 안으로 들어갔습니다. 보자니, 제가 찾고 있는 두 사나이와 이 집 주인이 창녀들을 앞에 놓고 앉아 있는 것이 아니겠습니까? 술도 잔뜩 앞에 놓여 있었습니다. 두 사람은 나를 보자, 일어서서 맞았습니다. 그리고 저를 윗자리에 앉히고는 환대하며 "이거 진객이 오셨군요, 환영합니다. 반가운 술친구 만세!" 이런 식으로 두 사람은 조금도 놀라거나 난처해 한다거나 하는 기색도 없이 저를 맞이한 것입니다. 이윽고 주인이 자리를 뜨더니 잠시 후에 300디나르의 돈을 가지고 돌아왔습니다. 그러자 두 사람은 조금도 두려워하는 기색도 없이 "저, 나리. 아니 경비대장님, 그야 당신은 우리들에게 욕을 보이거나, 벌을 주거나, 아니 그 이상의 것도 직권으로 능히 하실 수 있을 테죠. 그러나 그런 짓을 해봤댔자 결국에는 정나미만 떨어졌지 아무 이득이 될 것이 없을 것입니다. 그러하오니 이 큰 돈을 받으시고 우리들을 좀 눈감아주시는 편이 나을 거라고 생각합니다. 전능하신 알라께서는 수호자라고 불리시고, 이슬람교도의 이웃을 수호하는 신의 머슴들을 사랑하고 계시지 않습니까? 그러니까 눈만 감아주시면 이 세상에서도 저 세상에서도 그에 상응하는 보답을 받게 되실 것입니다." 그래서 저는 마음 속으로 생각해보았습니다. '이 돈을 받아두고, 이번 만큼만은 눈감아주자, 그러나 앞으로 다시 한 번 내 손에 잡히는 날에는 그때에는 너희들은 없다.' 이렇게 생각한 것도 말하자면 돈의 유혹에 졌기 때문입니다. 그래서 저는 그 돈을 받아가지고 누가 알까 싶어 그 집을 나온 것입니다.

그런데 그 이튿날 뜻밖에도 재판관의 사자가 와서 말했습니다. "저 경비대장님, 재판관께서 뵈올 일이 있으신 것 같은데, 수고스러우시지만, 좀 오실 수 없겠느냐는 것입니다." 저는 뭐가 뭔지 전혀 사정을 모르는 채로 사자를 따라 재판관에게로 갔습니다. 그러자 어제 그 두 사람과 저에게 돈을 준 주인이 재판관 앞에 벌써 와 있는 것이 아니겠습니까? 내 모습을 보자, 주인은 일어서 저에게 300디나르의 돈을 갚으라고 요구했는데, 저는 그 부채를 거절할 수가 없었습니다. 그것도 그럴 것이 그 사람은 차용증을 한 통 내보인 외에 두 증인이 저에게 300디나르의 부채가 있다고 불리한 증언을 했으니 말입니다. 세 사람이 든 증거에 의해 재판관은 저에게 그 돈을 지불하라고 명령했습니다. 금화 300닢을 세 사람에게 내놓고서 저는 겨우 법정을 나왔습니다. 저는 배짱을 내세우지도 못하고, 망신을 톡톡히 당하고서 화를 내며 그 자리를 떠났습니다만, 언젠가는 꼭 복수를 하겠다고 맹세한 것입니다. 이것이 제가 재직중 겪은 가장 두드러진 사건입니다.
 그러자, 브락크의 경비대장이 일어서서 "오, 임금님, 이번에는 제 차례입니다. 경비대장이 된 이래 제가 겪은 가장 이상한 사건이라고 할 수 있는 것은 이런 사건입니다." 하고 말하고서 이야기를 하기 시작했습니다.

브락크의 경비대장 이야기

 저는 그 옛날, 꼬박 금화 30만 닢(과장적인 표현)의 빚을 지고 말았습니다. 생각다 못해 수중에 있는 물건을 뭐나 닥치는 대로 팔아버렸습니다만, 그래도 겨우 10만 디나르밖에 장만하지 못했습니다.

 ─샤라자드는 날이 훤히 밝아오는 것을 깨닫고, 여기서 허락된 이야기를 그쳤다.

• 344일째 밤

 샤라자드는 말을 있다. 오, 인자하신 임금님, 브락크의 경비대장은 이야기를 계속했습니다.
 그래서 저는 제 수중에 있는 모든 것을 다 팔아버렸습니다만, 그래도 겨우 10만 디나르밖에 장만하지 못해, 정말 어찌할 바를 몰랐습니다. 어느 날 밤, 그런 모양으로 끙끙 앓으면서 집에 틀어박혀 있자니까, 누군가 문을 두드리는 사람이 있었습니다. 하인 하나에게 "누가 왔는지 가보고 오너라." 하고 말하자, 하인은 나갔다가 곧 돌아왔는데, 얼굴색이 누렇게 질리고, 겨드랑이 근육이 부들부들 떨리고 있었습니다. "웬일이냐?" 하고 물었더니 하인은 대답했습니다. "문간에 웬 사람이 하나 있습니다. 가죽 옷 하나만 입고 있는데 반나체와 마찬가지고, 손에는 칼을 뽑아들고, 허리에는 단

검을 차고 있습니다. 같이 온 사람도 똑같은 몸차림새인데, 나리를 만나뵙고 싶다는 것입니다." 저는 칼을 집어들고, '어떤 놈들이기에 버르장머리없이'라고 생각하면서 문간으로 나갔습니다. 그러자 역시 하인이 얘기한 대로의 놈들인지라 "도대체 무슨 용건들이냐?" 하고 물었습니다. 그러자 놈들은 "우리들은 도둑들인데, 오늘 밤에는 아주 근사한 일을 해치웠다오. 그래서 장물을 당신에게 주어 당신 형편을 좀 도와드리고 싶었던 것이오. 그러면 당신의 두 통거리인 빚도 이걸로 결말이 날 테니까요." 하고 말하길래 저는 "그 장물이라는 것이 어디 있느냐?" 하고 물었습니다. 그러자 그들은 금은 그릇이 가득 든 큰 상자를 지고 들어왔습니다. 그것을 보고 저는 크게 기뻐하면서 마음 속으로 중얼거렸습니다. '옳지, 이것만 있으면 내 빚은 깨끗이 결말이 날 것이다. 그러고도 그만큼의 금화가 남게 될 것이다.'

그래서 저는 그 금은 그릇을 받아들고 안으로 들어왔습니다만, "저 놈들을 빈 손으로 보낸다는 것은 이쪽 체면이 서지 않겠다." 하고 혼자 생각했습니다. 이런 까닭으로 당장 가지고 있던 예의 그 10만 디나르를 갖다가 그들의 온정에 감사하면서 주었습니다. 그들은 그 돈을 품안에 넣고서 남의 눈에 띨세라 밤의 어둠을 타고 모습을 감췄습니다.

그런데 이튿날 아침, 상자 안의 물건을 잘 살펴보니, 금은을 위에 입힌 구리와 주석뿐인지라, 잘해야 겨우 500디르함의 값어치밖에 안되는 것이었습니다. 제가 장만한 돈은 이렇듯 없어졌고, 설상가상으로 고통은 가중될 뿐, 이 사건은 저에게는 정말 원통하기 짝이 없는 일이었습니다. 이것이 재직중에 제가 겪었던 가장 두드러진 사건이었습니다.

그러자, 이번에는 구 카이로의 경비대장이 일어서서 "오, 충성된 자의 임금님, 제가 경비대장직에 앉은 이래 제가 겪었던 이상한 사건이라고 할 만한 것은 다음과 같습니다." 하고서 이야기를 시작했습니다.

구 카이로의 경비대장 이야기

저는 일찍이 10명이나 되는 밤도둑들을 각각 다른 교수대에서 처형한 후에 특히 호위병들에게는 시체를 잘 감시하여 도둑당하지 않도록 단단히 조심하라고 명령했습니다. 이튿날 아침, 제가 현장을 보러 갔더니 한 교수대에 두 시체가 매달려 있으므로 호위병에게 물었습니다. "누가 이런 짓을 했느냐? 열번째 교수대는 어디 있느냐?" 그러나 호위병들은 아무것도 모른다고 버티므로 사실을 자백할 때까지 때리려고 했습니다. 그러자 그들이 말하기를 "실은 경비대장님, 어젯밤 저희들은 잠이 들었습니다. 눈을 떠보니, 누군가가 교수대째 시체를 하나 훔쳐 가버렸습니다. 저희들은 깜짝 놀라 대장님이 아시면 노발대발하실 것을 생각하니, 겁이 더럭 났습니다. 그런데 때마침 당나귀를 탄 농부 하나가 지나갔습니다. 그래서 저희들은 그 농부를 붙잡아 죽인 다음 없어진 도둑의 시체 대신으로 이 교수대에 농부의 시체를 매달았습니다."

저는 이 말을 듣고 깜짝 놀라 "그 농부는 무엇을 가지고 있었더냐?" 하고 물었습니다. "당나귀에 안장 주머니를 한 쌍 달고 있었습니다." "그 속에 무엇이 들어 있더냐?" "저희들은 모릅니다." "그럼 이리 가지고 오너라." 호위병들이 그 안장 주머니를 가지고 오자, 저는 열라고 명령했습니다. 그러자 뜻밖에도 토막을 친 한 사나이의 시체가 들어 있는 것이 아니겠습니까? 저는 이 광경을 보고서 이상하게 생각하고서 마음 속에서 외쳤습니다. "이건 귀신이 곡할 노릇이야! 저 농부가 목이 달려 죽은 것도 결국은 손수 살인죄를 저질렀기 때문이었구나. '너희들의 신은 그 종에게 불공평하게 굴지 않으시니'(코란 제41장 제46절)군."

또 이런 이야기도 있습니다.

도둑과 환전꾼

어느 때인가 어느 환전꾼이 금화가 든 주머니를 메고 한 떼의 도둑들 옆을 지나갔습니다. 그러자, 도둑 하나가 다른 패거리들에게 말했습니다. "나 혼자서 저 주머니를 훔칠 테니 두고보라구." "무슨 방법으로 훔치려는 거야?" 패거리들이 묻자, 그 도둑은 "모두 잘들 보고 있어!" 하고 대답하고는 그 환전꾼 뒤를 따라갔습니다. 환전꾼은 자기 집으로 들어가 주머니를 선반 위에 올려놓고서 당뇨병에 걸려 있었으므로 노예 계집에게 "물병을 가져오너라." 하고 명령하고는 소변을 보러 화장실로 들어갔습니다. 노예 계집은 물병을 들고 화장실로 따라가며, 문을 활짝 연 채로 내버려두었기 때문에 도둑은 안으로 몰래 들어가 돈주머니를 움켜쥐기가 무섭게 패거리들이 있는 데로 부리나케 도망쳐 왔습니다. 그러고는 자초지종을 패거리들에게 들려주었습니다.

—샤라자드는 날이 훤히 밝아오는 것을 깨닫고, 여기서 허락된 이야기를 그쳤다.

● 345일째 밤

샤라자드는 말을 이었다. 오, 인자하신 임금님, 도둑은 돈주머니를 움켜쥐기가 무섭게 패거리들이 있는 데로 부리나케 도망쳐 와, 자초지종을 들려주었습니다. 그러자 모두가 말하기를 "정말 네 기술은 대단해! 아무나 할 수 있는 재주가 아냐. 그렇지만 말이다,

그 환전꾼이 화장실에서 나와서 돈주머니가 없어진 것을 알게 되면 노예 계집을 때리며 족칠 테니 네가 한 짓이 그리 잘한 짓이라고만도 할 수 없는걸. 그러니 말이다, 네가 진짜 도둑이라면 되돌아가서 여자가 매를 맞고 책망을 당하지 않도록 해주는 것이 좋을 거야." "인샬라! 그럼 당장 가서 그 색시를 구해주고는 돈주머니를 다시 가져와야겠구나."

이윽고 이 도둑이 환전꾼네 집에 되돌아가보니, 아니나다를까 돈주머니 사건으로 처녀는 지독한 고문을 당하고 있는 중이었습니다. 그래서 문을 두들기자 주인은 "누구요?" 하고 물었습니다. 도둑이 "거래처에서 당신과 거래하고 있는 사람의 사환입니다." 하고 대답하자 환전꾼이 얼굴을 내밀고서 말했습니다. "무슨 일이오?" "우리 주인께서 안부 전하십디다. 그리고 이런 전갈이 있으셨습니다. '필경 당신은 머리가 좀 돌았나보오. 그런 것임에 틀림없어. 글쎄 가게 입구에다 돈주머니를 내동댕이쳐놓고서 그대로 내버려두다니 그게 어디 제정신 있는 사람이 할 짓이오.' 하고 말입니다. 모르는 사람이 보았더라면 그냥 둘 리 만무하니, 우리 주인께서 보시고서 잘 간직해두지 않으셨다면 꼭 이쯤은 분실되었을 것입니다." 이렇게 말하면서 도둑은 그 돈주머니를 꺼내서 환전꾼에게 보여주었습니다.

환전꾼은 이것을 보자마자 "그건 확실히 내 돈주머니다." 하고서 한 손을 뻗쳐 받으려고 했습니다. 그러나 도둑은 말했습니다. "안됩니다. 이것을 받았다는 증서를 한 장 써주시지 않으면 절대로 드릴 수 없습니다. 당신 손으로 그렇게 적으셔서 봉인해주시지 않으면 우리 주인께선 제가 당신에게 돈주머니를 드렸다는 것을 믿어주시지 않을 테니까요." 환전꾼은 증서를 쓰러 안으로 들어갔습니다. 그 틈에 도둑은 돈주머니를 들고 뺑소니를 쳤으며, 겸하여 노예 계집을 고문에서 구해낸 것입니다.

또 이런 이야기도 있습니다.

쿠스의 경비대장과 사기꾼

쿠스의 경비대장 알라 알 딘이 어느 날 밤, 자기 집에 틀어박혀 앉아 있으려니까 갑자기 풍채가 당당한 한 사나이가 상자를 머리에 인 시종을 하나 데리고 찾아왔습니다. 그러고는 경비대장의 부하에게 "비밀한 용건으로 뵙고 싶은데, 경비대장님에게 안내 좀 해주시오." 하고 말했습니다. 그래서 부하가 안으로 들어가 주인에게 그 뜻을 전하자, 주인은 곧 손님을 모셔들이라고 말했습니다. 들어온 손님을 보니 용모도 단정할 뿐더러 아주 담력도 있어 보이는 인물이었습니다. 그래서 예를 다하여 맞이하고는 자기 옆자리를 권하고 나서 말을 건넸습니다. "무슨 용건으로 오셨소?" 그러자 손님은 대답했습니다. "실은 나는 강도인데, 당신의 도움으로 과거의 잘못을 회개하고는 전능하신 알라의 곁으로 돌아가고 싶습니다. 나는 당신께서 관할하시는 영내에서 감시를 받고 있는 몸이라 당신의 힘을 빌고자 합니다. 자, 여기 큰 상자를 하나 가지고 왔는데, 그 안에는 대략 4만 디나르어치의 물건이 들어 있습니다. 당신 외에는 아무도 이것을 자유스럽게 처분할 권한이 없습니다. 그러니까 제발 이것을 받아주십시오. 그 대신 정직하게 일해서 번 당신의 돈을 1000디나르만 주십시오. 제 참회의 생활에 필요한 조그만 자본으로 삼고서, 생계를 위하여 죄를 저지르지 않고 살고 싶으니까요. 전능하신 알라께서 당신에게 보답을 내리시기를 빕니다!" 그렇게 말하면서 그 사나이는 큰 상자를 열고서 장신구며 보석, 금괴, 은괴, 반지용의 보석, 진주 등이 가득 들어 있는 모양을 경비대장에게 보였습니다. 주인은 눈을 흡뜨고, 가슴을 설레면서 기뻐했습니다. 그러고 나서 집사를 큰 소리로 불러 "1000디나르가 들어 있는 지갑을 하나 가져오너라." 하고 일렀습니다.

―샤라자드는 날이 훤히 밝아오는 것을 깨닫고, 여기서 허락된 이야기를 그쳤다.

• 346일째 밤
 샤라자드는 말을 이었다. 오, 인자하신 임금님, 경비대장은 집사에게 "1000디나르가 들어 있는 지갑을 하나 가져오너라." 하고 이르고서 이것을 강도에게 주었습니다. 그 이튿날 아침이 되자, 경비대장은 대장장이를 불러 상자 속의 물건을 보였습니다. 그러나 잘 보았더니 안에 든 물건은 주석과 놋쇠뿐이었고, 보석이며, 진주며가 모두 유리로 만든 가짜였습니다. 이 모양을 본 경비대장은 이를 갈며 분해 하고는 그 강도의 행방을 사방으로 찾았지만, 알 길이 없었습니다.
 또 이런 이야기도 있습니다.

이브라힘 빈 알 마디와 상인의 누이동생

 알 마아문 교주가 어느 날 백부 이브라힘 빈 알 마디에게 "백부님께서 지금껏 경험하신 중에서 가장 이상한 사건을 이야기해주십시오." 하고 말하자 백부는 이에 답하여 이런 이야기를 했습니다.
 "알겠습니다. 충성된 자의 임금님, 저는 어느 날 울적한 기분을 좀 가라앉힐 생각으로 말을 타고 거리로 나갔습니다. 그러던중 좋은 음식 냄새가 나는 집 가까이 오게 되자 군침이 돌 정도로 먹고 싶어서 말을 세웠습니다. 그러나 저는 들어갈 수도, 그렇다고 해서 그대로 지나칠 수도 없어 엉거주춤하고 망설이고 있었습니다. 그러던중 문득 눈을 쳐든 순간 격자창 뒤로 손목이 흘깃 보였습니다. 그런 아름다운 손목을 저는 아직껏 본 적이 없었습니다. 저는 머리가 아찔하여 음식 냄새 같은 것은 까맣게 잊어버리고서 어떻게 해서든 그 집에 접근할 방도는 없을까 하고 연신 궁리를 하기 시작했습니다. 잠시 후 바로 근처에 옷집이 하나 있는 것이 눈에 띄어 주인 옆으로 바싹 다가가서 인사했습니다. 상대방도 답례했으므로 저는 물어보았습니다. "저긴 뉘댁이죠?" "이러저러한 어른의 아들 집으로, 이러저러한 이름의 상인입니다. 교제는 상인들에게만 한정되어 있습니다."
 둘이서 이런 이야기를 하고 있는데 이때 갑자기 공부깨나 한 듯한 맵시가 좋은 두 사나이가 말을 타고 왔습니다. 재봉사의 이야기에 의하면 둘 다 상인과는 가장 친한 친구들이라는 것이며, 그 이름까지 가르쳐주는 것이었습니다. 그래서 저는 그들 쪽으로 말을 몰아 인사를 건넸습니다. "안녕들 하시오! 아브 후란이 기다리고 계십니다." 그러고는 저도 함께 문간까지 말을 몰고 가, 안으로 들어갔습니다. 그런데 주인은 저를 보고도 두 사람의 친구라고 믿고 있는 듯, "잘 오셨습니다." 하고 말하고서 가장 상석에다 앉혀 주었습니다. 이윽고 음식이 나왔는데, 저는 혼잣말을 했습니다. "알라의 뜻으로 음식에 대한 소원은 이루어졌군. 남은 건 그 손목이야." 잠시 후 우리들은 별실로 자리를 옮겨 주연을 베풀게 되었는데, 거기에는 온갖 종류의 진미가효가 놓여 있었습니다. 주인은 저를 손님 중에서도 일등가는 손님으로 잘못 알고 있었으므로 저에게는 특별히 마음을 쓰며 말을 건넸습니다. 한편, 두 손님도 저를 주인의 친구 중의 하나라고만 생각하고서 매우 정중히 대해주었습니다. 그러한 까닭으로 저는 모두로부터 각별한 예우를 받았던 것입니다. 술잔이 몇 번씩 돌아가고 있는데 그때 버드나무의 가는 가진가 싶을 정도의 이목이 수려한 처녀가 하나 들어왔습니다. 그러고는 비파를 손에 들고 흥겨운 가락을 타면서 이런 노래를 불렀습니다.

  한 집에서 살면서도
  서로 떨어져 있기에
  같이 생각을 털어놓을 방도도 없는
  정말 얄궂은 운명이로다.
  가슴 속의 비밀을
  털어놓을 수 있는 것은 오직 눈뿐.
  슬픈 마음을 나타내는 것은
  사랑하는 사람의 불과 같은
  안타까운 마음뿐이로다.
  서로 마음을 통하는 것은
  눈과 깜박거리는 눈꺼풀과

시름에 잠긴 모양과 손짓뿐.

오, 충성된 자의 임금님, 저는 이 노래를 듣자, 자기도 모르게 마음이 들떠, 처녀의 정체모를 간드러진 노래의 가락에 그만 넋을 잃고 말았습니다. 저는 그 비파를 타는 절묘한 솜씨가 부러워서 견딜 수 없어 이렇게 말했습니다. "여보게, 처녀! 좀 모자라는 데가 있구려." 이 말을 듣자, 처녀는 화를 내고 비파를 내동댕이치면서 외쳤습니다. "당신네들은 이런 예의도 모르는 촌뜨기를 언제부터 친구로 사귀고 있는 건가요?" 저는 모두가 저에게 화를 내고 있는 것을 보자, 아차 하고 생각하고는 "일루의 희망의 끈마저 끊어졌군." 하고 중얼거렸습니다. 저는 비파를 자진해서 타는 길밖에는 이 고비를 넘길 길이 없다고 생각하고서 "처녀가 탄 곡목 중에서 빠뜨린 데가 있으니 그걸 내가 타보겠소." 하고 말했습니다. "그것 참 잘됐군." 모두들 그렇게 말하고서 비파를 저에게 주었으므로 저는 줄의 가락을 맞추고서 이런 노래를 불렀습니다.

　　그대는 괴로움과 그리움
　　때문에 마음 썩이는구나.
　　그 가슴 속에 쓰디쓴 눈물이
　　흐르는 것은 그대가 사랑하기 때문.
　　그대는 소원성취를 위하여
　　한 손은 자비로운 알라께 뻗치고
　　또 한 손은 가슴에 대였노라.
　　사랑 때문에 망하는 사람의 꼴을
　　잘 아는 그대여, 그 사람이
　　멸망한 것도 그 두 손과
　　눈 때문이로다!

이것을 들은 처녀는 자리에서 벌떡 뛰어일어나, 제 발밑에 몸을 던지고 발에 입을 맞추며 말했습니다. "오, 선생님! 용서를 구할 사람은 다른 사람 아닌 바로 저예요. 당신께서 이렇게 명창이신 줄은 꿈에도 몰랐어요. 아직 한 번도 이런 기막힌 연주를 들은 적이 없어요!" 모두들 더할 나위 없이 기뻐하며, 저를 칭찬해주는 둥 떠받들어주는 둥 야단들이었습니다. 끝내는 다시 한 곡 불러달라는 요청까지 받게 되어, 저는 경쾌한 곡을 하나 더 불렀습니다. 이윽고 일동은 음악과 술에 취해, 다리가 후들후들 떨리게 되었으므로, 각기 자기 집까지 호송되어 갔습니다. 저 혼자만이 주인과 처녀 옆에 남게 되었는데, 주인은 두서너 번 잔을 돌린 다음 저에게 말했습니다. "여보시오, 선생. 이날 이때까지 선생과 같은 어른을 알아모시지 못했다는 것은 정말 수치스럽기 짝이 없는 일로서 살 보람도 없는 일이었군요. 자, 꼭 선생님의 신분을 가르쳐주십시오. 오늘 밤 알라께서 주신 술친구가 누구였는지 알고 싶으니까요." 저는 처음에는 어물어물 대답을 회피하면서 좀처럼 이름을 밝히려고 하지 않다가, 주인의 집요한 추궁을 감당할 길이 없어 마침내 이름을 대고 말았습니다. 그러자 주인은 자리에서 벌떡 뛰어 일어나며 소스라치게 놀랐습니다.

─샤라자드는 날이 훤히 밝아오는 것을 깨닫고, 여기서 허락된 이야기를 그쳤다.

• 347일째 밤

샤라자드는 말을 이었다. 오, 인자하신 임금님, 알 마디의 아들 이브라힘은 이야기를 계속했습니다.

주인은 제 이름을 듣자, 자리에서 벌떡 뛰어일어나 소스라치게 놀라며 말했습니다. "글쎄 정말이지, 이만큼의 솜씨는 선생 같으신 분이 아니고서는 가지실 수 없을 거라고 생각하고 있었습니다. 굉장한 행운을 베풀어주신 알라께 감사드려야겠군요. 영광으로 생각합니다. 어째 꿈만 같군요. 교주님의 문중의 어른이 이런 누추한 곳을 찾아오셔서 저를 상대로 하여 대작해주시다니 생각도 못한 영광이옵니다."

제가 앉으라고 권하자, 주인은 자리에 앉아 지극히 공손한 말투로 제가 어쩌다가 이 집을 찾게 되었는지 그 자세한 경위를 묻기 시작했습니다. 그래서 저는 처음서부터 끝까지 하나도 감출 것 없이 그 자초지종을 이야기하고 나서 이렇게 덧붙였습니다. "그런데 좋은 음식은 잘 먹었지만, 그 손목의 주인공에 대해서는 아직 소원을 이루지 못했는걸." 그러자 주인은 "인샬라! 손목의 주인공에 대한 소원도 곧 이루어지게 해드리겠습니다." 하고 말하고서 노예 처녀에게 "여봐라, 이러저러한 여자더러 이리 내려오라고 일러라." 하고 말했습니다. 주인은 노예 처녀를 하나씩 불러들여 저에게 보여주었습니다만, 그 여자는 끝내 보이지 않았습니다. 그러자 주인은 "이젠 여자라고는 제 모친과 누이동생 둘만이 남았는데, 그들도 이리 불러 보여드리겠습니다." 했으므로 저는 주인의 호의와 너그러운 태도에 깜짝 놀라면서 대답했습니다. "그건 참 미안하구려! 정 그러시다면 우선 누이동생부터 보여주시오." "기꺼이 보여드리겠습니다."

이윽고 주인의 누이동생이 내려와서 저에게 그 손목을 보였습니다. 그러자 아니 이건, 아까 그 손목이 아니겠습니까. "됐어, 내가 격자창 너머로 본 것은 이 처녀의 손목이었소." 하고 말하자, 주인은 곧 하인을 시켜서 증인들을 불러오게 하여 금화 2만 닢을 꺼내 모두에게 말했습니다. "충성된 자의 임금님의 백부되시는 알 마디의 아들 이브라힘님이 제 누이동생 아무개를 아내로 맞이하시겠다는 뜻을 비추셨다. 그래서 당신들이 누이동생을 시집보내겠다는 것과, 어른의 지참금은 1만 디나르라는 것을 증언해주면 좋겠소." 그리고 나서 주인은 저에게 "이제 말씀드린 지참금으로 누이동생을 나리께 드리겠습니다." 했으므로 저는 "나는 이의가 없소. 좋소." 하고 대답했습니다.

그러자 주인은 한 개의 돈주머니는 누이동생에게, 또 하나는 증인들에게 주며 나에게 말했습니다. "나리, 신부와 함께 쉬실 수 있도록 방을 장식해드리고 싶은데요." 그러나 저는 주인의 너그러운 태도에 오히려 얼굴이 붉어져, 주인의 집에서 아내와 동침하는 것이 부끄러웠습니다. 그래서 저는 "준비를 갖추어 우리 집으로 보내주는 것이 좋겠소." 하고 말했던 것입니다. 오, 충성된 자의 임금님, 그러자 주인은 이만큼 넓은 우리 집인데도 좁아서 다 못 들여놓을 정도로 많은 가구 집기를 붙여서 아내를 보내주었던 것입니다. 이럭저럭 하는 동안에 저는 아내와의 사이에 이제 교주님을 모시고 있는 이 사내아이를 두게 되었습니다.

알 마아문 교주는 상대방 사나이의 너그러운 마음씨에 감탄하여 말했습니다. "정말 하늘이 내신 재사로군! 나도 그런 사나이의 이야기는 일찍이 들어본 일이 없어." 그러고는 이브라힘 빈 알 마디에게 한 번 그 주인을 만나고 싶으니 궁으로 데리고 오라고 말했습니다. 이브라힘이 주인을 데리고 어전에 사후하자, 교주는 세상 이야기를 나눈 끝에 주인의 재치와 세련된 교양이 매우 마음에 들어 마침내 중신의 하나로 임명했습니다. 알라는 진정으로 내려주시는 어른, 베풀어주시는 어른이옵니다.

또 이런 이야기도 전해 내려오고 있습니다.

가난한 자에게 물건을 베풀고서
두 손을 잘린 여자 이야기

옛날, 어느 국왕이 자기 영내의 백성들에게 "만일 백성 중에서 남에게 물건을 베푸는 자가 있다면 반드시 그 손을 자르리라." 하는 명을 내렸습니다. 그래서 백성들은 모두 희사를 꺼리고, 아무도 남에게 물건을 베풀 수가 없었습니다. 그런데 우연히도 어느 날 거지 하나가 어느 여자에게 인사하며 (배가 고파 견딜 수가 없었으므로) "뭔가 베풀어주십시오." 하고 말했습니다.

―샤라자드는 날이 훤히 밝아오는 것을 깨닫고, 여기서 허락된 이야기를 그쳤다.

• 348일째 밤

샤라자드는 말을 이었다. 오, 인자하신 임금님, 그 거지는 여자에게 "조금이라도 좋으니 제발 도와주십시오." 거지는 알라의 거룩한 이름으로 열심히 졸라대는지라, 여자도 불쌍히 여겨 보리떡 두 개를 주었습니다. 이 일이 당장 왕의 귀에 들어갔습니다. 그래서 왕은 여자를 불러다 두 손을 잘랐습니다. 여자는 두 손을 잃은 채 자기 집으로 돌아왔습니다.

그런데, 그 일이 있은 지 얼마 후에 왕은 어머니에게 말했습니다. "왕비를 맞아들이고 싶은데, 아름다운 여자를 하나 골라주십시오." 그러자 어머니는 "아주 깔끔한 처녀가 노예 계집 중에 하나

있다. 그런데 큰 흠이 하나 있거든." "어떤 흠입니까?" "두 손이 잘려져 없어." "어쨌든 보여주십시오." 그래서 어머니가 그 여자를 데리고 와서 보인 것인데, 왕은 여자의 깔끔한 맵시에 대번에 반해 당장 결혼하여 아들 하나를 낳았습니다.

자, 이 여자는 거지에게 보리떡을 두 개를 주었다가 그게 죄가 되어 두 손이 잘려진 그 여자였는데, 왕이 이 여자를 왕비로 맞이하자, 다른 애첩들은 질투한 나머지 그 여자는 부정한 음부로 바로 얼마 전에 아이를 낳았다고 왕에게 참소하는 상소문을 보냈습니다. 그래서 왕도 어머니에게 편지를 보내 이 여자를 사막으로 끌어내어버리라고 말했습니다. 연로한 어머니는 왕의 지시대로 모자를 둘 다 사막에다 버렸습니다. 여자는 자기 몸에 닥친 불행을 슬퍼하며 하염없이 탄식했습니다. 이윽고 정처없이 사막을 헤매고 있던 중 어느 개울가에 이르게 되었습니다. 슬픔과 피로에 지치고 목이 말라 견딜 수 없었던 여자는 무릎을 꿇고 물을 마시려고 머리를 숙였습니다만, 그 순간 등에 업고 있던 아이가 물 속으로 떨어지고 말았습니다. 어머니는 아이를 잃은 것을 슬퍼하며 엉엉 울면서 앉아 있었습니다.

그러자 뜻밖에도 두 사나이가 그곳으로 와서 말했습니다. "왜 울고 계시오?" "아이를 업고 있었는데 그만 물 속에 떨어뜨리고 말았습니다." "구해드릴까요?" "네." 하고 여자가 대답하자, 두 사나이는 전능하신 알라께 기도를 올렸습니다. 그러자 아이는 상처 하나 입지도 않은 채 무사하게 물 밖으로 나왔습니다. 두 사람이 "그 잘린 두 손을 그전대로 하고 싶소?" 하고 물었으므로 여자는 또 "네." 하고 대답했습니다. 두 사람이 알라(알라를 칭송할지어다!)께 기도를 올리자, 그전보다도 더 아름다운 손을 갖게 되었습니다. 이윽고 두 사람이 "우리들의 정체를 아십니까?" 하고 묻자, 여자는 "알라의 전지전능하심입니다." 하고 대답했습니다. "우리들은 그 두 개의 보리떡이오. 당신은 그것을 베풀어주신 죄로 두 손을 잃으셨지요? 어쨌든 전능하신 알라를 칭송하는 것이 좋습니다. 두 손도, 아이도 원상회복이 됐으니까요." 그래서 여자는 전능하신 알라를 칭송했습니다.

또 이런 이야기도 있습니다.

신앙심이 두터운 유태인

 옛날, 유태인의 자손으로 신앙심이 매우 굳은 한 사나이가 있었습니다. 집안식구들이 실을 짜면, 이 사나이는 매일같이 그 실을 팔아서, 새 솜을 사고, 남은 돈으로는 빵을 사 와서 집안식구들을 부양했습니다. 어느 날 아침, 시장으로 나가 언제나처럼 하루 분의 실을 팔고 있다가, 어느 신앙심이 두터운 동료 한 사람을 만났습니다. 그 동료가 대단히 어려운 형편에 있었으므로 사나이는 하루 분의 실 판 돈을 주고서 빈손으로 집으로 돌아왔습니다. 집안식구들이 "솜과 먹을 것은 어떻게 되었어요?" 하고 묻자, 사나이는 대답했습니다. "어느 친구를 만났는데, 형편이 어렵다고 하길래 실 판 돈을 주어버렸어." 그러자 집안식구들은 "어떡하면 좋죠? 집에는 팔 것이라고는 아무것도 없는데." 하고 말했습니다.
 자, 그 집에는 금이 간 나무 접시와 물병이 하나 있었으므로 사나이는 이것을 들고 시장으로 나갔습니다. 그런데 누구 하나 사겠다는 사람이 없었습니다. 그래서 시장에 그냥 서 있으려니까, 이윽고 생선을 든 사나이가 하나 지나갔습니다.

 ─샤라자드는 날이 훤히 밝아오는 것을 깨닫자, 여기서 허락된 이야기를 그쳤다.

 • 349일째 밤
 샤라자드는 말을 이었다. 오, 인자하신 임금님, 예의 그 사나이는 나무 접시와 물병을 들고 시장으로 나갔지만 누구 하나 사겠다는 사람이 없었습니다. 그런데 얼마 있다 생선을 한 마리 든 사나이가 그 앞을 지나게 되었는데 썩은 냄새가 나며 퉁퉁 부은 생선을 아무도 사겠다는 사람이 없었습니다. 이 사나이는 예의 그 유태인 사나이에게 "어떻겠소, 그 팔릴 것 같지도 않은 물건과 내 생선을 바꾸면?" 하고 묻자 유태인은 "좋소." 하고서 나무접시와 물병을 주고, 그 대신 생선을 받아들고 집으로 돌아왔습니다. "이 생선을 어떻게 하실 생각이죠!" 집안식구들이 묻자 유태인 사나이는 "알라의 뜻으로 빵이 수중에 들어올 때까지 이 고기를 삶아서 먹읍시다." 하고 대답했습니다. 집안식구들이 생선을 붙잡고 배를 갈라보니 뱃속에서 주먹만한 크기의 진주가 하나 나왔으므로 곧 유태인 사나이에게 이 사실을 알렸습니다. 그랬더니 그가 말하기를 "실을 꿰어보시오. 실이 꿰어지면 남의 것이고, 꿰어지지 않으면 알라께서 주신 선물이야." 그래서 집안식구들이 조사해보았지만 어디도 구멍이 나 있지 않았습니다. 이튿날 아침, 유태인 사나이는 보석의 감정을 받아보려고 감정의 명수인 같은 유태인 친구네 가게로 이것을 가지고 갔습니다. 그 친구가 "어, 이것 봐라, 이상한데! 도대체 이 진주를 어디서 구하셨소?" 하고 묻자 유태인 사나이는 "전능하신 알라께서 선물로 주신 거요." 하고 대답했습니다. 친구는 "이것은 1000디나르의 가치가 있습니다. 그 값이라면 내가 내도 됩니다. 그러나 이러이러한 가게로 가지고 가시오. 그 주인은 나보다는 돈도 많고, 감정도 잘 하니까." 그래서 유태인 사나이는 친구가 가르쳐준 보석상에게로 가지고 갔습니다. 그러자 그 보석상은 "꼭 7만 디르함짜리군요." 하고서 대금을 치뤄주었기 때문에 유태인은 짐꾼 둘을 고용하여 돈을 자기 집으로 운반케 했습니다. 자기 집 문간까지 오자 거지 하나가 이렇게 말을 건넸습니다. "알라께서 당신에게 베풀어주신 것을 나에게 베풀어주시오." 유태인은 "어제까지는 나도 임자와 똑같은 처지였소. 자, 이 돈의 절반을 드리리라." 그렇게 말하고서 돈을 절반 나누어주었습니다. 그러자 거지가 말하기를 "그 돈을 도로 치워두시오. 알라의 축복을 받고 더욱 영광 있으시기를! 실은 나는 당신을 시험해보기 위하여 신이 파견한 천사요." 이 말을 듣고 유태인은 "염치없군요! 고맙습니다." 하고 외쳤습니다.

그리고 처자와 함께 죽는 날까지 길이길이 행복하게 여생을 보냈습니다.

또, 이런 이야기도 전해 내려오고 있습니다.

아브 하산 알 자디와 호라산의 사나이

아브 하산 알 자디라는 사람이 이런 이야기를 했습니다.

나는 어느 때 몹시 돈에 몰린 적이 있었는데, 야채가게 주인도 빵집 주인도 그밖의 상인들도 어찌나 돈을 내라고 독촉하는지 죽을 지경이었소. 이쪽은 극빈한데다 별로 수입도 없고 해서 어떻게 해야 좋을지 앞으로 살길이 막막했던 것이오. 이러한 판국인데, 어느 날 하인이 와서 말하기를 "순례자 같은 분이 오셔서 나리를 뵙고 싶다고 하십니다." 하길래 "그럼 들어오시라고 하지." 하고 말했소. 들어온 손님을 보니 호라산인이었소. 서로 인사가 끝나자 상대방이 "선생이 아브 하산 알 자디라는 분이신가요?" 하고 묻길래 나는 "그런데요. 무슨 용건으로 오셨죠?" 하고 다시 되물었소. 그러자 다시 객이 하는 말이 "나는 나그네의 몸으로, 순례를 하고 싶은데 실은 여기 큰 돈을 가지고 있습니다. 가지고 다니기가 귀찮으니 내가 순례를 끝내고 돌아올 때까지 이 1만 디르함을 선생에게 맡겨두고 싶습니다. 만일 대상이 돌아와도 내가 나타나지 않을 때엔 죽은 것으로 아시오. 그 경우 이 돈은 당신이 가지십시오. 하지만 돌아오면 되찾아갈 것이구요." "알라의 뜻이라면 당신 좋도록 하시오." 내가 이렇게 대답하자 객은 가죽 주머니를 꺼내었기 때문에 나는 "저울을 가지고 오너라." 하고 하인에게 일렀지요. 저울이 오자, 객은 돈을 달아 나에게 맡기고는 그 길로 떠나버렸소. 그래서 나는 상인들을 불러서 빚을 모두 갚아버렸소.

―샤라자드는 날이 훤히 밝아오는 것을 깨닫자, 여기서 허락된 이야기를 그쳤다.

• 350일째 밤

샤라자드는 말을 이었다. 오, 인자하신 임금님, 아브 하산 알 자디의 이야기의 계속입니다.

나는 상인들을 불러서 빚을 모두 정리하고 나서, 마음 속으로 "그 사람이 돌아올 때까진 알라의 은총을 받아 어떻게 살아날 길이 생기겠지." 하고 생각하면서 아낌없이 돈을 써버렸소. 그런데 바로 그 다음날 하인이 들어와서 "친구분이신 호라산인이 오셨습니다." 하고 말하길래, 나는 "들어오시라고 해라"라고 했소. 호라산인은 방에 들어오자 "순례를 떠날 작정이었는데, 부친이 갑자기 돌아가셨다는 소식이 왔으므로 고국으로 돌아가지 않으면 안되게 되었습니다. 그러니 어제 맡긴 돈을 도로 주십시오." 하는 것이었소. 나는 이 말을 듣고 눈앞이 아찔해지며, 당황한 나머지 뭐라고 대답하면 좋을지 몰랐소. 그런 돈은 모른다고 떼를 쓰면 증서를 쓴 것도 아니니 일단은 넘어가겠지만, 돈을 썼다고 하면 저쪽은 악을 쓰며 남들 앞에서 창피를 톡톡히 줄 게 아니겠소? 그래서 나는 이렇게 딴청을 부렸지 뭐야. "당신의 건강을 빕니다! 그런데 우리 집은 큰 돈을 보관해둘 만한 안전한 장소가 못됩니다. 그래서 그 돈 주머니를 당신이 나에게 맡기자 곧 나는 어떤 사람네 집에 맡겼습니다. 수고스럽지만 내일 다시 한 번 와주세요. 인샬라!"

호라산인이 돌아가기는 돌아갔지만, 그날 밤 나는 걱정이 되어 잠을 이루지 못하고는 자리에서 일어나 하인에게 암탕나귀에다 안장을 놓으라고 일렀소. 그러자 하인은 "나리, 아직 날이 밝으려면 시간이 꽤 많이 남아 있습니다. 저희들도 아직 푹 쉰 것은 아니구요." 하는 것이었소. 그래서 나는 일단 잠자리로 되돌아오긴 했지만 아무리 해도 잠이 오지 않았소. 몇 번씩 하인을 깨웠지만 그때마다 하인은 하인대로 말리는 바람에 이럭저럭 날이 훤히 새고 말았소. 그래서 하인이 당나귀에 안장을 얹자, 나는 그것을 정처없이 밖으로 타고 나갔소. 나는 당나귀 등에다 고삐를 얹어놓고는 당나귀 가는 대로 정처없이 헤매며 후회며 우울한 생각에 젖어 있었는데, 당나귀는 그동안에도 혼자서 자꾸만 바그다드의 동쪽으로 가는 것이었소. 그런데 도중에서 많은 사람들이 다가오는 것이 눈에 띄었으므로 옆길로 들어가 그것을 피했소. 그러나 그들은 내 두건이 설교사들이 쓰는 것이었으므로 그것을 알아보고서 급히 내 뒤를 쫓아와 "아브 하산 알 자디의 댁을 아십니까?" 하고 묻는 게 아니겠소. "그건 바로 나요." 하고 대답했더니 그들은 "충성된 자의 임금님이 부르십니다." 하는 것이었소.

이윽고 그들의 안내를 받아 알 마아문 교주님 앞으로 나가자 "그대는 뭐라는 사람인고?" 하고 물으시길래 나는 "재판관 아브 유스후의 친구이며, 법률과 전설을 전공한 학자이옵니다." 하고 대답했소. 그러자 "그대의 이름은 뭐라고 하는가?" 하고 거듭 물으시길래 "아브 하산 알 자디라고 합니다." 하고 대답하자 "그렇다면 그대의 신세 이야기를 들려다오." 하시는 것이었소. 그래서 내가 지금 겪고 있는 처지를 말씀드렸더니 교주님은 아주 슬퍼하시며 이러시는 게 아니겠소. "참 딱하구려! 알라의 천사(아무쪼록 알라의 축복과 가호가 있으시기를!)는 어젯밤 그대의 일로 나를 못자게 했소. 그도 그럴 것이 해가 지고 나서 얼마 있다 천사가 나에게 모습을 나타내 '아브 하산 알 자디를 도와라!' 하셨으니 말이오. 이 말을 듣고 나는 잠을 깼는데, 도무지 그대를 알 수 없어 다시 잠이 들었지. 그런데 천사가 또다시 나타나 '이 괘씸한 놈! 아브 하산 알 자디를 돕지 못하고 뭘 하고 있는 거야?' 하고 나무라는 게 아니겠소. 그 목소리에 나는 다시 잠을 깼지. 그러나 그대와는 면식이 없는 터라 또다시 잠이 들었어. 그러자 세 번 다시 나타났지만 나는 영 그대에 대한 기억이 없는지라 다시 잠이 들었지. 그러나 천사가 다시 또 나타나 '이봐, 뭘 하고 있어! 아브 하산 알 자디를 돕지 못하고!' 하는 게 아냐. 그후로는 나는 영 자고 싶은 생각도 없어져 밤새도록 일어나 신하들을 사방팔방으로 보내 그대의 행방을 찾게 한 것이다."

그러고 나서 교주님은 나에게 1만 디르함을 내놓으시며 "이건 호라산인에게 갚을 돈이다." 하고, 이밖에 별도로 또 1만 디르함을 내놓으시며 "이것은 그대 마음대로 생활에 보태고 체통을 잃지 않도록 하라." 하고 말씀하였어. 그밖에 또 3만 디르함을 주시며 "이건 만일의 경우를 대비해서 집에 두어라. 순례의 날이 되거든 또 다시 나를 찾아오너라. 무엇이고 벼슬을 줄 테니까." 하고 고마운 말씀을 하였어. 나는 그 돈을 가지고 집으로 돌아와 새벽 기도를 올렸지. 그런데 얼마 있다가 그 호라산인이 왔기 때문에 나는 집 안으로 안내하여 1만 디르함의 돈을 내놓고서 "자, 받아 주십시오." 하고 말했지. 그러자 상대방은 "이건 내 돈과 다르군요. 웬일입니까?" 하므로 나는 자초지종을 들려주었지. 그러자 상대방은 눈물을 흘리며 "알라께 맹세하고라도 당신이 처음부터 사실을 실토하셨더라면 실례되는 일을 하진 않았을 텐데 그랬군요. 어쨌든 이 사실을 들은 이상 저도 절대로 이 돈은 받지 않겠습니다." 하는 거야.

─샤라자드는 날이 훤히 밝아오는 것을 깨닫자, 여기서 허락된 이야기를 그쳤다.

• 351일째 밤

샤라자드는 말을 이었다. 오, 인자하신 임금님, 호라산인은 알 자디에게 "알라께 맹세코 당신이 진작 실토했더라면 실례되는 일을 하진 않았을 텐데 그랬군요! 어쨌든 이 사실을 들은 이상 나도 절대로 이 돈을 받진 않겠습니다. 당신은 법률상 아무 책임도 없습니다." 하고는 그만 떠나버렸어.

그래서 나는 용건을 죄다 처리하고서 순례제가 오자 알 마아문 교주님의 궁전으로 갔어. 교주님은 옥좌에 앉아 계셨는데, 제 모습을 보시자, 옆으로 오라고 하시고는 기도용의 깔개 밑에서 서류 한 장을 꺼내서 나에게 주시면서 이러시는 게 아니겠어. "이것은 임명장이다. 그대를 성도 알 메디나의 서부지방의 재판관으로 임명한다. 비브 알 사람에서 교외까지의 지역이다. 그리고 매달 상당 정도의 수당을 주리라. 그러하니 알라(영예와 영광이 있으시기를!)를 외경하며, 자기 몸을 위하여 천사(신의 축복과 가호 있으시기를!)께서 배려하신 바를 등한히 여기지 말지어다." 거기 사후하고 있는 신하들은 교주님의 말씀에 깜짝 놀라, 그 뜻을 나에게 묻길래 나는 자초지종을 죄다 들려주었어. 그러자 그 이야기가 세상에 널리 퍼진 거야. 이 이야기를 한 사람은 이렇게 이야기를 맺고 있습니다. "아브 하산 알 자디는 알 마아문 교주의 재세중 세상을 떠날 때까지 계속해서 성도 알 메디나의 재판관을 지냈습니다. 명복을 비나이다!"

또, 이런 이야기도 있습니다.

가난한 사나이와 그 친구

 옛날 옛적에 한 부자가 있었는데, 재산을 몽땅 탕진하여 빈털터리가 되고 말았습니다. 그래서 아내는 친한 친구들에게 구원을 요청하면 어떻겠느냐고 권고했습니다. 그 사람은 곧 친구를 찾아가서 자기가 현재 당하고 있는 딱한 사정을 이야기했더니 그 친구는 장사 밑천으로 500디나르를 꾸어주었습니다. 그런데 그 사람은 젊었을 때 보석상을 하고 있었기 때문에 꾼 돈을 가지고 보석 시장으로 나가 가게를 얻어 장사를 시작했습니다. 어느 날, 가게에 앉아 있으려니까 세 사나이가 가게로 들어와서 인사를 한 다음 부친에 관하여 묻길래 "부친은 벌써 돌아가셔서 이 세상엔 안 계십니다." 하고 대답했더니 그들은 "그럼, 아드님을 남기셨던가요?" 하고 물었습니다. 그래서 보석상이 "당신들 앞에 있는 이 아들을 남기셨습니다." 하고 대답하자, 그들은 또 "당신이 그분의 아들이라는 것을 누가 알지요!" 하길래 보석상은 대답했습니다. "시장 사람들이 알고 있습니다." 이 말을 듣고 세 사나이는 말했습니다. "당신이 그분의 아들이라는 것을 증언해줄 사람들을 모두 이리 불러주시오." 보석상이 친구들을 모두 불러모으자, 그들은 그 사실을 증언했습니다. 그러자 세 사나이들은 값비싼 보석과 금은 덩어리 외에 10만 디나르가 들어 있는 안장 주머니 한 쌍을 상인에게 주면서 "이것은 당신 아버님이 맡긴 물건이오." 하고 말했습니다. 그들이 가버린 후 얼마 있다가 여자 하나가 가게로 와서 500디나르짜리 보석을 사고서 그 대금으로 3000디나르를 내놓았습니다.

그래서 상인은 500디나르를 들고 돈을 꿔준 그 친구를 찾아가서 말했습니다. "전에 꿔준 500디나르를 받아주게. 알라의 뜻으로 장사가 곧잘 되어서." 그러자 친구는 "그것은 그냥 자네에게 준 돈이야. 그러니 그대로 넣어두게. 그런데 이 종이쪽지를 줄 테니 집에 돌아가거든 읽어보고서 거기 적혀 있는 대로 해주길 바라네." 그래서 보석상은 돈을 주지 않고, 종이쪽지를 받아들고 집으로 돌아와 이것을 읽어보았더니 그 속에 이런 시구가 적혀 있었습니다.

    그대를 찾아간 세 사람은
    나에게 연이 있는 사람들
    두 백부와 살리 빈 알리.
    그대가 판 보석을
    산 사람은 나의 어머니.
    보석과 금화는 나의 선물.
    이렇게 한 것은 나 그대에게
    마음의 상처를 주지 않기 위해,
    내 앞에서 그대가 부끄러워할까 싶어서.

또, 이런 이야기도 있습니다.

몰락한 사나이가 꿈을 꾸고서 부자가 된 이야기

옛날 옛적에 바그다드에 거부가 하나 있었는데, 재산을 탕진하여 빈털터리가 되어 노동을 하며 겨우 생계를 이어가고 있었습니다. 어느 날 밤, 축 늘어져 힘을 잃고 수심에 잠겨 잠이 들었는데 꿈속에서 "정말 네 행운은 카이로에 있다. 거기 가서 그것을 찾아보라." 하고 일러주는 사람이 있었습니다. 그래서 카이로로 간 것인데, 마침 당도한 시각에 해가 저물었기 때문에 할 수 없이 어느 사원으로 들어가 잠자리를 찾았습니다.

얼마 있다 전능하신 알라의 정하신 바에 따라 밤도둑의 한 떼가 이 사원으로 침입하여, 거기서부터 이웃집으로 옮아갔습니다. 그러나 밤도둑들의 떠드는 소리에 잠이 깬 이웃사람들이 큰 소리를 질렀기 때문에 경비대장이 부하들을 거느리고 현장으로 달려왔습니다. 도둑들은 재빨리 몸을 감췄습니다. 경비대장은 사원으로 들어서자, 바그다드에서 온 그 사나이가 자고 있었으므로 체포하여 종려나무 채찍으로 호되게 때렸습니다. 그 때문에 사나이는 매에 못 이겨 이제라도 당장 숨이 넘어갈 지경이 되고 말았습니다.

그후 투옥되어 사흘이 지났습니다. 이윽고 경비대장이 그를 옥에서 끌어내어 "네놈은 어디서 온 놈이냐?" 하고 물었습니다. "바그다드에서 왔습니다." "무엇 때문에 카이로에 왔느냐?" "실은 꿈속에서 '네 행운은 카이로에 있다. 카이로로 가보라' 하는 계시가 있었던 것입니다. 그러나 카이로에 와보니 꿈속에서 계시받은 행운은 당신께서 죽어라고 때리신 그 종려나무 채찍이었군요." 경비대장은 사랑니를 드러내고 껄껄거리면서 "이 병신 같은 놈아! 나도 꿈속에서 세 번이나 계시를 받은 적이 있다. '바그다드의 이러저러한 지역에 집이 한 채 있다. 이러저러한 모양으로 그 안마당은 화원풍으로 되어 있고, 한쪽 구석에는 분수가 있으며, 그 아래 막대한 돈이 묻혀 있다. ( )서 보물을 찾아보라'라고 말이다. 그러나 나는 가지 않았다. 근데 너는 엉터리 수작에 지나지 않은 꿈을 정말로 믿고서 이리저리 떠돌아다니고 있는 셈이로군. 바보 같은 녀석." 그리고 나서 경비대장은 "자, 이것을 받아가지고 고향으로 돌아가라." 하면서 얼마간의 돈을 주었습니다.

―샤라자드는 날이 훤히 밝아오는 것을 깨닫자, 여기서 허락된 이야기를 그쳤다.

● 352일째 밤

샤라자드는 말을 이었다. 오, 인자하신 임금님, 경비대장은 "자, 이걸 줄 테니 고국으로 돌아가거라."하고 말하고서 얼마간의 은화를 주었기 때문에 그는 이것을 받아가지고 고국으로 길을 떠났습니다. 그런데 경비대장이 말한 집은 바로 바그다드의 그 사나이의 집이었으므로, 그가 집에 돌아온 그 즉시 마당의 분수 밑을 팠더니 막대한 재보가 나왔습니다. 이렇듯 알라께서는 막대한 재산을 이 사나이에게 베푸신 셈이며, 정말로 희한한 우연의 일치였습니다.

또, 이런 이야기도 있습니다.

알 무타와킬 교주와 궁녀 마부바

　알 무타와킬 교주의 궁전에는 4000명이나 되는 궁녀가 있었습니다만, 그중 2000명은 그리스인, 나머지 2000명은 노예로 태어난 아랍인과 아비시니아인이었습니다. 또 그 외에 오바이드 이븐 타히르는 200명의 백인 처녀와 또 같은 수의 아비시니아인과 고국의 처녀들을 바쳤던 것입니다. 이러한 노예 계집 사이에 마부바, 즉 '연인'이라고 불리는 바소라 태생의 처녀가 하나 있었는데 절세의 미인이었습니다. 게다가 비파를 타고, 노래를 부르고, 시를 짓는 데도 능하고, 또 글씨도 잘 썼습니다. 그래서 알 무타와킬은 이 여자를 몹시 사랑하여 한시도 옆을 떠나지 않았습니다. 그런데 이 여자는 교주가 자기만을 열애하고 있다는 사실을 알게 되자, 거만을 부리게 되었으므로, 마침내 교주는 몹시 화를 내고서 이 여자를 버리고는 궁중 사람에게 이 여자와 이야기를 나눠서는 안된다고 명령했습니다.
　그리하여 이 처녀는 버림을 당한 채 며칠을 보냈습니다. 그러나 교주의 마음은 역시 그 궁녀에게 기울어 있었으므로 어느 날 아침 눈을 뜨자 신하 하나에게 말했습니다. "어젯밤 나는 마부바와 화해를 한 꿈을 꾸었어." 신하들은 이 말을 듣고 대답했습니다. "아무쪼록 생시에도 그렇게 되시기를!" 그런 이야기를 서로 주고 받고 있는데, 그때 뜻밖에도 교주의 시녀가 하나 들어와서 교주의 귀에다 대고 뭐라고 속삭였습니다. 그래서 교주는 옥좌에서 일어나 후궁으로 들어갔습니다. 왜 그런고 하니 시녀는 아까 "마부바님 방에서 비파 타는 소리와 노랫소리가 들려왔는데, 무슨 뜻인지 모르겠군요." 하고 속삭였기 때문입니다. 교주가 곧장 그 여자의 방으로 가자니까 비파를 타면서 이런 노래를 부르고 있는 소리가 들렸습니다.

> 궁전을 배회하며 거닐어봐도
> 내 슬픔을 알아주고
> 말을 건네는 사람도 없구나.
> 오호라, 이 몸은 죄 많은
> 모략에 빠져
> 뉘우쳐도 소용없는 신세가 되었네.
> 밤마다 나를 찾아와
> 애무를 다하시던 임금님이시여
> 날이 훤히 밝아오면
> 이 몸 혼자 남겨두고
> 떠나가신 임금님이시여
> 임과의 사이를 화해시켜
> 구정을 되찾아줄 사람
> 없는가?

교주는 여자의 노랫소리를 듣자 그 시가, 특히나 두 사람의 꿈이 우연히 일치되어 있다는데 깜짝 놀라 방안으로 들어갔습니다. 그녀는 교주의 모습을 보자, 부리나케 일어나 그 발밑에 몸을 던지고 입맞추고 나서 말했습니다. "오, 임금님, 신께 맹세코 말씀드립니다만 어젯밤 저는 이렇게 될 꿈을 꿨습니다. 그래서 눈을 뜨자 이제 들으신 노래를 지은 것입니다." 교주는 대답했습니다. "알라께 맹세코, 나도 똑같은 꿈을 꾸었다!" 그러고 나서 두 사람은 서로 껴안고 화해를 하고는 칠일 동안이나 함께 밤을 보냈습니다.

그런데 마부바는 자기 뺨에다 사향으로 자파르라는 교주의 성을 그랬으므로 교주는 그것을 보자 곧 다음과 같은 시를 읊었습니다.

> 처녀가 뺨에 적은 것은
> 자파르라는 사람의 성이로다
> 사향의 혼적도 선명하게.
> 성을 뺨에 적은
> 착한 처녀에게 내 영혼을 바치리라.
> 비록 단 한 줄
> 뺨에 글자를 새겨도
> 이내 가슴에는
> 무수히 많은 글자가 되리.
> 아아, 그대야말로 자파르가
> 독점한 가인이니라
> 신이시여, 아무쪼록 자파르에게
> 넘칠 듯한 기쁨의
> 포도주를 따라주소서!

알 무타와킬이 이 세상을 떠나자, 마부바를 제외한 많은 여자들은 고인을 까맣게 잊어버리고 말았습니다.

─샤라자드는 날이 훤히 밝아오는 것을 깨닫자, 여기서 허락된 이야기를 그쳤다.

• 353일째 밤

샤라자드는 말을 이었다. 오, 인자하신 임금님, 알 무타와킬이 이 세상을 떠나자, 마부바를 제외한 많은 여자들은 고인을 까맣게 잊어버렸지만 마부바 하나만은 밤낮으로 고인이 된 교주를 애도한 끝에 마침내 그 옆에 묻혔습니다.

아무쪼록 알라의 자비가 두 사람 위에 있으시기를!

또, 이런 이야기도 있습니다.

와르단이 여자와 곰을 상대로 모험을 한 이야기

　알 하킴 빈 아무리라 교주 치세시에 와르단이라는 사람이 양고기를 팔고 있는 푸줏간이 카이로에 있었습니다. 매일같이 한 귀부인이 가게에 와서 1디나르를 내놓고서 "새끼양 고기를 주시오." 하고 말했는데 그 돈은 무거워서 이집트 금화로는 거의 두 닢 반에 해당되는 무게였습니다. 와르단이 그 돈을 받고서 새끼양 고기를 주자, 여자는 데리고 온 짐꾼에게 이것을 주었습니다. 짐꾼은 이것을 바구니 속에 넣은 다음 둘이 함께 가게를 떠났습니다. 그 이튿날엔 오전중에 나타나 금화 한 푼어치의 고기를 사가는 것이었습니다. 오랫동안 이런 상태가 계속되어 와르단은 매일같이 1디나르씩 여자에게서 돈을 받았는데, 마침내는 와르단도 이 여자의 신분이 알고 싶어져서 "저 여자는 매일 아침 현금을 내고서 1디나르 분의 고기를 사가며, 오늘까지 하루도 거른 일이 없다. 이거 참 이상한 일이야!" 하고 중얼거렸습니다. 그래서 여자가 없는 틈을 타서 와르단은 짐꾼에게 물었습니다. "매일같이 저 여자와 어디로 가는 거요?" 그러자 짐꾼은 대답했습니다. "그건 바로 내가 물어 보고 싶은 말이요. 나도 모르겠소. 글쎄 매일같이 당신 가게에서 새끼양을 산 다음, 식사에 없어서는 안될 것, 즉 생과일 또는 마른 과일, 1디나르 분의 초, 그리고 또 나자레인의 가게에서는 또 1디나르를 내놓고서 술을 두 병, 이런 식으로 물건을 산단 말이요. 그러고 나서 나는 그 물건을 모두 지고서 여자 뒤를 따라 대신 댁 마당까지 간다우. 거기까지 가서는 그 여자가 내 눈에 눈가리개를 하기 때문에 나는 어디를 걷고 있는지 통 알길이 없다니까. 손을 끌고 어디로 가는지도 모르고 끌려가는 판이야. 그러다가 여자가 '여기다 내려놔요.' 하면 나는 짐을 내려놓고 다시 손을 잡고 아까 눈가리개를 하던 대신 댁 정원까지 되끌려오는 거야. 그러면 눈가리개를 떼고서 은화 열 닢을 준다는 식이야. "아무쪼록 그 여자를 알라께서 지켜주옵소서!" 와르단은 말은 그렇게 하기는 했지만 점점더 여자의 정체가 알고 싶어서 견딜 수가 없었습니다. 마음이 들떠서 밤에도 편히 잠을 이룰 수도 없었습니다.

와르단은 이렇게 이야기를 계속했습니다.

이튿날 아침, 여자는 언제나처럼 가게로 와서 새끼양을 사고서 돈을 치른 다음 이것을 짐꾼에게 주고서 가버렸습니다. 그래서 나는 가게를 한 젊은이에게 맡기고서 몰래 뒤를 밟았습니다.

─샤라자드는 날이 훤히 밝아오는 것을 깨닫자, 여기서 허락된 이야기를 그쳤다.

• 354일째 밤

샤라자드는 말을 이었다. 오, 인자하신 임금님, 푸줏간 주인 와르단은 이야기를 계속했습니다.

그래서 나는 가게를 한 젊은이에게 맡기고서 몰래 뒤를 밟았습니다. 여자의 모습을 놓치지 않을 정도로 몸을 숨기면서 따라간 즉, 이윽고 여자는 카이로를 벗어나 대신 댁 정원에 이르렀습니다. 내가 몸을 숨기고 있다는 것을 전혀 모르는 여자는 짐꾼의 눈을 가리고서 이리저리 돌아다니다가 산기슭으로 와서 커다란 돌이 있는 데서 걸음을 멈췄습니다. 여기서 여자는 짐꾼에게 바구니를 내려놓으라고 말했습니다. 내가 가만히 기다리고 있자니까, 여자는 짐꾼을 정원까지 데리고 갔다가 다시 되돌아왔습니다. 그리고 바구니 안에 들어 있는 것을 비우더니 부리나케 모습을 감춰버렸습니다.

그래서 내가 그 돌 옆으로 다가가서, 이것을 쳐들어보니 그 밑으로 구멍이 뻥 뚫려 있었습니다. 그 구멍에 놋쇠 뚜껑이 하나 달려 있고, 계단이 아래까지 쭉 뻗어 있었습니다. 한걸음씩 내려갔더니 휘황찬란한 긴 복도가 나오고, 다시 걸어가자니까 큰 방의 문같이 보이는 닫혀 있는 문이 나왔습니다. 문간 입구의 벽을 둘러보고 있자니까 층계가 딸린 구석방이 보였으므로 나는 그곳으로 올라갔습니다. 그러자 방쪽으로 둥근 창이 달린 조그만 벽감이 있었습니다. 거기서 안을 들여다보니 아까 그 여자가 새끼양의 가장 좋은 살을 베어서는 냄비 속에다 넣고, 나머지는 한 마리의 커다란 곰에게 던져주는 것이었습니다. 곰은 이것을 깨끗이 먹어치웠습니다. 여자는 요리가 끝나자 배부르게 먹은 다음 과일과 과자를 늘어놓고, 술을 꺼내서 자기도 마시고, 곰에게도 황금 술잔으로 마시게 했습니다.

여자는 술에 취해 얼굴이 상기되자, 곧 속옷을 벗고 드러누웠습니다. 그러자 곰은 몸을 일으며, 여자 옆으로 다가가 올라타더니 허리를 놀리기 시작했습니다. 여자가 아담의 자손들의 보배 중에서 가장 귀중한 것을 곰에게 내맡기자, 이윽고 곰은 한 번 일을 마치고 주저앉아 몸을 쉬었습니다. 얼마 후 곰은 또다시 여자에게로 달려들어 교접을 시작했습니다. 그것이 끝나자, 또다시 드러누워 쉬고는 다시 기운을 차리고 다시 쉬고는 하여 도합 열 번이나 일을 치르는 것이었습니다. 그러고는 마침내 곰도 여자도 녹초가 되어 마루 위에 쓰러져 꼼작도 못한 채 길게 누워 있었습니다.

그래서 나는 "이때다!" 하고 중얼거리고서 살은 물론이고 뼈까지 잘릴 만한 예리한 식칼을 들고 둘 앞으로 다가갔습니다. 둘 다 몸을 너무도 혹사했기 때문에 인사불성에 빠진 채 꼼작도 못하고 있었습니다. 나는 우선 곰의 목에다 칼을 갖다대고 푹 찔렀습니다. 그리고 마침내는 머리와 몸뚱이를 동강낸 것인데, 곰이 천둥번개 같은 소리를 질렀기 때문에 그 바람에 여자는 소스라치게 놀라 뛰

어 일어났습니다. 그리고 곰은 죽고 내가 식칼을 한 손에 들고 장승처럼 서 있는 것을 바라보자 찢어지는 듯한 비명을 질렀기 때문에 나는 여자의 혼이 육체를 떠난 것이 아닌가 싶었습니다. 얼마 후 여자는 "글쎄, 와르단, 당신은 나의 은혜에 이렇게 보답하긴가요?" 하길래 나는 대답했습니다. "아이구 망측도 해라, 이게 무슨 꼴이요, 세상에 남자 흉년이라도 들었단 말이요?" 여자는 뭐라고 대답도 하지 않고서 곰의 시체 위로 몸을 숙이고서 귀여워서 죽겠다는 모양으로 지켜보고 있었으나, 이윽고 머리가 완전히 잘린 것을 보고서 "여봐요, 와르단, 당신은 어느 쪽을 택하겠어요? 내가 하라는 대로 내 말에 거역하지 않아 자신의 안전을 도모할 생각인지, 아니면."

─샤라자드는 날이 훤히 밝아오는 것을 깨닫자, 여기서 허락된 이야기를 그쳤다.

• 355일째 밤

샤라자드는 말을 이었다. 오, 인자하신 임금님, 그 여자가 말하기를 "여봐요, 와르단, 당신은 어느 쪽을 택하겠어요? 내가 하라는 대로 내 말에 거역하지 않고 자신의 안전을 도모할 생각인지, 아니면 내 말에 거역하여 몸을 망칠 생각인지." 내가 "그야 물론 당신이 하라는 대로 해야죠. 당신이 어떤 생각으로 있든지간에." 하고 대답하자 여자가 말했습니다. "그럼, 이 곰을 죽인 것처럼 나도 죽여 줘요. 그리고 이 땅굴에 있는 물건을 필요한 만큼 가지고 가세요." "이 곰보다는 내가 몇 배 나을 거요. 그러니까 당신도 전능하신 알라의 마음으로 돌아가 회개하도록 하시오. 그렇게 하면 내가 당신을 마누라로 맞이해드리다. 그리고 이 보물을 가지고 여생을 한가하게 보내봅시다." 하고 내가 이렇게 말하자 여자는 "어머나, 와르단, 어림도 없는 소리! 곰이 죽었는데 내가 어찌 살 수 있겠어요? 만일 당신이 나를 죽여주지 않는다면 내가 꼭 당신의 목숨을 빼앗겠어요! 괜히 쓸데없는 소리 지껄이면 당신은 지옥행을 재촉하게 될 뿐이에요. 내가 당신에게 하고 싶은 말은 이것뿐이야. 좋을 대로 하세요!" "옳지, 그럼 죽여주지. 알라의 저주나 받아라." 그렇게 말하면서 나는 여자의 머리채를 움켜쥐고서 목을 잘랐습니다. 이렇듯 여자는 알라의, 모든 천사들의, 모든 인간들의, 저주를 받은 셈입니다.

죽이고 나서 방 안을 조사해보았더니 황금을 위시하여, 반지용의 보석, 진주 등 비록 왕일지라도 가질 수 없을 만큼의 보물이 있었습니다. 그래서 나는 가지고 갈 수 있는 만큼의 보물을 짐꾼의 바구니에다 담아 가지고 입고 있던 옷을 벗어 그 위에다 덮었습니다. 그리고 나서 바구니를 짊어지고서 지하에 있는 보물창고를 나와 집으로 돌아왔습니다. 발길을 재촉하여 카이로의 성문에 이르자, 뜻밖에도 알 하킴 빈 아무리라 교주님이 이끄시는 10명의 호위병과 딱 부딪히게 되었습니다. 교주님께서 "여봐라, 와르단!" 하고 부르셨기 때문에 나는 "아이고 임금님, 왜 그러십니까?" 하고 대답했습니다. 교주님이 "너는 곰과 여자를 죽였지?" 하시길래 나는 "네." 하고 대답했습니다. 그러자 "머리에 인 바구니를 아래로 내려놔라. 아무것도 걱정할 것 없다. 네가 가지고 있는 보물이니 아무도 달라고는 안한다." 하시는 말씀에 나는 바구니를 임금님 앞에 내려놓았습니다. 임금님은 덮개를 치켜드시고 물끄러미 바라보고 계시다가 말씀하셨습니다. "나는 말이다, 바로 네 옆에 있었던 것처럼 잘 알고 있지만 어디 다시 한 번 자초지종을 이야기해보라."

그래서 나는 자초지종을 이야기했습니다. 임금님은 "네가 얘기한 그대로다." 하시고 나서 다시 덧붙이셨습니다. "여봐라, 와르단, 이제부터 함께 보물 있는 데로 가자." 내가 예의 그 동굴까지 함께 되돌아가자, 임금님께선 덮개가 닫혀 있는 것을 보시고서 나에게 말씀하였습니다. "여봐라, 와르단, 덮개를 쳐들어봐라. 네 이름과 천성으로 주문이 걸려 있으니 너 이외의 사람은 열 수가 없다." "저도 도저히 할 수가 없습니다." "알라의 축복을 외면서 해 보아라." 그래서 나는 전능하신 알라의 이름을 외우며 덮개 앞으로 다가가 손을 대었습니다. 그러자 이건 또 어찌 된 셈입니까, 아주 가볍게 들리지 않겠습니까. "자, 아래로 내려가서 거기 있는 것을 이리 가지고 오너라. 이 동굴이 생긴 이래로 네 이름과 모습과 천성을 가진 자 이외엔 아무도 이 동굴로 들어와 본 사람은 없었다. 곰과 여자를 네 손으로 죽인 것도 숙명이었다. 그것은 이미 내 수첩에 그렇게 기록되어 있었다. 다만 나는 그것이 성취될 날을 기다리고 있었을 뿐이다."

그래서 나는 아래로 내려가서 금은재보를 모두 밖으로 날라내었습니다. 교주님은 짐끄는 말을 여러 필 끌어다가 이것을 날라가셨습니다만, 나에게는 바구니째 예의 그 보물을 되돌려주셨습니다. 그래서 나는 바구니를 집으로 가지고 가서 시장에다 가게를 한 채 내었습니다. "그리고 (하고 이야기의 작가는 말하고 있습니다) 이 시장은 아직도 남아 있어, '와르단의 시장'이라는 이름으로 알려져 있답니다."

또, 나는 다음과 같은 이야기를 들은 적도 있습니다.

공주와 원숭이

　옛날 옛적에 흑인 노예에게 홀딱 반한 공주 하나가 있었습니다. 공주는 이 흑인 노예에게 처녀를 빼앗긴 이후로는 정사에만 정신이 팔려 자나깨나 한시도 쾌락을 즐기지 않고서는 견딜 수가 없었습니다. 그래서 시녀 하나에게 사정을 털어놓고 하소연을 했더니 시녀는 비비만큼 근사하게 해주는 것도 세상에는 없다고 가르쳐주었습니다.
　그런데 마침 어느 날, 원숭이 흥행사가 커다란 원숭이 한 마리를 데리고 창 아래를 지나가는 것을 보자, 공주는 베일을 얼른 걷어제치고는 원숭이 쪽으로 얼굴을 돌리고서 눈으로 신호를 보냈습니다. 그러자 원숭이는 그것을 눈치채고서 밧줄이며 쇠사슬을 끊어버리고서 얼른 공주에게로 달려올라왔습니다. 공주는 한방에 원숭이와 함께 숨어서, 낮밤을 가리지 않고 먹고 마시고 동침하며 지냈습니다. 이 추잡스러운 소문이 부왕의 귀에 들어가자, 부왕은 차라리 공주를 죽여버리는 편이 낫겠다고 생각했습니다.

　―샤라자드는 날이 훤히 밝아오는 것을 깨닫자, 여기서 허락된 이야기를 그쳤다.

● 356일째 밤

　샤라자드는 말을 이었다. 오 인자하신 임금님, 이 추잡스러운 소문이 부왕의 귀에 들어가자, 부왕은 차라리 공주를 죽여버리는 편이 낫겠다고 생각했습니다. 그러나 공주는 재빨리 부왕의 마음 속을 눈치챘습니다. 그래서 백인 노예로 변장하여 금은재보를 잔뜩 당나귀에다 싣고서 말을 타고 그 원숭이를 데리고 카이로로 피해 스에즈의 사막 경계에 있는 교외의 어느 민가 하나를 빌어들었습니다.

그런데 공주는 매일같이 푸줏간의 젊은이한테서 고기를 사는 습관이어서 늘 정해놓고 한낮이 지나서 가게로 왔습니다. 푸줏간 젊은이는 공주의 안색이 몹시 누렇게 뜨고, 수척한 것을 보고서 마음 속으로 생각했습니다. "이 노예는 반드시 무슨 말 못할 비밀이 있어."

그래서 (푸줏간 젊은이는 이야기했습니다) 어느 날, 그 노예가 언제나처럼 가게에 오자, 나는 몰래 뒤를 밟아 상대에게 눈치채지 않도록 조심조심 여기저기로 따라다녔습니다. 이윽고 노예는 사막가 변두리에 있는 집에 도착하여 안으로 들어갔습니다. 내가 문틈으로 안을 엿보는 줄도 모르고 노예는 집안으로 들어가자 곧 불을 피워서 고기를 요리하여 배불리 먹더군요. 남은 것을 옆에 있는 원숭이에게 주자 원숭이도 배불리 먹더군요. 그러고 나서 노예는 옷을 벗고, 더할 나위 없이 화려한 옷으로 갈아입었기 때문에 나는 비로소 상대방이 여자라고 하는 것을 알게 되었습니다. 그러고 나서 여자는 술을 내놓고서 자기도 마시고 원숭이에게도 마시게 했습니다. 그러자 원숭이는 여자에게 달려들어 계속해서 몇 번씩이나 연장을 박았다 뽑았다 하는 바람에 여자는 그만 좋다 못해 기절하고 말았습니다. 원숭이는 그대로 여자의 몸에 작은 이불을 덮어주고서 자기 자리로 돌아갔습니다. 그때 나는 방 한가운데로 뛰어들어갔습니다. 원숭이는 나를 알아보자, 이제라도 당장 내 몸을 갈갈이 찢어발길 듯한 기세였습니다. 그러나 이쪽에서 다짜고짜로 식칼을 빼들고 원숭이의 배를 푹 찔렀으므로 대번에 내장이 튀어나왔습니다. 이 소리에 눈을 뜬 젊은 여자는 깜짝 놀라 몸을 부들부들 떨고 있었습니다. 그리고 무참히 죽은 원숭이의 시체를 보자 혼이 몸에서 빠져나온 것이 아닌가 싶을 정도의 비명을 지르고서 그 자리에 기절하여 쓰러지고 말았습니다. 이윽고 제정신으로 돌아온 그녀는 "어쩌다가 이런 짓을 하였어요? 제발 부탁이니 나도 원숭이의 뒤를 따르게 해주세요!" 하고 말했습니다.

그러나 나는 여자를 달래면서 원숭이 대신 실컷 재미를 보게 해주겠다고 약속했으므로 여자의 슬픔도 누그러졌습니다. 그렇게 하여 나는 그녀를 아내로 맞이한 것인데, 막상 약속을 이행하는 차례가 되고 보면, 그만 일이 싱겁게 끝나버리고, 숨이 차서 도저히 그런 힘든 일을 견디어낼 재주가 없었습니다. 그래서 나는 어떤 노파에게 사정을 호소하며, 그 여자의 터무니없는 요구를 털어놓았습니다. 그러자 노파는 잘되게 해주겠다고 약속하고는 "잡물이 섞이지 않은 진짜 초가 가득 든 냄비와 상처풀을 한 댓 근쯤 구해 오시오." 하고 말했습니다. 내가 그대로 하자, 노파는 초와 함께 냄비 속에 상처풀을 넣어 불 위에 올려놓고 부글부글 끓였습니다. 그리고 나서 노파는 여자와 교접하라고 일렀으므로 나는 여자가 기절할 때까지 계속했습니다. 노파는 녹초가 되어 인사불성이 된 여자를 껴안아 일으켜 가지고 그곳을 냄비 주둥이에다 갖다대었으므로 김이 들어가 잠시 후에 무엇인가 굴러 떨어졌습니다. 잘 조사해보니 그것은 두 마리의 조그마한 벌레였는데, 하나는 까맣고, 하나는 누런 색을 하고 있었습니다. 노파는 말했습니다. "이 까만 쪽은 검둥이와 붙어서 생긴 거고, 이 누런 쪽은 비비하고 해서 생긴 거야." 그런데 아내는 제정신으로 돌아오자 나와 함께 아주 즐겁게, 재미나게 나날을 보냈으며 옛날처럼 귀찮게 졸라대는 일도 없어졌습니다. 그도 그럴 것이 알라의 덕택으로 음란의 벌레가 없어졌기 때문입니다. 이 모양을 보고 나는 깜짝 놀랐습니다.

—샤라자드는 날이 훤히 밝아오는 것을 깨닫자, 여기서 허락된 이야기를 그쳤다.

● 357일째 밤

샤라자드는 말을 이었다. 오, 인자하신 임금님, 젊은이는 아직도 이야기를 계속했습니다.

정말로 알라께서는 음란의 벌레를 아내에게서 몰아내주신 것입니다. 이 모양을 보고서 나는 깜짝 놀랐습니다. 그리고 사이좋게 함께 살며, 그 노파를 모친으로 모셨습니다. "이리하여(하고 이야기의 작가는 말하고 있습니다.) 노파와 젊은이와 그 아내는 환락을 없애고, 사람들의 교제를 끊는 자가 찾아올 때까지 행복하고 유쾌하게 나날을 보냈습니다. 멸망하는 일 없고, 그 손 안에 현세와 내세의 주권을 쥐고 계신 영원하신 신께 영광 있으라!"

흑단(黑檀)의 말

　옛날 옛적, 이제부터 아주 먼 옛날에 그 이름을 사부르라고 하는 페르시아인의 임금 중에서도 매우 권세가 높은 대왕이 한 분 계셨습니다. 재력에 있어서나 영토에 있어서나 천하에 이를 능가할 임금이 없을 정도로 실력이 당당한 임금으로서, 재능과 지혜에 있어서도 누구 하나 이를 따를 사람이 없었습니다. 사람됨은 너그럽기 짝이 없고, 아낌없이 남에게 물건을 나눠주고, 자비를 베풀었으며, 구하는 자에게 주고, 의지하는 자는 이를 거절하지 않았으며, 슬퍼하는 자는 위로하고, 보호를 구하여 도망쳐 온 자는 친절히 이를 맞아주었습니다. 게다가 가난한 사람들을 불쌍히 여기고 외국인에게는 은총을 베풀고, 약자를 돕고, 강자를 눌렀습니다.
　왕에게는 환히 빛나는 보름달인가, 아니면 백화가 만발하여 그 아름다움을 다투는 화원에 견줄 만한 세 명의 공주와 달처럼 잘생긴 왕자가 하나 있었습니다. 그리고 일 년에 두 번씩 새해와 추분(秋分)의 축제를 베푸는 습관이 있었는데, 그때마다 왕궁을 개방하여 축제를 열고, 천하태평의 포고를 내걸고, 시종과 부왕(副王) 등을 승진시켰습니다. 영내의 온 백성들은 왕에게로 모여들어 축하의 말씀을 드리고, 또 선물과 노예와 내시 등을 바치며, 거룩한 날의 기쁨을 아뢰었습니다.
　왕은 평소 학예를 사랑하고 있었는데, 어느 해의 축제일에 옥좌에 앉아 있자니까, 세 명의 현자가 어전에 사후했습니다. 세 사람이 모두 다 학예와 발명 등에 뛰어난 그 방면의 명수들로서, 사람들을 놀라게 하는 진기하기 짝이 없는 물건을 만들어내는 데에도 뛰어났을 뿐더러, 밀법(密法)의 지식에도 통달되어 있고, 신비명묘한 이치에도 정통하고 있었습니다. 그리고 세 사람이 모두 출생국과 언어를 달리하고 있었으니, 최초의 사나이는 힌두인, 즉 인도인이고, 두번째는 로움인, 즉 그리스인, 세번째 사나이는 파루스인, 즉 페르시아인이었습니다.

우선 인도인이 앞으로 나와 임금님 앞에 엎드려 축제의 기쁨을 아뢴 다음 왕의 위엄에 걸맞는 진상물을 바쳤습니다. 그것은 귀중한 보석들을 아로새긴 황금상으로서 한쪽 손에는 황금 나팔을 쥐고 있었습니다. 사부르 왕은 이것을 보자 물었습니다. "현인이시여, 이 황금상에는 어떠한 영검이 있는가?" 그러자 인도인은 대답했습니다. "오, 임금님, 만일 이 상을 도성 성문에 세워놓으신다면 도성의 수호신이 될 것입니다. 그도 그럴 것이 만일 적이 쳐들어온다면 그 상은 나팔을 불어댈 것이므로 적은 당장에 팔다리에 경련을 일으키고서 쓰러지고 말 것입니다." 왕은 이 이야기를 듣고 크게 놀라며 외쳤습니다. "알라께 맹세코, 현인이여, 만일 그대의 말에 거짓이 없다면 무엇이고 그대의 소원을 이루어주리라."

이어 앞으로 나온 것은 그리스인으로서 왕의 앞에 엎드리자, 한가운데에 황금 공작이 있고, 그 주위에 똑같은 황금으로 만든 새끼 공작 스물네 마리가 늘어서 있는 은반을 선물로 바쳤습니다. 왕은 이것을 지켜보고 있다가 그리스인을 돌아다보며 물었습니다. "여보, 현인이여, 이 공작에는 어떠한 영검이 있는가?" "오, 임금님." 하고 그리스인은 대답했습니다. "주야를 가리지 않고 이십사 시간 동안 한 시간마다 공작은 새끼를 부리로 쪼고 울며 홰를 칩니다. 그리고 또 월말이 되면 입을 여는데 입 속에서 초승달이 보일 것입니다." 왕은 말했습니다. "그것이 사실이라면 그대의 소원을 이루어주리라." 그러자 이번에는 페르시아인 현자가 앞으로 나아가 왕의 어전에 엎드리자 황금과 보석을 아로새긴 새까만 흑단 말을 바쳤습니다. 이 말에는 왕후에 어울리는 안장과 고삐와 등자가 다 갖추어져 있었습니다. 사부르 왕은 이것을 보자, 너무도 놀란 나머지 그 아름다운 모습과 정교한 솜씨에 넋을 잃고 "이 목마는 무슨 소용에 닿는가? 그 영검과 조작의 비결을 말해보라." 하고 묻자 상대방은 대답했습니다. "오, 임금님, 이 말의 영검을 말씀드리면 사람이 등에 오르면 어디든지 하늘을 날아가는데, 일 년 걸려서 갈 곳을 불과 하루 사이에 날아갑니다."

왕은 똑같은 날에 연거푸 세 가지씩이나 신기한 것들을 눈앞에 보게 되어 하도 어이가 없어서 페르시아인을 돌아다보며 말했습니다. "전능하신 알라께 맹세코, 만물을 만드시고, 만물에게 식량을 주시는 자비로우신 우리 주께 맹세코, 만일 그대의 말이 진실이고, 그대가 만든 말의 영검이 나타난다면 어떠한 것을 원하든 반드시 그대의 소원을 이루어주리라!" 그러고 나서 왕은 사흘 동안 현자들을 환대하며 그들이 바친 선물의 영검을 실제로 실험해보기로 했습니다. 세 사람은 각기 자기들이 만든 것을 왕 앞에 내놓고서 그 신기하기 짝이 없는 영검을 실제로 왕에게 보여드리게 된 것입니다. 나팔수의 상은 나팔을 불어댔고, 공작은 부리로 새끼 공작을 쪼아댔고, 페르시아인이 흑단 말에 올라타자 그대로 하늘 높이 떠올랐다가 다시 내려왔습니다.

사부르 왕은 이 광경을 보고서 소스라치게 놀랐을 뿐만 아니라 하늘에라도 올라갈 듯이 기뻐하며 세 현자에게 말했습니다. "자, 그대들의 말에 거짓이 없다는 것을 알았다. 이번엔 내가 약속을 지켜야 할 차례다. 소원이 있다면 각자 말하라. 원하는 것을 이루어주리라." 그런데 평소부터 공주들의 소문을 들어온 그들인지라, 그들은 이구동성으로 입을 모아 대답했습니다. "다행스럽게도 전하의 마음에 들어 저희들의 선물을 받으시고 소원을 이루어주신다면 전하의 공주님들을 저희들에게 주시어 저희들을 사위로 삼아주셨으면 합니다. 부디 임금님의 말씀에 두 말씀이 없으시기를 바랍니다." 그래서 왕은 "그대들의 원을 들어주마." 하고 말하고서 세 공주를 하나씩 세 현자들에게 시집보내기 위하여 곧 재판관을 불러오라고 명령했습니다.

　그런데 공주들은 때마침 휘장 뒤에 숨어서 아버지가 하는 말씀을 엿듣고 있었는데, 이 이야기를 듣고서 가장 손아래 공주가 남편이 될 상대를 잘 보자니까, 아니 이건, 나이는 백 살이 가까워 보이는 늙은이로, 머리에는 서리를 이고 있고, 이마는 쪼글쪼글, 눈썹은 옴딱지투성이, 귀는 찢어져 있고, 턱수염도 볼수염도 꺼멓게 염색하고 있지 않겠어요! 또 눈은 빨갛게 충혈되어 있고 눈알은 뛰룩뛰룩 곁눈질을 하고 있고, 뺨은 늙어 움푹 꺼져 있고, 주책이 없어 보이는 코는 마치 가지처럼 축 늘어져 있었습니다. 얼굴은 어떤가 하면 마치 구둣방의 앞치마 같고, 덧니는 겹쳐 있고, 입술은 축 늘어져 마치 낙타의 콩팥을 연상시켜줍니다. 한마디로 하면 무서운 형상이며, 괴물 같다고나 할까요. 그도 그럴 것이 세상에서도 보기드문 추남으로, 두 번 다시 보기 싫은 징그러운 용모를 하고 있었기 때문입니다. 이는 몇 개씩 빠져 있고, 그 송곳니는 닭무리의 가축들도 기겁할 마신의 이빨 그대로였습니다. 한편 공주는 어떤가 하면 어떠한 상냥한 영양보다도 우아하고, 산들바람보다도 부드럽고, 보름달보다도 더 흰하게 생긴 당대 제일가는 가인이었습니다. 연모의 정을 태울 만한 처녀로 그 우아한 몸놀림은 바람에 흔들리는 버드나무 가지도 놀랄 정도이며, 발을 옮기면 새끼사슴의 걸음걸이도 무색할 맵시였으니, 정말 두 언니에 비하여 너무나 뛰어난 미모의 소유자였습니다.

　처녀는 자기를 요구하고 있는 그 노인을 보자, 자기 방으로 돌아와 머리에 진창을 퍼붓고, 옷을 갈기갈기 찢고는 엉엉 울면서 손수 자기 손으로 얼굴을 때리기 시작했습니다. 때마침 막 여행에서 돌아온 카마프 알 아크마트 즉 '달 중의 달'이라고 불리는 오빠인 왕자가 누이동생이 우는 소리를 듣고서 방으로 들어왔습니다 (왜 그런고 하니 다른 자매보다도 이 누이동생을 더욱 마음 속으로 사랑하고 있었기 때문입니다). 그리고는 "웬일이냐? 무슨 일이 생겼느냐? 아무것도 숨기지 말고 털어놔봐라." 하고 말했습니다.

공주는 자기 가슴을 때리면서 대답했습니다. "아, 그리운 오빠, 아무것도 감추지 않겠어요. 만일 이 넓다란 궁전도 아버님 때문에 가슴이 답답해진다면 나는 나가버리겠어요. 아버님께서 죽기보다 싫은 일을 강요하신다면 비록 여행 준비를 안 해주신다 하더라도 저는 아버님 곁을 떠나겠어요. 신께서 반드시 제 편을 들어주실 테니까요." "그 이야기는 무슨 뜻이냐? 네 가슴을 괴롭히고, 네 기분을 흔들어놓고 있는 건 도대체 뭐란 말이냐?" "그리운 오빠!" 하고 공주는 말을 이었습니다. "실은 말이에요, 아버님께서는 나쁜 마술사에게 나를 시집보내겠다고 약속하셨어요. 그 마술사는 검은 목마를 진상물로 아버님에게 바치고는 마술로 아버님을 속이고 있는 거예요. 하지만 나는 죽어도 그런 남자한테는 시집 못가요. 그 남자를 생각하면 이 세상에 태어나지 말 것을 하고 생각될 정도예요!"

　오빠는 연신 누이동생을 위로한 다음 부왕에게로 가서 말했습니다. "제일 아래 누이동생을 시집 보내시기로 한 그 마법사는 도대체 누구입니까? 누이동생을 저렇게 괴롭히다니 그 사나이가 가지고 온 선물이란 도대체 어떠한 것입니까? 이렇게 된 이상 일은 심상치 않게 되었습니다." 마침 그때 옆에 예의 그 페르시아인이 서서 왕자의 말을 들었기 때문에 얼굴이 새빨개지며 노발대발했습니다. 부왕은 "애, 아들아, 그 말을 한번 보면 필경 너도 혼비백산하고 말 것이다." 하고 말하고서 노예들에게 그 말을 가지고 오라고 명령했습니다. 그들이 말을 끌어내자, 왕자는 한눈에 그 목마가 마음에 들었습니다. 왕자는 마술을 익힌 기사였으므로 당장 그 말에 올라타 삽 모양의 등자로 옆구리를 걷어찼습니다. 그러나 말은 끄떡도 안합니다. 그래서 왕은 현인에게 "조종법을 가르쳐주라. 왕자도 그대의 소원이 성취되도록 애써줄 테니까." 하고 말했습니다.

　그런데 페르시아인 현자는 왕자가 자기의 결혼을 반대했으므로 마음 속으로 왕자를 미워하고 있었던 것입니다. 그래서 말의 오른쪽에 달려 있는 상승침(上昇針)을 가리키며 "이것을 비트시오."

이 한 마디를 남기고 그곳을 떠나버렸습니다. 왕자가 그 바늘을 비틀자, 아니 이럴 수가! 말은 순식간에 작은 새처럼 하늘 높이 날아올라, 자꾸만 날아 끝내는 시야에서 사라지고 말았습니다. 이 모양을 본 왕은 왕자가 걱정되어 안절부절 못하며 페르시아인에게 말했습니다. "여봐라, 현자여, 어떻게 해서든지 아래로 내려오게 해다오." 그러나 페르시아인은 대답했습니다. "오, 임금님, 저로선 할 방도가 없습니다. 부활의 날까지 다시는 왕자를 뵈올 수 없을 겁니다. 왜 그런고 하니 왕자님은 무지와 교만함 때문에 저에게 하강법을 묻지 않으셨고 저도 그것을 가르쳐드리는 것을 잊었습니다."

사부르 왕은 이 말을 듣자, 내발노발하여 마법사를 채찍으로 때린 다음 옥에 가두라고 명령했습니다. 한편 왕 자신은 왕관을 머리에서 벗어 던져버리고서 얼굴과 가슴을 마구 때렸습니다. 그리고는 왕궁의 출입구를 모두 폐쇄시키고는 슬픔에 잠기니, 왕비도 공주도 온 도성내의 백성들도 모두 비탄에 잠겼습니다. 이렇듯 평소의 기쁨은 일조일석에 고민으로 변하였고, 환락의 세상은 즉시로 고민과 비통의 세상으로 변하고 만 것입니다.

사부르 왕의 이야기는 여기서 그만두기로 하고, 왕자는 그후 어찌 되었는가 하면, 목마는 왕자를 태운 채 정처없이 자꾸만 하늘로 떠올라 마침내 태양 근처에까지 오게 되었습니다. 왕자는 이렇게 되고 보니 모든 것을 체념하고는 하늘에서 자기 목숨을 버릴 각오를 했습니다. 그러고는 너무나도 뜻밖의 일의 진전에 말을 타게 된 것을 자꾸만 후회하면서 혼잣말을 했습니다. "확실히 이것은 누이동생건으로 나에게 복수하려는 그 놈의 계략이다. 영광되고 위대한 신 알라 외에 주권 없고 권력 없도다! 도무지 살아날 가망이 없구나. 하지만 그렇다 하더라도 상승침을 만든 그놈이 하강침을 만들지 않았을 리가 없지!"

왕자는 아주 머리가 뛰어난 분별력이 있는 젊은이였으므로 말의 동체를 낱낱이 더듬어보기 시작했습니다. 그러나 오른쪽 어깨와 왼쪽 어깨 위에 수탉 벼슬만한 나사못이 하나씩 나와 있을 뿐 그 밖엔 아무것도 보이지 않습니다. "단추같이 생긴 것뿐이군." 하고 왕자는 혼잣말을 하고는 오른쪽 단추를 비틀자, 말은 갑자기 속도를 가하여 상공을 치솟아 올라갔습니다. 그래서 손을 놓고 왼쪽 어깨 너머를 바라보다가 또 하나의 단추를 발견하자 곧 이것을 비틀었습니다. 그러자 대번에 위로 향하던 말의 움직임이 둔해지면서 뚝 정지하더니 조금씩 지상을 향하여 내려오기 시작했습니다. 왕자는 지금이야말로 운명의 갈림길이라고 생각하고는 신중히 세심한 주의를 기울였습니다.

―샤라자드는 날이 훤히 밝아오는 것을 깨닫자, 여기서 허락된 이야기를 그쳤다.

• 358일째 밤

샤라자드는 말을 이었다. 오, 인자하신 임금님, 왕자가 왼쪽 나사못을 비틀자, 위로 향하던 말의 움직임이 둔해지더니 조금씩 지상을 향하여 내려가기 시작했습니다. 왕자는 지금이야말로 운명의 갈림길이라고 생각하고는 신중히 세심한 주의를 기울였습니다. 말이 아래로 내려가기 시작했다는 것을 알게 되고, 그 조작법을 터득하게 된 왕자의 가슴은 기쁨으로 가득 찼으며, 파멸의 심연에서 구출해주신 전능하신 알라께 감사의 말씀을 드렸습니다. 그후부터는 자기 마음대로 말머리를 돌려 자유자재로 상하로 올라갔다 내려갔다 하면서 하나에서 열까지 마음대로 말을 조종하는 기술을 익혔던 것입니다. 말은 지상을 멀리 떠나 하늘 높이 올라가 있었으므로 왕자는 그날은 하루종일 아래로 아래로 자꾸만 내려왔습니다. 내려옴에 따라 하계의 여러 도시와 나라들을 바라보고는 마음을 위로한 것인데, 어느 도시도 어느 나라도 왕자에게는 생소하기만 했습니다. 그중에서도 왕자의 눈을 끈 것은 푸르고 즐거워보이는 땅 한가운데에 비할 데 없이 아름답게 만들어진 도시였으니,

나무들이 울창하게 우거져 있고, 개울은 도처에서 졸졸 흐르고 있고, 영양은 발걸음도 가볍게 들판을 돌아다니고 있었습니다. 이 광경을 보고서 왕자는 마음이 황홀해져서 "저 도시의 이름이 뭘까? 뭐라는 나라의 도시일까?" 하고 중얼거렸습니다. 그러고 나서 그 도시의 주위를 빙 돌며 사방을 살펴보았습니다. 벌써 해가 기울어 태양은 이제라도 당장 서쪽으로 가라앉으려는 참이었습니다. 그래서 왕자는 마음 속으로 생각했습니다. "하룻밤을 보내기엔 이 도시보다 더 좋은 곳도 없겠군. 옳지, 오늘밤은 여기서 보내고 내일 아침 일찍 고국의 내 집으로 돌아가기로 하자. 그리고 사건의 자초지종과 이 눈으로 직접 본 사건을 부왕과 집안식구들에게 들려주기로 하자."

그러고 나서 왕자는 자기와 말이 안전하게 쉴 수 있는, 누구의 눈에도 띄지 않을 만한 장소는 없을까 하고 찾기 시작했습니다. 그러던 중 도시 한복판에 하늘 높이 솟아 있는 왕궁이 눈에 띄었습니다. 주위로는 높다란 총안(銃眼)과 흉벽(胸壁)이 달린 커다란 성벽이 둘러싸여 있고, 갑옷으로 몸을 싸고, 창과 칼과 활 등을 손에 든 40명의 흑인 노예들이 경비를 하고 있었습니다. "이건 참 근사한 곳이로구나." 왕자는 그렇게 말하고서 하강침을 비틀자, 말은 새처럼 날아서 궁전 지붕 위로 사뿐히 내려앉았습니다.

거기서 왕자는 말에서 내려 "아람도리라! 알라를 칭송할진저!" 하고 외우면서 말 주위를 빙 돌면서 살펴보기 시작했습니다. "확실히 이만큼 기막히게 너를 만든 그 사나이는 훌륭한 명공임에 틀림없다. 전능하신 알라의 뜻으로 내 천수가 늘어나 무사히 고국으로 돌아가 부왕을 뵈올 수 있다면 반드시 그 사나이에게 온갖 은총을 베풀고, 최대의 자비를 내려주리라." 벌써 완전히 해가 저물었기 때문에 왕자는 궁 안의 사람들이 모두 잠들 때까지 지붕 위에 앉아 있었습니다. 부왕과 헤어진 이래 아무것도 먹지 않았고, 물 한방울도 마시지 않았기 때문에 심한 허기와 갈증을 느꼈습니다. 그래서 "설마 이런 궁전에 먹을 것이 없을 리는 만무하겠지."

하고 중얼거리고서 말을 그 자리에 남겨놓고 먹을 것을 찾으러 아래로 내려갔습니다. 이윽고 계단을 찾아냈으므로 제일 아래까지 내려가자 하얀 대리석과 석고를 깐 안마당으로 나오게 되었습니다. 때마침 달빛을 받아 반짝반짝 빛나고 있는 그 광경과 그 꾸밈새의 웅대함에 소스라치게 놀랐습니다만 사람의 목소리 하나 들리지 않을 뿐더러, 사람의 그림자 하나 보이지 않습니다. 왕자는 완전히 어리둥절하여 어디로 가야 좋을지를 몰라 그저 좌우를 두리번거리면서 혼잣말을 했습니다. "먼저 장소로 돌아가서 말 옆에서 하룻밤을 지새는 편이 가장 좋겠군. 날이 밝으면 곧 말을 타고 떠나기로 하자."

―샤라자드는 날이 훤히 밝아오는 것을 깨닫자, 여기서 허락된 이야기를 그쳤다.

• 359일째 밤

샤라자드는 말을 이었다. 오, 인자하신 임금님, 왕자는 혼잣말을 했습니다. "먼저 장소로 돌아가서 말 옆에서 하룻밤을 새우는 편이 가장 좋겠군. 날이 밝으면 곧 말을 타고 떠나기로 하자." 그러던중 궁전 안에서 불빛이 하나 새어나오는 것이 눈에 띄었습니다. 가까이 가서 잘 보니 그것은 후궁 문 앞에서 자고 있는 내시의 머리맡에 세워놓은 촛불이었습니다. 그 사나이는 솔로몬을 섬기는 마신의 하나가 아니면, 마신의 일족이 아닌가 싶을 정도로 통나무보다도 키가 크고, 걸상보다도 몸집이 뚱뚱한 사람이었습니다. 촛불에 반짝반짝 빛나는 칼자루를 안고서 등을 문에 기대고서 자고 있었는데, 그 머리맡에는 가죽자루 하나가 화강암 기둥에 매달려 있었습니다. 왕자는 그 꼴을 보고서 겁이 나서 "최고지상하신 알라시여, 아무쪼록 도와주옵소서! 오, 거룩하신 신이시어, 먼저도 파멸의 심연에서 목숨을 살려주셨던 것과 마찬가지로 이번에도 아무쪼록 이 궁중에서 난을 면하도록 도와주옵소서!" 하고 말하면서 한손을 가죽자루쪽으로 뻗쳐 이것을 벗겨 한 옆으로 가지고 가서 열어보니, 안에는 더할 나위 없이 맛좋은 음식이 가득 들어 있는 것이었습니다. 왕자는 배불리 먹고 물을 마신 다음 가죽자루를 먼저 장소에 다시 걸어놓고서 내시의 칼을 칼집에서 뽑았습니다. 한편 내시는 어떠한 운명이 자기에게 닥쳐올지 까맣게 모른 채 여전히 곤하게 잠을 자고 있었습니다. 이윽고 왕자는 왕궁 안으로 들어가 휘장을 내리친 두번째 문 앞까지 오게 되었습니다. 휘장을 치켜들고 안으로 들어가보니, 진주와 풍신자석과 보석을 아로새긴 순백 상아 침대가 놓여 있고, 그 주위에서 네 명의 노예 계집들이 자고 있었습니다. 침대로 다가가서 누가 누워 있나 하고 들여다보았더니 마치 동쪽 지평선에서 떠오르는 보름달이 아닌가 싶은 젊디 젊은 여자가 머리칼로 살을 가린 채 새근새근 자고 있었습니다. 이마는 꽃처럼 희고, 둘로 나눈 머리칼은 아름답게 빛나고, 새빨간 아네모네가 아닌가 싶은 두 볼에는 고상하게 보이는 점이 박혀 있었습니다. 왕자는 아름답고 귀여운 용모를 하고서 날씬한 알몸으로 누워 있는 처녀의 모습을 보자, 그저 멍하니 넋을 잃고는 자기 몸의 위험 따위는 염두에도 두지 않았습니다.

온몸을 부들부들 떨면서 기쁨에 사로잡힌 왕자는 다가가 처녀의 오른쪽 뺨에 입을 맞추었습니다. 그 순간 처녀는 깜짝 놀라 눈을 반짝 뜨고는 머리맡에 서 있는 왕자를 보고서 말했습니다. "당신은 누구세요? 어디서 오셨어요?" "나는 당신의 노예로, 당신을 연모하고 있는 사람입니다." "누가 여기로 데리고 왔어요?" "신과 운명입니다." 그러자 샤무스 알 나하루(처녀는 그러한 이름이었습니다.)가 말했습니다. "아마, 당신은 어제 아버님에게 저를 달라고 하신 그분이시군요. 그러나 아버님은 당신이 못생겼다고 하시며 거절하셨지요. 아버님은 거짓말을 하셨군요. 하지만 당신은 아주 잘생기신 도련님이군요."

그런데 인도의 어느 왕자가 그전부터 공주와의 결혼을 요청하고 있었으나, 부왕은 상대방의 용모가 추하게 생기고, 무능했으므로 그 청혼을 거절했던 것입니다. 공주는 이 왕자가 바로 그 상대방이라고 오인한 것입니다. 공주는 왕자의 미목수려한 모습(왕자 역시 환히 빛나는 달과 같은 젊은이였습니다.)을 바라보자, 말하자면 활활 타오르는 연모의 정에 사로잡혀, 왕자를 상대로 하여 이야기를 나누기 시작했습니다. 그러자 별안간 시녀들이 눈을 떠 공주 옆에 웬 남자가 앉아 있는 것을 보고서 "어머나, 공주님, 저분은 도대체 누구세요?" 하고 물었습니다. 공주가 "나도 몰라, 눈을 떠 보니까 옆에 앉아 있잖아, 아마 아버님께 청혼을 한 그분인가 봐." 하고 대답하자 시녀들은 이구동성으로 "글쎄 공주님, 만물을 만드신 조상 알라께 맹세코, 이분은 청혼한 그분이 아니예요. 그분은 보기에도 끔찍한 추남, 이분은 미남의 도련님, 게다가 지체 높으신 분임에 틀림없어요. 정말 그분은 이분의 발밑에도 못 미칠 정도예요."

그러고 나서 시녀들은 내시에게로 달려갔으나, 깊이 잠이 들어 있었으므로 흔들어 깨웠습니다. 내시가 깜짝 놀라 벌떡 일어나자 시녀들은 물었습니다. "당신은 별궁의 감시를 맡고 있으면서 우리들이 자고 있는 동안에 웬 남자가 공주님 방에 침입하도록 내버려두다니 어찌 된 일이에요?" 흑인 내시는 이 말을 듣자, 허겁지겁 칼을 움켜쥐었지만 필요한 칼은 어디 갔는지 눈에 띄지 않고, 쓸데없는 칼집뿐입니다. 이 사실을 알게 되자, 아연실색한 흑인 노예는 몸을 부들부들 떨었습니다. 그리고 나서 정신없이 공주의 방으로 달려와서는 왕자가 공주와 정답게 이야기하고 있는 것을 보자 외쳤습니다. "여보시오, 나리, 당신은 인간입니까 아니면 마신입니까?" 왕자는 대답했습니다. "세상에서도 천한 이 노예놈아. 괘씸한 놈 같으니라구! 어엿한 왕후의 후예를 이단의 악마의 아들에 견주다니 그 무슨 버르장머리없는 짓이냐?" 왕자는 펄펄 미쳐 날뛰는 사자 그대로의 기세로 한손에다 큰 칼을 잡고서 노예에게 호통을 쳤습니다. "나는 국왕의 사위다. 이 공주를 나에게 주신 외에 백년해로의 맹세를 맺도록 분부하신 거다." 내시는 이 말을 듣자 "오,

나리, 만일 정말 당신이 말씀하신 대로라면 당신 이외에 공주님에게 어울리는 분은 계실 리가 만무합니다. 아니, 정말 누구보다도 공주님에게 어울리는 분이옵니다." 하고 말하자마자 큰 소리로 부르짖으며, 옷을 찢고, 머리에다 흙을 끼얹으면서 왕의 어전으로 달려갔습니다. 왕은 노예의 비명을 듣고 말했습니다. "웬일이냐? 어서 한마디로 말해보라. 나까지 마음이 뒤숭숭해지는구나." "오, 임금님, 공주님을 구하러 가셔야 합니다. 왕자의 모습으로 변신한 마신놈이 공주님의 마음을 사로잡고 말았습니다. 자, 어서 빨리 그놈한테 가셔야 합니다!"

이 말을 들은 왕은 그놈을 한칼에 베어죽이리라 생각하고서 "어째서 너는 공주의 경비를 등한히하여 그 악마를 접근하게 했더냐?" 하는 말을 내시에게 남겨놓고서 공주의 방으로 달려갔습니다. 가다가 도중에서 시녀들이 옹기종기 모여들 있는 것을 보았으므로 "공주가 어떻게 됐다는 거냐?" 하고 물었습니다. 그러자 시녀들은 "오, 임금님, 저희들이 그만 깜박 잠이 들었다가 문득 눈을 뜨고 보니 보름달처럼 잘생긴 젊은 서방님이 침대에 앉아 공주님과 정답게 이야기를 하고 있는 것이 아니겠어요. 그처럼 미목이 수려한 서방님은 아직껏 본 적이 없었습니다. 그래서 저희들이 어찌된 일이냐고 그 자초지종을 물었더니 임금님께서 공주님을 아내로 주셨다는 겁니다. 저희들은 그밖엔 아무것도 모르며, 그 서방님이 인간인지 마신인지도 잘 모릅니다. 그러나 어느 쪽이건 예의가 바르고, 집안이 좋은 분으로, 보기 흉칙한 짓이라곤 전연 하지 않았습니다." 이 말을 들은 왕은 분노도 좀 풀리어 휘장을 조금씩 치켜들며 안을 들여다보니, 보름달처럼 잘생긴, 세상에서도 보기 드문 미목이 수려한 귀공자가 공주를 상대로 하여 정답게 이야기를 나누고 있는 것이 아니겠어요. 이 광경을 본 왕은 딸의 체면을 생각하는 질투심에서 자기의 마음을 억제할 수가 없어 성난 마귀처럼 칼을 빼들고서 다짜고짜로 두 사람에게로 뛰어들어갔습니다. 왕자가 왕의 모습을 보고서 "당신 아버님이십니까?" 하고 공주에게 묻자 공주는 "네." 하고 대답했습니다.

―샤라자드는 날이 훤히 밝아오는 것을 깨닫자, 여기서 허락된 이야기를 그쳤다.

• 360일째 밤

샤라자드는 말을 이었다. 오, 인자하신 임금님, 성난 마귀처럼 칼을 빼들고서 다짜고짜로 두 사람에게로 뛰어들어온 왕의 모습을 보고서 왕자는 공주에게 물었습니다. "당신 아버님이십니까?" 공주가 "네." 하고 대답하자 왕자는 벌떡 일어서 자기 칼을 빼들고 상대방의 가슴을 서늘하게 하는 무서운 목소리로 호통을 쳤습니다. 그리고 나서 왕자는 칼을 높이 쳐들고서 왕에게로 달려들려고 했습니다. 그러나 왕은 상대방이 자기보다도 강해 보이자, 언월도를 칼집에 넣고서 그 자리에 섰습니다. 젊은이가 옆으로 다가오자 왕은 공손히 절을 하고서 입을 열었습니다. "여보시오, 젊은이, 그대는 인간이오, 그렇지 않으면 마신이오?" "내가 만일 주인으로서의 그대의 주권을 존경하지 않고, 공주의 체면을 존중하지 않았다면 벌써 우리는 그대의 피를 보았을지 모르오! 어엿한 왕후의 혈통을 이은 나를 악마 따위와 비교하다니 괘씸하기 짝이 없구려. 그대의 왕국을 빼앗으려고 생각한다면 지진처럼 흔들어놓고, 그대의 영예를 박탈하고, 영토를 짓밟고, 모든 재보를 약탈할 수도 있소."

왕은 이 말을 듣자 가슴이 뜨끔해지며 혹시 자신에게 위해가 가해지지나 않을까 두려워 이렇게 대답했습니다. "그대의 말마따나 그대가 정말 왕후의 후예라면 어째서 허락도 받지 않고서 궁전으로 들어와 내 체면을 짓밟고 공주에게 접근하여 마치 공주의 남편처럼 가장하여 내가 그대에게 딸을 주었다는 그런 터무니없는 소리를 했느냔 말이오? 나는 공주를 달라는 왕과 왕자를 몇씩이나 내 손으로 죽인 사람이오. 게다가, 또 내가 노예나 신하들에게 그대에게 보기에도 끔찍한 처형을 가하라고 명령만 하면 그대의 목숨은 순식간에 이슬로 사라질 것이오. 그렇게 되는 날엔 누가 내 권력과 주권에서 그대를 구해주지? 그대를 내 수중에서 구해줄 사람은 없을 게 아니냔 말이오." 왕자는 이 말을 듣자 이렇게 대답했습니다. "이거 참, 그대의 머리는 거기까지밖에 돌아가지 않소? 당신 딸의 신랑감으로 나보다 더 미남을 구할 수 있다고 생각하시오? 나보다 더 담력이 있는, 임금에 어울리는 귀공자를 이때까지 몇이나 보셨소? 나보다 신분이나 권력이 한층 더 뛰어난 자를?" "아니, 한 번도 없소. 하지만, 젊은이, 나는 왕자다운 법도를 따르고 싶단 말이오. 공공연히 내 딸을 그대에게 주려면 증인이 있는 앞에서 내 손에서 공주를 버젓이 받는 것이 이치에 맞지 않겠소? 하지만 이제는 비록 내 딸을 그대에게 몰래 준다 하더라도 그대는 공주의 살을 범했으니 내 체면은 말이 아니게 되고 말았구려." "딴은 그대의 말도 그럴싸하오. 그러나 비록 병사와 신하를 불러 모아 나를 습격하여 이 목숨을 빼앗는다 하더라도 결국은 자신의 창피를 만천하에 폭로하게 될 뿐이오. 천하의 민심은 그대를 믿는 쪽과 의심하는 쪽의 둘로 갈라질 것은 뻔한 일이오. 그러니까, 왕이여, 그런 생각은 깨끗하게 버리고서 내 충고를 좇는 것이 좋을 거요." "그대의 충고라는 것이 도대체 뭔지 들어봅시다." "내가 권하고 싶은 것은 바로 이렇소이다. 그대와 내가 일 대 일로 승부를 가리자는 거요. 상대방을 쓰러뜨린 쪽이 왕국을 계승하기에 한층 더 어울릴 뿐 아니라, 당연한 권리를 가지게 될 것이오. 그것이 싫다면 오늘 밤이거나 오늘 밤이 새는 대로 그대는 기병과 보병과 노예까지 긁어모아가지고 나와 맞서는 것이오. 그런데 그전에 묻고 싶은 게 하나 있소. 도대체 그대의 병력은 얼마나 되오?" "기병 4만 기, 그밖에 같은 수의 노예병과 노예병을 섬기는 종들이 있소." 그러자 왕자는 말했습니다. "밤이 새거든 군사를 정비하여 나와 맞서게 하고는 그들에게 이렇게 말하시오.

─샤라자드는 날이 훤히 밝아오는 것을 깨닫고, 여기서 허락된 이야기를 그쳤다.

• 361일째 밤

샤라자드는 말을 이었다. 오, 인자하신 임금님, 왕자가 말하기를 "밤이 새거든 군사를 정비하여 나와 맞서게 하고는 그들에게 이렇게 말하시오. '저 사나이는 내 딸을 아내로 맞이하고 싶어하는 자이다. 그러나 그대들을 상대로 하여 싸우고 나서 공주를 달라고 하겠다고 한다. 왜냐하면 저 사나이는 그대들을 항복시키고, 격파하여, 결코 지지 않겠다고 호언장담하고 있기 때문이다.' 그리고 나서 병사들을 상대로 하여 나와 싸우게 하면 되는 거요. 내가 죽게 되면 확실히 그대의 비밀은 지켜지고, 그대의 체면도 서게 될 것이란 말이오. 또 내가 승리하여 전군을 격파하면 나같은 자야말로 정말 모든 왕들이 서로 다투어 사위로 삼고 싶어할 인물일 거란 말이오."

왕은 상대방의 생각과 제안을 받아들였습니다. 왕자의 대담무쌍한 말에 두려움을 품고, 전군의 사병들과 싸우겠다는 호언장담에 다소 겁을 내긴 했지만, 그래도 마음 속으로는 왕자가 싸움에 져서 죽게 되면 우선은 자신의 창피가 온천하에 드러나게는 되지 않을 것이라는 확신을 갖게 되었던 것입니다. 그래서 왕은 내시를 불러 대신에게로 보내, 전군의 병사를 소집하여 무장을 갖추고, 말에 오르라고 명령했습니다. 내시가 왕명을 받들어 대신에게로 달려가 그 뜻을 전하자, 대신은 곧 장수와 영내의 태수들을 소집하여 무장을 갖추고 말에 올라 전열을 지어 출동하도록 명령했습니다.

한편, 공주는 오랫동안 젊은 왕자를 상대로 하여 이야기를 하고 있었으나, 끝내는 왕자의 생각이 깊은 말과 분별, 훌륭한 교양에 완전히 탄복하고 말았습니다. 날이 밝자 왕은 곧 궁전으로 돌아와 옥좌에 앉아, 신하들에게 왕실용의 말 중에서도 가장 훌륭한 말에게 훌륭한 안장과 마구를 붙여 왕자에게로 갖다주라고 명령했습니다. 그러나 왕자는 "나는 병사들이 보이는 곳까지 가서 장병들을 볼 때까진 말에 타지 않겠소." 하는 바람에 왕은 "그럼 그대 마음대로 하시오." 하고 대답했습니다.

그리고 나서 두 사람이 연병장으로 나가자, 벌써 전장병이 전열을 갖추고 있었습니다. 젊은 왕자는 그 모양을 둘러보고서 병력의 수가 엄청나다는 것을 알았습니다. 이윽고 왕은 큰 소리로 전장병에게 고했습니다. "여봐라, 모두들 듣거라, 공주를 달라고 나에게 온 젊은이가 하나 있다. 정말 이 젊은이만큼 잘생긴 미남자를 아직껏 본 적이 없다. 아니, 이 젊은이만큼 당돌하고 대담무쌍한 사람을 난 아직껏 본 적이 없다. 왜 그런고 하니 이 젊은이는 단신으로 너희들을 상대로 하여 격파해보이겠다고 호언장담하고 있기 때문이다. 너희들이 비록 10만의 병력을 갖추고 있어도 그런 수는 문제도 되지 않는다는 것이다. 그렇기 때문에 이 젊은이가 너희들에게 공격을 가한다면 너희들은 창끝으로 그 공격을 막고, 칼날로 맞도록 하라. 정말로 이 젊은이는 어처구니없는 싸움을 건 셈이다."

그리고 나서 왕자에게 "자, 전군을 상대로 하여 마음껏 싸워보시오." 하고 말하자 왕자는 대답했습니다. "그대의 처사는 공평하지도 않거니와 정당하지도 않소. 이쪽은 도보인데 그쪽은 말을 타고 있다면 어찌 상대가 되겠소?" "내가 말을 타라고 권했는데도 그대는 거절하지 않았소. 하지만 아무래도 상관없소. 내 말을 골라서 타시오." "싫소, 당신의 말은 어느 것도 마음에 들지 않소. 내가 타고 온 말 이외엔 싫소. 다른 말은 타지 않겠소." "그대의 말이 어디 있다는 거요?" "왕궁 꼭대기에." "왕궁 어디에?" "지붕 위에 말이오." 자, 왕은 이 말을 듣자, 자기도 모르게 외쳤습니다. "미친 소리 말아! 어째 실성했다는 그 최초의 징조를 보이는군 그래. 무슨 수로 말이 지붕 위에 올라갈 수 있다는 거야? 하지만 어쨌든 그대의 말이 거짓말인지 사실인지 당장 조사해보아야겠군."

그러고 나서 왕은 중신 하나를 돌아다보며, "궁전으로 가서 지붕에 올라가 있는 것이 있다면 데리고 오너라." 옆에 있던 모든 사람들은 젊은 왕자의 말을 수상하게 여기고는 이구동성으로 속삭였습니다. "말이 지붕 위에서 무슨 수로 계단을 내려오지? 이거야말로 정말 전대미문의 일인걸." 그 사이에 왕의 사자가 궁전으로 와서 지붕으로 올라가 보니 예의 그 말이 거기 있는 게 아니겠어요. 게다가 아직껏 본 일이 없는 잘생긴 말이었습니다. 그러나 가까이 다가가 잘 살펴보니 그것은 흑단과 상아로 만든 목마가 아니겠어요? 그런데 사자 뒤에는 다른 중신들도 뒤따라왔기 때문에 그들은 이 모양을 보고서 서로 껄껄 웃어댔습니다. "저 젊은이가 한 말은 이 말을 두고 한 소리였던가? 어째 실성한 사람 같구먼. 어쨌든 이제 곧 모든 진상이 밝혀질 테지."

—샤라자드는 날이 훤히 밝아오는 것을 깨닫자, 여기서 허락된 이야기를 그쳤다.

• 362일째 밤

샤라자드는 말을 이었다. 오, 인자하신 임금님, 중신들은 흑단으로 만든 말을 바라보며 서로 껄껄 웃어댔습니다. "저 젊은이가 한 말은 이 말을 두고 한 소리였던가? 어째 그놈은 실성한 사람 같구먼 그래. 어쨌든 이제 곧 모든 진상이 밝혀질 테지. 혹시 이것에는 무슨 곡절이 있고, 그 젊은이는 어엿한 신분을 가진 고귀한 분일지도 몰라." 그들은 그 목마를 그대로 지고 왕 앞으로 가지고 가서 그 앞에 내려놓았습니다. 신하들은 그 목마 주위에 모여 이것을 바라보며, 그 균형이 잡힌 사지의 아름다움, 안장과 마구의 호화스러움에 깜짝 놀랐습니다. 왕도 또한 그 훌륭한 데 깜짝 놀라 감탄의 말을 연발하며 왕자에게 물었습니다. "여보, 젊은이, 이것이 그대의 말이오?" "그렇소, 이것이 내 말이오. 이제 곧 신기한 조작을 해보여드리리다." "그럼 당장 타보시오." 그러자 왕자는 대답했습니다. "병마들을 멀리 물러서게 해야만 타겠소." 그래서 왕은 군사들에게 목마에서 화살이 미치지 않는 곳까지 물러서라고 명령했습니다. 왕자는 다시 "그럼, 두고 보시오, 이제부터 나는 말을 타고서 그대의 군대를 습격하여 사방으로 무찔러 오장육부를 갈갈이 찢어발기겠소." 하고 말하니 왕은 "마음대로 해보라. 마음대로 병사들을 쓰러뜨려 보라. 병사들도 그대를 그냥 내버려두진 않을 테니까." 하고 응수했습니다. 이윽고 왕자가 말에 올라타자, 병사들은 그 앞에 대열을 정비하고서 늘어서 서로 한마디씩 말했습니다. "저 풋내기가 진열 속으로 뛰어들어오면 창칼로 찔러 본때를 보여줘야겠군." "어쨌든 불행한 일이야. 저렇게 미목이 수려한 젊은이의 목숨을 어찌 빼앗으리오?" 그러자 세번째 병사는 "저 사람을 쓰러뜨리기란 그리 만만치 않을걸. 자기의 기량과 당돌한 용기를 모르고서 어찌 그런 소릴 했겠소."

이럭저럭하는 동안에 왕자는 안장 위에 자리를 잡고 오르자 상승침을 비틀었습니다. 어찌 되는 것일까 하고 눈을 모아 지켜보고 있는 병사들을 아랑곳도 하지 않고서 흑단마는 점차 지상을 떠나, 몸을 좌우로 흔들며, 세상에서도 보기 드문 동작을 하며, 배에 잔뜩 공기를 쳐넣었는가 싶더니 왕자를 태운 채 자꾸만 하늘 높이 떠올라갔습니다. 왕은 이 모양을 보고서 부하 장병들에게 큰 소리로 외쳤습니다. "이 바보들아! 붙잡아! 도망치기 전에!" 그러나 대신들도 부왕도 입을 모아 "오, 임금님, 나는 새를 무슨 수로 잡습니까? 저건 반드시 지독한 마법사거나 마신 중의 마신이거나, 그렇지 않으면 악마놈임에 틀림없습니다. 알라여, 제발 저놈의 손아귀에서 우리 임금님을 구해주시기를! 임금님도 전군 장병들도 저놈의 손아귀에서 무사히 구출되었으니, 전능하신 알라를 칭송하는 것이 좋을 것입니다."

이윽고 왕은 왕자의 묘기를 보고 나서 왕궁으로 돌아와 공주에게로 가서 연병장에서 있었던 사건의 자초지종을 들려주었습니다.

그러나 공주는 왕자와의 이별을 슬퍼하여 고민 끝에 마침내 중병에 걸려 자리에 눕게 되었습니다. 부왕은 딸의 이 꼴을 보고서 딸을 가슴에 껴안고 이마에 입을 맞추며 위로해주었습니다. "애야, 공주야, 신께선 저 약삭빠른 마법사, 저 악당, 저 천한 놈, 너를 타락시키려고만 벼르던 저 도둑으로부터 우리들을 구해주신 것이다. 전능하신 알라를 칭송하여 감사의 말씀을 드리는 것이 좋겠다!" 왕은 왕자가 하늘 나라로 모습을 감춘 모양을 되풀이해서 설명해 주었습니다. 그리고 왕자를 연모하고 있는 공주의 마음도 모르고서 마구 욕하기도 하고, 저주하기도 했습니다. 그러나 당사자인 공주는 부왕의 말에는 아랑곳도 하지 않고서 더욱더 비탄에 젖어 드디어는 "알라께 맹세코, 그분을 만날 때까지 먹지도 않고 마시지도 않으리라!" 하고 맹세하는 것이었습니다. 부왕은 딸의 용태를 몹시 걱정하고 슬퍼했습니다만 그저 위로의 말을 하는 것이 고작이었고, 공주의 욕정은 더욱더 심해질 뿐이었습니다.

—샤라자드는 날이 훤히 밝아오는 것을 깨닫자, 여기서 허락된 이야기를 그쳤다.

● 363일째 밤

샤라자드는 말을 이었다. 오, 인자하신 임금님, 부왕은 딸의 용태를 몹시 걱정하고 슬퍼했습니다만 그저 위로의 말을 하는 것이 고작이었고, 공주의 욕정은 더욱더 심해질 뿐이었습니다. 왕과 샤무스 알 나하루 공주의 이야기는 이것으로 그치고서, 카마프 알 아크마트 왕자는 어떻게 되었는가 하면, 하늘 높이 날아 올라간 다음 말머리를 고국쪽으로 돌렸지만 마음 속은 오로지 아름다운 공주의 생각으로 가득 찼습니다.

그런데 왕자는 그보다 먼저 도성의 이름과 국왕과 공주의 이름을 왕가 사람들에게 물어, 도성의 이름은 사나아라고 한다는 것을 알게 되었습니다. 왕자는 전속력으로 비상을 계속하여 부왕의 수도 가까이에 오자, 도성 주위를 한바퀴 삥 돈 다음 왕궁 지붕 위에 내려앉았습니다. 말에서 내려 궁전으로 들어가자, 문턱에는 재가 뿌려져 있었으므로, 집안식구 중의 누가 세상을 떠났구나 하고 생각했습니다. 안으로 들어가보니 부모 자매가 모두 검은 상복을 입고 있고, 얼굴은 창백하고, 수척한 모습들이었습니다. 부왕은 왕자의 모습을 보고, 자기 아들이라는 것을 확인하자, 소리를 지르며 그 자리에 기절하여 쓰러지고 말았습니다. 이윽고 제정신이 들자, 왕은 왕자에게로 몸을 내던져 꽉 가슴에다 껴안고서 정신없이 재회를 기뻐했습니다. 어머니도 자매들도 이 소리를 듣고 방으로 달려오자 왕자의 모습을 보고서 그 목에 매달려 입을 맞추고, 기쁜 나머지 울며 웃으며 법석을 떨었습니다. 왕자가 사건의 자초지종을 설명하자 부왕은 말했습니다. "네가 무사히 돌아온 것을 알라께 감사드리자! 오, 내 눈의 서늘함, 내 마음의 골수여!" 그러고 나서 왕은 성대한 축연을 베풀도록 명령했습니다.

그러자 이 길보는 대번에 온 도성내로 퍼졌습니다. 사람들은 북과 징을 치고, 상복을 벗어버리고는 화려한 축제의 복장으로 갈아입었으며, 시내를 아름답게 장식했습니다. 백성이 서로 다투어 부왕에게 경축의 말을 올리자, 부왕 또한 대사면을 포고하고, 옥문을 열어 죄수들을 석방했습니다. 게다가 꼬박 일주일 동안 낮밤을 가리지 않고서 백성들을 위하여 향연을 베풀어 남녀노소 모든 백성들이 기쁨에 들떴습니다. 또 부왕은 왕자의 모습을 만백성들에게 보여 기뻐해달라는 뜻으로 함께 말을 타고 시내를 한 바퀴 돌았습니다. 이윽고 왕자는 예의 그 목마를 만든 노인에 관하여 물어보았습니다. "아버님, 그 사람은 어떻게 되었습니까?" 그러자 왕은 대답했습니다. "그놈에겐 알라의 축복이 없도록 기도드리자! 그놈은 보기도 싫다! 아들아, 네가 내 곁을 떠나게 된 것도 결국 그놈의 수작이었다. 그래서 네가 행방불명이 된 날부터 그놈을 옥에 가두어두었다."

왕은 왕자의 청으로 그 노인을 옥에서 석방하도록 명령하여 어전으로 불러 속죄의 어의를 하사하며 매우 공손히 대접했습니다. 다만 공주를 아내로 주는 일만큼은 막무가내로 승낙하지 않았습니다. 그러자 노인은 몹시 화를 내며, 왕자가 목마의 비밀과 조작법을 익힌 것을 알고서 자기가 한 짓을 몹시 후회했습니다. 왕은 왕대로 자기 아들에게 말했습니다. "앞으로는 그 말에게 가까이 하지 말라. 아니, 앞으론 그 말을 타지 않는 편이 좋을 것이다. 너는 그 말의 성질을 잘 모르고, 실수를 범하지 않는다고만도 할 수는 없으니까 말이다." 왕자는 벌써 부왕에게 사나아 왕과 그 공주 때문에 일어났던 모험담을 이야기했던 것입니다. 부왕은 다시 말을 이었습니다. "그 왕이 너를 죽일 생각만 있었더라면 벌써 죽여버렸을 것이다. 그러나 다행히도 네 천명은 끝이 난 것이 아니었기 때문에 무사했던 것이다."

향연도 끝나서 모두가 자기 집으로 돌아가자, 왕의 부자도 왕궁으로 돌아와 편히 쉬고 음식과 음료를 마시며 유쾌하게 지냈습니다. 왕에게는 그전부터 비파의 명인인 잘생긴 시녀가 하나 있었는데, 그녀는 어전에 사후하며 비파를 손에 들자 경쾌한 가락을 타면서 연인들의 이별의 노래를 부르기 시작했습니다.

그대와 헤어져 나홀로 살건만
어찌 그리운 그대를 잊을쏘냐.
내 생각에서 그대가 사라지면
나는 무엇을 생각하지?
세월은 흘러 없어지지만
없어지지 않는 것은 오직 나의 정뿐.
그대를 사모하며 나는 죽고
그대를 사모하며 또다시 살아나리.

이 노래를 듣자, 왕자의 가슴에는 연모의 불꽃이 확 타오르며, 오로지 그리운 공주의 생각에 견딜 수가 없었습니다. 슬픔과 회오의 마음은 점점 더해가, 마음 속으로부터 사나아 공주가 그리워 죽을 것만 같았습니다. 그래서 곧 자리에서 일어나 부왕의 눈에 띄지 않도록 궁을 빠져나와 예의 그 목마 있는 데로 가서 이것에 올라타 상승침을 비틀었습니다. 그러자 목마는 새처럼 하늘로 비상하여 순식간에 중천으로 떠올랐습니다.

이튿날 아침 일찍 부왕은 왕자가 없어진 것을 깨닫고, 몹시 걱정한 나머지 궁전 꼭대기로 올라가보니, 왕자는 푸른 하늘을 높이 날아가고 있는 것이 아니겠습니까. 이 광경을 목격한 왕은 몹시 상심하며 목마를 감춰두지 않은 것을 새삼스럽게 후회했습니다. "알라께 맹세코, 이번에 아들이 돌아오면 다시는 상심하지 않도록 저 말을 깨뜨려버리자." 그리고 왕은 다시 한 번 죽을 듯이 비탄에 젖었습니다.

— 샤라자드는 날이 훤히 밝아오는 것을 깨닫자, 여기서 허락된 이야기를 그쳤다.

• 364일째 밤
샤라자드는 말을 이었다. 오, 인자하신 임금님, 왕은 또다시 왕자의 몸이 걱정되어 비탄에 젖었습니다.

이야기가 바뀌어 왕자는 자꾸만 하늘을 날아 사나아의 도성에 도착하여, 먼저와 마찬가지로 왕궁 지붕에 내려앉았습니다. 그러고 나서 몰래 궁 안으로 들어가 그전처럼 내시가 잠을 자고 있는 틈을 타서 조금씩 휘장을 쳐들고서 공주의 방문에 접근하여 귀를 기울였습니다. 그러자, 이게 웬일입니까! 시녀들은 그 주위에서 잠이 들어 있는데, 공주는 눈물을 죽죽 흘리면서 노래를 중얼거리고 있는 것이 아니겠습니까? 이윽고 시녀들은 공주의 흐느낌소리를 듣고서 말했습니다. "글쎄 저 공주님, 공주님을 위하여 슬퍼해주시지도 않는 서방님을 생각하시고서 뭣 때문에 그렇게 슬퍼하십니까?" 그러자 공주는 대답했습니다. "그게 무슨 어리석은 소리냐? 내가 슬퍼하고 있는 분은 잊거나 잊혀지거나 할 그런 분이 아니야." 공주는 땅이 꺼져라 하고 또다시 비탄에 잠겼으나 이윽고 잠이 들었습니다. 왕자는 가련한 생각이 든 나머지 이제라도 심장이 터질 것만 같은 심정이었습니다. 그래서 방 안으로 들어가 아무것도 걸치지 않고 자고 있는 공주의 모습을 보자, 한손으로 그 살결을 만졌습니다. 공주가 눈을 뜨고서 자기 옆에 서 있는 왕자를 보자, 왕자는 입을 열었습니다. "왜 그렇게 울거나 슬퍼하거나 하고 있는 거죠?" 공주는 왕자라는 것을 알자 몸을 내던져 왕자의 목에 매달려 입을 맞추면서 대답했습니다. "당신 때문이에요. 당신과 헤어졌기 때문이에요." "오, 공주여, 나도 오랫동안 그대가 그리워서 쓸쓸한 생각을 해온 거요!" 그러나 공주는 말했습니다. "나를 버린 건 당신이에요. 조금만 더 늦었다면 필경 나는 죽어 있었을 거예요!" "공주여, 그대의 부친과 나 사이를 어떻게 생각하시오? 오, 삼계의 아름다운 유혹자여! 내가 그대를 사랑하고 있지 않았다면 꼭 부친의 목숨을 빼앗아서 세상 사람들의 본보기로 삼았을 것이오. 그러나 나는 그대를 사랑하고 있는 것처럼 그대 때문에 그대의 부친도 사랑하고 있는 것입니다." "그럼, 왜 날 버리고 가셨지요? 당신에게 버림을 당하고서 무슨 보람으로 살지요?" "이제까지의 일은 어찌할 수 없소. 그런데 나는 시장하고, 목이 말라 견딜 수가 없소."

그래서 공주는 시녀들에게 식사준비를 시켜, 두 사람은 날이 샐 때까지 먹고 마시고, 이 이야기 저 이야기를 나누었습니다. 날이 훤히 밝아오자, 왕자는 내시가 눈을 뜨기 전에 공주에게 이별을 고하고는 떠나려고 했습니다. 그러자 공주는 물었습니다. "어디로 가시겠다는 거죠?" 왕자가 "내 부친에게로 돌아갑니다. 이레에 한 번은 꼭 당신을 찾아뵙겠다고 맹세하겠소." 하고 대답하자 공주는 울며 말했습니다. "전능하신 알라께 맹세코, 제발 어디를 가시든 나를 함께 데리고 가셔서 두 번 다시는 이별의 쓴맛을 맛보지 않게 해주세요." "정말 함께 갈 생각입니까?" "네, 가겠어요." "그럼, 일어서시오, 당장 떠날 테니."

공주는 곧 일어서서 큰 상자 옆으로 가서 황금 장식물과 보석 등 가장 값비싼 중요한 물건들을 몸에 걸치고서 아무것도 모르는 시녀들 옆을 빠져나와 밖으로 나왔습니다. 왕자는 왕궁 지붕 위로 공주를 데리고 올라가자, 흑단말에 올라타, 공주를 자기 뒤에 태우고서, 튼튼한 노끈으로 자기 몸에다 공주의 몸을 꽉 묶었습니다. 그리고 나서 상승침을 비틀자, 말은 두 사람을 태운 채 하늘 높이 날아올라갔습니다.

노예 계집들은 이 광경을 보고서 찢어지는 듯한 고함소리를 지르며, 공주의 양친에게로 달려가 보고하자, 두 사람은 왕궁의 지붕으로 뛰어올라가 왕자와 공주를 태우고서 하늘을 날아가는 마법의 말을 바라보았습니다. 그 광경을 보고서 왕은 가슴이 터질 것만 같아 원통해하며 외쳤습니다. "여보시오, 왕자님, 제발 비오니 나와 왕비를 불쌍히 여겨 공주를 납치해가지 말아주시오!" 왕자는 한마디도 대답하지 않았습니다. 그러나 공주가 양친을 버린 것을 후회하고 있는 것이 아닌가 생각하고서 공주에게 물었습니다. "오, 현세의 기쁨이여, 어떻게 하오리까? 양친에게로 다시 그대를 되돌려 보내드릴까요?" 그러자 공주는 대답했습니다. "여보세요, 서방님, 그건 절대로 내가 원하는 바가 아닙니다. 나는 그저 당신께서 어디로 가시든 당신 곁에 있고 싶을 따름입니다. 나는 당신을 연모한 나머지 부모까지도 저버린 것입니다."

이 말을 들은 왕자는 아주 기뻐하며 공주의 신경을 자극하지 않으려고 조용히 말을 몰았습니다. 이렇듯 말을 몰고 가고 있으려니까 이윽고 파란 초록색 광야가 시야에 들어오게 되었는데, 그곳에는 샘이 콸콸 솟고 있었습니다. 그들은 이 들판에 내려 식사를 하고, 물을 마셨습니다. 그것이 끝나자, 왕자는 또다시 공주를 자기 뒤에 태우고서, 떨어지지 않도록 그녀의 몸을 자기 몸에다 꽉 묶었습니다. 그리고 나서 또다시 비상을 계속하여 마침내 부친의 수도가 보이는 곳에까지 오게 되었습니다. 왕자는 기쁨에 가슴이 부풀어 사랑하는 공주에게 자기 나라의 영토의 중심지와 부왕의 권

풀어 사랑하는 공주에게 자기 나라의 영토의 중심지와 부왕의 권세와 위풍을 보이고서 사나아 왕의 그것보다도 훨씬 크다는 것을 알려야겠다고 생각했습니다. 그래서 왕자는 부왕이 평소 소풍하러 나가는 교외의 정원 중의 하나에 공주를 내려놓았습니다. 그리고 부왕을 위하여 만들어놓은 둥근 지붕의 정자로 공주를 안내한 다음, 입구에 흑단말을 매어놓고서 공주더러 감시하고 있으라고 분부했습니다. "사자가 올 때까지 여기서 가만히 앉아 계십시오. 나는 이 길로 부친에게로 가서 당신이 들 궁전을 깨끗이 치우고, 당신에게 우리 유서깊은 가문을 보이고 싶으니까." 공주는 그 말을 듣자, 기뻐하며 말했습니다. "제발 좋도록 하세요."

——샤라자드는 날이 훤히 밝아오는 것을 깨닫자, 여기서 허락된 이야기를 그쳤다.

• 365일째 밤

샤라자드는 말을 이었다. 오, 인자하신 임금님, 공주는 그 말을 듣자 기뻐하며, "제발 좋도록 하세요." 하고 말했습니다. 왜냐하면 왕자의 말에서 신분에 어울리는 상당한 영예와 존경을 받으면서 도성으로 들어가야겠다는 생각이 들었기 때문입니다. 자, 왕자가 공주를 남겨놓은 채 부왕의 궁으로 가자, 부왕은 아들의 귀국을 대단히 기뻐하며 맞아주었습니다. 왕자가 "실은 전에 말씀드린 공주를 데리고 왔습니다. 이제 교외의 이러이러한 정원에 남겨놓고 왔는데, 성대한 행렬을 준비하여 공주를 맞이하여 아버님의 당당한 위풍과 군병을 보여주고 싶어서 우선 그것을 알리러 온 것입니다." 하고 부왕에게 아뢰니, 왕은 "거 참 좋은 생각이다." 하고 대답했습니다. 그리고는 곧 시내를 화려하게 장식하라고 명령하고는 장병에서부터 중신들과 가족들을 이끌고, 큰북. 작은북. 징. 피리 등 온갖 악기를 울리면서 위풍당당하게 말을 몰고 나갔습니다. 한편 왕자는 보물 창고 가운데서 왕후 군주들이 사용하는 보석과 옷

따위를 꺼내서 눈이 부실 정도로 화려하게 몸치장을 했습니다. 그 밖에 또 공주를 위해서는 초록색과 빨강색과 황색의 둥근 지붕이 달린 가마를 마련하고는 그 안에 인도와 그리스와 아비시니아의 노예 계집들을 태웠습니다. 그러고 나서 왕자는 그들보다 앞서 아까 공주를 내려놓았던 정자쪽으로 걸어갔습니다. 그러나 아무리 찾아도 공주도 목마도 보이지 않았습니다. 이 모양을 보고서 왕자는 얼굴을 때리고, 옷을 찢고, 미친 사람처럼 정원 안을 헤매고 다니기 시작했습니다. 그리고 이윽고 제정신이 들자 혼잣말을 했습니다. "아무것도 가르쳐주지 않았으니 공주가 어찌 그 목마의 비밀을 알 수 있겠느냐 말이다. 이건 어쩌면 공주의 모습이 저 말을 만든 페르시아의 현자놈의 눈에 우연히 띄게 되어 아버님의 냉대에 대하여 복수를 할 생각으로 공주를 납치해갔을지 모른다."

왕자는 정원지기를 찾아서 정원 안에 누가 들어서지 않았더냐고 물었습니다. "아무도 들어오지 않았던가? 거짓말을 시키는 날엔 너의 목숨은 없는 줄로 알아라." 정원지기는 왕자의 엄포에 벌벌 떨면서 이구동성으로 이렇게 대답했습니다. "약초를 모으러 오신 페르시아의 현인 외엔 아무도 오신 분이 없습니다." 이로써 왕자는 공주를 납치해간 장본인이 틀림없이 바로 그 페르시아의 현인이라고 하는 것을 알았습니다.

─샤라자드는 날이 훤히 밝아오는 것을 깨닫자, 여기서 허락된 이야기를 그쳤다.

• 366일째 밤

샤라자드는 말을 이었다. 오, 인자하신 임금님, 왕자는 정원지기의 대답을 듣고서 저 페르시아의 현인이 공주를 납치해갔다는 사실을 알게 되어 그저 아연실색하여 어찌해야 좋을지를 몰랐습니다. 여러 사람들을 볼 낯이 없어서 왕자는 부왕을 돌아다보며 자초지종을 설명하고는 "군병을 이끌고 도성으로 돌아가주십시오.

저는 이 사건이 해결되기까지는 다시는 돌아가지 않을 생각입니다."하고 말했습니다. 왕은 이 말을 듣자 눈물을 흘리고 자기 가슴을 때리면서 말했습니다. "여봐라, 아들아, 화를 가라앉히고, 분하더라도 참고, 나와 함께 궁으로 돌아가자. 어떤 왕녀라도 좋으니 네 맘에 맞는 여자를 찾도록 하라. 짝지어줄 테니." 그러나 왕자는 부왕의 말에는 귀도 기울이지 않고 이별을 고하고는 떠나버렸습니다. 왕은 할 수 없이 궁으로 돌아왔습니다만 기쁨은 잠시 사이에 격심한 고민으로 바뀌고 만 것입니다.

자, 운명의 장난으로 공주가 어떠한 함정에 빠지게 되었는가 하면, 왕자가 공주를 정자에 남겨놓고 준비를 갖추기 위하여 부왕의 왕궁으로 가자, 때마침 그때 페르시아인이 약초를 캐러 정원으로 들어왔습니다. 그리고는 공주의 피부에서 풍기는 사향과 향료의 냄새가 코를 찌르며 사방으로 퍼져 있는 것을 알고서, 냄새를 따라 정자 있는 데까지 와 보니, 그 입구에 자기 손으로 만든 말이 서 있는 것이 눈에 띄었습니다. 왕에게 바친 이래로 자기 수중에서 내놓은 것을 무척 후회하고 있던 터였으므로 이게 웬 떡이냐고 페르시아인의 기쁨은 이만저만이 아니었습니다. 당장 달려가서 잘 조사해보았으나 조금도 이상이 없었으므로 이것을 타고 떠나려고 한 것입니다. 그때 무슨 생각이 머리에 떠올라 혼잣말을 했습니다. "우선 저 왕자가 무엇을 가지고 와서 목마와 함께 놔두고 갔는지 꼭 조사해 봐야겠군." 그래서 정자 안으로 들어가보니 맑게 개인 창공에 화사하게 빛나는 태양인가 싶은 공주가 혼자 앉아 있는 것이 아니겠어요. 한눈에도 어엿한 가정의 귀부인이라고 하는 것을 알 수 있었고, 또 왕자가 말에 태우고서 여기까지 날아와, 자기는 도성으로 나가 굉장한 행렬을 준비한 다음에 공주를 맞이하려고, 공주를 혼자 정자에 남겨놓고 갔다는 것도 의심할 여지가 없었습니다.

페르시아인이 옆으로 다가와 땅에 엎드리자, 공주는 눈을 쳐들어 상대방을 지켜보았으나 너무나도 추하게 생긴 용모이므로 "너는 누구냐?" 하고 물었습니다. 그러자 페르시아인은 "공주님, 저는 사자이온데, 왕자님께서 공주님을 좀더 도성에 가까운 다른 정원으로 모셔오라는 분부가 계셔서 온 것입니다. 그도 그럴 것이, 왕비님께서는 멀리까지 외출 못하실 뿐 아니라, 또 공주님이 오신 것을 아주 기뻐하시며, 다른 누군가가 당신보다도 먼저 공주님을 뵈올까봐 조바심을 내시고 계시기 때문입니다." "왕자님은 지금 어디 계시느냐?" 하고 공주가 묻자, 페르시아인은 대답했습니다. "부왕과 함께 도성에 계십니다. 머지않아 공주님을 모시러 올 것입니다." "그렇다 하더라도 이봐 영감! 왕자님은 좀더 곱상하게 생긴 사람을 나를 맞으러 보내셨을 텐데." 이 말을 듣자, 페르시아인은 껄껄 웃어대며 "지당한 말씀이지요. 나만큼 못생긴 백인 노예는 한 사람도 없습니다. 하지만, 이보세요, 공주님, 얼굴이 못생기고, 모습이 더럽다 해서 겉모습에 속아선 안됩니다. 왕자님과 마찬가지로 제가 도움이 된다는 것을 알게 되면 필경 저를 칭찬해주시게 될 것입니다. 실은 왕자님이 저를 사자로 뽑아주신 것도 공주님이 귀여워서 못견딜 지경이어서 저의 이 추한 몰골을 일부러 계산에 넣으셔서 하신 처사입니다. 왕자님의 슬하에는 수없이 많은 백인 노예와 흑인 노예, 시동과 내시 신하들이 있는데, 모두가 하나같이 잘생긴 자들 뿐입니다." 공주는 이 말을 듣자, 지극히 조리에 맞는 말인지라, 페르시아인의 말을 감쪽같이 믿고서 곧 일어섰습니다.

　—샤라자드는 날이 훤히 밝아오는 것을 깨닫자, 여기서 허락된 이야기를 그쳤다.

　• 367일째 밤
　샤라자드는 말을 이었다. 오, 인자하신 임금님, 페르시아인이 공주에게 왕자의 신상에 관한 이야기를 이것저것 들려주자, 공주는 상대방의 이야기를 감쪽같이 믿고서 곧 일어섰습니다. 그리고 페르시아인의 손에 한쪽 손을 맡기고서 "영감님, 무슨 탈것이라도 가지고 오셨어요?" 하고 물었습니다. "공주님, 공주님이 타고 오신 말에 태워드리지요." "혼자선 못타요." 이 대답을 듣고 페르시아인은 빙긋이 웃으며 이렇게 된 이상 이젠 내 세상이다 하고 생각했습니다. "그럼 나도 함께 타고 가죠." 하고 나서 영감은 앞에 타고 공주를 껴안아 뒤에다 태우고서 튼튼한 노끈으로 자기 몸에다 공주를 묶었습니다. 공주는 상대방의 속셈을 알 까닭이 없었습니다. 이윽고 상승침을 비틀자 말의 배는 공기로 부풀어오르더니, 파도처럼 몸을 좌우로 흔들어댔는가 하자 홱 하고 하늘 높이 공중으로 떠올라 자꾸만 비상을 계속하여 순식간에 도성은 시야에서 사라지고 말았습니다. 공주는 이 모양을 바라보며 물었습니다. "여보, 영감! 왕자님의 사자라고 한 아까의 얘기는 도대체 어떻게 된 거요?" 그러자 페르시아인은 대답했습니다. "왕자 같은 건 똥이나 먹어라! 그놈은 천한 쓰레기 같은 악당놈이야!" 공주가 "이 괘씸한 놈, 주인의 명령을 그렇게 배반할 수 있다더냐!" 하고 외치자, 상대방은 "그놈은 내 주인이 아냐. 그대는 내가 누군지 아는가?" 하고 대답했습니다. "네가 얘기한 것 이외엔 아무것도 모른다." "아까 이야기는 그대와 왕자를 속이기 위한 책략에 지나지 않는다. 나는 말이다. 지금 우리가 타고 있는 이 말을 수중에서 내놓은 탓으로 오랫동안 비탄에 젖어 살아왔다. 이것은 내가 손수 만들어 자유자재로 조작할 수 있도록 된 말이다. 그러나 마침내 이 주인의 수중으로 다시 돌아오게 되었구나. 그대와 함께 말이다. 그래서 그놈이 나를 괴롭혔던 것처럼 이번엔 내가 그놈을 괴롭힐 차례다. 두 번 다시 이 말을 그놈의 수중에 넘길 줄 알고! 어림도 없는 소리! 그러니까 걱정 말고 힘을 내. 그녀석보다는 내가 당신에겐 훨씬 필요할 테니까. 게다가 또 나는 부자인데다 인색한 사람은 아니거든. 내 하인도 노예도 당신을 한 집안의 주부로 존경하고 하라는 대로 복종할 거란 말이오. 옷도 가장 훌륭한 것을 입혀줄 테고. 다 당신 마음대로 하게 해주리다." 공주는 그 말을 듣자, 자기 얼굴을 때리며 큰 소리로 외쳤습니다. "아, 슬프도다! 그리운 분은 간 곳이 없고, 부모마저 잃었으니!"

공주가 자기 몸에 닥친 재난을 슬퍼하며 엉엉 울고 있는 동안에 현인은 조금도 쉬지 않고 계속 날아, 마침내 그리스에 도착하여, 개울과 나무들이 많이 우거진 어느 들판에 내렸습니다. 이 들판은 어느 세도가인 국왕의 수도 근처에 있는 들판이었는데, 때마침 그 날 왕은 사냥을 나와 울분을 풀고 있던 참이었습니다. 우연히도 왕은 페르시아인 하나가 그 옆에 처녀와 말을 데리고 서 있는 것을 보게 되었습니다. 그래서 노예들은 현인 자신이 그것을 깨닫기도 전에 달려들어 두 사람과 말을 붙잡아 왕 앞으로 끌고 갔습니다. 왕은 페르시아인의 추한 용모와 천한 꼴과 그것에 비하여 처녀의 고상한 아름다운 용모를 바라보며, "여보, 색시, 이 영감과 그대는 어떠한 관계가 되는가?" 하고 물었습니다. 그러자 페르시아인이 앞질러 허겁지겁 대답했습니다. "이 여잔 제 집사람으로, 삼촌의 딸입니다." 그러나 공주는 곧 노인의 말이 거짓말이라는 것을 증언하고 "오, 임금님, 신께 맹세코 저는 이런 사람을 모릅니다. 제 남편도 아닙니다. 아뇨, 그렇기는 고사하고, 뱃속이 시꺼먼 마법사로 저를 속여가지고 힘으로 납치해온 것입니다." 그래서 왕은 페르시아인을 곤장으로 때리라고 명령하자, 부하들은 기절할 때까지 때렸습니다. 그것이 끝나자 왕은 그를 도성으로 끌고 가 옥에 가두라고 명령하고, 색시와 흑단마는 압수하여(그 성질과 조작법은 알 수 없었지만) 색시는 후궁에, 말은 창고에 넣었습니다.

페르시아인과 공주는 이러했습니다만 왕자인 카마프 알 아크마트는 여장을 갖추고 필요한 만큼의 돈을 구해가지고, 초연히 두 사람의 행방을 찾아서 길을 떠났습니다. 공주의 행방을 물어, 흑단마를 찾아, 이 나라에서 저 나라로, 이 도시에서 저 도시로 방랑의 여행을 계속했습니다만 왕자의 말을 들은 사람은 모두가 머리를 가로저으며, 터무니없는 소리 말라고 아랑곳도 하지 않았습니다. 이렇듯 오랫동안 방랑을 거듭했습니다만 아무리 찾아 헤매도 공주

소식은 묘연하여 알 길이 없었습니다. 마침내 왕자는 공주 부친의 도성인 사나아에 당도했습니다. 거기서도 공주의 소식은 전연 알 길이 없었고, 다만 부왕이 공주의 실종을 슬퍼하고 있다는 것을 알았을 뿐이었습니다. 그래서 이번에는 발길을 돌려 그리스인의 나라를 향해 가면서 내내 공주와 흑단마의 소식을 물으면서 걸음을 재촉했습니다.

—샤라자드는 날이 훤히 밝아오는 것을 깨닫자, 여기서 허락된 이야기를 그쳤다.

• 368일째 밤
샤라자드는 말을 이었다. 오, 인자하신 임금님, 왕자는 이번에는 발길을 돌려 그리스인의 나라로 향해 가면서, 도중에 내내 공주와 흑단마의 소식을 물으면서 걸음을 재촉했습니다. 그러던 중 우연히 어느 주막에 들게 되었는데, 일단의 상인들이 앉아서 세상 이야기에 꽃을 피우고 있었습니다. 왕자도 그 곁에 앉아서 듣고 싶어서가 아니라 그저 듣고 있으려니까, 그중 하나가 이런 이야기를 하기 시작했습니다. "여보시오, 여러분들, 나는 요전에 이상한 것 중에서도 이상한 것을 보았습니다." "도대체 어떠한 이야기인데 그러십니까?" 하고 일동이 반문하자 그 사나이는 대답했습니다. "내가 어느 도시(공주가 있는 도시의 이름을 대면서)의 이러이러한 곳을 찾게 되었는데, 마을 사람들이 최근 일어난 어떤 이상한 사건을 이야기하고 있었습니다. 즉 이렇습니다. 임금님이 어느 날 신하들과 대신들을 데리고 사냥에 나갔습니다. 도성을 뒤로 하고서 가던 중 어느 푸른 들녘으로 나왔습니다. 그러자 거기 노인 하나가 서 있고, 흑단마 옆에 여자 하나가 서 있었다는 것입니다. 그 노인의 인상은 두 번 다시 보기 싫을 정도의 추남인 데 비하여 여자 쪽은 절세의 미인, 세상에서도 보기 드문 아름답고 고상한 젊은 여자였다는 것입니다. 게다가, 또 그 목마가 신기하기 짝이 없어 그렇게 고상하고 보기에 기분 좋은 말은 아직껏 아무도 본 적이 없었다는 것입니다." 다른 상인들이 "그래서 임금님이 그것을 어떻게 하셨다는 것입니까?" "노인을 임금님이 체포하여 여자 애길 물었더니, 이 여자는 자기 마누라며, 숙부의 딸이라고 말했다는 것입니다. 그런데 그 여자가 곧 그 말은 거짓말이며, 그 사나이는 마법사에다 악당이라고 반박했다는 것입니다. 그래서 임금님은 노인한테서 여자를 빼앗고, 노인은 곤장으로 몹시 때려 옥에 가두라고 명령했다는 것입니다. 흑단마는 어떻게 되었는지 모릅니다만."

왕자는 이 이야기를 듣자, 그 상인 옆으로 가 바싹 붙어 앉아서 조심스럽고도 정중하게 그 도성과 왕의 이름을 물었습니다. 그리고 이름을 알게 되자, 가슴을 두근거리면서 그 밤을 뜬눈으로 세웠습니다. 날이 밝자, 당장 왕자는 그 주막을 나와, 길을 재촉하여 그 도시에 도착했습니다. 그러나 막상 시내로 들어가려고 하니까 문지기들이 달려들어 체포하는 것이었습니다. 왜 그런고 하니 왕 앞에 끌고 가서 그 신분과 직업이며, 이 도시를 찾아온 이유 등을 묻기 위해서였는데, 그것이 왕의 평소의 관례였기 때문입니다.

그런데 왕자가 도성에 들어선 것은 바로 저녁식사 무렵이었으므로, 당장 왕께 배알할 수도, 외국인의 예우를 기대할 수도 없었습니다. 그래서 문지기들은 하룻밤쯤 옥에 넣어두리라 생각하고서 옥으로 데리고 갔습니다. 그러나 옥지기들은 미목이 수려한 이 젊은이를 보자 차마 옥에 쳐넣을 생각이 영 나지 않았습니다. 그래서 벽 밖에 왕자를 앉히고서, 식사가 나오자, 왕자도 배불리 먹이고는 식사가 끝나자, 왕자에게 물었습니다. "당신 나라는 어디요?" "화루스에서 왔습니다. 제왕의 나라입니다." 하고 왕자는 대답했습니다. 일동은 이 말을 듣자, 소리를 내어 껄껄 웃으며 그중 하나가 말했습니다. "오, 제왕이시여! 난 남의 이야기와 역사 얘기를 듣기도 하고, 민정이라는 것도 조사해보았지만 어쨌든 저 옥에 들어 있는 제왕인만큼 허풍을 떠는 놈도 이제껏 본 일이 없는걸." 다른 사나이도 맞장구를 쳤습니다. "그렇소, 정말 그놈만큼 얼굴이 못생

인상이 나쁜 놈도 아직껏 본 일이 없어." 왕자가 "도대체 무슨 거짓말을 했다는 겁니까?" 하고 묻자 일동은 대답했습니다. "자기가 현인이라는 거야! 실은 임금님께서 사냥을 나가셨다가 우연히 만나게 되셨다는데 그놈 옆에 절세의 미인과 아무도 본 일이 없는 깨끗한 새까만 흑단마가 있었대. 그 여잔 이제 왕 옆에 있는데, 임금님께선 홀딱 반하셔서 그 여자와 함께 살고 싶으시다는 거야. 그러나 여자 쪽은 머리가 돌아버렸어. 임금님은 어떻게 해서든지 여자의 병을 고치려고 꼬박 일 년 동안이나, 의사와 점성가에게 무척이나 돈을 쓰셨지. 그래도 영 효험이 없다는 거야. 말은 왕실의 창고에 들어가 있고, 그 추남은 옥에 갇혀 있는 형편이야. 밤만 되면 그놈이 울어대는 바람에 우리들도 잠을 못 이루는 판이라니까."

──샤라자드는 날이 훤히 밝아오는 것을 깨닫자, 여기서 허락된 이야기를 그쳤다.

• 369일째 밤

샤라자드는 말을 이었다. 오, 인자하신 임금님, 간수들이 옥에 갇혀 있는 페르시아인의 이야기며, 밤마다 울어대고 있다는 이야기를 하자, 왕자는 어떻게 하면 자기의 소원을 성취할 수 있을까 궁리하기 시작했습니다. 이윽고 간수들은 잠자리에 들려고 왕자를 감방에 쳐넣고 문에 자물쇠를 채웠습니다. 그러자 페르시아인이 자기 나라 말로 울고 불고 하면서, 이렇게 지껄이고 있는 소리가 왕자 귀에 들려왔습니다. "아, 나쁜 짓을 했구나. 저 처녀를 저 지경으로 만들어놓고, 자신에게도 왕자에게도 죄를 저질렀구나. 저 여자를 납치하고도 뜻도 이루지 못한 것도 모두 다 내가 경박했던 탓이야. 분수를 모르고, 분에 넘는 것을 바랐기 때문이야. 분에 넘치는 것을 바라는 놈은 나와 마찬가지로 패가망신하게 마련이야."

이 말을 들은 왕자는 페르시아말로 말을 건넸습니다. "언제까지 울고 불고 하고 있을 작정이냐? 어때, 너 이외의 사람에게는 한 번도 닥친 적이 없는 재앙을 너만 겪고 있다고 생각하느냐?" 페르시아인은 이 말을 듣고, 마음이 좀 풀려서 자기의 처지와 불행에 대하여 신세타령을 늘어놓기 시작했습니다.

밤이 새기가 무섭게 간수는 왕자를 데리고 왕의 어전으로 나아가, 어젯밤 임금님을 배알할 수 없는 시각에 젊은이가 도성으로 들어왔다는 것을 아뢰었습니다. 그러자 왕은 왕자에게 물었습니다. "어디에서 왔느냐? 이름은 뭐라고 하며, 직업은 무엇이냐? 또 무슨 까닭으로 이 도성으로 오게 되었느냐?" 왕자는 말했습니다. "제 이름은 페르시아어로 하루야라고 합니다. 고향은 화루스라는 나라이며, 손재주가 있는 편이오며, 특히 의술을 닦아, 병자와 마술에 걸려 발광한 사람들을 고치는 의술을 터득하고 있습니다. 저는 여러 나라와 도시들을 돌아다니면서 지식에 지식을 닦아 수업을 거듭하고, 병자가 있으면 그 병자의 병을 고칠 때까지 떠나질 않습니다. 이게 저의 직업입니다."

왕은 이 말을 듣자 날 듯이 기뻐하며, "오, 훌륭한 현자여, 정말 잘 왔도다." 하고 말하고서, 공주의 병세를 설명한 다음 덧붙였습니다. "만약 그 처녀의 병을 고쳐, 돈 머리를 원상대로 해주면 뭐나 원하는 대로 해주겠다." 왕자가 "아무쪼록 임금님에게 알라의 가호와 은혜가 있으시기를 비옵니다. 그 귀부인께서 실성하신 모양을 상세히 설명해주십시오. 그리고 또 실성하신 지 얼마나 되는지 그것도 설명해주시고. 그리고 또 그 귀부인과 말과 예의 그 현인을 어떻게 해서 입수하시게 되었는지 그것도 설명해주십시오." 하고 말하자 왕은 자초지종을 잘 설명해준 다음 "그 현인은 투옥 중이다." 하고 덧붙였습니다. "오, 인자하신 임금님, 또 그 말은 어떻게 하셨습니까?" 하고 왕자가 묻자 왕은 "아직 내가 간직하고 있다. 보물 창고 속에 넣어두었다." 이 말을 들은 왕자는 마음 속으로 생각했습니다. '우선 무엇보다도 먼저 목마를 보고, 그 상태를 확인해봐야겠군. 조금도 이상이 없다면 그땐 모든 게 잘 될 테니까 말이다. 그 설계에 고장이 생겼다면 다른 방도를 써서 공주를 구출해낼 방도를 강구하지 않으면 안되겠군.'

그래서 왕자는 왕에게 말했습니다. "오, 임금님, 우선 문제의 말부터 보여주십시오. 어쩌면 그 말에게서 귀부인의 병을 고칠 수 있는 단서를 찾아낼 수 있을지도 모르니까요." "좋고 말고." 왕은 이렇게 대답하고 나서 왕자의 손을 잡고 목마를 넣어둔 창고로 안내했습니다. 왕자는 그 상태를 확인하면서 한 바퀴 돌아보았지만 아무 이상도 없었으므로 아주 기뻐하며 왕에게 말했습니다. "알라여, 모쪼록 임금님을 도우시고 칭송해주옵소서! 그렇다면 이제부터 공주님의 용태를 보러 가고 싶습니다. 이 말을 사용하여 제 손으로 병을 고칠 수 있도록 알라께 빌고 싶으니까요."

왕자는 신하들에게 말을 감시하고 있으라고 이르고서, 이번엔 왕을 따라 공주의 방으로 들어갔습니다. 보니 공주는 두 손을 비벼대고, 몸을 마루에다 내던지고, 여전히 옷을 갈갈이 찢고 있는 것이 아니겠습니까? 그렇다 해도 마신에게 홀린 흔적이라곤 조금도 보이지 않았습니다. 다만 아무도 자기에게 접근시키지 않을 생각에서 그런 연극을 하고 있는 것에 지나지 않았습니다. 왕자는 그 꼴을 보자 공주에게 말했습니다. "오, 삼계의 미녀여, 아무 걱정할 게 없습니다." 그렇게 부드러운 말로 위로하고 나서 겨우 한마디 "나는 카마프 알 아크마트입니다." 하고 공주의 귀에다 대고 속삭였습니다. 이 말을 듣자, 공주는 한층 더 높이 소리를 지르며, 기쁜 나머지 기절하여 쓰러지고 말았습니다. 그러나 왕자는 공주가 두려움과 놀라움 때문에 발작을 일으켰으리라고 생각했습니다. 왕자는 이윽고 공주의 귓전에 입을 갖다대고서 "이봐요, 샤무스 알 나하루, 이 세상의 유혹자여, 당신이나 나나 서로 살아나기 위해선 조심해야 해요. 그리고 꾹 참고 있어야 해요. 이 폭군의 손아귀에서 벗어나려면 인내와 책략이 필요하니까 말입니다. 나는 우선 왕에게로 가서 당신이 마신에게 홀려 있기 때문에 실성했다고 해둘 테니 말이오. 그러나 왕이 만일 당신의 결박을 풀어준다면 악령을 몰아내어 어떻게 해보겠다고 둘러대겠소. 그러니까 여기 오거든 내가 고쳐준 것처럼 보이기 위하여 일부러 상냥한 말을 쓰시오. 모든 것이 생각대로 잘 될 테니까요." "알았어요." 하고 공주가 대답하자, 왕자는 날 듯이 기쁜 마음으로 왕에게로 돌아갔습니다. "오, 황송하신 임금님, 다행스럽게도 공주님의 병의 원인을 발견하여, 마신에게 홀린 것을 알았기 때문에 완전히 고쳐놓았습니다. 자, 가보십시오. 상냥하게 말을 거시고, 위로해주시며, 공주님이 해달라시는 대로 해드리십시오. 그렇게 하시면 임금님께서 원하시는 것도 성취하시게 될 것입니다."

―샤라자드는 날이 훤히 밝아오는 것을 깨닫자, 여기서 허락된 이야기를 그쳤다.

• 370일째 밤

샤라자드는 말을 이었다. 오, 인자하신 임금님, 왕이 공주의 방으로 들어가보니, 공주는 일어서서, 왕 앞에 엎드려 공손하게 왕을 맞아들였습니다. "오늘 일부러 저를 찾아주신 것을 마음으로부터 기쁘게 생각합니다." 이 말을 들은 왕은 뛰어오를 듯이 기뻐하며, 시녀와 내시들에게, 공주를 모시고 목욕탕에 가서 목욕을 시킨 다음 새옷과 장식물을 달도록 하라고 명령했습니다. 그들이 공주 방으로 들어가 인사하자, 공주도 아주 애교있고 아주 정중한 말로 답례했습니다. 그래서 그들은 공주에게 아주 화사한 옷을 입히고, 목에는 보석 목걸이를 걸어주고서 목욕탕으로 안내하여 여러 가지로 돌봐주었습니다. 목욕을 마친 공주는 마치 보름달처럼 아름다웠습니다. 왕의 어전으로 나아가서는 절을 하고서 마루에 엎드렸습니다. 이 모양을 보고서 왕은 다짜고짜로 마음이 끌려 왕자에게 말했습니다. "오, 현자여, 오, 철인이여, 이것이 모두 다 그대가 축복해준 덕택이다! 그대의 병을 고치는 의술이 점점 더 늘어갈 것을 알라께 기도드리자!" 왕자는 이에 대답하여 "오, 임금님, 공주의 병을 완쾌시키시려면 임금님을 위시하여 모든 사병이 그 전에 공주님을 모셔왔던 곳으로 가셔야 합니다. 공주님 옆에 있었던 그 흑단마도 잊지 마시고 가지고 가십시오. 왜 그런고 하니 그 말 속에 악마가 숨어 있기 때문입니다. 그것을 몰아내지 않는 날에는 또다시 악마가 날아와 월초가 되면 공주님을 괴롭힐 것입니다."
"그렇게 하지." 하고 왕은 외쳤습니다. "그대야말로 모든 철인 중의 왕자, 햇빛을 우러러보는 모든 사람들 중에서 가장 박학한 젊은이로다."

그러고 나서 왕은 왕자의 속셈은 꿈에도 모르고서, 사병들과 공주를 데리고 예의 흑단마를 끌고서 들판으로 나갔습니다. 약속 장소에 당도하자, 아직도 의사인 척을 하고 있던 왕자는 공주와 목마를 왕과 병졸들 곁에서 시야가 미치지 않는 먼 곳으로 떼어놓으라고 명령하고 나서 왕에게 말하기를 "임금님의 허락과 분부가 계신 대로 연기를 피우고, 주문을 외어 두 번 다시는 공주님 곁으로 돌아오지 못하도록 사람들의 적을 여기 가둬버리고자 합니다. 그러고 나서 흑단으로 만든 저 목마를 타고, 공주님을 뒤에다 태우면, 목마는 좌우로 몸을 흔들며 앞으로 나아가, 임금님 계신 데로 갑니다. 그러면 일은 이것으로 끝나게 되고, 그 다음은 공주님을 임금님 마음대로 하실 수가 있습니다." 왕은 이 말을 듣고 아주 기뻐했습니다. 그래서 왕자는 왕과 사병들이 지켜보고 있는 눈앞에서 목마에 올라 공주를 뒤에 태우자, 자기 몸에 공주의 몸을 묶었습니다. 그러고 나서 상승침을 비틀자, 말은 공중으로 높이 떠올라 사람들의 시야에서 사라지고 말았습니다.

왕은 둘이 돌아오기를 이젠가저젠가하고 반나절이나 기다리고 있었지만 영 돌아오지 않았습니다. 그래서 자기의 경솔한 행동을 몹시 후회하고, 처녀를 잃은 것을 몹시 슬퍼하면서, 모든 것을 다 체념하고는 군대를 이끌고 도성으로 돌아왔습니다. 그러고 나서 옥에 갇혀 있는 페르시아인을 불러 여러 가지 것을 물어보았습니다. "여봐라, 배반자놈, 악당놈, 왜 너는 흑단마의 조작법을 나에게 숨기고 있었더냐? 사기꾼이 와서 날 속이고 저 말을 가지고 도망쳐버렸다. 막대한 값이 되는 장식품을 몸에 걸친 노예 계집도 함께 말이다. 다시는 놈들을 만날 수는 없게 되었다!" 페르시아인이 자기 신상 이야기를 자세히 털어놓자, 왕은 숨이 막힐 듯이 노발대발하며, 잠시 동안 분을 못이겨 끙끙거리며 궁에 틀어박혀 있었습니다. 그러나 대신들이 왕에게 사후하여 열심히 위로의 말을 드렸습니다. "그 처녀를 약탈한 녀석은 마법사임에 틀림없습니다. 그놈의 간교와 요술에서 전하를 건져주신 알라를 칭송할진저!" 그들이 열심히 왕을 위로하니 왕의 기분도 풀리게 되어, 처녀의 일은 완전히 체념하고 말았습니다.

자, 왕의 이야기는 이만 하기로 하고, 왕자는 기쁨에 가슴을 설레면서, 부왕의 수도로 비행을 계속하여, 왕궁 지붕에 내리자, 공주 또한 무사히 말에서 내렸습니다. 그러고 나서 왕자가 부모에게로 가서 절을 하고서, 공주를 데리고 온 경위를 설명하자, 부모는 후련해하며 기뻐했습니다.

─샤라자드는 날이 훤히 밝아오는 것을 깨닫자, 여기서 허락된 이야기를 그쳤다.

• 371일째 밤

샤라자드는 말을 이었다. 오, 인자하신 임금님, 왕자는 성대한 향연을 베풀어 도성내의 온갖 시민들을 초청하여 한 달 동안이나 잔치를 계속했던 것입니다. 한 달이 지나자 왕자와 공주는 백년해로의 맹세를 맺고는 더할 나위 없는 기쁨을 서로 나누었습니다. 그러나 부왕은 그 흑단마를 때려부수고, 공중을 나는 설계를 깨뜨려 버렸습니다. 그리고 또 왕자는 공주의 아버지에게 서신을 적어, 공주의 신상에 일어났던 사건의 자초지종을 알렸으며, 현재는 자기와 백년해로의 맹세를 맺어 행복한 나날을 보내고 있다는 사실을 알리고, 값비싼 선물과 진기한 물건을 사자에게 전하게 했습니다.

사자가 사나아의 수도에 도착하여 서신과 선물을 국왕에게 바치자, 왕은 이것을 읽고서 매우 기뻐하며, 선물을 받아들이고 사자를 후대하고는 충분한 보수를 내렸습니다. 그리고 같은 사자에게 부탁하여 새 사위에게 호화스러운 선물을 보내니, 사자는 왕자에게로 돌아와 그 자초지종을 보고했습니다. 이 말을 듣고서 왕자의 마음도 풀려, 그후부터는 해마다 한 번씩 장인에게 편지와 선물을 보내곤 했습니다. 이럭저럭하는 동안에 부친인 사부르 왕이 세상을 떠났기 때문에 왕자가 왕위에 올라, 공정한 정사를 베풀고, 몸을 삼가며 백성을 다스렸습니다. 때문에 새 왕의 위풍은 나라 구석구석까지 미치고, 온 백성들은 마음으로부터 충성을 다하였습니다. 이렇듯 카마프 알 아크마트 왕과 왕비인 샤무스 알 나하루는 환희를 없애버리고, 교제를 끊는 자, 왕궁을 약탈하고, 분묘를 구하고, 분묘를 늘이는 자가 찾아올 때까지 현세의 모든 만족과 위안을 죄다 맛보며 세월을 보냈습니다. 영원히 멸망하는 일이 없고, 현세와 내세를 그 수중에 장악하고 계신 생명있는 신에게 영광이 있으시라!

   그리고 또 이런 이야기도 있습니다.

◎ 옮긴이 김병철

1921년 개성 출생.
보성전문, 중국 국립중앙대학 졸업(미국 소설사 전공).
중앙대학교 영문과 교수, 대학원장 역임. 문학박사.
제8회 한국번역문학상, 대한민국예술원상 수상.
저서 : 《헤밍웨이 문학의 연구》, 《한국근대 서양문학이입사 연구》 외.
역서 : 《생활의 발견》, 《아라비안 나이트(전10권)》, 《포 단편선》,
《미국의 비극》, 《플루타르크 영웅전(전8권)》, 《톰 소여의 모험》,
《허클베리핀의 모험》, 《누구를 위하여 종은 울리나》 등이 있음.

아라비안 나이트 ④
================================
1992년 1월 30일   초판 1쇄 발행
2017년 7월 10일   초판 6쇄 발행

　　　　　지은이　리처드 버턴
　　　　　옮긴이　김　병　철
　　　　　펴낸이　윤　형　두
　　　　　펴낸데　범　우　사

　　　　출판등록 1966. 8. 3. 제406-2003-000048호
　　　　413-756 경기도 파주시 광인사길 9-13 (문발동)
　　　　대표전화 (031)955-6900, 팩스 (031)955-6905

＊ 파본은 교환해 드립니다.

　ISBN 89-08-03154-5 04890 (홈페이지) www.bumwoosa.co.kr
　　　　89-08-03201-0 (세트) (이메일) bumwoosa@chol.com